KB152358

이
순
신
의
나
라

이순신의 나라 2

ⓒ 임영대 2015

초판1쇄 인쇄   2015년 10월 16일
초판1쇄 발행   2015년 10월 22일

지은이   임영대

펴낸이   박대일
편집   이문영 · 임유리 · 신지연
교정   박준용
마케팅   송재진
표지디자인   박현주

펴낸곳   새파란상상
출판등록   2004년 9월 14일 제313-2004-00214호

주소   121-897 서울시 마포구 성지1길 32-36 (합정동)
전화   02.3141.5589(영업부) 070.4616.2012(편집부)
팩스   02.3141.5590
전자우편   paranbook@gmail.com
카페   http://cafe.naver.com/paranmedia
트위터   @paranmedia

ISBN   978-89-6371-235-2(04810)
      978-89-6371-233-8(전2권)

* 이 책의 판권은 지은이와 파란미디어에 있습니다.
   이 책 내용의 전부 또는 일부를 재사용하려면 반드시 양측의 서면 동의를 받아야 합니다.
* 잘못된 책은 구입하신 서점에서 바꾸어 드립니다.

이
순
신
의

나
라

2

새파란상상

차
례

제9장
마포나루 싸움

8월 9일 을유일 아침.

이일은 초조한 표정으로 적진을 살폈다.

"반적들의 기세가 대단하긴 하나 그리 강해 보이지는 않는군."

불길이 다 잡히지 않은 상황에서 상륙했다가 태세를 채 정비하지도 못한 채 관군의 야습을 당할 것을 우려했는지, 밤새 상륙하지 않고 몇몇 정탐꾼들만 내려 강변 일대의 정세를 살피게 하던 이순신의 반군 주력은 모든 불길이 사그라진 새벽녘에야 강기슭에 올랐다. 지금 이순신과 배설의 군사 6000은 마포나루'였던' 곳을 통해 상륙하여 관군의 진영과 10리 정도의 거리를 두고 포진하여 있었다.

"대감, 수가 조금 줄었다고 해도 우리의 군사는 지 적당들의 거의 두 배입니다. 크게 심려치 않으셔도 될 것입니다.”

이일의 표정이 좋지 않은 것을 보고 고언백이 다가와 좋은 말로 이일을 위로했다. 조정에서 이일의 한강 방화로 인해 도성의 백성들이 동요하고 있다면서 도성 안에 주둔시켜 놓았던 군사들 중 3000을 이일에게 보내지 않고 성 안에 붙들어 두는 바람에 이일이 지휘할 수 있는 군사의 수가 1만2000으로 또 줄어들었던 것이다. 하지만 정작 이일의 심사가 불편한 이유는 그 문제 때문이 아니었다.

“그깟 군사 3000 정도야 와도 그만 안 와도 그만이니 오지 않더라도 상관없소. 그보다 지금 문제는 왜 경기수사가 아직도 움직이지 않고 있느냐는 것이오! 어제 낮에는 두 시진이면 출동 준비를 마치고 싸움에 나설 수 있다던 사람이, 지금 하루가 지나고 새 해가 밝았는데도 아직도 한강진에 머물러 있는 것은 도대체 무슨 심사요? 물에서의 싸움은 당연히 수군이 담당하는 것일진대, 마땅히 경기수군이 나서서 적의 본진을 쳐야 할 것 아니오. 내 경기수사가 이리 행동할 줄 알았더라면 진즉에 주상께 아뢰어 목을 쳤을 것이오!”

어제 이순신이 나타난 뒤 이를 알리는 장계를 올리면서, 이일은 경기수사 최원이 본래의 의도야 어쨌건 결과적으로 볼 때 이순신을 크게 도왔다는 사실을 임금에게 고변하지 않았다. 이 사실을 임금이 알게 되면 당장 경기수사를 추포하여 의금부에서 심문토록 할 것이고, 그리되면 새 경기수사는 군사들을 장악하기도 전에 싸움에 뛰어들어야 하기 때문이다. 때문에 일단은 덮어 두었다가 싸움이 끝난 뒤에 임금에게 알리고자 했던 것인데, 최원은 움직이지 않고 있었다. 군선을 이끌고 적도들과 맹렬하게 맞서서 잘 싸웠다면 임금에게 좋게 말해 줄 수도 있었건만! 이일이 분개하며 입을 열었다.

"밤에 출동하지 않은 것은 그렇다고 칩시다. 바다가 아닌 강이니, 물길이 잘 보이지 않아 배가 좌초될까 두려워 움직이지 못할 수도 있소. 한데 어제 날이 저물기 전 낮에도 꼼짝도 않더니 오늘은 또 이미 한참 전에 동이 텄음에도 한 치도 움직이지 않는 것은 무슨 의도요? 내, 싸움이 끝나기만 하면 전하께 글을 올려 최 수사가 역도와 내통하고 있었음이 틀림없다고 아뢰겠소. 주상께서는 이를 절대 용서치 않으실 것이오!"

"예, 반적들의 군사가 관군에 비해 훨씬 적어서 싸움이 쉽게 끝날 성싶으니 오늘 중에 주상께 승첩을 올리며 그 말씀도 전하실 수 있으시겠지요. 다만 소장이 보기에 저들이 한강을 배후로 하여 배수진을 치고 있는 것을 보니, 싸우려는 결의는 대단해 보입니다. 궁지에 몰린 쥐는 고양이를 무는 법이 아닙니까. 그 점은 주의하셔야 할 것 같습니다."

고언백이 이순신과 배설의 군사들이 진을 친 양태를 살피며 조심스레 의견을 밝혔다. 하지만 이일은 그 점에서는 생각이 조금 달랐다.

"아니, 강을 등졌다 하나 저들의 진은 배수진이 아니오. 저 반적들은 많은 배를 가지고 있는 만큼, 강을 통해 군사를 물릴 수 있소. 만약 우리 관군이 일전을 벌여 저들을 쳐부순다면 저들은 물러나 배를 타고 도망칠 것이오. 이를 위해 만여 명에 달하는 수졸 중 불과 절반만을 육지에 내린 것 아니겠소? 필시 이순신은 싸움에 능숙하지 않은 격군들은 배에 남겨 두고 사부와 포수들을 중심으로 한 일부의 군사만 뭍에 내려놓았을 것이오."

이일은 뽑아 들고 있던 환도로 저 멀리 강 위의 전선들을 가리켰다.

"그리고 우리가 패퇴한 반적들을 추격하여 강가에 다다르면 전선에 싣고 있던 화포가 우리 군사들을 타격하겠지. 그러니 우리 군사들은 화포 사거리 바깥에서 추격을 멈춰야 할 것이오. 한 500보? 그 정도 거리면 포격을 받지 않을 것 같소만."

"수군이 쓰는 총통의 탄환이 닿는 거리는 저도 정확히는 모릅니다만, 그 정도면 충분할 것 같습니다. 그러면 그 뒤에는 어떻게 하시렵니까?"

"당연히 적도들과 같은 무기로 맞서야 할 것이니, 경기수군이 그 시점에 정확히 반도들을 들이쳐야 할 것이오. 저들이 패주하는 군사들을 승선시키느라 분주할 때, 상류에서 경기수군이 폭포와 같은 기세로 내리치면 비록 저들의 전선의 수가 많다 하나 불리함을 면할 수 없을 것이 아니겠소?"

"그건 분명히 그렇겠습니다. 하면 경기수사도 그 점을 생각하여 아직 적도들과 싸움을 시작하지 않는 것 아니겠습니까. 한강진에서 이곳 마포나루까지는 한달음에 달려올 수 있습니다. 그러니 대감께서 일단 싸움을 시작하시면 그에 합세하여 적도들을 협공하고자 아직 움직이지 않는 것이 아닐까, 소장은 그리 생각되옵니다. 만약 육전이 시작되기 전에 경기수군이 먼저 싸움을 걸게 되면 저들은 배에서 내리지 않고 있다가 세 불리해지면 기회를 보아 몸을 빼낼 것이니 어찌 섬멸할 수 있겠습니까? 게다가 우리 관군의 주력은 그 싸움을 그저 구경만 해야 할 것입니다. 그러니 경기수군의 조용한 움직임은 저들의 패퇴를 노리는 것일 공산이 큽니다."

"그런가? 공의 말을 듣고 보니 그것도 그렇구려. 그럼 일단 기다려 보겠소."

이일의 말에 고개를 끄덕이던 고언백이 조심스레 경기수군을 변호했다. 이일에게도 고언백의 의견이 그럴듯하게 들렸으므로 최원을 향했던 이일의 분노도 일부 가라앉았다. 이일의 기분이 풀린 것을 본 고언백이 다소 껄끄러운 질문을 던졌다.

"그런데 대감, 장계를 쓰셨지 않습니까. 그런데 어제 저들의 상륙을 저지하기 위해 하신 일에 대해 주상께서 아무 말씀이 없으셨습니까?"

돌려서 말하기는 했지만 '어제 상륙을 저지하기 위해 한 일'이란 이순신의 상륙과 배설의 도강을 막겠다고 이일이 오응태와 그의 휘하 군사들을 시켜 강변에 불을 지른 일을 말한다. 방화의 결과 타 버린 가옥이 수천 채에 달하고, 불길 속에서 미처 탈출하지 못하고 연기에 질식하거나 불에 타서 죽은 자의 수도 백 단위는 족히 되었다. 타 버린 곡식과 재물의 수량에 이르러서는 도저히 추산조차 할 수 없었다.

당연히 관군 내에서도 그 일에 대한 평은 매우 나빴고, 장수들도 이일이 듣지 않는 뒤에서 수군거렸다. 이일의 강요 때문이라고는 해도 방화를 직접 실행한 오응태까지 손가락질을 당하는 판이었다. 그 이야기가 나오자 이일의 표정이 다소 굳어졌다.

"그렇소. 별말씀은 없으셨소."

"아무 말씀도 없으셨다고요?"

이일이 난처함과 안도감이 뒤섞인 복잡한 표정으로 자신의 행위에 대한 변명을 늘어놓았다.

"전하께 장계를 올릴 때 적도들의 상륙을 막기 위해서는 이렇게 할 수밖에 없었다고 자세한 사정을 적어 글을 올렸으나 아무 답도 내려 주시지 않았소. 엄중한 책망을 들을 것을 각오했는데 별말씀 없으신 것을 보면, 주상께서도 그렇게 할 수밖에 없었던 내 처지를 이해하신 것이라고 생각하오."

"그럼 오늘 받으신 포도청 군사들을 도성 안에 남긴다든가 하는 지시는 전하께서 내리신 것이 아닙니까? 누가 내린 명령인지요?"

"그것은 다 비변사에서 내려온 명령이오. 어제 장계를 올린 이후 모든 지시는 비변사에서 왔소."

고언백은 고개를 갸웃거리며 눈살을 찌푸렸다. 이일은 눈치채지 못하고 있는 모양이지만, 모든 지시가 비변사에서만 내려오고 있다는 말은 어딘가 수상한 구석이 있었다. 하지만 반군과의 전투를 앞둔 지금 그걸 말해서 무엇하겠는가.

"알겠습니다."

*

"도순변사의 기세가 무척 당당하군."

이순신은 상대편 진형의 폭과 군사의 수, 휘날리는 기치들을 보며 조용히 읊조렸다. 정 참봉이 미리 보내어 도성에 숨겨 둔 탐보꾼 부하들이 성내의 사정을 바로바로 알려 주었기 때문에 이순신도 관군의 전력 규모나 지휘하는 장수의 이름 등은 모두 파악하고 있었다. 자신의 옛 상관이었던 도순변사 이일이 진압군을 직접 지휘하고 있다는 말에 이순신은 그저 쓴웃음을 지을 뿐이었다. 이순신의 과거 오점이라고 할 수 있는 첫 번째 백의종군, 그 원인이 되었던 녹둔도의 싸움에 대한 모든 잘못의 원인이 이순신 자신에게 있는 것으로 몰아 자신을 처형하는 것으로 일을 덮으려던 이일. 그 일을 어찌 잊을 수 있겠는가. 그 일로 아직까지 그에게 원한을 품고 있는 것은 아니었지만, 그런 행동이 한 나라의 군사를 이끄는 장수로서 어울리는 일이라고 할 수는 없었다.

"통상, 명을 내려 주시지요."

진군 명령을 내려 줄 것을 청하는 우치적의 요청에 고개를 끄덕인 이순신은 등채를 들어 앞을 가리켰다. 그의 입에서 낮지만 장중한 음성이 흘러나왔다.

"진군하라."

"진군하라!"

"진군하라!"

여기저기서 장수들이 이순신의 명령을 받아 복창하는 소리가 들려왔다. 반정군은 도성으로 가는 길을 가로막고 있는 이일의 군사들을 향해 진군하기 시작했다.

배설의 군사들은 이제까지 수없이 본 참상들을 또다시 보았으므로 분노에 몸을 떨었다. 이순신의 군사들은 상경하는 수군에게 양식을 보태 주고 격군으로 자원하기까지 하면서 통상을 믿는다고, 어서 빨리 끝내 달라고만 하던 연해 지역 주민들의 순박한 모습을 떠올렸다. 두 진영의 군사들 모두 임금과 관군 장수들에 대한 공통된 분노에 불타고 있었다. 무기를 쥔 손에는 힘이 실렸고 발걸음에는 의지가 들어갔다.

반정군의 전진에 맞서 진군을 시작한 관군의 기치가 가까워지자 수자기 아래에서 주요 장수들과 함께 말을 타고 전진하던 이순신이 추가로 지시를 내렸다.

"좌군의 배 수사에게 군령을 전달하여 싸움이 시작되면 함부로 진군하지 말고 계획대로 굳건하게 방어에 전념하라 이르라. 아군이 열세이니만큼 도순변사의 본진이 붕괴할 때까지는 기다릴 수 있어야 한다."

"예, 통상."

굳이 적을 찾아다닐 필요가 없어져 잠시 연락관 노릇을 하고 있는 탐망군관 임중형이 배설에게 명령을 전달하기 위해 군례를 올리고 말을 달려 떠나갔다. 그러자 이순신은 다음 순서로 지시를 기다리고 있는 유형을 향해 고개를 돌렸다. 유형은 이순신의 눈빛을 마주하자 고개를 끄덕여 답한 다음 말없이 등자에 건 발을 들어 말에 박차를 가했다.

"다녀오겠습니다, 통상!"

"부탁하네, 유 수사!"

유형이 말을 달려 군사들의 대열 앞으로 나서자 이순신은 마음속으로 유형이 무사하기를, 그리고 지금 하려는 시도가 성공하기를 기원했다. 이는 양측 군사들에게 이 싸움의 정당성이 어느 쪽에 있는지 생각하게 만들 중요한 일이었다. 설사 관군 군사들을 이편으로 투항하게 만들지는 못할지라도 반정군의 상하 장졸들이 마음을 다잡게 하는 성과는 있을 것이었다.

"도순변사 휘하의 군사들은 들어라!"

유형의 우렁찬 목소리가 울리자 반정군의 전진하는 속도에 맞추어 천천히 진군하던 관군의 선두가 그 자리에 멈춰 섰다. 다행히 유형에게 화살이 닿기에는 조금 먼 거리였다.

"나는 경상우도 수군절도사 유형이다! 그대들은 우리 통상께서 어찌 거병하시었는지 그 이유를 알고 있는가? 그것은 이 나라의 지금 조정이, 그리고 그 조정의 우두머리인 주상이 만백성의 어버이로서의 역할을 제대로 하지 않고 있기 때문이다. 그대들은 지난 세월 동안 이 나라의 백성으로 살아오면서 어떤 보살핌을 받는가? 전란이 일어나기 전까지는 그래도 나았다. 하지만 전란이 벌어지자 주상은 도성의 백성들, 바로 그대들을 버리고 두망쳤고 그대들은 애저이 진흙밭 아래에서 몇

해를 보내야 했다. 그리고 전란이 끝나자 나라를 위해 싸워 온 충신, 열사 들을 하나씩 역적으로 몰아 제거할 궁리만 하고 있다. 그뿐만이 아니다. 반역하지도 않은 백성들이 사는 집에 불을 질러 수천을 죽였다! 눈을 바로 떠라! 정녕 따라야 할 깃발을 따라야 하지 않겠는가!"

유형의 굵고 나직한 목소리에 그의 뒤에 선 반정군 군사들은 우렁찬 함성을 질렀다. 잠시 멈칫하는 기세를 보이던 관군에서도 장수 한 사람이 말을 달려 나오더니 마주 고함을 치기 시작했다.

"나는 양주목사 고언백이다. 경상우수사는 그 망령된 입을 닥쳐라! 주상 전하의 총애를 받아 겨우 서른이라는 젊은 나이에 현감, 수사가 된 네놈이 어찌 그런 망발을 한다는 말이냐. 전 통제사 이순신이 역모를 꾸미고 있었음은 지금 이 순간 군사를 이끌고 여기 와 있다는 것 하나로 충분히 입증되고도 남는다. 네놈 역시 역적의 편에 섰을 때 얻을 재물과 권력에 눈이 멀어 지금 그 자리에 있는 것이 아니냐!"

유형은 고언백의 비난을 듣고 피가 거꾸로 솟는 것 같은 분노를 느꼈지만 얼굴에 나타내지는 않았다. 잠시 호흡을 가다듬은 뒤 반론했다.

"양주목사! 본관이 약관의 나이에 이 지위에 오르는 데 주상의 은혜가 있었음은 사실이오. 그러나 주상의 실정이 백성들을 고달프게 하고 있음도 분명한 사실이오! 주상께서는 전란 중에 오직 자신의 안위밖에는 관심이 없으셨고, 유력한 장수들이 반란을 일으키지 않을까 염려하여 그들을 견제하는 데만 온 신경을 쏟으셨소. 옛 책에 이르기를 교토사양구팽狡兎死良狗烹이라 하더니, 나라를 구한 이에게 너무하지 않소! 그대들이 오늘 싸움에서 우리를 이긴다 하더라도, 과연 뒷날이 평안하리라 여기시오? 오늘은 살아남을지 몰라도, 그대들 역시……."

"닥쳐라, 역적 놈!"

고함을 질러 유형의 말을 차단한 고언백은 냅다 소리를 질렀다.

"불공대천의 역적 놈과 더 이상의 문답은 소용없다. 쏘아라!"

고언백의 명령이 떨어지자 그의 뒤에서 대기하고 있던 서너 명의 궁수가 일제히 시위를 당겼다. 다행히 거리가 멀었던 데다 잽싸게 말고삐를 당겨 자리를 옮긴 덕분에 단 한 발의 화살도 맞지 않았지만, 담판은 이로써 끝난 셈이었다. 하지만 유형은 포기하지 않고 마지막 한 번의 시도를 더 했다.

"양주목사, 지금이라도 생각을 바꾸시오! 목사의 눈에는 강변의 잿더미 속에 펼쳐진 저 참상이 보이지 않소? 수천 장졸의 목숨이 아깝지 않다는 말이오?"

"네놈이야말로 휘하의 군사들을 아낀다면 당장 말에서 내려 무릎을 꿇어라! 그리하면 너희 역적의 수괴들에게 놀아난 어리석은 군사들의 목숨은 건질 수 있을 것이다!"

잠시 멈췄던 관군의 대열은 고언백이 환도를 뽑아 휘두르자 조용히 다시 앞으로 나가기 시작했다. 이젠 유형으로서도 단념

할 수밖에 없게 되었다. 그 역시 환도를 뽑아 들었다.

"우리 의군義軍의 군사들이여! 나라를 위하여, 백성을 위하여 나가자! 통상께서 그대들과 언제까지나 함께하실 것이다!"

반정군 군사들이 지르는 함성이 귀를 찔렀다. 명령에 따라 말없이 진군하는 관군과는 전혀 다른 기세에 하늘이 흔들리고 땅이 울렸다.

＊

"흥! 제 놈들이 소리를 질러 봤자지. 원래 빈 수레가 요란한 법 아니더냐!"

이일은 진군을 멈춘 뒤 계속 진군하는 관군에 맞서 진을 펴고 싸울 태세를 취하는 반정군의 대열을 보며 코웃음을 쳤다. 유형의 설득에도 불구하고 관군의 대열에는 눈에 띄는 동요가 나타나지 않았다.

"무슨 소리를 하건 저놈들은 반적에 불과하다! 적도들이 알아서 사지로 들어오고 있으니 여러 장수들은 반군을 포위하여 일격에 섬멸하라!"

"대감, 엊저녁에는 조심해야 한다고 그리 강조하시더니 어찌 이리 과감해지셨습니까?"

한명련이 조심스레 질문했다. 하지만 이일의 호언장담은 그저 흥에 취한 것이 아니라 나름의 충분한 계산을 거친 뒤에 나온 것이었다.

"본관이 유일하게 두려워한 것이 있다면, 반적들이 전선에서 화포를 쏘아 관군을 공격하고, 여차하면 전선으로 후퇴하여 다시 바다로 도망치는 것이었소. 그런데 저들이 그 이점을 포기하고 스스로 열세인 군사를 몰아 우리 진영으로 접근하였으니 어찌 기쁘지 않겠소? 이것이야말로 천운인 것이오!"

이일은 힘차게 손을 치켜들었다. 지금 세어 보니 반정군의 군사는 기병이 거의 없는 보병 6000에 불과한데 비해, 그가 이끌고 있는 군사는 그 두 배에 기병도 2000이나 있으니 승패는 불을 보듯 뻔했다. 이일의 호령이 군사들의 뒤에서 쩌렁쩌렁하게 울렸다.

"저들은 오합지졸이다! 숫자도 우리보다 적고, 고작해야 수군이고 난군이다. 모조리 밀어 넣어 강물 속에 처박아 버려라!"

의기양양하게 고함을 치는 이일이 다소 불안해 보였는지 한명련이 다시 다가와 조심스레 말을 건넸다.

"대감, 그래도 조금은 조심하는 편이 낫지 않겠습니까? 저들을 지휘하는 자는 통제사 이순신입니다. 게다가 남도를 휩쓸었던 배설의 무리들이 합세하였으니 얕보았다가는 우리 군사들이 많이 상하지 않을까 걱정됩니다."

"흥! 배설의 무리가 남도를 휩쓸었다 하여 이름은 높지만, 그들은 결국 오합지졸일 뿐이오. 배설의 무리들은 자신들이 날뛰는 대부분의 고을에서 관군을 괴롭혔을 뿐 쳐부수지는 못하지 않았소. 저들이 무슨 생각인지는 몰라도 애초 본관의 예상과 달리 전선에 실린 회포기 지원할 수 있는 기리 훨씬 바깥으로 나와 있으니, 정면공격으로 저들의 진을 흩어 버린 뒤에 2000의 기병으로 추격하면 배까지 도망가기 전에 모조리 베어 버릴 수 있을 것이오.”

잠깐 숨을 돌린 이일은 군사들을 흐뭇하게 바라보았다. 군사를 급하게 동원하느라 총과 활이 부족하여 도성 내외에서 징발한 대부분의 군사들은 창검으로 무장하고 있었다. 하지만 그 점은 이순신과 배설의 반군도 마찬가지였으므로 이일은 군사들의 무장이 부족한 것에 대해서는 별로 고민하지 않았다. 반군 군사들 역시 대부분 제대로 된 진법 훈련이나 창검술 훈련을 받은 적이 없는 자들이니까 말이다. 잠깐 생각에 잠겼던 이일은 곧 한명련과의 대화로 의식을 돌리고 하던 말을 마무리했다.

“아마 도성으로 조금이라도 빨리 진군하고 싶은 마음에 서두른 모양인데, 이순신 그놈이 스스로 사지로 뛰어들고 말았으니 이는 그자의 무능함을 보여 준다고 할 것이오. 말이야 바른 말이지, 이순신이 수전에서는 약간의 명성을 올렸다고 하나 과거 북방에서 내 휘하에 있으면서 치른 육전에서는 수많은 고만고만한 장수들 중의 하나였을 뿐이오! 내 오늘 귀공에게 이순신의 허명이 산산이 무너지는 꼴을 보여 주리다.”

이일의 장담에 불안감을 느낀 한명련이 더 말을 할 사이도 없이 이일은 말에 채찍을 가해 앞으로 나가며 우렁찬 목소리로 호령했다.

“대군에게 소소한 기책은 필요하지 않다! 일거에 쓸어버려라! 너희가 용기를 내어 싸우면 그에 맞는 포상이 있을 것이고,

특히 반적들의 괴수 이순신의 목을 베는 자에게는 천금의 상이 있을 것이다! 너희는 목숨을 바쳐 상감께서 그동안 베푼 은혜에 보답하도록 하라!"

이일이 치켜들고 있던 팔을 앞으로 죽 뻗자 뒤에서 기다리고 있던 전령군관이 활을 들었다.

휘리리리리.

명적이 날자 이일의 군사들은 일제히 반정군의 대열을 향해 돌진하기 시작했다. 이들이 지르는 함성도 전장을 채웠다.

＊

"그래, 우리한테 움직이지 말라 하셨다 이거지?"

이일의 군사들이 접근하자 이순신의 군사들은 진군을 멈추고 방어를 위해서 진형을 넓게 펼쳤다. 하지만 군사의 수가 절반밖에 되지 않았으므로 진형의 폭은 관군의 그것보다 무척 짧을 수밖에 없었다. 그 양익을 맡고 있는 배설의 군사들에게는 한층 더 막중한 부담이 지워진 셈이다. 배설은 있는 힘껏 목청을 돋워 외쳤다.

"모두 들어라! 관군이 오고 있다. 자리를 지켜라! 밀리지 마라! 너희 아들과 손자들의 삶이 오늘의 싸움에 걸려 있다!"

우익의 지휘를 맡고 있는 아들 배상충도 비슷한 내용의 독려를 하고 있을 것이다. 이순신이 직접 이끄는 중앙의 수군처럼 충분한 화포를 갖지 않은 배설의 군사들로서는 이렇게 악으로 버티는 수밖에 없었다. 관군이 든 창칼의 번쩍이는 날빛이 군사들의 눈에 들어왔다.

＊

"서둘러라! 어서 서두르지 못할까!"

유형의 목소리가 조급하게 군사들을 재촉했다. 이번 싸움에서 이길 수 있을지 없을지는 우치적과 나대용이 뚝딱거리며 만들어 넘겨준 이 물건들이 얼마나 활약하느냐에 달려 있었다.

"수사또 나리, 조금만 참아 주십시오!"

한 대에 30여 명씩 달라붙은 군사들은 헉헉거리며 수레를 끌었다. 군사들의 대열 앞으로 끌어낸 다음 포장을 벗긴 길이 열자, 폭 여섯 자의 커다란 네 바퀴 수레 위에는 각각 세 자루의 현자, 또는 황자총통이 당장이라도 불을 뿜을 수 있도록 화약과 탄환을 장전한 채 실려 있었고 여분으로 충분한 양의 화약이 실려 있었다. 개중의 몇몇 수레에는 두 자루의 지자총통이나 대완구가 실려 있었다. 40여 대에 달하는 수레가 군사들의 대열 앞에 죽 늘어서서 벽을 형성하자 유형의 호령이 떨어졌다.

"각 총통거의 좌변 화포부터 쏜다! 이후 중간 화포, 우변 화포의 순으로 쉴 새 없이 방포하라! 지자포와 대완구는 어서 내려서 땅 위에 거치하고 방포 명령을 기다려라!"

"예, 영감!"

포수들은 서둘러 수레에 올라탄 다음 현자, 황자총통의 포구를 돌려 달려오는 관군의 대열을 겨냥했다. 화약 장전을 맡은 병사들은 수레 앞 땅바닥에 재장전에 쓸 화약 자루를 내려놓았고, 수레를 끌고 온 다른 병사들은 혹시라도 총통 발사의 반동으로 수레가 뒤집어지는 일이 생기지 않도록 총통 뒷면에 잔뜩 달라붙어 수레를 밀었다.

"방포!"

유형의 굵직한 목소리가 호령을 내리자 각 수레에서 잇달아 초연이 뿜어 오르기 시작했다. 300여 보 앞까지 다가온 관군의 대열을 향해 조란환의 비가 날아갔다.

＊

관군의 진격을 마주한 반정군이 황급히 뒤쪽에서 따라오던 수레를 전면으로 끌어내어 한 줄로 늘어세우는 모습을 본 이일은 호쾌하게 웃으며 병사들을 독려했다.

"음핫핫핫! 역도 놈들이 군량 수레로 방벽을 치고 우리 군사들을 막아 볼 심산이로구나. 소용없다! 일거에 넘어 적도들을 토멸하라!"

수성전에는 강하지만 야전에는 약한 조선군은 우세한 적과 싸울 때 쌀섬 따위를 쌓아 임시로라도 방벽을 만들고 저항할 때가 종종 있었다. 왜군과의 수전 역시 그런 면에서 보면 판옥선이 마치 성과 같다는 점에서 공통점이 있었다. 이일 역시 이순신이 수레를 끌어낸 것을 그런 방벽을 만들려는 의도라고 이해한 것이다.

"불화살로 놈들의 수레를 태워 버리면 속이 시원하겠다만, 그러면 놈들의 의도에 말려드는 거겠지? 그대로 밀어붙여라!"

적진을 향해 밀려가는 군사들을 보며 이일은 한껏 의기양양했다. 그런데 수레 위의 몇몇 수군 군사들이 분주하게 움직인다 싶더니, 느닷없이 수레 위에서 수십 개의 초연이 피어오르며 포성이 울리는 것 아닌가!

펑, 퍼펑! 펑!

"이, 이게 무슨 일이냐?"

연달아 뿜어 오르는 초연에 마상의 이일은 경악했다. 예상치 못한 조란환 세례를 덮어쓴 관군의 선두 대열이 그대로 녹아내리는 광경에 이일과 휘하 장수들은 그저 입을 쩍 벌릴 뿐이었다.

"이럴 수가! 저들이 성벽으로 삼고자 수레를 끌어낸 줄 알았더니, 화포를 실었을 줄이야!"

"대감! 탄복하고 계실 때가 아니옵니다. 어서 군사를 물려 태세를 정비한 후 다시 치도록 하여 주시옵소서. 군사들이 지리멸렬하고 있습니다!"

한명련의 말대로 급히 끌어모아 훈련을 제대로 받지 못한 군사가 많은 관군은 반정군의 포화에 의연히 대처하지 못했다. 좌우익 선두는 포성에 움찔하면서도 배설의 군과 창칼을 맞대고 싸움을 시작했다. 그와 달리 중군의 전진은 그 자리에 멈춰버렸고, 대부분의 군사들은 그대로 땅바닥에 엎드리거나 뒤로 도망치는 중이었다. 수습할 수 없을 지경으로 군사들이 흔들리기 전에 진영을 재편해야 했다.

"으음, 할 수 없지. 징을 쳐서 군사들을 불러들여라!"

"예!"

*

두 배의 적을 상대로 피를 뒤집어쓰며 분전하고 있던 배설의 군사들에게도 이일의 징소리는 구원이었다. 총통거로 이루어진 성벽은 그 숫자가 전군의 앞에 놓을 만큼 충분치 못하여 이순신의 부대 앞에만 있었으므로, 배설의 부하들은 압도적인 수의 관군과 그대로 창칼을 맞대고 싸울 수밖에 없었다.

"제길, 우리도 화포를 쏘고 시작했어야 하는데!"

배설은 이순신이 수군에 충분히 있는 총통과 사부射夫를 당연히 지원해 줄 것으로 생각하고 궁수를 거의 데려오지 않았다. 하지만 이순신은 미안한 표정을 지으며 배설이 충분한 궁수를 데리고 있을 것으로 생각하고 군략을 세웠으며, 수군은 원체 군사가 부족하여 총통의 화력에 의존해야 하기 때문에 사부도 총통도 나눠 줄 수 없다고 했다. 결국 배설의 부하들은 관군과 몸으로 부딪히는 싸움을 할 수밖에 없었다. 배설은 이를 갈고 나서는 군사들의 선두에 섰다.

"모두 무기를 들어 찔러라! 베어라! 버텨야 한다!"

배설 자신이 말도 타지 않은 채 진두에 서서 삼척검을 휘누르고 있는 상황이니, 배설의 부하들은 그야말로 단 한 명도 물러서지 않고 전군이 악귀처럼 싸웠다. 이들은 스스로를 다그치기 위해 입을 모아 자신들이 처한 상황을 되뇌었다.

"우리는 돌아갈 곳이 없다! 집도 가족도 관군이 모두 빼앗았다! 지면 후손도 미래도 없다! 버텨라! 싸워라!"

이일 역시 배설을 상대하는 좌우익에 궁수를 거의 배치하지 않았다. 언뜻 보기에도 배설의 진영에는 궁수가 거의 없었으므로 궁수로 맞대응할 필요가 없었고, 용장 유형의 지휘관인 이일 자신이 사격전을 통해 적을 차분히 붕괴시키기보다는 병력을 집중하여 돌격시켜 적진을 단박에 깨뜨리는 쪽을 선호했기 때문이다. 게다가 이일이 반정군의 양익을 먼저 붕괴시켜 전군을 포위할 생각으로 급하게 긁어모은 병력은 중군으로 배치하고 북벌을 위해 준비해 놓았던 정예병을 관군의 양익에 세웠기 때문에 이들과 싸우느라 배설이 입은 피해는 더 컸다.

하지만 좌우익의 관군은 자신들의 싸움이 시작된 직후 중군 쪽에서 연달아 울리는 포성과 비명 탓에 태세가 크게 흔들리고 있었다. 결국 얼마 안 가서 예상치 못한 포화에 지리멸렬하던 관군의 본진이 징소리와 함께 후퇴하자, 배설 군을 밀어붙이고 있던 좌우익도 썰물처럼 물러갔다. 이미 연달아 울리는 화포 소리에 겁을 먹고 있던 그들인지라, 철수 신호가 울렸을 때 머뭇거리는 모습 같은 것은 없었다.

"쫓지 마라! 아직 끝나지 않았다. 다친 이를 뒤로 빼내고 다시 줄을 세워라!"

배설의 외침에 도망치는 관군을 쫓아 달려 나가려던 군사들 몇이 멈칫하고 그 자리에 섰다. 활을 가진 몇몇 군사들이 도주하는 관군의 뒷덜미에 화살을 날리는 것을 빼고, 다른 군사들은 시급히 쓰러진 자기편 군사들과 관군 군사들을 옮기고 전장을 정리하기 시작했다. 언제 관군이 다시 쳐들어올지 알 수 없으니 걸리적거리는 것들은 최대한 치워 두어야 했다.

*

"수사 영감, 어서 출진해야 하지 않겠습니까."

"아니, 아직은 때가 아니다. 조금 더 기다리도록 하자."

"총통 소리가 저렇게 울리는데도 말입니까?"

포성이 울리는 가운데 한강진의 경기수군은 꼼짝도 하지 않았다. 엄밀히 말하자면 전투가 시작되기 전에 저만치 이순신의 함대가 보이는 위치까지 내려오기는 했지만 그것이 끝이었다.

경기수사 최원은 이순신과 이일이 전투를 벌이기 시작한 뒤에도 꼼짝하지 않고 있었다. 마포나루와 도성을 잇는 가도에서 싸움이 시작되었다는 것, 그리고 이순신의 함대가 마포나루 앞에 정박하고 있다는 것은 육지를 통해 척후를 보내고 지금 눈으로 보아 이미 직접 확인한 바였다. 또한 많은 수졸과 총통이 이일과의 일전을 위해 하선하는 바람에 각 전선의 전력은 원래의 절반 이하라는 것도 파악하고 있었다. 하지만 최원은 움직이러 하지 않았다.

"영감, 아시겠지만 저들은 도순변사와 싸우느라 격군과 사부의 절반 이상을 육지에 내렸습니다. 이 틈에 저들의 함대를 쳐서 퇴로를 끊고 섬멸해야 합니다!"

"말은 쉽지! 하지만 전선에 남아 있는 군사와 총통의 수도 만만찮을 것이야. 우리 수영에서는 전선 한 척당 겨우 서너 개의 총통을 싣고 있을 뿐이 아닌가. 설사 저들이 싣고 있는 총통의 수량이 원래 탑재한 것의 3분지 1에 불과하다 하여도, 변변한 지자총통 하나 없는 우리 수영으로서는 마흔 척이 넘는 저들의 배를 밀어붙일 수가 없네. 게다가……."

최원은 말을 하다 말고 몸을 떨었다.

"……저것은 다른 사람도 아니고 바로 이 통제의 함대가 아닌가! 나는 내가 수군을 이끌고 이 통제와 칼을 맞댄다는 것을 도저히 상상할 수가 없어. 자네들은 할 수 있는가?"

최원의 휘하 장수들도 서로 눈치만 볼 뿐 누구 하나 선뜻 나서서 '저라면 이 통제와 싸울 수 있습니다!'라고 호기롭게 외치지 못했다. 최원은 허탈한 표정으로 뱃전을 짚었다.

"그래, 나가야지. 주상 전하를 지키기 위해 싸워야지. 하지만 그 상대가 이 통제라고? 나는 무섭네. 너무 무섭네."

뱃전을 잡은 최원의 두 팔이 부들거리며 떨렸다. 하지만 경기수영 장수들은 최원을 비웃지 못했다. 그들 역시 잔등에서 식은땀을 흘리고 있는 것은 마찬가지였기 때문이다.

"앗! 영감, 포성이 그쳤습니다. 두 진영이 마주 질러 대는 함성이 들리는 것을 보니 싸움이 아주 끝나지는 않은 모양입니다."

귀 밝은 장수 하나가 포성은 잦아들었지만 함성은 계속 울리는 것을 깨달았다. 최원이 반색을 하면서 안도의 한숨을 쉬었다.

"그, 그런가? 그럼 우리 수영은 좀 더 태세를 보면서 적진의 틈을 노리도록 하세."

"아…… 알겠습니다, 영감."

＊

"영감, 저희가 그냥 밀고 올라가 버릴까요? 저기서 꼼짝 않고 있는 경기수군 전선들 정도는 지금 저희 전력만으로도 그대로 무너뜨릴 수 있습니다만."

"아니야. 통상께서도 가능한 한 전투를 피하라 하시지 않는가."

조방장 배흥립은 휘하 장수인 방답첨사 민정붕의 제안에 단호하게 고개를 저었다. 지금 나가서 경기수군을 쳐부수는 것이야 민정붕의 말마따나 어린애 팔 비틀기만큼 쉬울 것이지만, 그래야 할 필요가 없었다. 화포도 제대로 갖추지 못한 경기수군은 반정군에게 전혀 위협이 되지 않는데 굳이 쳐서 인명을 상하게 할 필요가 무엇이란 말인가.

"십여 척의 경기수군 전선에 타고 있는 천 명이 넘는 수군도 우리와 같은 조선 백성이 아닌가. 저들이 우리에게 덤비지 않는다면 굳이 죽일 필요가 없네. 또한 우리는 함부로 지금의 위치를 떠나 통상의 뒤를 위험하게 만들 수 없어. 만약 우리가 상류로 올라가 경기수군을 쳐부수는 사이 수원부의 군사라도 강을 건너 통상의 진을 배후에서 공격한다면 큰일 아닌가. 그러니 우리는 이 자리를 그대로 지키면서, 혹 경기수군이 강습해 온다면 그에 맞서기만 하는 것이 좋다고 보네."

"알겠습니다, 조방장 영감."

이렇게 해서 양측 함대 사이의 소강상태는 계속되었다. 이 날 반정군 함선들과 경기수군은 이렇게 지루한 대치로 하루를 보냈고, 결국 결판은 육전에서 나게 되었다.

*

이일은 고민에 봉착했다. 반군의 포화에 밀려 기세를 제압 당하고 만 것이다. 한 줌도 안 되는 적도들을 쳐 없애는 데는 한나절도 필요하지 않다면서 군막을 칠 것도 없다고 호언장담 했던 그였건만, 일단 한번 패퇴하자 군의를 열 장소를 마련하기 위해서라도 한 채의 군막은 치지 않을 수 없었다.

"저놈들이 저리 많은 화포를 가지고 있을 줄이야!"

"장군, 일단 도성으로 사람을 보내어 우리도 화포를 동원하도록 해야 하지 않겠습니까?"

"그럴 시간이 어디 있단 말이오!"

잠시 장수들 사이에 갑론을박이 이어졌다. 그사이 이일은 초조하게 군막 안을 맴돌고 있었는데 또다시 급보라고 외치는 소리가 들려왔다.

"장군! 장군! 적이 전진하고 있습니다!"

"뭣이라?"

군의를 하느라 탁자 주위에 앉아 있던 장수들은 그 자리에서 벌떡 일어났다. 서 있다가 그대로 뛰쳐나간 이일은 총통을 실은 이순신의 수레들이 한 번에 십여 대씩 군사들의 손에 밀려 앞으로 나오는 것을 볼 수 있었다. 50보가량 전진한 수레들은 다시 옆으로 방향을 돌려 방포 태세를 갖추었고, 다음 조의 수레들이 그 뒤를 따랐다. 이미 그 수레들에게 뜨거운 맛을 본 경험이 있는 이일의 군사들은 주춤거리며 물러서고 있었다.

"에잇, 못난 놈들!"

이일이 이를 갈더니 그대로 칼을 뽑아 옆에 서 있던 군사의 창대를 후려쳤다. 창대가 두 토막이 나 날아가고, 주변의 군사와 장수 들이 주춤거리며 뒤로 물러섰다. 환도를 든 이일의 불호령이 떨어졌다.

"저들의 포환이 무한할 리는 없다! 중군의 군사들로 하여금 지금 이대로 적진의 정면으로 돌입하여, 저들의 화포가 일차 불을 뿜은 뒤 화약과 포환을 장전하는 틈을 타 적진을 부수고 역적 수괴 이순신의 목을 베도록 하라. 좌군과 우군은 중군의 뒤를 따라 적을 부수도록 한다. 별군의 기병은 패주하는 적을 쳐라!"

이일의 명령은 포격에 쓸려 나가건 말건 군사들을 그대로 밀어 넣겠다는 이야기였다. 호랑이 이기리에 먹이를 밀이 넣이 호랑이를 질식시키겠다는 계획이나 마찬가지인 이 명령에 경악한 한명련이 필사적으로 이를 말리려 했다.

"도순변사 대감! 소장이 보기에는 이 자리에서 싸움을 서두를 것이 아니라 시간을 끄는 것이 낫다고 생각되옵니다. 반적들은 소수이니 도성 가까이로 끌어들이고, 사방에서 포위한 뒤 공격하면 총통을 장착한 저들의 병거가 비록 수십 대라 하나 어찌 당해 낼 것입니까? 우리 군사들은 매복한 상태에서 불화살을 쏘아 저들의 수레를 모조리 불태울 수 있고, 총통거가 없는 반적들은 우리 군사들의 포위를 당하지 못하고 사면초가의 신세가 될 것입니다. 일단 군사를 물리시지요!"

"한 공! 적도들의 발길이 이미 도성으로 가는 문턱에 닿았소. 만약 이 이상 저들을 상감께서 계시는 도성에 접근하게 하면 장수된 몸으로서 어찌 우리가 할 일을 다 했다고 하겠소? 저들을 한 걸음이라도 더 도성에 가까이 가게 할수록 우리에게는 그만큼 치욕이 더해지는 것이오. 마땅히 지금 당장 군사를 모아 저들을 정면으로 치고 반적의 수괴 이순신의 목을 베어야 하오!"

"대감, 소장인들 어찌 대감의 충정과 작금의 상황에 대해 모르겠습니까? 하나 군사들은 반적들의 포화에 겁을 먹고 있습니다. 그런 군사들을 반적들의 포구 앞에 들이민들 제대로 싸울 수 있겠습니까? 그것도 도성에서 마구 끌어모은 오합지졸인 중군이 선두라니요? 분명히 저들은 반적들의 포구를 보기만 해도 겁을 먹고 흩어지게 될 것입니다."

"나 역시 만약 주변의 지형이 적당하고 군사들의 사기가 높다고 하면 중군을 뒤로 물리면서 좌우익의 정병들을 반적들의 화포 사거리 바깥으로 우회시켜 반적들을 완전히 포위한 뒤 일제히 들이칠 것이오. 하지만 그대가 말했듯이 군사들이 겁을 먹고 있고, 이제 와서 아군을 분산시켰다가 반적들이 일제히 치고 들어온다면 우리 관군의 중앙이 그대로 돌파당하고 반적들이 도성으로 밀려갈 수도 있다는 점은 왜 생각하지 않소? 지금 우리가 있는 자리에서 남대문까지 겨우 십 리 남짓밖에 되지 않는단 말이오!"

"으음!"

눈앞의 싸움이 갖는 군사적인 가능성에만 주목하다가 정치적인 문제를 깜박 잊어버린 한명련은 입을 다무는 수밖에 없었다. 군사적으로는 소수의 적을 아군 진영으로 끌어들여 포위하는 계략을 쓰는 것이 당연하겠지만, 지금 그들의 바로 뒤에는 지켜야 할 도성이 있고 임금이 있었다.

한명련이 신음하며 침묵하자 더 이상의 반대는 없었다. 이 일은 한명련의 방해 때문에 중단했던 아까의 지시를 다시 내렸다.

"오 공! 모든 경군 기병에 대한 지휘권을 줄 터이니 그대의 군사들에 더하여 이끌고 지금 곧바로 적진을 우회하여 후방을 들이치도록 하시오! 멀리 우회하여 총통에 피해를 보지 않도록 하고, 후방에 도착하면 크게 함성을 질러 저들의 주의를 끄는 데 주력하시오. 반적들이 기병에 주목하느라 진군 속도를 늦추면 내가 이끄는 중군이 정면으로 공격하여 저들을 분쇄할 것이오."

"……군령을 받들겠습니다."

오응태는 잠자코 고개를 숙여 간단한 답을 하고 그대로 군막을 나갔다. 그는 이일에게 경강변을 방화하라는 명령을 받은 이후, 남들 앞에서 단 한마디도 먼저 꺼내지 않고 늘 침묵을 지키고 있었다. 누구도 그에게 말을 걸 엄두를 내지 못했다.

*

"대감! 도순변사가 당황하고 있는 것 같습니다."

"아니, 분명 도순변사는 계책을 꾸미고 있을 것이네."

휘하 장수들이 관군을 몰아붙인 데 대해 기뻐하자 이순신은 그들의 섣부른 기대를 경계했다. 절대 싸움이 이대로 끝날 리 없었다.

"도순변사는 상감의 총애를 받고 있는 터. 도성의 방어를 여기서 포기할 까닭이 없네. 시간을 끌며 군사를 모으는 것도 할 수 없는 이상 분명히 결전을 시도할 것이야. 지금 우리는 방심하지 말고 저들의 동태를 살펴야 하네."

이순신의 꾸짖음에 장수들은 자신들이 성급했음을 인정하고 조심스럽게 전진하면서 적진을 살피는 데 다시 주의를 돌렸다. 그리고 그 조심성은 곧바로 보답을 받았다. 오응태가 휘하의 기병을 이끌고 우익 방면으로 출격하는 모습이 발견된 것이다.

"음, 도순변사의 반격인가?"

2000여 기의 기병들이 관군의 진중에서 뛰쳐나오자 반정군의 진중에서는 잠시 동요가 일었다. 하지만 이순신의 지시를 받아 관군의 반격에 대비하고 있던 반정군 지휘부는 전혀 당황하지 않았다.

"우 조방장, 관군이 기병을 동원하여 배후를 치는 경우에 대한 대비를 분명히 하였지?"

"물론입니다, 통상. 여봐라! 방형진을 준비하라!"

우치적의 명령이 떨어지자 밀집하여 전진하던 총통거들이 열을 맞추어 제자리에 섰다. 그리고 각 총통거에 실린 화포들이 진군하던 정면 방향으로 포구를 돌렸다. 아까는 수군과 나란히 일자진을 구성했던 배설의 군사들도 이번에는 수군과 나란히 서는 대신 직각으로 도열하여 네모꼴 진을 구성하였다. 이들이 만든 방형진의 내부에는 땅에 내린 지자총통과 대완구, 그리고 조총과 활을 든 수군의 사부가 잔뜩 늘어서서 네 방향 중 어느 쪽으로든 사격을 퍼부을 수 있도록 하고 있었다. 만약 관군이 정면을 공격한다면 총통거가 불을 뿜을 것이고, 측면이나 후방을 공격한다면 땅 위의 총통과 사부들이 탄환과 화살을 쏟아 부을 것이다.

"시위에 화살을 메겨라! 총통에 화약과 탄환이 제대로 장전되어 있는지 확인하라! 총통을 발포하면 적의 대열이 흐트러질 것이니 궁수들은 남은 놈들을 쏘아 쓰러뜨려라! 그래도 달려오는 자들은 장창 살수들이 저지하라! 절대 진중에 돌입하게 하여서는 안 된다!"

늘어서 있는 보병 진중에 난입한 기병의 파괴력은 엄청나다. 우치적은 관군 기병들 중 상당수가 말 위에서 사는 것이나 마찬가지인 북변 출신 기병들이라는 것을 잘 알고 있었다. 편곤을 든 기병 한 명만 진중에 뛰어드는 데 성공하더라도 반정군의 대열에는 피바람이 몰아칠 것이다. 기병을 대적하는 훈련을 아예 받지 않은 수군은 말할 것도 없고, 배설의 군사들도 기병에 대처하는 훈련 같은 것을 받아본 사람은 없었다. 왜군이 전투에서 기병을 제대로 운용한 적이 없었기 때문이다. 방어전을 직접 지휘하는 우치적 역시 보병으로 기병을 대적하는 법은 책으로만 배웠을 뿐이다.

"기병이 몰아쳐 우리를 혼란시키면 그사이 도순변사의 본진이 들이닥칠 것이니 저들의 본진에 대한 경계도 소홀히 해서는 안 된다! 총통거 위에 있는 군사들은 방포하는 즉시 곧바로 화약과 탄환을 다시 장전할 수 있도록 만전을 기하라!"

"예!"

6000의 반정군은 만반의 준비를 갖추고 관군의 돌격을 기다렸다. 한데 동쪽 방면으로 출격해 나간 관군 기병들이 시야 밖으로 사라지더니 다시 나타나지 않았다. 반 시진이 지날 때까지 측방에도 후방에도 적이 나타나지 않자 반정군 병사들은 수군거리기 시작했다. 장수들 역시 의아함을 느꼈지만 동요를 나타내지는 않았다.

"멀리 우회하여 후방을 공격하려는 모양이군."

이순신의 판단도 그랬다. 그리고 어느 순간 이일의 본진이 움직이기 시작했다.

"총통거는 즉시 방포할 준비를 하라! 도순변사가 오고 있다!"

전방에 있는 군사들의 지휘를 맡은 유형이 군례를 올린 다음 이순신의 곁을 떠났다. 곧이어 다음 명령이 떨어졌다.

"임 별장은 항왜병들을 이끌고 경상우수사를 지원하도록 하게! 도순변사의 군사들이 총통 사격을 받고도 가까이 오면 휘하의 군사를 이끌고 출격하여 막아 내도록!"

"알겠습니다, 통상!"

임승조도 허리 굽혀 인사를 한 뒤 이제 백여 명밖에 남지 않은 자기 부하들을 향해 뛰어갔다. 이번에는 각오를 단단히 하고 다가오는 관군의 대열을 보자 수군, 배설 군, 항왜군을 막론하고 대기하고 있던 반정군 군사들의 이마에 땀방울이 흘렀다. 이 싸움이 반정군의 운명을 결정할 것이었다.

*

"대감, 아직 오 별장이 싸움을 시작하지 않은 것 같은데 괜찮겠습니까?"

"오 별장이 출진한 지 벌써 반 시진이나 지나지 않았는가! 우회하느라 조금 지체되고 있는 것일 듯하니 우리가 먼저 싸움을 시작하도록 하세. 적도들의 관심이 우리에게 쏠린 틈에 후방을 들이칠 수 있을 것이야. 여봐라, 어서 서둘러라!"

중군 소속의 군사들은 장수와 군관 들의 지시에 나라 황급히 전열을 정비했다. 아까 쏟아지던 포환 세례를 생각하면 절대 앞으로 나서고 싶지 않았지만 이일의 명령은 지엄했다.

"종묘사직과 상감마마를 지키기 위한 싸움에 어찌 망설이는 자가 있단 말이냐! 선두에 서기를 꺼리는 자는 내가 직접 참할 것이다!"

싸움을 망설이던 세 명의 군사가 정말로 이일의 칼에 맞아 그 자리에서 죽임을 당하자 나머지 군사들은 반항할 엄두도 내지 못했다. 군관들 역시 이일의 피 묻은 칼을 보고 나자 다음 차례는 자신이 될 수도 있다는 생각에 필사적으로 휘하의 군사들을 추슬렀다. 그들의 머리 위에 이일의 불호령이 떨어졌다.

"적도들과 맞서 싸우려 하지 않는 자, 곧 적도들의 일당이다. 모조리 그 자리에서 베어라! 각 장수가 휘하 군사 몇 명을 베건 책임을 묻지 않을 것이니 주상 전하께 충성을 다하는 것을 최우선으로 생각하라!"

싸우려 하지 않는 군사를 역적의 일당으로 취급해 베어도 상관치 않겠다는 이일의 선언에 몇몇 장수들의 표정에 교활한 기쁨의 빛이 스쳤다. 하지만 군사들의 얼굴에는 공포의 빛이 어렸다. 그들 역시 '역적의 수급'이 갖는 의미를 알고 있었고, 장수들의 '수급 사냥'을 익히 보아 왔기 때문이다. 중군에 비해 훨씬 많은 정예병으로 구성된 좌군, 우군에서도 이일의 지시로 인해 유발된 군사들의 동요가 표면으로 드러나고 있었다. 하지만 이일은 병사들의 동요 따위에 대해 배려할 정신적 여유가 없었다.

"중군은 진군을 시작하라! 그 뒤에 곧바로 좌군, 우군의 순서대로 적을 쳐서 역도들의 씨를 말리자. 진군의 북을 울려라!"

이일의 호령이 떨어지자 곧바로 울리기 시작한 북소리와 함께 관군의 대열이 움직였다. 관군은 방형진을 형성하고 있는 반정군을 향해 전진하기 시작했고, 이일은 중군과 좌군 사이에 자신의 깃발을 두고 기세 좋게 등채를 휘둘렀다.

"곧 기병들이 저들의 뒤를 칠 것이다! 모든 장수들은 일제히 진군하여 반적들을 격파하고 목을 베어라!"

이일의 군사들은 깃발을 펄럭이며 천천히 앞으로 움직였다. 먼저 앞으로 나갔다가 일찍 죽고 싶은 자는 없었다. 어차피 돌격할 거라고 해도 반군의 화포 사거리에 들어가기도 전에 지나치게 빨리 뛰기 시작하여 힘을 낭비할 필요도 없었다. 몇몇 장수들은 '이 시간 동안 도성에 사람을 보냈으면 화포를 마련할 수 있었을 텐데.' 하고 투덜거렸지만 다행히도 그들의 목소리가 이일의 귀에 들어가지는 않았다.

*

유형은 직접 선두에 나서 총통거 사이를 돌면서 포수들의 준비 상태를 점검하며 군사들을 독려했다. 총통거를 만든 것은 우치적이지만 지금 그 위에 올라가서 화포를 다루는 군사들은 거개가 경상우수영 소속의 수졸들이었다. 유형으로서는 이들을 마땅히 이끌어야 할 의무가 있었다.

"모두 침착히 싸움을 준비하라! 저들은 이미 포화에 한번 쫓겨난 자들이다. 이미 겁을 먹은 자들이 어찌 싸울 수 있겠느냐? 두들겨 맞은 개는 치켜든 몽둥이만 보고도 꼬리를 말고 도망가는 법이다! 저들의 숫자가 조금 더 많다 하여 당황하지 말고 침착히 싸워라. 우리는 옳은 것을 위해 싸우는 의군이 아니냐!"

잠시 숨을 돌리던 유형은 말 위에서 고개를 살짝 돌려 뒤를 살폈다. 이순신은 약간 고개를 숙인 채, 거대한 수자기 아래에서 송희립, 우치적 등과 무슨 문제인지는 알 수 없으나 심각하게 의논을 하고 있었다. 이일의 군세에 대한 두려움 따위는 전혀 보이지 않는 그 모습에 유형은 자신의 마음도 자연스럽게 편안해짐을 느꼈다. 유형은 다시금 소리 높여 외쳤다.

"마음이 가라앉지 않는 자들은 울돌목을 떠올려라! 우리 경상우수군은 울돌목 싸움을 혼자 치렀다. 그때 왜적의 수는 우리 조선 수군의 스무 배가 넘었다. 그래도 우리는 이기지 않았느냐? 지금 도순변사가 거느린 군사는 고작 우리의 두 배에 불과하다. 스무 배의 왜적을 이긴 우리가 고작 두 배밖에 안 되는 상대를 못 이기겠느냐? 우리는 이긴다! 우리가 백성을 지키기 위한 싸움을 하고, 통상께서 우리와 함께 계시기 때문이다!"

전투 준비를 갖추고 있던 경상도 수군 병사들 사이에서 폭풍과 같은 함성이 일어났다. 수자기 아래에서 회의를 하던 이순신이 놀랐는지 고개를 들어 이쪽을 쳐다보는 것을 보고 유형은 왠지 모를 웃음이 나서 참느라고 입술을 일그러뜨렸다. 그때 유형의 옆을 따르던 군관이 소리 높여 외쳤다.

"수사또 나리! 저들이 1000보 거리에 도달했습니다! 뛰어오기 시작합니다!"

"차대전을 장전한 현자총통을 쏘아라! 각 총통은 차대전을 쏜 뒤 철환을 쏘고, 그다음에는 조란환을 장전하라!"

유형은 일단 눈앞의 관군 본진에 대한 대처에만 집중하기로 했다. 이일의 본진이 움직이기 시작한 지금, 어디 있는지도 모르는 기병들에 대해서까지 고민할 여유는 없었다. 그쪽은 다른 장수들이 맡아서 해결해 주리라.

*

"대감, 적도들이 방포하고 있습니다!"

"나도 보고 있다!"

고함을 친 이일은 자기 군사들이 날아오는 철환에 쓰러지는 모습을 보면서 주먹을 꽉 쥐었다. 수레 위에 올라앉은 20여 문의 화포가 연달아 불을 뿜자 전진하던 중군의 대열에는 줄줄이 홈이 패였다. 총통이 날리는 차대전의 위력은 한 번에 20여 명의 군사들을 그 자리에 쓰러뜨리기에 부족함이 없었다. 쇠를 씌운 통나무 기둥에 직격당한 군사들의 몸이 으스러지고, 무쇠 날개에 쓸린 사지가 토막 났다. 옆에 서 있던 동료의 피를 덮어쓴 군사들이 비명을 질렀다. 이일이 고함을 쳤다.

"북을 처라! 대열의 사이를 빌려서 돌격하라! 도주하는 자는 베어라!"

둥둥둥둥.

이일의 위협에도 불구하고 두려움을 참지 못하고 도망치려던 관군 군사 몇몇이 군관들에게 그 자리에서 죽임을 당했다. 대부분의 군사들은 이를 악물고 계속 달려들었고, 아까와 같은 질서정연한 대열은 거의 무너졌지만 반정군과의 거리는 계속 가까워지고 있었다. 부장이 크게 외쳤다.

"대감, 중군 선두와 적진의 거리가 500보입니다!"

"계속 밀어붙여라! 좌군은 중군의 뒤를 따를 준비를 하라!"

이일은 초조하게 외쳤다. 생각했던 것보다 피해는 좀 많았지만 이 정도면 적진에 도달하는 것은 어렵지 않아 보였다. 근접하기만 하면 저들도 화포를 쏠 수 없을 것이 아닌가. 그리되면 숫자가 많은 쪽이 승리한다. 분명했다.

*

"대완구로 진천뢰를 쏘아라!"

관군이 접근하는 것을 침착하게 쳐다보고 있던 유형의 입에서 호령이 떨어지자마자 발사된 여섯 발의 비격진천뢰 중 한 발은 목표에 못 미쳐 양군 사이의 공지에 떨어졌다. 하지만 나머지 다섯 발은 무리를 짓고 있는 관군 군사들 한가운데로 정확히 떨어졌다. 임진년부터 7년간의 전란을 치르며 화포를 다루는 일이라면 도가 튼 우수영 포수들에게 그 정도는 일도 아니었다. 진천뢰가 신묘한 모습으로 터지는 광경을 본 임승조가 가볍게 투덜거렸다.

"젠장, 우리가 할 일이 없겠는걸."

*

"저, 저, 저런!"

이일은 너무도 놀라 말 위에서 벌떡 일어섰다. 수군이 진천뢰를 가지고 있는 줄은 알았지만 이렇게 사용할 줄은 미처 생각하지 못했다. 진형 속으로 날아든 다섯 개의 진천뢰는 대개의 경우 그러하듯 땅바닥에 떨어져 구르다가 터지는 대신, 줄지어 선 병사들의 머리 위 석 자 높이에서 터져 사방으로 불벼락과 철편을 쏟아 냈다. 진천뢰가 터진 곳을 중심으로 하여 서 있던 군사들이 비명을 지르면서 그 자리에 쓰러지자 대열 한가운데는 시체와 부상자로 만들어진 다섯 개의 원이 생겼고, 남은 군사들은 공포에 떨었다.

"에잇! 겨우 저 정도에 무슨 호들갑이냐! 진군을 속행하라! 역도를 토멸해야 한다!"

이일의 불호령과 깃발 신호가 떨어지자 중군 소속의 장수와 군사들은 마지못해 대열을 유지하며 반정군에게 계속 접근하려고 했다. 하지만 혼란이 다소 가라앉기가 무섭게 여섯 발의 진천뢰가 또다시 발사되었다. 이번에는 여섯 개의 진천뢰 모두가 관군의 머리 위에서 폭발했고, 여섯 개의 화구는 100여 명의 인명을 또다시 삼켰다.

"진격하라! 진격하라! 진천뢰 몇 개가 대수더냐. 역적의 목을 베어 상감마마께 충성을 다하라! 도주하는 자는 그 자리에서 참할 것이다!"

이일의 명령은 이미 호통이 아니라 절규였다. 또 쏟아지는 진천뢰 세례에 겁을 먹고 잠시 멈췄던 군사들은 악에 받친 이일의 고함 소리를 듣자 만사를 포기한 듯 함성과 함께 앞으로 달리기 시작했다.

*

"조란환과 피령전을 쏘아라!"

유형의 호령이 떨어지자 화포들이 일제히 불을 뿜기 시작했다. 포격이 끊어지지 않도록 순차적으로 각 총통이 화살과 철환을 쏘아 내자 제대로 된 엄호사격도 받지 못하고 돌격하던 관군 진영에는 피보라가 몰아쳤다. 이일을 비롯한 장수들의 엄한 독려에도 불구하고 관군의 선두는 마침내 무너져 내리고 있었다.

"도주하는 자들에게는 활을 쏘지 마라! 계속 다가오는 자들만 골라서 쏘아라!"

"수, 수사또 나리! 저쪽을 보시옵소서!"

유형이 방어 지시를 내리고 있는데 조라포만호 정공청이 급히 달려와 팔을 잡아끌었다. 고개를 돌려 정공청이 가리키는 방향을 본 유형은 급히 고함을 질러 휘하 군사들에게 지시를 내릴 수밖에 없었다.

"관군 기병들이 왼쪽 언덕 위에 나타났다! 포격을 멈추고 조란환을 장전하여 기병 돌격에 대비하라!"

뒤쪽에서도 우치적의 호령 소리가 들려왔다.

"저들이 저기 있었다니! 좌군은 즉시 적의 돌격에 대비하라! 우군의 지자포와 대완구는 즉시 좌군을 지원하라!"

사실상 이순신의 전령관 노릇을 하고 있는 우치적의 호통에, 뒤쪽에 있는 좌익과 우익에서도 소동이 일어났다. 땅바닥에 거치해 놓았던 지자총통들은 급히 왼쪽으로 포구를 돌렸고, 사부와 포수들도 급히 좌익을 지원하기 위해 이동했다. 배설의 군사들은 짧은 창이지만 창을 들어 기마의 돌격을 저지할 준비를 갖추었고, 활과 조총을 든 사부와 포수들은 화살을 메기고 화약을 쟀다. 이들이 손에 진땀을 흘리면서 곧 밀어닥칠 관군 기병들의 돌격을 이제나저제나 기다리는 참에 또다시 놀라운 일이 일어났다.

"저, 저것은?"

"저것은 수군의 깃발이 아닌가."

놀라운 일이었다. 기병들의 선두에 서 있던 장수가 뭐라고 지시를 하자 그 뒤를 따르던 군사가 커다란 깃발을 들어 흔들었던 것이다. 바람에 나부끼는 새하얀 깃발 한가운데는 수군을 의미하는 수水 자가 선명하게 적혀 있었다. 기병 세 명이 똑같이 물 수 자가 적힌 작은 깃발을 들고 말을 달려 다가오는 것이 보였다.

＊

"저 느려터진 굼벵이 같은 놈들!"

오응태의 기병들이 산마루 위에 처음 나타났을 때 이일은 분노했다. 출발한 게 언제라고 이제 겨우 나타났나 싶었기 때문이다. 적의 배후를 치라고 보냈으면 마땅히 본군에 앞서서 적도들을 타격해야 할 것이 아닌가. 이 시각까지 가만히 있었던 것도 속이 터질 일인데, 그나마 적도들의 배후도 아닌 양군의 측면에 나타났다. 이일은 오응태가 무슨 생각을 하고 있는지 도무지 알 수가 없었다.

"오 별장은 무엇을 하는 겐가! 왜 아직 저기 있는 것이지? 부장, 오 별장을 재촉하여 출전케 하라!"

역정을 내며 명령을 내린 순간 이일 역시 오응태 뒤에서 나부끼는 수자기를 보았다. 지금 상황에서 그 깃발이 무엇을 뜻하는지 이일로서도 모를 수가 없었다.

"저, 저, 저……."

이일의 입에서는 말이 되지 않는 신음만 터져 나올 뿐이었다. 이일뿐만이 아니라 관군 전부가 귀신에 홀린 듯 입을 떡 벌린 채 기병들의 대열을 멍하니 바라보았다. 관군과 마찬가지로 반정군도 화포 쏘는 것을 잊은 채 그쪽만 바라보고 있었다.

"대, 대감! 후퇴해야 합니다! 도성으로 들어가 성벽에 의지해서 반적들을 막도록 하십시다!"

황급히 달려온 한명련의 재촉에도 이일은 꼼짝하지 않았다.

"장수 된 자로서 어찌 물러설 수 있는가! 오응태 저놈이 반역에 동참했다 해도 군사는 아직 우리가 더 많고, 우리 뒤에는 주상 전하가 계신다!"

한명련은 분노인지 공포인지 부들부들 떨고 있는 이일의 손을 잡으며 안타깝게 호소했다.

"대감! 대감의 굳은 의지는 알겠으나, 저들이 역도들에게 붙은 이상 승산은 없습니다. 우리 군사들은 저들 마병들을 상대로 싸울 준비도 하고 있지 않은데 저들이 배후를 들이치면 아직 건재한 좌군과 우군도 모래성처럼 무너질 것입니다. 어서 군사를 물려 도성으로 들어간 뒤 굳건한 성벽에 의지하여 저들과 맞서야 합니다! 잃은 군사는 도성의 백성들로 보충하고 북방의 근왕군을 기다리면 됩니다! 우리 장수들 몇은 주상 전하께 죽음으로 죄를 빌어야겠지만 그리하면 반적들은 무찌를 수 있습니다!"

"닥치시오!"

이일의 수염이 부들부들 떨렸다.

"귀공은 아까부터 자꾸 물러서자 물러서자 하는데 그 의도가 심히 수상하오. 귀공 역시 저 반적들과 내통한 것 아니오?"

"대감!"

"그렇지 않다면 이리 집요하게 철군을 주장할 리가 없소. 싸움 없이 두성을 저도들에게 넘겨주려는 외도가 아니면 무엇이라는 말이오? 내 이 자리에서 귀공을 베어 일벌백계의 모범으로 삼을 것이오!"

"대, 대감! 억울하옵니다!"

한명련이 칼을 빼어 저항하거나 몸을 돌려 도망칠 겨를도 없었다. 이일이 환도를 들어 그대로 내리치려는 찰나, 느닷없이 폭풍과 충격이 이들을 덮쳤다. 열두 문의 지자총통이 일제히 장군전을 발사하는 포성이 들린 것은 착탄의 충격으로 흩날린 흙먼지가 이일이 있던 곳을 자욱하게 덮은 다음이었다.

＊

"통상! 저희는 통상의 대의에 동참하여 나라를 바르게 이끄는 길에 나서고자 합니다."

오응태의 사자로 온 장수는 뜻밖에도 아직 수염도 제대로 나지 않은 소년이었다. 앳된 외모에 비해 키가 큰 소년 장수는 반정군 진영 입구에서 당황한 얼굴로 자신을 막아서는 수군 군사들에게 호기롭게 외치며 당당하게 진중으로 들어왔다.

"나는 명천현감 이괄이다! 전 함경북병사 오응태 영감의 사자로 왔으니 너희는 어서 길을 비켜라!"

아직 어린아이 티를 벗지 못한 소년이 자칭 명천현감이라고 하자 앞을 가로막던 군사들은 어리둥절했지만 그 위세에 밀려 머뭇거리며 길을 비켰다. 이순신이 기다리고 있는 십 보 앞까지 말을 타고 온 소년 장수는 기운차게 말에서 뛰어내렸다. 그리고 반정에 동참하겠노라고 당당히 외친 것이다.

"통상! 오 영감께서는 경강변을 불태운 도순변사의 행동에 크게 분노하셨습니다. 그리고 그에 대해 보고받았으면서도 단 한마디도 도순변사를 질책하지 않은 상감에게도 실망하셨습니다. 이는 결국 조정과 임금이 백성을 귀하게 여기지 않는 잘못된 길로 나간다는 의미이니만큼 마땅히 나서서 고쳐야 한다고 하셨습니다."

오응태는 작년 이맘때는 충청수사로 이순신의 휘하에 있던 사람이다. 그 점을 생각하면 귀순하는 것을 딱히 이해하지 못할 바는 아니었다. 그런데 우치적이 이괄의 말을 끊었다.

"잠깐! 명천현감, 그대는 지금 경강변의 화재가 도순변사의 지시에 의한 것이라 하였는가? 어제 우리가 구출한 아낙네의 말로는 말을 알아들을 수 없는 기병들이 마구 불을 질렀다 하던데?"

우치적의 질문을 받은 이괄은 난처한 듯 고개를 숙였다.

"그것이…… 실제로 방화를 한 것은 오 영감과 제가 거느린 북병의 기병들입니다. 그래서 한양 아낙네가 우리 기병들이 지껄이는 말을 알아듣지 못했을 겁니다."

"뭐? 네놈이 불을 지른 놈이라고?"

안위가 고함 소리와 함께 칼을 뽑으려 하자 주변 장수들이 황급히 달려들어 막았다. 이괄은 급히 변명을 하면서 주춤 뒤로 물러났다.

"토, 통상! 이해해 주십시오! 오 영감이나 제가 노순변사의 명령을 거부했다면 도순변사는 그 자리에서 저희를 칼로 쳐 죽였을 것입니다. 오늘 하루만 해도 도순변사의 명령을 따르지 않는다고 처형당한 군사가 스무 명은 족히 됩니다. 군령을 거부할 수가 없었습니다."

"아무리 군령이라고 해도, 어찌 양민들이 살고 있는 민가에 피난할 시간도 주지 않고 불을 지른단 말이냐! 네놈이 그러고도 사람이냐!"

안위의 미칠 듯한 분노에도 불구하고 칼이 뽑히지는 않았다. 이순신이 있는 곳이라면 어디든 따르는 송희립이 마치 족쇄처럼 안위의 오른팔을 꼭 잡고 있었기 때문이다. 이 자리에서 죽지는 않겠다 싶어서 이괄의 혈색이 살아났다.

"공께서 뉘신지는 모르겠으나, 그럼 공께서는 군령을 거부할 수 있으십니까? 통상께서 내리는 명령이라고 해도요?"

한껏 흥분한 안위가 입을 열기 전에 그를 꼭 붙들고 있던 송희립이 나직하게 대답했다.

"통상께서는 그런 명령은 절대 내리지 않으시오! 그렇기 때문에 우리가 통상과 함께 일어선 것이오!"

송희립의 일갈에 주변 장수들은 일제히 고개를 끄덕였다. 이괄 역시 부끄러운 듯 고개를 숙이면서 동조하는 표정을 지었다.

"그래서 저희도 통상의 뜻과 함께하기로 한 것입니다. 오 영감께서는 도순변사의 강요로 인해 어쩔 수 없이 큰 잘못을 저지르기는 하였으나 그 일이 잘못이라는 것을 알고 계셨으므로 상감께서 큰 벌을 내리시리라 각오하고 계셨습니다. 그런데 상감께서는 도순변사가 직접 올린 보고를 받으시고도 도순변사에게 일언반구도 질책을 하지 않으셨습니다. 오 영감께서는 그것을 알고 상감과 조정에 대해 끝없는 환멸을 느끼시게 되었습니다. 도순변사는 용병에 있어서도 군사들의 생명 같은 것은 전혀 관심을 두지 않았습니다. 군사들이 얼마나 죽건 그저 한 번에 밀어붙여서 싸움을 끝내겠다는 욕심을 가지고 용병을 했습니다. 그 결과가 첫 교전에서 쓰러진 천여 명이고 지금 저기 쓰러지고 있는 수천 명입니다. 그리고 자신의 명을 따르지 않는 이에 대해서는 가차 없이 참형을 가했습니다. 군율이 엄하게 집행되는 것은 좋습니다. 한데 장수라면 수행할 수 있는 명령을 내린 뒤 그것이 실행되지 않았을 때 군율을 집행해야 하는 것 아닙니까? 한데 도순변사는 무턱대고 명령을 내립니다. 잠시 통상을 저지하겠다고 경강변에 불을 지른다는 것이 사람이라면 할 수 있는 생각입니까? 창을 들고 포구 앞에 뛰어드는 것은 자살하는 것이나 마찬가지인데 그것을 망설였다 하여 그 자리에서 마구 쳐 죽이는 것은요?"

이괄은 잠시 마른침을 삼켰다. 송희립의 눈짓을 받은 군사 하나가 물을 가져다주자 목을 축인 이괄이 말을 계속했다.

"오 영감께서는 도순변사의 패악질을 도저히 더 견딜 수 없어 하던 차에 도순변사로부터 모든 기병을 몰아 통상의 배후를 치라는 명을 받으셨습니다. 도순변사의 옆을 떠나자마자 오 영감께서는 산비탈에 벙시 전원을 모으신 후 어세부터 세속뇌는 도순변사의 패악질에 대한 성토와 함께, 진정 백성을 위하는 길인 통상의 대의에 동참하는 길을 걷고자 하신다며 동참할 자를 모으셨습니다. 오 영감께서도 지난 전란 동안 여러 직위를 돌면서 금상께서 백성들의 안위보다 자신의 권력을 탐하신다는 것을 익히 보아 왔으니 말이지요. 동참을 꺼리는 자는 허락할 테니 집으로 돌아가라 하셨고, 이에 약 500기가 그대로 흩어져 떠나면서 나머지 1500기의 기병들이 저기 언덕 위에 있습니다. 우리는 통상께서 군사를 움직이시는 데 호응하여 도순변사의 배후를 칠 것처럼 움직임으로써 그 군세를 그대로 붕괴시키고자 합니다. 도순변사는 어제부터 머리를 쥐어짜는 모양이지만 생각해서 하는 그 행동 하나하나가 모두 악수만 두고 있습니다. 지금 도순변사 휘하의 관군은 무너지는 탑을 보수한답시고 기둥을 잘라다 지붕에 얹는 짓을 하고 있습니다. 여기에 오 영감의 기병들이 배후를 들이칠 것 같은 모습을 보인다면 그대로 무너질 것입니다. 그게 다 당파싸움에 물들어 권력만 탐하는 당료들로 채워진 조정과 자신의 권좌 이외에는 어떤 관심도 없는 상감께서 나라를 이따위로 만들어 놓은 탓입니다. 하지만 통상께서는 그런 잘못된 것들을 끝장내려 하십니다. 권력욕만 가지고 있는 탐욕스런 상감을 몰아내고, 그 밑에서 당파싸움에만 혈안이 된 당료들을 조정에서 쓸어 내어 바른 나라를 만들어 가려고 하십니다. 저희는 통상의 깃발을 함께 받들어 그 길을 만들어 나가고자 합니다."

여기서 이괄은 갑자기 이순신을 향해 무릎을 꿇었다.

"통상 대감! 저는 물론이고 오 영감 역시 어제 정말 큰 죄를 지었습니다. 비록 도순변사의 강요 때문이었다고 하나 저희가 백성들에게 저지른 잘못은 아무리 공덕을 쌓아도 용서받을 수 없을 것입니다. 하지만 기회를 주신다면 통상의 길을 함께하며 분골쇄신하여 새로운 세상이 오는 것을 단 한순간이라도 빠르게 함으로써 그 죄를 조금이나마 갚고 싶습니다. 만약 용서해 주지 않고 이 자리에서 저희를 참하신다 하더라도 저희는 후회하지 않을 것입니다. 도순변사 밑에, 금상 밑에 하루라도 더 있다가는 이런 큰 죄를 얼마나 더 짓게 될지 모르니까요."

침묵이 흘렀다. 안위도 손에 힘을 뺐다. 생각에 잠겨 있던 이순신은 시선을 돌려 잠시 하늘을 바라보다가 입을 열었다.

"백성을 위한 나라……. 그렇지. 백성이 곧 하늘이고 사람은 하늘의 뜻을 따라야 하는 것이 아니겠는가."

장수들은 묵묵히 이순신의 다음 말을 기다렸다. 이괄은 무릎을 꿇은 채 고개를 들지 않고 있었다. 이순신의 입술이 다시 열렸다.

"이번 거사는 군사와 백성 들의 목숨을 상감의 탐욕으로부터 지키고자 함에서 비롯되었네. 그대와 오 병사가 백성들을 더 이상 상하지 않게 하고자 동참하려 한다면 받아들여야겠지. 그대들이 어제 저지른 짓에 대해서는 지금 당장은 문책하지 않겠네. 모든 것이 끝난 뒤에 잘못을 묻도록 하겠네."

"알겠습니다, 통상! 감사합니다! 감사합니다!"

이괄은 그 자리에서 땅에 엎드려 환호했다. 마침 그 순간 나대용이 직접 지휘하는 지자총통 포대의 일제사격이 이일의 깃발 주위에 쏟아지면서 이일의 수자기가 쓰러졌고, 이일 역시 자욱한 흙먼지 속에 가려져서 나타나지 않게 되었다. 우치적이 급히 나서서 호령했다.

"도순변사가 쓰러졌다! 전군은 지금 즉시 총통을 일제히 방포하라! 도순변사의 군사들을 흩어 놓은 뒤 돌격하라! 오 병사의 기병들이 저들의 배후를 칠 것이다!"

반정군은 환희의 함성을 지르며 일제히 총통을 발사하고 방형진을 풀어 돌격을 위한 대형을 갖추었다. 반정군의 포화와 함성으로 이중 타격을 받은 관군이 흔들리자 양측 군사들의 움직임을 본 오응태의 군사들이 관군의 배후를 향해 기동하여 후방을 차단할 움직임을 보였다. 장수를 잃은 관군 군사들이 우왕좌왕하는 모습이 손에 잡힐 듯 반정군 장수들의 눈에 들어왔다.

*

"도망치지 마라! 상관의 지휘에 따르라! 도망치는 자는 참한다!"

충격에서 벗어난 중군장 고언백은 필사적으로 군사들을 수습하려 했지만 소용없었다. 이일의 명령에 따라 진군하던 자신들의 선두 대열이 어떻게 되는지 똑똑히 보고 있던 중군 후미의 군사들은 도순변사 이일을 비롯해서 중군의 후미를 따르던 관군의 주요 장수들까지 총통 집중사격을 받아 쓰러지는 광경을 목격하자마자 그대로 궤주하기 시작했던 것이다. 장수들의 권위와 위협 때문에 억지로 붙들려 있던 군사들 입장에서 이일이 쓰러졌다는 것은 족쇄가 풀린 셈이었다.

"도순변사가 죽었다! 도망쳐라!"

"수군의 화포는 천하무적이다! 십 리 밖의 사람을 맞힌다!"

"이제 우린 살았다!"

몇몇 군관들이 환도를 휘두르며 무너지는 군사들을 저지하려고 했지만 공포에 질려 눈이 뒤집힌 군사들을 막을 수는 없었다. 환도를 든 팔이 누군가의 손아귀에 잡히더니 주먹이 눈앞으로 날아들었다. 땅바닥에 쓰러진 이들은 그대로 살고자 하는 군중의 흙발에 짓밟혔다.

"주, 중군장! 좀 도와주시오! 도순변사께서 정신을 잃으셨소!"

장군전은 맞으면 죽는 강력한 위력을 가지고 있지만 어디까지나 커다란 화살에 불과하므로 직접 맞지만 않으면 큰 피해는 없다. 이일도 장군전에 직접 맞은 것이 아니라 장군전이 떨어지면서 낸 소리와 진동에 말이 놀라면서 몸부림을 치는 바람에 내팽개쳐져 의식을 잃은 것이었지만, 말에서 떨어진 데다 깃발까지 쓰러지면서 군사들은 이일이 죽은 줄 안 것이다.

"어서요! 중군은 수습하기에 늦었소. 좌군, 우군이라도 추슬러 도성으로 돌아가야 하오! 서두르지 않으면 다 와해될 거요!"

조금 늦게 정신을 차리고 상황을 파악한 한명련은 이일의 거드랑이를 잡아 일으키며 다급하게 고언백을 불렀다. 그는 지난 전란에서 여러 전투를 치르면서 기세가 꺾인 조선군이 얼마나 와해되기 쉬운지 익히 체험한 바가 있었다. 전력의 핵심인 정예병이라도 건져 두면 오합지졸은 얼마든지 다시 보충할 수 있다. 하지만 오합지졸을 수습하려다가 정예병들까지 모두 잃게 되면 만사는 끝이었다.

"한 별장께서는 속도 편하시오! 우리가 지금 물러나면 재기할 기회나 있겠소?"

고언백은 넘어질 때 생긴 상처로 이마에서 피를 흘리면서도 필사적으로 주변을 지나는 군사들을 붙들었다. 하지만 모두가 그의 손을 뿌리치며 좌우로 흩어져 도망칠 뿐 설득에 응해 그 자리에 남는 자들은 없었다.

"어허, 어서 후방에 있는 좌우군이나 수습하자니까! 앗! 이, 이미 늦었소!"

한명련의 당황한 목소리에 고언백은 고개를 들어 저 멀리를 쳐다보았다. 그리고 배신자 오응태의 기병들이 함성을 지르면서 말에 속도를 내어 좌우군의 후방으로 치닫고 있는 모습을 보고 말았다. 중군이 무너지는 순간까지도 대열을 유지하고 있던 좌군과 우군의 군사들도 오응태의 기병들이 배후를 차단하려 들자 동요하기 시작했다.

"중군장! 어서 도순변사 대감을 말에 태우는 거나 도와주시오. 지금이라도 도성으로 들어가면 도성에 남은 군사를 수습하고 근왕병을 다시 모집하여 성문을 닫고 버틸 수 있을 것이오. 지금 거기서 멍하니 서 있을 시간이 없어요!"

고언백은 그제야 이일을 수행하던 군관과 장수 들조차 죄다 도망쳐 버리고 자신과 한명련만 남아 있다는 것을 깨달았다. 고개를 들어 다시 주변을 살피니 중군은 완전히 붕괴해 버려 이제 질서라곤 찾아볼 수 없는 군중이 되어 버렸고, 좌군과 우군은 포위당할 것을 두려워하는지 후미부터 무너지는 참이었다. 과연 그들이 도성으로 들어갈 수나 있을지 알 수 없었다.

"반적들이……. 반적들이! 오응태, 이 개 같은 놈!"

고언백은 이를 갈면서 기절한 이일을 한명련과 함께 부축하여 말에 태웠다.

"욕할 시간도 없소! 어서 도성으로 들어가 상감께 이 사실을 고하고 도성 내의 군사를 수습해야 하오! 이랴!"

한명련은 급하게 말을 몰았지만 궤주하는 군사들의 무리 속에서는 속도를 내기도 쉽지 않았다. 반정군이 패주하는 관군의 대열에 포를 쏘거나 추격하지 않는 것이 천만다행일 뿐이었다.

*

"절대 공격하지 말고 위협하여 쫓기만 하라!"

오응태의 명령은 분명했다. 그는 조금 전까지만 해도 같은 편이었던 도순변사의 군사들과 싸우고 싶지 않았고, 싸우라는 명령을 내린다고 해서 자기 휘하의 군사들이 따를 것이라고 여기지도 않았다.

"지들은 이미 겁에 질려 도주하고 있을 뿐이다. 우리를 싱하게 하지 않는 이상, 먼저 쏘거나 달려들어 치지 말라! 그저 배후를 칠 듯 움직이기만 해도 멈출 엄두를 내지 못할 것이다!"

오응태는 관군이 처한 상황을 정확히 파악하고 있었다. 이미 수군의 압도적인 화력을 목격한 데다 오응태의 기병들이 돌아선 것으로 인해 공황 상태에 빠진 관군은 제대로 진을 치고 전투를 벌일 기세를 상실한 상태였다. 그런 군사들 몇을 쳐 죽여서 딱히 반정군 쪽이 유리해질 것도 없었다. 물론 단 하나만은 예외였다. 오응태가 이를 갈았다.

"단 하나, 도순변사만은 발견하는 대로 베어라! 수많은 우리 백성들이 살고 있는 동리에 불을 지르고 그게 잘못이라고 생각하지도 않는 그자야말로 나라의 적이 아니냐! 도순변사의 목을 베어 오는 자에게는 천금의 상이 있을 것이다!"

오응태는 다른 이는 다 용서해도 자신에게 어제의 그 끔찍한 일을 시킨 이일과 그런 이일을 질책하기는커녕 단 한마디도 나무라지도 않은 임금, 두 사람만은 절대 용서하지 않을 생각이었다. 전란 중에 쌓인 유감도 있었지만, 이른바 백성의 어버이라고 하는 자가 수많은 백성들의 명을 끊은 범죄자에게 단한마디도 하지 않았다는 것은 용납할 수 없었다.

"영감! 그저 몰아쳐서 흩어 놓는 것으로는 부족합니다! 어서 군사들을 몰아 남대문과 서대문 두 문을 점거하여 통상의 군사가 도성으로 들어갈 진입로를 확보해야 합니다!"

"오, 명천현감! 벌써 다녀왔는가?"

오응태는 뒤를 돌아보며 반색했다. 그가 아끼는 소년 장수

이괄이 말을 달려 뒤를 따라오고 있었다. 달려온 이괄은 고삐를 당겨 오응태 옆에 말을 세우더니 숨 가쁘게 답했다.

"예! 통상께서는 과거 수군에서 영감과 있었던 일들을 추억하시며 이번 반정에 처음부터 영감을 참여하시게 했으면 일이 더욱 쉬웠을 것이라고 아쉬워하셨습니다. 어제 경강변에서 있었던 불행한 참사에 대해서는 도순변사가 억지로 강요한 일이니 질책하지 않겠다는 말씀도 하셨습니다. 그보다 영감! 우리는 단순히 도순변사의 뒤를 쫓기만 하여서는 아니 됩니다!"

"그렇다면 자네에게는 다른 생각이 있는가?"

"당연하지요! 지금 여기서 도순변사를 잡아 목을 벤다 하더라도 조정이 스스로 무너져 내리는 것은 아닙니다. 통상의 반정이 성공하려면 군사를 몰아 도성을 손에 넣어야 하는데, 도성 안에 남아 있는 조정 대신들이 정신을 차려 성문을 굳게 닫아걸고 도성 백성들 중에서 새로이 군사를 모아 성벽에 의지하여 버틴다면 수가 부족한 통상의 군사로는 도성을 공략하기가 쉽지 않을 것입니다. 공성구도 하나 없는데 어찌 도성의 그 높은 성벽을 넘겠습니까? 공성구야 어떻게든 만들면 된다지만, 미숙한 군사들이 공성구를 능숙히 다루게 만드는 데는 또 얼마나 시간이 걸리겠습니까?"

"하면 공의 생각은 어떤 것인가?"

오응태의 질문을 받은 이괄은 단호하게 자신의 생각을 털어놓았다.

"지금 바로 날랜 군사들을 뽑아 퇴각하는 도순변사의 권고에 섞여 도성 안으로 들어가게 해야 합니다! 그리고 성 안으로 들어가자마자 군사들을 몰아 수문장과 문지기 군사들을 처치하고 성문을 확보한 다음 활짝 열어 통상의 군사들이 들어갈 수 있도록 하고, 성내에 반정군이 들어왔다고 고함을 질러 백성과 군사를 막론하고 놀라움에 떨게 함으로써 혼란을 초래하면 조정에서는 그 혼란을 도저히 수습할 수 없을 것입니다. 이리하면 도성을 쉽게 얻을 수 있을 뿐 아니라 군사와 백성들의 목숨도 상하지 않게 할 수 있으니, 이 어찌 상책이 아니겠습니까. 북방 기병 50기만 내어 주시면 제가 그 일을 하겠습니다."

오응태는 이괄의 건의를 듣자 주먹으로 자신의 허벅지를 쳤다.

"좋다! 공의 의견은 그야말로 묘책이로다. 군사를 줄 테니 당장 도성으로 들어가 남대문을 확보하도록 하라!"

"예, 영감! 기필코 목적한 바를 이루겠습니다."

말을 채찍질하여 달려 나간 이괄은 오응태가 내어 준 50기의 기병들을 이끌고 곧바로 패주하는 관군의 무리 한가운데로 뛰어들어 저 멀리 남대문을 향해 질주하기 시작했다. 미처 피하지 못한 관군 군사들 몇이 그들의 말발굽에 짓밟히는 것이 보였다.

*

"이런 제길! 통제사 도노의 눈에 들 기회가 날아가다니!"

"하야시 사마, 우리는 두 발로 뛰어왔지만 저들은 말을 타고 왔으니 어쩔 수 없지 않습니까. 다음 기회를 노릴밖에요."

도망치는 관군 병사들 사이를 헤집으며 반 시진 가까이 뛰다시피 하여 남대문까지 온 임승조가 혀를 차자 항왜병 부하들이 아쉬운 듯 한숨을 쉬며 답했다. 그들의 눈앞에 있는 남대문 위에는 이괄이 꽂은 수水 자 기가 그 자태를 뽐내며 바람에 흔들리고 있었던 것이다. 이괄의 군사들은 항왜병들이 도착하자 마치 놀리듯이 깃발을 휘두르며 함성을 질렀다. 저놈들부터 쳐 죽여 버리자며 이를 가는 임승조를 부하들이 말렸다.

"우리 하야시 대는 아직 공을 세울 기회가 남아 있습니다. 조선 임금의 목이 남아 있지 않습니까. 오응태 병사의 군대는 아직 도성에 다 들어오지 않았으니 우리가 먼저 임금의 목을 베거나 도망치기 전에 붙잡으면 이번 싸움의 일번검이 되어 큰 포상을 받을 것입니다!"

"좋다, 고로! 우리 가서 조선 왕의 목을 베자! 우리 하야시 대가 최고의 공을 세워 이번 싸움의 일등 공신이 되자꾸나!"

"하이!"

백여 명의 항왜병들은 일제히 검과 창을 들어 결의의 외침을 지른 뒤 성문을 통과해 정릉동 행궁을 향해 정확히 달려갔다. 항왜병들 사이에서 임승조의 외침이 높게 들려왔다.

"서둘러라! 8년 만의 기회다. 또 놓칠 수는 없어!"

임승조는 고니시 유키나가 휘하에서 한양을 점령했을 때를 삼시 떠올렸다. 가토 기요마사의 부대와 경쟁하면서 동대문을 통해 한양에 먼저 진입했을 때, 조선 임금은 이미 북방을 향해 도망가고 없었다. 고니시를 비롯한 일본 장수들은 임금을 잡아 조선의 항복을 받기만 하면 전쟁이 끝날 줄 알았다가 생각과 다른 방향으로 일이 전개되자 크게 당황했고, 그 뒤로 길고 끔찍한 전란이 7년이나 이어졌다. 임승조는 그 사실을 똑똑히 기억하고 있었다.

"임금을 확실히 잡아야 전쟁이 끝난다! 어서 통제사 도노를 왕으로 모시고 은상을 받도록 하자! 또 7년 동안 고생할 수는 없지 않느냐."

병사들이 다시 한 번 결의에 찬 함성을 질렀다. 임승조는 앞장서서 부하들을 이끌고 성문 안, 이괄 일당의 책동으로 인해 우왕좌왕하는 백성들 사이로 몸을 던졌다. 전란 중에 도성에 꽤 오래 머무른 적이 있는데다가, 정 참봉으로부터 미리 귀띔을 받았기 때문에 임금이 있는 행궁으로 가는 길은 정확히 알고 있었다. 문제는 또 전란이 밀어닥쳤다는 사실에 빨리 집으로 돌아가 가족들을 챙기기 위해 한길에 가득 뛰쳐나온 백성들이 걸림돌이 될 것을 예상하지 못한 것이다.

"제기랄!"

"비켜라, 비켜!"

임승조를 비롯해 조선말을 할 줄 아는 몇몇 병사들이 길을 비키라고 소리쳐 봤지만 이미 공포에 질린 백성들을 물러나게 할 수는 없었다. 게다가 임승조의 부하 군사 중 하나가 홧김에 이 혼란의 불길에 기름을 붓는 것도 아니고 화약통을 던지고 말았다.

"쿠타밧치마에, 쿠소야로오도모[뒈져 버려라, 빌어먹을 놈들]!"

말이 떨어지는 순간 주변 백성들의 시선이 일제히 임승조의 군사들 쪽으로 쏠렸다. 다음 순간 정적이 흐르는가 싶더니 폭풍과 같은 외침이 터져 나왔다.

"왜, 왜놈이다!"

"왜놈들이 또 쳐들어왔다!"

"왜놈들이 조선 옷을 입고 쳐들어왔다!"

"도망가라! 다 죽는다!"

임승조의 부하가 내뱉은 왜말 한마디 때문에 남대문 일대는 아까보다 한층 더 심각한 혼란 속으로 빠져들었다. 이제 임금의 목을 베러 가는 것은 꿈도 꿀 수 없게 되었다. 임승조는 들고 있던 칼을 힘없이 늘어뜨리더니 한탄의 소리와 함께 칼집에 도로 집어넣었다.

*

"말 한마디 실수를 해 도성을 완전히 혼란에 빠뜨렸다 이 말이지?"

"하지만 덕분에 통상께서 입성하시는 것이 훨씬 쉬워지지 않았습니까."

"그러게 말입니다. 도성 백성들이 통상이 오신다고 하자 그렇게 매달릴 줄은……."

도순변사와의 전투에서 승리를 거둔 반정군 장수들은 도성 안 정릉동 행군 문을 들어서며 너털웃음을 터뜨렸다. 임승조의 부하들이 일으킨 뜻밖의 소동 덕분에 이순신을 비롯한 반정군 주력의 입성이 매우 쉬워졌던 것이다.

"통제사 대감이다!"

"통제 대감, 왜놈들이 또 쳐들어왔답니다! 제발 저희를 지켜 주소서!"

"살았다. 이젠 살았다!"

남대문을 통해 입성한 이순신을 맞이한 것은 이와 같은 백성들의 외침이었다. 임승조의 부하들에게 놀라 동대문과 서대문, 그리고 각 소문을 향해 밀물처럼 밀어닥치던 피난 행렬은 이순신이 입성했다는 소문이 퍼지면서 눈 깜짝할 사이에 잦아들었다. '왜적의 재침'을 피해 피난을 떠나려던 백성들은 왜적을 무찌른 통제사의 등장에 거짓말처럼 환호하며 몰려들었다. 임승조의 실수 덕분에 백성들에 대한 위무가 단박에 이루어져 버린 셈이었다.

"조방장 영감, 이거 어쩌지요? 저 백성들이 '왜적'도 실은 우리 군사라는 걸 알게 되면……."

"유 수사, 어차피 항왜병은 금상도 가지고 있었으니 피장파장이오. 그냥 넘어갑시다. 백성들도 시간이 조금만 지나면 괘념치 않을 거요."

임금이 거느리고 있던 항왜병들도 이번 싸움에서 별다른 역할을 하지 못한 것은 마찬가지였다. 도순변사 휘하의 좌군에 속해 있던 항왜병들은 좌군이 무너지는 데 휩쓸려 별다른 싸움도 해 보지 못하고 부대가 와해되었고, 일부 지휘관들은 이괄보다 한발 빨리 도성으로 들어가 임금을 따라 도주했지만 군사들은 대부분 포로가 되었다. 조선 병사들처럼 도망쳐서 돌아갈 집도 없는 이들 항왜병들로서는 딱히 선택할 수 있는 길이 없었던 것이다. 300여 명에 달하는 항왜 포로가 잡혔다는 사실을 알게 된 임승조는 임금을 잡는다는 목표를 달성하지 못한 데 대한 좌절감을 일거에 털어 버리고, 환호하면서 이들을 자기 부하로 끌어들이기 위한 설득 작업에 들어가 있었다.

"그보다는 어서 금상을 추적하여 붙잡고, 세자 저하의 신변을 확보하는 일이 급선무요. 우리 계획대로 세자 저하를 보위에 올리려면 그분께서 무사해야 하지 않겠소."

유형은 우치적의 말에 고개를 끄덕였다.

"맞습니다. 음험한 금상이 세자 저하를 동반하여 피난을 떠났으니 어서 따라가 무사히 저하를 구출해야겠지요."

"그러게 말이오. 자기 아들을 인질로 잡은 셈이니……."

정릉동 행궁으로 가는 길은 이순신이 남대문에 도착한 뒤에야 열렸다. 반정군이 급히 달려 행궁에 도착했을 때 이미 행궁은 텅 비어 있었다. 임금을 비롯한 왕실 일족은 한 살배기 어린 아이 하나 빼놓지 않고 모조리 새벽에 피난길을 떠났고, 대소 신료들조차 영의정 윤두수 이하 절반은 그 뒤를 따라 함께 떠났다는 것을 알았을 때 우지석은 허발한 나머지 폭소를 터뜨려 버렸다. 이순신을 수행한 우치적이 행궁 문을 들어섰을 때 그들을 맞이한 것은 이덕형 한 사람뿐이었다.

"통제사, 귀공은 대역 죄인이 되고자 하시오?"

"아닙니다, 좌상. 소인은 그저 이 나라가 백성을 위하는 나라가 되기를 원할 뿐이옵니다."

"귀공이 보위에 오르고자 한다면 나는 끝까지 막을 생각이오. 이제 어떡하시겠소?"

이순신이 잠시 뜸을 들이다 입을 열려는 참에 뒤에 있던 정 참봉이 나서서 끼어들었다.

"좌상 대감, 이렇게 끼어드는 것이 실례인 줄은 압니다만 소인의 말을 조금만 들어 주소서. 통상께서는 나라와 백성을 위한 충정으로 거사하셨을 뿐 권력에 대한 욕심 같은 것은 조금도 가지고 계시지 않습니다. 하물며 만인지상 군주의 지위를 탐하겠습니까? 일단 시급히 정리해야 할 것들을 정리한 뒤, 통상께서 댁으로 찾아뵙고 여러 가지 문제에 대해 상의를 드릴 터이니 잠시만 댁에서 기다려 주시지 않겠습니까."

지금은 더 따지고 들 계제가 아니라는 생각이 들었는지 이덕형은 조용히 떠났다. 우치적은 그 뒤에 통제사가 정 참봉을 뭐라고 나무랐는지는 기억하지 못한다. 유형이 유감스러운 투로 입을 열었다.

"금상이 또 도망치다니, 실망입니다."

"뭐 괜찮네. 앞길에 이미 매복을 쳐 놓지 않았는가. 금상이 도망갈 길은 지난 임진년 때처럼 명나라 쪽으로 가는 서북 방

면 길밖에 없으니 필시 임진강으로 도망쳤을 것이네. 그 앞에
는 안 수사가 기다리고 있으니 금상은 발을 멈출 수밖에 없을
것이야. 우리는 서두르지 않아도 금상과 세자 저하를 다시 뫼
셔 올 수 있을 것이네."

우치적이 대답하자 유형은 선선이 고개를 끄덕였다.

"하긴 안 수사가 임진강에 버티고 있지요. 누구도 건널 수 없
도록 말입니다. 우리는 기쁜 소식만 기다리면 될 것 같습니다."

제10장
궁궐의 주인

안위는 임진강에 정박한 자기 상선의 장대 위에서 하염없이 남쪽 하늘만 바라보고 있었다.

"통상 곁에서 칼을 들어야 하는데 이게 뭐하는 짓인지……. 따분해 죽겠군."

안위는 무의식중에 하늘을 멍하니 바라보다가 황급히 자세를 추슬렀다. 다행히 주변에 있던 부하 장졸들 중에 장대 위를 올려다보는 이는 없었다. 안위는 조심스레 중얼거렸다.

"임 별장이라도 같이 왔으면 말상대가 되었을 텐데. 정말로 무료하군, 이거."

반정군에게 임진강 봉쇄는 평안도 쪽에서 오는 근왕군을 막고 임금이 명나라로 탈출하는 것을 저지하기 위하여 꼭 해야 하는 일이지만, 그 일을 직접 맡은 안위에게는 정말 따분한 일이었다. 싸움도 뭣도 없이 그저 강 위에 배를 띄워 놓고 양 기슭을 감시할 뿐이었기 때문이다. 여덟 척의 전선이 어제부터 만 하루를 임진강 위에서 버티고 있었으나, 서북으로 가는 나루건 도성 쪽으로 가는 나루건 개미 새끼 한 마리 나타나지 않았다. 혹시라도 나타날지 모르는 적정을 파악하기 위하여 사후선들이 분주하게 강 위를 누볐지만 누구도 나타나지 않았다.

"관서에서 오는 근왕군을 막고 혹시 있을지 모르는 금상의 명나라군의 탈출을 저지하기 위해서긴 하지만, 아무도 오지 않는 이 나루를 계속 지켜야 하는지 모르겠습니다."

"아니, 우리가 지키기 때문에 아무도 여기로 오지 않는 걸세."

안위는 평이한 어조로 부하 장수인 금갑도만호 이정표에게 답했다. 그는 충청수군과의 해전에서 배는 잃지 않았지만 자기 배에 타고 있던 군사의 대다수를 잃었고, 그 대신 배가 많이 상한 이정표의 군사들을 자기 배에 태웠다. 이정표 역시 오래전부터 안위와 알던 사이이기는 하지만 임승조처럼 재미있는 말 상대는 아니었다.

"우리 전라우수군이 임진강 위에 있다는 사실은 양안 일대에 소문이 나지 않을 수가 없네. 이제 하루가 지났으니 사방으로 퍼져 나갈 게야. 그리되면 관서에서 오던 군사들은 필시 개성부쯤에 멈춰서 도성의 형편을 살피고 우리가 어찌하고 있는가를 탐색할 것 아니겠나. 그러니 우리는 강 위에 떠 있는 것만으로도 통상의 본진이 싸워야 할 적군의 숫자를 수천 명이나 줄이고 있는 걸세."

"그건 그렇겠습니다만……."

이정표는 말끝을 흐렸다. 그도 안위도 알고 있는 사실이지만, 다른 수영 소속의 전선들은 하나도 없이 전라우수군만 통째로 임진강 봉쇄에 투입된 것은 사실상 반쯤은 충청수군의 기습을 허용한 데 대한 문책이었기 때문이다. 통제사는 격심한 전투를 치른 전라우수군을 쉬게 하려 함이라고 했지만, 그 말을 곧이곧대로 듣는 이는 없었다. 이정표가 불만을 토했다.

"말이야 바른말이지, 수사또야말로 통상의 목숨을 구하고 반정을 일으키게 만든 일등 공신이 아니십니까. 마땅히 도성에 들어갈 때도 수사또께서 전군의 선두에 서시거나 통상 대감의 오른편에 서심이 마땅한데, 어찌 이런 싸움도 없는 곳으로 돌린단 말입니까."

안위가 맥 풀린 웃음을 지었다.

"이 만호, 일단 통상께서는 지금도 반정을 일으킬 생각이 없다는 것을 명심해 두게. 통상의 목적은 상감께서 생각을 바꾸시도록 만들 수 없다면 세자 저하께 보위를 물려주게 하여 세자 저하께 기대를 걸어 보자는 것이지. 하지만 과연 세자 저하가 통상과 우리가 원하는 나라를 만들 사람일지는 생각해 보아야 할 것이야. 모든 것을 확실히 바꾸어야 할 것인데 말이지."

안위는 쓸쓸한 표정으로 도성 쪽을 바라보았다. 그런데 그때 갑판에서 병선군관이 소리를 질러 안위를 불렀다.

"수사또! 좀 내려와 보셔야겠습니다!"

"지금 금갑도만호와 이야기하고 있으니 꼭 필요한 일이 아니면 번거롭게 오라 가라 하지 마라. 무슨 일이냐?"

"저, 그것이……. 자기가 순화군마마라고 주장하는 사람이 배를 타고 와서 사또를 찾고 있사옵니다!"

"뭐? 순화군?"

시선을 내리자 조각배 한 척이 상선 바로 옆에 와 있고 잘 차려입은 양반 서넛이 그 위에 타고 있는 것이 보였다. 이제까지 자기 생각에 빠져 있느라 주변 사정에 전혀 주의를 기울이지 못했던 안위의 눈이 화등잔만 해졌다. 이정표의 눈도 둥그레졌다.

*

"그대의 생각이 과연 잘 맞아 들어갈까?"

"마마, 분명 잘될 것이옵니다. 저들은 임금이 필요합니다."

안위의 전라우수군 함대를 보며 순화군은 다소 불안에 떨었다. 하지만 과거 임진년에도 그를 수행해 함께 피난을 다녔던 그의 처조부 황정욱과 장인 황혁 두 사람은 순화군에게 용기를 내라고 힘을 북돋웠다.

"마마, 과거 역사를 돌이켜 보시옵소서. 반란을 일으킨 이들은 자신들의 명분을 확보하기 위하여 늘 새로운 임금을 내세우고 원래 있던 임금을 부정했사옵니다. 가깝게는 중종반정 때 반정공신들이 폐주 연산을 몰아내면서 중종대왕을 내세운 바 있고, 고려 때 반란을 일으킨 삼별초도 원송에 맞서 승화우 온을 왕으로 내세우지 않았습니까. 저들에게는 자기들을 위한 새 임금이 필요합니다."

황혁이 순화군을 부추기자 황정욱이 재차 그의 욕망을 자극했다.

"마마, 망설이실 필요가 어디 있습니까. 저들은 자기들이 일으킨 정변을 승인하고 조정에서의 확실한 지위를 부여해 줄 임금을 필요로 합니다. 하지만 전하께서는 물론이고 세자 저하도, 형님이신 임해군께서도 절대 저들의 행위를 받아들이지 않으실 것입니다. 그런데 지금 마마께서 그것을 내주신다고 약속하신다면, 어찌 저들이 마마를 다음 임금으로 받들지 않겠습니까? 저들이 실권을 좀 쥔다 하여도 문제 될 것은 없습니다. 저들이 차마 전하의 옥체 그 자체에 손을 대지는 못할 것이니, 천천히 시간을 들여 충신들의 힘을 모은 다음 저 역도들을 제거하면 천하는 온전히 전하의 것이 될 것입니다. 어서 저들의 장수를 불러 결판을 내도록 하십시오."

황정욱과 황혁 부자는 임진년 전란 당시 병력을 모으러 관동으로 간 순화군을 수행하면서 그의 막장 행각을 전혀 막지 못했고, 그 대가로 봉기한 백성들에게 잡혀 왜군에게 보내졌다. 그리고 시키는 대로 하지 않으면 두 왕자들은 물론 같이 잡힌 자신의 손자를 죽이겠다는 왜병들의 강요로 인해 도요토미 히데요시에게 전하라고 부르는 글을 썼고, 조선 조정에 보내는 서한에는 스스로를 신하라 하지도 않고 땅을 떼어 주고 화의를 맺자고 하는 내용을 그의 이름으로 써서 보냈다. 다만 그것이 거짓이고 위협에 의해 작성되었음을 알리는 글을 같이 썼으나 그 서한을 입수한 체찰사가 숨기는 바람에 두 번째 편지는 조정에 전해지지 않고 말았다.

결국 황정욱 부자는 조선으로 돌아오자마자 첫 번째 편지의 내용 때문에 반대당인 동인 인사들에게 맹비난을 당한 뒤 국문을 받고 유배를 당했다. 그나마 임금이 총애하는 순화군의 장인이자 처조부였기에 그 이상 큰 처벌을 받지는 않았으나 대간에서는 그의 처벌을 더 무겁게 해야 한다는 상소가 끊이지 않았다. 심지어 두 달 전에는 황정욱에게 식량을 대 주도록 하라고 임금이 황해감사에게 지시한 것조차 신하들에게 비난을 받을 정도였다. 황정욱은 그 억울함에 대한 원한을 마음속에 쌓아 두고 있었다. 순화군이 보위에 오르면 자신의 집안이 강력한 외척이 된다는 것 역시 염두에 두고 있었음은 물론이다.

"마마, 힘을 내십시오. 제가 한 번 더 장수를 불러내 보겠습니다. 여봐라! 거기 있는 전선의 대장은 어디 있느냐!"

황혁이 조각배 위에 일어서서 고함을 질렀다. 그들 부자는 이순신이 반정을 일으켰다는 소식을 듣자마자 곧바로 머무르던 황해도를 떠나 도성을 향했다. 임금에게 충성심을 보여 다시 조정으로 복귀하고자 하는 욕심이 가장 컸지만, 이 틈을 타서 사위인 순화군을 이용해 뭔가 일을 꾸며 볼 생각도 있었다. 그리고 오늘 새벽 임금의 행렬과 만나 합류하면서 임금이 자신과 피가 닿은 종친이란 종친은 모조리 끌고 파천을 떠났다는 것을 알게 되자 이 계획을 단박에 떠올린 것이다. 황혁이

외치는 동안 황정욱은 순화군의 두려움을 가라앉히는 데 주력
했다.

"마마, 두 시진 전 임진강이 수군에게 막혔다는 소식을 들었
을 때, 왜 저희가 상감께 마마를 모시고 먼저 나가서 함께 나
루를 살펴보고 그 소문이 사실인지 확인해 보겠다고 말씀드렸
을 때, 그때 했던 결심을 벌써 잊으셨습니까? 마마, 이미 몇 번
이나 말씀드렸지만, 이런 기회를 이용하지 않는다면 형님들이
즐비하게 계신데 어찌 마마께서 보위에 오르실 수 있겠습니까.
소인은 분명 공적으로는 마마의 신하이나, 사적으로는 마마의
처조부이자 훨씬 긴 인생을 산 노인이옵니다. 제 충언을 새겨
들어 주십시오."

여기서 말을 멈추고 잠시 뜸을 들인 황정욱은 마지막 쐐기
를 박았다.

"우리는 이미 임금께서 딸려 보낸 조 내관을 해치웠습니다.
호위를 위해 따라온 군사들도 그에 놀라 도망쳐 버렸고요. 이
제 와서 돌아가시겠습니까?"

"으음, 공의 말이 맞소. 저들을 설복하고 나를 받들도록 하
겠소."

순화군이 마음을 확고히 다잡았을 때 마침 판옥선의 뱃전에
안위가 나타났다. 아직 당황한 표정을 짓고 있는 안위를 보고
자신감이 붙은 순화군은 앉아 있던 자리에서 벌떡 일어나 당당
하게 외쳤다.

"나는 왕자 순화군이다! 그대는 누구인가? 당장 나를 받들어

전선으로 올라타게 하라! 순순히 따른다면 후에 그대에게 충분한 부귀영화를 내리겠지만, 감히 거역한다면 당장 죽음을 면치 못하리라! 어서 내 명을 따르라!"

대뜸 삿대질을 당한 안위는 얼굴에 피가 솟는 것을 느꼈다. 상대를 보아하건대 자기보다 한참 나이 많은 연장자를 둘이나 수행원으로 거느리고 비단옷으로 잘 차려입은 것을 보니 분명히 귀한 집 자제인 줄은 알겠으나, 이제 겨우 갓 스물이나 되었을까 싶은 새파란 애송이가 자기가 왕자랍시고 위세를 부리고 있는 것이다. 하는 짓이 안위의 마음에 들 리 없었다. 안위는 퉁명스러운 목소리로 이 건방진 애송이를 맞이했다.

"귀하가 방금 왕자 순화군이라 자칭하였는가?"

"무엄한 놈! 이분이 뉘시라고 감히 그런 막말을 하느냐! 이분께서는 분명 이 나라의 왕자이신 순화군마마시니라!"

안위의 까칠한 대응을 예상치 못한 순화군의 얼굴에 당황한 기색이 흐르는 순간 황정욱이 벌떡 일어서서 안위를 향해 삿대질을 했다. 마땅히 수군이 그 자리에 엎드려 순화군을 맞아들이리라 생각한 그들 일행으로서는 당연히 할 수 있는 대응이었지만, 그들을 상대하던 안위의 얼굴은 점점 굳어졌다. 안위가 황정욱에게 경계의 시선을 돌렸다.

"저 애송이가 순화군마마라고? 그럼 네놈은 누구냐?"

"이놈! 젊은 놈이 말을 삼가라! 이 몸은 일등 광국공신이자 판중추부사이고 전 예조판서, 병조판서였던 장계부원군 황정욱이다. 사사로이는 순화군마마의 저조부가 되느니라!"

황정욱이 일갈하자 안위가 차갑게 내뱉었다.

"그래? 그럼 네놈이 왜 땅의 관백에게 절을 하며 전하라고 부르고, 땅을 갈라 주고 저들과 화친을 맺자고 했던 그 정신 나간 늙다리란 말이지?"

"뭐, 뭣이!"

황정욱은 예상치 못한 공격에 얼굴이 시뻘게진 채 미처 말을 잇지 못했다. 그사이 장인인 황혁의 은밀한 격려를 받고 기운을 차린 순화군이 안위에게 독설을 퍼부었다.

"네 이놈! 지금 네놈이 이런 무엄한 짓을 하고도 목숨을 건질 수 있을 것 같으냐? 하지만 네놈이 지금이라도 잘못을 깨닫고 엎드려 사죄하며 나를 너희 함대의 가장 높은 장수 앞으로 안내한다면 그 죄를 용서해 주리라. 네놈의 이름이 무엇이냐?"

"……나는 전 전라우수사 안위다."

안위의 이름을 들은 순화군은 파안대소를 터뜨렸다.

"안위? 역적 정여립의 조카라 하여 파직당한 그 안위란 말이냐? 역시 역적 놈은 언제나 역적질을 하는구나! 좋다. 내 네놈을 용서해 줄 터이니 어서 네놈의 상전 앞으로 날 뫼시어라. 장래 내가 보위에 오르게 되면 네놈의 쌓인 죄를 용서해 줌은 물론 오늘의 무례함도 눈감아 주도록 하겠다! 그러니 어……."

신이 나서 주워섬기던 순화군은 느닷없이 목에 가해지는 고통을 믿을 수가 없었다. 뾰족한 것이 목줄기를 정통으로 파고드는 순간 온몸에 벼락이 치는 것 같은 충격이 왔다. 간신히 정신을 차리자 마치 목에서 나무가 자라기라도 한 듯 목울대 위로 막대기 하나가 돋아나 있었다. 그 끝에는 꿩의 깃털로 만든 화살 깃이 흔들리고 있는 것이 보였는데 그 너머에는 안위가 이쪽으로 겨눈 활을 여전히 들고 있었다. 자신이 화살을 맞았다는 것을 깨닫고 비명을 지르고 싶었지만 목에서는 바람 빠지는 소리만 날 뿐이었다.

잠시 비틀거리던 순화군은 그대로 뒤로 쓰러졌고, 황정욱과 황혁은 순화군이 배 밖으로 떨어져 물보라가 치솟고 난 뒤에야 무슨 일이 벌어진 것인지 깨닫고 정신을 차렸다.

"아이고, 마마! 아이고, 마마!"

"안위 네 이놈, 이게 무슨 짓이냐? 감히 왕자마마를 시해하다니! 네놈이 아무리 반적의 일당이라고 해도 어찌 왕실을 이리 능멸할 수 있다는 말이냐!"

황혁이 뱃전을 부여잡고 통곡하는 동안 황정욱은 안위를 향해 삿대질을 하며 욕설을 퍼부었다. 안위 주변의 전라우수군 장졸들도 걱정스러운 기색으로 안위를 쳐다보았지만 안위는 일을 저질러 놓고도 태연했다.

"네 이놈! 네놈들이 난데없이 내 눈앞에 나타나 아무 근거도 없이 자기들이 종친이자 대신이라고 주장을 하는데, 내가 어찌 그 말을 믿어야 하느냐? 종친을 사칭하는 것은 역모에 해당하니 마땅히 그 자리에서 처형해야 할 중죄이다. 저놈이 순화군이면 내가 명나라 황제다."

냉소적인 표정으로 상대를 비웃던 안위가 진지한 표정을 지었다.

"만약 지금 임진강에 가라앉은 저놈이 진짜로 순화군마마라고 해도 저 꼴이 되어야 할 것은 분명하다. 순화군 그자가 얼마나 백성들에게 패악질을 부렸는지는 이 조선 땅에 사는 만백성이 다 들어서 알고 있다. 이제 통제사께서 금상의 악행을 바로잡고자 일어나신 이상, 순화군같이 사람 구실을 제대로 하지 못하는 자들은 모조리 처단해야 할 것이므로 저자가 진짜 순화군마마라 해도 나는 잘못한 것이 없다."

황정욱은 기가 막혀 반박도 하지 못했다. 반정군은 조속히 명분을 얻고 금상과 맞서기 위해서 왕자 하나라도 확보하려 할 것이라고 생각했는데……. 그가 힘없이 주저앉자 안위가 또 하나의 화살을 시위에 메기면서 싸늘하게 말을 이었다.

"네놈은 어쩔 테냐? 계속 덤비겠다면 늙다리 네놈도 저 애송이와 함께 임진강 물속에 살 곳을 마련해 주마. 하지만 지금이라도 배를 돌려 나를 더 이상 귀찮게 하지 않는다면 놓아주겠다. 알아서 해라."

황정욱은 배 바닥에 주저앉은 채 아무 말도 하지 않았다. 잠시 갈등하던 황혁이 부들부들 떨고 있는 사공을 재촉했다.

"배를 돌리게! 육지로 돌아가세!"

멀어져 가는 조각배를 보며 안위가 투덜거렸다.

"따분해 죽겠는데 웬 미친놈들이 나타나서 귀찮게 하는지 모르겠군. 어서 통상과 함께 임금을 잡으러 가야 하는데 이 나루터에는 언제까지 있어야 할는지."

안위는 한숨을 쉬며 들고 있던 활을 궁대*에 집어넣었다. 애매한 백성을 쏘아 죽였다고 이순신에게 질책을 받지는 않을까 걱정이 됐지만, 곧 머릿속에서 지워 버렸다. 강물 속에 잠겼는데 누가 누굴 죽였는지 통상께서 알 게 뭔가.

*

눈앞에 나타난 애송이가 진짜 순화군인 줄도 모르고 쏘아 죽인 뒤 안위가 무료함을 한탄하고 있는 사이, 도성에 있는 이순신을 비롯한 다른 반정군 장수들은 눈코 뜰 새 없이 바쁜 시간을 보내고 있었다.

"대감, 도순변사의 군사는 완전히 흩어졌습니다. 항왜병 300 이외에는 사로잡힌 자도 거의 없습니다. 싸움터에서 수거한 병기만 해도 우리 의군 군사 모두를 무장시키고도 남을 만한 양입니다."

"도순변사의 신병은 확보하였는가?"

회령포만호 민정붕의 환희에 찬 보고를 들은 이순신은 그런 것은 중요하지 않다는 듯 무표정한 얼굴로 자신이 알고자 하는 바를 물었다. 민정붕이 당황하자 낙안군수 전백옥이 냉큼 나섰다.

"도순변사는 확실히 도망친 것 같습니다. 싸움터에서 시신

---

* 활집

이 발견되지 않은 데다가, 사로잡은 몇몇 군졸 중에서 지자총통에 맞고 쓰러진 도순변사를 다른 장수들이 말에 태워 도망치는 모습을 보았다는 자들이 있습니다."

"알겠노라. 도성 내의 백성들이 보이는 움직임은 어떠한가?"

이번에 이순신의 질문에 답한 이는 발포만호 소계남이었다.

"소장이 잠시 둘러보며 살핀 바, 도성 안에는 우리 의군에 맞서려는 어떤 움직임도 없습니다. 워낙 급작스럽게 도성이 우리 손에 들어온 탓인지, 일부러 성문을 막지 않았음에도 두려워해 도망치는 백성은 거의 없었습니다. 입성 초기에 임 별장의 군사를 왜군으로 착각해 도망친 백성들 외에는 말입니다."

이순신은 다행이라는 듯 한숨을 쉬었다.

"백성들이 동요하지 않는다고 하니 그 이상 바랄 것이 없네. 경기수군은 어찌 되었는가?"

함대 지휘를 맡은 배흥립에게 다녀온 나대용이 대답했다.

"경기수군은 도순변사의 군세가 완전히 무너졌다는 것을 안 배흥립 영감이 진군하며 항복을 요구하자 화살 한 발 쏘지 않고 그대로 손을 들었습니다. 경기수사가 대감을 뵙고자 하여 데려왔는데, 만나 보시겠습니까?"

경기수사가 왔다는 소식에 이순신 옆에 조용히 서 있던 교동현감 홍가신의 얼굴에 상대를 대놓고 비웃는 미소가 흘렀다. 이순신이 고개를 끄덕였다.

"데려와 보도록 하라."

"예, 통상."

나대용이 고개를 숙여 따르겠다는 뜻을 보인 후 군막 밖으로 나갔다. 홍가신이 비웃는 듯한 표정으로 입을 열었다.

"통상께서도 아시겠지만 경기수사 최원 영감은 일신의 안위밖에 모르는 사람입니다. 들으나 마나, 자기는 대감께 맞설 의도가 없다고 하면서 자신의 지위를 유지해 달라고 하겠지요. 용납하실 생각입니까?"

"교동현감, 귀공의 말이 옳기는 하나 항복하겠다고 찾아온 경기수사를 내칠 수는 없지 않소. 우리는 적을 줄이고 우리 편을 만들어야 하오."

이순신의 대답은 차분했다. 하지만 홍가신은 그에 대해 역정을 냈다.

"하지만 경기수사는 진짜 우리 편이 될 수 없는 사람입니다! 그자는 눈앞의 근왕군이 우리 반정군보다 더 강성하다는 판단이 서면 서슴없이 저쪽으로 돌아서서 우리 등에 화살을 쏠 것입니다. 그런 아군이라면 차라리 적으로 남는 것이 낫습니다."

"그에 대한 대비는 다 되어 있으니 염려하지 않으셔도 되오. 지금 다 얘기하기는 그렇고, 일단 경기수사를 만나 보기나 하도록 합시다."

최원이 들어오는 것을 오래 기다릴 필요는 없었다. 나대용의 뒤를 따라 군막에 들어온 최원은 아직 갑주를 차려입고 있는 이순신을 보자마자 넙죽 엎드렸다.

"토, 통상 대감! 소장은 그저 관대한 처분을 바랄 뿐이옵나. 내감의 내업에 혹시 소상을 쓰신다년 문골쇄신, 견마지로를 다하겠습니다. 대감을 도와 나라를 바로 세우고자 한 소장의 충심은 저기 있는 교동현감을 해임하거나 어떤 위해도 끼치지 않고 경기수영의 각종 물자와 함께 교동 관아에 그대로 남겨 두었던 것만 해도 아실 수 있지 않사옵니까."

홍가신은 최원의 비굴한 태도에 쌀쌀한 표정으로 비난을 가했다.

"수사께서 그런 배려의 마음으로 소관을 임지에 남겨 두신 것이었소? 소관이 예하 전선의 수졸들에게 언제든 출진할 수 있도록 하라고 명령을 내려 둔 뒤 잠시 산 위 봉화대에 올라갔다 오니 수사께서 어명이라면서 멋대로 명을 내려 전선을 끌어내 타고 도성으로 가 버리셨다고 아전들이 알려 주던데……. 이것 참, 수하라고 챙기거나 역적의 일당이라고 처단할 생각조차 떠올리지 못해 버리고 가신 줄 알았더니 그게 통상과 합류하라는 수사 영감의 뜻이었다니, 이거 자손만대를 이어 가며 감사드려야겠소."

대놓고 비꼬아 대는 홍가신의 말에 낯빛이 붉어졌지만 최원은 어떻게든 자신의 행동을 합리화하려고 발버둥을 쳤다.

"홍 현감은 분명 충신이나 사사로이 보면 통제사와 사돈을 맺은 인척이니 그 처지가 심히 난감하여 매우 고민하지 않았소. 본관의 생각으로는 홍 현감을 도성으로 데려가면 필시 주상의 손에 처형당할 것이 분명하다 여겨 구명코자 일부러 교동에 놓고 간 것이오. 게다가 창고는 쉽게 불태울 수 있음에도 손대지 않고 그대로 두었잖소. 본관의 뜻을 알아주시오!"

"흥! 통제사가 반정에 성공하면 보복당할 것이 두려워서였 겠지."

홍가신은 최원의 변명에 코웃음을 쳤지만, 어쨌건 그의 소 극적인 행동 덕분에 자신이 목숨을 건진 것은 사실이라 더 이 상 그를 비난하지는 않았다. 홍가신이 입을 다물자 이순신이 조용히 입을 열었다.

"최 수사, 우리 의군은 역적이 되기 위하여 정변을 일으킨 것이 아니오. 우리가 군사를 일으킨 것은 조정에 있는 썩은 신 하들을 몰아내고 옳은 선비들을 모아 도리에 맞는 바른 정치를 하기 위해서요. 귀공은 그러한 우리의 의도에 동감하고 참여할 생각이 있소?"

"예, 물론이지요! 소장은 어제 낮 도순변사가 저지른 악행을 보고 지금의 조정은 도저히 그대로 두고 볼 수 없다는 사실을 확실히 알았습니다. 수천 호나 되는 우리 백성들의 집을 마치 야인의 부락 불태우듯 그대로 불을 질렀으니 그것이 어찌 용서 받을 수 있는 죄이겠습니까. 그런데 조정 대신들은 물론 상감 께서도 도순변사에게 어서 변란을 다스리라고 다그칠 뿐 도성 바로 앞에서 벌어진 그 참극에 대해서는 일말의 꾸짖음도 내리 지 않았습니다. 소장은 그것을 알고 확신했습니다. 이 조정은 바뀌어야 한다고 말입니다."

한껏 의연하게 이야기하기는 했지만 사실 최원은 임금이 이 일에게 사자를 보냈는지 여부도 알지 못하고 부들부들 떨다가 배흥립의 위협을 받고 곧바로 항복했을 뿐이었다. 이일이 임금의 질책을 받지 않았다는 것은 이순신의 군막 밖에서 대기하던 중 자신을 감시하는 군사들이 나누는 이야기를 들은 것이다. 거짓말이 들키지나 않을까 조마조마해하는 참인데 이순신이 고개를 끄덕이며 입을 열었다.

"그래, 잘 알겠소. 내 최 수사에게 여러 일을 맡길 터이니 이제 그만 함대로 돌아가 군사들을 움직일 준비를 갖추고 있도록 하시오. 내일 해가 저물기 전에는 최 수사께서 할 일을 정해 놓도록 하겠소."

"감사합니다, 감사합니다! 미력한 힘이나마 통상께 도움이 되도록 노력하겠습니다!"

최원이 몇 번이고 굽실거리면서 군막 밖으로 나가자 보고 있던 홍가신이 분통을 터뜨렸다.

"통상! 저자는 믿을 수 없다고 말씀드리지 않았습니까!"

홍가신은 버럭 화를 냈지만 이순신의 표정은 태연하기만 했다.

"그대가 말하지 않았소. 우리가 근왕군보다 강한 동안에는 우리를 따를 것이라고 말이오. 그동안은 경기수군을 가능한 한 잘 활용해야 하오. 마침 활용할 곳도 있으니 잘되었소."

이순신은 약간 어리둥절해하는 홍가신을 놓아두고 시선을 돌렸다. 통제사의 눈길을 받은 송여종이 자세를 바로 했다.

"용산의 명군과 합세해 있는 경기감영군의 상황은 어떠한가?"

송여종이 씩 웃으며 대답했다.

"경기감영군은 더 이상 존재하지 않습니다. 도순변사로부터 어떤 소식도 받지 못하다 보니 그들은 우리가 도성에 들이닥치는 순간까지도 무슨 일이 벌어졌는지 전혀 몰랐던 모양입니다. 행궁이 빈 것까지 확인한 뒤, 명천현감 이괄이 단신으로 그들에게 달려가 도순변사의 도주와 관군의 괴멸, 상감의 도주까지 모든 것을 알리자 경기감영군은 개미 떼 흩어지듯 모조리 도망쳐 버렸습니다. 경기감사 김신원을 비롯한 장수들은 그 행방이 확실하지 않은데, 아마 상감을 쫓아 북으로 간 듯합니다. 어쩌면 그냥 도망쳤을지도 모르고요."

"그래? 경기도 군사들이 완전히 흩어졌다면 당분간 근처에 위협은 없는 셈이네. 안 수사가 임진강에서 황해도 군사들과 평안도 군사들의 남하를 막아 주기만 하면 돼. 그사이에 금상을 다시 뫼셔다가……."

이순신은 잠시 말을 멈추었다. 주변에 있던 장수들은 그 표정에 떠오른 고뇌를 볼 수 있었다. 말을 멈추었던 이순신의 얼굴에 결단의 표정이 나타났다.

"금상은 더 이상 임금의 자격이 없으니, 세자 저하를 궁으로 다시 돌아오시게 한 뒤 옥좌에 앉으시게 하고 간신배를 몰아낸 뒤 다시 밝은 정치를 펴시기를 간청하도록 할 것이다. 유수사!"

"예, 통상."

유형이 자리에서 일어서자 이순신은 차분한 목소리로 지시를 내렸다.

"그대는 즉시 휘하의 군사 야간을 끌고 임진강으로 가도록 하라. 세자 저하께서는 분명 안 수사에게 가로막혀 임진강 나루를 건너지 못하고 계실 것인즉, 공연히 조급하게 추적하여 저하의 심기를 놀라게 하지 말고 천천히 다가가서 우리의 의도에 대해 자세히 설명하고 좋은 말로 안심시켜 드린 뒤 도성으로 다시 뫼셔 오도록 하라. 다른 장수들이 아닌 그대를 보내는 의도를 잘 생각하여 행동하기를 바라노라. 지금 바로 출발하라."

"예, 통상의 뜻을 따르겠습니다. 그런데 상감마마는 어찌하올까요?"

"해는 가하지 말고 일단 함께 모셔 오라. 양위 교서는 쓰게 해야 할 것이 아닌가."

유형은 고개를 숙여 예를 표한 뒤 군막을 나갔다. 휘하 장수들이 불만스러운 표정을 짓고 있는 것을 깨달은 이순신이 등채로 탁자를 내리쳤다.

"제장들은 금상을 죽이지 않는 것이 불만인가?"

"……."

"국가의 근본은 백성이나, 사대부로서 군주에 대한 충성을 잊지 말아야 하는 것도 명백한 사실일세! 그대들이 금상의 잘못된 행위를 막고자 나를 받들어 군사를 일으킨 것은 백성을 지키고자 하는 마음에서 비롯되었으니 장하다 할 수 있겠으나, 이 반정은 금상의 눈과 귀를 가린 간신들을 제거하는 것을 목표로 하여야지 금상과 세자의 신변을 해하고 권력을 잡으려는 사욕에 불타는 것이 되어서는 안 될 일이다! 그대들이 혹시라도 헛된 욕심을 가지고 있다면 당장 내 눈앞을 떠나라! 목적이 옳다 하여 수단을 정당화할 수는 없는 법인데, 그 목적부터가 이미 혼탁한 욕심에 물들어 있다면 장래 일이 어찌 전개되겠는가?"

부하 장수들은 모두 고개를 숙인 채 입을 다물었다. 이순신이 한숨을 쉬는데 바깥에 있던 송희립이 들어왔다.

"저, 통상. 통상을 뵙겠다고 천장이 찾아왔습니다. 만나 보셔야 할 것 같습니다만…….."

"천장? 천장이 왔다고?"

이순신보다 그 옆에 있던 장수들이 더 놀랐다. 우치적은 자기도 모르게 송희립의 어깨를 붙들고 반문했다.

"송 군관! 용산의 명나라 군사들이 우리를 진압하겠다고 쳐들어왔다는 것인가? 그런데 왜 싸움의 함성 같은 것이 전혀 들리지 않는가?"

"우 조방장께서 잘못 들으신 것 같은데, 천장인 경리 만세덕이 통상을 뵙고 긴히 드릴 말씀이 있다면서 수행원 서넛만 거느리고 달려온 것입니다! 그 외의 군사는 하나도 데려오지 않았습니다. 그래서 저도 지금에야 저들이 온 것을 알고 바로 통상께 달려온 것입니다."

좌중의 시선이 또다시 이순신에게 쏠렸다. 명군을 어찌 대할 것인가? 이제까지 조정이 해 온 것처럼 상전 모시듯 할 것인가, 아니면 임금을 편들어 반정군의 장애가 될 것으로 보고 장래 명나라와의 관계가 극악으로 치닫게 될 것을 각오하더라도 헤치워 버릴 것인가? 장수들의 행동은 이순신의 결정에 달려 있었다. 환도 손잡이를 쥔 몇몇 장수의 손에 힘이 들어갔다. 이순신의 입이 조용히 열렸다.

"들어오시라 하라."

"신 경리 만세덕이 대명국 수군 도독 이 대인을 뵙나이다!"

만세덕은 입구의 드림천을 걷고 군막 안에 들어오자마자 이순신을 향해 그대로 무릎을 꿇으며 하급자로서의 예를 다하여 인사를 올렸다. 이순신의 휘하 장수들로서는 검을 쥔 손에서 절로 힘이 빠질 만큼 허탈해지는 광경이었다.

"소장은 진작에 도독 각하를 찾아뵙고 이번에 일어난 불미스러운 일이 커지지 않도록 조선 조정과 각하 사이를 중재할 생각이었으나, 대인께서 군사를 움직이는 솜씨가 워낙 노련하고 신속하다 보니 소장이 거느린 게으른 수하 장수들이 미처 이야께서 계신 곳을 탐색해 내지를 못하여 찾아뵙지를 못했사옵니다. 대인께서 도성에 도착하셨다는 소식을 어제 듣고 이제라도 찾아뵈려 하였으나, 저 불충한 경기감사의 군사들이 우리 천병의 영문營門을 막고 출영을 저지하는 바람에 이제야 뵙게 되었습니다."

만세덕은 말을 그치려 하지 않았지만 통사가 전하는 말을 듣고 눈을 동그랗게 뜬 이순신이 급히 만세덕을 일으켰다.

"만 경리, 그만하시오! 자, 어서 여기 자리에 앉으시오. 그보다는 무슨 일로 나를 찾아왔는지 묻고 싶소. 내가 군사를 일으킨 것이 불충이라 하여 천병으로 진압하러 오신 것이오? 그렇다면……."

"아니, 아닙니다!"

통사의 말을 들은 만세덕이 펄쩍 뛰었다.

"이야를 진압하다니요. 그런 천부당만부당한 말씀을! 소장은 그저 지금 이때라도 조선 임금과 이야 사이를 중재해 보고자 왔을 뿐입니다."

"중재?"

이순신뿐 아니라 주변에 둘러서 있던 수군 장수들도 눈이 동그래졌다. 도성이 함락된 판에 중재라니? 지금 상황에서 임금을 다시 도성으로 데려오더라도, 그것은 진심으로 화해해서가 아닐 것이 너무 빤하지 않은가. 반정군 장수들이 당황하는 것에 용기를 얻었는지 만세덕은 힘을 주어 이야기했다.

"이야, 명나라로 가시지요."

*

"며, 명나라?"

수군 장수들의 눈이 휘둥그레졌다. 하지만 이순신, 그리고 그의 뒤에 조용히 서 있던 정 참봉의 표정에는 변화가 없었다. 그것을 자신의 제의에 대한 호의로 생각했는지 만세덕은 열을 내어 이순신이 명나라로 가야 하는 이유를 설파하기 시작했다.

"이야, 이야께서 개인적인 욕심으로 난을 일으키시지 않았다는 것은 이야께서도 알고 저도 알고 있습니다. 하지만 신하기 된 몸으로서, 사사로이 군사를 일으키고 군주를 위협하여

궁을 탈출하게 한 것은 불가피한 사정이 있었다 할지라도 남에게 드러내 놓고 자랑할 수 있는 일은 또한 아닐 것입니다."

이순신은 선선히 고개를 끄덕였지만 장수들 중 몇몇은 칼을 쥐었다. 만세덕의 발언이 무슨 의도인지 쉽게 종잡을 수가 없었기 때문이다. 장수들은 여차하면 만세덕부터 베어 버리고 명군도 쓸어버릴 심산이었지만, 아직은 이야기를 더 들어 봐야 했다.

"만약 이야의 소식이 북경에 전해진다고 생각해 보십시오. 황제께서는 분명히 오해를 하실 가능성이 큽니다. 그동안 조선 임금이 이야께 부당한 대우를 한 것에 대해서 조선에 온 저희 천장들은 모두 잘 알고 있으나, 황제께 그 사정을 일일이 고해 바치지는 않았습니다. 폐하께서 지고 계신 책무가 많고도 힘든데 바다 건너 조선 땅에서 일어나는 일까지 모조리 황제께 알려 짐을 더해 드릴 필요는 없었기 때문입니다. 게다가 폐하께서 아시게 되면 분명히 조선 임금에게 호되게 질책을 하셨을 것인데, 그리되면 일단은 조선 임금의 신하이신 이야께서 상당히 난감해지지 않았겠습니까."

"그랬을 거요."

이순신은 담담한 표정으로 고개를 끄덕였다. 그 표정에 힘을 얻었는지 만세덕이 의자를 당겨 앞으로 다가앉았다.

"이야! 지금도 조선 임금은 이야를 경계합니다. 그리고 누명을 씌워 죽이려고 했습니다. 저도 다 압니다. 다 아는 방법이 있습니다."

만세덕이 히죽거리며 웃자 수군 장수들은 이를 악물었다. 만세덕의 발언으로부터 조정의 내부 사정을 명나라에 흘리는 자가 있음을 알 수 있었기 때문이다. 하지만 이순신은 반응하지 않았고 만세덕은 설득을 계속했다.

"조선 임금이 이야는 물론 이야의 심복 장수들도 모두 제거하려 했을 것은 분명합니다. 이야께서 본인의 목숨뿐 아니라 부하 장수들과 거기 휘말려 들어갈 백성들의 목숨을 살리기 위해 거병하셨다는 것을 저는 충분히 이해하고 있습니다. 하지만 북경의 황제께선, 그리고 황제를 모시고 있는 대신들은 그렇게 생각하지 않을 것입니다. 북경에서는 그저 이야가 역심을 품고 반란의 군사를 일으켰다고 여길 가능성이 큽니다. 그리 생각한다면, 당연히 천병을 파견하여 난리를 진압하고 조선 임금을 다시 옥좌에 올리라는 명이 내려질 것입니다. 이야께서도 천병과 맞서 싸울 수는 없으시겠지요?"

"그래서 만 경리가 하고 싶은 말은 무엇이오? 내가 명나라에 가야 하는 이유 말이오."

두 사람은 선문답을 하듯 질문만 서로 주고받았다. 만세덕이 이순신에게 명나라로 가자고 한 이유를 설명하기 시작했다.

"이야, 다행히도 아직까지 이야께서는 귀국의 임금에게 딱히 해는 입히지 않으셨습니다. 하지만 임금이 이야를 용서하겠습니까? 저도 도성에 머무르면서 듣고 보았지만, 조선 임금은 이야를 시기하여 어떻게든 없애려 해 왔습니다. 그러니 명나라로 피하시는 것입니다. 이야께서 명나라로 가시면 조선 임금은 더 이상 이야께 위해의 손길을 뻗을 수 없을 것이고, 이야께서도 황제 앞에 나가서 반역의 의도가 없었음을 명백히 해명하실수 있을 것입니다. 억울하시겠지만 신하의 입장이니 어쩌겠습니까?"

수군 장수들이 수군댔다. 하지만 놀라운 이야기를 들었음에도 이순신은 동요하지 않았다. 뒤에 서 있던 정 참봉이 뜻 모를웃음을 웃었다.

"본관이 그리한다고 가정해 봅시다. 그러면 본관은 명나라에 가서 어찌 되란 말이오? 황제께 죄를 청한 뒤 막북으로 유배라도 가란 말이오?"

"그럴 리가 있습니까! 이야께서 얼마나 명장이신지, 그것은대국의 조야에서 모두가 알고 있습니다. 황제께서는 이야가 대국 조정을 찾는다면 매우 환대하시며 기꺼이 이미 내리신 수군도독의 지위에 따른 예우를 하실 것입니다. 곳간에는 은괴와비단이 넘쳐날 것이고, 이야께서 고갯짓 한 번만 하시면 수백의 전선과 수만의 군사가 움직일 것입니다. 이야께서는 코딱지만 한 조선의 수군 총병이 아니라 대명국 수군 도독으로서 바다를 제패하시게 되는 겁니다."

여기서 잠시 말을 멈춘 만세덕은 아직 자신을 의심의 눈초리로 바라보고 있는 조선 수군 장수들을 둘러보며 생긋 미소를지었다.

"물론 제가 단지 이야 한 분만 명나라로 가시라고 하는 것은아닙니다. 이야를 박해하는 조선 임금이 이야를 따라 일어섰던 부하 장졸들이라고 해서 용서할 까닭이 없지 않습니까. 모두 함께 명나라로 갑시다! 명나라에서 새 세상을 보면서 새로운 인생을 일구어 나가는 겁니다. 장수나 군사들이 원한다면 가족을 데리고 가도 상관없습니다. 대국의 장수가 되어 천하를 호령하는 꿈을 가지지 않은 무장이 어디 있겠습니까?"

순간 군막 안에 긴장감이 흘렀다. 예상치 못한 만세덕의 돌발 발언에 장수들 모두 할 말을 찾지 못했던 것이다. 이순신뿐만이 아니라 부하 장수들도 모두 데리고 가겠다는 말에 군막 안의 분위기는 흔들리기 시작했고 만세덕은 이 분위기에 기름을 부었다.

"이야! 이야께서 마음만 정하시면 당장이라도 대국으로 떠날 수 있습니다. 조선 임금이 아무리 이야를 미워한다 해도 대국까지 따라와서 해를 끼칠 수 있겠습니까? 이야의 수하 장수들도 대국에서라면 마음껏 활약할 수 있습니다. 명나라 군복을 입고 조선으로 돌아올 수도 있고 말입니다."

군막 안에는 침묵이 흘렀다. 그 침묵을 동조의 의미로 생각한 만세덕은 설득에 한층 더 열을 올렸다.

"이야! 조선 임금은 이야를 피해 도성을 떠나는 데 성공했으니 분명 사방에서 이야를 타도하기 위한 군사를 모을 것입니다. 이야의 군사는 정예라고는 하나 그 수가 적은데, 임금의 군사와 싸워 승리를 장담하실 수 있습니까? 대국으로 떠나시면 그런 위험부담을 무릅쓰지 않고 새 산천에서 새 태양을 보면서 살아갈 수기 있습니다."

"말씀은 고맙소. 하나……."

이순신은 담담하게 입을 열었다. 만세덕의 열띤 설득에도 그의 태도에는 변함이 없었다.

"……이 몸은 조선의 신하로 태어나 조선의 신하로서 일생을 살아왔소. 마땅히 내 목숨은 조선의 산하와 조선의 백성을 위해 바쳐야 할 것이오. 만 경리의 호의는 감사하나, 지금 그 뜻을 따를 수는 없을 것 같소. 또한 지금은 아직 전하를 도성으로 다시 모시지 못한 상황이니, 작금의 불행한 사태가 계속 이어질 것이라고 섣불리 단언하지 않는 편이 좋다고 생각하오. 아직 처리할 일이 많아 바쁘니 이만 돌아가 주셨으면 하오."

"이야께서 그렇게까지 말씀하신다면…… 그만 물러가겠습니다. 하지만 꼭 마음을 돌려 저와 함께 대국으로 가 주시기를 부탁드립니다. 대국 조정에서는 이야를 크게 환영할 것입니다."

"본관의 마음이 바뀔 일은 없을 거요."

이순신의 명에 따라 만세덕은 자신의 진영으로 돌아갔다. 장수들의 시선은 만세덕이 나가자마자 이순신에게 쏠렸다.

"통상! 혹시 명나라에 가실 생각이십니까?"

"안 가네. 내 나라, 내 백성을 버리고 어디로 간다는 말인가? 금상에게 패하여 이 몸이 거열형을 당한다고 해도 나는 명나라에 가지 않을 걸세."

통제사의 굳은 의지를 보자 장수들 사이에서 잠시 일었던 동요는 곧 가라앉았다. 사실 모두 함께 명나라로 가자는 만세덕의 말에 솔깃한 사람들이 일부 있었던 것은 사실이었으니 말이다. 하지만 통제사가 가지 않는다면, 그리고 조선 땅에 있으면서 임금의 손에 당하지도 않고 나라를 바꿔 낼 희망이 있다면 누가 굳이 고향과 가족을 버리고 낯선 땅으로 가겠는가.

"하지만 통상, 아무리 일이 제대로 되지 않더라도 저희가 살아 있는 한 통상께서 거열형을 당할 일은 없을 겁니다! 살아서, 우리 모두가 살아서 새 나라를 만들어야지요."

우치적이 소망을 담아 이야기하자 다른 장수들도 모두 힘있게 고개를 끄덕였다. 다른 화제에 대해 말하는 것으로 분위기를 바꾸어 볼 생각인지 송여종이 조심스럽게 물었다.

"그러고 보니 통상, 만 경리가 명나라로 가자는 이야기를 했을 때 전혀 놀라지 않으시던데 혹시 그런 말을 꺼낼 줄 미리 알고 계셨던 것이옵니까?"

"그대는 기억나지 않는 모양이지만 내게 명나라로 가자고 한 것은 만 경리가 처음이 아닐세. 아직 전란이 끝나지 않았을 때부터, 이미 진 도독이 나를 부추겨 명나라로 가게 하려고 했었지. 하지만 내 백성, 내 군사들이 모두 이 조선 땅에 있는데 내가 왜 이국땅으로 간다는 말인가? 그 어떤 부귀영화가 바다 건너에 기다리고 있다고 해도 내가 그것을 위해 명나라에 가는 일은 없을 것이네."

뒤에서 웃고만 있던 정 참봉이 한마디 거들었다.

"그나마 진린 제독이 통상에게 더 강하게 권하시 못했던 것은 전란 중이었기 때문입니다. 하지만 이제는 왜적들도 모두 물러가서 급박하게 바다를 막을 필요도 사라졌고, 통상과 금상 사이에 노골적인 충돌까지 벌어졌으니 천장들이 이 기회를 노려 통상을 명으로 모셔 가려 할 가능성은 충분하지 않습니까. 게다가 만 경리의 사람됨으로 보아 통상께 명으로 가자고 할 가능성이 충분했습니다. 통상께서는 이미 이를 예측하시고 대답하실 말도 준비해 두셨지요."

장수들은 정 참봉의 말에 고개를 끄덕거렸다. 하지만 잠시 생각에 잠겼던 우치적이 날카로운 지적을 날렸다.

"하지만 통상, 만 경리의 이야기 중에는 맞는 것도 있습니다. 북경의 명나라 황제가 우리의 거병을 알게 된다면 분명 금상의 편을 들어 개입할 것입니다. 만 경리가 토로했듯이 황제는 금상이 그동안 통상을 얼마나 핍박했는지는 알지도 못할 것이고, 그저 반란으로 여겨 진압하라고 하겠지요. 그리고 그 선두에는 저 만 경리의 군사가 있을 것입니다. 저들을 어찌 처리할지 확실히 결정해 두지 않으면, 도성 안에서 천병과 싸워야 하는 사태가 발생할 수 있습니다."

우치적의 걱정을 듣고도 이순신은 전혀 당황하지 않았다.

"천병이 그렇게 나올 가능성이 있음은 이미 예상한 바일세. 우리의 대의를 지키려면 천병이 금상을 지지한다는 이유로 멋대로 끼어들어 우리 조선을 어지럽히지 못하게 해야 할 것이네. 위급할 때야 저들의 도움을 받았지만, 우리 조선 백성을 위해 결심한 의거에서까지 천병의 개입을 받을 수는 없네. 더구나 만에 하나 저들이 금상을 편든다는 구실로 우리 군사를 흩어 버린 뒤 이 조선 땅을 아예 집어삼켜 명나라 땅으로 만들 궁리라도 한다면, 사직이 무너지고 나라가 무너지는 비극이 될 것일세. 전쟁을 도우러 온 명나라 군대는 이제 전쟁이 끝난 이상 마땅히 명나라로 돌아가도록 하는 것이 맞는 일이라고 생각하네."

"과연 저들이 순순히 물러가겠습니까?"

"그렇게 만들어야지. 일단은 세자 저하께서 궁으로 돌아오신 뒤에 세자 저하를 모시고 방도를 논의할 일일세. 유 수사가 어서 두 분 마마를 찾아 모시고 돌아와야 할 텐데. 벌써 해가 지고 있지 않은가."

유형이 출발한 지도 벌써 꽤 시간이 지났다. 이순신은 군막 입구의 드림천을 들추고 서쪽 하늘을 보았다. 붉은 저녁노을을 보자 오늘 흘린 피를 보는 듯해서 절로 한숨이 나왔다.

*

"아무도 없어? 아무도 없다고?"

"예, 수사 영감!"

유형은 100여 명의 군사만 거느리고 필사적으로 임금의 뒤를 쫓았지만 임진강으로 가는 길 어디에서도 임금 일행을 발견할 수가 없었다. 정릉동 행궁에 남아 있던 궁녀의 진술에 따르면 북을 향해 파천을 떠난 임금 일행은 왕실 일가와 중신들에

다가 문무 관료와 시중을 드는 내관과 궁녀, 그리고 호위하는 군사 들까지 해서 500명이 넘었다. 그런 대규모 집단이 길을 가는데 눈에 보이지 않는다는 건 말이 되지 않았다.

"혹시 우리가 길을 잘못 든 것은 아닌가?"

"아닙니다! 이 길이 분명 임진강 나루로 가는 가장 빠른 길입니다. 임진년에도 주상께서 이 길을 따라 피난을 가셨습니다."

한양 출신인 기병이 숨 가쁘게 설명했다. 과거 선전관으로 있으면서 도성 주변을 돌아다녀 본 유형 자신의 경험으로도 길을 잘못 든 것 같지는 않았다. 그런데 이제 조금만 더 가면 임진강이 나오는데 아직도 임금 일행을 찾을 수 없다는 것은 말이 되지 않았다. 이 앞에 임금이 있다고 하면 강가에 수군이 덫을 놓고 기다리고 있는 것도 모르고 멍청하게 내려갔다가 안위에게 붙잡혀 있다는 것밖에 되지 않았다.

"설마 그럴 리가⋯⋯."

"예?"

"아, 아니다. 아무튼 계속 길을 가도록 하자. 출발이다!"

잠시 숨을 돌린 군사들은 유형의 뒤를 따라 잽싸게 말을 몰았다. 백여 마리의 말이 천지를 진동시키는 말굽 소리를 내면서 임진강을 향한 마지막 굽이를 돌아 달려갔다.

*

"유 수사, 무슨 일로 그렇게 급하게 달려오셨소?"

"사, 상감께서 이쪽으로 오시지 않았소?"

"상감은커녕 땡감도 하나 안 왔소. 그나저나 도성 쪽에서 오셨는데 도성이 우리 손에 들어온 거요, 아니면 도순변사를 피해 우회해서 온 거요? 통상께서 도성 공략에 내 힘이 필요하여 불러 주신 거라면 내 지금 당장 달려가겠소!"

잔뜩 긴장하고 말을 달려 온 유형은 결국 임금이 이끄는 피난 대열을 만나지 못했다. 안위가 피처럼 붉게 물든 서쪽 하늘을 뒤로하고 서서 끝없이 하품을 하고 있는 모습을 보았을 뿐이다. 안위의 태도를 보니 임금 일행이 임진강 나루터로 오지 않은 것은 확실했고, 상선에 올라 임금의 행방에 대해 물어보았을 때 얻은 대답도 그저 실망스러울 뿐이었다.

"아, 아니오. 안 수사께서 참전하지 못하신 것은 아쉽지만 도순변사의 군사는 이미 무너졌소. 지금은 도성 전체가 우리 반정군의 손에 들어왔고, 도순변사도 도망친 지 오래되었소."

유형은 불길에 휩싸인 마포나루의 참상에서부터 시작하여 오전에 시작하여 점심 전에 끝난 남대문 앞의 결전에 대해 간략하게 줄여서 안위에게 들려주었다. 임승조가 도성 백성들에게 불러일으킨 오해 덕분에 쉽게 성내를 평정한 것까지 이야기한 유형은 다음과 같은 말로 설명을 마쳤다.

"이제 남은 것은 통상의 명대로 주상 전하와 세자 저하를 찾아 도성으로 다시 모신 뒤, 세자 저하를 주상 전하로 모시고 국정을 새롭게 고쳐 나가는 거요."

안위는 유형의 마지막 밀을 듣고 피식거리며 웃었다.

"통상이 금상의 정신을 차리게 하겠다는 그 현실성 없는 계획을 드디어 버리긴 버리셨구려. 어떻게 해야 그 미련을 버리게 할 수 있을지 고민이었는데, 금상 스스로 통상을 걷어차 버린 셈이구려. 그런데 도로 모신다니, 정릉동 행궁에 금상이 없었단 말씀이시오?"

"금상이 행궁에 그대로 있었으면 본관이 안 수사를 찾아와 혹시 금상이 오시지 않았느냐고 물었겠소? 행궁을 점령한 뒤에 탐문해 보니 아직 싸움이 벌어지기도 전에 이미 궁을 나가 임진년에 갔던 바로 그 길을 따라서 서북으로 파천을 떠나셨다 했소. 안 수사가 임진강을 막고 있으니 강을 넘지는 못하셨을 터인데, 오는 길에 뵙지를 못하였소. 어디로 가셨는지 도무지 알 수가 없구려."

유형이 한숨을 쉬자 안위는 팔짱을 낀 채 고개를 갸웃거리며 아까와는 달리 진지한 목소리로 답했다.

"유 수사께 이미 말씀드렸지만 내가 있는 쪽으로는 상감이 오지 않았소. 다른 전선들이 지키고 있는 쪽으로 간 것도 아니오. 어차피 강은 다 통해서 무슨 일이 있으면 바로 연락이 오니까 말이오. 어제 여기 도착했으니 하루 동안 이 일대에 소문은 퍼질 대로 퍼졌고, 상감이 우리가 여기서 기다리고 있다는 소문을 못 들었을 가능성은 낮을 거요. 내가 상감이라고 해도 그 소문을 듣고도 배를 타고 임진강을 건너겠다고 태연히 나타나지는 않을 거요."

"안 수사건 누구건, 만약 강을 건너야 하는데 적이 이미 나루를 가로막고 있다는 소문을 들으면 그대로 오지는 않을 거요. 분명히 정탐꾼을 먼저 보내 상황을 살피게 한 뒤 이동로를 바꾸겠지요. 정탐하는 거야 몸이 날랜 무관 하나만 보내서 숲 그늘에서 강물 위를 살피게 하는 것으로 충분하니……."

"정탐…… 아!"

중얼거리던 안위가 주먹으로 손바닥을 쳤다.

"참, 그러고 보니 아까 자기가 순화군이라고 주장하는 애송이가 자기의 장인과 처조부라고 하면서 중년 한 사람과 노인 한 사람을 거느리고 거룻배를 타고 오기는 했었소. 설마 그게 진짜 순화군은 아니었겠지?"

"순화군이라고?"

유형은 마치 벼락이라도 맞은 것처럼 고개를 번쩍 들었다. 순화군이라면 임금이 가장 아끼는 아들 중 하나가 아닌가. 마침 유형은 과거 선전관으로 일하던 시절에 순화군의 얼굴을 본 적이 있었다. 지금 안위가 이야기하는 사람이 진짜 순화군이라면 알아볼 수 있는 것이다.

"그, 그 사람은 어디에 있소? 잡아 두었소, 아니면 돌려보냈소? 어느 쪽으로 갔소?"

유형의 재촉에 안위는 다소 난처해하는 표정을 지었다.

"자기가 순화군이라는 증거 하나 제시하지 않고서 마치 제 놈이 진짜 왕자라도 되는 것처럼 패악을 부리기에 머리에 피가 확 올라서 그냥 활로 쏴 버렸지 뭐요. 떠내려가지 않았으면 저기 어디쯤 기라앉아 있을 기요. 다른 일행 놈들은 그 꼬락서니를 보고 다 도망가 버렸소."

"묶었다! 당겨라!"

해가 완전히 지기 전에 찾기 위해 헤엄 잘 치는 군사 마흔 명을 풀어 강바닥을 뒤지게 하자 1각도 지나기 전에 목에 화살이 꽂힌 시신을 찾을 수 있었다. 흐름이 센 강물 한가운데 빠진 것이 아니라서 다행히 그다지 멀리 밀려가지는 않았다.

"영차! 영차!"

물속으로 자맥질한 군사들이 시신의 허리에 밧줄을 묶자 갑판 위에 있던 군사들이 호흡을 맞춰 당겨서 끌어올렸다. 물에 푹 젖은 시신의 머리에는 아직도 갓이 씌워져 있었고 목에는 화살이 꽂혀 있었다.

"순화군마마가 맞소……."

무릎을 꿇고 시신의 얼굴을 직접 확인한 유형은 이를 악물었다. 분명히 임금 일행은 임진강 나루터로 왔다. 그런데 정세를 살피러 온 순화군을 안위가 활로 쏘아 죽여 버리는 바람에 죄다 겁을 먹고 다른 길로 가 버린 것이다.

＊

순화군의 목에 안위의 화살이 꽂힐 무렵, 임금은 수많은 왕실 가족들과 비빈, 궁녀와 내관, 호위병 들을 거느리고 파주 목 관아에서 초조하게 순화군이 돌아오기를 기다리고 있었다.

파주목사는 근왕병을 이끌고 도성으로 가 도순변사 이일 휘하에 들어가 있었기 때문에 관아는 주인 없이 텅 비어 있는 상태였다.

"순화군은 어이하여 오지 않는가? 그리고 도성에서의 싸움은 어떻게 끝이 났는가?"

"전하, 통촉하시옵소서. 순화군께서 아직 오지 않으시는 이유는 아마 조심스레 주변을 살피시느라 그런 것이 아니겠사옵니까. 조 내관과 함께 여섯 명의 정병을 호위로 딸려 보내기까지 하였는데 별일이 있지는 않을 것이옵니다. 도성에서의 싸움에 대해서는 알 수 없사오나, 즉시 정탐하는 이를 보내 확인하도록 하겠사옵니다."

김양보가 달랬지만 임금은 좀처럼 안심을 하지 못하고 초조하게 관아의 앞뜰을 거닐었다. 임진강 나루까지 남은 거리도 얼마 안 되는데, 그 강만 건너면 황해도 군사와 평안도 군사의 협력을 받아 반란을 진압할 수 있을 텐데 되지도 않는 소문 때문에 발이 묶였다. 수군은 안 그래도 군사가 적은데 도성을 공략하기에도 부족할 전력을 분산시켜 임진강 봉쇄 따위에 투입할 여유가 있을 리 없지 않은가. 그래도 혹시 모를 만약의 경우에 대비해 순화군에게 호위를 붙여 정탐을 보내기는 했지만, 멀지도 않은 길을 간 순화군이 왜 돌아오지 않는지는 이해가 되지 않았다.

"아바마마, 드릴 말씀이 있사옵니다."

"무슨 일이냐?"

임금이 마음을 다스리지 못하고 있는데 정원군이 주변을 살피며 슬며시 다가왔다. 다른 왕자, 종친 들은 모두 관아의 안채쪽에 가 있었고 주변에는 내관 몇밖에 없었지만 정원군은 주변경계를 게을리하지 않았다.

"아바마마, 순화군의 언동이 요즘 들어, 특히 이순신이 난을 일으킨 이후로 쭉 심상치 않았다는 사실을 알고 계시옵니까?"

"심상치 않다니?"

임금의 눈이 휘둥그레졌다. 정원군은 주위의 눈치를 살피며 열심히 순화군의 수상했던 행동들을 고해바쳤다.

"순화군은 평소 정비 소생이 아니라 왕이 될 수 없는데다 벼슬도 제대로 할 수 없는 군으로서의 자리에 대해 불만을 가지고 있었습니다. 그러던 참에 변란이 터지고 세자 저하의 자리가 흔들린다는 생각을 하게 되면서, 이런 상황이라면 자기도 다음 보위를 이을 수 있지 않을까 하는 욕심을 갖게 되었사옵니다. 지난밤 궁궐에서 밤새 임해군 형님과 밀담을 나눈 내용을 소자는 똑똑히 들었사옵니다. '솔직히 임해군 형님은 이미 부왕의 눈 밖에 났으니 세자 저하께서 쫓겨나신다 해도 그 뒤를 이어 세자가 될 가능성이 없다. 하지만 나는 아직 가능성이 있다. 만약 형님께서 나를 도와주신다면 그 은혜는 꼭 갚겠다. 보위에 오를 수만 있다면 나는 수단과 방법을 가리지 않을 것이다.' 운운하는 대화를 모조리 들었습니다. 하지만 제가 자는 척 코를 골고 있었기 때문에 순화군도, 임해군 형님도 제가 엿들은 줄은 몰랐을 것입니다."

임금은 주먹 쥔 두 손을 부르르 떨었다. 믿고 사랑했던 여섯째 아들이 자신을 배신할 궁리를 꾸몄다는 것이다. 잠시 이를 악물고 있던 임금은 문득 떠오른 것이 있었는지 정원군에게 반문했다. 격해진 감정 탓인지 말투가 점잖지 못했다.

"정원군 네 이놈! 네놈의 그 말이 사실이라고 확신할 수 있느냐? 네놈이 지금 한 말이 사실이라면 순화군은 어디 먼 곳에 갈 것이 아니라 과인의 옆에 바짝 붙어 있으면서 과인의 눈 밖에 나지 않도록 해야 할 것이 아니냐. 아비를 걱정하여 앞길을 살피러 가는 것은 분명 눈에 들기 위한 행동이라 하겠으나, 반적들에게 해를 당할지도 모르는데 앞서 나가는 것은 너무 위험하지 않느냐!"

부왕의 분노에도 불구하고 정원군은 태연했다.

"아바마마, 굳이 순화군이 직접 강변까지 갈 필요는 없습니다. 데려간 군사 중 하나에게 강변을 살피고 오라 한 뒤 자기가 보고 온 것처럼 보고하면 충분하지 않습니까. 하지만 제가 걱정하는 것은 그 정도가 아닙니다. 아바마마, 내관과 군사 말고 누구를 순화군에게 딸려 보내셨지요? 전 예조판서이자 광국공신 황정욱, 순화군의 처조부와 장인 황혁이 아닙니까."

"그러하다. 저들이 유배에서는 풀렸다 하나 도성 출입도 하지 못할 정도로 핍박을 받았는데도 도성 밖에서 기다리고 있다가 우리가 성문을 나서자마자 호종하겠다며 합류했으니 그 충성심을 어찌 가상타 아니하겠느냐. 위험한 정탐도 굳이 같이 수행하겠다기에 보낸 것이다."

"아바마마, 잊으셨습니까? 황정욱 부자는 왜국 관백을 전하라 부른 자입니다. 그 일 때문에 지난 수년간 핍박을 받지 않았습니까. 그 일에 대해 앙갚음을 하고자 한다면, 순화군이 왕이 되는 것이야말로 최선의 방법이 아니겠습니까. 아직 어려 구체적인 계획은 세우지 못하고 왕이 되고 싶다는 막연한 생각만 하고 있는 순화군을 노회한 장인과 처조부가 설득한다면 넘어갈 가능성은 얼마든지 있지 않습니까."

정원군의 집요한 설득에 임금은 확실히 방금 전보다 평정심을 잃고 있었다. 조급해진 임금이 발을 굴렀다.

"네 말이 이해가 가지 않는구나. 그것이 지금 순화군이 돌아오지 않는 상황과 무슨 상관이 있느냐? 그렇다면 더더욱 과인의 옆에 있어야 할 것이 아니냐!"

이 말을 들은 정원군의 표정이 변했다. 마치 그것도 모르냐는 듯.

"아바마마, 아바마마께서 저희를, 종형제 중 최연장자인 당은군부터 젖먹이 하나하나에 이르기까지 모두 한꺼번에 데리고 이동하시는 연유가 무엇입니까? 혹시 종친들이 뿔뿔이 흩어졌다가 하나라도 이순신의 손에 들어가면 반적의 수령 이순신이 그를 왕으로 내세워 정통성을 주장할 것을 염려하신 탓 아니옵니까? 한데 지금 추격해 온 반적들에게 잡힌 것도 아니고, 자기 발로 반적들이 진을 치고 있다고 하는 곳으로 들어간 왕자가 나왔습니다. 이게 무슨 의미겠습니까? 순화군이 이순신 일당과 손을 잡고, 자기를 보위에 올려 주면 그 반적 일당의 죄를 모조리 사해 주겠다고 하려는 것 아니겠습니까! 임진강에 이순신의 전선이 있다면 순화군은 틀림없이 아바마마께 위험을 알리기 위해 돌아오는 대신 그들의 배에 올라 그들과 함께 하겠다는 뜻을 밝힐 것입니다. 만약 이순신의 전선이 없었다면 이미 돌아왔을 것인데 아직 오지 않는 것을 보니 저들에게 합류한 것이 분명합니다. 만약 강을 살피러 가다가 해를 당한 것이라면, 어찌 따라간 이들 중 하나도 돌아오지 않는다는 말입니까?"

임금은 고개를 숙인 채 말을 잇지 못했다. 믿었던 아들에게 배신당했다는 생각에 북받쳐 오르는 배신감을 주체할 수 없는 것 같았다. 부왕의 기색을 살핀 정원군이 힘주어 말했다.

"아바마마, 지금 당장 이곳을 떠나야 합니다. 순화군이 보위에 오를 욕심으로 임진강을 막고 있는 반적들에게 붙었다면 당장에 저들에게 이곳에 아바마마께서 계심을 고하고 붙잡으라고 명할 것입니다. 임진강 나루는 여기서 지척이며, 저들이 마음만 먹으면 곧바로 달려올 수 있습니다. 그런데 파주목사는 고을의 군사를 모두 동원하여 도성으로 간 뒤 돌아오지 않았으니 호종하는 군사가 없어 소수의 적도들이라도 아바마마의 옥체를 범할 수 있습니다. 지금 당장 이곳을 떠나 반적들을 피해야 합니다."

"간다면 어디로 간다는 말이냐! 서북으로 가야 평안도, 황해도의 군사를 모으고 천조의 원병을 받아 적도들과 대적할 수 있지 않느냐!"

아예 명나라로 도망치는 것도 내심 생각하고 있었겠지만 임금은 그것까지 입 밖으로 내지는 않았고, 정원군도 그것을 일부러 파내지는 않았다. 단지 지금 당장 선택해야 할 대안을 제시했을 뿐이다.

"그렇다 해도 어서 여기를 떠나야 합니다, 아바마마. 서북 대신 동북으로 가시지요. 동북면은 태조께서 왕조를 일으키신 발상지이며 그곳의 군사들은 빠르고 강합니다. 그들의 힘을 모으며 한편으로 서북면의 수령들에게 연락을 보내 군사를 거느리고 산을 넘어 동북으로 오게 해서 힘을 합치면 반적 이순신을 쳐부수고 도성을 탈환하는 것이 어렵지 않을 것입니다."

이렇게 일이 전개되었다는 사실을 유형이 알게 된 것은 길을 거슬러 다시 도성으로 돌아오면서 어둠에 싸인 파주 관아를 들이쳐 거기 남아 있던 관속과 관노들을 횃불 아래서 다그친 뒤의 일이었다. 그가 임진강을 왕복하고 물속에 잠긴 순화군의 시신을 찾는 사이, 임금은 정원군에게 설복되어 왕자와 종친들을 모조리 거느리고 함경도로 가 버린 것이다.

임금이 지나갈 강원도와 함경도 지역의 수령들이 군사를 끌고 임금에게 합류할 것이 분명한 이상, 지금 자신이 거느린 백여 명의 군사만으로 그 뒤를 쫓는다는 것은 불가능한 일이었다. 일이 이렇게 되어 버렸으니 도성으로 돌아가 이순신에게 보고해야 했다. 유형은 어쩔 수 없이 이를 갈면서 말에 올랐다.

"모두 말에 채찍을 가해라! 전속력으로 통상께 돌아간다!"

*

"도순변사 대감, 상감께서는 아무래도 동북면으로 가신 모양입니다."

기운이 빠져 나무 밑에 앉아 있는 이일의 옆으로 정충신이 달려왔다. 정충신은 도순변사가 패했고 도성이 무너졌다는 소식에 자기와 함께 움직이던 경기감영 군사들이 흩어지자, 그 자리에서는 더 이상 할 수 있는 일이 없다고 판단하고 곧바로 자신을 따르는 몇몇 군사들만 거느리고 이일과 임금의 행방을 찾아 말을 달렸다. 임금은 따라잡지 못했지만 한명련, 고언백 단 두 사람만 거느리고 도주중이던 이일은 운 좋게도 만날 수가 있었다.

"동북면이라고? 평양이 아니고?"

아직도 현실을 받아들이지 못하는 듯한 이일의 얼굴을 보며 정충신은 말에서 내려 다가갔다. 물 흐르듯 땀을 흘리는 이일에게 부채질을 해 주던 정충신의 군사가 옆으로 비켰다.

"저도 당연히 임진강을 건너 평양으로 행차하셨으리라 생각하고 이 파주 고을로 왔습니다만, 고을 백성 두엇을 붙잡고 물어보니 임진강에 이미 수군이 들어와 나루를 차단한 모양입니다. 상감께서 서북으로 몸을 피하여 군사를 모으고 천병에게 원조를 청하는 것을 차단하려고 한 행동인 듯한데, 때문에 길이 막힌 상감께서 대신 동북으로 가셨다고 합니다. 저희도 어서 그 뒤를 따라야 할 성싶습니다. 이미 반적들의 무리가 고을 안팎을 누비며 상감을 찾고 다녔다고 하니, 우리가 움직이지 않고 있으면 적도들에게 발각되어 도성으로 끌려가게 될 겁니다."

"알겠네. 가도록 하지."

이일은 기운 없이 일어섰다. 임금이 붙여 준 군사를 모조리 잃었으니 임금 앞에 나갈 체면이 안 서는 것이다. 비록 패전했더라도 군사라도 수습했으면 모르겠는데 군사까지 모조리 잃고 말았다. 이일이 너무 기가 죽어 있자 다른 화제를 꺼내 분위기를 바꿀 생각이 들었는지 고언백이 일행을 선도하는 정충신에게 따라붙으며 말을 걸었다.

"여보게, 정 선전관. 자네 생각에는 이순신이 앞으로 어떻게 할 것 같은가? 주상 전하를 쫓아 동북으로 갈 것 같은가?"

정충신은 고언백의 말과 말 머리를 나란히 한 채 혹시 적이 없는지 좌우를 살피며 답했다.

"이순신은 반란을 일으켜 도성을 손에 넣었으니 몇 가지 행동 중에서 하나를 선택할 수 있습니다. 믿을 수 있는 날랜 군사를 풀어 주상 전하께서 동북에 도착하기 전에 따라잡아 자기 진영에 머무르게 하는 것이 상책이요, 도성에 주둔하고 있는 천병과 협력하여 먼 종친 중 하나를 왕으로 내세우고 세력을 모으는 것이 중책이며, 이순신 자신이 직접 왕위에 오르는 것이 하책일 것입니다. 아마 멍청한 장수라면 자기가 왕 자리에 오르겠지만 이순신은 지장입니다. 그는 필시 상감의 동북행을 파악하는 즉시 군사를 이끌고 최선을 다해 뒤를 쫓을 것입니다. 이에 대처하자면 동북면 고을의 군사들을 모아 이순신의 추격대를 격파하고 다시 도성을 탈환해야 할 것입니다. 양주목사께서 아까 소관에게 말씀하시기를, 이순신의 군사에게 패한 주요인이 화포라 하셨지요?"

"그러하네."

고언백이 시인하자 정충신이 고개를 끄덕이며 말을 받았다.

"이순신이 대량의 화포를 운용할 수 있었던 것은 전선을 사용해 경강으로 화포를 운반할 수 있었기 때문입니다. 하지만 동북면으로 군사를 움직이게 되면 저들은 전선은 물론 화포도 가지고 갈 수 없을 것입니다. 화포 없는 이순신의 수군은 무용지물. 그들의 군사는 육지 위의 거북이나 마찬가지 신세일 것이니 쉽게 쳐부술 수 있을 것입니다."

"과연 그렇게 잘될까?"

고언백이 의심스러운 표정으로 질문을 던지자 정충신은 표정을 굳혔다.

"제가 예상한 대로 서로가 움직인다면 분명히 이순신의 반군을 토벌할 수 있습니다. 이순신도 아마 그 정도는 예상하겠지요. 그럼에도 이순신이 전하의 뒤를 쫓을 것이 분명한 이유는 그것 이외에는 길이 없기 때문이나, 동북면의 수령들이 전하를 지키기 위해 근왕군에 합류할 것이 분명한 이상 전하께서 무사히 동북에 도착하시기만 하면 이순신은 분명히 집니다. 무엄하고 불온한 상상이시만 혹시 진하께시 걸음이 느러 이순신에게 붙잡히시거나, 제가 예상하지 못한 어떤 특별한 사건이 일어나 동북면의 군사들이 이순신에게 붙는 그런 당황스러운 사태만 벌어지지 않는다면 말입니다."

정충신의 엉뚱한 예상에 고언백은 그만 폭소를 터뜨렸다.

"하하, 자네의 지모가 특출하다는 것은 나도 인정하지만 그 건 너무 황당한 예상이 아닌가. 함경도 일대의 수령들이 이순 신에게 붙을 이유가 있는가?"

"알 수 없는 일입니다. 혹시 모르는 일이니 그런 일이 발생 하지 않도록 제대로 단속을 해야겠지요. 일단은 전하께서 가시 는 길을 어서 따라잡는 것이 지금 가장 중요한 일 아니겠습니 까. 이랴! 달려라!"

정충신이 말에게 채찍을 가하자 다른 일행도 서둘러 그 뒤 를 따랐다. 중천을 넘어가는 달이 이들을 내려다보고 있었다.

*

"찾아뵙는 것이 늦었습니다."

"아닙니다. 어서 오시지요."

도성이 반정군의 손에 떨어진 뒤 하룻밤이 지났지만 성내의 분위기는 평안하고 고요했다. 백성들도 크게 동요하지 않았고 피난 행렬 같은 것도 없었다. 다행히 도성 백성들이 반정군을 적으로 여기지 않는다는 이야기였다. 여섯 명의 부하만을 거느 린 이순신은 어슴푸레한 새벽빛을 받으며 그 평온함의 일부인 이덕형의 집 문간에 서 있었다.

"처리해야 할 일이 많아 오지 못하시는 것 아닐까 걱정했습니다. 긴 시간 자리를 비우셔도 괜찮으신 겁니까?"

이덕형의 걱정에 이순신은 잔잔한 웃음으로 답했다.

"괜찮습니다. 제가 잠시 자리를 비워도 여러 장수들이 각자 자신의 자리에서 맡은 바 임무를 잘 수행해 주기에 별다른 문제가 생길 일이 없습니다. 긴히 의논드릴 일이 있어 대감들을 찾아뵙겠다고 전갈을 드렸는데, 다른 분들께서도 모두 도착하셨는지요."

"다들 일찌감치 와 있으니 통상께서도 사랑채로 드시지요."

"감사합니다, 대감."

잠시 후 이덕형의 사랑방에서는 세 사람의 정승, 곧 현임 좌의정 이덕형과 병을 내세워 조정에 출사는 하지 않고 있는 현임 우의정 이항복, 그리고 역시 병을 핑계로 열여덟 번이나 임금에게 사직서를 올린 끝에 석 달 전에 영의정 자리에서 물러난 판중추부사 이원익이 서로를 마주 본 상태로 앉았다. 서로 경계하거나 심기를 살필 필요도 없이, 집주인인 이덕형이 먼저 입을 열었다.

"이 사람은 통상께 왜 거병을 했느냐고 따지는 무용한 짓은 하지 않겠소. 상감께서 통상을 무척 심하게 핍박하고 누명을 씌워 죽이려고까지 했던 것은 나 역시 잘 알고 있기 때문이오. 하지만 이것 한 가지만은 이 자리에서 확실히 알고 싶소. 잎으로 어쩔 생각이시오?"

이원익 역시 걱정이 가득한 표정으로 이순신을 바라보았다. 그는 조정의 중신이면서 종친의 후손이고, 정탁과 함께 과거 이순신이 원균의 모함으로 의금부에 갇혔을 때 임금에게 대놓고 이순신을 석방하라고 청한 단 두 사람 중 하나였다. 당시 임금의 분노가 얼마나 컸는지 이순신의 절친한 친구였던 유성룡조차 이순신을 구명하고자 나서지 못했는데 이들 두 사람만이 용감히 나섰던 것이다.

"이 사람도 통상께서 어떻게 하실 생각인지 궁금하오. 주상전하께서 동북으로 가셨다는 소문은 이 사람도 들은 바, 그 뒤의 정국이 심히 걱정되는 바요. 전하께서는 분명 동북면의 군사를 모아 도성을 탈환하려 나서실 것이고, 통상의 군사들은 그에 당해 내지 못할 것이니 말이오. 장수는 통상의 휘하에서 단련된 이들이 활약한다고 해도 군사가 부족하지 않소. 지금이라도 전하께 죄를 고하고 수하에 있는 일반 군사들의 죄라도 용서받도록 한 뒤, 통상과 통상을 따르는 몇몇 장수들은 명나라로 떠나시는 것이 어떻겠소?"

공포와 걱정으로 굳어 있는 두 사람과 달리 이항복의 표정은 평온했다. 질문 내용도 전혀 다른 것이었다.

"포도대장 입부 이순신 영감, 경기방어사 권준 영감의 용태는 좀 어떻습니까?"

이순신도 답하기 쉬운 이쪽의 질문에 먼저 답했다.

"심한 문초를 받아서 몸이 온전치 못합니다. 다행히 뼈는 상하지 않았으나, 장형을 크게 당하고 단근질까지 당해 두 사람 모두 자리보전하고 누워 있는 상황입니다."

"용케 목숨을 건졌군요."

"아마 상감께서 더 많은 연루자를 찾아내기 위하여 살려 두고 계속 문초를 하셨던 모양입니다. 만약 시간이 더 넉넉했다면 처형하고 나서 떠나셨겠지만, 급히 파천을 하시느라 이들이 의금부에 갇혀 있다는 것을 잠시 잊으신 것이겠지요. 그 두 사람은 저와 연통을 주고받은 바도 없건만 억울하게 문초를 당했으니 참으로 미안한 일입니다."

"그러게 말입니다. 정작 상감 몰래 통상과 연통을 주고받은 것은 그 두 사람이 아니라 이 몸인데 말이오. 허허!"

난데없는 이항복의 발언에 이덕형과 이원익의 눈이 둥그레졌다. 하지만 늘 그렇듯 이항복이 던진 농담이라고 여겼는지 두 사람 모두 곧 평정심을 찾았다. 이덕형이 한숨을 쉬며 이항복을 붙들었다.

"형님, 농담은 그만하시오. 통제사, 아까 한 질문에 대한 답을 듣고 싶소. 앞으로 어쩔 생각이시오?"

세 정승은 이순신의 입만 바라보면서 침묵을 지켰다. 이순신이 조용히 입을 열었다.

"세 분 정승들께서도 상감께서 기꺼이 도성으로 돌아오리라고는 생각지 않으실 겁니다."

"그야 당연한 것 아니겠소."

"익지로 모셔서 돌아오시게 한다고 해도 소정의 행동을 용납하지는 않으시겠지요. 하지만 벌이지 않았으면 모르되, 일을 벌인 이상 마무리를 짓자면 소장이 지금 상감께 죄를 고하고 그 처분을 받을 수는 없습니다. 더구나 마포나루 방화는 도순변사 한 사람에게 책임을 묻기에는 너무도 큰 참사라 도저히 도순변사 한 사람의 죄를 묻는 것으로 끝낼 수가 없습니다. 도성 백성들의 민심을 진정시키기 위해서라도, 도순변사가 그런 짓을 저지르게 만든 임금을 폐위해야만 합니다. 이는 그저 소장의 일당들이 벌을 받지 않으려는 핑계가 아닙니다."

"금상을 폐위한다……."

이덕형은 무겁게 고개를 숙였다. 임금과 이순신의 관계도 절대로 타협이 불가능하지만, 마포나루 방화는 너무도 큰 참사라 도저히 그냥 넘어갈 수 없었다. 결국 임금이 자리에서 물러나는 것은 어쩔 수 없는 타협인 셈이었다. 이원익이 조용히 물었다.

"금상을 폐위한다면 누가 보위를 물려받는 것이 좋겠다고 생각하시오?"

"그야 마땅히 세자 저하께 보위를 넘기시도록 해야 하지 않겠습니까. 능력도 있고 자격도 갖춘 분이십니다."

"세자 저하? 통제사, 나 역시 전하께 무슨 일이 생길 경우 세자 저하께서 왕위를 물려받으시는 것이 마땅하다고 생각하긴 하지만, 그대가 세자 저하를 보위에 올릴 경우 무슨 일이 일어날지에 대해서 생각을 해 보았소? 그대와 그대의 부하 장졸들이 어찌 될 거라 생각하오? 지금 당장은 그대가 거느린 군사들의 위세에 눌려 별말씀이 없으실지 몰라도 훗날 분명 그대와 그대의 수하들을 역적의 죄를 물어 처단하실 것이오. 임금이 될 후보를 찾으려고 하면 덕흥대원군마마의 후손이 아닌 다른 종친들도 있지 않소. 덕흥대원군의 형제인 봉성군의 아들 문성군이나 영양군의 아들 흥녕군, 덕양군의 아들 풍산군도 있소. 세 사람이 외아들이라 내키지 않는다면 해안군에게도 여섯 아들이 있소이다. 이들 모두가 중종대왕의 아들이자 손자이니, 그대가 허수아비 임금을 원한다면 그들 중 옥좌라는 미끼를 무는 이를 골라 명목상의 상감으로 모시고 그대의 권력을 든든히 해도 충분하지 않소."

방 안에 적막감이 흘렀다. 이원익의 날카로운 지적에 이덕형도 이항복도 이순신이 어떻게 대답할지를 기다렸다. 이순신의 대답이 금방 나오지 않자 조급한 마음이 들었는지 이원익이 대답을 독촉했다.

"통제사, 귀공이 진실로 무슨 생각으로 세자 저하를 새 임금으로 내세우고자 하는지 우리는 꼭 알아야겠소. 세자 저하께서 귀공의 허수아비가 될 거라고 생각하시오? 아니면 거병이 불가피했던 귀공의 처지를 넓은 마음으로 알아주시리라 기대하는 거요? 그것도 아니라면, 혹시 세자 저하와 이미 결탁이 되어 있었던 것이오?"

조금씩 흔들리던 이원익의 목소리는 마지막 질문을 할 때가 되어서는 불안감으로 떨리고 있었다. 만에 하나 세자가 임금을 몰아내고 하루라도 빨리 권력을 잡기 위해 이순신과 결탁했다면, 이것은 어쩔 수 없는 패륜이나. 충과 효를 바탕으로 나라를 유지하는 조선의 기본 이념으로서의 성리학의 지위를 그대로 박살 내 버리는 일이었다. 마침내 이순신이 조심스럽게 입을 열었다.

"세자 저하께서 다음 임금으로 등극하셔야 한다고 생각하는 것은, 그게 순리이기 때문입니다. 소장은 권력을 탐하는 것도 역모를 꿈꾸는 것도 아닙니다. 그저 나라의 모든 일이 백성의 평안을 위해 돌아가고, 장수와 군사는 나라를 굳건히 지키는 일에만 전념할 수 있기를 바랍니다. 하지만 금상께서는 권력의 유지에만 지나치게 신경을 쏟고 계십니다. 조선의 임금이 조선의 장수를 신뢰하지 않고 반역할지 모른다는 의심만으로 처단하니 그 누가 신하로서 임금을 믿고 따르겠습니까? 소장 역시 신하된 몸으로서 전하의 뜻을 거스를 욕심은 없었으나, 평소 부하들을 제대로 다스리지 못하는 바람에 본의 아니게 병兵을 일으키게 되었습니다. 나라의 군대를 임금의 허락도 없이 움직여 같은 조선 군사들끼리 싸우게 함으로써 많은 목숨을 상하게 하였으니 그 죄가 실로 깊고 큽니다. 하지만 그 피를 헛되게 하지 않으려면 죽어 간 백성들이 원했던 나라를 만들어야 합니다. 제 한 목숨을 살리자고 명나라로 떠난다면, 제가 무슨 낯으로 저세상에 가서 제 밑에서 싸우다 죽은 군사들을 만날 수 있겠습니까. 그리고 어찌 주상 전하께 죄를 고하고 그 벌을 받겠습니까."

세 정승들은 대답하지 않았다. 이순신은 조용히 말을 이어 갔다.

"지금 우리 조선의 땅과 백성들은 전란을 겪고 난 후유증으로 인해 신음하고 있습니다. 왜적들은 바다 건너로 돌아갔다고 하나 언제 다시 쳐들어올지 모르고, 명나라 군대는 위급할 때 도와준 은혜는 분명 있으나 대국에서 도와주러 왔다는 것을 핑계로 한 민폐가 극심하니 다시 돌려보내야 합니다. 왜적의 재침을 막는 데 육지에 주둔하는 명군은 필요하지 않습니다. 왜적이 또다시 바다를 건너오지 못하도록 하려면 수군을 강화하여 바다를 철통같이 지켜야하고, 명나라 군대는 돌려보내야 합니다. 명나라 수군은 어떠냐고 할 수 있지만, 실제 싸움에서 명나라 수군은 큰 전력이 되지 못합니다. 그들을 먹일 군량으로 차라리 우리 조선 수군을 키우는 것이 훨씬 낫습니다. 저는 이 일을 모두 이루고 난 뒤 세자 저하께서 벌을 내리신다면 조용히 받을 생각입니다. 세자 저하께서는 영민하시니 이 죄 많은 장수 한 사람에게만 벌을 내리시고 다른 장수들에게는 책임을 묻지 않으시리라 생각합니다."

이순신의 담담한 목소리에 세 재상은 침묵에 잠겼다. 잠시 후 이덕형이 조용히 입을 열었다. 하지만 이원익은 아직 조용히 침묵을 지키고 있었다.

"통제사의 뜻은 알겠소. 하지만 그 뜻이 어쨌건, 귀공이 군사를 일으켜 범궐을 하고 주상께서 피난길에 나서시게 한 것은 참람한 일임에 틀림없소. 귀공은 부하들이 난을 일으킴에 따라 이를 수습하기 위하여 부득이하게 나서게 되었다 하나, 그렇다 해도 그래서는 아니 되었단 말이오."

"소장도 그렇게 생각합니다."

"그렇다면 이제라도 주상 전하께 죄를 비시오! 물론 전하께서 그대를 용서하고 아무 일도 없었던 것으로 하지는 않으시겠지만, 자신이 임금의 신하임을 인정하고 설사 임금의 역량이 부족하더라도 충성을 다 바치는 것이 사대부의 진정한 도리요. 임금께 부족한 면이 있다면 그것을 이유로 반기를 들 것이 아니라 봉사하여 채워 나가는 것이 신하로서의 진정한 충성이 아니겠소."

이덕형이 간곡히 이순신을 설득하려는 참에 이항복이 느닷없이 끼어들었다.

"한음, 미안하지만 나는 그렇게 생각하지 않는다네."

"형님?"

이덕형은 너무도 놀라 남들 앞이라는 것도 잊고 이항복을 형님이라고 불렀다. 놀라운 한마디를 던져 이덕형을 놀라게 한 이항복은 평소의 그 개구쟁이 같은 표정과 다른 진지한 얼굴로 이순신을 변호하기 시작했다.

"한음, 군주란 무엇보다 백성의 평안을 우선시해야 하는 법이네. 하지만 태평성대를 통한 백성의 평안을 구축하려 하지 않고, 사치와 환락을 누리며 인재를 알아보지 못하고 나라를 도탄에 빠뜨리는 군주는 어떻게 해야 하는가? 마땅히 군주의 자리에서 내려가게 하고, 그 자리를 마땅히 가질 자격이 있는 사람에게 내주어 앉도록 해야 하지 않겠는가!"

"혀, 형님! 그게 무슨 말씀이시오!"

이덕형이 떨리는 목소리로 경악의 외침을 발했다. 이원익과 함께 얼굴이 새파래진 이덕형을 보며 이항복은 침착하게 이야기했다.

"아까 내가 한 말을 농담으로 들었나? 나는 정말로 통상과 연통을 주고받고 있었네. 입부 영감 집에 들렀다가 돌아가던 통상의 사자, 정 참봉이라는 사람이 보낸 그자를 내가 중간에서 낚아챘거든. 애초에 도성 안에 통상과 내응할 사람이라고는 입부 영감밖에 없는데 그 사람에게 밀사를 보내다니, 입부 영감을 죽이려고 작정한 게 아니고 뭐란 말인가? 쯧쯧. 그 밀사가 입부 영감의 집에 들어가는 모습이 하인배들 눈에 띄는 바람에 입부 영감이 그 곤욕을 치른 게 아닌가. 그 뒤에 두루마기 입은 양반, 자네가 정 참봉 맞지? 그나마 입부 영감이 쓴 답서가 내 수중에 있었기에 내응에 대한 물증이 없어서 입부 영감이 살아남은 줄 알게. 동참을 거부하는 내용이기는 했어도 상감께서 그 서한을 보셨다면 입부 영감이 내통했다고 생각하시리라는 것은 의심의 여지가 없고, 분명히 장살을 당했을 것이야."

"우상 대감의 조치에 감사드릴 뿐입니다."

정 참봉은 입가에 미소를 지으며 허리를 숙였다.

"하지만 덕분에 우상 대감과 연통을 할 수 있게 되었으니, 포도대장 영감께는 미안한 일이기는 해도 통상께는 더 잘된 일입니다."

"자네는 그리 말할 줄 알았지."

너털웃음을 지은 이항복이 다시 이덕형에게 시선을 돌렸다. 임금 이야기를 나서 해야 하는 것이다.

"그래, 분명 금상께서는 걸주桀紂와 같은 폭군은 아니시지. 제법 영민하신 분이시며 조정을 이끄는 능력도 탁월하시네. 주왕 역시 힘은 장사에 천문에도 밝고 세상 만물의 진리를 터득하고 있었으니, 그 자질만 놓고 보면 어찌 명군이 아니었겠는가. 하나 개인의 욕심으로 그 총기를 흐리었으니 천자의 자리를 주나라로 넘겨준 것이 아니었는가. 금상께서는 백성을 평안히 하는 것보다는 마마 자신의 보위를 지키는 데만 관심이 있으시네. 군주라면 당연한 것 아니냐고 하겠지만, 그것이 너무 과도하다는 것이 문제 아니겠는가. 종실들을 견제하는 것이라면 나도 별말 않겠네만, 무장들을 대하는 태도가 심하시지 않은가. 김덕령이 처단당한 것은 이몽학이가 김덕령의 이름을 팔았기 때문이라고 하지만, 둘이 서로 짰다는 증거나 그런 것도 없이 닥치는 대로 잡아 때려죽이지 않았나. 육지에서 처음으로 왜적과 싸워 이기는 대공을 세운 신각 부원수는 어땠나? 병판 대감의 부원수가 어디 갔는지 모르겠다는 섣부른 보고야 그렇다 치고, 비변사가 아우성을 치니 상감께서 처형해 버렸지. 잘못 처형한 것을 알고 난 뒤에 사과라도 있었는가? 공신 칭호를 내리고 벼슬이라도 올려 주었는가? 그 보고를 한 병판 대감이야 본의가 아니었으니 넘어간다고 치고, 전하께 부원수의 처형을 강요한 비변사의 중신들이 그 뒤에 그 일에 대해 처벌이라도 받았는가?"

---

* 하의 걸왕과 은의 주왕

이덕형도 이원익도 말이 없었다. 이항복은 손을 들어 이순신 쪽으로 손바닥을 내밀며 이야기를 계속했다.

"여기 이 통제만 해도 그렇지. 전라좌수사 재임 이후 남해를 지키느라 얼마나 고생을 했는가. 왜군이 원정군을 증파하여 본격적인 재침에 나서지 못한 결정적인 이유가 바로 이 통제가 이끄는 수군이 철통같이 남해를 지킨 덕임을 나도 자네도 다 알지 않는가."

"그렇소. 조선 팔도에 그 사실을 모르는 이가 누가 있겠소?"

이덕형이 나지막한 소리로 왜적을 막은 이순신의 공을 인정하자 이항복은 그것 보라는 듯 목소리를 높였다.

"한데 그 큰 공에 대해서 상감께서 어떻게 보답하셨는가? 억울한 누명과 통제사 직책 박탈, 가혹한 고문으로도 모자라서 모친상도 지키지 못한 불효자라는 슬픔을 겪게 만들지 않으셨는가. 그리고 그 실수로 인해 조선 백성들이 겪은 참담한 비극을 기억하시면서도 또 억울한 누명으로 통제사를 처단하려 하시네. 이것이 성군의 모습이라 할 수 있겠는가?"

이덕형은 입을 잠시 움직이기는 했으나 이와 같은 이항복의 예리한 질문에 대해서 대답할 수 없었다. 조용히 듣기만 하고 있던 이원익이 천천히 입을 열었다.

"우상 대감의 말씀이 틀린 것은 아니오. 하지만 임금이 신하를 핍박한다 해서 신하가 자유로이 난을 일으킨다면 그것이 바로 난세가 아니고 무엇이겠소? 난세는 백성들을 도탄에 빠뜨릴 뿐이오. 난세에나 벌어질 일을 빌어 놓고 지금 우리에게 무엇을 원하는 것이오, 백사 대감? 통제사는 스스로 자기 행동이 역성혁명은 아니라고 강변하고 있으나, 거병하고 범궐하여 주상 전하를 쫓아낸 것은 사실이 아니오. 지금 통제사가 말하기로는 그저 주상 전하와 세자 저하를 모셔 올 생각일 뿐이라고 하나, 그런 말로 우리를 안심시켜 두고 실은 주상 전하를 비롯한 왕실의 주요 인사 모두를 시해하고 역성혁명을 일으킬 심산이 아니라고 어찌 확신할 수 있겠소? 이 사람은 태종대왕의 후손으로서, 통제사의 목적이 그런 것이라면 결단코 협력할 수 없소!"

이원익은 태종의 아들 익녕군의 4세손이었다. 조선의 법은 왕으로부터 5대 이상의 후손은 평민으로 간주하므로, 이원익의 부친까지는 종친으로 대우를 받았지만 그 자신은 종친의 자격이 없었다. 그럼에도 그는 자신이 왕실의 후손이라는 사실을 늘 마음에 두고 바른 행동을 위해 노력하고 있었다. 이항복이 그의 강경한 태도를 누그러뜨리고자 재차 입을 열었다.

"오리 대감, 나 백사 이항복이 통제사의 옳은 의도를 보증합니다. 통제사는 권력에 대한 욕심이라고는 좁쌀만큼도 가지고 있지 않으며, 주상 전하와 세자 저하를 모두 시해하고 보위에 오른다는 것 같은 망측한 생각은 단 한순간도 해 본 적이 없습니다. 지금 통상의 계획은 단 하나, 금상께서 국정에서 완전히 손을 떼고 세자 저하께 양위하시도록 하는 것입니다. 저 백사를 믿을 수 있으시다면 통상에게도 신뢰를 주시기 바랍니다."

또다시 침묵이 흘렀다. 잠시 후 이덕형이 천천히 입을 열었다.

"통제사, 그래서 우리에게 무엇을 원한다는 말이시오? 지금 칼을 쥔 것은 그대이니 그대가 그렇게 하기를 원한다면 원하는 대로 하면 그만일 텐데, 굳이 우리를 청하여 이런 자리를 만든 이유를 모르겠소."

어느새 떠오른 아침 햇살이 이순신의 얼굴을 비추고 있었다. 그가 조용히 대답했다.

"소장이 세 분 정승들을 청한 것은 제가 칼을 써서 만사를 이루고 싶지 않기 때문입니다. 세 분께서는 이 나라 조정의 최고 영수이십니다. 지금 조정에는 핵이 되는 상감께서도 세자께서도 계시지 않고, 영상 대감은 상감과 함께 북으로 떠나 버렸습니다. 누구도 인도하는 이가 없다면 조정이 어떻게 나라를 움직일 것이며, 백성들의 삶을 평안케 하는 일이 어찌 이루어질 수 있겠습니까? 그러니 세 분께서 조정을 맡아 세자께서 돌아오실 때까지만 지켜 주십사 하는 것이 제 청입니다."

"우리에게 조정을 맡긴다? 그럼 통상께서는 무슨 일을 할 작정이시오?"

이순신은 의아한 표정을 짓는 이덕형에게 담담한 목소리로 답했다.

"당연히 세자 저하를 모시러 가야 하지 않겠습니까. 세자 저하는 보위를 이으실 분인데 수하 장수들을 보내 모셔 오게 하는 불경을 저지를 수는 없습니다. 게다가……."

그때까지 평온함을 유지하고 있던 이순신의 얼굴이 순간적으로 괴로움을 딤고 일그러졌다.

"……수하 장수들을 보냈다가 혹 불미스러운 일이라도 생긴다면 제게는 천추의 한이 될 것입니다. 그것 때문에라도 제가 직접 모시러 가야 합니다. 도성에는 경상우수사를 남겨 두고 일부 군사를 주어 조정과 백성들을 지키도록 할 생각입니다."

"전하께 위해를 가하지 않겠다는 그 약속을 어찌 믿을 수 있겠소?"

"저 역시 사대부로서 군주에게 가져야 하는 충성심을 가지고 있습니다. 의도치 않은 사건으로 인해 이런 비극을 겪게 되었으나, 임금을 시해할 만큼 타락하지는 않았습니다. 소장은 주전충도 연개소문도 아닙니다."

주전충은 당나라의 절도사로서 당나라의 마지막 황제 및 황족 전체를 학살하여 당나라를 완전히 멸망시킨 뒤 제위를 찬탈하여 후량의 태조에 오른 인물이고, 연개소문은 군주인 영류왕을 살해한 후 자신이 직접 옥좌에 오르지는 않았으나 꼭두각시인 보장왕을 앉히고 독재 권력을 휘두름으로써 고구려의 최후를 앞당긴 권신이다.

"그래서 세 분 대신들께 다시 한 번 부탁드리고자 합니다. 소장이 세자 저하를 모셔 올 동안 조정의 기둥이 되어 도성을 지켜 주십시오. 이번에 제가 저지른 죄에 대한 대가는 세자 저하께서 즉위하신 뒤에 달게 받겠습니다."

이순신이 이원익과 이덕형을 향해 고개를 숙이자 이항복이 한 번 더 나섰다.

"이 사람을 믿을 수 있다면 통상에게 한 번만 협조해 주시오. 통상을 받들어 임금으로 삼자는 것도 아니고, 세자 저하께서 돌아오실 때까지 잠시 조정을 맡아 관리하는 것뿐이오. 우리 세 사람은 모두 재상의 지위에 있는데, 이런 사람들이 국정이 혼란에 빠지고 백성들의 삶이 흔들리도록 방치하는 것도 사대부의 도리는 아니지 않소. 혹 나중에 세자께서 우리의 진의를 오해하시고 통상에게 협조한 죄를 물으실 수도 있겠지만, 설사 그렇게 되더라도 조정과 백성들이 난장판이 되도록 내버려둘 수는 없는 일이오."

설득을 당하는 입장인 두 사람은 아무 말 없이 고개를 숙이고 생각에 잠겼다. 잠시 후 이원익이 고개를 들더니 조심스레 입을 열었다.

"한 가지 묻겠소. 세자 저하를 추대한다고 치고, 주상 전하는 상왕이 되실 텐데 그분의 거취는 어찌하도록 할 생각이오?"

"도성 내에 별궁을 마련하여 그곳에 기거하시도록 하고 세자 저하께서 받들어 모시는 것으로 하려 합니다."

"그리하면 전하께서는 당장에 복위하겠다고 하시며 임금의 자리를 내놓으라고 하실 것이오. 세자 저하께서 그 압력을 견디어 낼 수 있다고 보시오? 충과 효는 유학의 근본인데 부왕의 명을 어찌 버티어 낼 수 있겠소."

이순신이 잠시 대답을 망설이는 기색이 보이자 이항복이 나섰다.

"하지만 다른 선택의 여지가 없습니다, 영상. 상감을 지방에 계시게 하면 그 지방에서 군사를 모아 도성으로 쳐들어오실 것이 빤하니 그나마 일을 도모하기 힘들고 감시할 수 있는 도성에 계시게 하는 것이 낫지 않겠습니까. 만약 폐주 연산을 그리 처분했듯이 낙도로 유배를 보낸다고 해도 상감을 내세워서 군사를 일으키는 자가 분명히 나올 것입니다. 상감께서 도성에 계시더라도 근왕을 핑계로 삼아 군사를 일으키는 자가 없으란 법은 없지만, 그런 일이 생길 경우에는 도성의 군사와 수군을 동원하여 양면에서 진압하면 됩니다. 그리고 세자 저하께서 백성을 돌보는 어진 정치를 펴시면 그런 반발도 얼마 안 가서 사그라질 것입니다."

이항복의 대답에 이원익은 한숨을 쉬며 다시 고개를 저었다.

"모르겠소. 과연 전하를 폐하여 귀양 보내는 것도 아니고 도성 안에 머무르시게 하면서 아무 문제가 없도록 하는 것이 가능한지. 그리고 지금 통제사가 말하는 것과 같은 계획을 용상에 오를 당사자인 세자 저하께서 받아들이기는 하실는지. 태종대왕께서 형제의 피를 칼에 묻히신 적이 있고, 태조께서도 태종대왕과 충돌하신 적이 있지만 그것은 어디까지나 국초의 혼란기, 나라의 기틀이 잡히지 않았던 시절의 일이오. 과연 지금 이 시대에 세자께서 왕권을 위해 부왕과 맞서려 하시겠소?"

"응당 그리하실 것입니다."

단호한 이항복의 대답에 이원익은 방바닥이 꺼져라 크게 한숨을 쉬었다. 심호흡을 하고 난 이원익은 이덕형을 바라보았다.

"어쩌시겠소, 좌상?"

"솔직히 말씀드리자면, 소인이 보기에는 통상의 거병이 성공하여 세자 저하께서 등극하시기보다는 동북면의 군사를 이끈 상감께서 승리하여 개선할 가능성이 더 커 보입니다. 그리 되면 '통상의 뒤를 받쳐 준' 저희는 모두 전하에게 통상의 일당으로 간주되어 의금부에 투옥되겠지요."

이덕형답지 않은 냉소적인 언사에 이항복이 웃음을 터뜨렸다.

"하하! 좌상이 그런 말도 할 줄 아는구먼. 맞네. 그렇게 될 가능성도 충분하지. 하지만 그럴지도 모른다고 해서 나랏일을 내팽개칠 수는 없지 않은가. 주상께서 오시든 세자께서 오시든 조정은 움직여야 하지 않겠는가. 그리고 뭐, 주상께서 개선하시면 '전하께서 돌아오셨을 때 엉망진창인 나라 꼴을 보여 드릴 수는 없는 일이므로 불가피하게 조정의 일반 대소사를 돌보고 있었사옵니다.'라고 고하도록 하세나. 하하!"

이항복의 농담에 이덕형은 눈을 내리깔며 한숨을 쉬었다. 어쩔 수 없다는 판단이 든 것이다. 하지만 이원익은 아직 확인할 것이 남아 있었다.

"통제사, 귀공의 뜻은 알겠소. 한데 전 우수사 배설은 어떻게 할 것이오? 배설은 이미 지난해부터 반역의 뜻을 품고 역당들을 모아 나라를 뒤엎을 흉계를 꾸미고 있었소. 배설의 당이 임금의 목을 치고 나라를 뒤엎자는 망측한 내용의 벽서를 써서 내건 것이 한두 번이 아니고, 그들이 삼남 각지에서 일으킨 난으로 인해 남도의 군사가 발이 묶인 탓에 귀공이 거느린 수군이 수월하게 도성까지 올라온 것도 사실이오. 여기에 대해서는 뭐라고 밀하겠소? 귀공은 배설과 결탁하고 있지 않소. 그런데 어찌 귀공이 주상 전하와 세자 저하를 정중히 받들어 모시리라 믿을 수 있겠소? 어제 하루도 도성에는 '임금의 목을 베러 가자.'고 외치는 배설 휘하 무뢰배들의 고함 소리가 가득했소."

"배 수사가 상감에 대한 한이 깊고 그로 인해 불측한 이야기를 하고 있음은 사실입니다. 하지만 상감께서 양위하고 권력을 잃는 모습을 보면 그의 울분도 어느 정도는 가라앉을 것이라 생각합니다. 소장이 계속 잘 타일러 불측한 의도를 실행에 옮길 마음을 먹지 않도록 하겠습니다."

"과연 통제사의 뜻대로 배설이 마음을 돌릴 수 있을지……신뢰가 가지 않소. 하지만 더 이상 이 사람이 어떻게 할 수 있는 일이 없구려. 부디 통제사의 뜻대로 일이 전개되기를 빌 뿐이오."

마침내 이원익도 이순신의 손을 들어 주었다. 조정이 이순신을 막지 않게 된 것이다.

*

"통상, 어이 이리 늦으셨사옵니까? 만 경리가 해 뜨기 전부터 와서 기다리고 있었습니다."

이순신이 동반했던 수하들을 거느리고 서대문 밖 진영으로 돌아왔을 때는 이미 한낮이 되어 있었다. 진영의 수비를 맡고 있던 유형이 근심스러운 표정으로 존경하는 상관을 맞았다.

"세 분 정승과의 담판은 잘 마무리되었는지요?"

"다행히 세 분께서 조정을 맡아 주시기로 하였네. 만 경리에게는 마침 할 말이 있었는데 찾아왔다니 잘되었군. 들어오도록 하게."

"예, 통상."

"이야, 어제 제가 드린 청은 생각해 보셨는지요? 지금 당장이라도 하명만 하신다면, 기꺼이 제가 직접 수행하여 이야와 이야를 따르는 조선 수군 전부를 대국으로 모셔 가도록 하겠습니다. 어서 채비를 차리시지요."

만세덕은 이미 일이 다 이루어진 듯 서둘렀다. 그는 이순신의 명을 받은 유형이 임금을 잡아 도성으로 데려오는 데 실패했다는 사실까지 이미 파악하고 있었다.

"이야, 조선 임금이 도성을 나가 변방으로 도피했다는 이야기는 저도 전해 들었습니다. 이야께서 큰 뜻으로 군사를 일으켰지만 임금을 놓친 이상 이제는 성공의 가망성이 없지 않습니까. 기왕 이렇게 된 것, 대국으로 떠나 새로운 인생을 살아 보심이 어떠신지요. 소무와 이릉은 흉노의 신하가 되기를 거부했지만 그것은 적국인 오랑캐의 왕이었기에 그런 것이고, 중화의 신하가 되어 평생 충성을 바치며 부귀영화를 누린 장수는 수없이 많습니다. 조선에서도 많은 무장들이 중국으로 가 출세를 하였지요. 멀게는 고선지와 이정기가 있고, 가까이는 작년에 고인이 되신 요동 총병관 이여송 대인이 있지 않습니까."

만세덕의 계산은 분명했다. 만약 이순신이 임금을 이미 붙잡아 권력을 쥐었다면, 조선의 지배권은 이순신이 쥔 것이나 마찬가지다. 그런 상황이 되면 이순신에게 권력에 대한 욕심이 생겨날 수도 있고, 이순신의 부하들도 이미 손안에 들어온 달콤한 과실을 내놓기를 거부할 것이 분명하다. 그렇게 된다면 그들은 분명 명나라로 떠나는 것을 거부할 것이다.

하지만 임금은 이순신의 손을 피해 떠나 버렸고, 분명히 지방에서 군사를 다시 모아 도성을 탈환하고 이순신에게 설욕하려 할 것이다. 그리고 임금은커녕 유력한 왕자 한 명 확보하지 못한 이순신에게는 임금의 반격에 맞서 승리할 가망이 거의 없었다. 그렇다면 이순신은 물론 휘하의 장수들도 장래가 불확실해져 불안에 떨 것이고, 이 점 때문에 만세덕은 이순신을 명나라로 떠나게 할 수 있다고 확신했던 것이다.

"만 경리의 배려와 조언에 대해서는 크게 감사드리오. 미천한 번국의 신하에게 그렇게 마음을 써 주시는 바, 이 한 몸이 몸 둘 바를 모르겠소이다."

통사를 통해 전해지는 이순신의 말에 만세덕은 환희에 들떴다. 하지만 그 뒤를 이어 통변의 입술에서 흘러나온 말은 만세덕의 기대와는 전혀 다른 것이었다.

"그러나 본관은 고선지나 이정기처럼 망한 나라의 장수가 아니오. 또한 이여송 총병의 선조처럼 조선에서 살인죄를 짓고 명나라로 도피해야 하는 것도 아니오. 나는 이날까지 한 점 부끄럽지 않은 조선의 장수로 살았고 앞으로도 그럴 것이오. 내 행동에 잘못이 있었다면 그 심판 역시 조선에서 받을 것이고, 결코 타국으로 도망감으로써 이를 피하지 않을 것이오."

"하지만 이야, 이야께서는 이제 임금을 이길 수 없습니다! 임금은 분명 지방에서 대규모 군사를 모아 돌아올 텐데 어찌 이를 상대하시렵니까?"

만세덕은 눈이 휘둥그레진 채 이순신을 설득하려고 했다. 하지만 중국으로 떠나지 않겠다는 이순신의 태도는 단호했다.

"그렇게 된다 해도 내 군사와 백성 들을 버리고, 내 나라를 버리고 명나라로 갈 수는 없소. 명나라는 내 나라가 아니오. 그보다는 명나라에 서둘러 가야 할 나 말고 다른 사람이 있소."

"그것이 누구입니까?"

"만 경리 그대와 그대 휘하의 군사 3000이오."

연속으로 이어지는 충격적인 말에 만세덕은 급기야 자리에서 벌떡 일어섰다.

"이야, 희롱은 삼가십시오! 황제의 칙명을 받아 조선에 온 우리에게 돌아가라고요?"

"희롱이 아니오. 이제 왜적은 본국으로 돌아갔고, 그들이 돌아오는 것을 막자면 우리 수군이 필요하지 명나라 마병은 더 이상 필요하지 않소. 게다가 그대가 말했듯이 북경의 황제께서는 조선의 실정을 잘 모르시오. 그러니 이 사태에 대한 소식을 접하시게 되면 분명히 그대에게 휘하의 군사를 움직여 난을 진압하고 임금을 복위시키라 명하실 것이 뻔한 일 아니오. 그대가 칙명을 어길 수는 없을 것이니, 나로서는 기껏 일으킨 의거를 뒤흔들 수 있는 그대와 천병을 도성 바로 옆에 그대로 놓아 둘 수는 없소. 그러니 명나라로 돌아가 주시오. 마침 경기수영의 전선들이 한강진에 정박하고 있으니, 그 배와 경강 일대에서 동원한 다른 배들을 타고 강화도로 내려가 계시면 다른 배를 수배하여 수로를 통해 중국으로 보내 드리겠소."

만세덕의 표정이 점점 일그러지더니 울음을 터뜨리기 직전이 되었다. 만세덕은 울음 섞인 목소리로 이순신에게 애원했다.

"이야! 기껏 이야의 형편을 생각하여 가능한 한 모두가 다치지 않는 방법을 마련하려 그토록 애쓴 제게 이런 배신을 하실 수 있습니까? 이야의 요구대로 제가 본국으로 돌아간다면 저는 칙명을 어긴 역신이 되어 곧바로 처형당할 것이고, 이야께서는 자국의 임금을 몰아낸 데 이어 대국 황제의 명령까지 거스른 천하의 공적이 되어 곧바로 대대적인 토벌군의 공세를 맞이하시게 될 겁니다. 천개소문이 몇 번 승리로 교만해졌다가 당태종의 침략을 받아 망한 것과 무엇이 다르겠습니까!"

천개소문은 연개소문을 말한다. 중국에서는 연개소문의 성인 연淵이 당시 당나라 시조인 고종 이연의 이름자와 같다 해서 피휘避諱*해서 뜻이 비슷한 천泉 자를 사용하여 천개소문이라고 기록했다.

"만 경리, 내게도 만 경리를 해롭게 하고자 하는 뜻은 없소.

---

* 불경하다 하여 군주의 이름자를 일상에서 쓰지 못하게 하는 것

황제께는 우리 군사가 천병의 진영을 속여서 포위하고 총통을 들이대고 위협하였기에 어쩔 수 없이 쫓겨 나왔다고 고하시오. 그리고 만약 요동에 있는 천병을 조선으로 들여보내 지금 벌어지고 있는 난리에 개입하려든다면 우리 조선으로서도 그대로 당하고만 있지는 않을 것이라는 말씀도 전해 주시구려. 한번 생각해 보시오. 우리 조선의 전선 50척이 곧바로 요동의 해안을 지나 발해만으로 향한다면 무슨 일이 벌어질 것 같소?"

혼이 나간 만세덕이 자기 진영으로 돌아가자 곁에서 조용히 듣고 있던 송희립이 하늘이 무너질 듯한 한숨을 쉬었다.

"통상, 천장에게 그런 위협을 하셔도 괜찮겠습니까?"

"그렇게 해야 어서 물러갈 것이 아닌가. 천병은 쓰레기 같은 존재지만 그래도 그들이 있었기에 왜적을 물리치는 데 도움을 받았음은 분명한 사실일세. 하지만 이번 정변은 우리 안에서 해결해야 할 것이야. 그래야 저들의 개입 없이 새로운 나라를 만들 수가 있네."

단호하게 대답한 이순신은 허리를 굽혀 탁자 위의 지도를 들여다보았다. 동북면으로 가는 길고 복잡한 길이 종이 위에서 구불구불 굽이치고 있었다.

군사를 재편성하는 데 꼬박 이틀이 걸렸다. 그저 임금을 쫓아가기만 할 것이라면 정예 기병 수백 기만 있어도 되겠지만, 임금이 지나가는 길가에 있는 상원도와 힘정도의 수령들이 군사를 이끌고 임금에게 합류할 것을 감안하면 충분한 전력을 동반하고 갈 필요가 있었다.

"어제 본 모습 정말 통쾌하지 않았소? 기세당당하던 천병들이 꼼짝도 못하고 쫓겨 가는 모습이라니!"

"그놈들이 고금도에서 날뛰던 모습을 생각하니 통쾌하긴 했지만 뒷일이 좀 걱정되오."

말 위에서 신이 난 안위를 보며 유형은 입술을 찡그렸다. 용산에 주둔하던 명군은 어제 오후에 한강진에서 경기수군의 배를 타고 강화도로 떠났다.

만세덕은 이순신의 퇴거 요구에도 불구하고 도성을 떠나려 하지 않았다. 그래서 이순신으로서도 강경책을 쓸 수밖에 없었고, 결국 만세덕은 이순신이 위협한 내용 그대로 수십 척의 전선과 수천의 군사가 포구를 들이대고 포위한 가운데 경기수영의 배를 타고 강화도로 떠나야 했다. 이순신을 비롯한 반정군 지도부는 정변이 완전히 끝날 때까지 그들을 그냥 강화도에 박아 둘 생각이었다. 바로 중국으로 보내기엔 배를 구할 여유가 없고, 육로로 보낸다면 가는 길에 어떤 분탕질을 칠지 알 수 없었기 때문이다. 게다가 육로를 이용한다면 가라는 대로 중국으로 가지 않고 도중에 말 머리를 돌려 반정군을 공격해 올 가능성도 있었다. 결국 강화도에 가두어 두는 것이 최선이었다.

"그런데 통상과 내가 군사를 너무 많이 데려가는 것 아니오?

도성의 방어가 허술해지게 되는데 괜찮겠소, 유 수사?"

"수군의 주력인 전선이 다 남아 있으니 괜찮소. 안 수사와 교대하여 배흥립 영감이 임진강을 막고 있고, 나머지 전선들은 경강의 모든 나루를 굳게 지키고 있으니 서북과 삼남 어느 쪽에서 근왕군이 온다고 해도 도성을 범접하지 못할 것이오. 도성의 확보는 염려 마시오."

유형은 도열한 군사들을 바라보며 한숨을 쉬었다.

"난 도리어 통상이 너무 적은 군사를 데리고 가시는 것 같아 아직도 걱정이오. 동북면으로 가는 길에 있는 수령들이 대부분 상감을 지키려고 나설 것인데, 아무리 작은 고을이라도 군사 100여 명 이상은 동원할 수 있을 것이니 그들을 물리치고 임금과 세자를 데려오려면 충분한 병력이 필요하오. 급하게 따라나선다고 수백 정도의 군사만 거느리고 상감이 가신 길을 따랐다가는 비명횡사할 수밖에 없을 것 아니겠소."

남아서 도성을 지키라는 명을 받은 유형은 선선히 수락하면서 도성에는 군사가 없어도 괜찮지만 이순신은 가능한 한 많은 군사를 거느리고 가야 한다고 주장했다. 그 결과 임금을 추격하여 잡아오기 위하여 — 통제사는 '모셔 온다.'고 했지만 휘하 장수들 중 그 말을 곧이곧대로 받아들인 이는 유형 정도였다 — 선발한 군사는 6000이었다. 각 전선의 포수와 사부를 중심으로 한 수군 2000명, 서대문 전투에서 남은 배설의 휘하 군사 2000명, 500명으로 도리어 숫자가 늘어난 항왜병 부대에다 도성에서 투항한 장수와 군사 들 중 가리어 뽑은 보병 500과 기병 1000이 출발 준비를 갖추고 늘어섰다.

발 빠른 군사 일부를 보내 그저 임금을 데려오면 된다고 하던 애초 계획이 이렇게 규모가 커진 것은 역설적이지만 철저한 준비 때문이었다. 출발이 늦어지는 만큼 임금 곁에 모여드는 근왕군도 많아질 것이고 그에 대비하자면 이쪽의 군사도 더 많아져야 하는데, 그러면 추격 속도가 더 늦어질 것이니 임금 옆에 모여드는 군사가 더 많아질 것이고 이쪽에서는 그에 맞춰서 군사가 더 필요하다는 악순환이 반복된 것이다.

결국 반정군 지휘부가 격론 끝에 내린 판단이 동북면의 수령들과 싸울 것을 감안하면 이 정도는 데리고 가야 한다는 것이었다. 도성에는 나머지 수군 전부와 입부 이순신 휘하에 있던 포도청 군사들, 그리고 소수의 투항병들이 남아서 방어를 맡았다.

"그런데 배설 영감의 태도가 좀 걱정되지 않소?"

유형이 조심스럽게 말하자 안위가 태연하게 맞받았다.

"배설 영감의 부하들이 뭐라고 지껄이고 다니는지는 나도 잘 알고 있소. 그게 뭐 어때서 그러시오? 사람이 쌓인 한이 많으면 그럴 수도 있는 것 아니오."

반정군의 양대 거두인 배설은 다른 이들 앞에서 이순신의 지도를 거부하지는 않았지만 임금과 왕실에 대한 증오를 숨기지도 않았다. 배설의 심복들은 임금의 목을 치러 갈 것이라고 이순신의 장수들 앞에서 대놓고 말했으며, 배설의 군사들은 양반과 종실 들의 집을 약탈한다거나 하지는 않았으나 '임금의 목을 쳐서 남대문에 걸고 배를 갈라 간을 씹자.' 운운하는 노래를 부르며 도성 시가지를 돌아다녔다. 도성에 남아 있던 백성들 중 일부가 그 노래를 따라 부르는 등 동조하는 기미를 보이기도 했으나, 상당수의 백성들은 그 과격한 언행에 거부감을 느끼고 있었다. 원래부터 배설 일당을 혐오하던 조정 대신들과 양반 사대부들에 이르러서는 두말할 필요도 없었다.

"유 수사가 그렇게 걱정하는 이유는 알 만하오. 그래서 내가 배설 영감의 군사는 하나도 남기지 말고 끌고 가자고 한 것 아니겠소. 그러니 추격대가 출발하고 나면 도성의 분위기도 가라앉을게요. 그리고 그자들은 앞길을 막는 근왕군과 싸울 기회가 오면 죽어라 싸울 테니, 도성을 불안하게 만드는 것보다는 그쪽에서 더 쓸모도 있을 게요."

"하지만 배설 영감은 통상의 뜻과 너무 어긋나는 생각을 가지고 있소. 분명 기회만 오면 상감을 시해하고 말 게요."

안위는 유형의 걱정에 그저 웃었다.

"무슨 상관이오. 임금이 죽으면 우리 골치가 하나 덜어지는 것 아니오? 세자 저하만 살아 있으면 통상의 뜻은 완수되는 거고, 임금을 내세워서 우리에게 반기를 들 자들도 없어질 거요. 솔직히, 살아 있는 금상보다는 죽은 대행대왕마마가 우리에게 더 편한 상대가 아니겠소. 상왕이 된 금상이 어떤 짓을 벌일지 생각하면 끔찍하기만 하구려. 배설 영감도 상감을 해치우고 나면 분이 웬만큼 풀려 세자는 놓아둘 거라 생각하오."

안위는 은근히 기대에 찬 웃음을 흘렸다. 유형은 안위의 미소를 보고 씁쓸한 듯 입맛을 다시며 고개를 내저었다.

잠시 후 추격대는 임금을 쫓아 동북으로의 머나먼 길에 나섰다. 이만한 규모의 군사가 나선 이상, 동북면 군사들과의 일전은 피할 수 없는 셈이다. 군사를 이끄는 이순신의 표정에는 담담한 결의의 빛이 드러나 있었다. 잠시 조용히 말을 달리던 이순신은 문득 생각난 것이 있는지 정 참봉을 불렀다.

"세 정승들께 그대가 준비한 공물 작미에 대한 계획안을 드린다고 하더니, 드렸는가?"

"오늘 아침에 우상 대감을 뵙고 드렸습니다. 우상께서도 나라의 재정 문제를 해결해야 한다는 인식은 저희와 같으셔서, 동북에 다녀오는 사이 다른 두 대감들과 진지하게 논의해 보고 계시겠다 했습니다. 군역 문제를 개선하는 데 대한 저희의 제안도 드려서 여유 있게 검토하실 수 있도록 했습니다."

"알겠네. 동북에 다녀오는 대로 그 문제부터 꼭 풀어 나가도록 하세."

"공물 작미 이야기를 들으면 분명 사전私田을 많이 가진 사대부들이 먼저 펄쩍 뛸 것이고, 그 뒤의 군역 이야기를 들으면 모든 사대부들이 천부당만부당하다고 난리가 나겠지요."

정 참봉이 웃으며 말하자 이순신은 씁쓸하게 답했다.

"반발이 심해도 할 수 없네. 왜적의 재침에 대비하여 군비를 갖추려면 충분한 군량을 마련하고 군사도 동원해야 하는데, 그러자면 당장이라도 그 두 제도를 뿌리부터 뜯어고치지 않으면 안 되니까."

　나라를 바르게 움직이겠다고 생각하니 손댈 일이 한둘이 아니지만, 이것도 승리해야 할 수 있다. 이순신은 한숨을 쉬며 마음을 다잡았다.

제11장
두 개의 야망

"아직 8월인데 북방은 매우 춥구나."

"옥체를 따뜻하게 모시지 못하여 송구하옵니다, 전하. 소신의 죄를 용서하여 주시옵소서!"

함경감사 윤승훈이 쩔쩔매며 황급히 그 자리에 엎드렸다. 아무리 난리 중이라 반쯤 불타 버린 뒤에 제대로 재건할 여유가 없었다고 하지만, 왕실의 중요한 사당 역할을 하고 있는 함흥본궁의 관리 상태가 부실하여 마당에 풀이 나고 남아 있는 건물의 문풍지조차 여기저기가 뚫려 있어 왕이 당장 들어가 쉴 방조차 없다는 것은 칭찬받을 일은 되지 못했다. 임금은 다행히 그런 사소한 일로 윤승훈을 질책하지는 않았다.

"과인은 그저 밤공기가 차다 하였을 뿐이다. 함경감사는 쓸데없는 이야기는 접어 두고 군사의 준비에 대해 계속 보고하라."

"예, 전하. 먼저 파발로 보내신 명에 따라 군사를 시급히 모으고 있사오나, 북벌 준비를 하던 중이고 본도의 정병은 대부분 북방의 각 고을에 머무르며 수시로 강을 건너오는 야인들을 막는 데 투입하고 있어 함흥 고을에는 군사가 많지 않습니다. 게다가 군량도 부족한 상황인데, 근래에 다른 지방에서 보내온 군사들이 나이가 너무 많거나 보인, 봉군, 조례 등을 구차히 보낸 쓸모없는 인원들이 대부분이라 모두 돌려보내 버린 직후여서 군사가 부족합니다."

함경감사 윤승훈은 도량이 좁고 성품이 조급한 것으로 유명했다. 그러다 보니 다른 고을에서 국경 방어를 지원하기 위해 보낸 군사들이 법으로 규정된 것보다 질이 떨어지자 몽땅 돌려보내 버린 것이다.

보인保人은 양인이지만 원래 군역의 의무가 없는 이들이고, 봉군烽軍은 봉수대에서 근무하며 신호를 보내는 사람, 조례皂隸는 도성에 있는 각 관아에 소속된 하인으로 둘 다 칠반천역七般賤役에 속한다. 조선의 군역은 일반 양인이 수행하는 것이 원칙이고 보인의 역할은 자신이 군역에 응하지 않는 대신 군사로 소집된 정군正軍의 생계비와 소집에 응하기 위한 비용 등을 대는 것이므로 셋 다 본래는 징집될 대상이 아니다.

"지금 상황이 시급한데 어찌 보내온 군사를 정병이 아니라 하여 스스로 돌려보낸단 말인가? 허약한 군사라 하여도 일단 잡아 두고 있다가 새로이 정병이 온 다음에 돌려보내야 하지 않겠는가."

임금이 역정을 내자 윤승훈은 목을 움츠렸다.

"주, 주상 전하. 만약 이런 일이 벌어질 줄을 알았다면 신도 그리했을 것이옵니다. 하나 북도의 각 관청에는 지금 군량이 매우 부족합니다. 그런 판국에 제대로 된 정병도 아닌 약병들을 먹이느라 관고가 바닥나게 할 수는 없었사옵니다. 함경도는 본래 척박한 땅인데, 근래 각 고을에서 군량은 보내 주지 않고 허약한 군사만을 보내니 어찌 싸울 수 없는 이들에게 군량을 지급할 수 있겠습니까? 무도한 역적 이순신이 설마 이런 일을 벌이리라고 예상하지 못한 소신의 죄를 벌주소서."

윤승훈이 바짝 엎드려 죄를 빌자 임금도 혀를 차기만 하고 더 이상 그 문제를 추궁하지는 않았다. 그런 일로 낭비할 시간이 없었다.

"그래서 지금 모아 놓은 군사는 얼마나 되는가?"

"전하께서도 아시겠지만 동북의 정예 군사 대부분은 함경북도에 있습니다. 함경남도의 군사도 대부분 북변의 고을에서 야인의 침략을 막고 있는지라 지금 당장 이곳 함흥에 있는 군사는 1000여 명 정도입니다. 지금 필사적으로 주변 고을에 병력을 소집하여 함흥으로 올 것을 알리고 있으니, 2000에서 3000 정도는 더 모을 수 있을 것입니다."

윤승훈은 쩔쩔매며 고개를 들지 못했다. 임금이 나흘 전 보낸 파발은 함경도의 모든 군사를 함흥에 모으라고 하고 있지만 그것은 도저히 불가능했다. 애초에 함경도의 군사 대부분은 함흥에서 멀리 떨어진 국경 지대에 있으니, 나팔 몇 번 분다고 함흥으로 불러올 수 있는 것이 아니었다. 게다가 국경의 병력을 모두 빼면 여진족의 침입은 어떻게 하라는 말인가. 하지만 임금은 그렇게 받아들이지 않고 격노를 폭발시켰다.

"고작 3000? 네놈이 그러고도 감사란 말이냐? 함경도가 본래 거느린 군정의 수만 해도 5만은 족히 되는데 겨우 3000을 모아? 썩 나가 버려라, 이놈!"

윤승훈은 제대로 변명도 하지 못하고 쫓겨 나갔다. 잠시 앉아서 분을 삭이던 임금은 벌떡 일어서더니 방문을 걷어차서 부숴 버리고 밖으로 나갔다. 씩씩대며 걸어가는 임금을 김양보가 바쁘게 따라붙었다.

"당장 영의정을 비롯한 비변사 관료들을 소집하여 군사를 모을 방안을 물색하라 이르라! 역도 이순신이 필히 추격해 올 것인데, 이를 물리치고 국가의 근본을 수호해야 할 것이 아니냐!"

"예, 전하. 당장 비변사에 일러 동북의 군사를 모을 방안을 꾸리라 하겠습니다."

김양보는 즉시 몸을 돌려 사라졌다. 임금은 잠시 멈춰 흥분을 가라앉히면서 도성을 떠나 함흥에 도착하기까지 지난 이레간 겪은 힘든 여정을 생각했다.

가마꾼을 계속 갈아 대고 말을 바꿔 타며 하루에 100리를 걸어야 했던 강행군으로 임금을 따라나섰던 궁녀와 내관 들은 대부분 중간에 쓰러지거나 뒤처지고 말았다. 밤을 지새울 때마다 호위하던 군사들도 상당수 도망치고, 중간 고을에서 계속 군사와 가마꾼을 보충했기 때문에 지금 본궁에 있는 자들 중 한양에서부터 따라온 이는 별로 없었다. 심지어 비빈이나 왕자 들조차 격한 여정에 지쳐 쓰러지는 이가 나왔고, 지금 본 궁의 여러 방에는 그렇게 쓰러진 이들의 치료를 맡은 어의들이 정신없이 드나들고 있었다. 가뜩이나 몸이 약했던 중전은 아예 사경을 헤매고 있었다. 여기서 더 북쪽으로 올라가는 것은 무리였다.

임금은 구름이 끼어 희뿌연 밤하늘을 보면서 분노를 곱씹었다. 태조께서 위업을 세우신 기반이었던 이 함흥 땅에, 신하의 반역으로 쫓겨나 피난을 온 신세라는 것을 생각하면 할수록 울화통이 끓어올랐다.

"이순신! 내 무슨 생각으로 그놈을 전라좌수사로 발탁하여 오늘의 이 고난을 겪게 되었는고! 차라리 이순신을 경상우수사로 임명하고 원균에게 전라좌수사를 맡겼으면 이 난리를 겪지 않았을 것이 아닌가!"

임진년에 경상우수사 원균은 왜군이 쳐들어오자마자 거의 모든 전선과 병기를 버리고 휘하의 수군 군사들도 내팽개친 채 적을 피해 달아났다. 그리고 이순신의 지원을 받아서야 어느 정도 싸우는 시늉이라도 할 수 있었고, 왜의 육군이 조선 땅을 휩쓰는 동안 이순신은 바다를 제패한 영웅이 되었다.

하지만 만약에 이순신이 경상우수사였다면 이순신은 왜선이 나타나자마자 모든 전선을 이끌고 출격하였을 것이다. 그리고 기습적으로 상륙한 소서행장의 선발대는 혹시 몰라도 왜군

146

의 제2진부터는 아예 상륙할 엄두도 내지 못하도록 바다에 처박아 버렸을 것이다. 그랬다면 선두에서 부산진에 상륙한 소서 행장의 군대는 수륙 양면으로 포위당한 상태에서 양식이 떨어져 모조리 사로잡혔을 것이고, 지난 왜란은 그저 조금 큰 왜변 정도로 끝났을 것이다.

그랬다면 임금이 이순신에게 적당히 벼슬을 높여 주고 군사들에게 포상으로 쌀섬이나 좀 내려주면 모두가 좋게 끝났으리라. 그런데 원균이 자기 일을 제대로 수행하지 못한 탓에 이순신이 너무 큰 존재가 되어 버린 것이다.

*

"아바마마……."

"무슨 일이냐?"

임금의 날 선 눈에 들어온 것은 초췌한 표정의 세자 광해군이었다. 광해군은 지난 이레 동안의 험한 여정을 필사적으로 버텨 내었다. 하지만 제대로 식사도 하지 못하고 잠도 자지 못한 이레간의 강행군은 한 나라의 세자를 병자처럼 보이게 하기에 충분했다.

"걱정이 많으신 것 같아 소자 잠시 위로의 말씀이라도 올리고자……."

"당연히 걱정이 많지! 반적들이 밀려오는데 근왕하는 군사는 없고, 왕자라는 놈은 노방쳐 반석들과 내동하고, 세자라는 놈은 애비 옆에 있으면서도 반적들의 편을 드느라고 용을 쓰고 있지 않느냐!"

"아바마마, 억울하옵니다!"

광해군의 절박한 항변은 무력할 뿐이었다. 임금의 태도는 차가웠다.

"억울하다고? 그래, 그럼 말이 나온 김에 한번 물어보자. 세자는 지금 이 애비에게 무슨 용건이 있어서 찾아왔느냐? 그저 안부를 물으러 온 것이냐?"

"……."

"어서 말해 보아라! 일이 이렇게 된 판국에 무슨 말인들 못 듣겠느냐?"

얼른 대답을 하지 못하고 망설이던 광해군은 간신히 입을 열었다.

"아바마마, 외람된 말씀이오나 이제라도 이순신에게 죄를 용서할 테니 군사를 해산하라는 명령을 내리시면 아니 되겠습니까?"

"무엇이?"

임금의 눈에 살기가 돌았다. 그 매서운 눈빛에 진땀을 흘리면서도 광해군은 그 자리에 무릎을 꿇고 엎드려 필사적으로 부왕의 분노를 누그러뜨리려 노력했다.

"아바마마, 이순신의 군사가 도성을 침범하여 왕실과 조정을 피난하게 하는 망극한 짓을 저지른 것은 분명한 사실이나, 이 참극이 계속 이어진다면 도성뿐 아니라 온 조선 땅이 또다시 전화에 휩쓸리게 될 것입니다. 조정의 일부 대신들이 나서서 이순신을 핍박함으로 인해 궁지에 몰려 반란을 일으키기는 하였으나 그는 본래 충의가 있는 장수이니, 군사를 해산하고 죄를 빌면 귀양을 보내는 것으로 사태를 마무리하고 휘하의 장수와 군사들이 지은 죄는 모두 용서하여 불문에 붙이겠노라고 교서를 내려 보십시오. 이순신 역시 기꺼운 마음으로 받아들일 것입니다. 만약 이곳 동북에서 또다시 이순신의 군사와 싸워 패하기라도 한다면, 그때는 그 노릇을 어찌 수습하시렵니까? 여기서 더 가면 야인의 땅밖에는 갈 곳이 없습니다. 아바마마, 부디 통촉하시어 다시 생각해 보시옵소서."

"무엇이 어째!"

간신히 참고 있던 임금의 분노가 폭발했다. 움츠리고 있는 세자의 머리 위에 격노의 세례가 쏟아졌다.

"네 이놈! 그것이 어디 말이 되는 생각이냐? 이 나라의 임금은 과인이다! 그런데 과인에게, 저 역당들의 괴수인 이순신 그 놈에게 고개를 숙이고 싸움을 그쳐 달라 청하라는 말이냐?"

"아바마마, 백성과 사직을 위한 길이옵니다!"

"이 멍청한 놈!"

임금은 벼락같이 고함을 질렀다.

"네놈은 세자가 되어서 권력이 뭔지 그리도 모른단 말이냐? 네놈이 주장하는 것처럼 이순신에게 싸움을 그쳐 달라고 하면 그것이 어떤 결과를 낳을 것 같으냐? 군사를 해산하고 이순신을 귀양 보내? 어림없는 일이다! 이순신 그놈은 지금 도성을 차지했고, 이는 나라의 핵심을 얻은 것이다. 게다가 반역 무도한 순화군, 아니, 보표* 그놈까지 자기 수중에 넣지 않았느냐!"

처음에 정원군이 동북으로 가자고 제안했을 때만 해도 임금은 아직 확실히 가겠다는 결정을 내리지 못하고 있었다. 하지만 순화군에게 딸려 보냈던 호위병 중 하나가 숨을 헐떡이면서 돌아와 전한 말이 임금의 행동을 결정지었다.

임진강에는 정말로 이순신의 전선들이 떠 있었고, 이를 본 자신들은 얼른 상감의 곁으로 돌아가 보고하자고 하였단다. 그러나 장인과 처조부의 귀엣말을 들은 순화군이 칼을 뽑더니 느닷없이 감시를 겸해 딸려 보냈던 내관을 직접 베어 죽이고 임진강에 떠 있던 이순신의 전선을 향했다는 것이 아닌가. 다른 군사들은 너무도 놀랍고 두려워 그 자리에서 모두 흩어져 도망쳤고 자신 한 사람만이 상감에게 전말을 고하기 위하여 돌아왔다는 것이었다.

이 이야기를 들은 임금은 그 자리에서 박차고 일어나 당장 동북으로 떠날 것을 명령했다. 순화군이 이순신에게 동참한 이상 찰나의 순간도 지체할 수 없었다.

"보 그 미련한 놈은 이미 도성에서 자기가 새 임금이라고 주장하며 곤룡포를 걸쳤을 것이고, 그 어리석은 놈을 왕위에 앉혔으니 이순신은 지금 소도성과 같은 지위를 가지게 되었다."

---

* 순화군의 이름

소도성은 중국 남북조시대 남조의 국가였던 유송劉宋*의 장수였다. 평민 출신이지만 공을 많이 세워 높은 지위에 올랐는데, 황제 유욱의 행패가 도를 지나쳐도 너무 지나친 데다가 소도성 자신의 생명까지 위태로울 지경에 이르자 반란을 일으켜 폭군 유욱을 죽이고 유욱의 동생 유준을 허수아비 황제로 세운 뒤 그에게 선양을 받아 제나라를 세워 황제가 되었다. 그런 뒤에 유준도 죽이고 골육상쟁으로 이미 수가 격감해 있던 유씨 황족을 거의 멸족시켜 버렸다.

　　"일단 자신의 편을 들어줄 임금을 확보해 놓은 이순신이, 과인이 자신을 용서해 주겠다는 말을 곧이들을 것 같으냐? 그놈은 이미 과인의 용서 따위를 필요로 하지 않는다! 지금 우리 부자가 놈에게 싸움을 멈추자고 하는 것은 칼과 활을 꺾고 일방적으로 항복하는 셈이 되는데 그것이 가당키나 한 이야기냐? 만약 그렇게 나간다 한들, 이순신의 부하들에게 우리는 이미 살려 둘 가치가 없다. 폐서인하여 벽지로 보냈다가 죽여 없앨 것이 너무도 분명한데 어찌 그리 말도 안 되는 생각을 한단 말이냐. 네놈은 한 나라의 세자라는 놈이 어찌 그리 생각이 없단 말이냐! 우리에게는 군사를 모아 재차 일전을 결하는 길밖에 없다!"

　　"아바마마, 명나라에 조정을 요청하셔도 되지 않겠습니까. 일단 싸움을 그치면 명나라 황제께 칙사를 보내 통제사와 순화

---

* 유씨가 세운 나라였기 때문에 다른 송나라늘과의 구분을 위해 이렇게 부른나

군을 물러나게 해 달라고 하면 어떻겠습니까? 그리하면 이순신이라 해도 황제의 칙명을 거스를 수는 없을 것이니 순순히 물러나지 않겠습니까."

광해군은 어떻게 해서든 부왕과 이순신 사이의 화해를 이끌어 내기 위해서 노력했지만 그의 필사적인 제안은 임금의 노여움을 불러일으킬 뿐이었다.

"세자 네놈은 도대체 제정신이냐? 자기 나라 임금에게 반기를 든 자가 다른 나라 황제의 명이라고 해서 들을 것 같으냐? 현실성이라곤 찾아볼 수 없는 네 제안 따위를 더 이상 듣고 있지를 못하겠으니 썩 물러가거라. 네가 도대체 이 나라의 세자가 맞기는 한지 모르겠구나!"

파리한 얼굴로 자리에서 일어난 광해군은 조용히 고개를 숙여 절한 뒤 부왕의 눈앞에서 사라졌다. 임금은 어둠 속으로 비틀거리며 사라지는 세자의 뒷모습에 대고 혀를 찼다.

"세자라는 것이 저리 정세를 읽을 줄 몰라서야! 에잉, 쯧!"

*

"상감마마, 정원군께서 듭시었사옵니다."

비변사의 대신들에게 병력 동원에 대한 고민을 떠넘긴 뒤, 임금은 아까 문을 차 부순 방 대신 다른 방에 들어가서 분을 삭이고 있었다. 그런데 갑자기 예상치 못한 정원군의 방문이 있었다. 임금은 순간 들어올 필요 없으니 물러가라고 외치려다가 정원군이 파주에서 보여 준 순화군의 행동에 대한 예리한 예측을 떠올리고 방으로 들어오도록 했다. 조심스럽게 들어온 정원군은 임금 앞에 무릎을 꿇고 절을 올렸다.

"아바마마, 심려 크신 바 소자는 이해하옵니다. 이순신이 권력에 대한 욕심을 노골적으로 드러내고 있사온데, 세자께서는 여전히 이상론만 드러내고 있으니 어찌 아바마마께서 답답하지 않으시겠습니까."

"그러게 말이다! 전란을 치르며 분조까지 이끌었다는 놈이 반적을 진압할 궁리는 하지 않고 타협할 궁리나 하고 있다니! 제 놈이 애초에 이순신과 결탁하고 있었던 것이 아니라면 어찌 그리 이순신과의 싸움을 그치라는 요구를 뻔질나게 해 댄다는 말이냐? 도성에서도, 동북으로 오는 도중에도, 동북에 와서도 말이다!"

줄기차게 이어진 이순신과 협상하자는 광해군의 요구를 떠올린 임금의 표정은 험악하게 일그러졌다. 정원군은 근심스런 표정을 지으며 임금의 용태를 걱정했다.

"아바마마, 고정하시옵소서. 지나치게 흥분하셨다가 혹시라도 옥체에 해가 미치진 않을까 두렵사옵니다. 아바마마께서는 국가의 근본이신데 옥체를 소중히 하셔야 하지 않겠습니까."

"고맙다. 정원군 네가 이토록 효자인 줄을 진즉에 알았다면 좋았을 것을 그랬구나."

"아닙니다! 소자가 그동안 제대로 된 왕자로서의 모습을 보이지 못하여 아바마마의 속을 썩였던 것을 생각하면 그 지 만

번 죽어도 다 갚지 못할 것입니다. 수군의 반란이라는 대사건이 일어나기까지 정신을 차리고 아바마마를 보필하지 못한 불초 소자를 용서하시옵소서!"

방바닥에 꿇어 엎드린 채 그간의 잘못을 사죄하는 정원군을 보며 임금은 그동안 망나니로만 알았던 다섯째 아들을 새삼 다르게 보게 되었다. 그런데 예쁜 놈은 예쁜 짓만 한다더니, 정원군의 놀라운 모습은 그것으로 그치지 않았다.

"그런데 아바마마, 함흥부에 생각한 것만큼 많은 군사가 모이지 않았다고 들었사옵니다."

"그러하다! 내 아무리 못해도 2만 정도는 모아 놓았을 것이라고 여겼는데, 고작 1000밖에 없다는 것 아니냐. 아무래도 그것 때문에 세자가 내게 이순신과 협상하라는 소리를 또 한 모양이다. 하지만 지금 우리가 이순신에게 싸움을 그치자고 청하는 것이 무슨 의미인지 정원군 그대는 알고 있겠지?"

"물론입니다! 그것은 칼을 들고 미쳐 날뛰는 보(순화군) 앞에 맨몸으로 목을 들이미는 것 아닙니까. 결단코 그렇게 할 수는 없습니다. 하지만 아바마마, 소자에게 단시간에 대군을 얻을 수 있는 비책이 있습니다."

"대군을 얻을 비책?"

귀가 솔깃해진 임금은 엉덩이를 들어 정원군에게 고개를 가까이했다. 정원군은 고개를 들어 부왕의 귀에 입을 갖다 대더니 나직한 목소리로 속삭였다.

"두만강 너머 야인의 병사를 쓰는 것입니다. 함경도의 군사

154

가 국경에 못 박혀 있는 것은 야인을 경계하여 움직이지 않기 때문인데, 야인의 정예 수천 기를 불러다가 이순신의 반란을 진압하는 데 투입하면 두만강 국경의 군사를 굳이 이쪽으로 돌리지 않아도 충분하지 않겠습니까. 게다가 저들이 이순신에게 다수의 병사를 잃는다면 차후 두만강을 방위하는 것도 매우 쉬워질 것입니다."

"야인이라고?"

자신이 미처 생각지 못한 제안에 임금은 화들짝 놀라 고개를 들었다. 정원군은 방 밖에 있는 이들이 듣지 못하도록 한층 더 목소리를 낮춰 속삭였다.

"아바마마, 임진년 난리 때 노을가적老乙可赤[*]이 우리 조선은 부모의 나라이니 왜적의 침입에 맞서 조선을 돕겠다며 10만의 철기를 보내겠다 하였지만 믿을 수 없다 하여 거부한 적이 있지 않사옵니까. 그때의 제안을 다시 살려 내는 것이옵니다. 그때 제안했던 대로 굳이 10만을 받을 것도 없이 단 1만의 군사만 받아들인다고 해도 육전에 취약한 이순신의 수군을 쳐부수는 데는 충분할 것입니다."

"으음!"

임금은 짧은 신음을 토하며 잠시 고민에 빠졌다. 거칠고 전투에 능한 야인 기병 1만은 분명히 탐나는 유혹이었다. 하지만 위험부담이 상당히 컸다. 임금이 조용히 입을 열었다.

---

[*] 누르하치

"정원군, 임진년에는 네가 어렸기 때문에 노을가적의 원병 제안을 우리 조선이 왜 거부했는지 잘 모를 것이다. 그렇지 않느냐?"

"사실 그러합니다."

"그때 놈의 원병을 거부한 것은 그 간악한 도적놈의 구린 속을 알 수 없었기 때문이다. 여진의 철기는 두만강을 사이에 두고서도 막아 내기가 힘든데, 놈들이 조선 땅에 들어와서 분탕질을 치기 시작하면 어찌할 도리가 없다. 만에 하나 이 나라를 통째로 빼앗으려 들기라도 하면 정말 큰일이 날 것이고, 혹시 성실하게 왜적과 싸운다 해도 그에 따른 대가를 어마어마하게 요구할 것이기에 야인의 군사를 받지 않은 것이다. 게다가 이 애비는 야인들이 그저 대국 조정에 잘 보이고자 인사치레로 군사를 보내겠다고 한 것이지, 절대 진심으로 출병할 생각이 아님을 짐작하고 있었다. 그런데 너는 어떤 심산으로 그들의 군사를 받아들이자 하는 것이냐?"

아들의 대답을 기다리는 임금의 눈길은 이제까지 늘 그랬듯 속 썩이는 골칫덩이를 보는 눈이 아니었다. 자신의 난제에 대해 해답을 제시해 주기를 바라는, 기대에 불타는 눈이었다. 그리고 정원군은 그 기대를 벗어나지 않는 답을 내놓았다.

"아바마마, 임진년에는 왜적이 우리 조선의 전 강토를 유린하고 있었던 만큼 많은 군사를 필요로 했고, 원병이 온다고 하면 저 먼 삼남까지 들어가도록 해야 할 필요가 있었습니다. 하지만 이번에는 대규모 외병을 남쪽 멀리 데려갈 필요가 없고,

그저 우리가 감당할 수 있는 소수의 군사를 이곳 함흥 근처까지만 오게 하면 됩니다. 그렇게 해서 단 한 번의 결전을 치러 이순신의 목을 베면 이제까지의 고난은 끝나고 반적들은 햇빛을 받은 안개처럼 사라질 것입니다. 야인들에게는 곡식과 면포를 적당히 주어 돌려보내면 그것으로 충분하지 않겠습니까."

"흐음!"

"그리고 야인을 부르는 것에는 또 한 가지 장점이 있습니다."

"그게 무엇이냐?"

임금의 질문에 대답하는 정원군의 표정이 간교해졌다. 그 입가에는 비릿한 웃음기가 흐르고 있었다.

"아바마마, 그것은 또 하나의 이순신을 만들지 않아도 된다는 것입니다. 지난 전란에서 이순신은 명실상부한 최고의 공훈을 세웠고, 이에 따라 얻은 인망으로 삼도수군통제사가 되고 반역의 영수가 되었습니다. 그렇다면 그런 이순신을 꺾은 장수에게는 어떤 대우를 해 주어야 하겠습니까? 하지만 외방의 군사가 이순신을 쓰러뜨린다면 이순신을 능가하는 그런 장수의 출현을 걱정할 필요가 없습니다. 가장 바람직한 것이야 이순신이 천병의 손에 쓰러지는 것이겠지만, 놈이 천조의 벼슬을 가지고 있어 천장들이 망설이고 있는데다가 지금 천조와의 연락이 끊겨 황제 폐하의 명을 받아 천병을 동원할 수 없으니 야인을 쓰는 수밖에 없지 않겠습니까. 그리고 야인의 우두머리들에게는 명목상의 벼슬을 주고 곡식과 면포를 한 짐 가득 내어 주면 만족하여 돌아갈 것이니 이비마마께는 아무 위협도 되지 않을 것입니다."

"그렇다면 네 복안을 한번 자세히 이야기해 보거라. 어떻게 해서 야인의 군사를 불러온다는 것이냐?"

정원군의 계획은 허술한 구석도 있지만 스무 살의 경험 부족한 왕자가 세운 것치고는 상당히 그럴듯했다.

"빠른 말로 달리면 여기서 두만강까지 닷새 만에 갈 수가 있다고 합니다. 여기에 귀로에 쓸 시간과 야인의 우두머리와 협상을 하고 저들이 병력을 모으는 시간을 감안하면 늦어도 보름 안에는 수천의 야인 기병이 아바마마의 휘하에 들어오는 것이옵니다."

"그럼 그 보름 동안 이순신이 나타나면 어떡하란 말이냐? 미약한 함흥부의 군사만으로 버틴다는 것은 불가능하지 않느냐."

임금은 정원군의 계획이 가진 맹점, 즉 소요 시간 문제에 대해 우려를 표했다. 야인의 대군을 몰아오는 데 성공한다고 해도 때를 맞추지 못한다면 아무 소용이 없는 것이다.

"아바마마, 그것은 우리가 이미 지나온 각 고을에 파발을 보내 이순신과 정면으로 맞서지 말고 왜군에게 그러했듯이 의병疑兵으로 기습하며 시간을 끌라고 하면 충분히 벌 수 있는 시간입니다. 이순신이 바보가 아닌 이상 동북면의 군사들과 싸우려면 최소한 수천의 군사를 동반할 것이고, 그렇다면 그들의 진군 속도는 매우 느릴 것이 아니겠습니까. 아무 방해가 없이 온다고 해도 저희가 함흥에 도착하는 데 걸린 시간보다 훨씬 오래 걸릴 것인데, 중간에 있는 수령들이 휘하 군사를 동원하여 적극적으로 막는다면 이순신의 진군은 매우 느릴 것입니다. 노을가적을 불러올 시간은 충분합니다."

임금은 잠시 말을 멈추고 정원군의 계책에 대해 생각해 보기 시작했다. 골똘히 생각에 잠긴 부왕을 보며 정원군이 재촉했다.

"아바마마, 망설이실 일이 아닙니다. 옛 고사에도 충분한 선례가 있지 않습니까. 당 숙종은 회흘족*의 군사를 불러들여 안녹산과 사사명의 난을 진압했고, 희종은 사타족의 이극용을 기용하여 황소의 반란을 진압하게 했습니다. 지금 대명에서도 수많은 몽고와 여진 출신 장수들이 황제에게 충성하며 각지에서 일어나는 반란을 진압하는 데 활약하고 있지 않습니까. 우리 조선에서도 국초에 태조대왕께옵서 의형제를 맺고 총애하셨던 청해군**의 사례가 있으니, 여진의 군사를 얻어 반란 진압에 투입하는 것은 전혀 문제 될 것이 없습니다."

임금은 선뜻 결정을 내리지 못했다. 아무런 말도 없이 잠시 더 생각하던 임금이 무겁게 입을 열었다.

"안사의 난 진압을 도운 회흘은 결국 당나라를 약탈하면서 성장하여 당을 위협하는 세력이 되었고, 황소를 진압한 이극용은 후에 당이 멸망하자 자기 나라를 세웠다. 지금 노을가적을 불러 이순신을 진압시켰다가 그놈들이 이 조선 땅을 몽땅 먹어

---

* 위구르
** 이지란

치우려 들면 어쩔 셈이냐?"

"아바마마, 당나라는 군사를 동원할 수 있는 능력이 바닥까지 떨어진 뒤에야 대규모의 외병을 들여왔기 때문에 난을 진압한 후 그들이 준동하는 것을 제대로 막을 수 없었습니다. 하지만 지금 우리 조선에는 군사가 충분히 있습니다. 지금 이 함흥부에만 군사가 없을 뿐이지 두만과 압록의 국경을 지키는 군사들, 그리고 삼남의 군사들을 모으면 아직 수만의 대군을 편성할 수 있으니 여진의 기병 1만은 이에 비하면 상대도 되지 않습니다. 그런데도 소자가 굳이 야인을 부르자 하는 것은 지금 당장 이 시점에 동원할 수 있는 군사가 없어서일 뿐입니다. 이순신을 토벌한 뒤에 저들이 방자하게 군다면, 전국의 군대를 모아 섬멸해 버리면 됩니다."

스산한 북방의 바람이 부는 가운데 임금과 정원군은 말없이 서로를 바라보고 있었다. 마침내 임금이 침묵을 깨고 아들의 의견에 동조하는 발언을 내놓았다. 하지만 임금의 발언에는 강한 경계와 우려의 빛이 들어차 있었다.

"알겠다. 네 계획이 그럴듯하구나. 한데 그렇게 하려면 누군가 강 건너로 가서 야인 부락에 들어가 저들과 직접 회담을 하여 병력을 얻어 내는 일을 맡아야 하는데, 그 위험한 일을 누가 나서서 하겠느냐? 야인들과는 지금도 싸움이 계속되고 서로가 경계하는 사이. 자칫하면 적중에서 비참한 죽음을 면치 못할 것이다."

가슴속을 들여다보는 임금의 차가운 눈길이 정원군을 향했다. 정원군은 그 눈을 당당하게 마주 보면서 서슴없이 말했다.

"노을가적도 일족의 족장이니 웬만한 신분의 사자를 보내서는 선뜻 믿지 않을 것입니다. 더구나 선대에 야인들의 추장을 잔치 자리에 불러 거나하게 대접하다가 숨겨 두었던 도부수로 하여금 모조리 쳐 죽이게 한 일이 수차 있었지 않습니까. 그런 전례가 있으니만큼 이번 병력 요청에 대해서도 그 의도를 의심하고 있을 수 있습니다. 추장 노을가적과 그의 정예병들을 조선 내륙으로 끌어들여 섬멸하려는 의도라고 생각할지도 모릅니다. 그런 우려에 대한 불신을 씻고 노을가적이 선뜻 군사를 이끌고 나오게 하려면, 우리 쪽에서도 충분히 지위가 높은 이가 나서서 담판을 지어야 합니다. 국경의 현령 나부랭이 따위로는 턱도 없을 것입니다."

"그렇겠지. 그래서 어떤 이를 보내자는 것이냐?"

"왕자 정도는 되어야 하지 않겠습니까? 물론 세자는 안 되겠지요. 이런 위험한 일을 맡겼다가 자칫 보위를 물려받아야 할 귀한 몸에 상처라도 생기면 안 되니까 말입니다. 게다가 세자가 혹 길을 잘못 들어 이순신이 거느린 반적들의 손아귀에 들어가시기라도 하면 그것이야말로 정말 큰일이 아니겠습니까."

임금의 표정은 급격하게 굳어졌다. 걱정하는 투로 말하기는 했지만 정원군의 말은 세자 광해군이 임금의 곁을 떠나 이순신과 합세하는 상황을 암시하고 있는 것이 분명했기 때문이다. 이미 순화군이 이순신과 합세하러 떠난 상황이니만큼 세자도 떠나지 말라는 법이 없다. 문제는, 지금 판국에서 노을가적을 설득하려면 충분히 직위가 높은 인물이 필요하다는 것이다. 정원군은 서슴없이 그 문제에 대한 답을 내놓았다.

"설사 반적들의 손에 들어갈 위험이 없다 해도 세자가 이런 위험한 일을 하실 수는 없습니다. 만약의 경우를 생각하면 임해군도 안 될 것입니다. 그다음 차례인 소자가 가도록 하겠습니다. 어차피 이 계책을 생각해 낸 것도 저인 만큼, 실행에 대한 책임도 소자가 져야 하지 않겠습니까. 야인들의 땅에 가서 어떤 미끼로 저들을 설득하여 병력을 내놓도록 할 것인지에 대해서도 이미 다 생각해 두었습니다."

"무엇이? 정원군 네가 직접 가겠다는 말이냐?"

예상하지 못한 대답에 임금의 눈이 놀라움으로 휘둥그레졌다. 하지만 정원군은 거침없이 다른 사람이 아닌 자신이 노을가적을 만나러 가야 하는 이유에 대해 설명했다.

"아바마마, 지금 조정에는 딱히 노을가적을 설득하러 보낼 만한 사람이 없습니다. 대신들은 상당수 도성에 남았고, 따라온 이들도 절반 이상이 오는 길에 뒤처진 터라 남은 사람들은 조정의 이런저런 일들을 처리하기에도 바쁜데, 누구를 뽑아 노을가적을 만나러 가라고 하겠습니까? 그러니 딱히 맡은 일이 없는 왕자들 가운데 하나가 가는 것이 합당하지 않겠사옵니까."

여기서 정원군은 잠시 말을 멈추고 임금의 눈치를 살폈다. 부왕이 계속 이야기해 보라고 눈짓하자 작심한 듯 한숨을 쉬더니 임해군을 비판하기 시작했다.

"그런데 저희 왕자들 중 맏형인 임해군은 장자이기는 하나 솔직히 말씀드리자면 함경도 지역의 백성들에게 매우 인망이 나쁩니다. 임진년에는 바로 이 함경도 백성들이 임해군을 붙잡아 왜군에 넘기지 않았습니까. 그러니 두만강을 건너시기도 전에 행여 무슨 문제라도 생긴다면 일을 다 그르치게 될 것입니다. 게다가 소자가 이미 말씀드렸지만 임해군은 순화군과 동조하였고 지금도 내통하고 있을 가능성이 큰 사람입니다. 만약 임해군이 노을가적의 군사를 불러오는 일을 맡았다가 이를 고의적으로 태만히 한다면, 조정은 무너질 것이고 사직은 이순신과 손잡은 순화군의 것이 될 것입니다. 또 다른 걱정이지만, 만약 임해군이 순화군을 돕는 것이 아니라 자기 스스로 왕좌에 오르기를 바란다면 한층 더 위험한 상황이 될 수도 있습니다. 임해군이 노을가적과 개인적으로 동맹을 맺고 수천의 여진군을 자기 수하에 넣어 버린다면, 그 힘으로 자기 자신이 보위를 노리지 않으리라고 누가 장담할 수 있겠습니까? 그러니 임해군을 보내 노을가적과 담판하게 해서는 안 될 것입니다."

확실히 임금이 알기로도 임해군은 세자 자리를 빼앗긴 데 대한 불평이 많았다. 그 점을 생각하면 노을가적과 손을 잡아 버릴 가능성이 있다는 정원군의 우려는 현실성이 있었다. 하지만 그 가능성은 임해군에게만 있는 것이 아니지 않는가.

"정원군 너는 어떠하냐? 너 역시 지금 이대로라면 왕이 될 가능성은 없다. 세자가 있고 임해군이 있는데 어찌 네가 왕이 되겠느냐? 너 스스로가 여진의 군사를 배경으로 하여 임금의 자리를 노리는 것은 아니냐?"

임금의 찌르는 듯한 눈이 정원군의 얼굴을 정면으로 노려보았다. 이미 아끼고 아끼던 아들 하나에게 배신을 당했고 다른 아들들도 배신할 조짐이 보인다. 이 아들이라고 순전히 믿을 수는 없는 것이다. 그런데 뜻밖에도 정원군이 웃었다. 그것도 아주 밝게.

"예, 맞습니다. 저도 왕자의 몸으로 태어난 이상 보위에 오르고 싶습니다. 하지만 이제까지는 그럴 기회도 가능성도 없었습니다. 그래서 저는 그저 할 일 없는 불한당이었고 아바마마의 골칫거리였습니다. 그런데 이번 난리가 났고, 형인 임해군과 세자, 아우인 순화군까지 모두가 아직 정정하신 아바마마를 축출하고 자기가 하루라도 빨리 보위에 오를 궁리만 하고 있습니다. 어찌 이런 현실에서 분노하고 그들을 징벌하고 싶지 않겠습니까? 게다가 세자와 임해군이 그런 반역에 동참한다면 마땅히 폐서인하고 보위에 오를 권리를 박탈해야만 합니다. 그렇게 되면 세자 자리는 그다음 서열인 소자에게 그 우선권이 있을 것인데, 소자는 아바마마와 조정을 위해 공을 세움으로써 소자가 세자의 자리에 앉고 보위에 오를 자격이 있다는 것을 입증해 보이고 싶사옵니다. 소자에게 기회를 주시옵소서."

임금은 바로 대답하지 않고 조용히 정원군을 노려보았다. 하지만 정원군은 그 눈길에 전혀 주눅 들지 않고 당당하게 발언을 계속했다.

"저는 아직 젊고, 아바마마께서 자연스럽게 왕위를 물려주시는 것을 얼마든지 기다릴 수 있습니다. 형들처럼 조급해하지 않는다는 말씀입니다. 그러니 역모에 가담하는 것 따위는 전혀 걱정하지 않으셔도 됩니다."

"음하하하핫!"

다섯째 아들의 포부를 들은 임금은 느닷없이 주변에 들리는 것 따위는 신경 쓰지 않고 크게 웃어 젖혔다. 그것은 가히 광소 狂騷라 부를 만한 반응이었다. 패기 있게 이야기하던 정원군조차 그 웃음소리에는 잠시 기가 눌린 듯, 무언가 놀라운 것을 보는 듯한 표정으로 부왕을 바라보았다.

한참을 웃고 난 임금은 다시 정색을 하고 정원군의 눈을 마주 보았다. 그 눈 속에는 차가운 냉정함이 다시 돌아와 있었다.

"좋다. 너에게 노을가적과 담판하여 군사를 빌려 올 수 있는 권한을 주마. 여진 말에 능통한 역관도 붙여 줄 것이고, 무예에 뛰어난 선전관도 붙여 만약의 경우에 대비한 조치도 확실히 할 것이다. 네가 이번에 맡은 일을 확실히 해낸다면, 이 아비가 너를 보는 눈이 달라질 것은 분명하다고 보아도 좋다."

"감사합니다, 아바마마!"

정원군이 그 자리에 엎드려 절을 했다. 임금은 표정의 변화 없이 고개를 끄덕거렸다.

"내일 아침 해가 뜨기 전에 출발하도록 해라! 내가 수행원을 골라 주겠지만, 혹시 네가 데리고 가고 싶은 이가 있다면 동반해도 좋다."

"성은이 망극하옵니다! 한데 아바마마, 조정 대신들의 의견을 듣지 않고 야인의 군사를 끌어들이셔도 되겠습니까? 묘당이 시끄러울 것이라고 사료되옵니다만……."

"흥! 조정의 시끄러운 잔소리꾼들에게 이 문제를 논의하게 했다가는 이순신 그놈이 함흥에 도착할 때까지도 결판이 안 날 것이다. 그따위 것은 신경 쓸 필요도 없으니, 너는 노을가적에게 군사를 얻어 내는 데만 집중하도록 하여라."

"알겠사옵니다, 아바마마. 그럼 물러가서 채비를 차리겠습니다."

정원군이 절을 올리고 물러가자 임금은 촛불을 바라보며 잠시 생각에 잠겼다.

여진의 군사, 그것은 분명히 이 나라에 대한 위협이다. 하지만 적절한 규모로 끌어들여 왕 자신을 위한 사냥개로 잘 활용한다면 왕권을 강화하는 데는 다시없는 도구가 될 수도 있었다. 태조 이성계가, 그리고 태종과 세조가 신하들을 휘어잡고 권력을 강화할 수 있었던 것은 모두가 사병이나 다름없는 자기 군사력을 쥐고 있었기 때문 아니었는가.

게다가 여진의 군사는 외병이니만큼 조선 땅 안에 아무 연고가 없고, 명나라 군대처럼 눈치를 볼 필요도 없다. 적당한 보수만 쥐여 주면 얼마든지 충성할 것이다. 임금은 여진의 군사가 손에 들어오면 시끄러운 동서 양당을 모두 자신의 힘으로 쓸어버릴 수도 있다는 생각을 잠시 떠올렸으나, 그 즐거운 상상은 일단 반란을 완전히 진압한 후로 미루어 두기로 했다. 지금은 시끄러운 신하들부터 상대해야 하니까.

＊

"전하, 무슨 말씀이십니까? 야인을 불러들이시겠다니요!"

오시에 열린 회의는 시작되자마자 폭풍 속에 휘말렸다. 임금이 누르하치에게 원병을 요구하였고, 정원군을 그 사자로 파견했다는 사실이 알려졌기 때문이다.

"전하! 일찍이 임진년에 소신은 천병에게 도움을 청하는 것도 반대한 바 있습니다. 천병이 들어오면 왜적을 물리치는 데는 도움이 될지 모르나 우리 조선을 명에 의존하게 만들어 홀로 설 수 없는 나라로 만든다고 여겼기 때문입니다. 비록 그 뒤에 우리 조선 군사들이 왜병에게 패하는 바람에 천병의 도움을 받는 것도 어쩔 수 없겠다고 생각하게 되기는 하였으나, 직접할 수만 있다면 다른 나라 군사를 빌리지 않고 전쟁을 치러야한다는 생각에는 지금도 변함이 없습니다. 반역을 일으킨 이순신이 도성을 장악했다고는 하나, 오직 한 조각 토지를 얻었을뿐이고 임금의 자리도 얻지 못했습니다. 국새도 없고 명나라의책봉도 받지 못했는데 어찌 나라를 얻었다 하겠습니까?"

윤두수의 목소리는 목을 찢듯이 처절했다. 그는 어떻게 해서든 임금이 여진의 군사를 불러들이겠다는 결심만 바꾸게 할수 있다면 무슨 일이든 할 수 있었다.

"전하! 임진년의 참극을 다시 생각해 보시옵소서. 짐탁해 온 왜적들을 무찌르느라 우리 조선은 크나큰 피해를 입었고, 천병의 도움을 입었음에도 우리 손으로 저 간악한 왜적들을 몰아내지 못하고 결국 저들의 우두머리 평수길이 병으로 숨을 거둘 때까지 기다려야만 했사옵니다. 7년간의 그 전란이 아직도 눈앞에 선한데, 어찌 또다시 외병을 끌어들이려 하십니까? 안 됩니다! 지금이라도 정원군마마를 다시 불러들이라는 명을 내려 주시옵소서. 이순신의 반군은 그 기세가 지금은 클지 모르나 관군의 힘으로 능히 진압할 수 있사옵니다. 이곳 함흥에 군사가 없다고 하면 더 북쪽으로 올라가면 되지 않습니까. 북쪽으로 갈수록 이순신의 군사들은 지쳐 따라오지 못할 것이고, 국경을 지키는 군사들 중 일부의 정병만 뽑아내어 군을 편성해도 이순신의 수군들 정도는 쉽게 쳐부술 수 있을 것입니다. 전하, 제발 정원군마마를 다시 불러 주시옵소서!"

피를 토하는 듯한 윤두수의 간언에 조정의 분위기는 어둠이 내린 한밤중처럼 무거운데, 오직 윤두수의 목소리만이 그 안을 채웠다. 함흥본궁 안에 세워진 임시 편전을 채운 10여 명의 신하들은 너무도 급박한 사태 앞에 그저 묵묵히 입을 다물고 있을 뿐이었다.

"영상! 그대는 임진년에도 우리 힘으로 왜적의 침략을 해결할 수 있으니 천병을 부르지 말자고 하였는데, 그대가 말한 대로 하려고 해 본 결과는 어떠하였는가? 우리 군사는 왜적에게 무참히 패했고, 결국 천병이 와서야 왜적을 남해로 밀어붙이지 않았는가! 그런데 이번에도 반대할 셈인가?"

임진년에 윤두수는 어영대장으로서 직접 군사를 이끌고 평양성을 수비하다가 고니시 군의 공격으로 참패하였다. 그 뒤 세 번째 해에는 좌의정 겸 도체찰사로서 장문포해전을 기획하였으나, 이순신이 출동했음에도 불구하고 실패하였다. 작전 자체가 제대로 된 정보와 준비를 통한 기반을 바탕으로 감행된 것이 아니었기 때문이다. 한마디로 윤두수는 전장에서 조선군을 움직여서 승리를 거둔다는 것이 얼마나 어려운지 조정에서 가장 뼈저리게 체험한 사람이라고 할 수 있었다.

"예, 전하! 임진년의 왜적은 그 수가 십수만이나 되었고, 다수의 조총으로 무장하였으며, 검술이 뛰어나서 우리 군사들이 도저히 상대할 수가 없었습니다. 그러나 이순신의 군사는 그 수가 얼마 되지 않으며, 북방의 험한 땅에서는 활동해 본 적도 없습니다. 그러니 어찌 북병을 사용하면 진압이 어렵겠습니까? 한데 여진의 군사는 사납고 맹렬하며 지금도 강에 의지하여 간신히 막아 내고 있는 형편입니다. 그런데 그 이리 같은 자들을 우리 손으로 조선 땅에 들이다니, 그것은 차마 할 수 없는 일입니다. 주상 전하, 미천한 소신이 이토록 간절히 청하오니, 부디 명을 거두시고 정원군마마를 돌아오게 하라 이르소서!"

윤두수는 정말로 두 눈에서 폭포수 같은 눈물을 흘리면서 임금에게 차병안의 철회를 청했다. 하지만 임금은 차갑게 노려볼 뿐이었다.

"영상! 그대는 왜 그렇게 생각하는 바가 모자라오? 내가 정원군의 건의를 받아들여 여진의 군사를 들이고자 한 깃은 어니까지나 우리 군사가 죽고 상하는 것을 줄이고자 하는 데 있소. 이순신의 군사도 조선 백성이고 함경도 군사도 우리 백성인데 서로 싸워 죽고 상하면 어찌 되겠소. 함경도의 군사가 줄고 국경을 지키는 것도 힘들어질 것인데 그때 야인들이 강을 건너 쳐들어온다면 무슨 수로 막아 낼 수가 있겠소? 내가 야인의 군사를 끌어들여 난의 진압에 쓰고자 함은 우리 군사의 피해를 방지함과 동시에 야인들의 수를 줄여 저들이 우리의 빈틈을 침략할 힘을 미리 빼놓자 함이요. 또한 보다 많은 군사를 투입할수록 싸움이 빨리, 쉽게 끝난다는 것은 병법의 기본 중에서도 기본 아니오. 그대는 어찌하여 내 깊은 뜻을 알지 못하는 게요? 이보시오, 경리 당상!"

"예, 전하!"

경리도감 당상 윤근수가 납작 엎드렸다. 그 역시 명군도 아닌 여진군을 조선 땅에 들일 수 없다는 형 윤두수의 의견 쪽이 심정적으로는 더 와 닿았으나 임금의 명을 거역할 배짱은 없었다. 하물며 그것이 이미 시작되어 진행되는 중이 아닌가.

"그대는 여진의 군사를 쓰는 것이 우리 군사들의 희생을 최소화하고 난이 길어짐으로 인해 피폐해질 백성들의 고생을 줄여 줄 것이라 여기지 않는가?"

"저, 그것이……."

고개를 돌리지 않은 채 윤두수가 있는 쪽을 살짝 쳐다본 윤근수는 얼른 고개를 숙였다. 형 윤두수가 핏발 선 눈으로 자신을 노려보고 있었던 것이다. 윤두수 쪽을 흘끔거리기만 하며 입을 떼지 못하는 윤근수를 보며 임금이 역정을 냈다.

"그대도 입이 있으면 말을 해 보라! 백성들의 피해가 늘겠는가 줄겠는가?"

임금의 윽박지르는 소리에 윤근수는 찔끔하여 대답했다.

"마, 마땅히 전란이 빨리 끝나면 백성들의 피해는 줄어들 것입니다."

"그것 보라! 과인이 여진의 군사라도 가져다 쓰려 하는 것은 다 백성들이 태평성대를 하루라도 빨리 누리게 하고자 함이로다. 그리고 노을가적이 이순신과 싸우느라 많은 군사를 잃고 나면 국경을 위협하지도 못하게 될 것이라 내 이미 말하지 않았느냐? 또한 저들의 힘이 심각하게 약화되었다고 판단되면 야인의 땅으로 돌려보내지 않고 군사를 동원하여 모조리 죽여 버려 후환을 없애도 될 일이다. 이미 정원군이 출발하였으니 이 문제에 대해서 더 이상 논하는 것이 의미가 없다. 각 대신들은 그 문제에 대해서는 더 이상 신경 쓰지 말고 조정 내에서 할 수 있는 다른 대책이나 더 숙의하라!"

자기가 할 말을 마친 임금은 그대로 일어나 나가 버렸다. 편전 안에는 오직 윤두수 한 사람의 통곡 소리가 흐를 뿐, 다른 신하들은 그저 눈길을 마주치며 기가 막혀 할 뿐이었다.

*

강 건너 땅이라고 해서 딱히 다른 것이 느껴지지는 않았다.

눈앞에 서 있는 나무는 강을 건너오기 전에 보았던 바로 그 나무와 같은 나무였고, 머리 위를 나는 새도 남쪽 강변에서 보았던 바로 그 새가 날아든 것이었다.

"강을 건너기 전이나 건넌 뒤나 풍경은 같구나."

"예, 마마. 사실 짐승도 사람도 큰 차이가 없사옵니다. 저희 군사들과 싸우는 야인들 중에는 잡혀간 조선 사람의 후손들도 많고, 저희 백성들 중에도 귀순하거나 포로로 잡혀와 눌러앉은 야인의 후손들이 많습니다. 그나저나 마마, 정말 노을가적을 만나실 생각이십니까?"

후창군수 송재석은 자신도 모르게 온몸을 떨었다. 건주위의 추장 노을가적은 최근 건주위 전체를 통합하고 부쩍 세력을 키워 가면서 그 위세가 날로 막강해지고 있었다. 아직 조선에 대해서 노골적으로 적대적인 모습을 보이지는 않고 있었으나 송재석과 같은 국경의 관리들로서는 경계의 눈초리를 거둘 수가 없는 것이다.

"그게 아니라면 내가 왜 여기를 왔다고 생각하는가? 나는 아바마마의 어명을 받잡아 노을가적을 만나 담판하러 왔다. 그대는 강을 건네주고 노을가적의 대략적인 위치를 알려 주기만 하면 따라올 것 없다고 하였는데 무엇 때문에 군사까지 이끌고 따라오는 것인가? 지금이라도 다시 돌아가도록 하라."

송재석은 정원군의 퉁명스러운 반응에 속이 터졌지만 그렇다고 가서 네 마음대로 돌아다니다가 죽으라고 할 수는 없는 입장이었다. 왕자가 지방관의 보호도 받지 못한 채 야인의 땅에서 죽었다고 하면 임금이 무슨 반응을 보이겠는가? 임금 자신이 위기에 처해 있다는 사실 따위를 알 리 없는 송재석은 그저 사고가 생겼을 때의 후환이 두려울 뿐이었다.

"마마! 노을가적이 여진의 통일에만 힘쓸 뿐 아직까지 우리 조선에 대하여 노골적으로 적대적인 움직임을 보이고 있지는 않다고 하나, 아직 두만강 북방에는 노을가적의 통제를 받지 않고 독립적으로 움직이는 소부족들이 많이 있사옵니다. 노을가적의 부하들도 종종 추장의 통제를 벗어나 산적질을 다니는 판국이니, 그래도 제가 있어야 야인들이 마마를 함부로 해치지 않을 것입니다. 이 지역 야인들은 모두 제 얼굴을 알고 있고, 제가 하는 말이라면 일단 신뢰를 주고 있으니까요. 비록 국경을 사이에 두고 수시로 칼과 화살을 주고받는 사이이지만 소관은 저들을 거짓 언사로 속인 적이 없고, 저들도 그 점은 알고 있사옵니다."

"적이지만 신뢰는 사고 있다는 말인가? 거참 묘하군."

송재석의 이야기를 들은 정원군은 코웃음을 쳤지만 송재석은 웃지 않았다.

"마마, 어찌 생각하실지 모르나 야인들은 단순한 짐승이나 도적이 아닙니다. 저들도 저들 나름대로 읍락을 이루어 살며 생활을 영위하는 족속입니다. 당연히 약탈로 일확천금을 노리다가 단박에 토벌당해 죽기보다는 가능한 한 오래 살면서 처자식을 건사할 수 있기를 바랍니다. 여기에서 저희와 야인들 간에 이해와 교섭의 여지가……."

"아, 됐네. 그만하면 알았으니 그만하게. 그런데 노을가적의 본채는 도대체 어디에 있는가?"

정원군이 짜증을 내며 송재석의 말을 끊었다. 그럴 만도 한 것이 기실 그들은 벌써 네 시간째 멧돼지나 다닐 것 같은 길로 말을 몰며 정처 없이 헤매고 있었던 것이다. 대열의 선두에 선 송재석의 부하는 호랑이나 곰이 나타나는 것만 경계하는 것 같고, 길을 찾는 낌새는 전혀 보이지 않았다.

"사실 소관도 모릅니다."

"뭐? 그럼 뭐하러 따라온 겐가! 노을가적의 본채를 찾아주겠다면서!"

눈이 둥그레진 정원군이 얼굴이 시뻘게져 화를 내자 송재석은 태연하게 맞받았다.

"마침 마마께서 오시기 사흘 전에 강을 건너온 노을가적의 정탐꾼을 잡은 덕에 노을가적이 우리 고을 바로 건너편 강기슭 어딘가에 있다는 사실은 확인했습니다만, 놈이 워낙 용의주도하여 신변의 보호를 위해 이삼일에 한 번씩 본거지를 옮기고 있는 관계로 노을가적의 본채가 지금 어디 있는지는 아무도 모릅니다. 저희가 사로잡은 그 졸개 놈도 모를 겁니다."

"아니, 그래서 그대는 왜 따라왔느냐니까!"

"말씀드렸듯이 노을가적의 본채가 어디 있는지 모르기 때문입니다. 본채의 위치를 모르는 상황에서 놈을 만나려면 여진 땅을 맴돌다가 놈의 수하들에게 사로잡혀 본채로 끌려가는 수밖에 없습니다. 한데 마마께서 함흥에서 데려오신 수행원들만 데리고 이곳의 밀림, 야인들은 숲 바다[樹海]라고 부르는 이곳을 맴도시다가는 맹수의 밥이 될 수도 있고, 어느 이름 없는 산적 패거리에게 걸려 노을가적은 만나지도 못하고 해를 당하실 수도 있습니다. 하지만 이곳 야인들과 잘 아는 사이이고 허튼 짓은 하지 않는다는 것을 놈들이 알고 있는 소인이 있다면 놈들은 저를 해치우기 전에 무슨 일로 강을 건너왔느냐고 물을 것입니다."

정원군은 송재석의 말을 믿어야 할지 무시해야 할지 잠시 판단이 서지 않았다. 마침내 무시하기로 마음먹고 비난의 말을 시작하려는 순간, 처음 들어 보는 날카로운 호령 소리와 함께 느닷없이 사방에서 활을 겨눈 사람의 모습들이 나타났다. 적게 잡아도 200여 명은 족히 되는 여진의 궁수들이 활을 들고 고작 스물이 될까 말까 한 자기 일행을 포위하고 있는 것을 확인한 순간 정원군은 그 자리에 얼어붙고 말았다. 왕자가 부들부들 떨고 있는데 여진족 무사 하나가 앞으로 다가왔다. 그러더니 뜻밖에 제법 알아들을 만한 조선말로 외치는 것이 아닌가.

"군수! 무시기요? 무시기 일로 건너왔슴매?"

송재석은 그것 보라는 듯 정원군을 돌아보았다. 정원군은 아무 말도 하지 못한 채 마른침만 삼킬 뿐이었다.

*

"군수가 무시기하여 우리 추장을 만난단 말인? 후딱 강 건너 돌아가는 게 좋을거지비."

"어허, 여기 오신 이분은 조선의 왕자시니라! 내가 아니라 이 분께서 네놈들의 추장, 건주위사 노을가적을 만나시고자 한다!"

"왕자? 왕자가 무시기 개간나임둥?"

무식한 여진족 첨병들과 한참을 침 튀기는 설전을 벌이고, 어딘지 모를 곳으로 사자들이 수없이 달린 뒤에야 정원군 일행은 누르하치가 있는 장소로 안내받을 수 있었다. 10여 채의 초라한 초막이 자리 잡은 외딴 마을에 누르하치가 머무르고 있었다.

"조선의 왕자께서 몸소 이 누추한 곳에 왕림하시다니! 이 건주위 도독 누르하치에게는 무궁한 영광이로소이다!"

누르하치의 통역은 어디서 배웠는지 함경도 말도 아닌 한양 말에 능숙했다. 그는 정중하게 누르하치의 말을 조선말로 옮겼다. 예법에 잘 맞지는 않지만 정원군에게 나름대로 정중한 인사를 보낸 누르하치가 송재석을 향해 고개를 돌렸다. 그 시선에는 적수에 대한 경외감과 호승심이 명확히 드러나 있었다.

"후창군수께서는 이 사람이 초면이 아닐 것 같소만. 아니, 초면인가?"

"초면이오. 건주위사께서는 직접 강을 건너는 사소한 일 같은 것에 매달리지는 않으시니까 말이오."

"그런 것치고는 군수의 위명이 낯설지 않구려. 역시 우리 수하들이 군수의 신세를 자주 진 탓인 것 같소."

여진족들의 노략질에 대한 송재석의 간접적인 비난과 그에 대한 응수가 뒤섞인 인사였다. 송재석은 강을 넘나들며 약탈을 하는 야인들을 막아 내야 하는 임무를 갖고 있으니만큼 그들의 우두머리인 누르하치에 대한 적대감을 아예 지울 수는 없었다. 누르하치 역시 마찬가지였다.

"군수와는 서로 나눌 이야기가 참 많을 것 같소, 훗! 한데 오늘은 일단 뒤로 미룹시다. 귀한 손님이 오셨으니 말이오. 군수는 이 북방 땅에 계속 머무를 것이니 볼 날이 아직 많지만, 도성에서 오신 왕자께서는 오늘 가시면 다시는 오지 않으실 것 아니오."

누르하치는 얼굴 가득 푸근한 미소를 지으며 다시 정원군을 돌아보았다. 두 무장들이 불꽃을 튀기는 동안 꿰다 놓은 보릿자루처럼 앉아 있던 정원군은 자기도 모르게 앉은 채로 움찔하며 몸을 움츠렸다. 역시 안전한 별궁에서 생각만 하는 것과 실제로 적지에 들어와 일을 꾸미는 것은 달랐다.

정원군은 자기 눈앞에 있는 사람이 바로 건주위의 지배자 노을가적이라고 생각하자 자기도 모르게 도포 속의 두 다리가 후들거리는 것을 깨달았다. 불혹의 나이에 건주위의 통일을 이루고 수만 여진 기병을 손에 틀어쥔 사내가 자기 눈앞에 있었다. 이제 마흔이 된 누르하치는 스무 살밖에 되지 않은 정원군에게 마치 자기 아들을 보는 듯한 인자한 시선을 보내며 정중한 인사를 다시 건넸다.

"왕자께서 오셨으니 마땅히 그에 맞춰 대접해야 하나, 우리 여진의 살림은 그리 풍족하지 못한 탓으로 초라하게 대접하는 것을 양해하시기 바랍니다. 자, 소찬이나마 일단 드시면서 왕자께서 오신 이유에 대해 들어 보도록 하지요."

누르하치가 손수 정원군과 송재석을 안내하여 자기가 지내는 집 안으로 들이고 잠시 후 식사가 시작되었다. 누르하치가 입으로는 초라한 대접을 사죄했으나 그것이 실은 입에 발린 인사치례라는 것을 정원군과 송재석은 곧 알 수 있었다. 그들이 자리하고 있던 오두막 바닥에는 호랑이와 표범의 가죽이 겹겹이 깔려 푹신한 자리를 만들었고, 식사를 준비하던 부하들은 통째로 구운 사슴과 멧돼지를 줄줄이 날라다가 오두막 한편에 내려놓고는 토막을 내어 상에 올렸다. 삶은 고기는 솥째로 들어와서 무럭무럭 김을 피웠고, 꿩과 토끼 같은 것은 커다란 나무 접시 위에 수북하게 쌓여서 나왔다. 한편 상 위에는 여진인들이 일상적으로 마시는 것이 아닌, 중국과 조선에서 들여온 것이 분명한 술이 든 병이 나란히 늘어서 있었다. 언뜻 보기에도 상당한 고급주였다. 조선에서 온 손님에 대한 마지막 대접으로, 네 쌍의 젓가락이 각자의 자리에 하나씩 놓여 있었다.

음식이 다 차려지자 누르하치가 웃으며 두 팔을 벌렸다.

"자! 마음껏 드시오. 이것이 소박한 건주위의 손님 대접이오."

서로간의 잠재된 갈등을 터뜨릴 수 있는 국경이나 싸움에 대한 복잡한 이야기는 나오지 않았다. 남자들이 격의 없이 나눌 수 있는 사냥과 여자에 대한 이야기가 식탁의 가장 큰 화제였고, 여진족 악사들이 음악을 연주하는 가운데 마을 처녀들이 나와 춤을 추며 여진 말로 노래를 불렀다.

누르하치를 비롯한 여진족 족장들과의 이야기는 거의 송재석이 나누었다. 북방의 숲에 대해서라면 백지상태나 다름없는 정원군으로서는 화제에 끼어들어 입을 열 수가 없었으니 그저 눈앞의 술잔이나 비우는 수밖에 없었다. 그러자니 차츰 마음속에서 공포는 가시고 배짱과 분노가 자라기 시작했다. 왕자가 언제 입을 뗄 일이 생길까 노심초사하며 술도 마시지 못하고 그 자리에 앉아 있어야 했던 역관보다는 낫겠지만.

마침내 정원군의 얼굴에 불콰하게 취기가 오르자, 끈기 있게 그 순간을 기다리고 있던 누르하치가 정원군의 안색을 천천히 살피며 입을 열었다.

"자, 그럼 식사도 웬만큼 하고 술도 몇 잔 돌았으니 왕자께서 여기 왕림하신 이유를 한번 들어 봅시다. 조선국의 왕자께서, 대명의 신하인 이 건주위 도독 누르하치를 찾아오신 이유가 무엇입니까?"

대명의 신하 운운하는 발언을 들은 송재석은 단박에 누르하치의 의도를 알아챘다. 그는 자신이 천조의 벼슬을 받은 신하임을 명시하여 자신이 조선에 속하지 않은 인물임을 명확히 하고, 정원군에게 네가 하려는 일이 무엇인지는 모르지만 그게 무엇이든 천조의 신하를 꼬드겨 못된 일을 꾀하는 것임은 알고 있느냐고 암시하고 있는 것이었다. 그리고 정원군 역시 그 의도를 명확하게 파악했으면서도 술의 힘인지 직설적으로 본인이 의도를 밝혔다.

"아니, 나는 대명의 신하 건주위 도독으로서의 귀공을 만나러 온 것이 아니오! 그대의 6대조 동맹가첩목아童猛哥帖木兒[*] 공의 6촌 형제, 청해군 이지란 공을 대하는 심정으로 귀공을 찾아왔소. 단도직입적으로 말하리다. 군사를 빌려 주시오!"

난데없이 군사를 빌려 달라는 정원군의 폭탄 발언에 송재석은 물론 그의 통역을 맡은 수하 군사, 그리고 정원군 자신이 데려온 역관까지 그 자리에서 입 안에 있는 것을 내뿜었다. 무슨 말인지 알아듣지 못해 평안을 유지하던 여진족 추장들도 새파랗게 질린 자기편 통역의 말을 듣고는 어안이 벙벙해졌는지 뜨악한 표정을 지었다.

"마마, 그게 무슨 말씀이십니까! 이 오랑캐 놈들에게 차병을 하시다니요!"

"군사? 군사라고? 지금 우리 병사들을 조선군에 넣어 달라고 하는 거요?"

머릿속의 혼란이 조금 정리되자 곧바로 양쪽에 있는 두 사람의 입에서 벼락같은 질문이 쏟아져 나왔다. 하지만 당황한 상대의 표정 따위는 전혀 개의치 않고 정원군은 호기 있게 고함을 쳤다.

"그렇소! 솔직히 말하자면, 지금 우리 조선에서는 반란이 일어나 아바마마께서 큰 곤란을 겪고 계시오. 곤란한 사정으로 인하여 도성을 지키지 못하고 함흥으로 몸을 피하셨는데 반적들이 지금 함흥으로 추격을 해 오고 있소. 반적들의 괴수는 예

---

* 몽케 테무르

180

전에 함경도에서 만호로 있었던 이순신이오!"

"이순신, 이순신이라……. 나는 잘 모르겠소. 아마 우리 건주위와는 별로 부딪친 적이 없었던 모양이오. 한데 그자가 얼마나 놀라운 재간을 가지고, 얼마나 많은 군사를 거느리고 있기에 조선 임금께서 이 먼 북방까지 피신하신 거요? 우리 군사가 도우러 간다 한들 과연 그 이순신이라는 장수를 이길 수 있겠소?"

형식적으로 술잔을 입술에 갖다 댔을 뿐 그동안 단 한 모금의 술도 마시지 않은 누르하치는 날카로운 눈빛으로 정원군의 언동을 관찰했다. 송재석은 술 취한 정원군이 누르하치에게 어떤 기밀을 털어놓을지 모르므로 당장이라도 그 입을 막아야 한다는 것을 깨달았지만 어떤 방도를 써야 할지 떠오르지가 않았다. 명색이 왕자인데 때려눕힐 수도 없는 것 아닌가.

게다가 자기도 모르고 있던 한양의 정세가 정원군의 입에서 줄줄 흘러나오자 그에게도 호기심이 솟았다. 찬물을 끼얹은 듯한 정적 속에서 정원군의 호기로운 목소리가 계속 이어졌다.

"이순신의 군사는 지극히 소수요! 단지 우리 조선군의 주력이 반적들의 유인책에 빠져 삼남 각지에 붙들려 있는 사이 이순신의 본대가 수로를 이용하여 도성을 급습하는 바람에 그만 아바마마를 모시고 도성을 버리고 피하는 수밖에 없었소. 간발의 차이로 그 흉수를 벗어난 것은 가히 천운이라 해야 할 것이오. 게다가 놈의 수군이 임진강까지 막고 있어 아바마마께서는 대국으로 피하시지 못하고 우리 왕조의 발상지인 이 동북면으로 오실 수밖에 없었던 것이오."

정원군은 손에 들고 있던 술잔을 쭉 하고 들이켰다. '커.' 하고 굵은 한숨을 토한 정원군은 재차 열변을 토했다.

"건주위사! 그대는 청해군 이지란 대감에 대해 알고 있소? 그분은 여진인이지만 우리 태조대왕과 형제의 맹약을 하고 태조대왕께서 이루는 왕업의 길을 도왔소. 그것이 개인의 영달을 위해서였겠소? 아니오! 그것은 우리 조선과 여진이, 두 백성이 원래 형제이기 때문이오. 도대체 언제부터 두만강과 압록강이 조선과 여진을 가르는 경계가 되었소?"

"조선 놈들이 우리 땅을 빼앗았으니까."

누르하치의 부하 하나가 목소리를 죽여 정원군을 비웃으며 이죽댔다. 여진 말을 조금이나마 알아듣는 송재석의 얼굴에는 단박에 핏대가 올랐으나 정원군은 그것도 모른 채 열을 올려 자기주장을 계속했다.

"원래는 그렇지 않았소! 과거 발해가 있었을 때, 또 고구려가 있었을 때 두 강 양쪽은 하나의 나라였고 하나의 백성이었소. 우리는 발해 이후 비록 헤어졌고 많은 충돌이 있었지만 이제 다시 합쳐야 하오. 서로 도와야 하오! 청해군 대감이 그랬듯이 서로의 어려움을 해결해 주고 필요한 것을 채워 주어야 하오. 그대가 우리 조선의 위난을 헤쳐 나갈 수 있도록 도와준다면 우리 역시 그대의 부족한 것을 채워 줄 것이오."

정원군의 열변을 들은 누르하치는 천천히 몸을 뒤로 젖혀 모피를 씌운 등받이에 몸을 기댔다. 침착하게 두 팔을 들어 팔짱을 낀 그는 탐색하는 눈빛으로 질문을 던졌다.

"우리에게 부족한 것? 왕자께서는 우리 건주위가 무엇을 필요로 한다고 생각하시오?"

"그야 지금 당장 필요한 것은 곡식과 면포 아니오? 그대가 우리 조선의 위기를 도와 반적들을 토벌해 준다면 아바마마께서는 그에 합당한 대가를 기꺼이 치를 것이오."

정원군의 대답을 들은 누르하치는 폭소를 터뜨렸다.

"하하! 그러니까 왕자께서는 우리 건주위를, 이 누르하치를 곡식 몇 되와 피륙 몇 쪼가리에 목숨을 거는 거지 떼로 보고 계신다 이것이지요? 그래서 이렇게 병력을 내놓으라고 명하러 오신 것이고?"

누르하치는, 그리고 송재석은 당연히 정원군이 속셈을 들킨 데 당황하여 횡설수설하는 모습을 보이리라 예상했다. 그런데 정원군은 뜻밖에도 들고 있던 술잔으로 탁자를 내리치면서 벌컥 화를 내었다. 도자기 잔이 깨지며 파편이 사방으로 튀었다.

"건주위사! 어찌 이야기를 끝까지 들어 보지도 않고 사람을 그렇게 소인배 취급하는 거요? 나는 그대의 군사들을 그저 곡식 몇 섬에 움직이는 단순한 용병으로 생각할 의도는 전혀 없소. 재물은 드리겠지만 그것은 어디까지나 형제의 도움에 대한 감사의 표시이지 전투에 참가한 데 대한 보수는 아니오. 그리고 우리의 형제 관계는……."

정원군은 깨 버린 자기 술잔 대신 옆에 앉아 있는 역관의 손도 대지 않은 술잔을 들어 단숨에 들이켰다. 그 잔의 술이 얼마나 독한지 독한 술 냄새가 송재석의 코에까지 풍겨 왔다.

"……단순히 반적을 토벌하는 데 있는 것이 아니오! 사나이로서 군사를 일으키고 한 백성을 영도하는 자라면 마땅히 힘을 모아 중원을 도모하려는 뜻을 일생에 한 번은 품어야 하지 않겠소!"

중원을 도모한다! 너무도 무서운 말에 송재석은 온몸을 부들부들 떨었다. 그 말은 지금 중원을 지배하고 있는 천조, 명나라를 몰아내고 중국 대륙을 차지하겠다는 소리가 아닌가. 명나라가 조선이 그런 의도를 품고 있다고 생각한다면 조선은 곧바로 결딴이 날 것이다. 지난 임진년 전란 때만 해도 명나라 조정은 조선이 실은 침략을 당한 것이 아니라 왜와 합세하여 중원을 침략하려는 의도를 가지고 거짓 보고를 하고 있는 것 아니냐는 의심을 품었고, 그것 때문에 구원병 파견을 지체한 전적이 있었다. 그런데 정말로 그 짓을 실행한다고? 그것도 여진족과 손을 잡고?

이건 절대 안 될 망발이었다. 송재석은 당장 술자리를 파하고 일어나 왕자가 취했으니 숙소를 안내해 달라고 하여 대화를 끝내야겠다고 생각했다. 하지만 그의 시선이 누르하치를 향했을 때, 송재석은 이미 늦었다는 것을 깨달았다. 누르하치의 눈이 오늘 저녁에 한 번도 보인 적 없을 정도의 광채를 내며 빛나고 있는 것이 아닌가. 틀림없었다. 놈은 이미 그와 같은 생각을 하고 있었던 것이다!

"왕자께서는 너무 쉽게 중원을 도모한다고 말하시는데……."

누르하치는 천천히 입을 열었다. 정원군은 술기운에 핏발이 선 눈으로 그를 쏘아보았다. 그의 눈에는 오랫동안 속에 담고 있던 말을 시원하게 뱉어 낸 데서 오는 배설의 쾌감과 함께 누르하치가 동조해 주기를 바라는 기대감이 불길처럼 일렁이고 있었다. 하지만 누르하치의 눈은 내심을 철저하게 감추고 있었다. 둘러앉은 누르하치의 부하들도 묵묵히 침묵을 지켰다. 누르하치가 놀리는 투로 말을 계속했다.

"……귀하가 조선의 왕자라고는 하나, 조선은 엄연히 대명의 속방이고 본관은 대명국 요동도사의 지령을 받는 건주위사, 즉 대명국의 신하요. 왕자께서 그런 서로의 신분을 뻔히 알면서 본관에게 그런 책동을 하는 것은 대명국 황제 폐하에 대한 분명한 반역이라는 점을 알고 계시오?"

누르하치의 반론은 상대의 속을 떠보려는 의도가 분명했다. 하지만 술에 취한 정원군은 흥분을 가라앉히지도 않은 채 머릿속에 간직해 두었던 갖가지 생각들을 입에서 나오는 대로 지껄여 댔다.

"황제? 황제가 다 무엇이오? 그저 되놈들의 우두머리 아니오. 명나라가 대국인 것은 땅이 넓고 백성이 많기 때문인데, 그것이 주변의 다른 백성들까지 자기들 마음대로 취급할 수 있는 권한을 주는 것은 아니오. 그리고 중국인들은 그 수가 아무리 많아도 요나라, 금나라, 원나라와의 싸움에서는 늘 패하지 않았소. 본래 형제인 우리가 내분을 벌이지 않고 힘을 합친다면 얼마든지 넝나라를 무찌르고 중원을 도모할 수 있소!"

여전히 아무도 입을 열지 않았다. 침묵이 내려앉은 가운데 정원군의 목소리가 홀로 초막을 채웠다. 그의 목소리에는 이제 광기가 서렸다.

"바로 그것을 두려워하기에 명나라 조정은 그대들 여진을 건주위와 해서위로 나누고 또 수많은 소부족으로 나누어 늘 상쟁을 벌이게 함으로써 쉽게 통제하고 자신들에게 위협을 주지 못하게 하는 것 아니오. 건주위사, 그대의 부친과 조부도 바로 그 책동 때문에 명나라에 반역하지 않았는데도 처참하게 살해당하지 않았소!"

복수를 충동질하는 정원군의 언사에 여태까지 태연함을 가장하고 있던 누르하치의 얼굴에 핏줄이 솟았다. 다른 부족과 명나라 군대 사이의 분쟁에서 억울하게 살해당한 부친 타쿠시[塔克世]와 조부 교창가[覺昌安]의 원한, 그것은 누르하치의 마음속에서 한순간도 사라져 본 적이 없었다.

"그 원한을 잊으셨소? 아니, 결코 잊지 못할 것이오! 우리 조선 역시 지난 왜란에서 명의 도움으로 왜적들을 물리치고 나라를 보전하기는 하였으되, 지난 200년 동안 그들의 눈치를 보며 억압 속에 살아야 했소. 과거 귀하의 선조인 아골타가 그러했듯이 이제 그에 대해 한 번 더 갚아 줄 때가 되지 않았소. 물론 지금 당장은 힘이 부족하니 부족한 것을 채우며 기다려야 하오. 그럼 우리 외방의 국가들이 중원을 도모하려면 가장 필요한 것은 무엇이겠소? 그것은 바로 인력과 물자요! 옛적 한무제의 흉노 정벌에서부터 볼 수 있는 문제지만 중원 왕조들은 무제한에 가까운 인력과 물자를 동원하여 변방 정벌에 나설 수가 있었소.

흉노, 돌궐, 고구려 모두 중국의 적수로서 오랜 세월 그들을 괴롭혔지만 한과 당의 끝없는 물자와 군사에 밀려 마침내 패배하고 말았소. 그렇다면 지금 우리는 어떤 길을 택해야 하겠소? 우리는 일단 내부의 통합을 이루어야 하오. 건주위사께서는 해서 여진까지 통합하여 강대한 전력을 갖추어야 하고, 우리 조선은 이순신의 반란을 무찌르고 왕권을 강화해야 하오. 그 뒤에!"

조부와 부친의 죽음에 대한 이야기가 나오자 이제까지 든든하게 두르고 있던 누르하치의 감정의 갑옷에 균열이 생기는지, 그의 표정이 송재석이 보기에도 딱딱하게 굳어졌다. 정원군은 그 틈을 놓치지 않고 파고들었다.

"안 그래도 명나라는 이곳저곳에서 일어나는 반란으로 흔들리고 있소. 우리는 저들이 썩어 가는 것을, 약화되는 것을 조금씩 천천히 기다리기만 하면 되오. 그리고 마침내 때가 왔을 때 귀하께서는 수만의 여진 기병을, 나는 수백의 전선을 휘몰아 수륙 양면으로 중원을 칩시다. 그날이 올 때까지 우리 조선에서는 귀하가 넉넉한 살림으로 병사를 기를 수 있도록 전량을 대고 무기와 화약을 준비할 것이오. 마침내 우리가 중원을 도모하게 되었을 때 누가 감히 앞을 막아서겠소? 나는 이번 전란에서 명의 수군이 얼마나 무력한지 똑똑히 보았소. 굳이 이순신이 아니라 다른 장수가 수군을 이끌더라도 명의 수군 정도는 충분히 쓸어버릴 수 있고, 그렇게 되면 산해관도 얼마든지 우회할 수 있소. 바다로 군사를 움직여 해안을 휩쓸며 북경을 위협하면 어찌 명이 그 공격을 감당할 수 있겠소? 명의 땅을 우리가 반분하여 나누어 갖는 것도 불가능하지 않을 것이오."

정원군의 말이 끝나자 초막 안에는 반쯤 공포가 섞인 침묵이 내려앉았다. 정원군이 데려온 역관은 얼굴에 핏기라고는 없는 송장 같은 얼굴이 되어 부들부들 떨면서 그의 말을 여진 말로 바꾸어 전하고 있었고, 정원군의 말을 직접 들을 수 있는 송재석과 그의 부하는 하얘지다 못해 파랗게 된 얼굴을 하고 있었다. 누르하치의 부하 장수들조차 너무도 놀라운 이야기에 입을 다물지 못하고 있었다.

오직 한 사람, 누르하치는 딱딱하게 굳은 얼굴을 하고 팔짱을 낀 채 정원군을 정면으로 쏘아보았다. 스무 살과 마흔 살. 혈기에 찬 패기의 눈빛과 노련한 원숙함이 빚어내는 강렬한 탐색의 눈빛이 서로의 눈동자를 파고들었다. 단 한마디의 말도 없이 차 한 잔 마실 정도를 서로 쏘아보던 이 숨 막히는 대치는 정원군이 느닷없이 그 자리에 엎어져 코를 골기 시작하면서 갑작스럽게 끝나 버렸다. 순간 눈을 동그랗게 떴던 누르하치가 갑자기 폭소를 터뜨렸다.

"하하! 왕자께서 참 원대한 포부를 가지고 계시는구려! 내 아들들도 저렇게 담대했으면 좋으련만! 으하하핫!"

"하하하!"

"아, 하하, 하……."

정원군의 연설을 그저 술김에 객기를 표출한 것으로 치부하며 누르하치가 웃음을 터뜨리자 잠시 눈치를 살피던 그의 부하 장수들도 연달아 웃음을 터뜨렸다. 송재석도 어색하게 따라 웃으며 정원군의 발언이 정말로 술김에 나온 것이기를 간절히 빌었다. 한참 웃고 난 누르하치가 송재석을 불렀다.

"군수, 왕자께서 잠이 드신 모양이니 모셔다 눕히도록 하시오. 밖으로 나가면 시중을 들어 드릴 이들이 기다리고 있을 것이니, 그들에게 숙소를 안내받도록 하시오."

"가, 감사하오."

송재석은 자기 부하 군사에게 정원군을 둘러업게 하고 초막을 나섰다. 남루한 옷차림의 중년 사내가 인도하는 뒤를 따르면서 그는 자기도 모르게 온몸을 떨었다. 오랑캐와 손을 잡고 중원을 정복하겠다니, 정말로 미친 계획이었다. 그런 것이 될 리가 없지 않은가.

정원군 일행이 물러나가자 초막 안의 분위기는 일변했다. 탁자 위에 널브러져 있던 술과 고기는 곧바로 치워졌고, 술에 취해 너털거리던 여진족 장수들은 매서운 눈을 하고 누르하치에게 집중하고 있었다.

"아버님, 저 왕자의 말이 정말일까요? 진심으로 우리 건주위와 힘을 합쳐 명을 치고자 하는 것일까요?"

먼저 입을 연 것은 동가씨 소생의 아들로 전장에서의 전공과 용맹한 모습으로 홍바투르[洪巴圖魯]*의 칭호를 받은 누르하치의 장남, 광략패륵廣略貝勒 추잉[褚英]이었다. 정원군과 마찬가지로 올해 스물이 된 그는 아직 진지한 고려보다 젊은 혈기

---

* 왕성한 용사

가 앞서는 나이였는데, 술로 인해 들뜬 기분으로 정원군이 내세운 수륙 합동으로 명을 치자는 계획에 크게 동감을 느껴 흥분하고 있었다.

"아버님, 만약 저 왕자의 말이 사실이라면 우리 건주위는 중원의 패권을 쥘 수 있습니다! 장차 우리가 중원을 공략할 때 우리 군사들을 막아서는 최대의 존재가 만리장성일 것인데, 조선의 수군이 산해관을 함락시키고 명의 해안을 교란하여 저들의 눈길을 끌어 준다면 우리의 대업은 분명히 이루어질 것입니다."

"패륵께서 내놓은 의견은 지나치게 희망적입니다. 저자의 말이 과연 조선 국왕의 생각과 같겠습니까? 그저 달콤한 말로 우리의 귀를 홀려 우리 군사만 이용할 생각일 수도 있습니다. 아닌 말로, 저는 저자가 과연 왕자이기는 한지부터도 의심스럽습니다. 후창군수가 절대 거짓을 말하지 않는 인물이라고 듣기는 하였으나, 혹시 모르는 일 아닙니까. 설사 왕자가 맞다 한들, 술김에 한 약속을 정말로 지킬 것이라고 어찌 믿을 수가 있겠습니까?"

둘째 다이샨[代善]은 맏형과 달리 신중했다. 여기에 누르하치의 맏사위이자 그의 오른팔 격인 일등대신 허허리[何和禮]도 논쟁에 동참했다. 동악액부棟鄂額附*라 불리는 그는 일단 출병에 대해 반대하지는 않았으나 매우 조심스러운 태도를 보였다.

---

* 동악의 부마

"군사를 보내더라도 만약의 경우를 고려해야 합니다. 만약 저 왕자의 요구대로 군사를 보냈다가 우리 군사가 너무 큰 피해를 본다면 아직 완전히 통합하지 못한 해서여진의 후룬 4부가 주는 위협에 대응하지 못하게 될 수도 있습니다. 우리는 지금 당장 결전을 눈앞에 두고 있는 터. 군사를 보낸다 하더라도 소수의 군사만 보내 생색을 내는 것으로 충분하다고 생각합니다. 그리하면 우리는 큰 손해 없이 조선에게 빚을 지울 수 있을 것입니다."

누르하치의 막냇동생인 바야라[巴雅喇]는 군대를 보내자는 맏조카의 의견에 적극적으로 동조했다.

"조선이 지금 정말로 내전을 치르고 있다고 한다면, 저들은 강을 건너 우리 진영을 치고 들어올 생각은 하지 못하고 있을 것이니 우리에게는 병력의 여유가 생기는 셈입니다. 게다가 내전으로 저들의 군사력이 약화되면 우리는 앞으로도 조선군이 강을 건너 북정을 감행하는 것을 걱정하지 않아도 됩니다. 군사를 보내서 저들을 돕고, 그에 따른 이득을 추구해 보아도 괜찮을 것입니다."

또 다른 심복인 어이두[額亦都]는 대놓고 출병에 반대했다.

"조선에서 내분이 일어났다면 저들끼리 죽고 죽이도록 그냥 내버려두는 것이 최고입니다. 무엇 때문에 후룬부 놈들에게 뒤통수를 맞을 위험을 무릅쓰면서 아까운 우리 전사들을 다른 나라의 내분에 투입하여 죽여야 합니까? 조선의 내란에서 지금 국왕이 이기든 이순신이 이기든, 조선의 힘은 더 약해질 것이니 그때 가서 조선의 변경을 공격하여 물자와 인명을 획득하더라도 늦을 것이 없습니다."

누르하치의 사촌 형제인 아둔[阿敦]의 의견은 역시 출병하자는 쪽이었다.

"형님! 우리가 조선의 변경이 아닌 핵심을 노릴 수 있는 기회는 쉽게 오지 않습니다. 내란으로 약해진 조선의 변경을 쳐봤자, 조선의 변경은 우리 건주위의 땅에 비해 크게 풍요로운 지역도 아닙니다. 조선의 국왕이 내놓을 출병의 대가가 어찌 변경을 약탈하는 정도에 비하겠습니까? 조선 국왕이 약속을 지키지 않는다면, 그때 가서 조선의 변경을 약탈해도 늦지 않습니다. 게다가 약속을 어긴 것은 조선 국왕이니, 우리에게도 충분히 명분이 서는 일이 됩니다."

추잉이 다시 나섰다. 숙부들의 동조에 용기를 얻은 그는 아예 가능한 한 대규모의 군사를 몰아 조선에 들어가야 한다고 주장했다.

"숙부님들께서도 동의하셨지만 이번 제안은 우리 건주위를 위한 큰 기회입니다. 그리고 병력을 보낼 것이라면 생색을 낼 정도의 적은 병력을 보낼 것이 아니라 최대한 많은 군사를 보내 싸움을 빨리 끝내는 것이 낫습니다. 소병력을 보낸다면 싸움에 이긴다 해도 시간이 오래 걸릴 뿐 아니라 실망한 조선 국왕이 약속을 제대로 지키지 않을 수 있습니다. 게다가 만약 패한다면 우리는 군사만 잃고 아무것도 얻지 못할 것이니, 확실히 싸움에 이길 수 있을 만한 대규모 군사를 파견해야 합니다."

"그래도 위험부담이 너무 큽니다! 우리는 아직 후룬부라는 적을 뒤에 두고 있는데, 조선 같은 곳에 군사를 보내자는 것이 말이 됩니까? 패륵께서는 눈앞에 제시된 미끼에 눈이 멀어 너무 큰 욕심을 부리고 계십니다! 게다가 저 왕자는 국왕의 후계자인 세자도 아니고 다섯째 왕자일 뿐이라 하지 않습니까. 그런데 어찌 저자의 약속이 실행될 것이라고 믿을 수 있습니까? 약속하는 문서를 가져온 것도 아니고, 술자리에서 내뱉은 허언일 뿐일 수도 있는데!"

차남 다이샨은 벌컥 화를 냈다. 차남인 그는 세 살 위의 형인 추잉을 좋아하지 않았다. 용맹한 전사인 추잉은 전장에서는 확실히 뛰어난 용사였지만 평소에도 주변 사람들을 폭력으로 다스리려는 경향을 보였기 때문에 다이샨은 그와 동복형제이면서도 사이가 별로 좋지 않았던 것이다. 누르하치의 형제인 숙부들은 이 자리에서 모두 장남인 추잉을 지지했지만, 누르하치의 심복 신하들 상당수가 다이샨의 의견을 지지하는 것도 마찬가지 이유였다. 추잉의 반론에 분개한 다이샨의 목소리가 한층 더 커졌다.

"조선인들은 교활합니다. 예로부터 많은 추장들이 조선인들의 잔치에 초청받아 갔다가 주연이 벌어진 잔칫상 앞에서 활과 칼에 맞아 죽었고, 그렇게 우두머리를 잃은 부락들은 대대적인 공격을 받아 집과 창고는 불타고 땅에는 소금이 뿌려졌으며 여자와 아이들은 울부짖으며 노예로 끌려갔습니다. 지금 패륵께서 말씀하시는 것처럼 대규모 군사를 파견했다가 저들의 싸움에 이용만 당하고, 승전을 거둔다 한들 승리를 축하하는 잔치 자리에서 장수들은 모두 피살당하고 군사들은 저들의 군대에 편입되지 않으리라 장담하는 이 감히 누가 있겠습니까? 그리고 우리 군사들이 모조리 조선에 간 사이 해서부가 우리 본거지를 습격하면 그 감당은 누가 하란 말입니까?"

"둘째 조카의 말이 일리가 없는 것은 아닙니다만……."

울컥해서 일어서려는 추잉을 주저앉힌 바야라가 나섰다.

"……조선 왕자의 말에 따르면, 반란을 일으킨 이순신이라는 장수의 군사는 고작해야 수천 정도이고 또 죄다 물에서 배를 타던 수졸들이라고 하지 않았습니까? 그만한 군세라면 우리 기병 3000에서 4000만 파견해도 능히 쳐부술 수 있고 후룬부와의 대결에 대비하기 위한 군사도 충분히 남길 수 있습니다. 그리고 조선 국왕이 배신하는 것을 막으려면 수뇌부의 장수들 중 절반은 언제나 항상 우리 군사들과 함께 움직이도록 하여 만약 저들이 흉계를 꾸며 우리 장수들을 해칠 경우 즉각 복수할 수 있도록 대기하고 있게 한다면 조선인들이 두려워하여 차마 음흉한 마음을 먹지 못할 것입니다."

아둔이 다시 나서서 출병론을 거들었다.

"또한 군사를 보내지 않으면 그것으로 끝이지만 일단 군사를 보내 놓으면 현지에서 형세를 살펴 차후의 행동 방향을 다시 설정할 수도 있습니다. 이순신에게 승리를 거두고 조선 국왕이 약속한 대가를 받는다면 그것은 그것대로 좋은 것이겠지요. 한데 이순신의 힘이 너무 강하여 조선 국왕의 군사와 힘을 합쳐도 이길 수 없다면, 그대로 이순신의 편을 들어 조선 국왕과 그 일파를 제거하거나 붙잡아 이순신에게 넘겨주고 조선의 새 국왕이 된 이순신과 친교를 다질 수도 있습니다. 군사를 보낸다면 둘 중 어느 쪽이든 우리에게 유리한 쪽을 선택할 수 있지만, 보내지 않는다면 어느 쪽으로 사태가 흘러가든 구경만 해야 할 것입니다."

숙부들의 지원을 받은 추잉이 감정을 조금 추스른 뒤 다시 일어섰다. 하지만 강경한 목소리에는 아직 살기가 서려 있었다.

"숙부님들의 말씀처럼 이순신을 쳐부수건, 아니면 이순신과 손을 잡건 조선의 물자를 손에 넣고 조선 수군을 우리 편으로 만들 수 있다면 우리는 명나라를 제압하는 데 정말 큰 도움을 받을 수 있습니다. 저들의 초청을 받아 조선 내륙으로 군사를 밀어 넣을 수 있는 이 절호의 기회를 절대 놓쳐서는 안 됩니다!"

차남 다이샨도 지지 않고 벌떡 일어나 얼굴에 핏대를 올렸다. 17세답지 않은 패기였다.

"패륵께서는 장래를 너무 희망적으로만 보고 계십니다! 돈과 물자야 아마 저들이 선뜻 제공할 수 있을 것입니다. 하지만 명나라 정벌까지 협조한다고요? 아니, 패륵께서는 어떻게 술에 취해 내뱉은 그런 허황된 말을 정말로 믿으십니까? 왕자 본인은 어쩌면 자신의 진심을 털어놓은 것일 수도 있습니다. 그런 꿈을 가지고 있을 수도 있겠지요. 하지만 조선 국왕은 절대 그럴 리가 없습니다! 만약 조선 국왕이 그런 욕심을 기진 자였

다면 바다 건너 왜인들이 쳐들어왔을 때 그들과 힘을 합쳐 진
즉에 명나라를 쳤지 침략을 당하고 있지 않았을 것입니다. 혹
시 그 왕자가 다음 국왕 지위를 물려받을 계승자라도 되면 모
르겠습니다만 그것도 아니지 않습니까? 조선 국왕이, 그리고
다음 국왕이 될 왕자의 형이 그런 제안은 왕자 본인이 술김에
멋대로 내뱉은 것이니 약조를 실행할 수 없다고 하면서 물자
제공까지도 거부할 공산이 더 클 것입니다. 그것으로 그치지
않고 명나라 조정에 우리 건주위가 명나라에 반기를 들 계획을
가지고 있다고 고변하기라도 하면 우리는 어찌 되겠습니까? 요
동도사 이성량이 휘하의 대군을 몰아 후룬부와 함께 쳐들어오
고, 조선군이 강을 넘어 배후를 친다면 아직 충분한 세력을 모
으지 못한 우리 건주위의 운명은 말 그대로 풍전등화가 될 것
입니다. 실현 가능성도 별로 없는 조선 왕자의 약속 따위를 믿
고 우리 건주위의 운명을 걸 수는 없습니다!"

즉흥적으로 튀어나온 긴 연설을 마친 다이샨은 숨을 몰아쉬
었다. 허허리와 어이두는 지당한 말이라는 듯 수염을 쓰다듬으
며 고개를 크게 끄덕거렸고, 바야라와 아둔도 다이샨의 공격에
대해서 반론을 제기하지 못했다. 듣고만 있던 부친 누르하치도
천천히 고개를 끄덕거리더니 다이샨의 반대편에 있는 추잉을
향해 시선을 돌렸다.

"다이샨의 말은 잘 들었을 게다. 그 안에서 가장 중요한 것
이 무엇인가도 알고 있을 테지. 그대는 그 문제를 어떻게 해결
할 생각인가? 설마 최선을 다한 뒤 하늘에 그 결과를 맡기고 일

이 되어 가는 상황을 살피겠다고 답할 생각은 아니겠지?"

누르하치의 매서운 눈이 맏아들의 얼굴을 쳐다보았지만 그
것은 상대를 위협하거나 겁박하려는 눈빛은 아니었다. 누르하
치는 용맹한 장남을 장래 자신의 후계자가 될 것으로 보고 무
척 아끼면서 큰 기대를 걸고 있었다. 지금 이 순간에도 그의 눈
은 장남을 쏘아보면서 문제를 해결할 답을 내놓기를, 차남이
내놓은 장해를 해결하면서 장남이라는 지위에 걸맞은 능력을
보여 주기를 기대하고 있었다. 그리고 추잉은 어김없이 이 시
험에 대한 답을 내놓았다.

"그대는 저 왕자가 국왕이 되지 못할 것이니 약속을 지킬 수
도 없을 것이라고 했나? 정말 그렇게 생각한다면 답은 간단하
지 않은가. 손위건 손아래건 동기간이건 사촌간이건 저 왕자의
형제란 형제와 그 후손들을 모조리 죽여 버리면 다음 임금은
저 왕자가 될 수밖에 없지 않은가! 한발 더 나아가서 조선 국왕
도 죽여 버린다면 당장이라도 저 왕자가 임금이 될 것이야. 물
론 그렇게 하려면 이순신이라는 자를 완전히 쳐부순 뒤에 해야
하겠지만."

끔찍하다면 끔찍한 이야기를 태연하게 하는 추잉의 모습에
모여 있던 장수들도 다들 굳어 있는 참에 다이샨이 어처구니없
어하며 추잉의 말에 반박했다.

"조선 국왕과 왕족 남자들을 몽땅 몰살하자고요? 조선 국왕
의 도움 요청을 받은 동맹군으로 가서 말입니까? 물론 필요하
다면야 얼마든지 그런 짓도 할 수 있겠습니다만 그 뒷수습은

도대체 어떻게 하실 생각입니까?"

"그것은 조선 왕자가 알아서 하겠지! 자고로 왕위를 계승하기 싫어하는 왕자도 있던가? 당연히 자리를 계승할 수 있는 장남이 아닌 다섯째라면 더더욱 욕심이 있을 것이야. 우리가 형제들과 부친을 제거해 주면 겉으로는 항의할지 몰라도 도리어 내심 좋아할걸. 그리고 우리가 동맹을 맺을 상대는 지금의 조선 국왕이 아니라 바로 저 왕자이니, 국왕을 처치한다 해도 그것은 배신이 아니야."

말을 마친 추잉은 '혹시 네놈도 나를 해치우려는 욕심을 가지고 있는 것 아니냐? 허튼 생각 하지 마라.'라고 하는 듯 동생의 눈을 정면으로 쏘아보았다. 다이샨이 기가 막혀 입을 딱 벌리고 아무 말도 하지 못하자 누르하치가 결론을 내렸다.

"다들 좋은 의견을 내 주었다. 모두의 의견을 참조하여 조선 왕자의 제안을 받아들일 것인지 말 것인지 결정할 것이니 오늘 밤은 모두 각자의 숙소로 물러가 쉬도록 하여라."

아들, 동생, 기타 심복 들은 모두 자리에서 일어나 누르하치에게 예를 올리고 밖으로 나갔다. 혼자 남은 누르하치는 시중을 드는 이들도 모두 밖으로 내보낸 뒤 골똘히 생각에 잠겼다.

*

"어디 몸이 좋지 않으시오?"

"아, 아닙니다. 간밤에 다소 과음을 한 탓인 모양입니다."

정원군은 말에 탄 채 꾸벅꾸벅 졸다 말고 벌떡 일어나 고개를 흔들었다. 지난밤에 그런 주연을 벌이고도 지치지도 않는지 새벽부터 말을 타는 누르하치가 대단해 보일 뿐이었다. 누르하치는 정원군과 비슷한 또래의 장성한 아들 둘을 데리고 나왔고, 부하로는 통역을 맡은 시종 하나만 대동하고 있었다. 정원군 역시 통역을 맡은 후창군 군사 하나만 데리고 나왔다. 함흥에서 데리고 온 역관은 어젯밤 연회에서의 충격이 너무 컸는지 뻗어 버렸고, 혼자 나가는 것은 송재석이 극구 반대하여 어쩔 수 없었다.

"나는 지난밤에 왕자께서 하신 제안에 대해 생각을 해 보기는 했소."

잠시 말없이 더 말을 달리던 누르하치가 천천히 입을 열었다. 정원군은 바짝 긴장을 했다. 지난밤에 있었던 일은 술김이기는 했지만 그가 평소에 품어 온 진심이었고 이제까지 누구에게도 털어놓아 본 적이 없었다. 간밤의 이야기가 너무 허황되다고 생각한 송재석은 정원군이 술에 취해 망언을 한 것이라고 확신하고, 그게 진심이냐고 추궁하지도 않을 정도였지만 말이다.

일단 정원군은 누르하치의 의도를 파악할 수 없었기 때문에 묵묵히 듣고만 있었다. 물론 저자가 명나라에 대해 무조건 충성을 바치는 그런 류의 인물이 아닌 것은 알고 있다. 그러니 여기서 자신을 치형하지야 않겠지만, 어린놈의 치기로 취급하여 그냥 쫓아내거나 명나라에 점수를 따기 위해서 제포하여 요동도사에게 넘기는 것 정도는 충분히 일어날 수 있는 일이었다.

"이 여진 땅에서 한 사람의 사나이로서 세상에 나왔다고 하면 말이오……."

누르하치가 느긋하게 입을 열었다.

"……칼과 활을 손에 잡고 살아가는 것은 당연한 일이오. 사냥과 전투가 우리 생활의 한 부분이니 말이오. 귀국의 태조께서도 그러한 여진의 문화 속에서 살아가셨고 그분의 군단에는 많은 여진인, 또는 여진의 피가 섞인 조선인들이 포함되어 있었다는 이야기를 들은 적이 있소? 그대들이 함경도라고 부르는 그 땅은 조선인과 여진인이 함께 살아가는 땅이었소. 귀국의 태조께서도 많은 여진인을 이웃으로 가지고 계셨고, 그 자신은 여진인의 피가 섞이지 않았지만 혼인 관계에 있는 친척도 있었소."

정원군은 여전히 침묵을 지켰다. 누르하치의 의도를 알 수 없었기 때문이다. 누르하치는 정원군의 대답과 상관없이 이야기를 계속했다.

"그렇소. 여진과 조선은 그대가 말했듯 700년 전에는 한 나라였고 200년 전까지도 함께 어울려 잘 지냈소. 그것이 끊긴 것은 조선이 명나라에 대해 본격적으로 사대하며 우리를 야만족이라 부른 이후가 아니오. 고려 때만 해도 국경에서의 소소한 충돌은 있었어도 우리는 늘 사이가 좋았소. 거란도 몽골도 모두 고려를 침략했지만 우리 여진은 그들처럼 고려를 침략한 적이 없었소. 그 옛날 태조 아골타께서 대금국을 건국하고 중

화의 북부 지방을 정복해 고려와 비교할 수 없을 만큼 강성해 졌을 때도 고려에 대해서는 부드럽게 대하셨소. 바로 그 직전에 고려 왕실의 공격을 받아 우리가 가진 땅 중에서 가장 풍요로웠던, 그대들이 지금 함흥이라 부르는 그 일대를 빼앗겼던 기억이 선명함에도 말이오. 아! 내가 500년 전의 원한을 끄집어내 왕자께 원한을 갚으려는 것은 아니니 놀랄 필요는 없소."

누르하치는 호쾌하게 웃어 젖혔다.

"한 백성을 이끄는 자가 과거를 잊어서는 안 되겠지. 하지만 나는 내 백성의 과거보다는 미래를 더 중요하게 여기오. 나를 따르는 건주위, 그리고 원래 같은 겨레로서 지금 잠시 다른 입장에 서 있기는 하나 결국 하나로 합쳐야 할 후룬 4부, 그리고 그보다 더 오래전에 갈라졌지만 다시 하나로 합칠 수도 있는 조선까지…… 그 모든 것이 내가 만들어 나가야 할 미래의 일부요. 그리고 그런 면에서 나는 그대의 제안에 관심이 매우 크오, 솔직히."

통변에게 누르하치의 말을 전해 듣는 순간 정원군의 얼굴에 화색이 돌았다. 날카롭게 그의 표정을 살핀 누르하치는 어젯밤의 호언장담이 술김에 나온 헛소리가 아니라 정원군의 진심이었음을 알 수 있었다.

"자, 나와 아들들 외에는 아무도 듣는 이 없는 이곳에서 한번 허심탄회하게 그대의 계획에 대해서 상세히 이야기를 나눠 봅시다. 과연 어떻게 명나라를 도모하겠다는 거요?"

명나라에 대해 반기를 들겠다는 욕심을 드러내는 노골적인 언사에 정원군을 따라온 송재석의 부하는 당황하여 얼굴이 새파래졌다. 그도 지난밤 있었던 주연에 참석하기는 했지만, 그 역시 상관인 송재석과 마찬가지로 정원군의 호언장담이 술김의 망발이라고 생각했던 것은 마찬가지였기 때문이다. 그 헛소리를 진지하게 받아들여 정원군에게 상세한 계획을 묻다니, 누르하치 이놈도 미친놈이 분명했다. 정원군이 제정신이라면 분명 그게 무슨 소리냐고, 어제 무슨 말을 했는지 하나도 기억이 나지 않는다고 말하리라.

"기본 계획은 이미 들으신 바와 같소이다. 장차 명이 혼란스러워지고 우리에 대한 주의가 흐트러질 때, 함께 군사를 일으켜 명을 치는 것이오. 여진의 기병이 만리장성을 위협하면 명군의 주력은 북방으로 쏠릴 것입니다. 그때 우리 조선의 수군이 요동을 거쳐 산동과 천진을 들이치면 명나라 조정은 필시 어느 쪽을 막아야 할지 판단하지 못하고 우왕좌왕할 것이고, 우리는 명나라 자체를 완전히 무너뜨릴 수는 없을지 몰라도 옛 대금국이 차지했던 장강 이북의 강역 정도는 충분히 차지할 수 있을 것이 아니오. 그리고 건주위사께서는 칸을 칭하시고 우리 조선은 황제를 칭하며 그 영토를 나누어 가지면 어찌 우리 모두가 부귀를 누리지 못할 것이며, 중화를 지배하며 천하를 호령할 수 없겠소."

간밤의 망언을 부인하기는커녕 정원군은 눈에서 빛을 내면서 누르하치에게 동조했다. 황제를 칭하겠다는 욕심까지 들은 송재석의 부하가 할 말을 잃고 입을 딱 벌리고 있었던 탓에 이 말은 누르하치의 부하가 자기 주인에게 전했다.

"만약 왕자께서 말하는 대로 이루어진다면 분명 우리에게는 큰 발전이 될 것이오. 한데 그 시점이 과연 언제가 될 것이냐가 문제요. 왕자께서는 언제쯤 그렇게 명나라가 허물어질 것이라 여기시오?"

누르하치가 차분히 물었다. 하지만 그에 대해 답하는 정원군의 태도에는 방금 전까지 가득하던 자신감은 어디론가 사라지고 없었다.

"화…… 확실히 얼마쯤 뒤라고 확언할 수는 없소이다. 하지만 명나라에서는 지금도 곳곳에서 반란이 빈발하고 내정의 혼란으로 백성들이 혼란 속에서 아우성치고 있으니, 그리 오래 기다리지 않아도 결행할 시기가 꼭 올 것이라고 생각하오. 그러니 그때를 대비하면서 건주위는 해서부의 위협을 핑계로 하여 군사를 키우시오. 우리 조선은 왜적의 재침을 방지하기 위해서라는 명분으로 육군보다는 수군의 양성에 주력할 것이오. 그리고 때가 오면 정말 왜적이 재침하지 못하게 할 정도로 소수의 수군만 남겨 놓고 총동원하여 명나라 해안을 공격하겠소이다. 우리 꼭 함께합시다!"

정원군의 열정적인 호소에 이제까지 조용히 듣고 있던 다이샨이 퉁명스럽게 질문을 던졌다.

"그렇다면 물어봅시다. 그때가 언제가 될지는 일단 알 수 없다고 치고, 중원 정벌에 필요한 군사는 얼마나 될 것이라고 생각하며 그중에 조선은 정확히 얼마나 되는 병력을 동원할 거요? 군선은 또 얼마나 동원할 것이며, 조선이 동원한 군선들은 그저 명나라 해안을 노략질하여 후방을 혼란시키는, 꿀만 빨고 도망치는 파리와 같은 역할을 할 거요, 아니면 명나라 수군을 쓸어버리고 난 뒤에 조선군을 명나라 땅에 양륙하여 우리 군사와 협격함으로써 명나라를 무너뜨리는 데 적극적으로 가담할 것이오?"

이제까지 호기 있게 이야기하던 정원군은 말문이 막혔다. 사실 조선과 여진이 합세하여 명을 치자는 그의 계획은 누구와 의논할 엄두도 내지 못하고 그저 막연하게 마음속에서 상상만 했던 것이기에 세부적인 면은 아예 설정하지도 않았고 할 수도 없었기 때문이다. 나이는 더 어려도 아버지를 따라 직접 전장을 누비고 부족을 움직이는 일에 직접 참여해 온 다이샨과 비교하면 그런 부분은 뒤떨어질 수밖에 없었다. 잠시 말을 잇지 못하던 정원군이 더듬거리며 대답했다.

"그, 그것도 지금까지는 알 수 없소. 때가 왔을 때 우리 조선의 상황이 어느 정도까지 이루어질지 살핀 뒤 그때 가서 결정해야……."

"그게 뭐요? 결국 구체적인 계획은 없이 말로만 우리를 부추겨 일단 귀국의 일에 끌어넣은 뒤에, 그저 일이 되어 가는 상황을 보겠다는 심보 아니오!"

답답함을 느낀 다이샨이 벌컥 화를 냈다. 당황한 정원군이 뭐라 입을 열기 전에 추잉이 나서서 동생을 나무랐다.

"다이샨! 손님에게 너무 건방진 것 아니냐? 그리고 일단 정원 왕자를 도와 조선을 도모한 뒤라야 그게 어느 시점이 되건 조선과 힘을 합쳐 중원을 도모할 수 있을 것인데, 너처럼 일단 의심하고 보면서 아무 일도 하지 않으려 들면 어찌 패업을 이룩할 수 있다는 말인가!"

"패륵! 패륵께서는 지금 우리의 당면한 적인 후룬 4부가 더 시급한 해결을 필요로 한다는 사실을 왜 자꾸 무시하시는 겁니까! 지금 우리 건주위에서는 조선으로 군사를 돌릴 여유가 없습니다!"

"지금 내가 조선을 복속시켜 정복하자는 것이 아니잖은가. 나와 숙부님들이 원하는 것은 조선 조정에 빚을 지게 하여 물자를 얻고 장래 명과 대결할 때 함께 싸울 동맹을 확보하자는 것이지 우리와 일족도 아닌 조선을 통째로 얻자는 것이 아니야! 이를 위해서는 후룬부와의 결전에 쓸 군사의 3분지 1도 필요하지 않을 거란 말일세! 일단 동맹을 얻는 것이 중요하지 언제일지 모르는 명나라 원정에 투입할 군선 수 따위가 뭐 그렇게 중요하다는 말인가. 우리도 그때 얼마나 되는 군사를 동원할 수 있을지 모르는데!"

통역이 입을 다물고 있으니 여진 말을 알아듣지 못하는 정원군은 형제의 말다툼을 의미도 모른 채 쳐다보기만 하고 있었고, 아버지인 누르하치 역시 두 아들의 언쟁을 내버려두었다. 그는 아들들에게는 시선을 주지 않고 정원군에게 말을 건넸다.

"왕자께서 세운 계획은 참으로 웅대하며 남아라면 가져 볼 만한 것이오. 한데 그 정도 일을 왕자의 신분인 그대가 실행할 수는 없으리라고 생각되오. 부왕께서도 명나라를 도모한다는 왕자의 계획을 승인하시었소?"

"아, 그게…… 그렇지는 않소. 아직까지는 나 혼자만의 계획이오."

"첫째, 둘째도 아니고 다섯째 왕자가 혼자서 세운 계획이라! 그것 참 신뢰할 만한 계획이구려!"

다이샨이 대놓고 빈정거렸다. 통역을 듣지는 못했지만 여진 말을 모르는 정원군도 다이샨의 표장과 어투에서 자신을 비아냥대는 내용이라는 것을 알아채기는 어렵지 않았다.

"발칙한 태도는 삼가시오! 비록 아직까지 아바마마께서 모르고 계시는 일이라고 하나, 장차 이순신의 난을 진압하고 나라가 안정되면 왜적을 막기 위해 수군을 다시 확충하는 것은 반드시 필요하오. 그리고 때가 왔을 때 그 수군이 대하고 있는 방향을 돌려 명나라를 치는 것은 쉽고도 간단하니, 필시 성공할 수 있을 것이오."

"좋소. 하지만 왕자께는 지금 말씀하신 계획을 현실로 만들힘이 부족하다는 것은 스스로도 알고 계실 것이오. 부왕께서는 분명 명나라에 덤비지 않을 것이고, 왕위를 물려받을 형님들도 그런 모험을 하고 싶어 하지 않을 텐데 어찌 왕자의 계획이 이루어지겠소?"

"큰형님이신 임해군께서는 이미 여러 사건으로 아바마마의 신뢰를 잃었고, 둘째 형님이자 세자인 광해군께서는 이번 난리에 이순신을 옹호하다가 역시 신임을 잃었소. 그 밑의 형님들

두 분은 이미 모두 고인이 되셨으니, 비록 다섯째라 하나 그다음 서열은 바로 나요. 그러니 건주위사께서 나를 도와주신다면 다음 보위를 물려받을 사람은 당연히 내가 될 것이오. 왕실은 그 씨를 널리 퍼뜨려 번성해야 하는데 나는 이미 아들도 셋이나 있으니 그 점에서도 형님들보다 유리하오."

너무도 태연히 야심을 드러내는 이 말에, 불안해하면서도 꾹 참고 누르하치에게 정원군의 말을 전하던 송재석의 부하도 입을 딱 벌리고 굳어 버려 더 이상 통변을 하지 못했다. 결국 누르하치의 부하가 잽싸게 양측의 대화를 모두 전하기 시작했다. 통변의 말을 들은 누르하치가 안장 위의 자기 허벅지를 두드리며 웃음을 터뜨렸다.

"좋아! 어젯밤 술자리의 그 호언장담은 모두 진심이었구료. 나는 거짓을 말하는 이는 좋아하지 않아. 내게 진실한 이들을 좋아하지! 그리고 배포가 큰 젊은이들도 좋아하오! 으하하하!"

한참을 호쾌하게 웃고 난 누르하치는 마침내 고개를 크게 끄덕거렸다.

"좋소! 우리 건주위는 군사를 보내 그대를 돕기로 하겠소. 다만 우리도 후룬부와의 대결을 대비해야 하니 많은 군사를 보낼 순 없고, 귀국의 사정상 급하게 군사를 필요로 할 것이니 더 많은 군사를 모으느라 시간을 지체하는 것은 의미가 없을 것이오. 그보다는 지금 있는 군사를 신속하게 조선에 보내는 편이 나을 것이라 판단되니, 병력이 조금 적더라도 그 점은 양해하시리라 생각하오. 추잉!"

"예, 아버님!"

조금 뒤에서 따라오던 추잉이 능숙하게 말을 달려 누르하치의 옆에 나란히 섰다. 누르하치는 장남의 얼굴을 돌아보며 단호하게 명령을 내렸다.

"추잉! 너에게 이 일대에서 소집한 기병 3000기를 내어 줄 것이니 그들을 이끌고 조선으로 가서 여기 정원 왕자를 도와 이순신이라는 자의 반란을 진압하라. 더 많은 병력을 내어 주고 싶으나 그럴 수 없는 우리 건주위의 사정은 너 자신이 알 것이니 별다른 말은 하지 않겠다."

"예! 내일 아침까지 출발 준비를 마치도록 하겠습니다."

추잉의 의기양양한 표정과 다이샨의 불만스러운 얼굴을 뒤로한 채 누르하치는 고개를 다시 정원군 쪽으로 돌렸다.

"생각 같아서는 그대와 백마의 피를 함께 나누며 동맹의 맹약을 하고 싶으나 지금은 한시도 낭비할 시간이 없구려. 일단 추잉을 조선으로 보낸 뒤, 그대는 나와 맹약하는 대신 저 아이와 형제의 맹약을 하는 것은 어떻겠소? 마침 나이도 같으니 두 사람이 형제의 맹약을 맺으면 여진과 조선은 말 그대로 한 몸. 명나라든 누구든 함께 맞서 싸울 수 있을 것이오."

"좋소! 나 역시 그대의 도움을 받게 되었음을 한시라도 빨리 아바마마께 알려 드려야 할 입장이니 여기에서 시간을 지체하기는 곤란하오. 내 지금 당장 출발해서 먼저 함흥에 도착하여 맹약을 위한 잔칫상을 준비해 놓고 기다리고 있겠소."

누르하치가 흐뭇하게 바라보는 가운데 추잉과 정원군은 굳게 손을 잡았다. 다이샨이 벌레 씹은 얼굴로 바라보는 것을 알면서도 두 사람은 별로 신경을 쓰지 않았다. 숙영지로 돌아가면서 별것 아닌 잡담을 나누던 누르하치는 문득 생각났다는 듯 정원군에게 말을 건넸다.

"참, 왕자께서는 오늘 우리가 나눈 이야기들이 다른 이에게 새어 나가는 것이 바람직하다고 생각하시오?"

"그렇지는 않습니다. 아직 대비가 충분히 되지 않은 현재 단계에서 훗날에 대한 우리의 약속은 아무도 모르는 것이 좋겠지요."

"그렇다는 것은 만약의 경우 비밀을 누설할 수 있는 입을 하나라도 줄여야 한다는 사실에 왕자께서 동의하신다고 보아도 좋겠지요?"

"물론입니다."

정원군은 일말의 망설임도 없이 단호하게 고개를 끄덕였다. 잠시 놀란 표정으로 그를 바라보던 누르하치는 곧 알았다는 듯 웃으며 오른손을 높이 들어 한 바퀴 돌리더니 앞으로 빠르게 내렸다.

"으아악!"

너무도 대담하고 기가 막힌 쌍방의 대화 내용에 한참 전부터 얼이 빠져 죽은 듯 산 듯 그저 말에 탄 채 맨 뒤에서 따라만 오고 있던 송재석의 부하 군사는 허리에 두 대의 화살을 맞고 그대로 말에서 굴러 떨어졌다. 흠칫 놀란 정원군은 잠시 고개를 돌려 쳐다보려 했지만 누르하치 일행이 땅바닥에서 미르적거리는 조선 군사를 거들떠보지도 않고 태연하게 말을 달리자 자신도 그냥 말에 채찍을 가했다. 누르하치가 아무렇지도 않게 말을 건넸다.

"뭐, 즉사하지 않았을 수도 있지만 뒤처리는 산짐승들이 할 거요. 이 북방에서는 산적에게 당해 그렇게 사라지는 사람들이 아주 많다오."

"그렇군요. 알겠습니다."

누르하치 일행이 숙영지 쪽으로 사라지자 덤불 사이에서 두 명의 여진족 전사가 나타나 쓰러져 있는 조선 군사의 몸에서 화살을 뽑고 겉옷과 무기를 약탈했다. 잠시 후 산길 한가운데 에는 누더기 속옷만 걸친 채 차갑게 굳어 가는 사람의 몸뚱어 리 하나만 남아 있었다.

"자, 함흥에서 만납시다!"

"기다리고 있겠습니다!"

누르하치와의 승마 회동을 마치고 숙영지로 돌아온 정원군 은 곧바로 채비를 차려 조선으로 귀환했다. 한편 딸려 보낸 부 하가 산적의 기습으로 죽었다는 말을 들은 송재석은 대뜸 의 심을 품었다. 그 사실을 전하는 정원군의 표정과 목소리부터 가 별로 비통해하거나 미안해하는 태도가 아니었고, 누르하치 도 범인을 찾아 처벌하겠다는 인사치레조차 하지 않았다. 이 것만으로도 두 사람이 입을 막기 위해 자신의 부하를 해치웠다 는 의심을 하기에 충분했지만 상대는 왕자. 그가 대놓고 추궁 할 수 있는 사람이 아니었다. 강을 건널 때까지 별말 없이 조용히 있던 송재석은 두만강 남쪽 나루에 배가 닿자 말을 끌고 육지에 오르며 물었다.

"마마, 이제 곧바로 함흥으로 가시겠습니까?"

"그래야지. 가서 아바마마께 여진의 군사를 얻어 냈다고 알려야 하지 않겠는가. 지금은 반적 이순신을 잡기 위해 군사를 집중해야 하니, 그대도 휘하에 있는 군사 중 4분지 1만 남기고 나머지 군사들과 함께 함흥까지 나를 수행하도록 하게."

군사를 빼내라는 말을 들은 송재석은 눈이 튀어나올 만큼 놀랐다.

"무슨 말씀이십니까! 그렇게 적은 군사를 남기면 분명히 야인들이 우리 고을을 덮칠 것입니다! 안 됩니다!"

"어허, 내 말이 허투루 들리는가? 노을가적은 수하의 정예 기병 3000을 장남에게 주어 우리 조선을 구원하라 일렀고 나머지 전력은 전부 해서부와의 결전을 준비하고 있어. 그렇다면 대군을 몰아 조선을 치는 것은 당연히 할 수 없을 것이고, 기껏해야 노을가적의 통제를 받지 않는 일부 야인 산적들이 국경을 넘어 노략질을 시도하는 경우나 가끔 있을 것인데, 그만한 일을 막는 것은 내가 말한 정도의 소규모 군사만 있어도 충분할 것이네! 게다가 자신의 대를 이을 장남이 우리 조선의 수중에 있는 볼모나 마찬가지이고, 또한 수천 군사가 우리 수중에 있는데 어찌 다른 마음을 먹겠는가? 두말할 것 없이 군사를 이끌고 나를 수행하여 함흥으로 가서 근왕을 수행하게! 이 것은 아바마마를 대신하여 내리는 지시이니 곧 어명이나 마찬가지일세!"

"······알겠습니다."

송재석은 조용히 입을 다물었다. 하지만 누르하치가 보낸다는 군사에 대한 의구심이 치솟는 것은 어찌할 수가 없었다.

*

"아버님! 이게 대체 무슨 황당한 광대 같은 짓입니까? 조선에 저들을 돕는 군대를 보내고 왕자와 맹약을 맺어요? 우리는 여진인입니다. 조선인이 아니란 말입니다!"

정원군을 떠나보내고 추잉과 다른 지휘관들이 조선으로 보낼 군사의 선발과 출발 준비에 바쁜 틈을 타 다이샨은 아버지 누르하치와 일대일로 독대할 기회를 잡았다. 당돌한 차남의 항의를 받은 누르하치는 뜻밖에도 관대한 미소를 지었다.

"맞다, 우리는 조선인이 아니다. 그래서 뭐?"

"뭐가 뭡니까! 저는 조선의 내란에 개입한다는 제안부터 말이 안 된다고 생각합니다. 조선의 땅과 물산이 탐난다면, 내전으로 약화된 저들의 나라를 그대로 공격하여 빼앗으면 됩니다. 왜 한창 싸우고 있는 와중에 한쪽 편을 들며 끼어들어 우리 군사를 소모하고 해서부의 위협을 받아야 합니까? 저는 아버님께서 형님의 편을 들어 조선에 출병하시는 것이 도무지 이해가 가지 않습니다."

다이샨의 항의를 들은 누르하치는 부드럽게 웃었다. 그리고 미소를 띤 자애로운 표정으로 아들에게 자신의 의도를 설명해 주었다.

"다이샨, 지난번 왜구들의 난리 때 보니 조선이 우리가 생각한 것보다 허약한 군사를 가진 나라였던 건 맞다. 하지만 그렇다고 해도 조선의 인구는 우리 건주여진의 스무 배가 넘고, 그 군사만 해도 약병일지는 모르겠으나 우리 군사의 서너 배는 될 것이다. 게다가 지난 수년간의 전쟁을 겪었으니 그 전보다는 아무래도 싸움에 더 능숙해졌겠지. 그런 조선을 상대로, 해서부도 통합하지 못한 우리 건주위만의 힘으로 싸움을 걸어 이길 수 있다고 보느냐? 우리가 조선을 정복할 수 있을까?"

"그…… 그것은 다소 불가능해 보이는 일이긴 합니다."

다이샨이 마지못해 시인하자 누르하치가 말을 받았다.

"그래. 게다가 우리가 설사 조선을 정복한다고 쳐도 조선인들이 정말로 우리를 따를지는 알 수 없다. 조선 왕자가 말한 것처럼 조선 수군을 시켜 명나라 연안 지방을 공격하는 것 같은 행동은 정말 조선인들의 자발적인 동참을 얻지 않는다면 시도조차 할 수 없다. 수군을 지휘하는 조선 장수가 그대로 명나라에 붙어 버리지 않는다고 누가 장담하겠느냐?"

"……아무도 장담할 수 없습니다."

"그래서 조선 국왕을 우리 편으로 끌어들여 둘 필요가 있다. 저 어리병병한 명청이 왕자가 조선의 왕이 되어 우리 건주위에 유리한 정책을 편다면, 우리는 명과 몽골에 의지하지 않고도 충분한 양곡과 말을 얻어 후룬부와의 내결에서 충분히 우위에 설 수 있다. 그것만으로도 충분한 가치가 있는데, 후일 명을 수륙 양면으로 협격할 수 있는 가능성까지 감안해 볼 때 기병 3000이 뭐 그리 큰 비용이겠느냐."

다이샨은 얼굴이 빨개져서 몸 둘 바를 몰라 했다. 굵은 땀방울이 이마 위를 흘렀다.

"아, 알겠습니다. 그럼 아버님의 뜻은 그것이 전부이십니까?"

"그럴 리가 있느냐!"

누르하치가 너털웃음을 웃었다.

"후룬부를 흡수하고, 우리가 충분한 전사들을 갖게 되면 조선도 언젠가 우리가 차지해야 할 땅들 중 하나일 뿐이다. 다만 그때까지는 조선 국왕, 아니, 정원 왕자를 위한 권력 기반으로 군사를 보내 준다. 왕자가 우리 군사 없이는 자신의 권좌가 유지될 수 없음을 알았을 때 점잖게 임금의 자리를 물려받으면 되는 것이다. 조선 백성들도 임금이 스스로 권좌를 넘겼는데 뭐라고 하지는 못할 것이다."

흡족하게 웃는 누르하치의 표정을 조심스레 살피던 다이샨이 망설이다가 질문을 던졌다.

"아버님, 정원 왕자가 말하길 비록 부왕에게 신임을 잃었다고는 하나 자신에게는 아직 두 명의 형이 있다고 하였습니다. 그리고 제가 알기로 조선 국왕에게는 정원 왕자 밑으로도 많은 아들들이 있으며 장성한 조카도 많다고 했습니다. 그런데 어찌 정원 왕자가 확실히 다음 왕이 되리라고 예측하실 수 있습니까?"

"그야 그렇게 만들면 되는 것이 아니냐. 그 문제는 내버려둬도 추잉이 알아서 잘 해결할 것이다. 네 형은 그만한 재간이 있으니까 말이다."

누르하치는 앉아 있던 의자에서 일어나 기지개를 켰다.

"그보다는 정원 왕자가 빨리 왕위를 물려받는 것이 더 중요하다. 지금 조선의 국왕은 유능하지만 욕심 많은 자로 절대 우리를 위해 명과 싸우지 않을 것이다. 추잉이 어떤 방법으로 정원 왕자의 왕위 등극을 앞당길지 궁금하구나. 조선의 마지막 왕이 즉위할 날 말이다."

제12장
태풍 전야

이순신은 자신이 걸었던 옛 길을 보며 잠시 추억에 잠겼다. 동구비보와 녹둔도에서 야인들을 막던 젊은 날이 바로 어제 같은데, 어느새 머리 위에는 눈이 내리고 얼굴에는 주름이 잡혔다. 그토록 오랜 기간 무장으로 싸웠음에도 백성들을 평안하게 살게 해 주지 못했다는 생각에 이순신이 죄책감을 느끼는 사이 오응태가 다가왔다.

"통상 대감, 북도는 얼마 만에 오시는 겁니까? 무척 오랜만이시지요?"

"그럭저럭 10년쯤 된 것 같소. 도순변사와의 문제 때문에 백의종군하여 시전부락에서 싸웠던 이후에는 계속 남쪽에 있었으니 말이오. 하지만 지금은 감상에 젖기보다는 싸움을 준비해야 할 것이니 그 이야기는 끊도록 합시다."

이순신은 씁쓸하게 웃으며 고개를 저었다. 오응태가 역시 미소를 지으며 물러나자 명천현감 이괄이 씩씩하게 앞으로 나섰다.

"통상께 아룁니다! 이제 정평군에 들어섰으니 함흥까지는 이틀 행보할 거리밖에 안 남았습니다. 그리고 현재 들어온 보고에 따르면 여기에서 함흥까지, 우리 의군 군사들의 앞을 막는 관군은 없습니다."

"알겠네. 명천현감이 아주 수고가 많았네."

"과찬이십니다!"

입으로는 과찬이라고 했지만 이괄의 눈은 웃고 있었다. 사실 반정군이 막다른 길목에 봉착하는 일 없이 여기까지 올 수 있었던 데는 이괄의 공이 상당히 컸다. 이괄은 어린 나이에도 불구하고 동북면으로 오는 길을 손바닥처럼 익히고 있었고, 매복이 있을 만한 곳은 모조리 꿰고 있었기 때문에 반정군은 도중에 매복하고 있는 안변, 문천, 영흥 등 각 고을의 군사들에게 거의 습격을 받지 않았다. 물론 필사적으로 막아서는 저들과 교전을 아예 치르지 않을 수는 없었던 만큼, 어느 정도 진군은 지체되었고 병력 손실도 상당했다. 선두에 섰던 배설의 군사들을 중심으로 약 500의 손실이 있었지만, 이괄이 아니었더라면 피해가 최소 서너 배는 되었을 터였다.

"아닐세. 군사를 움직이려면 사전에 미리 척후를 풀어 진로를 살핌이 매우 중요한 바, 그대의 역할이 매우 크네. 이제 함흥에 도달하였으니 함흥에 주상께서 계시는지, 그리고 부두의 병사들이 얼마나 근왕군으로 집결하고 있는지 등을 더 확인해 주게."

"예, 통상! 맡겨 주시옵소서!"

이괄은 힘차게 외치면서 말 머리를 돌려 자기 군사들이 있는 곳을 향했다. 고갯마루의 이순신도 고개를 돌려 산비탈을 올라오고 있는 반정군 군사들을 돌아보았다. 수군, 항왜군, 경군, 북병 등 다양한 출신의 군사들이 자신을 위하여, 아니, 새로운 조선의 탄생을 위하여 자신을 따르고 있었다. 뿌듯하다는 생각보다는 막중한 마음의 짐이 느껴졌다. 과연 임금이 저들의 뜻에 따라 줄 것인가? 저들의 목숨을 바쳐 가면서 임금의 군사들, 다 같은 조선의 백성들인 임금의 군사들을 쳐부수고 임금을 붙잡았을 때 임금이 순순히 물러나 줄지에 대해 아직까지 확신은 없었다. 하지만 백성들을 위한 새 나라를 만들기 위해서 지금 임금은 물러나야 했고, 임금이 물러나지 않는다면 억지로 끌어내릴 수밖에 없었다. 거병한 뒤 언젠가 꾸었던 꿈에서처럼 자신이 도착했을 때도 임금이 옥좌에 앉아 내려오지 않는다면, 그리고 자신과 대면한다면 꼭 물어보리라. 왜 그리 나를 겁박했느냐고.

*

"내 이런 날이 올 줄은!"

"그러게 말입니다. 소장도 설마 이런 일이 있을 거라고는 상상도 하지 못했습니다."

이일 일행이 동북면으로 오는 길은 참 멀고도 험했다. 다행히 이순신의 반정군에게 따라잡히지 않고 임금의 뒤를 따를 수는 있었지만 임금의 이동 속도가 어찌나 빠른지 이들도 임금과 합류하지는 못했다.

게다가 패전의 충격과 부상으로 이일과 한명련이 도중에 며칠을 앓아누워 버리는 바람에 여정이 더 늦어졌다. 총탄에 맞은 상처가 악화된 한명련은 도중의 한 반가에 두고 올 수밖에 없었지만, 이일은 부상이 아니라 정신적 충격을 받은 것이라 잠시만 정양을 하면 출발할 수가 있었다. 차마 이일까지 버리고 갈 수 없었던 고언백과 정충신은 그가 말을 탈 만큼 회복되는 것을 기다려 곧바로 길을 다시 나섰고, 이순신이 정평에 들어서고 있을 때 간신히 그에 앞서 함흥에 도착할 수 있었다. 하지만 목적지에 도착하자마자 눈앞에 마주한 광경은 그들의 입을 딱 벌리게 만들었다.

"아이고! 아이고, 이 오랑캐 놈들아! 안 된다!"
"엄마, 엄마!"
그들 일행이 함흥 외곽에 도착해서 처음 본 것은 야인들이 민가를 약탈하는 광경이었다. 험상궂은 얼굴에 음흉한 미소를 지은 야인들이 민가의 소녀를 끌고 가는 믿기지 않는 광경을 본 고언백은 어처구니가 없어 할 말을 잃었고, 이일은 눈을 비비며 자기가 본 것을 의심했다. 정충신은 얼굴이 시뻘게지며 바로 활을 들었다. 그런데 그 순간 이쪽을 본 여진족 한 명이 태연하게 말 머리를 돌려 달려오더니 서툴게나마 뜻이 통하는 조선말로 묻는 것이 아닌가.

"너, 임금 편? 수군 편?"

의도를 알 수 없는 질문에 막 시위를 당기려던 정충신이 주춤 거리자 여진 병사는 조급하게 한 번 더 대답을 재촉했다.

"임금 편, 빨리 가! 수군 편, 죽여! 너, 임금 편?"

잠시 경계하는 태도로 일행을 살피던 여진 병사는 이들의 태도를 보고 적이 아니라고 여겼는지 더 이상 위협적인 태도는 보이지 않았다. 하지만 그가 뱉은 언사에서 불안감을 느낀 고 언백과 정충신은 살며시 주위를 살폈고, 어느새 30여 명의 여 진족 궁수들이 자기들에게 활을 겨누고 있음을 알았다. 민가에 서 식량 자루를 끌어내고 소녀를 납치하던 자들까지 하던 일을 팽개치고 활을 겨누고 있었다.

"네놈들은 뭐냐! 네놈들은 뭔데 두만강에서 한참 멀리 떨어 진 이곳까지 와서 분탕질을 치고 있느냐!"

정충신이 활을 든 채로 고함을 치자 상대는 무슨 말인지 못 알아듣겠다는 듯 어리둥절한 표정을 짓더니 알겠다는 듯 대답 했다.

"우리 임금 편. 임금 편, 수군 죽임. 싸움 보상 당연. 너 우리 방해, 죽임."

일방적으로 자기가 할 말을 마친 여진 병사는 태연하게 말 머리를 돌리더니 동료들에게 뭐라고 고함을 질렀다. 곧 여진 병사들 중 절반은 잠시 팽개쳐 두었던 곡식 자루를 집어 들었고, 어머니의 품에 안겨 울고 있던 소녀를 다시 붙잡아 끌어냈다. 그 모습을 본 정충신이 눈에 핏줄을 세우면서 활을 당기려하자 고언백이 다급하게 그의 팔을 잡았다.

"그만, 그만 참으시게! 도대체 어찌 된 영문인지 상감께 찾아가 이 사실을 고하고 사정을 알아본 연후에 함흥에서 군사들을 이끌고 와서 저놈들을 처단해도 늦지 않을 것이네! 지금 우리 여섯이서 저놈들 서른을 어떻게 당해 낸다는 말인가!"

이일도 고언백을 거들었다.

"정 종사관! 내 일찍이 북방에서 뼈가 굵었네만 지금과 같은 상황에서 저들과 싸운다는 것은 미친 짓일세. 일단 이 자리를 떠나 상감께 군사를 청하세! 우리가 여기서 죽은들, 그것이 저 아낙과 계집아이에게 무슨 도움이 된다는 말인가!"

정충신의 손이 부들부들 떨리다가 마침내 축 늘어졌다. 이를 악물고 돌아서는 그의 귀에 끌려가는 소녀의 비명과 딸을 빼앗긴 어머니의 절규가 들려왔지만 그는 그저 이를 악물 뿐이었다. 입술이 터져 피가 흐르고 두 눈에서는 뜨거운 피눈물이 흘렀다.

*

"이게 무슨 말도 안 되는 상황이란 말입니까, 정원군마마!"
"뭐 대단한 일이라고 그러시오? 기껏해야 기병 3000이 필요한 물자를 모으는 것뿐이잖소!"

비변사에서는 정원군이 데려온 여진 기병들 때문에 폭풍이 몰아치고 있었다. 함흥성 바깥, 북쪽 들판에 진을 친 이들 기병들은 성 안으로 들어오지는 않았으나 성벽 주변을 휩쓸고 다니면서 분탕질을 벌였다. 그 결과 단 이틀 사이에 주변의 민심은 완전히 바닥으로 떨어져 버렸다. 이들이 난장판으로 만든 것은 함흥 일대뿐만이 아니었다. 후창에서 함흥에 이르기까지, 모든 고을에서는 이들 여진군이 지나갈 때 마치 폭풍이 지나간 것 같은 피해를 입었다. 정원군이 절대 그들에게 맞서거나 해쳐서는 안 된다고 엄명을 내려 놓은 탓에, 도중 고을의 수령들은 그들의 횡포를 저지할 생각도 하지 못하고 그저 거느린 군사들과 함께 관아 문을 닫고 들어앉아 있기만 할 뿐이었다.

그나마 도중의 고을들은 여진족의 군사들을 스쳐 지나가는 바람처럼 흘려보내기만 해도 되었으니 좀 나았다. 하지만 목적지인 함흥에서는 지옥도가 펼쳐졌다. 길잡이의 안내에 따라 함흥에 도착한 3000의 여진 기병들은 숙영지를 대충 꾸미기가 무섭게 주변 지역의 조선 백성들을 작정하고 털어 댔다. 함흥부윤은 물론이고 함경감사 윤승훈, 임금의 호출을 받고 급히 달려와 있던 북병사 이수일 등이 곧바로 수하의 군사들을 동원하여 야인들의 진영을 공격하려다가 정원군에게 가로막히기도 했다.

"저들은 우리를 돕기 위해 온 원군인데 어찌 감히 네놈들이 무기를 든다는 말인가!"

"마마! 지금 우리 백성들이 상하고 있습니다!"

"아바마마의 뜻을 거역할 셈인가! 당장 돌아가라!"

이 사건에 대한 소문은 이미 함흥성 내에 쫙 퍼져 있었고 윤 두수 역시 이를 알고 있었다. 가뜩이나 정원군을 탐탁지 않게 여기던 윤두수로서는 피가 거꾸로 솟을 일이었다.

"나라 안의 문제를 해결하기 위해 야인의 군사를 끌어들인 것만 해도 옳지 않은, 그들이 민가를 노략질하는 것까지 방관 하시다니 이게 무슨 짓입니까! 정원군마마, 저들의 장수에게 수하의 군사를 단속하라는 명이라도 내려 주시옵소서!"

"여진에서 군사를 이끌고 온 이는 노을가적의 장자요. 저들 의 세자인 셈이니, 그 지위가 얼마나 높고 범접하기 힘든 것인 지 짐작할 만하지 않소. 그만큼 여진이 작정하고 우리 조정을 돕고 있는 것이오. 그런 이에게 어찌 내가 제동을 걸 수 있겠 소. 게다가 외부에서 군사를 빌린다고 하면 사소한 피해쯤은 각오해야 하는 바요! 과거 안사의 난 때도 당나라 조정은 회흘 족 군사들에게 적에게서 탈환한 성읍에 대해 약탈할 권한을 주 어 그들을 다스린 적이 있었소. 우리 역시 지난 전란에서 원병 으로 왔던 수만의 명나라 군사들이 이미 우리 백성들을 신나게 약탈했음을 알고 있는데, 고작 수천밖에 안 되는 여진 기병들 이 몇 푼 나가지도 않는 재물을 좀 가졌다고 민감하게 나갈 필 요는 없잖소."

대신들은 하도 어이가 없어 정원군에게 반박하는 말도 하지 못했다. 그런데 여기서 그쳤으면 그나마 나았을 것을, 정원군은 쓸데없는 말로 변죽을 울렸다.

"어차피 함경도는 조정에서 세금을 걷는 땅도 아닌데 저들이 좀 가져가면 어떻소? 게다가 저들 3000 군사는 우리의 은인이라 할 수 있으니, 저들이 가만히 있어도 어차피 조정에서 술과 고기를 내어 대접해야 할 것이 아니오. 한데 저들이 우리 조정을 번거롭게 하지 않고 알아서 스스로 먹을 것을 조달하고 있으니, 나는 저들의 행동에 굳이 개입할 의사가 없소."

너무도 어처구니가 없는 답변에 대신들은 완전히 할 말을 잃었다. 임금에게 무조건적인 충성을 표현하던 윤근수조차 입만 몇 번 방긋거리다가 눈앞의 이 머저리가 도저히 말이 통하지 않을 상대임을 깨닫고 그대로 고개를 숙인 채 한숨을 쉬었다. 영의정 윤두수만이 어떻게든 사태를 호전시켜 보려고 노력하고 있었다.

"정원군마마! 함경도가 잉류 지역으로 조정에 세금을 바치지 않는다 하나, 이곳 백성들은 분명 세금을 내고 있으며 이들이 낸 세금은 함경도를 지키는 군비로 쓰입니다. 게다가 설사 그들이 정말로 단 한 푼의 세금도 바치지 않는다 해도 그들은 모두 상감의 자녀들이니만큼 조정에서 보호해 주어야 합니다. 임금은 만백성의 어버이이기 때문입니다!"

윤두수의 애절한 호소도 별 효과는 없었다. 정원군은 그저 콧방귀만 뀌었다.

"자식도 자기 도리를 다해야 자식이지. 임금이 급한데 바로 무기를 들고 달려오지도 않고 전량을 바치지도 않는 것들이 무슨 백성이고 충신이라고, 퉤!"

윤두수는 기가 막히다 못해 얼굴이 새파래졌다.

"마마! 이는 마마께서 생각하시듯 그리 간단한 일이 아닙니다. 백성의 민심이 떠나면 군주가 어찌 자리를 지킬 수 있겠습니까? 그러니 저들을 바로 돌려보낼 수 없다면 백성들을 괴롭히는 일이라도 하지 못하게 해야 합니다. 당장 저들의 수령인 노을가적의 장자에게 명하여 노략질을 멈추게 하소서! 임진년에 이 지역에서 무슨 일이 일어났었는지 기억하지 못하십니까? 그때 이 함경도 백성들은 나라가 위기에 처해서 백성들의 협력을 크게 얻어야만 하는 상황에 처했는데도 제대로 상황을 파악하지 못하고 횡포를 부리는 임해군마마와 순화군마마를 자신들의 손으로 붙잡아 왜군에게 넘겨 버렸습니다. 만약 함경도를 점령한 왜군이 조정과 왕실에 대해 분노하고 있는 함경도 백성들을 잘 위무하여 자기네 편으로 만들었다면 어떤 일이 벌어졌을지, 소신은 상상하는 것만으로도 소름이 끼칩니다!"

"영상 대감, 지금 우리 왕실과 조정의 최우선 목표는 반적 이순신을 쳐부수는 것이 되어야 하지 않겠소. 그리고 이를 위해서 우리에게는 여진의 군사가 필요하고, 그들의 사기를 높게 유지할 필요가 있소. 그러자면 어느 정도 활개 치고 다니며 기분을 풀게 놓아두는 것도 필요할 것이오. 저들이 처우에 대해 불만을 품는다면 어찌 힘써 싸우리라 기대할 수 있겠소."

스무 살밖에 안 된 정원군이 고개를 빳빳이 세우고 머리가 하얀 영의정의 요구를 정면으로 대거리하며 권하는 바를 거부하다니, 평시 같았으면 상상도 할 수 없는 일이었다. 하지만 지금은 평시가 아니었다. 윤두수 역시 물러서지 않았다.

"주상께서 마마께 여진의 군사를 데려오는 것을 명하셨다 하나 저들이 우리 백성을 약탈하는 것까지 허락하지는 않으셨습니다! 불가피하게 저들의 군사를 차병했다면 마땅히 군영을 따로 두어 거기 머무르게 하면서 군율을 지키게 강제하여야지, 저토록 방임하여 온갖 만행을 저지르게 함은 도리가 아닙니다! 저들이 무슨 천병이라도 된다는 말입니까!"

"아니, 여진군이 백성들의 곳간을 터는 것은 용납할 수 없지만 명나라 군대가 터는 것은 용납할 수 있다는 그 발상은 뭐요? 되면 다 되고 안 되면 다 안 되는 거지. 영상께서 무슨 소리를 하건 나는 저들의 행동에 개입하지 않겠소. 아바마마께서도 별말씀이 없으신데 영상께서 왜 난리를 치시는 거요? 그리고 여진의 세자도 자기 군사들이 성 안의 백성들에게는 절대 손을 대지 않을 것이고, 재물은 가져가도 살인은 하지 않을 것이라고 약속하였으니 영상께 해가 될 일은 없을 것이오."

실제로 임금은 여진족들이 도착한 후 그들을 내치라 명하지도 않았고 정원군을 나무라지도 않았다. 그저 신하들 앞에서 몸을 감추었다. 지난 이틀 동안 신하들은 임금을 만나기 위해 수없이 청을 올렸지만, 임금은 가타부타 아무 말도 없이 그들 앞에 나서지 않았다.

"그럼 이만 실례하오. 저영 공을 아바마마께 알현시키러 가야겠소."

"전하께서 그 오랑캐를 만나신다는 말입니까?"

정원군이 거만한 태도로 자리에서 일어서자 윤두수가 깜짝 놀라 따라 일어섰다. 영의정 이하 대신들의 알현도 받지 않던 임금이 저 야만족 두목의 새끼 놈은 만난단 말인가?

"그렇소. 귀공들도 열심히 청하면 아마 성총을 베풀어 주시지 않겠소."

정원군은 한마디 휙 던지고는 임금이 딸려 준 선전관 두 명의 철통같은 호위를 받으며 휘적휘적 가 버렸다. 왕자라는 지위와 수천의 여진군을 등에 업은 그 위세에 대신들은 그저 어처구니없어할 뿐이었다.

＊

"아바마마를 뵐 때는 예를 갖추어야 하네. 우리 조선은 예를 숭상하는 국가라서 윗사람에게 예를 올리는 것을 매우 중시한다네."

임금이 기다리고 있는 경흥전으로 함께 이동하면서 정원군은 추잉에게 충분히 주의를 주었다. 추잉은 밝게 웃으며 힘차게 대답했다. 나이도 같은 두 사람은 어느새 너나들이를 할 만큼 친해져 있었다.

"걱정 말게. 자네가 트집을 잡지 못할 만큼은 훌륭히 행동하겠네. 참, 지금까지 함흥에 모인 조선 군사가 4000이라 했나?"

"그렇다네. 보병과 기병이 각 2000일세. 자네 군사들을 합치면 기병만 5000이니 이 어찌 막대한 전력이 아니겠는가?"

"알겠네. 확실히 대군이군. 그럼 그대의 부친을 뵈러 들어가 도록 하지."

두 젊은 왕자들은 — 사실 누르하치가 왕의 호칭을 가진 왕은 아니지만 실질적으로는 추잉도 왕자인 셈이니 — 서로를 바라보며 밝게 웃은 다음 전각 안으로 들어섰다.

"그래, 그대가 노을가적의 장자 저영인가?"

"그렇소."

임금 앞에 선 추잉은 당연히 엎드려 예를 올리리라는 그 자리에 있는 사람들의 기대에 전혀 부응하지 않고 거만한 태도로 뻣뻣이 선 채 고개만 살짝 숙여 인사했다. 임금의 얼굴에 핏줄이 서는 것을 본 정원군은 황급히 추잉의 어깨를 잡았다.

"아니, 예를 갖추기로 하여 놓고 어찌하여 꿇어 엎드려 아바마마께 절을 올리지 않는가! 그대의 이런 행동이 얼마나 큰 죄인지 아는가? 아바마마께서 노하고 계시네!"

하지만 추잉은 당황한 정원군의 팔을 거칠게 떼어 내며 싸늘하게 대꾸할 뿐이었다.

"정원 왕자, 그대는 내 아버지께 절을 하지 않았는데 왜 내가 그대의 부친에게 절을 해야 하는가? 내 앞에 있는 상대가 명나라 황제라면 물론 절을 해야 하겠지만, 조선이나 건주위나 똑같이 명나라의 신하인데 내가 조선의 임금을 위하여 절을 할 필요는 없네. 그대가 내 아버지께 절을 했다면 나 역시 존중의 의미에서 기꺼이 절을 했겠으나, 그대는 내 아버지께 고개를 숙이는 것조차 하지 않았네. 그렇다면 나 역시 그대의 부친에게 허리를 굽힐 이유가 없는 것이 아닌가."

전혀 예상하지 못한 추잉의 대답에 정원군은 입이 콱 막혔다. 사역원에서 나온 역관은 그 무엄한 말을 어떻게 임금에게 전해야 할지 몰라 바들바들 떨었다. 추잉은 그에 아랑곳하지 않고 시선을 다시 임금 방향으로 돌리더니 크게 외쳤다.

"대명황제께 건주위 도독의 직을 받아 수행하고 계시는 나의 부친께서는 인접국 조선이 내란이라는 위기를 맞아 크게 동요하고 있음을 여기 정원 왕자에게 전해 듣고, 이웃의 평안을 바라는 마음에서 3000의 정예 철기를 파견하여 귀국의 반적들을 쳐부수고 임금께서 마땅한 본래의 자리를 되찾도록 도우라 이르시고 내게 그 지휘를 맡기셨소! 이에 먼저 우리가 갈 길을 닦아 놓은 정원 왕자의 뒤를 따라 밤을 낮 삼아 군사들과 함께 말을 달려 어제 함흥에 도착하였소. 그런데 이게 뭐요? 그렇게 힘들게 달려왔는데, 우리가 머물 숙소도 준비되지 않고 충분한 식량도 미리 조달해 놓지 않았소. 심지어 음식을 조리하고 몸을 덥힐 때 사용할 땔나무도 마련해 놓지 않다니, 이것이 원병을 청하는 측의 자세라고 할 수 있겠소? 지금 우리 군사들은 이슬을 가릴 지붕도 없어 지참한 털가죽 한 장을 덮고 닷새 밤을 보냈고, 식량은 마른고기 몇 점을 가졌을 뿐이오. 이에 어쩔 수 없이 주변 촌락의 조선 백성들에게 식량을 거두고 있으니 그 점 알고 계시기 바라오. 사, ㄱ내로 전해라!"

요컨대 여진의 군사들이 함흥 일대의 백성들을 노략질하는 것은 악의에서가 아니라 순전히 조선 조정의 접대 부족이 원인이라는 것이었다. 그리고 마지막 두 마디는 아직도 부들부들 떨고 있는 조선인 역관이 아니라 뒤에서 꼼짝 않고 서 있으면서 정원군과의 대화를 통역했던 자신의 부하에게 한 말이었다. 이 여진족은 아주 건방진 조선말로 추잉의 말을 그대로 큰 소리로 외쳐 임금에게 전했다.

"……그 점 알고 계시기 바란다고 말씀하셨다!"

통변이 전한 추잉의 건방진 연설이 끝나자, 임금의 눈썹과 수염이 부들부들 떨리는 것이 그 자리에 있는 모든 이들에게 선명하게 보였다. 시끄러워질 것이 분명하기에 대신들을 일체 들지 못하게 하고 오직 내관 몇과 역관 하나, 군사를 청해 오는 데 큰 역할을 한 왕자 정원군만 들어오게 한 것이 정말 다행이었던 셈이다.

다만 임금조차 들어오는 것을 막을 수 없었던 사관 한 사람이 있기는 했지만 그 역시 백짓장같이 하얘진 얼굴로 그저 붓을 들고 있을 뿐이었다. 감히 일개 여진족 추장의 아들 주제에 조선의 임금에게 저런 말을 내뱉으리라고는, 그를 불러온 장본인인 정원군조차 예상하지 못했다.

"패, 패륵! 그건 아바마마께 너무 심한 언사가 아니오! 내게 이야기하면 되는 것을!"

"왕자께서는 우리가 알아서 잘 곳과 먹을 것을 구하도록 그저 내버려두셨잖소. 그러니 어찌 그대의 부왕에게 불만을 표하지 않을 수 있겠소. 이는 우리의 당연한 권리요."

아까 대신들을 대할 때의 뻔뻔함은 어디로 갔는지 정원군의 얼굴은 새파랬다. 그는 자신이 부왕의 새로운 후계자가 되는 것은 어디까지나 부왕의 결정에 달려 있다는 것을 잘 알고 있었던 만큼, 추잉이 부왕의 역린을 건드려 자신의 목을 치게 만들고 싶지 않았다. 어떻게든 이 자리를 수습해야 했다.

"아, 아바마마, 패륵은 오는 길에 거친 고을의 수령들이 제 명에도 불구하고 제대로 양식을 제공하지 않았던 것에 크게 분노하고 있습니다. 충분한 군량을 얻도록 하고, 오는 길에서의 수고에 대해 사의를 표한다면 패륵의 기분도 가라앉고 당면한 과제인 이순신을 쳐부수는 일에도 집중할 수 있을 것이옵니다. 그러니 아무쪼록 좋은 말로 달래어 화를 풀게 하심이……."

정원군은 추잉 대신 바닥에 납작 엎드려 수없이 고개를 조아렸다. 그는 볼 수 없었지만, 그의 뒤통수를 내려다보는 추잉의 눈에는 비웃음이 차 있었고 부왕의 눈에는 혐오와 한심함이 차 있었다. 마지못한 듯 임금이 고개를 끄덕였다.

"알겠다. 일어나라. 여진군에 대한 군량 공급은 신하들에게 명해 선처토록 하리라."

역관에게 임금의 말을 전해 들은 추잉은 다소 만족한 듯 미소를 띠었다. 그리고 나더니 문득 떠오른 것이 있는지 빠르게 내쏘았고 여진족 통변이 그 말을 그대로 전했다.

"우리 건주위 군사는 조선을 돕기 위해서 온 것이지 조선군의 명령을 받으러 온 것이 아니다. 그러니 나는 귀국의 군대와 함께 싸우기는 하겠으되, 조선 장수의 명령은 절대 받을 수 없다. 만약 내가 조선 장수의 지휘에 따라 싸운다면, 조선 군사를 아끼기 위해 가장 험한 격전지에 우리 군사들을 몰아넣고 모두 죽도록 내버려두지 않는다고 어찌 장담하겠는가? 반란군과 어찌 싸울 것인지 조선 장수와 면밀히 면담을 하고 그에 대한 판단을 거친 후에야 함께 싸울 것이다. 이를 인정하지 않으면 그대로 돌아가겠다. 물론 돌아가는 길에 먹을 양식은 조선 조정에서 제공해 줄 것이라 믿고 있다."

선택의 여지가 없었다. 임금의 얼굴은 화를 억지로 참느라 말을 제대로 하기 힘들 만큼 일그러졌고, 눈앞에 있는 몇 안 되는 신하들은 공포에 떨었다. 하지만 이 자리에서 저놈을 쳐 죽이라고 명령한다면 성 밖에 있는 여진군 3000이 당장에 적으로 변할 것이고, 그 상황에서 조정의 힘으로 이순신을 막는 것이 불가능하다는 것은 임금 스스로도 알고 있었다.

최전선인 함경도의 국경을 지키는 장수들은 병력을 모두 함흥으로 보내라는 임금의 명령을 받고도 대부분 이를 믿지 않았다. 강 건너에서 해서여진과 건주여진이 여진 땅 전체의 패권을 놓고 피 튀기는 싸움을 하고 있다는 것은 그들 자신이 가장 잘 알았고, 그 여파가 조선 땅에 어떻게 미칠지 알 수 없는 상황에서 말도 안 되는 종이 한 장에 임지를 떠날 장수들은 없었다. 지금 함흥에 와 있는 북병사 이수일부터가 이 말도 안 되는 지시의 진위 여부를 직접 확인하기 위해 휘하 장수들에게는 임지를 굳게 지키라고 하고, 당장 휘하에 있는 소수 병력만 거느리고 달려온 것이다. 직접 와서야 상황을 확실히 알았지만, 돌아가서 군사를 끌고 오기에는 이미 늦은 상태였던 것이고.

이 문제에서도 역시 임금의 응낙을 얻은 추잉은 만족스럽게 고개를 끄덕였다.

"알겠다. 그럼 조선군의 총대장은 누구인가? 기왕 여기까지 왔으니 이 자리에서 만나 어떻게 반란군과 싸울 것인지 직접 듣고 싶다."

"관군의 총지휘를 맡은 장수는 도순변사 이일이라는 장수로, 한참 전부터 크게 용명을 떨친 이로다. 아마 그대들과는 구면이리라 생각되노라."

임금은 내심 추잉이 이일이라는 이름에 크게 놀랄 것을 기대했으리라. 하지만 나이가 젊은 추잉은 조선에서는 북방의 용장으로 알려진 이일에 대해 잘 몰랐다.

"그래? 그 장수의 이름은 들은 것 같기는 한데 잘 모르겠다. 하지만 총대장을 맡을 정도라면 꽤 용맹한 장수이리라 믿겠다. 지금 불러 달라."

임금은 잠시 당황했다. 서대문 밖 싸움에서 패하기는 했으나 아직 살아 있고, 고언백, 정충신 등과 함께 임금의 뒤를 따르고 있다는 편지를 이일에게 받기는 했지만 아직 본인이 함흥에 도착하지는 못했기 때문이다. 답변을 망설이고 있는데 마침 운 좋게도 내관 하나가 들어와 이일의 소식을 전했다.

"전하, 도순변사 이일이 지금 막 도착하여 전하께 뵙기를 청하고 있다 하옵니다."

"오오! 알겠다. 얼른 들라 하라."

안도의 한숨을 쉰 임금은 추잉을 돌아보았다. 저 골치 아픈 놈을 대하는 일을 이일에게 떠넘길 수 있게 된 것이다.

"잠시 기다리면 도순변사가 올 것이니 직접 이야기해 보도록 하시오. 그리고 정원군!"

"예? 예, 아바마마!"

고개를 들고 있던 정원군이 잽싸게 다시 고개를 조아렸다.

"도순변사가 오면 군사에 관한 이야기는 패륵과 도순변사에게 맡기고 과인과 잠시 이야기를 좀 나누자. 알겠느냐?"

"예, 예, 아바마마……."

*

이일과 고언백, 정충신은 한마디 말도 없이 내관의 안내를 따라 임금이 기다리고 있는 경흥전으로 향했다. 이일은 무언가를 계속 중얼거리며 고개를 내저었고, 고언백은 이를 갈며 두 주먹을 꽉 쥐었다. 정충신은 핏발이 선 눈으로 시선을 오직 앞으로 유지하며 내관의 뒤를 따랐다. 어서 임금에게 함흥 성벽 밖에서 벌어지고 있는 일들에 대해 고한 뒤, 군사를 얻어 그 도적들을 토멸해야 했다.

"주상 전하! 신하 된 몸으로서 임금을 제대로 받들지 못하고 이리 고초를 겪으시게 만들었으니 소신들의 죄는 자손만대를 내려가며 갚아도 다 갚지 못할 것이옵니다. 전하께서 이곳에

새파란상상

도서목록

상상의 경계를 허문다
이야기의 힘을 믿는다

PARAN
IMAGINATION

파란
미디어

일러스트 : 링월드 프리퀄 1권 세계 소담

펠루시다(전 6권 발간예정)
에드거 라이스 버로스 지음 | 박들비 옮김 | 각 권 8,500원

《타잔》의 작가 에드거 라이스 버로스, 그의 숨겨진 걸작이 찾아온다!

지구의 중심에 있는 또 다른 세계 – 펠루시다
언제나 정오의 태양이 빛나는 그곳은 멸종된 공룡이 지배하는 원시와 야만의 공간!
시간이 없는 세계에서 벌어지는 기이하고 불가사의한 모험담!

드림 컬렉터(전 2권)
이혜원 지음 | 값 12,000원

소버린은 우리를 계속 꿈속에서 살게 해줄 수 있다!
"꿈속으로 도피하는 것이 뭐가 나쁘지?"

자면서 꾸는 꿈을 다른 사람이 그 꿈을 즐길 수 있게 수집하는 사람들이 바로
드림 컬렉터. 그 앞에 나타난 전능한 마야의 신 – 소버린!

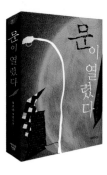

문이 열렸다
정보라 지음 | 값 11,000원

'원래' 어디가 조금씩 이상한 사람들의 세계
문이 열리면 사랑이 시작된다.
기이하고 따뜻한

당신이 모르는 곳에서 일어난
당신이 알지 못하는 이야기
일그러진 현실의 뒤에서
당신의 일상은 안녕하십니까?

죽은 자의 꿈
정보라 지음 | 값 11,000원

삶의 비밀을 가진 여자.
죽음의 비밀을 가진 남자.
그들 앞에 어느 날 죽은 남자가 찾아온다.

죽은 자들의 표식을 묻혀 오는 남자.
죽은 채로 태어나 되살아난 여자.
인간답지 않은 짓을 저지르다
정말로 인간이 아닌 것을 만난 사람들 이야기!

새파란상상

새파란상상은 파란미디어의 중간 문학 middlebrow literature 브랜드입니다.

cafe cafe.naver.com/paranmedia **e-mail** paranbook@gmail.com
twitter @paranmedia **tel** 02. 3141. 5589 **fax** 02. 3141. 5590

링월드
고호관 옮김 | 값 15,000원

고도의 지성과 첨단 과학기술,
연륜의 노회함과 극강의 전투력에 무
시무시한 확률의 운으로 무장한 그들
의 여행이 시작된다!

링월드2 링월드의 건설자들
김창규 옮김 | 값 16,000원

휴고, 네뷸러, 디트머, 로커스 상을 휩쓴
하드 SF 걸작 『링월드』
믿을 수 없이 낯설고 놀라운 세계
링월드의 미스터리가 베일을 벗는다!
링월드는 누가, 왜 만들었는가?

출간예정작 | 링월드 3 **링월드의 왕좌** | 김창규 옮김
　　　　　　링월드 4 **링월드의 아이들** | 김창규 옮김
　　　　　　링월드 파이널 **세계의 운명** | 에드워드 M. 러너 공저 | 김성훈 옮김

**링월드 프리퀄
세계 선단 시리즈**

**에드워드 M. 러너
공저**

세계 선단 **고호관 옮김 | 값 14,000원**
우주적 규모의 적자생존 서사시, 세계 선단 시리즈의 서막!

세계의 배후자 **고호관 옮김 | 값 15,000원**
은폐되고 삭제되고 망각된 진실을 찾아서

세계의 파괴자 **고호관 옮김 | 값 15,000원**
잃어버린 고향과 새로 찾은 고향, 지켜야 할 사람들을 위해서!

세계의 배신자 **김성훈 옮김 | 값 15,000원**
『링월드』는 루이스 우의 첫 번째 모험이 아니었다!

계시는 줄 알고 있으면서도 신속하게 달려오지 못한 불충한 소신들을 용서하소서."

이일을 비롯한 세 사람은 바닥에 엎드려 죄를 청했다. 임금은 그들을 달래 일어서게 했다.

"경들은 최선을 다해 반적들과 싸웠음에도 불운하여 패했으니 그 일을 어찌 죄라 하겠는가? 이번 싸움에서 반적들을 완전히 분쇄하면 되는 것이다. 싸움은 늘 이기기도 하고 지기도 하는 것이니 크게 괘념치 말라."

세 장수가 일어서자 임금은 손을 들어 뒤쪽을 가리켰다.

"이번에는 우리 관군뿐만 아니라 건주위의 원군이 함께 싸우게 되었다. 경들은 건주위 장수들과 협력하여 힘을 합쳐 싸울 수 있도록 하라."

난데없는 임금의 말에 세 장수들의 눈이 둥그레졌다. 성 밖에서 본 광경과 방금 들은 말이 갖는 의미가 연결되자 세 장수들의 얼굴은 경악으로 일그러졌다.

"저, 전하! 그게 무슨 말씀이십니까! 야인 놈들과 함께 싸우라고요?"

다급한 이일의 외침에 임금은 시큰둥하게 대답했다.

"정원군이 나라를 위해 할 수 있는 일을 고민하다가 건주위에 가서 원군을 청한다는 발상을 하여 그것을 실행에 옮겼소. 그 청을 들은 노을가적이 인접한 이웃에 대한 도리를 다해야 한다며 철기 3000을 파견하였으니, 반란의 진압에 동원할 수 있는 병력이 늘었소. 기왕지사 불러온 원군이니 협조하여 함께 싸울 수 있도록 하시오."

어제까지 적으로 싸우던 야인들을 한편으로 삼아 싸우라니. 세 장수들은 입이 떡 벌어졌다. 그렇다면 성 밖에서 백성들을 노략질하는 그놈들은?

"저, 전하…… 외람된 말씀이오나, 지금 성 밖에서는 야인들이 백성들을 노략질하고 있습니다!"

정충신이 부르짖듯이 외쳤다.

"비록 이번에는 야인들이 원군으로 왔다고 하나, 그자들은 수시로 국경을 넘어 우리 백성들을 약탈하던 도둑놈들인데 그 진의를 어찌 믿을 수 있습니까? 게다가 우리 땅에 군사를 보내서 함께 싸우고자 한다면 마땅히 우리 군의 명령을 받으며 군율을 지켜야 할 것입니다! 지금 당장 몇 놈을 붙잡아 목을 베어서라도 성 밖에서 벌어지는 저들의 무법한 행위를 중단시켜야 합니다!"

"누구 목을 벤다는 거냐? 감히 우리 건주위 군사의 목을 벤다고?"

깜짝 놀란 정충신은 뒤를 돌아보았다. 언뜻 보기에도 여진의 갑주가 분명한 갑주를 걸친 젊은이가 거만한 태도로 그를 쏘아보고 있었다. 통역이 재빨리 그자의 말을 전했다.

"우리 건주위는 조선 왕자의 청을 받아서 반란 진압을 돕기 위한 군사를 보냈다. 조선의 속방으로서 병력을 바치는 것도 아니고 인접국으로서 원병을 보낸 것인데 왜 우리에게 조선 장수의 지휘를 받으라는 건가? 그리고 원병을 청했으면 마땅히 청한 측에서 숙소와 군량을 대는 것이 당연한 일인데, 숙소는 그렇다 치더라도 군량도 준비해 놓지 않았다. 그래서 우리가 직접 조달하는 것이 뭐가 문제인가? 어차피 귀국 조정이 제공할 군량도 백성들의 재산을 털어 내놓을 텐데, 그럴 거면 차라리 우리가 직접 거둬들이는 편이 효과적일 거라고 생각한다.”

추잉의 뻔뻔한 이야기를 들은 정충신이 얼굴에 핏대를 올렸다.

“네놈이 그 도적놈들의 두목인가? 군량이 필요하다고? 그렇다고 백성들의 겨울나기 식량을 곡식 한 톨까지 털어 가고, 백성들의 딸을 납치하는 건 용납할 수 없다!”

“나는 군사들에게 그런 지시를 내린 바 없다! 뭐, 식량을 거둬들이러 다니다가 예쁜 조선 여자들을 보니 회가 동한 녀석들이 있기는 하겠지만 그게 무슨 대수인가? 몇 명이나 끌어올지는 모르지만 데려온다고 해도 재미만 좀 볼 거지 죽이지는 않을 거고, 싸움이 끝나고 우리 땅으로 돌아가면서 다 집에 보내 줄 거니 그 점은 염려할 필요 없다. 그리고 나는 광략패륵 저영, 건주위사 누르하치의 장남이다! 장래 부친의 후계자가 될 사람이니 말을 함부로 하지 마라!”

추잉은 피식거리고 대답하다가 표정을 굳혔다.

“그대들의 임금께서는 내게 그대들의 명령을 따를 필요가 없으며, 조선과 일시 동맹을 맺은 동맹군의 장수로서 내 군사들에 대한 자유로운 지휘권을 보장하셨다. 그대들은 임금의 명령을 거역할 생각인가?”

세 장수들은 선 채로 일제히 임금의 얼굴을 돌아보았다. 심히 무엄한 일이었지만 순간의 분노가 향할 곳이 없었던 것이다. 임금은 자기가 생각하기에도 난처했는지 헛기침을 하면서 자리에서 일어섰다.

"어, 어흠! 정원군이 수고롭게 인방의 군사를 데리고 왔으니 스스로 우리를 도와 싸우겠다고 온 이들에게 어찌 우리의 지시에 따라 싸움에 임하라 할 수 있겠는가. 들은 바 그대로이니, 앞으로 반적 이순신을 어찌 무찌르면 좋을지 잘 협력하여 결정하도록 하라."

말을 마친 임금은 자리에서 일어서더니 그대로 침전으로 돌아가 버렸다. 정원군을 끌고 가는 그 모습을 보며 세 장수들은 그저 허탈하게 한숨을 내쉴 뿐이었다.

이들에게 선택의 여지는 없었다. 임금이 여진의 군사들과 동맹을 맺고 싸우는 것을 승인한 이상, 그리고 저들이 실제로 성 밖에 대군을 몰고 와서 진을 친 상황에서 지금 저들을 적대할 수는 없었다. 지금 관군의 상황에서 여진 기병 3000은 만만치 않은 상대일뿐더러 골칫덩이였다. 이순신의 군사들이 자기들 바로 뒤를 따라오고 있는데 또다시 적을 늘려서 좋을 일은 없으니까 말이다. 지금 강경하게 나가다가 여진 병사들이 이순신 편에 붙어 버린다면 말 그대로 끝장이 아닌가.

"귀국 임금께서 하시는 말씀은 다들 잘 들었을 것이다. 우리는 힘을 합쳐 그 이순신이라는 자와 싸워야 하니 그가 거느린 군대에 대해 너희들이 아는 바를 알려 달라. 먼저 묻는데, 이순신의 군사는 몇 명이나 되는가?"

여진 왕자의 말투가 원래 그런 것인지, 통역이 할 줄 아는 조선말이 서툴러 그런 것인지 알 수 없지만 무척이나 싸가지가 없는 말투였다. 수십 년을 저들과 싸워 온 이일은 이를 악물었고 성벽 밖에서 본 참상이 아직 눈에 선한 정충신은 고개를 돌려 외면했다. 세 장수들 중 그나마 체념이 빨랐던 고언백이 간신히 입을 열었다.

"이순신의 전체 군사는 5000에서 6000 정도 될 것이오. 수군에서 뭍에 오른 자들과 배설이라는 자가 지휘하는 난민 출신의 잡군이 대부분이고 많은 화포를 가지고 있소. 죄다 보병이고, 기병은 있기는 할 것인데 얼마 안 될 거요."

"숫자는 제법 되는데 거의 보병이라? 흠, 평원에서 짓밟기에는 좋겠군. 그래, 너희들은 어떻게 반란군을 쳐부술 생각인가? 들어 보겠다."

새끼 도적놈이 이젠 숫제 자신이 조선 장수들의 위에 선 것처럼 행동하고 있었다. 이일은 이를 갈았고 정충신은 두 손을 부들부들 떨었다. 고언백은 눈을 한번 질끈 감았다 뜨고는 화를 꾹 참으며 대답했다. 그와 정충신은 함경도 상황에 밝지 못했지만, 다행히 이 문제에 대해서는 함흥으로 오는 도중에 북방의 지리에 밝은 이일이 두 사람의 도움을 받으며 이미 작전을 수립해 둔 바가 있었다.

"이 함흥 남쪽에는 성천강이라는 비교적 큰 강이 있소. 강폭이 넓고 수심이 깊어 도하가 어려우니, 그 강에 의지하여 반란군의 침범을 막고 근왕병이 더 모이는 것을 기다려 일거에 반적들을 섬멸하고자 하오."

"뭐? 강에 의지해서 적을 막아? 푸하핫! 그러고도 너희들이 임금의 신임을 받는 조선 최고의 장수들이냐?"

느닷없이 웃어 젖히는 추잉의 태도에 세 사람은 움찔 놀랐다. 정충신이 이를 부득부득 갈면서 반박에 나섰다.

"강은 최고의 방어선이오! 준비가 안 된 대군이 강을 건너는 것은 매우 힘든 일이며, 강을 건넌 적을 도중에 치는 것이나 아예 건너지 못하게 하는 것은 어렵지 않소."

"하! 그건 너희들에게 도강 장소를 다 지킬 수 있을 만한 병력이 있을 때 이야기겠지. 겨우 4000을 가지고 어떻게 그 긴 강을 다 지킬 생각이지? 너희들은 임금이 지금 함흥성에 들어가지도 않고 있다는 것은 잊었나? 여기가 성 밖이야, 안이야? 함흥성에서 여기 임금의 궁전까지 기다랗게 이어지는 강변을 따라 얼마 안 되는 군사들을 흩뿌려 놓으면, 이순신의 군사들은 그중 약해 보이는 곳 한 군데만 찔러서 그대로 강을 건너 함흥성을 칠 수 있을 것이고, 성이 함락되면 그대들의 군사는 뿔뿔이 흩어지고 말 것이다. 너희들은 지금 조선군의 사기가 높다고 생각하는가?"

"……."

지금 막 함흥에 도착하여 상황을 모르는 세 사람은 이 질문에 대해 대답할 수가 없었다. 그들이 본 군사들은 여진족이 성 밖 마을들을 약탈하는 참극을 그저 바라만 보면서 침울해하는 이들밖에 없었으니까. 추잉은 거침없이 이들을 공박했다.

"지금 조선군의 사기는 매우 낮아! 왜 그런지 아는가? 그건 임금이 반란군에 쫓겨 이 먼 북쪽 구석까지 도망을 왔다는 걸 알아 버렸기 때문이지. 이렇게 사기가 낮은 군사를 적을 막는 다는 핑계로 산산이 흩어 버리면 그 군사들이 제자리를 지킬 것 같나? 임금을 쫓아 버릴 정도로 강력한 반란군을 앞에 두고?"

추잉은 멸시하는 눈으로 세 장수를 내려다보았다.

"게다가 반란군은 화포를 많이 가지고 있다. 그러면 너희들 이 강 이쪽에 진을 친다 한들 반란군이 강 건너에서 화포를 쏘 아 대면 너희 군사들은 속절없이 죽어 나갈 것이 아닌가. 그렇 게 해서 겁을 먹은 군사들이 줄줄이 도망가면 반란군은 유유히 강을 건너 성벽 위에 저들의 기를 올리기만 하면 될 것이다. 게 다가 저들 중에는 많은 수군이 있다 했으니 배나 뗏목을 만들 어 여기저기에서 강을 건너는 것도 가능할 것이고, 강 위에서 포를 쏘아 이쪽 군사를 공격하는 것도 가능할 것인데 강변에서 적을 막겠다고? 어처구니가 없군! 스라소니가 호랑이를 공격 하는 격이야!"

"그럼 귀하의 의견은 뭐요? 어떻게 싸우자는 거요?"

정충신이 대들듯이 말하자 추잉이 음흉한 웃음을 웃었다.

"우리 군사들이 저들에 비해 우월한 점은 충분한 수의 기병 이 있다는 것이다. 저들의 군사가 5000이라고 했지? 너희 군 사와 우리 건주위 군사를 합치면 기병만 5000! 이 정도 숫자면 저들을 그대로 짓밟아 버릴 수 있다. 화포에 맞아 다소 피해를 입을 수는 있겠지만 그 정도는 감수할 수 있다. 적들을 한 방에 짓눌러 죽일 수 있는데 그만한 손실은 감수해야 하지 않겠나."

"뭐, 뭐, 뭐라고? 그러니까 저들이 그냥 강을 건너오게 한 다음, 함흥성 앞에서 결전을 벌이자는 거요?"

"멍청이! 무엇 때문에 저들이 강을 건널 때까지 기다려야 하는가? 싸움을 길게 끌어서 좋을 것 없다. 함경도의 장수와 군사 들은 지금 임금과 이순신 중 누가 이기는지 주목하고 있을 거다. 만약 이순신이 이길 것 같으면 곧바로 그쪽 편에 붙겠지. 너희들은 원군을 기다린다고 하지만, 그 원군은 반란군의 원군이 될 수도 있다. 그러니까 이순신과의 결전은 이쪽에서 강을 건너가서 강 건너에서 치른다. 빠르면 빠를수록 좋을 것이다."

"그런 일은 일어나지 않소!"

분격한 정충신이 삿대질을 했다.

"수령이라 하는 자리는 임금에게 충성을 바치는 자만이 오를 수 있소. 모시는 임금이 잠시 불행한 처지에 있어도 굴하지 않고 충성을 다 바치는 것이 진정 선비의 도리일진데, 어찌 반역자들의 편에 붙는단 말이오!"

조선 사회의 상식을 가진 정충신은 분노하고 있었지만 약육강식과 이합집산, 강한 자의 편에 서는 것을 당연하게 여기는 풍토에서 자란 추잉은 콧방귀를 뀔 뿐이었다.

"흥! 센 자에게 붙는 것이 당연할진대 지고 있는 임금의 편에 붙을 멍청이가 어디 있단 말인가? 그러니 하루라도 빨리 반란을 진압하여 임금이 강자라는 것을 보여 줄 필요가 있다."

추잉은 거침없이 지시했다.

"곧바로 모든 군사를 이끌고 강을 건넌다. 그리고 강 건너에서 진을 치고 기다리다가, 적이 나타나면 도망치거나 다른 길로 돌아서 함흥을 노릴 엄두를 내지 못하도록 기병으로 곧바로 박살 내는 것이다. 뒤에 강이 있느니만큼 우리 군사들은 도망같은 것은 생각도 하지 않고 용맹스럽게 싸울 것이다."

고언백은 다소 난처한 표정으로 이일을 돌아보았다. 기병을 주력으로 하여 배수진을 치고 강력한 화력을 보유한 보병 중심의 적과 싸우는 것은 탄금대전투와 같은 시도였기 때문이다. 하지만 뜻밖에도 이일이 그 주장에 솔깃해하는 모습을 보이는 것이 아닌가.

"음, 귀하의 생각이 나쁘지는 않은 것 같소. 기병 5000이라면 평원에서 맞붙은 보병 5000에서 6000쯤이야 말 그대로 짓밟을 수 있으니까."

"도순변사 대감! 차마 민망하여 이런 말씀을 드리지는 않으려 하였으나, 대감께서 신립 대감과 함께 싸우다가 패한 탄금대에서 왜적을 상대로 똑같은 일을 시도하지 않으셨습니까. 그리고 그대로 패하시지 않았습니까."

고언백이 황당하다는 표정으로 따져 묻자 이일은 반박에 나섰다.

"이번에는 상황이 다르다네! 탄금대에서는 왜적의 수가 2만에 달했는데 아군은 그 절반 정도밖에 안 되었고 대다수가 급하게 모은 군사라 훈련도 안 되어 있었네. 게다가 땅이 질어 기병이 제대로 활동할 수 없었는데, 이곳 북방의 땅은 단단하여 기병이 말을 달리기 좋고, 우리 조선의 북병과 여진 기병은 모두가 말을 달리는 것에 익숙하니 같은 수의 보병이라면, 설사 저들이 화포를 장비했다 해도 그대로 쓸어버릴 수 있을 것이야. 나는 패륵의 주장에 충분히 가능성이 있다고 보네!"

이일은 비록 상대가 바뀌더라도 이 싸움에서 탄금대의 설욕이 가능하다고 판단하고 곧바로 추잉과 마주 앉아 당장 군사를 움직여 강 건너에 배치할 논의를 하기 시작했다. 두 부하 장수들은 어이없는 눈으로 쳐다볼 뿐이었다.

*

"관군의 대응은 아마도 성천강을 장벽으로 하여 버티는 것이 될 것으로 보입니다."

우치적은 지도 위를 손가락으로 짚었다. 오늘은 9월 1일 정미일. 그의 머리 위쪽 장막 틈새로 보이는 밤하늘은 달빛 한 점 없이 캄캄했다.

"필시 저들은 함흥성에서 농성하면서 원군이 오기를 기다릴 것입니다. 제가 금상이라고 생각하면, 함흥쯤에서 멈출 것이 아니라 더 북쪽인 길주 정도까지 올라가서 최대한 군사를 모았을 것인데 왜 함흥에서 멈췄는지 모르겠습니다. 함흥에 멈춰 가지고는 함경북병사 휘하의 군사는 아예 끌어오지도 못할 텐데 말입니다."

"그것은 왕이 가진 정통성을 포기하는 행위니까요. 상감으로서는 할 수 없는 일입니다."

정 참봉이 지그시 눈을 감은 채 차분히 설명했다.

"외적의 침략도 아니고 내부의 정변 때문에 수도를 잃고, 왕조의 발상지인 전주도 확실히 지켜 냈다고 말할 수 없는 처지에서 태조대왕의 거처였던 함흥본궁까지 잃는 것은 상감에게 너무 큰 손실입니다. 더 올라갈 수 없지요."

안위도 정 참봉의 편을 거들었다.

"게다가 우리 반정군의 군사도 그렇게 많은 편은 못 되니, 상감은 승산이 있다고 보고 주변 고을의 군사를 그러모아 함흥에서 결전을 시도하는 것입니다. 다만 정 참봉이 알려 주었듯이 함흥 주변의 군사를 아무리 모았어도 지금 그 수는 4000 내외. 그 정도 숫자로는 함흥성 주변의 몇몇 나루터를 지키는 것이 고작입니다. 그러니 우리는 내일 아침부터 근처 산에서 나무를 베고 이웃한 마을에서 새끼를 꼬아다가 뗏목을 엮어야 합니다. 군사와 우마, 화포와 치중을 모두 건네려면 막대한 양의 뗏목이 필요할 것이니 서둘러야 할 것으로 봅니다."

방심하다가 충청수군과의 싸움에서 큰 손실을 본 바 있는 안위는 관군에게 기회를 주지 않도록 서두르기를 원했다. 송여종은 그와 달리 다소 조심스러운 태도를 보였다.

"통상, 대면할 근왕군이 우리 병력의 절반이라면 서두를 것 없이 천천히 일을 꾸며도 되지 않겠습니까. 뗏목의 준비는 하되, 단박에 도강하기보다는 며칠에 걸쳐 이곳저곳에서 강을 건널 것처럼 의병疑兵을 하여 관군의 주의와 병력을 분산시키고, 관군이 혼란스러워할 때 방비가 취약한 한 점을 골라 급히 도하하면 관군은 병력을 집중하지 못하여 맞서지 못하고 산산이 흩어질 것이니 단박에 함흥성을 떨어뜨릴 수 있을 것입니다. 또한 기병을 급히 북으로 보내어 성을 북쪽에서 포위하면 금상의 탈출도 막고 확실히 붙잡을 수 있으리라 생각됩니다."

"그러다가 관군에 원병이 오면 큰일입니다. 자칫하면 관군의 대군이 우리를 강으로 몰아넣고 말려 죽일지도 모르는 일입니다. 게다가 병력과 물자를 증원받을 가능성이 없는 우리로서는 빠른 시일 안에 승부를 내야만 합니다. 그 의병에 쓸 시간도 부족해요. 게다가 시간을 끌고 있으면 위기감을 느낀 금상께서 우리가 치기 전에 길주나 회령으로 또다시 움직이실 가능성도 있으니 곤란합니다. 그럼 또 거기까지 쫓아가야 할 것이 아닙니까."

우치적은 안위의 편에 섰다. 하지만 배설은 그런 시간이 걸리는 대화를 할 생각이 없는지 벌컥 화를 내며 진군을 서두를 것을 주장했다.

"나는 지금 이 회의 시간도 아깝소! 막사를 치기 전에 한 발짝이라도 더 북방으로 가서 하루라도 빨리 임금을 갈아 치워야 할 판에 느긋하게 회의나 하고 있다니요? 저들이 우리의 도강을 저지할 것이라 여긴다면, 성천강 이쪽에 화포를 깔고 관군에게 포환 세례를 퍼부어 흩어 버린 뒤 강을 건너면 되지 않소. 비록 우리가 무거운 천자포나 지자포는 가져오지 못했지만 현

246

자와 황자는 300문이 넘게 가져왔으니, 강 건너에 진을 친 관군을 타격하는 것은 충분히 가능하오! 관군을 강가에서 물린 뒤 내가 거느린 군사를 선두로 하여 각 군영이 차례로 강을 건너면 강 건너에서 결전을 하는 것도 쉬울 것이오."

다른 장수들의 말을 경청하던 이순신이 조용히 입을 열었다.

"다들 좋은 말씀이오. 나 역시 지금의 우리 상황에서는 시간을 들여 상대가 약해지기를 기다리는 완공법을 쓸 수 없다고 생각하오. 우리는 더 많은 근왕병이 오기 전에 속공으로 싸움을 마무리하고 전하와 세자마마를 도성으로 다시 모셔 가야 하니 말이오. 더 이상 올라가지 않기로 하신 상감께 감사를 드려야 하겠구려."

이순신이 잠시 쓴웃음을 지었다. 하지만 곧 이야기가 이어졌다.

"다만 함흥부를 지키는 군사들이 원군을 기다리며 농성할 가능성이 있으니 싸움을 빨리 끝내려면 확실히 그들을 들판으로 끌어낼 미끼가 필요한데, 내가 생각하기로 결전을 위한 미끼로는 함흥본궁이 좋을 것 같소. 태조마마의 탄생지인 함흥본궁은 정 참봉도 말했듯이 왕실로서는 포기할 수 없는 상징 중 하나가 아니겠소. 그러니 함흥부가 아닌 함흥본궁을 정면으로 바라보는 지점에서 도하하여 본궁 방향으로 진군하면 상감께서는 필히 장수들에게 출성하라는 명을 내릴 것이오. 만약 나오시 않는다 해도 우리 군사들이 사기를 높이는 데는 매우 유용할 테니 손해를 볼 일은 아니오."

장수들은 서로 마주 보며 고개를 끄덕였다. 함흥본궁은 임금이 확실하게 확보하고 있는 왕조의 마지막 상징으로서 가치가 있었다. 그런데 이때 정 참봉이 조용한 목소리로 한 가지 문젯거리를 더 꺼냈다.

"참, 통상. 소인이 함흥성 내에 있는 지인에게 인편으로 받은 서한에 따르면 금상께서 두만강 너머의 야인들에게 청병을 했다는 소문이 있는 모양입니다. 그리고 청병의 진실성을 높이기 위하여 왕자 중 하나가 직접 사신으로 갔다고 하는데……이 지인이 금상께서 함흥에 도착하셨고 더 이상 북쪽으로 올라가실 의향도 없다고 알려 주었던 것, 그리고 함흥에 현재 모인 군사의 수를 알려 주었던 것을 생각하면 믿어도 좋을 것으로 사료됩니다."

느닷없는 정 참봉의 발언에 좌중은 그대로 경악했다. 야인들을 조선 땅 안에 끌어들였다고?

"무슨 소리요, 그게? 야인들을?"

그 자신이 북방에서 야인과 싸운 적이 있는 이순신이 경악에 찬 목소리로 질문을 던졌다. 그의 눈에는 설마 하는 불신과 혹시나 하는 두려움이 함께 나타나 있었다.

"야인들은 모두가 도적놈들이오! 그놈들에게 군사를 빌렸다면 필시 두둑한 재물을 주기로 했을 것이니, 그 재물은 백성들의 주머니를 쥐어짜서 마련하게 될 것이오. 또 그놈들이 지나는 고을의 백성들은 지독한 약탈과 핍박을 당하게 될 것이니실로 크나큰 재앙이 아닐 수 없소. 정 참봉, 그 말이 정말이오?"

"제가 받은 서한에 따르면 그러합니다. 하지만 그 소문이 정말인지, 그리고 금상의 부탁을 받은 야인들이 그에 응하여 정말로 했으며 했다면 그 규모는 얼마인지 등은 아직 알 수 없습니다. 그 부분은 명천현감의 부하들이 정탐해 온 결과를 살펴야 알 수 있을 것으로 보입니다. 다만 여기 함흥 백성 하나를 데려왔으니 이야기를 들어 보시지요."

정 참봉이 손짓하자 군사 하나가 밖으로 나가더니 몹시 지친 행색의 중년 양반 한 사람을 데리고 들어왔다. 군막 안을 둘러보던 사내는 제일 상석의 이순신을 향해 무릎을 꿇고 통곡을 터뜨렸다.

"통상 대감! 소인은 이곳 함흥에 살고 있는 진사 이무전이라 합니다. 오랑캐 놈들이 무단으로 이곳 함흥 땅에 들어와 마구 난동을 부리며 식량을 약탈하고 부녀자를 끌어가는데도 상감의 군사들은 본 척도 하지 않습니다. 제 집에서도 곡식 서른 섬과 소 두 마리를 빼앗기고 비녀 네 명이 끌려갔습니다. 하마터면 제 아내와 딸까지 빼앗길 뻔했으니 이런 하늘이 무너지는 일이 어디 또 있겠습니까? 그런데 동리에서 들으니 그 오랑캐들은 상감께서 풀어놓은 것이라 합니다. 소인 억장이 무너질 뿐입니다. 제발 힘없는 동북의 백성들을 저 잔악한 오랑캐들로부터 구해 주소서!"

임금의 행동은 반정군 장수들로서는 도저히 받아들일 수 없는 것이었다. 치를 떨던 장수들은 하나둘 상석에 앉아 있는 이순신에게 시선을 돌렸다. 이순신 역시 그들과 마찬가지로 치솟는 분노에 이를 악물고 있었다. 장수들의 침묵 속에서 마침내 이순신의 입이 열렸다. 이순신의 목소리에는 혐오와 환멸이 가득 차 있었다.

"만약 상감께서 정말로 우리를 진압하기 위하여 야인들의 군사를 불러들였다면…… 단순히 세자께 양위하고 상왕으로 물러나게 하는 정도가 아니라 폐서인을 해야 할 정도의 죄라고 할 수 있을 거요. 이 나라는 임금 한 사람의 나라가 아니고 만백성의 나라인데, 임금 자신의 권좌를 지키기 위해서 외방의 군사를 불러 백성들을 해치게 하는 것이 어찌 올바른 군주의 행동일 수 있겠소? 함경도로 왔으니 야인들을 불렀지, 만약 상감이 경상도로, 동래로 파천을 했다면 왜적들을 불러 자기편을 들게 했을 것이라는 소리가 아니오!"

꽉 쥔 이순신의 주먹이 탁자를 내리쳤다. 느닷없이 쾅 하고 울리는 소리에 몇몇 장수들은 순간적으로 몸을 움츠렸다. 이번 반정에서 이순신이 이 정도로 분노를 표출한 적이 없었기 때문에 놀란 것이다. 이순신의 노성이 그들의 머리 위에 메아리쳤다.

"맹세하건대 만약 단 한 명의 야인 도적이라도 상감의 청에 응해 두만강을 넘었다면 내 기필코 용서하지 않으리라! 감히 이 땅을 범한 야인들은 모두 목을 쳐 두만강에 내다 걸 것이고, 백성을 저버린 상감은 폐서인하여 남해의 섬에 유배할 것이다!"

"삼가 명을 받들겠나이다!"

이순신의 휘하 장수들이 일제히 고개를 숙였다. 하지만 배설은 팔짱을 낀 뻐딱한 태도로 이의를 제기하고 나섰다.

"그냥 임금도 목을 칩시다. 안 그래도 그놈이 저지른 해악이 넘치고 넘치는데 여진족 놈들까지 불러들였다면 이는 나라와 백성을 팔아먹은 거나 마찬가지 죄. 마땅히 죽여야 하오. 그리고 그 피를 거름으로 하여 새 나라를 만드는 거요."

배설의 요구에 이순신은 고개를 내저었다.

"아니, 아무리 패악한 짓을 저질렀다 해도 임금은 임금이오. 폐서인은 할지언정 차마 죽이기까지 할 수는 없소, 배 수사."

"거참! 통제사, 그만 포기하시오. 기왕 나라를 엎었고 임금을 폐위시키는 참인데 그깟 목숨 하나 부지시켜서 뭐하시려오? 임금 놈도 그렇게 구차하게 살아남으려 하지는 않을 거요. 그리고 그 사자 역할을 한 왕자 놈도 살려 주실 거요? 정 참봉, 그 정신 나간 놈의 새끼는 도대체 어느 놈이요? 혹시 세자는 아니겠지?"

"설마요. 아직 통상과 화해할 때가 늦지 않았다고 주청하고 있는 세자마마의 위치가 위태롭다는 함흥부 내에서의 전갈이 있기는 했지만 그래도 아직은 세자마마가 금상의 후계자입니다. 그런 세자마마를 어찌 야인들 한가운데로 보내시겠습니까?"

정 참봉이 너스레를 떨며 웃었다.

"요즘 금상께서는 무슨 수를 써서든 변란을 어서 진압해야 한다고 외치는 정원군마마를 무척 마음에 들어 하시며 총애하고 있다고 합니다. 어쩌면 정원군이 사자로 갔을 수도 있고 임해군마마나 조카들 중 하나일 수도 있지요. 누가 갔건 저희에게 별 상관은 없긴 합니다만."

"그게 누구건, 나라를 팔아먹는 일에 앞장섰다면 처벌을 받아야 할 거요."

이순신이 단호하게 정 참봉의 말을 끊었다. 숙연한 분위기가 막사 안에 내려앉았다.

*

"형님, 이것은 아무리 생각해도 아바마마의 처사가 옳은 일이 아닌 것 같습니다. 야인을 불러들이다니요!"

"뭐 어떤가? 애초에 이 동북면의 백성들은 임금과 왕실을 그리 귀하게 여기지 않아. 이곳 백성들은 반골 기질이 투철하니 절대 믿을 수 없고 믿어서도 안 돼! 차라리 야인들이 믿을 수 있는 존재가 맞네. 만약 지금 동북면 백성들을 강제로 초모하여 군영에 집어넣기라도 한다면 곧바로 이순신을 받들자는 반란이 일어날 것이고, 자기 발로 참여하는 자들은 얌전히 있는 군사들을 선동하여 반란이 일어나게 만들 것이네. 그에 비하면 야인들은 손에 재물을 쥐어 주는 한 우리 편을 들 것이야. 세자는 잊었는가? 조금 수틀린다 하여 자기 손으로 자기 나라의 왕자를 붙잡아 왜적에게 넘기는 자들을 어찌 한 나라의 백성이라 일컬을 것인가!"

임해군은 손에 든 술잔을 그대로 입에 갖다 대고 죽 들이 컸다.

"아까도 말했지만 나는 어제 아바마마를 뵈면서 아주 잘하신 일이라고 말씀드렸네. 여진의 군사건 뭐건 받아들여 반란을 진압하는 게 최우선이야!"

그 말을 한 임해군은 술잔을 집어 던지더니 일갈했다.

"함경도는 반역향이고 이곳 백성들은 모두 반역 도배일세! 요동으로 가는 길이 막히는 바람에 어쩔 수 없이 아바마마를 모시고 이쪽으로 오기는 했지만 이곳 놈들은 언제 반기를 들지 몰라. 모두 다 싹 죽여 버리고 남방에서 새로 백성들을 사민시켜 새로이 자리를 잡게 하는 게 더 나을 것이야!"

"형님! 나라의 근본인 백성들을 어찌 그리 말씀하실 수 있습니까!"

"닥쳐! 어디 그 나라가 내 나라이기라도 한가! 아바마마의 나라, 세자의 나라겠지!"

절규하듯 내뱉은 임해군은 술상을 뒤엎었다. 그리고 상처 입은 호랑이처럼 울부짖었다.

"나가! 네놈도 나가 버려!"

*

"마마, 임해군께서 마마의 뜻을 받아들이셨는지요?"

쓸쓸히 사신의 침소로 돌아가는 광해군에게 그늘 뒤에 숨어 있던 이조좌랑 이이첨이 나타나 조심스럽게 말을 걸었다.

"상감께 여진군을 돌려보낸 뒤 이제라도 이순신과 타협하자고 설득하려면 세자 저하 혼자서는 소용이 없음을 아실 것입니다. 신하들의 요구도 모두 묵살하고 있는 상감이시니만큼 여러 군마마들께서 모두 힘을 합쳐 간언해도 힘들 텐데, 임해군께서는 이 고장이 싫다면서 그저 방 안에서 술만 퍼마시고 계시니……."

광해군이 한숨을 쉬었다.

"형님께서 그렇게 구는 것은 이곳 함경도 회령 땅에서 왜군의 손에 넘겨졌던 임진년 때의 나쁜 기억 탓이 아니겠는가. 하지만 이레 가까이 방에서 나오지 않고 술만 마시고 있는 모습은 아무리 친동기간이라 해도 추한 것은 사실일세. 파천 초기만 해도 그 정도는 아니었지만, 정원군이 아바마마의 명을 받아 누르하치에게 군사를 청하러 갔다는 이야기를 듣는 순간 만사를 포기한 사람처럼 굴기 시작하더군……."

광해군은 그 이유를 어렴풋이나마 알 것 같았기에 말을 흐렸다. 그의 속마음을 이이첨이 대신 말했다.

"임해군께서는 아직 왕위에 대한 미련을 가지고 계십니다. 그리고 세자 저하께서 이번 변란에서 해를 입고 세자 자리를 내놓게 되면 그 자리를 차지하려고 노리고 계셨지요. 그래서 동북으로 오는 피난길에서도 선두에서 지나갈 길을 인도하고, 기회만 오면 주상 전하와 독대를 시도하면서 마마께 대한 험담을 하고 자신의 효심과 충성심을 떠벌리지 않으셨습니까. 그런데도 불구하고 상감께서는 여진과 동맹을 맺는 그런 중요한 임무를 정원군에게 주셨으니, 만사 포기하고 술독에 빠지시는 것도 무리는 아닐 것입니다."

광해군은 땅이 꺼져라 다시 한숨을 쉬었다.

"설사 형님에게 세자 자리를 내주게 되더라도 좋으니 내 뜻에 동참해 주기를 바랐건만……."

임해군도 설득하지 못해서야 사촌인 당은군 이하 형제들을 한편으로 만들어 봐야 소용없는 일이었다. 그들은 이 위태로운 판국에 혹시라도 꼬투리가 잡혀 역당의 일원이라고 처형당하지나 않을까 하여 그들 형제들끼리가 아니면 누구와도 말 한마디 하지 않고 방에 처박혀 있을 뿐이었으니 말이다. 세자와 이이첨이 고심하며 걷고 있는데 갑주 차림의 장수 하나가 갑자기 눈앞에 나타나더니 정중히 허리를 숙여 절을 올렸다.

"세자 저하, 그만 침수에 드시지요. 밤이 깊었습니다."

발길을 멈춘 광해군이 상대에게 대답의 말을 건넸다.

"나라가 이리 위태로운데 내 어찌 일찍 잠들 수 있겠는가. 그런데 그대는 어찌 이 야심한 시각에 이곳에 있는가?"

"소신의 직책이 이것인지라 순라를 돌고 있었습니다."

갑주 차림으로 본궁 내외를 순시하던 함흥부윤 문향식은 광해군에게 정중히 예를 올리며 답했다. 그는 함경감사 윤승훈의 명으로 300여 명의 함흥부 소속 군사들을 이끌고 본궁 내외의 경비를 맡았다. 다만 지금은 부하를 거느리지 않고 있었다.

"그린기? 내 처음 함흥에 안 낯설어하자 그대가 함흥의 풍토와 인정에 대해 말해 주며 마음을 위안해 주던 일이 크게 기억에 남는구나. 비록 춥고 험한 땅이라 하나, 이곳에 사는 백성들의 기질에는 강인하고 끈질긴 성향이 있어 자신이 믿고 따르는 바를 이루고자 최선을 다한다고 하였었지."

"그러하옵니다, 저하. 그저 제가 할 수 있는 일을 하였을 뿐입니다."

고개를 숙여 광해군의 수고 인사에 사의를 표한 문향식은 곧바로 자리를 뜨지 않고 조심스레 광해군의 눈치를 살폈다. 다소 의아함을 느낀 광해군이 의문을 표했다.

"한데 그대는 왜 이 자리에 머물러 있는가? 순라를 돌던 중이었다면 어서 마저 돌도록 하라."

세자의 말에도 움직이지 않고 잠시 뜸을 들이던 문향식이 주변을 잠시 둘러보더니 이이첨의 얼굴을 살피며 이를 악물었다. 그러더니 조심스레 세자의 앞으로 다가서서는 세자가 전혀 예상하지 못한 무서운 말을 속삭였다.

"세자마마, 실로 불충한 말이라 아니할 수 없겠으나, 이번 일은 상감마마께서 잘못하고 계시는 것입니다. 어떻게든 일을 바로잡지 않으면 안 됩니다. 국내의 정변을 진압하기 위해 여진을 끌어들이다니, 이게 무슨 망발입니까?"

문향식의 무엄한 언사에 광해군이 흠칫 몸을 떨었다. 그 역시 부왕의 행동에 반대하는 입장이기는 해도 차마 그 문제를 이이첨을 제외한 신하들과 대놓고 이야기하지는 못하고 있었다. 자칫하다가 의심이 많은 부왕에게 들키기라도 한다면 반역을 모의했다 하여 곧바로 처단당하기 십상이었기 때문이다.

광해군이 망설이는 기색을 보이자 문향식이 급하게 말을 이어갔다.

"세자 저하, 저하께서 결단만 내리신다면 제가 다리가 되어 통제사에게 편지를 넣겠습니다. 저 역시 통제사 이순신과 일면식도 없는 것은 마마와 마찬가지이나, 이곳 함흥은 제 임지로서 구석구석까지 다 파악하고 있는 땅입니다. 제 수하들은 함흥 땅 어디에 통제사가 진을 칠 것인가도 예상할 수 있으며, 상감께서 배치하신 도순변사의 군사들이 아무리 엄중한 경계망을 펼쳐도 이를 빠져나가 편지를 전할 수 있습니다. 세자 저하께서 내리신 서한을 받는다면 어찌 통제사가 반역의 뜻을 꺾고 저하의 뜻에 따르지 않겠습니까. 통제사는 단순한 무인이 아니라 나라에 대한 충과 부모에 대한 효, 적을 대하는 용, 백성들을 대하는 자에 이르기까지 사대부로서 가져야 할 모든 덕을 지닌 사람이니, 그에게 상감께서 행하시는 잘못된 도리에 대하여 서한을 통해 알리고 이를 무찌르게 하면 잠시 역신의 길에 섰던 이에게 충신이 될 길을 제시하는 것이니 이 또한 기꺼워하며 따르지 않겠습니까. 통제사뿐 아니라 수천 장졸이 역신에서 충신이 되는 것이니 정녕 세자 저하의 덕을 더욱 밝게 빛내는 일일 것입니다. 만약 상감마마께서 소집한 군사에 여진이 가세한 것을 모르고 통제사가 싸움에 임하다가 패하기라도 하면, 나라가 송두리째 여진 도적놈들의 손에 들어갈 것이니 장차 죽어서 우리 조신의 선대 조상들을 뵐 낯이 없고 자손만대로 죄를 짓는 일이 될 것입니다."

광해군은 그 자리에 선 채로 갈등했다. 광해군의 고민을 본 이이첨이 대신 나서서 문향식에게 대답했다.

"부윤께서 지적하시는 바가 옳습니다. 하나 상감마마께서 하시는 바가 옳지 않다고 해서 저하께서 이순신과 완전히 손을 잡고 나선다면 그것은 상감에게 반기를 드는 것이나 마찬가지이니 불효, 패륜이 될 것입니다. 그리고 만에 하나라도 이 사실이 새어 나간다면 상감마마께서는 그 즉시 세자 저하를 폐위하실 것이고, 정원군이 다음 세자가 되시겠지요. 혹시 그것을 노리시는 겁니까?"

"좌랑은 억측을 삼가시오!"

문향식이 펄쩍 뛰었다. 무의식적으로 높아진 말소리가 누구 귀에 들어갔는지, 이쪽으로 분주히 달려오는 발소리가 들렸다. 문향식이 급히 광해군을 안심시켰다.

"순라를 서던 제 휘하의 군사들입니다. 크게 걱정하실 필요는 없습니다. 자 저하, 어서 결단을 내리시지요. 소관은 저하께서 현명하게 판단하시리라 믿습니다."

광해군은 씁쓸한 표정으로 먼 하늘을 바라보았다. 만약 저자의 말을 따른다면 부왕은 필시 자신이 반역을 한 것이라고 여길 것이다. 하지만 그로 인한 결과를 두려워하여 아무것도 하지 않는다면 이대로 이순신이 이끄는 반정군은 이 함흥 땅에서 또다시 관군과 충돌하여 많은 피를 흘리게 될 것이다. 그 전에 사태를 진정시킬 수만 있다면 무슨 일이든 할 수 있었다. 그것이 이 나라의 세자라면 해야 할 일이 아니겠는가.

"이야기를 좀 더 나눠 보도록 하자. 축시정˙에 좌랑과 함께 내 침전으로 오라."

"화, 황공하옵니다, 세자 저하!"

문향식은 얼결에 그 자리에 엎드렸다. 광해군이 두 사람을 두고 조용히 발걸음을 옮겨 떠나자 일어선 문향식도 안도의 한숨을 쉬며 조용히 어둠 속으로 사라졌다. 이이첨은 다소 불안한 표정으로 양쪽을 돌아보다가 자신도 다른 방향으로 사라졌다.

*

이제 하루만 더 행군하면 성천강에 도착한다. 성천강에는 관군이 진을 치고 반정군의 도강을 저지하기 위해 준비하고 있을 터이므로 이를 위한 대비가 필요했다. 반정군 지휘부는 해가 뜨자마자 병사들을 시켜 벌목을 하여 강을 건너기 위한 뗏목과 함흥성 공격에 사용할 공성구를 제작하기 위한 재목을 준비하였다. 충분한 양의 재목을 마련하고 행군을 개시한 지 얼마 되지도 않은 미시정˙˙에 이변이 일어났다.

"저것은 정탐을 위해 선행했던 명천현령이 아닌가?"

"그렇습니다. 무슨 일이기에 저리 급하게 달려오는지 모르

---

* 새벽 2시
** 오후 2시

겠군요. 아니, 저자는?"

앞에 나가 있던 이괄이 급히 귀환하는 모습에 이순신과 그 옆에 있던 정 참봉은 고개를 갸웃거렸다. 이괄의 옆에는 기병 두어 명이 마찬가지로 미친 듯이 말을 달려오고 있었는데, 그들 중 하나를 알아본 정 참봉의 눈이 휘둥그레졌다.

"저자는 함흥부윤의 수하에 있는 비장입니다. 백주 대낮에 저리 달려오는 것을 보니, 부내에 무슨 일이 생긴 모양입니다!"

이순신을 비롯한 반정군 수뇌부는 급히 말에 채찍을 가해 앞으로 나섰다. 이괄은 이순신의 십여 보 앞에서 말을 멈췄지만 문향식이 보낸 함흥부 소속 비장은 정 참봉의 말 바로 앞에서 가까스로 말을 세웠다. 정 참봉과 비장 두 사람의 입에서 동시에 급한 고함이 터져 나왔다.

"아니, 장 비장! 도대체 무슨 급한 일이기에 이리 대낮에 내게 연락을 온 것인가?"

"차, 참봉 나리! 부윤 나리의 급한 전언입니다. 노을가적의 장자가 지휘하는 여진 철기 3000이 이미 함흥 땅에 들어왔고, 근왕군과 합세하여 오늘 새벽 성천강을 건넜습니다. 지금 도순 변사 이일 대감이 이끄는 7000 대군이 이곳으로 행하고 있으니 어서 맞아 싸울 준비를 하셔야 합니다!"

"뭣이라!"

장 비장의 다급한 고함 소리에 정 참봉을 비롯해 주변에 있던 반정군 장수 전원이 소스라치게 놀랐다. 임금이 여진의 군사를 불렀다고 듣기는 했지만 그것이 이리 빨리 들이닥치리라고는 생각하지 못했기 때문이다. 임금의 입장에서는 함흥부를 지키며 수성하는 편이 유리할 텐데, 선공을 하는 것도 이해가 되지 않았다. 혹시 반정군의 진군 속도를 늦추려는 허위 정보가 아닌지 의심하는 장수들도 있었지만 이괄이 그의 정보를 확인해 주었다.

"이자의 말이 사실입니다! 지금 수천의 여진 기병을 앞세운 관군의 대군이 몰려오고 있습니다, 한시가 급합니다! 어서 싸움 준비를 해야 합니다!"

지금은 예상한 규모의 두 배나 되는 상대와 결전을 치러야 하는 상황. 게다가 저쪽에는 이편의 다섯 배나 되는 기병이 있다. 깊게 생각할 틈도 없이 우치적이 서둘러 명령을 내렸다.

"각 군영은 서둘러 전열을 장비하고 싸움 준비를 하라! 준비한 재목을 써서 거마목을 만들고, 총통거를 앞으로 끌어내어 저들에게 포를 쏠 수 있도록 준비하라!"

수천의 기병에 대응하려면 서대문 밖에서처럼 전진하면서 싸우는 것 따위는 할 수 없다. 포수들은 급히 수레에 실려 있던 현자총통과 황자총통을 땅에 내려 포가에 얹고 단단히 고정시켰다. 그리고 몇몇 군사들은 경기수영 전선에서 노획한 여덟 대의 총통화차를 급히 전방으로 끌어낸 후 분주하게 총통틀에 화약을 장전하기 시작했다. 틀 하나에만 100개에 달하는 승자총통이 들어있는데, 화차 한 대당 네 대씩 있는 총통틀의 모든 총통에 화약과 철환을 장전하는 것은 힘들고도 시간이 걸리는 작업이었다.

이순신 주위에 잠시 모여 있던 장수들이 대부분 흩어져 각 진영의 군사를 급히 추스르며 대열을 정비하는 전투 준비의 혼란 속에서 정 참봉은 차분히 장 비장의 얼굴을 바라보며 질문을 계속했다.

"그런데 장 비장, 근왕군이 출진했다는 것 외에 다른 소식은 없는가? 그리고 그 소식을 전하러 그대 혼자 왔는가?"

"사실 저 이외에 김 비장이 있었습니다만 강을 건넌 직후에 야인 놈들에게 잡히고 말았습니다. 게다가 부윤께서 통상께 전하라며 손수 전해 주신 세자 저하의 서신을 김 비장이 가지고 있었는데, 그만 그 서신도……."

"뭐, 뭣? 세자 저하의 서신?"

그때까지 침착함을 유지하고 있던 정 참봉을 비롯해 다시 착잡한 표정을 짓고 있던 이순신, 드디어 임금을 쫓아낼 수 있게 되었다고 이를 갈던 배설, 군사들에게 방어 준비를 명령하던 우치적 등의 장수들은 모두 눈알이 튀어나올 만큼 놀랐다. 세자가 반정군에게 직접 서신을 보냈다니! 그것은 반정군을 인정하고 받아들이겠다는 이야기가 아닌가!

"부윤께서 이르시기를, 세자 저하께서는 통제사의 인품을 지극히 칭찬하시며 지금 상감께서는 잘못된 길을 가고 계신다. 이를 막아 나라가 망하는 것을 막고 옳은 이가 왕위에 올라 만인을 편안케 할 수 있는 힘을 가진 자는 오직 통제사뿐이며 만약 망극한 일이 생겼을 경우 뒤를 맡길 수 있는 이도 통제사 단 한 사람뿐이니 내 꼭 그에게 힘든 일을 맡겨야 하겠다고 하시며 그 서한을 주셨다 들었습니다. 김 비장이 그 서한을 품에 꼭 갈무리하고 소인과 함께 변복한 채 성천강을 막 건넜는데, 늘 나루터를 지키고 있던 함흥부 군사들 대신 난데없이 여진족 놈들이 나타나 자기들 말로 뭐라고 지껄이더니 불문곡직하고 저희를 붙잡으려 하기에 두 놈을 칼로 베고 죽을힘을 다해서 필사적으로 도망쳤습니다. 그런데 도주하는 중에 김 비장이 놈들의 화살에 맞아 말에서 떨어졌고, 그만 그 생사는 알지 못합니다."

실로 당황스러운 소식이었다. 송희립을 비롯한 주변의 장수들이 급하게 외쳤다.

"통상! 저자의 말대로라면 세자 저하의 생명이 위험합니다. 저하의 편지가 상감의 손에 들어가면 상감은 즉시 저하를 처형할 것입니다!"

"맞습니다! 서둘러 진군하여 저하를 구출해야만 통상께서 세운 계획을 실행할 수 있습니다. 통상! 군사를 일부라도 갈라 함흥부로 보내어 세자 저하를 구출케 하는 것은 어떻겠습니까?"

"난 그 의견에 반대요."

배설이 퉁명스레 나섰다.

"일단 세자의 서한이 정말로 존재하는지도 모르겠고, 세자가 뒈지건 말건 관심도 없지만, 그 함흥부윤의 전갈이라는 것을 그렇게 쉽게 믿을 수 있소? 보아하니 함흥부윤이 정 참봉과 내통하여 전갈을 주고받으며 부내의 소식을 전해 주 동지인 모양인데, 그렇다 해도 저자가 가져온 소식이 모두 진짜라는 보장은 없소. 저 장 비장이라는 자는 실은 임금의 첩자이고, 우리가 세자와 손을 잡았는지 확인하기 위해서 연극을 하는 것인지도 모르오. 그러니 우리는 공연히 전력을 분산시키지 말고 일단 우리에게 다가오고 있는 관군의 주력부터 쳐부수는 게 낫소. 저들이 노리는 것이 실은 우리 군사가 나뉘어 힘이 약해지는 것이라면 어쩌겠소?"

"장 비장의 신원은 제가 보증하겠습니다. 여러 제장들께서는 만난 적이 없어 모르시겠지만, 장 비장은 여드레 전부터 저에게 함흥부윤의 전갈을 전하며 통상의 대업을 이루기 위해 열심히 협조해 온 사자들 중 한 명입니다. 서한에 대해서는 제가 딱히 할 말이 없으나, 이 사람의 신실함에 대해서는 확실히 보장할 수 있습니다."

정 참봉이 적극적으로 비호하고 나서자 배설이 불러일으킨 장 비장에 대한 의심은 가라앉았다. 하지만 그와 별개로 군사를 갈라 세자를 구출하자는 작전에는 동조하는 이가 없었다.

"관군은 지금 여진군이 합쳐져 우리보다 규모가 4분의 1이나 많고, 그중 기병이 5000이나 됩니다. 우리가 섣불리 군사를 나누면 지척에 있는 저들에게 포착되어 작은 군세부터 격파되어 하나도 남지 않게 될 터. 세자 저하의 처지는 심히 우려되지만 일단은 조속히 적을 격파하고 문제의 서한을 회수하도록 노력하는 편이 나을 겁니다."

우치적이 머리를 수그리며 진언했다. 이제까지 배설을 제외한 장수들은 이순신 앞에서 관군에 대해서 거론할 때 '적'이라는 표현을 쓰지 않으려고 노력했다. 하지만 여진군과 관군이 합세했다는 것을 안 순간 그 제한은 사라지고 말았다. 가장 조심스러웠던 우치적조차 스스럼없이 임금 밑에 있는 군사들을 적이라고 부르게 된 것이다. 이순신은 잠시 한숨을 쉬었지만 곧 고개를 끄덕였다.

"옳은 말이다. 곧 저들의 군사가 내습할 것이니, 각 진영에 일러 맞서 싸울 준비를 한층 더 서두르도록 이르라. 이번 싸움이 마지막 싸움이 되도록 하자!"

이순신의 얼굴에 쓸데없는 피는 이것으로 끝내겠다는 단호한 결의가 떠올랐다. 예하 장수들은 일제히 군례를 올렸다.

"통상의 뜻을 명심하겠습니다!"

배설은 이번에도 동참하지 않았다. 팔짱을 낀 채 함흥 방향을 바라보며 피식거릴 뿐이었다.

*

"뭐? 이상한 놈 하나를 죽여서 잡았다고? 내가 살인은 하지 말라고 하지 않았나!"

"패륵, 저희가 어찌 감히 의도적으로 패륵의 명을 어기겠습니까? 저희는 명하신 대로 나루터를 감시하고 있었습니다. 그런데 그자가 다른 동료와 함께 말을 타고 강을 건너 남쪽으로 가려 했습니다. 그래서 붙잡아 놓고 무슨 일로 어디에 가는지 물어보려고 했더니 느닷없이 칼을 뽑아 제 군사 두 명을 베고 도망치지 않았겠습니까! 어찌 이를 그냥 넘어가란 말입니까. 이에 하나는 활로 쏘아 잡았으나 하나는 놓치고 말았으니, 그 일에 대해서는 죄를 청합니다."

"흠!"

콧소리를 낸 추잉은 잠시 생각하다니 선선히 고개를 좌우로 흔들었다.

"아니, 그런 놈은 마땅히 죽여야 할 것이니 그놈을 죽인 것에 대해 너희가 죄를 청할 것은 없다. 그런데 죽은 놈이 뭔가 수상한 물건을 가지고 있지는 않았는가?"

"옷을 모두 벗겼더니 품 안에서 밀봉된 편지가 하나 나왔습니다. 여기 있습니다."

여진족 장수는 피에 젖은 봉투를 꺼내 추잉에게 공손히 내밀었다. 누런 종이로 된 봉투에는 아무 글자도 적혀 있지 않았는데, 봉투 겉면이 가지고 있던 이가 흘린 피에 젖어 반쯤 붉게 물들어 있었다. 추잉은 눈살을 찌푸렸다.

"에잉, 지저분하구먼. 보아하니 싸구려 종이로 만든 봉투인데다가 쓴 사람의 봉인도 없는데, 그렇다면 크게 중요한 편지는 아닐 것 같다. 어이, 닝꾸! 저 종이의 피가 마를 때까지 네 녀석이 가지고 있다가 내가 부르면 그때 와서 내게 그 내용을 이르도록 하여라."

"예, 패륵!"

뒤편에 서 있던 시종이 앞으로 나와 피에 젖은 편지 봉투를 받았다. 고개를 돌린 추잉은 다시 보고를 올린 장수를 향해 명

266

령을 내렸다.

"그보다는 도망친 놈이 문제이니 날랜 기병 10여 기를 동원하여 놈을 붙잡도록 하라. 만약에 이 편지가 이순신과 내통하는 자가 보낸 연락이라면 놈은 분명히 어딘가에 숨어 있다가 이 편지를 되찾으려고 제 동료의 시체가 있는 곳으로 돌아올 것이다. 그러니 죽은 놈의 옷을 다시 입힌 뒤 적당한 곳에 던져두고 주변에 매복하여 도망친 놈이 다시 나타나기를 기다렸다가 붙잡도록 하라."

"예, 패륵!"

힘차게 외친 부하가 말을 달려 떠나자 추잉은 히죽 웃으며 휘하 군사들에게 계속 진군하라는 명령을 내렸다. 성천강 서쪽 기슭의 나루터를 함흥부 군사 대신 여진족들이 지킨 것은 오늘 새벽부터였다. 함흥부 군사들은 전투를 기피해 탈영할 수도 있는데 그럴 경우 경계에 구멍이 뚫린다는 정원군의 주장 때문에 바뀐 것으로, 여기서 철수시킨 함흥부 군사들은 함흥본궁을 경계하는 문향식의 휘하로 다시 보내지 않고 이일의 휘하로 돌렸다. 그랬더니 파수를 바꾸자마자 이런 소득이 걸린 것이다.

"패륵, 무슨 일인가? 저 피에 젖은 편지는 뭐고?"

두정갑을 차려입은 정원군이었다. 정원군은 부왕의 명에 따라 갑주를 입고 근왕군을 지휘하여 '역적을 토벌'하기 위해 나선 참이었다.

"지네 무척 들떴구먼. 명색이 총대장인 자네가 그렇게 들뜨다니, 혹시 전장이 처음인가?"

"처음일세. 게다가 총대장이라고 하나 그것은 명목일 뿐, 실제로 군사를 지휘하는 것은 저만치 떨어져 따로 움직이고 있는 도순변사와 자네 두 사람이고 나는 그저 아바마마의 대리로서 말을 타고 따라가기만 해도 되니 크게 부담을 느낄 것도 없지 않겠는가. 그렇긴 해도, 왕자가 군대를 이끌고 직접 싸움에 나서는 것은 조선을 통틀어 처음 있는 일이기에 나는 지금 무척 흥분이 되네."

엄밀히 말하자면 군대를 이끌고 싸움에 나간 왕자의 선례로 왕자의 난 때 군사를 이끌고 서로 싸운 태조 이성계의 아들들이 있지만, 이에 대해 모를 리가 없는 정원군은 골육상쟁이라서인지 이들의 사례를 언급하지 않았다.

"알겠네. 왕과 왕자가 싸움 한번 안 나가다니, 조선은 참 약한 나라구면. 하여간 이게 무슨 내용인지는 나도 모르지만, 강을 건너 남쪽으로 가려다 잡힌 수상한 조선인이 가지고 있던 편지인데 읽어 보겠는가?"

"그래? 그럼 그 편지 내가 먼저 한번 읽어 보세."

정원군이 선뜻 손을 내밀자 추잉이 고개를 끄덕이며 소리쳐 불렀다.

"닝꾸!"

뒤에서 말을 달리던 시종이 다시 다가와 피에 젖은 편지를 내밀었다. 피범벅인 편지를 본 정원군은 기겁을 하며 손을 내저었다.

"아, 아니 됐네. 나중에 마르면 보여 주게."

"하핫! 알았네. 닝꾸, 넣어 둬. 정원 왕자, 그대는 좀 더 유혈에 익숙해질 필요가 있어. 권력은 오직 칼로써 세우고 칼로만 유지할 수 있는 거란 말일세!"

투덜거리던 정원군이 뭐라 반박하려는 참에 앞쪽에서 연락병이 급하게 달려왔다. 추잉의 앞에서 말을 멈춘 여진 병사는 급히 보고했다.

"패륵! 전방에서 진지를 구축하고 있는 조선군을 발견했습니다! 숫자는 5000 이상, 6000 이하! 기병은 1000 이하!"

"진지를 구축하고 있다고? 이쪽으로 진군하고 있지 않고?"

"예, 패륵! 아까 보고한 조선 기병 몇 놈이 놈들의 척후였던 것 같습니다. 우리와 정면으로 맞설 배짱은 없는지, 수레와 통나무로 장애물을 만들어 그 뒤에 숨고 있습니다. 보병이 거의 전부인 주제에 그렇게라도 우리 군사들에게 맞서 보려는 모양입니다."

"겨우 그까짓 것으로 우리 철기를 막아 보겠다 이 말이지? 좋다, 짓밟아 주마! 전군에 전속력으로 돌격하라는 명령을 내려라! 정원 왕자, 그대도 조선군에게 즉시 우리 뒤를 따라 적에게 달려들라고 명령하게! 저놈들이 그 잘난 말막이 울타리를 다 만들기 전에 들이친다!"

폭소를 터뜨린 추잉은 채찍을 가해 말을 달렸다. 휘하의 선전관에게 지시를 내린 정원군이 질세라 그 뒤를 따라 달리며 외쳤다.

"패륵! 그런데 우리가 질 것도 아닌데 무엇 때문에 비빈마마들과 다른 왕자들을 모두 혜산으로 보내라 했는가?"

"그야 당연하지 않은가. 만에 하나라도 내가 패했을 경우 조선의 왕실 사람들이 이순신 놈에게 잡혀 볼모가 되거나 허수아비가 될 수 있기 때문이지. 목적을 이루려면 만약의 경우에도 대비하는 것이 대장 된 자로서 할 노릇일세. 어떤 일이 일어날지 모르니까 말이야."

추잉의 눈이 심술궂게 번쩍였다.

"게다가 남쪽에 있으면 설사 이순신에게 잡히지 않더라도 그대의 형들이 당했던 것처럼 백성들에게 배반당해 이순신에게 넘겨질지도 모르고, 또 이순신파의 자객이 덮칠지도 모르는 것 아닌가. 그러니 가능한 한 북쪽으로 가는 편이 나을 것이네. 그러면 무슨 일이 생기더라도 건주위에 남아 계시는 내 아버지께서 추가 병력을 보내 지원해 주실 것이야. 그리고 내 약속하지만, 무슨 일이 생기더라도 그대의 세 아들을 털끝 하나 다치지 않게 할 것이야. 그 점은 내 하늘에 걸고 맹세함세."

정원군은 추잉이 느닷없이 하는 맹세가 이해가 가지 않았지만 이유가 있겠거니 하고 잠자코 있었다. 곧 이순신의 군대와 결전을 치러야 할 터. 잡념을 가질 여유가 없었다.

*

협조하여 군사를 움직인다고 하나 명목상의 총대장인 정원군이 추잉과 단짝이 되어 죽이 맞아 돌아가니 조선군은 사실상 추잉이 지휘하는 셈이었다. 당연히 사기가 낮았고, 장수들도 맥이 빠져서 천천히 가고 있는 참인데 앞에 있던 여진군이 느닷없이 달리기 시작하는 모습을 본 도순변사 이일은 어리둥절해졌다.

"저놈들이 왜 또 저러는 것인가? 저 낮도깨비 같은 짓은 뭐지? 이보게, 양주목사!"

이일의 부름을 받은 고언백은 퉁명스레 답했다.

"출정 전에 약속한 바에 따르면 엄연히 양군의 군사행동은 협의하에 이루어져야 하는데, 그 약속은 출정 직후부터 이미 휴지 조각이 되었습니다! 저놈들이 왜 갑자기 달리기 시작했는지 그 이유도 모르겠고, 우리 군사는 보병이 절반이라 저들을 따라가기도 힘드니 저들이 어떻게 움직이건 우리는 그냥 원래 계획대로 가는 것이 어떻겠습니까?"

고언백은 여진과 임금의 밀약에 대해 알게 되고서부터 철저히 여진과의 협동에 비협조적인 태도를 보였다. 가장 큰 원인이야 임금이라는 작자가 백성들을 죽이기 위해 도적놈들과 결탁한 행위 그 자체가 불러일으킨 분노였지만, 기실 임해군 지지파인 그로서는 정적인 정원군이 주도한 이 책략에 적극적으로 동조할 수 없었던 이유도 컸다.

"아니, 안 됩니다. 이순신의 군사와 맞서려면 지금 이 순간만은 울분을 참고 여진의 군사와 함께 움직여야 합니다. 우리기 저들과 따로 움직이다가 각각의 규세가 이순신에게 무너져 버린다면 근왕병이 누가 있어 상감을 지키겠습니까? 저 역시 저 야인 놈들을 찢어 죽이고 싶은 마음은 굴뚝같으나, 일단 역적 이순신을 진압하는 것이 우선입니다."

북병사 이수일이 급히 나서서 고언백의 말에 솔깃한 기색을 보이는 이일을 말렸다. 이일이 고심하는 사이 여진군 쪽에서 말을 탄 사자 하나가 달려왔다. 행색을 살피니 정원군을 따라다니는 선전관들 중 하나였다. 장수들이 쳐다보는 가운데 말을 몰고 온 선전관이 크게 외쳤다.

"도순변사께서는 즉시 거느린 군사를 모두 몰아 여진군의 뒤를 따르라는 정원군마마의 명이십니다! 지금 여진군의 척후가 반적 이순신의 군사 수천이 진을 치고 있는 것을 발견하였으니, 곧바로 전군을 동원해 공격하실 것이라 합니다!"

"뭐? 이순신이 진을 치고 있어?"

"그렇습니다! 어서 오지 않으시면 공을 세워 죄를 수복할 기회를 주었는데도 명에 따르지 않았으니, 그 죄까지 더하여 큰 벌을 받으리라 하셨습니다! 그럼 명을 전하였으니 소관은 이만 물러가겠습니다! 이랴!"

뭐라고 더 말을 할 겨를도 없이 선전관은 말에 채찍을 가해 정원군이 있는 여진군 본영으로 돌아가 버렸다. 남겨진 장수들은 어처구니가 없어 서로의 얼굴을 마주 보며 한숨만 쉬었다.

"서대문 밖 싸움에서 참패한 결정적인 이유가 바로 저들의 수가 소수라는 것에만 주목하여 그저 닥치고 돌격하라고 외치다가 포환 세례를 뒤집어썼던 것인데, 또 적진에 돌격을 하자는 겁니까? 안 됩니다! 결단코 막아야 합니다. 그런 짓을 했다가는 수천의 말과 사람이 한꺼번에 어육이 될 뿐입니다. 그것이야말로 반적들이 바라는 바일 것입니다."

함경도 장수들이 어리둥절해 있는 와중에 아침 내내 입을 다물고 있던 정충신이 급하게 나섰다. 이일과 고언백도 그 점에서는 의견이 같았다.

"좋소! 그럼 얼른 달려 정원군마마께 합류하도록 합시다. 함께 적진으로 돌진하기 위해서가 아니라 돌진을 막기 위해서 말이오."

곧 조선군 진영에서도 먼지가 피어올랐다. 기병, 보병을 가릴 것 없이 전군이 전속력으로 달렸다. 어서 정원군을 붙잡아 무모한 교전을 막아야 했다.

*

"형님, 어째 북행길이 좀 불안하지 않습니까? 저는 가기 싫습니다."

"뭐가 어때서 그러느냐? 상감께서 우리 종친부 및 내명부 사람들의 목숨을 구하고자 고심 끝에 내리신 명이니 순순히 따르는 것이 도리다. 진산군이나 진성군 같은 어린아이들도 힘든 내색을 하지 않고 가고 있는데 서른이 넘은 네 녀석이 싫다고 투정하면 어쩔 셈이냐?"

성원군이 이순신의 군사를 향해 돌격하라고 휘하 장수들을 호령하고 있을 무렵, 임금의 장조카인 당은군은 북방으로 더 올라가는 피난길을 내키지 않아 하는 동생 영제군을 엄하게 꾸짖고 있었다.

"아이들뿐만이 아니다. 병으로 위중하신 중전마마께서도 가마를 타고 길을 나서셨느니라! 네 녀석이 부끄러움을 아는 사내라면 당당히 중전마마를 뫼시고 종친으로서의 충심을 보일 궁리나 하여라. 혹시 이순신의 자객이 마마를 노릴지도 모르지 않느냐! 만약 그런 일이 생긴다면 서슴없이 네 몸을 바쳐 방패가 되어야 할 것이다."

형에게 준엄한 꾸지람을 들은 영제군은 아무 말도 하지 못하고 고개를 수그렸다. 하지만 100여 명에 가까운 왕실 일가를 또 허겁지겁 피난에 나서게 하는 임금이 원망스럽기는 형에게 꾸지람을 듣는 지금도 마찬가지였다. 영제군은 고개를 뒤로 돌려 남쪽 하늘을 한번 바라보고는 다시 형을 향해 호소하기 시작했다.

"형님, 저기 어디서 분명 도순변사의 관군과 이순신의 반군이 결전을 벌이고 있을 겁니다. 우리 관군에다가 여진 기병이 3000이나 지원하러 왔으니 이번에는 필히 이길 것이고, 그 싸움에 이기기만 하면 당당히 도성으로 돌아갈 수 있는데 왜 굳이 혜산까지 도망을 가야 하는지 저는 도저히 모르겠습니다. 게다가 정말 유사시를 대비하기 위한 피난이라면 종친들을 여기저기 흩어 놓아야 그중 누구 하나라도 살아남아 왕실의 대를 잇지, 이렇게 모아 놓았다가 무슨 일이 생기면 왕실의 씨가 한방에 그대로 끊길 것이 아닙니까. 종친 중 이순신의 편에 붙는 이가 나올 것을 염려하여 이렇게 모아 놓은 모양이지만, 그래도 너무 위험합니다. 이렇게 가다가 누군가 이 대열을 습격하기라도 한다면 대참사가 벌어질 것입니다. 100여 명은 되는 왕실 일행에 붙은 호송병의 수가 겨우 50여 명 아닙니까."

"술! 술 가여오너라!"

당은군이 묵묵히 영제군의 이야기를 듣고 있는데 저 앞의 초헌에 타고 있는 임해군이 또 발작을 일으켜 혀 꼬인 소리로 난동을 부렸다. 행렬이 함흥을 출발할 때 임해군이 너무 취해 있어서 도저히 말에 태울 수 없었는데, 여분의 가마가 하나도 없었기 때문에 결국 여염에서 구해 온 초헌에 태워 군사들이 메고 가야 했던 것이다. 임해군은 초헌 위에 앉아서도 계속 술을 찾으며 주정을 부렸고, 초헌 위에는 벽이 없으니 그 추태를 사방에서 볼 수 있었다. 그 모습을 본 군사와 궁인들은 고개를 돌린 채 키들거렸고 종친들은 외면했다.

"저는 지금 저 꼬락서니도 꼴불견이지만, 도대체 무슨 기준으로 누구는 가고 누구는 안 가는지도 모르겠습니다. 종친이라면 백일도 안 된 정원군의 막내아들까지 피난을 시키면서, 가장 중요한 사람인 상감과 세자께서는 왜 동행하지 않고 함흥에 계시는 것인지요? 그분들이 남아 계시는 것은 함흥도 안전하다는 뜻일 텐데 우리는 왜 혜산으로 피난을 가야 하는 것입니까?"

묵묵히 듣고만 있던 당은군이 영제군의 말을 끊었다.

"어허, 너는 내전과 종친부를 먼저 피하게 함으로써 국가의 후일을 일말의 우려도 없이 대비하고자 하시는 상감의 뜻을 깨닫지 못하겠느냐? 상감께서는 임진년에 백성을 두고 홀로 파천하셨던 일을 크게 마음 아파하셨던 바, 이번 변란에서라도 조상 앞에서 군민의 모범이 되기 위하여 몸을 피하지 않고 본궁을 지키고 계시는 것이다. 세자 저하 역시 나라를 이어받을 재목으로서 할 일을 하고 계시는 것이니 너는 이를 이상히 여기지 말고 마땅히 칭송해야 한다."

"형님, 지금 그게 말이 되는 변명이라고 하시는 겁니까?"

어처구니없어하는 영재군의 반응에 당은군은 헛기침을 하며 고개를 돌렸다. 잠시 침묵이 흐른 후 영제군이 한숨을 쉬었다.

"휴우, 말이 되는 소리건 안 되는 소리건 상감께서 가라시면 가야 하는 것이긴 하지요. 그나저나 혜산은 정말 북방이라 아주 추울 텐데 아녀자들이 괜찮을지 모르겠습니다."

"아녀자라 해도 왕실과 종친의 사람들이고, 처음 겪는 난리 길도 아니다. 다들 잘 견뎌 주는 수밖에 없다."

당은군이 우울하게 답했다. 임금의 장자인 임해군이 술에 절어 있으니, 이 행렬을 이끄는 역할은 사실상 사촌 중 최연장자인 그에게 있는 셈이었다. 그는 이 틈을 타서 임금의 손에서 벗어난다든가 하는 것은 생각도 하지 않았고, 그저 중전 이하 왕실 사람들을 안전하게 피난시킬 궁리만 하고 있었지만 동생 영제군은 달랐다. 그는 어둡고 춥기만 한 북방의 하늘을 보며 그쪽으로 다가갈수록 불안과 공포를 느꼈으나 빠져나갈 도리가 없어 전전긍긍할 뿐이었다. 차라리 싸움터에 있는 정원군은 속이 편할 거라고 생각하며 영제군은 남쪽 하늘을 바라보았다.

제13장
함흥 회전

"겁쟁이 놈들, 울타리 밖으로 나와라!"

"네놈들은 우리와 싸우기 두려워 스스로를 그 속에 가둬 놓은 게로구나! 에이, 겁쟁이 놈들! 늙어서 아들놈 화살 한 발에 죽지도 못할 놈들! 네 아들놈들은 화살 만질 줄이나 아느냐? 하하핫!"

여진 기병들은 반정군이 쳐 놓은 목책 주위를 돌면서 온갖 조롱과 욕지거리를 퍼부어 댔다. 화살 한 발 운운은 늙은 부친을 활로 쏘아 죽이되 한 발에 고통 없이 죽여야 효자로 인정받는 여진족의 습속에서 기인한 말인데, 여진 말로 지껄여 대니 알아듣는 이는 아무도 없었지만 그 어조와 표정만으로도 무슨 뜻으로 떠드는지는 충분히 파악할 수 있었다.

"쏘지 마라! 놈들이 우리를 견제하려는 술책이다. 어차피

알아듣지도 못하는 욕지거리. 제 놈들 입이나 아프게 내버려
두어라."

송여종은 분개하여 총통에 불을 붙이려는 부하들을 말리며
이를 갈았다. 그 역시 저 빌어먹을 놈들을 당장 쏘고 싶었지만
지금 쏘는 것은 손해였다.

"곧 해가 진다! 가을의 해는 짧다. 지금 우리가 싸우면 우리
는 해를 등지지만 저들은 해를 정면으로 보고 싸우게 되니 저
들은 절대로 그렇게 하지 않을 것이다. 저놈들이 얄짱거리는
것은 그저 우리의 태세를 혼란케 하고 화약을 낭비시키려는 것
이다. 놈들은 아마도 내일 아침 일찍 해를 등지고 쳐들어올 것
이니, 우리는 그때를 위해 화약을 아껴 놓아야 한다."

"예……."

적이 정말로 내습해 오기 전에는 포를 쏘지 말라는 것은 이
순신의 엄중한 지시였다. 송여종이 손에 쥔 환도가 부르르 떨
렸다.

＊

"지금 사방에 목책을 치기는 하였으나 방비가 엄중하지는
못합니다. 축성을 든든히 하기에는 시간이 부족했습니다."

"아예 하루쯤 시간이 있었으면 더 많은 재목을 준비하고 돌
과 흙으로 든든하게 성책을 쌓을 수 있었겠지. 하지만 이미 지
나간 일을 논해 무엇을 하겠는가."

이순신은 우치적의 근심 어린 보고를 간단히 잘랐다. 당면한 적이 더 이상 동족인 관군이 아닌 여진군이 되어 버리자 그 전까지 어느 정도는 남아 있던 임금을 상대로 싸우는 데 대한 그의 망설임은 완전히 사라졌다. 이순신은 모여 있는 휘하 장수들을 둘러보며 준엄하게 일갈했다.

"저들은 이번에 단순히 약탈을 하러 온 것이 아니라 우리와 싸우러 온 것이니 이 점을 유의하게! 여진 오랑캐들과 싸울 때 한 가지 더 명심할 것은 놈들이 도적 떼라는 것일세. 놈들은 자기들이 불리한 상황에서는 절대 싸우지 않는다 이 말일세! 또한 화포의 포성에 익숙지 않아 총통과 활을 모두 써서 공격하면 쉽게 흩어져 도망치곤 하니, 우리가 허술한 방책에 의지하고 있으나 화포와 활로 이를 넉넉히 보완할 수 있을 것이네."

지금 반정군 진영의 사면을 둘러싸고 있는 목책은 원래 목책이 아니라 뗏목을 만들려고 준비한 목재를 새로 다듬을 틈도 없이 급하게 만든 것이라 상태가 다소 조악하고 넘기도 크게 어렵지 않았다. 이를 보완하려면 목책 뒤에 화포와 조총, 활 같은 무기를 충분히 배치해야 하는데 지금 반정군은 화포가 부족하여 사면에 모두 충분한 양의 화포를 배치할 수는 없었다.

"정면으로 공격해 올 가능성이 높으니 일단 정면에 화포를 집중적으로 배치하도록 하세. 300문의 총통 중 200문을 정면에, 나머지는 좌우 측면에 배치하여 적의 공세를 기다리고, 저들이 먼저 내습하면 포화로 그 기세를 꺾은 후 틈을 보아 반격하도록 함이 옳을 것이네."

수군 소속이었던 장수들은 다소 두려움을 표하면서도 이순신의 지시에 따라 고개를 끄덕였다. 그들은 대개 전란 중에 왜군과 싸우면서 급속히 승진을 했기 때문에, 북방에서 직접 복무한 경력이 있는 이순신과 달리 야인과의 전투 경험은 거의 없었다. 기껏해야 안위 정도가 북방으로 귀양을 왔었기 때문에 야인에 대해 좀 알고 있을 뿐이다.

"알겠습니다, 통상. 그리하면 어느 군사를 전면에 배치하시겠습니까?"

안위의 물음에 이순신은 등채로 진형도 위를 짚었다.

"전면에 화포를 집중하는 만큼 수군 소속의 포수와 사부들을 전면에 집중하고, 남쪽을 바라보는 우측면에는 임 별장의 항왜 부대와 도성에서 합류한 경군 보병들을 배치하겠네. 북쪽을 바라보는 좌측면엔 배 수사의 의병을 배치하고, 이쪽 부대에는 조총과 궁시가 부족하니 대신 총통 80문을 배치하여 지원하도록 하겠네."

다른 장수들은 배설의 군사들을 배설의 사병처럼 취급하여 '배 수사 군'이라고 불렀지만 이순신은 그 호칭을 절대 쓰지 않았다. 그는 백성들이 모여 구성했다는 의미에서 배설의 부하들을 그저 의병이라고 불렀다. 이순신의 지시를 들은 배설이 마땅찮은 표정을 지었지만, 그가 입을 열기 전에 임승조가 먼저 나섰다.

"통제 도노! 그리하면 저를 지원하는 총통은 스무 문뿐인 것입니까?"

임승조가 투덜거리자 이순신이 부드럽게 웃었다.

"임 별장, 화차 여덟 대는 모두 그대의 진영에 배치할 예정이네. 그런데 그대와 그대의 군사들이라면 총통 지원이 없어도 규율이 없는 도둑 떼나 마찬가지인 여진 기병 1000여 명이나 2000여 명 정도는 충분히 상대할 수 있지 않은가. 이미 싸워 본 적도 있는 것으로 아는데."

"통제사 도노, 여진 땅에 들어가 그들과 싸운 것은 저희가 아니라 가토 군입니다. 제가 속해 있던 고니시 군은 명군이나 조선군과만 싸웠습니다."

"임 별장, 명군 기병 다수가 여진인이라는 사실을 모르는 것인가? 그대는 명나라 기병과는 많이 싸워 보지 않았는가."

"아! 그 여진인들이 명나라 군대에도 있었습니까? 그렇다면 문제없습니다. 명나라 기병이라면 벽제관에서도, 남원성에서도 싸워 보았지만 별거 아니었습니다. 통제사 도노께서 믿어 주시니 최선을 다해 적을 해치워 보이겠습니다."

임승조는 자기 가슴을 두드리며 의기양양하게 물러섰다. 조용히 듣고 있던 배설이 찌푸린 얼굴로 입을 열었다.

"통상, 이제까지 선봉에 선 우리 당의 군사들을 측면으로 돌리고, 화포도 넉넉히 주지 않는 이유가 무엇입니까? 산봉우리 사이의 험로를 오는 동안은 선두에 내세워 방패로 쓰고, 이제 이곳 북방에서 치르는 마지막 싸움에서는 수군이 주력이 되어 영광을 입으시려는 겁니까?"

"어디 그런 말을 하시오! 전면에 화포를 집중하는 것은 저들

이 치고 들어올 가능성이 가장 높은 것이 정면이기 때문이고, 측
방에 항왜병과 그대의 의병을 배치하는 것은 그들이 수군에 비
해 훨씬 근접전에 능하기 때문이오. 저들이 측면을 먼저 칠 가
능성은 낮지만, 정면에 비해 양 측면과 후면은 목책이 훨씬 허술
하니만큼 창칼을 다루는 데 서투른 수군을 배치했다가는 저들의
기병에게 유린당할 수도 있기에 그대들을 배치하는 것이오."

배설의 항의를 접한 이순신의 표정이 굳어졌다. 하지만 배
설 역시 순순히 자신의 의견을 접지는 않았다.

"통상이 말씀하시는 바는 알겠습니다. 하지만 5000 기병이
저희 정면으로 들이칠 수도 있는데 총통 80문은 너무 적습니
다. 저희 군사들은 조총과 활도 넉넉하지 못하니, 총통을 40문
은 더 주셔야겠습니다. 아니면 항왜병들 쪽에 배치한 여덟 대
의 화차를 저희한테 주시든가요."

"40문?"

듣고 있던 다른 장수들의 눈이 휘둥그레졌다. 40문이나 되
는 화포를 배설 군에 추가로 몰아주려면 적과 마주 대적한 정
면 화포를 빼거나 항왜병을 지원하는 화포를 빼야 한다. 이순
신은 단호하게 고개를 저었다.

"안 되오, 배 수사! 저들이 공격해 올 가능성이 가장 낮은 쪽
이 바로 배 수사가 담당할 북방인데 그렇게 많은 화포를 배 수
사 쪽에 몰아줄 수는 없소. 본관이 보기에 저들은 오늘 밤까지
는 지금처럼 견제에만 집중할 것이고, 본격적인 공세는 내일
아침 시작될 것이오. 전면에 화포를 집중하는 것은 적과 대치

하고 있는 정면이기 때문이지만, 저들이 아침나절에 해를 등에 지고 공격해 올 것이 분명하기 때문이기도 하오."

"그렇다면 경군 조총병의 지원을 넉넉히 받는 항왜병들에게 화차까지 지급하는 것은 무슨 연유에서입니까?"

"그것은 정면으로 쳐들어온 적이 다음 목표를 남측면으로 잡을 공산이 크기 때문이오. 낮 시간에 공격을 가해 올 경우 남측으로 치면 역시 해를 등지는 모양새가 되어 시야가 트이지 않소. 물론 아침저녁만큼 일광이 큰 역할을 하지는 않겠으나, 해를 등지고 싸우는 것과 마주 보고 싸우는 것은 엄연히 다른 법이오. 저들은 자신들이 해를 등지고 있으면 우리 군사들이 활을 겨냥하기 힘겨울 것이라 생각할 터. 여기에 화차와 화포를 집중해서 쏘면 방심한 적에게 큰 타격을 가할 수 있으리라 보오."

배설은 아무 대답 없이 자기 자리에 도로 주저앉았다. 나라를 뒤엎기 위해 이제까지 선봉을 맡아 온 그로서는 임금을 눈앞에 둔 최후의 싸움에서 뒷전으로 물러앉게 된 셈이니 기꺼울 수는 없었다.

"통상, 그럼 제 수하들은 어디에 있으면 되겠습니까?"

기병을 지휘하는 오응태가 공손하게 질문을 던졌다. 고개를 돌린 이순신은 진형도 후면을 짚었다.

"오 병사는 진영 후문 일대에서 계속 대기하시오. 기병은 후면에 두었다가 만약 적이 진영 후방으로 돌 경우 즉시 후면으로 나가 적을 서시하고, 그 시이 좌우익의 군사를 차출하여 후방에 전개하도록 하겠소. 정면이나 측면을 습격한 적이 완전히 무너져서 도주할 때에도 역시 그대의 기병으로 뒤를 쫓도록 할 것이오."

오응태가 고개를 끄덕이며 자신에게 주어진 지시에 수긍하자 이순신은 장수들을 둘러보며 차분히 격려의 말을 던졌다.

"저들이 기병을 주력으로 한 이상 우리가 먼저 공격에 나서기는 곤란하오. 우리가 진격하면 저들은 도주하여 우리를 지치게 한 후 공격할 것이오. 어디까지나 저들이 먼저 치게 한 다음 반격으로 나가도록 합시다. 다들 각자의 진영으로 돌아가 방어를 굳건히 하시오. 저들이 우리 진영을 혼란에 빠뜨리기 위해 소수의 병력으로 야습을 할 가능성은 충분히 있소."

"예, 통상."

회의를 마친 장수들은 흩어져서 각기 휘하 군사들이 있는 곳으로 향했다. 그들의 뒷모습을 바라보며 정 참봉이 다소 차갑게 들리는 목소리로 우려를 표했다.

"배 수사는 아무래도 그 태도가 심상치 않습니다. 금상에 대한 원한이 너무 크다 보니 통상께서 품고 계시는 뜻과 어긋나는 모습이 너무 자주 보입니다. 정략이든 군략이든 말입니다."

석양을 등진 채 동쪽, 관군과 여진군의 연합 진영을 바라보면서 이순신이 조용히 답했다.

"아닐세. 배 수사와 배 수사가 이끄는 의병이 고생을 많이 한 것은 본관도 아네. 그래서 삼남 지방을 누비고도 또 이제까지 산길을 걸으며 많은 전투를 치르느라 고생이 많겠기에 다소 부담이 덜한 측면 방어를 맡기려 하였는데, 계속 싸우고자 하는 의지가 있으니 아까와 같은 그런 반응이 나왔겠지. 배 수사가 상감께 원한이 큰 것은 알고 있으나, 대의를 저버릴 정도는 아닐 것이네."

"통상, 과거 태조대왕께서 위화도에서 군을 물리실 때 좌군통제사 조민수는 동지였으나 얼마 안 가서 정적이 되었고, 태조께서는 조민수를 제거하기 위해 귀양을 보내셨습니다. 통상께서도 그 성격은 좀 다를지언정 배 수사가 통상께서 옳다고 생각하는 길을 가로막는 존재가 될 가능성을 감안하셔야 할 것입니다."

이순신은 대답하지 않았다. 주름이 깊이 팬 그의 얼굴에 고뇌가 흘렀다.

*

이순신의 반정군이 방어태세를 굳건히 하며 임전태세를 굳히고 있을 때, 관군 진영에서는 자중지란이 일어나고 있었다.

"이 겁쟁이 놈들! 네놈들이 왕자를 붙들지 않았으면 저들이 울타리를 치기도 전에 들이칠 수 있었단 말이다! 이제 놈들이 울타리를 모두 쳐 버린 데다 해까지 저물어 가고 있으니 어찌 오늘 싸움을 시작할 수 있다는 말인가! 네놈들의 태만 때문에 적을 쳐부술 날이 하루 늦어지고 말았다!"

"신정하시오. 지금은 비록 싸움을 할 수 없다 해도 내일이 있지 않소. 일단 오늘 밤은 저들도 평안히 잠을 이루지 못할 것이니, 우리는 번을 서는 초병을 제외한 군사들을 잘 먹이고 편안히 자게 하여 내일을 대비하게 합시다. 그리하면 내일 해가 뜨는 것과 동시에 햇빛을 등에 지고 적을 들이쳐 반적들의 목을 베는 것이 훨씬 용이할 것이오. 만약 패륵께서 왕자마마께서 말리는 것을 듣지 않고 불과 3000의 군사로 수천의 적이 화포를 놓고 기다리는 길로 돌진하셨다면 귀한 몸을 상하셨을 것이 분명하오!"

여진족들과 한자리에 있는 것만으로도 소태 씹은 표정을 짓고 있는 다른 장수들 대신, 그나마 추잉과 협조하려는 생각을 일부라도 가지고 있는 이일이 나서서 추잉을 달랬지만 별 효험이 없었다. 추잉은 거침없이 조선 장수들을 공박했다.

"여기 계시는 정원 왕자께서도 나의 의견에 동의하시어 저들의 준비가 완료되기 전에 치라는 명을 그대들에게 내리셨다! 그런데 되지도 않는 핑계로 우리 군사들의 공격을 지연시키고 저들의 준비가 갖추어지게 만들다니, 설마 네놈들이 송양지인을 발휘하려는 것은 아닐 것이니, 이것은 네놈들이 이순신과 내통하여 그놈이 이기게 만들려고 네놈들 간에 결탁했다는 소리가 아니고 무엇이냔 말이다!"

추잉의 통역은 보통의 여진족이라기엔 매우 유식한 놈이었다. 게다가 그놈은 마치 제가 건주위의 패륵인 것처럼 마구 발을 구르고 호통을 치며 삿대질을 해 댔다. 정충신은 통역이 중국 춘추시대 송나라 양공의 고사를 인용하는 것을 들으며 저 통역 놈이 일부러 더 격하게 통역하는 것이 아닌가 하는 의심이 들었다. 하지만 곧바로 이어지는 맹비난으로 일어난 분노

286

때문에 그 의심은 뒷전으로 밀려나고 말았다.

"조선군은 도대체가 반란을 진압할 의지도 능력도 없다! 내 들자 하니 이순신의 반란군은 저 먼 조선의 남쪽 끝에서 이 북쪽 땅까지 올라오면서 단 한 번도 패하지 않았다 들었다. 나는 이해할 수가 없다. 어찌 해전과 육전에서 모두 한 번도 이기지 못할 수가 있는가? 어찌 단 한 번도 반란자들을 막아 내지 못했다는 말인가?"

정충신을 비롯한 장수들은 울컥하는 속을 간신히 억눌렀다. 관군이 이순신에게 연패한 것은 사실이었으니 할 말이 없었다. 하지만 억울함을 참다못한 고언백이 한마디를 던졌다.

"그대들은 도성을 떠난 이순신이 왜 이제야 함흥에 도착했다고 생각하는 거요? 그것이 다 우리 군사들이 중도에 저들을 막아 낸 덕분이란 말이오! 중간의 고을 수령과 군사 들이 피로 막아 낸 노력을 어찌 그리 폄하하시오!"

"그래서 이겼어? 졌잖아! 지기만 한 패장들 주제에 닥치고나 있으라고!"

이젠 아예 추잉이 입도 열기 전에 통역 놈이 고함을 질렀다. 그것도 대놓고 막말이었고, 추잉은 조선 장수들을 윽박지르는 자기 부하가 대견한지 얼굴 가득 웃음을 띠고 있었다. 더 이상 분노를 억누를 수 없었던 고언백이 탁자를 내리치고 일어서서 추잉을 노려보며 분노의 일성을 내뱉으려는 찰나, 추잉 옆에 앉아 있던 징원군이 먼저 노성을 내질렀다.

"양주목사! 당장 자리에 앉지 못할까? 지금 네놈이 감히 뉘

안전이라고 방자한 태도를 보이는 것이냐? 네놈이 이 나라의 왕자이자 황송하옵게도 아바마마의 명을 받자와 네놈들의 지휘권을 받아 이 자리에 있는 본인의 앞에 있다는 것을 잊었느냐? 지금 여기 있는 패륵께서는 이웃의 의리로써, 반적들을 진압하는 것을 돕고자 직접 정예병을 뽑아 거느리고 오셨다. 그리고 어처구니없이 패배를 거듭한 네놈들의 말도 안 되는 전적에 기가 막혀 몇 마디 나무라신 것을 가지고 잘한 일이라곤 하나도 없는 네놈들이 화를 내다니, 이것이야말로 방귀 뀐 놈이 성내는 격이 아니고 무엇이란 말이냐? 당장 패륵에게 사죄를 드리고 그 자리에 앉아라!"

전투를 말리는 장수들의 말에 솔깃함을 느끼고 추잉을 붙드는 데 찬성했던 자신의 과거는 어디에 숨겼는지, 추잉이 화를 내자마자 곧바로 표변하여 자기 부하들을 질책하는 정원군을 보면서 기가 막히다 못해 숨을 쉴 수 없을 지경이 된 고언백은 타는 듯한 눈으로 정원군을 쏘아보았다. 정원군은 잠시 움찔하는 듯했으나 점점 싸늘해지는 추잉의 옆얼굴을 흘깃 보더니 곧바로 기운을 되찾아 기세 좋게 일갈했다.

"어허, 이놈이! 네놈이 당장 무릎을 꿇지 않는다면 이 자리에서 참할 것이다! 본래 거느리고 있던 수하의 군사도 모두 잃어 도순변사의 비장 신세에 불과한 놈이 어디서 방자하게 눈알을 돌리느냐? 네놈이 그와 같이 방자하게 구는 것은 반적들과 결탁했다는 방증이니, 이 자리에서 베어도 누구도 반박하지 못할 것이다!"

고언백은 치미는 분노를 참고 천천히 무릎을 꿇고 추잉이 있는 방향으로 고개를 조아렸다. 입은 열지 않았지만 추잉은 그것으로 만족한 듯, 정원군을 향해 미소를 지으면서 일으키라는 의미의 손짓을 했다. 기세가 오른 정원군은 다시 기세 좋게 호령을 했다.

"패륵께서 네놈의 무례를 용서하셨으니 나 역시 특별히 용서하기로 한다. 양주목사는 그 대신 오늘 밤 100기의 군사를 이끌고 반적들의 진영 주위를 돌면서 계속 야습을 가하여 놈들의 수면을 방해하고 내일 아침 벌어질 결전에서 놈들이 지치도록 하라! 당장 나가 군사를 선발하여 움직이라!"

고언백이 말없이 고개를 숙여 답하고 군막을 나가자 막사 안의 조선 장수들은 묵묵히 고개를 숙인 채 아무 말도 하지 않았다. 추잉과 정원군은 그런 것은 신경도 쓰지 않고 내일의 선봉을 어느 쪽이 맡느냐는 문제를 두고 웃고 떠들며 이야기를 나누고 있을 뿐이었다. 추잉이 거느리고 온 건주위의 장수들조차 서로 수군거리며 이건 좀 심하지 않느냐는 불안한 마음을 표했지만 그들 역시 추잉에게 잘못을 지적하고 나서지는 못했다.

*

겨울에 다가서는 북방의 해는 느리게 떠서 새벽녘이라고 하지만 이직 어두컴컴했다. 새벽까지 수수의 관군 기병들이 진영 주위를 오가며 욕지거리를 퍼붓고 불화살을 쏘아 댄 탓에 이순신의 군사들은 다소 피곤한 밤을 보내야 했다. 이쪽에서도 일부 병력을 진영 바깥에 매복시켜 저들의 야습을 경계하고 있는 이상 전면적인 야습을 받을 일은 없었지만, 한두 명이 기습적으로 화살 하나를 날리고 도망치는 것까지 다 저지할 수는 없었다.

"번을 서던 군사 열 명 정도가 죽거나 다쳤습니다. 밤새도록 놈들이 진영 주변에서 난동을 피우는 바람에 잠을 자지 못한 군사도 많습니다."

송희립의 보고를 받은 이순신은 짧게 한숨을 쉬었다.

"어쩔 수 없는 일이지. 아무튼 이제 곧 싸움이 시작될 터이니 모든 군사들에게 자기 자리를 지키도록 하게. 또한 각 사부와 포수 들은 충분한 양의 화약과 화살을 준비하여 싸우는 도중에 무기가 떨어져 손쓸 일이 없게 되는 상황을 피하도록 하게."

"예, 통상!"

이순신의 지시를 받은 송희립은 절도 있게 군례를 올린 뒤 뒤따르던 기라졸들을 불러 각 진영에 이순신의 명령을 전달했다. 연이은 행군의 피로와 간밤의 수면 부족이 겹쳐 반정군 군사들 모두가 지쳐 있었지만 이제 곧 최후의 순간이 다가온다는 것은 누구나 알 수 있었다. 관군의 진영을 바라보며 시위를 잡은 사부의 손이 경련하듯 떨렸다.

*

"자, 드디어 싸움이다!"

추잉의 호령이 떨어지자 열을 맞추어 대기하고 있던 여진 기병 3000이 이제 막 떠오르는 햇빛을 등에 받으며 천천히 앞으로 나가기 시작했다. 이들은 해가 뜨기 한 시진 전에 일찌감치 잠자리에서 일어나 싸울 준비를 갖추고 해가 떠오르기만 기다리고 있던 참이었다.

"자, 건주위의 용사들이여! 지금 너희 눈앞에 싸워 쳐부술 적이 있다. 허수아비들의 무리나 다름없는 저들에게 승리하면 저들로부터 빼앗은 모든 재물이 너희 것이요, 또한 조선 조정에서 풍부한 포상을 내놓을 것이다! 늘 선두에 서는 전사라는 명성을 위해! 집으로 가져갈 풍부한 재물을 위해! 싸워라!"

여진족 병사들은 추잉의 외침에 호응하여 함성과 함께 질주하기 시작했다. 하지만 조선군의 분위기는 달랐다. 정원군과 추잉이 의기양양한 표정으로 달려 나가는 여진 병사들을 주시하는 뒤에서 조선 병사들은 아무 말 없이 가라앉은 태도로 대기하고 있었다. 이순신에 대한 두려움도 두려움이지만 평소 원수처럼 여기던 여진족과 같이 싸우게 된 것에 대한 함경도 병사들의 불만은 아직도 꽤 높았던 것이다. 병사들 사이의 심상치 않은 분위기를 알고 있던 정충신은 투덜거리는 군사들 사이를 돌면서 필사적으로 그들을 달래야 했다.

"우리는 지금 무엇보다 이순신의 반군을 쳐부수는 것에 집중해야 한다! 너희가 어떤 불만을 가지고 있는지 나 역시 잘 알고 있다. 조금만 참아라. 사실 저 오랑캐들은 반적들의 화약을 소모시키고 사기를 떨어뜨리기 위한 우리 관군의 방패에 불과하다! 저들은 반군과 싸우다 거의 다 죽을 것이고 살아남은 오랑캐들도 반적들을 쳐부수고 나면 모두 자기 땅으로 돌아갈 것이다. 그러니 오늘의 싸움에서 꼭 저들을 쳐부수어야 한다! 그래야 오랑캐들이 물러나는 것이다!"

정충신이 목이 터져라 외쳐도 함경도 군사와 장수 들의 표정은 싸늘하기만 했다. 도성에서 온 장수들은 그래도 정충신의 본을 따라 군사들을 분격시키려는 시늉이라도 했지만, 함경도 출신의 토관土官들은 그저 자기 자리를 지키고 있을 뿐 전혀 군사들을 추스르려 들지 않았다. 군사들 역시 무표정한 얼굴로, 혹은 이를 갈고 분노를 씹으며 여진족들의 뒤를 노려볼 뿐이었다. 그들은 같은 쪽에 서 있기는 해도 우군友軍이 아니었다.

"아아, 역시 이자들의 적은 통제사가 아닌 것인가!"

한탄의 한숨을 내쉰 정충신은 고개를 돌려 4리 거리에 있는 이순신의 진영 쪽을 바라보았다. 질주하는 여진족들의 말이 점점 속도가 붙으면서 들판에 먼지가 자욱하게 피어오르고 있었다. 선두의 여진 기병들이 활을 겨누는 듯 왼팔을 치켜드는 몸짓이 보였다.

*

"놈들이 달려온다! 총통을 쏘아라!"

"예이!"

펑! 퍼펑!

여진 기병들이 사거리 안으로 들어오기를 끈기 있게 기다리고 있던 반정군 장수들은 적이 200보 안으로 들어와 이쪽을 향해 화살을 날리기 시작하는 순간 일제히 방포 명령을 내렸다. 맞지도 않을 너무 먼 거리에서 화포를 쏘는 것은 화약의 낭비일 뿐이니 기다린 것이지만, 그렇다고 해서 굳이 저들의 화살이 머리 위에 떨어질 때까지 기다려 줄 의리는 없었다.

반정군은 총통 네 문을 한 개 조로 편성해 놓았다. 200문의 총통 중에서 50문씩이 순차적으로 불을 토하자 수천 개의 조란환이 허공을 날았다. 다음 순번의 총통이 불을 뿜고, 방포한 총통에 포수들이 급히 화약과 조란환을 재장전하는 옆에서 우치적이 호령하며 병사들을 독려했다.

"저 오랑캐들은 본래 도적 떼인지라 방비를 갖춘 적진에 목숨을 걸고 돌입하는 일 따위는 절대로 하지 않는다. 방포가 끊기면 아니 되니 각 갑번 화포가 방포한 뒤 을, 병, 정의 차례로 순차적으로 방포하라! 또한 마구 쏘지 말고 화약이 낭비되지 않도록 세심하게 조준하는 것을 잊지 마라! 만약 저들이 우리 방책을 향해 100보 안으로 접근하면 활을, 50보 안으로 접근하면 조총을 쏘아 쓰러뜨려라! 사람보다는 말이 큰 표적이고 후속하는 적의 길을 막는 장애물로 만들 수도 있으니 사람보다는 말을 노려라!"

조방장으로서 정면 방어의 지휘 책임을 맡은 우치적은 병사들이 적을 겁내지 않고 싸울 수 있도록 최선을 다했다. 세상에서 가장 경애하는 상관인 이순신이 믿고 맡긴 정면 방어선인 만큼 꼭 지켜야 했다. 더구나 지금의 적은 관군도 아니고 오랑

캐가 아닌가! 잠시 숨을 가다듬은 우치적이 군사들을 독려하기
위한 사자후를 토했다.

"만약 우리가 저놈들에게 진다면, 삼천리 조선 땅은 저 오랑
캐들의 것이 되고 우리는 오랑캐 추장의 지배를 받게 될 것이
다! 우리 조선의 모든 보화는 저들에게 약탈당하고, 너희 아내
와 딸 들은 저 머나먼 오랑캐 땅으로 끌려가 저놈들의 비자婢
子*가 되어 옷시중과 밤시중을 들게 될 것이며, 너희와 너희 아
들 들은 저들의 노복이 되어 뼈 빠지게 농사를 짓게 될 것이고
거기서 얻은 모든 소출은 저들이 빼앗아 갈 것이다. 너희는 그
것을 바라느냐? 왜놈들에게 그 고난을 당했는데 이제 또 오랑
캐 놈들의 손아귀에 떨어져 고난을 받아야 한다면 이 어찌 사
람으로서 견딜 수 있겠느냐. 싸워라! 절대 져서는 안 된다!"

군사들은 우치적의 단호한 격려에 힘을 얻어 열심히 포를
쏘았다. 비처럼 쏟아지는 여진족의 화살에 쓰러지는 이가 줄을
지었지만 군사들은 겁을 먹지 않았다.

*

"1진이 활을 쏜 뒤에 뒤로 돌아오면 2진과 3진이 연달아 활
을 쏘라!"

건주위의 숙장이자 누르하치의 심복인 허허리는 호령하며

---

* 여종

군사들을 지휘했다. 누르하치는 추잉에게 전군의 지휘권을 주어 조선으로 파견하기는 하였으나 아직 젊고 전투 경험이 부족한 추잉이 체계적인 전술을 구사할 수 있는 조선군과 싸워 쉽게 이기리라 생각할 정도로 멍청하지는 않았다. 그래서 파병을 반대한 인사이기는 해도 풍부한 경험을 갖춘 장수인 허허리를 보내 실전적인 면에서 추잉을 보좌하고 실제로 군을 움직이는 지휘자 역할을 맡도록 한 것이다.

추잉 역시 자신의 능력에 대한 한계는 알고 있었고, 자신의 의향에 따라 결정하는 정치적인 문제 이외에 군사를 실제로 움직이는 데 있어서는 허허리를 전적으로 신뢰하며 맡기고 있었다. 다만 허허리는 애초에 병력의 손실을 우려하여 파병을 반대했던 만큼, 실제 전투에 임해서도 가능한 한 손실을 입지 않는 쪽으로 군사를 움직이고 있었다.

"울타리 뒤에 숨어 있는 수천의 적을 그대로 칠 수는 없다! 저 겁쟁이 놈들이 겁을 먹고 도망치기 시작할 때까지 쉬지 말고 화살을 퍼부어라! 그 뒤에 돌격하여 저놈들을 모조리 죽이고 두목인 이순신을 붙잡아다가 술안주로 하도록 한다! 그동안 저놈들의 화포에 맞지 않도록 기민하게 움직여라!"

허허리의 지휘를 받은 여진 기병들은 민첩하게 활의 최대사거리까지만 달려가 이순신 군의 진영으로 화살을 날린 후 잽싸게 뒤로 물러나 다시 시위에 화살을 메겼다. 포화에 당하지 않도록 느슨하게 무리를 지은 여진 기병의 한 떼가 다가들 때마다 수백의 화살이 하늘을 날았고 수백 개의 철환이 반대로 날았다. 잽싸게 방향을 돌리던 기병들 중 몇몇은 철환에 맞아 말과 함께 땅바닥을 굴렀지만, 허허리는 자신의 군사들이 동요하지 않도록 소리 높여 외쳤다.

"눈먼 탄환 따위 크게 두려울 것 없다! 저들은 자기들이 만들어 낸 화약 연기 때문에 우리의 위치를 제대로 보지도 못할 것이다. 겁내지 말고 활을 쏘아라! 해가 하늘 한가운데 뜨기 전에 저들의 진형은 무너질 것이다!"

허허리는 소리 높여 외치면서 자기도 군사들과 함께 이순신의 군사들을 향해 화살을 날린 뒤 잽싸게 뒤로 물러섰다. 그 순간에도 포성이 울렸지만 날아오는 쇳덩어리들 중 그에게 위협을 주는 것은 없었다. 허허리는 통쾌한 웃음을 터뜨렸다.

*

느긋한 마음으로 여유만만하게 싸움을 이어 가고 있는 허허리와는 달리, 반 시진 가까이 계속되는 화살과 철환의 응수를 보고 있던 정원군과 추잉은 조바심이 나기 시작했다. 그들이 보기에는 마음만 먹으면 단박에 밀고 들어가 적을 짓밟고 승리할 수 있을 것 같은데 허허리는 시간만 끌고 있었다. 이에 정원군이 먼저 불만을 토했다.

"패륵! 그대가 그렇게 강력하다고 자랑하던 여진 철기가 겨우 저 정도였소? 고작해야 수군과 민간의 도적 떼를 합친 것에 불과한 이순신의 진영도 돌파하지 못하고 화살이나 쏘고 있는 저 꼬락서니가 건주위 정예 철기의 모습이라니, 내 눈이 의심스럽소!"

얼굴이 시뻘게진 추잉은 응수할 말을 찾지 못했다. 잠시 반박할 말을 생각하던 그는 차마 정원군과 논전을 벌이지는 못하고 대신 허허리를 욕했다.

"겁쟁이 영감 같으니! 군사를 직접 이끄는 우두머리가 병사를 잃는 것만 두려워하여 선뜻 나서서 싸우려 하지 않으니 이런 결과가 생기는 것이오. 부끄러운 일이지만 정원 왕자께서 조선군의 싸움 모습을 보여 주시면 고맙겠소."

추잉의 속셈은 명확했다. 어차피 그가 지금 허허리로부터 지휘권을 빼앗거나 돌격을 강요할 수는 없다. 그렇다면 조선 관군을 부추겨 이순신을 쳐부수게 하고 허허리는 아무 공도 세운 것이 없도록 만들어, 건주위로 귀환한 뒤에 허허리가 누르하치의 신임을 잃도록 만드는 것이 차라리 효과적인 복수이자 그자신을 위한 더 나은 방책이라 할 수 있었다.

"지금 앞에 나가 싸우는 것은 적진의 정면으로 돌입한 우리 건주위 군사 3000뿐! 정원 왕자께서 휘하의 4000을 시켜 적의 양익을 치게 하면 적들은 우리의 포위를 이기지 못하고 괴멸할 것이오. 그리되면 왕자의 능력을 눈여겨본 부왕께서 어찌 당장이라도 왕위를 왕자께 넘겨주지 않고 배기시겠소?"

"으음."

정원군은 잠시 고민했다. 누구 상의할 사람이 있으면 좋겠지만 전황을 살핀답시고 추잉과 함께 붙어 다니기만 한지라 관군 장수들은 모두 저쪽에 떨어져 있었다. 자기 자신의 생각에 따라서 군사를 움직인다는 것은 자신의 역량을 선보일 수 있다는 달콤한 유혹이었지만 만약 그렇게 했다가 패배했을 경우를 생각하면 위험부담이 큰 중대사였다.

"정원 왕자, 어서 명령을 내리시오! 그대의 부왕께서는 그대에게 전권을 주지 않으셨소. 그대는 자신에게 확실히 주어진 권한조차 제대로 행사하지 못하는 사람이었단 말이오? 그대가 우리 부친 앞에서 펼쳐 보였던 그 웅대한 꿈은 모두 어디로 갔소? 건주위의 기병으로 만리장성을 넘고, 조선의 수군으로 산동을 넘어 중원을 도모하자던 그 사람은 어디 있냔 말이오!"

두 사람의 입장은 순식간에 역전되었다. 추잉의 설득에 항변할 수 없게 된 정원군이 결단을 내렸다.

"알겠소, 패륵! 여봐라, 선전관! 지금 당장 도순변사에게 달려가 모든 군사를 둘로 갈라 양익에서 반적들을 협격하도록 이르라! 여진군이 물러서기 전에 어서 서둘러야 한다!"

"예이!"

"아, 잠깐!"

"무슨 일이십니까, 마마?"

정원군의 지시를 받은 선전관이 말에 채찍을 가해 조선 장수들의 진영을 향해 막 출발하려는데 정원군이 갑자기 선전관을 불렀다. 선전관이 뒤를 돌아보자 잠시 망설이던 정원군이 입을 열었다.

"도순변사에게 가거든 서대문 밖 싸움에서 패한 죄를 씻을

겸, 양주목사로 하여금 선두에 서서 진군을 지휘케 하라 전하라! 양주목사는 패륵에게 무례하게 구는 죄를 범한 바도 있으니 마땅히 전군의 선두에 서서 패전의 치욕을 씻고 자신이 지은 죄를 갚아야 할 것이다."

"예, 마마."

선전관이 채찍을 휘둘러 말을 후려치며 달려 나갔다. 정원군은 그 뒷모습을 보며 초조감에 빠졌다. 과연 여진군이 공격의 기세를 유지하고 있는 동안 관군이 반군의 측면을 칠 수 있을지 걱정이 사라지지 않았다.

*

"뭐? 지금 당장 반적들의 측면을 치라고?"

"분명히 그리 명하셨습니다. 그럼 소인은 물러가겠습니다."

정원군이 보낸 선전관은 이번에도 자기기 할 말만 휙 던져놓고는 돌아가 버렸다. 자신들의 만류에도 불구하고 여진군이 복잡한 고려 따위 무시하고 달려 나가 버리자 그들이 싸우는 동안은 구경이나 하면 되겠거니 했던 관군 수뇌부로서는 당황할 수밖에 없었다.

"어허, 여진군도 철수시켜야 할 판에 우리보고 진군하여 접전을 하라고요? 말도 안 됩니다. 지금은 반적들의 양도를 끊고 고립시켜 굶주리게 하는 것이 최선입니다."

이렇게 주장한 것은 함경북병사 이수일이었다. 그는 자기 군사들을 줄줄이 늘어선 이순신의 총통 포구 앞으로 밀어 넣고 싶지 않았다.

"하지만 출전하지 않으면 왕명이 우리 목을 칠 것이오. 정원군마마께서는 상감마마를 대리하고 계시니, 그 명을 어기는 것은 곧 어명을 어기는 것이오."

이일의 침울한 토로를 접한 정충신의 이마에 깊은 한숨이 새겨졌다. 명백히 어명이 잘못되었을 때, 맹목적으로 그에 따르는 것이 과연 진정한 충성이라 할 수 있을 것인가? 아니면······.

정충신의 상념은 뜻하지 않은 타인의 개입으로 중단되었다. 고언백이 너털웃음을 지으며 그 자리에서 벌떡 일어선 것이다.

"양주목사! 어디에 가시오?"

"싸우다 죽으러 갑니다."

깜짝 놀란 이일의 질문에 뜻밖의 대답을 한 고언백은 터덜터덜 자신의 말을 향해 걷기 시작했다. 말고삐를 잡고 몸을 돌린 고언백은 눈이 휘둥그레져 자신을 잡을 생각도 하지 못하는 다른 장수들을 향해 허탈한 표정으로 웃어 보였다.

"도순변사께서도 소장이나 매한가지 아닙니까. 당장 나가 싸우지 않으면 분명 상감마마께 처형당할 것이지만, 싸우면 혹시 이기고 살아남을지도 모릅니다. 그럴 거면, 칼이나 마음껏 휘두르다가 죽으렵니다. 정원군마마께서도 제가 당장 죽기를 바라시지 않습니까. 허허······."

고언백이 직접 호명한 사람은 이일 하나였지만, 나머지 장수들도 자신들이 이순신과 싸워 패하거나 아예 싸움을 피했을 때 임금이 자신들을 어떻게 처우할지 아직도 모를 정도로 우둔하지는 않았다. 다른 장수들도 하나둘 자리에서 일어나 주섬주섬 투구를 썼고, 마침내 이일이 맨 마지막으로 일어서서 투구를 썼다. 다시 돌아온 고언백을 비롯하여 모든 장수들이 자기 앞에 서자 이일은 침통한 표정으로 입을 열었다.

"양주목사의 말이 맞소. 기왕 일이 이렇게 되었으니 한번 부딪쳐 봅시다. 이순신이 비록 화포를 많이 가지고 있다 하나, 지금 화포의 대부분을 전면의 여진군을 향해 쏘아 대고 있음은 의심의 여지가 없소. 그러니 기왕 싸울 거라면 여진군이 저들의 전면에서 버티고 있는 동안 측면을 급습해야 우리가 포화를 덜 뒤집어쓰게 될 거요. 머뭇거리다가 여진군이 싸움을 그만두고 철퇴해 버리면 이순신 그놈이 쏘아 대는 포환이 전부 우리에게 날아들 것 아니겠소."

장수들이 고개를 끄덕였다. 자신들도 이순신의 입장이라면 그렇게 할 것이다. 이일의 말이 이어졌다.

"그러니 어쩔 수 없이 군사를 나누어 적의 양편을 바로 치게 해야 할 것 같소. 양주목사, 저들 진영의 남쪽인 우군에는 왜병이 있고 북쪽인 좌군에는 배설의 민적들이 있다 하였소?"

"그러합니다, 대감."

간밤에 경계와 정찰을 맡던 고언백이 고개를 끄덕이자 이일이 마주 고개를 끄덕인 후 지시를 계속했다.

"일단 여진군이 물러서기 전에 신속하게 치는 것이 중요하니 기병을 먼저 움직입시다. 기병을 따로 빼서 하나로 모은 다음, 왜놈들이 있는 남쪽을 치게 하시오. 항왜병은 저들의 주력일 터. 우리 기병으로 그놈들을 먼저 쳐서 섬멸하면 반적들은 그대로 무너질 거요. 보병은 북쪽으로 보내 배설의 도적 떼를 붙잡아 섬멸하게 하시오. 그놈들은 아무래도 오합지졸일 것이고, 화포도 전군과 우군을 지원하러 보내느라 수가 부족할 것이니 쉽게 쳐부술 거요."

"예, 대감!"

관군 장수들은 제각기 흩어져 자기 군사들이 있는 곳으로 달려갔다. 보병과 기병이 따로 진을 치도록 해 두었던 덕에 군사를 나누는 데 시간이 걸리지 않아 다행이었다. 이일은 잠시 생각하다가 몇몇 군관과 병사만 거느리고 정원군이 있는 추잉의 본진으로 갔다. 군사도 남아 있지 않게 될 이곳 진영에 굳이 남아 있을 이유가 없었다.

*

이순신은 판옥선의 장대와 같은 구조의 장대를 땅 위에 목조로 만들게 하여 그 위에 올라가서 지휘를 하고 있었다. 그 덕분에 여진족 부대의 후미에 있던 관군이 영문 밖으로 출격하는 모습이 곧바로 시야에 들어왔다. 관군에 화포가 없으니 화포로 저격을 당할 염려는 없었고, 장대에 서 있으면 멀리 성천강까지의 모든 평원이 시야에 들어왔다.

"정면 돌격 따위 하지 않는 야인들이 주공일 리가 없지. 암 그렇고말고."

여진족이 아군의 시야를 끄는 사이 관군의 양익이 전장으로 돌격하는 모습을 본 이순신이 그것 보라는 듯 냉정한 목소리로 지적했다.

"기패관! 지금 당장 우군의 안 수사와 좌군의 배 수사에게 적…… 관군이 내습하고 있으니 방어 태세를 갖출 것을 명하라. 후군의 오 병사에게는 관군의 공세가 저지되는 대로 영문을 나서 반격에 나설 준비를 하도록 이르라!"

"예!"

기운차게 구령을 붙인 기패관이 곧 깃발을 들어 신호했다. 진영 사방에서 깃발이 나부끼며 답신이 돌아왔다.

*

"하야시님! 저희가 조선 병사들보다 조총을 더 잘 쏘는데 왜 장창조가 되어야 합니까? 이건 격이 떨어지는 일이라고요."

임승조 휘하의 항왜병들 몇이 투덜거렸다. 임승조가 웃으며 다독였다.

"조선 병사들의 칼솜씨는 1이고 조총 다루는 실력은 6이다. 네 녀석의 칼솜씨는 5고 조총 다루는 솜씨는 8이다. 우리 부대 선체의 진력을 높이려면 누구에게 어떤 무기를 쥐도록 해야겠느냐?"

핀잔을 들은 항왜병들은 노골적인 불평을 멈췄지만 투덜거리는 분위기가 아주 사라지지는 않았다. 임승조는 웃으면서 군사들을 다독였다.

"그런 사소한 불평은 그만둬라. 곧 본격적인 싸움이 시작될 거고, 그러면 너희에게는 공을 세울 기회가 온다. 우리의 새 주군이신 통제사 도노 앞에서 솜씨를 보여야 출세하지 않겠느냐. 그리 알고, 어떤 자리에서건 이 싸움의 승리를 위해 최선을 다해라. 그러면 통제사 도노께서 큰 상을 내리실 것이다."

임승조가 항왜병들을 다독이고 있는데 휘하의 조선인 기라졸이 달려왔다.

"별장 나리! 관군 기병들이 이쪽으로 달려오고 있으니 맞아 싸우라는 통상의 명이십니다! 우수사께서 말씀하시기를, 별장 나리께서 장창대를 직접 통제하시라 합니다!"

"알겠다!"

기라졸이 전달한 명령을 들은 임승조는 남쪽으로 고개를 돌려 이쪽을 향해 달려오는 임금 편의 조선 기병들을 보았다. 그제야 임승조는 아까부터 뇌리를 맴돌던 의문이 이제야 풀리는 것을 깨달을 수 있었다.

"그래! 그래서 우리 진영을 맴돌면서 공격하지 않고 전면에만 공격을 가한 것이었어. 우리 주의를 전방으로 돌리게 하고, 그사이에 측면으로 진짜 주력을 우회시켜 측면을 공격하려 한 것이로군. 하지만 이놈들, 통제사 도노께서 그리 쉽게 너희 술수에 넘어갈 줄 알았느냐? 그리고 여기에는 나 임승조가 있다!

하야시 대, 창을 들어라!"

조선말로 쾌재를 부르던 임승조는 일본말로 구령을 붙였다. 500여 명의 항왜병들은 일제히 구령에 따라 일본식으로 길게 만든 장창을 세워 들었다. 임승조의 호령이 이어졌다.

"훈련한 대로 한다! 내가 구령을 내리면 그대로 창을 내려 적이 탄 말의 가슴을 겨누고, 땅에 닿은 한쪽 끝을 발로 단단히 밟아라. 그 상태로 물러나지 말고 버텨라! 우리 병력이 비록 부족하나 방책 뒤에 있고 또한 조총대도 있으니, 기병 2000의 돌격 정도는 얼마든지 막아 낼 수 있다!"

군사들이 잡병 출신이라 좋은 점은 어떤 무기든 다 웬만큼은 다룰 줄 안다는 것이다. 조총병인데 창을 잡았다고 툴툴거리던 녀석들도 창병 못지않은 솜씨를 발휘하고 있었다. 안위가 지휘하는 경군 조총병들은 항왜병의 대열 사이로 총을 쏠 수 있도록 조금 뒤에 자리를 잡았고, 여덟 대의 화차들은 항왜병들에 가리지 않고 총통을 쏠 수 있도록 특별히 흙을 쌓아 만든 낮은 둔덕 위에 올라가 있었다. 포수와 예비 총통들을 보호하기 위해 언덕 위에도 방책을 쳤으므로 임승조가 있는 위치에서는 총통들 앞으로 비쭉 내민 40개의 총구만 보였다.

임금 편의 기병들이 달려오는 것을 주시하던 임승조는 전의가 고양되면서 머리끝부터 두 팔, 두 다리 끝까지 열기가 오르는 짜릿한 느낌이 오자 무의식적으로 손에 쥔 일본도를 까딱거렸다. 전투가 있기 직전이면 늘 오는 이 느낌, 천박한 表現으로 말하자면 똥구멍에서부터 등줄기를 타고 머리 꼭대기까지 오르는 이 열기와 긴장감이 그는 너무도 좋았다. 달려오는 조선 기병들이 첫 화살을 날린다 싶은 순간 임승조의 고함 소리가 전장을 울렸다.

"하야시 대, 창 내려!"

500여 개의 장창이 일제히 숙여지며 달려오는 말의 앞가슴을 향했다. 곧이어 창대 사이로 조선 기병들의 화살이 쏟아졌고, 언덕 위의 총통거가 그에 맞서 우박 같은 탄환을 퍼붓기 시작하면서 반정군의 우익에서도 본격적인 전투가 시작되었다.

*

"저 앞에 왜놈들이 있다! 너희도 왜놈들이 이 땅에서 한 짓을 잊지 않았을 것이다. 단숨에 모조리 목을 베어라!"

선두에 서서 돌격하는 고언백의 호령에 호응하는 우렁찬 함성 소리가 들렸다. 함경도가 일본군에게 점령당한 기간은 별로 길지 않았지만 이곳 군사들도 침략자를 증오하는 것은 남쪽과 마찬가지였다. 여진족과의 싸움이 일상화된 곳이다 보니 왜적에 대한 저항도 격렬했는데, 함경도를 점령한 가토 기요마사 휘하의 일본군은 큰 피해를 입기도 했다.

"양주목사! 이거 위험하지 않습니까? 방책을 갖추고 장창으로 무장한 채 진을 치고 있는 적을 상대로 이리 돌격하는 것은 무모합니다!"

"전장에서 어찌 그런 것을 다 계산하며 싸울 수 있겠소!"

306

무분별한 돌격을 막으려는 정충신의 제지 시도에 대해 고언백은 말을 달리며 마주 고함을 쳤다. 천지를 진동하는 말발굽 소리로 인해 자기 목소리도 잘 들리지 않았다.

　"나는 지금 야인 놈들이 하고 있는 것처럼 적진에 화살이나 날리며 간을 볼 생각이 전혀 없소! 왜병이 강하다 하나 우리 눈앞에 창을 들고 있는 것은 고작 500여 명. 조총을 든 것들도 그 정도 숫자요. 기병을 저지하는 데 방책과 장창진이 유효한 것은 사실이나, 저들은 그 진이 지극히 얇소. 선두의 말 몇 마리의 몸만 내던지면 저 빈약한 울타리와 장창진은 그대로 무너질 것이니, 그 뒤를 따르는 본대는 이순신의 본진을 타격할 수 있을 것이오. 되돌리기엔 이미 늦었소!"

　다음 순간 고언백의 그 말이 맞음을 증명하듯 적진 내에 있는 야트막한 구릉 위에서 폭음과 함께 탄환이 쏟아지기 시작했다. 반란군은 빗나가는 탄환을 줄이려는 심산인지 고언백과 정충신이 있는 관군의 최선두에는 사격을 가하지 않고 선두 바로 뒤에서부터 쓸어 나갔다.

　그런데 커다란 상자가 불을 토하면서 마치 콩을 볶듯이 요란한 총성이 끊이지 않는데, 뭔가 이상한 것이 총통에 재장전을 하는 낌새가 보이지 않았다. 정충신은 다음 순간 상자같이 생긴 그 무기의 정체를 깨달았다.

　"총통화차! 경기수사, 이 개 같은 놈!"

　최원을 욕해 봐야 이미 배는 지나갔다. 고언백의 말마따나, 지금 돌아선들 다시 돌아왔을 때 또 포화를 뒤집어쓸 뿐이었다. 분명 더 약해진 병력으로 돌격해 봐야 결과는 불을 보듯 빤하리라. 정충신은 이를 악물고 환도를 뽑아 들었다. 왜놈 창병들 사이에 선 조총수들이 일제히 총을 들어 이쪽을 겨냥하는 모습이 눈에 들어왔다.

*

바바바바바바바방!

총통틀에 장착된 40문의 승자총통이 연달아 불을 토하며 새빨갛게 달아오른 납덩어리들을 날렸다. 탄환에 맞은 사람이 말에서 떨어져 뒤로 날아가고, 말이 피를 뿜으며 무릎을 꿇었다. 쓰러진 말을 훌쩍 뛰어넘던 다른 말이 허공에서 탄환을 맞고 몸부림치자 기수가 떨어져 땅바닥을 굴렀다.

"비로 마당을 쓸듯이 쏘아라! 저들은 상감의 편. 너희를 버리고 도망간 상감의 편이다! 저들을 쓸어버려야 우리가 살고, 우리가 살아야 이 나라가 바로 선다! 통상을 위하여, 이 나라를 위하여 최선을 다해라!"

안위는 총통화차를 다루는 군사들 곁에서 목청이 찢어지도록 외쳤다. 지금 안위의 앞에 나타난 함경도 기병 2000의 돌격은 겨우 창병 500 정도로는 막을 엄두조차 내기 버거운 물결이었다. 총통화차의 화력 없이는 분명 패할 것이다.

"내가 니들을 죽이는 게 아니야! 이건 다 오랑캐 놈들을 끌어들인 상감 놈 탓이라고!"

안위 옆에서 총통화차를 움직이는 포수 하나가 악을 쓰며 화차를 좌우로 움직여 전방에서 쇄도하는 관군을 향해 탄환을 뿌렸다. 날아오는 화살을 피해 방패판 뒤에 잠시 몸을 웅크리고 있던 안위가 포수에게 동조했다.

"맞다, 이건 다 상감 탓이다! 그래서 바뀌어야 하는 거란 말이다! 어서 쏘아라!"

벌떡 일어선 안위는 환도를 휘두르며 휘하의 군사들을 독려했다.

"우수사 영감! 저들이 목책에 다다랐습니다!"

목이 터져라 병사들을 호령하던 안위는 깜짝 놀라 시선을 돌렸다. 정말로 총통화차와 조총의 사격을 피한 관군 기병들이 항왜병들의 장창진에 뛰어들고 있는 참이었다. 하지만 안위는 군사들에게 당황한 기색을 보이지 않았다. 도리어 이렇게 외쳤다.

"좋은 기회다! 저들이 목책 앞에서 적체되어 한곳에 모인다면, 우리 총통화차의 좋은 표적이 될 뿐이다! 저들이 모여 있는 곳을 노려 탄환을 퍼부어라! 적이 근접하는 것은 우려하지 마라! 가까이 다가오는 적은 항왜들이 막아 줄 것이다! 항왜병들의 칼솜씨에 대해서는 너희도 잘 알지 않느냐. 너희는 두려워하지 말고 오직 총통을 쏘는 것에 집중하라! 총통들이 다 떨어질 때까지 계속 쏘아라!"

포수들은 다소 두려움에 떨면서도 화차를 신속하게 재장전했다. 잠시 쉬었던 탄환의 비가 목책 앞에 뭉쳐 있는 관군을 향해 다시 쏟아졌다.

*

"이야아아!"

히힝!

선두에서 달려온 기병은 장창진을 뛰어넘으려고 시도했지만 실패했다. 그 앞에 있던 항왜병이 잽싸게 창끝을 올려 말의 가슴을 찌르자 말은 단말마의 비명을 내지르면서 폭포수처럼 피를 쏟아 냈다. 창에 찔린 말이 중심을 잃고 기수와 함께 목책 위에 쓰러지고, 가슴에 박힌 창 손잡이가 허공으로 치솟았다. 울타리는 부서졌지만 다행히 창을 내지른 항왜병은 황급히 창을 놓아 다치는 것은 겨우 면했다. 그 뒤에서 임승조의 고함이 울려 퍼졌다.

"적은 방책에 걸릴 것이니 곧바로 부딪혀 크게 다칠 염려는 하지 않아도 좋다! 말이 날뛰면 도리어 다칠 수 있으니, 적이 찔리면 곧바로 창을 놓아라! 창을 놓은 자는 칼을 뽑아 방책을 넘은 적과 맞서라!"

돌입 전에 퍼부어진 관군 기병들의 화살은 임승조의 항왜병들 중 백여 명을 쓰러뜨려 장창진을 성기게 만들었다. 하지만 다소 허술하기는 해도 가슴 높이로 만든 목책이 있었으므로 방어진은 유지되었다. 게다가 총통화차가 퍼부어 댄 탄환의 비로 관군의 선두 집단이 괴멸적인 타격을 입었고, 그 불세례를 간신히 피한 자들은 앞에서부터 경군 소속 정예 조총병들의 저격을 받아 줄줄이 말에서 떨어져 굴렀으므로 창병진까지 살아남아 돌입하는 관군의 수도 적었다. 장창진을 친 휘하 병력이 천 명만 되었어도 뚫릴지 모른다는 걱정을 아예 할 필요가 없었을 것이다.

"으아악! 하야시님!"

비명 소리에 뒤를 돌아보니, 화살에 맞아 쓰러진 병사의 자리를 미처 2열의 장창병이 메우기 전에 그 자리로 뛰어든 관군 기병이 편곤을 휘둘러 미처 방비 태세를 갖추지 못한 두 명의 항왜병을 후려쳐 쓰러뜨리는 광경이 눈에 들어왔다. 다행히 그 뒤쪽에 서 있던 조선 조총병이 그 관군을 총으로 쏘아 말에서 떨어뜨렸고, 다른 항왜병이 칼을 뽑아 들고 그 빈틈을 메웠다. 임승조는 안도의 한숨을 쉬며 외쳤다.

"끝까지 버텨라! 우리 하야시 대의 명예가 이 일전에 걸려 있다! 창이 꺾이고 칼이 부러지는 그 순간까지 버텨야 한다!"

우렁찬 함성이 그에게 호응했다. 관군의 공격도 치열해졌지만 방책과 장창 덕분에 견뎌 낼 수 있었다.

*

"통상! 우군을 지원하지 않아도 되겠습니까? 안 수사가 어려움을 겪고 있는 것 같습니다."

"아니, 그러지 않아도 될 것일세. 충분히 버텨 낼 수 있어."

송희립의 진언을 받은 이순신은 고개를 내저었다. 장대 위에서 보는 우군의 전투는 치열했고, 방책을 넘어오는 관군 기병의 수도 차츰 늘고 있었지만 항왜병들이 감당하지 못할 정도는 아니었다. 임승조가 대도를 휘둘러 말 한 마리의 목을 베어 그 자리에 넘어뜨리자 타고 있던 기병이 함께 뒹굴었다가 비틀거리며 다시 일어나려는 것을 경군 조총수가 총대로 머리를 후려쳐 쓰러뜨리는 광경이 눈에 들어왔다.

"지금은 좀 힘들어 보이지만, 총통화차가 충분히 위력을 발휘하였고 쓰러진 관군 기병의 말과 사람의 시체가 쌓이면서 방책이 점점 높아지고 있으니 조금만 더 견디면 사태가 호전될 것이네. 그러니 표하군으로 남겨 둔 수군 500명을 그쪽으로 돌리기보다는 만약의 사태를 대비해 아직은 대기시켜 두는 것이 나을 것이야. 만약 전면의 여진군이 아군 진영이 충분히 혼란스러워졌다고 판단하고 양익에서 전개되는 관군의 공세에 호응하여 정면으로 돌입해 온다면, 그에 대응할 병력이 필요하네."

이순신은 여전히 화살만 날려 대고 있는 정면의 여진군을 노려보던 시선을 거두어 걱정스러운 눈길을 북쪽으로 돌렸다.

"그보다는 배 수사 쪽이 걱정이지. 이쪽은 관군 보병들이 접근해 오고 있는데 배 수사의 의병은 항왜병 만한 싸움 솜씨가 없으니. 게다가 보병을 상대하는 데는 대충 만든 마방책이 큰 효용은 없을 것이네. 그래도 배 수사가 흥분하지 말고 자리를 고수하며 방어에만 전념한다면 별로 걱정할 것이 없겠네만.”

북쪽으로 접근해 온 관군 우익은 총통 사거리 조금 바깥에서 숨을 돌리며 대열을 정돈하고 있었다. 기병으로만 구성한 좌군의 공세에 너무 뒤처지지 않기 위해서 급히 달려오느라 숨이 찼던 모양이었다. 그 모습을 본 이순신이 결단을 내렸다.

“어차피 저들은 두 발로 달려올 터. 총통을 방포하며 방어전을 펼치면 크게 어렵지 않게 막아 낼 수 있을 것이야. 송 군관! 후군의 오 병사에게 총통화차가 방포를 끝내는 즉시 출격하여 우군을 공격하고 있는 관군 기병의 후미를 치라 명하게!”

“예, 통상!”

송희립의 명령을 빈 기패관이 즉시 깃발을 휘둘렀다. 후군 쪽에서 알았다는 신호가 오른 직후 후군 방면에서 함성이 터져 나왔다.

*

“이번 싸움은 너희에게 매우 힘들 것이다! 이제 너희가 마주할 적진에는 너희가 아는 이웃 고을 군사들이 포함되어 있을 수도 있고 너희 육친이 포함되어 있을 수도 있다. 하지만 우리는 참아야만 한다! 참고 칼을 들어야 한다! 너희는 이미 한양에서 보았을 것이다. 반군이 온다는 이유만으로, 반군이 그 길로 오지 못하게 해야 한다는 이유만으로 불태워진 집과 마을을 보았다. 불길 속에서 죽어 간 백성들을 보았다. 심지어 그

불은 바로 우리 스스로가 질렀다! 그 속에서 타 죽어 간 이들이 왜인이나 야인들이었느냐? 그 마을이 왜국 땅이나 야인들의 땅에 있었느냐? 아니다! 그것은 우리 조선의 마을이었고 거기 살던 이들은 우리 조선의 백성들이었다! 그들이 우리가 지른 불에 죽어 간 것은 우리 탓이 아니다. 우리가 불을 지르게 만든 도순변사! 그리고 도순변사가 그런 명령을 내리게 만든 임금! 그놈들이야말로 그 많은 백성들을 죽게 만든 원흉들이다. 우리가 지금 여기에 선 것은 다시는 그런 일이 없게 만들고자 함에서다. 잊지 마라! 이번 반정이 실패한다면, 우리가 역적이 되는 것은 둘째 치더라도 마포에서 있었던 것과 같은 일들이 또 반복될 것이다. 통상과 함께 나서서 백성들이 억울하게 떼죽음을 당하지 않는 세상을 만들기 위하여 모두 칼을 들어라!"

"이야아아아!"

휘하의 군사들이 일제히 병장기를 치켜들며 함성을 지르자 오응태 역시 허리에 차고 있던 환도를 뽑아 치켜들었다. 마침 우군의 안위에게서 준비해 놓은 총통틀이 다 떨어져서 총통화차의 사격을 중단한다는 전갈이 왔다. 자신이 출동할 때였다.

"모두 나가자! 나를 따르라!"

워낙 가까운 만큼 진형을 짜고 어쩌고 하며 시간을 끌 필요가 없었다. 오응태를 선두로 한 반정군 기병 1000기는 진영 후문을 나서자마자 곧바로 한 덩어리가 되어 우익의 항왜병들을 공격하고 있는 관군 기병들의 옆구리를 찌르고 들어갔다. 안위가 의도적으로 잔뜩 세워 놓은 기치와 장막에 가려 진내에 다수의 기병이 있다는 사실을 모르고 있던 관군은 마방책 앞에 막혀서 머뭇거리고 있다가 후군의 기습을 받아 크게 당황했는지 지리멸렬하기 시작했다.

"기세로 밀어붙여라! 놈들은 당황하고 있으니, 쫓아 버리는 것은 여반장이다!"

오응태의 호령이 전장을 채웠다. 아직은 관군의 수가 더 많았지만, 항왜병들과 싸우느라 지치고 조총과 총통화차의 탄환 세례를 받아 타격을 입은 관군은 확실히 기세에서 반정군에게 밀리고 있었다.

*

전군과 우군이 격렬한 교전을 벌이고 있는 와중에 후군도 진문을 나서 관군 기병과 싸움을 시작하자 배설이 거느리고 있는 좌군에서도 군사들이 들썩이기 시작했다.

"어르신! 왜 통제사는 우리 당에게는 싸울 기회를 주지 않는 것입니까? 우리야말로 진짜 의군이 아닙니까!"

"당장 나가 싸웁시다! 통제사는 우리 임금이 아닙니다. 우리 당의 영수도 아닙니다! 그런데 왜 우리가 통제사의 명령에 따라야 합니까? 우리는 어디까지나 통제사의 군사와 협조하는 관계이시 동세사의 명을 받는 시이기 이닙니다! 어르신께서 지금도 통제사의 아랫사람인 것은 아닙니다!"

방책 너머에 진을 친 관군이 화살을 날려 대기 시작하자 배설의 부하들을 둘러싸고 퍼지기 시작한 험악한 공기는 폭발 직전이었다. 이순신이 이들을 전투의 우선순위에서 배제한 것은 일단 부족한 전투력 때문이었지만, 그동안 계속 선두를 맡아 지쳐 있던 이들을 나름대로 배려하는 마음에서 뒤로 뺀 것이었다. 그런데 조정과 임금에 대한 원한이 가득 차 있던 이들은 그것을 배려가 아닌 배제로 받아들였다. 배설의 아들 배상충도 이러한 일당의 움직임에 동조했다.

"아버님, 군사들의 싸우고자 하는 의기가 이토록 왕성한데 나가 싸워도 되지 않겠습니까. 이토록 싸우고 싶어 하는 군사들을 싸우지 못하게 하는 것은 바람직한 바가 아닌 것 같습니다. 아버님께서는 더 이상 통제사의 부하가 아니고 협동해야 하는 대상이시지 않습니까."

배설은 곧바로 대답하지 않았다. 잠시 생각하던 그는 짧게 답했다.

"통제사는 지금 단순한 수군통제사가 아니라 반정군 전체의 맹주로서 전군의 우두머리이다. 맹주의 지시를 어기는 것은 군령을 위반하는 일이라 할 수 있다."

배설이 결단을 망설이자 지체하지 말고 나서라고 재촉하는 부하들의 진언이 계속 이어졌다.

"관군은 기껏해야 1000보 거리에 있고, 겁을 먹어 다가오지도 못하고 있습니다. 우리가 마음만 먹고 달려 나가면 금방 짓부술 수 있습니다! 우리가 이기면 통제사도 뭐라고 하지 못할 것입니다. 그리고 만약 패한다면 모두 죽을 것이니 죄를 뒤집어쓸 이유도 없습니다. 세상을 뒤집는 것을 하나뿐인 목적으로 하여 일어난 우리가, 고작 통제사의 명령 때문에 대업이 이루어지는 광경을 그저 보고만 있느니 저기 우리 눈앞에 있는 관군과 있는 힘껏 싸우다가 모두 죽어 버리는 것이 차라리 낫습니다!"

"애초 목적한 바를 위해 싸울 일이 있는데도 싸우지 않는다면 굳이 칼을 잡을 이유가 어디에 있단 말입니까? 더구나 이 결정적인 싸움에서 한 몫을 하지도 않고 어찌 임금의 처분에 있어서 발언권을 가질 수 있단 말입니까?"

부장 격인 업쇠의 강력한 주장에 마침내 배설은 마음을 굳혔다. 결의를 다진 배설이 칼집으로 땅을 내리찍으며 의자에서 일어섰다.

"좋다! 지금 당장 출병하도록 한다. 각 두령들은 거느린 군사들에게 달려가 다시 한 번 의기를 다잡도록 하라! 우리 의군에게 배당된 총통을 일제히 발포하여 관군을 위압한 뒤 일제히 돌격하여 적을 쳐부순다!"

"예, 어르신!"

잠시 후 좌군에 배속되어 있던 80문의 총통이 배설의 명에 따라 일제히 불을 뿜었고, 배설의 군사들은 일제히 영문을 나서 눈앞의 관군을 향해 함성을 지르며 돌진했다. 배설은 흑마에 올라 칼을 휘두르며 휘하 군사들을 독려했다. 몇 안 되는 휘하 기병들이 관군의 공격으로부터 배설을 지키기 위해 그의 주위를 둘러쌌다.

*

"동악액부! 적의 왼쪽 날개가 방책을 넘어 조선 왕의 보병들을 향해 돌진을 시작했습니다!"

"드디어 놈들이 흔들리기 시작했구나! 오래 버티기는 했다만, 이제 길이 열렸다!"

싸움이 시작된 이후 우치적이 이끄는 전군의 포화에 400이 넘는 병력을 잃으면서도 무서운 인내심을 발휘하여 정면에서 견제공격만 계속하며 시간을 끌던 허허리는 쾌재를 불렀다. 곧 그의 휘하 여진 군사들에게 호령이 떨어졌다.

"모든 군사들은 즉시 공격을 중단하고 오른쪽으로 달려 나가라! 적 보병대의 측면을 공격하라! 저들은 우리가 정면에만 붙어 있을 것으로 여기고 있으니 제대로 된 방어를 하지 못할 것이다. 지체하지 말고 즉시 오른쪽으로 달려라!"

여진군의 말들은 한참 싸움을 치렀음에도 아직 기력이 왕성했다. 허허리의 명령을 받은 여진군의 장수들은 즉시 자기가 거느린 군사들에게 날카롭게 지시를 내렸고, 말들은 천둥치는 듯한 말발굽 소리와 함께 배설 군의 대열 측면으로 내달렸다. 2000이 넘는 여진 기병들이 말 머리를 돌리자 이제까지 이들과 치열하게 싸웠던 우치적 휘하의 군사들은 당황하여 고함을 질러 댔다. 하지만 허허리는 그런 것은 귓등으로 흘려 넘기며 호

쾌하게 웃어 댔다. 이제 적의 한 갈래를 송두리째 짓이길 일만
남은 것이다.

*

"숙부님! 좌군이!"

"저런! 배 수사가 미친 것이 아닌가!"

오응태가 관군 기병들을 몰아내는 광경을 보며 안도의 한숨
을 쉬던 이순신은 공포에 찬 조카 이완의 비명을 듣고 고개를
돌렸다가 경악했다. 배설 휘하의 군사들이 멋대로 방책을 열어
젖히고는 관군 우익을 공격하러 나서고 있었던 것이다.

"안 돼! 기패관, 당장 좌군을 불러들여라! 아니, 즉시 전령을
보내라!"

"연락을 받지 않습니다, 통상!"

신호기를 휘두르던 기패관이 비명을 질렀다. 방책 밖으로
나가는 배설 군에서는 이쪽은 돌아보지도 않고 정면의 관군을
향해 달려 나갈 뿐이었다.

"배 수사가 야인들과 싸운 경험이 없어 실수를 하는구나! 저
들의 공격을 막아 낼 때는 절대 빈틈을 보여서는 안 되는데, 이
미 늦었도다!"

이순신은 정면에 있던 허허리의 여진군이 배설의 출격을 포
착하고 그 옆구리로 짓쳐드는 광경을 똑똑히 직시하며 신음을
토했다. 한탄만 하고 있을 때가 아니었다.

"송 군관! 당장 표하군을 이끌고 좌익으로 가서 방책을 다시 닫아라! 그리고 좌군이 후퇴해 오면 방책 사이에 통로를 열어 받아들이고 적이 진영 내까지 추격하지 못하게 하라! 기패관은 후군의 오 병사에게 신호하여 관군 기병을 쫓은 뒤에 곧바로 여진군의 배후를 치도록 하라!"

"예, 통상!"

*

관군 우익을 지휘하고 있던 북병사 이수일은 배설 군이 뛰쳐나오는 순간 쾌재를 불렀다.

"놈들이 방책 안에서 화포만 쏘아 대고 있었다면 대책이 없었을 것을, 알아서 튀어나와 주다니 이 어찌 좋지 않을쏘냐. 전군 돌격하라! 반적들을 분쇄한 뒤, 여세를 몰아 놈들의 진영으로 쳐들어간다! 반적들을 토멸하라!"

이수일의 군사가 일제히 돌진을 시작하는 순간 적진 정면에서 노닥거리고만 있던 — 이수일의 눈에는 그렇게 보였다 — 여진군이 배설 군의 측면을 향해 밀려들어 왔다. 배설 군이 실수를 깨달을 여유도 없이 짓쳐드는 여진군의 맹격에 이수일은 또다시 환호했다.

"저 오랑캐 놈들이 이번에는 일을 제대로 하는구나! 꼴 보기도 싫은 놈들이지만 기왕 우리 편으로 싸우게 된 이상 써먹을 만큼은 써먹어야지. 오랑캐 놈들이나 반적 놈들이나 다 같이 싸우다 다 죽어 버려라! 여봐라, 저놈들에게 뒤지지 마라! 반적들의 목을 베는 자는 그 수급의 수에 따라 포상이 있을 것이다!"

여진군의 가세에 기세가 오른 이수일의 군사들은 함성을 지르며 배설의 군사들에게 달려들었다. 순식간에 두 배가 넘는 적에게 앞뒤로 포위당하게 된 배설의 군사들은 완전히 진형이 허물어지며 붕괴되고 있었다.

＊

"어르신! 함정에 빠졌습니다!"

"간악한 관군 놈들, 오랑캐와 합세하다니!"

배설 군의 지휘부는 예상하지 못한 기습으로 충격에 빠졌다. 후측방에서 쏟아진 여진군의 화살에 배설 군의 돌격은 그 기세를 대번에 잃었다. 눈앞의 관군에만 주의를 기울이고 있다가 기습을 받아 혼란에 빠진 것이다. 관군 역시 이 기회를 놓치지 않고 맹렬하게 공격해 왔다.

"코앞에 있는 적을 살피지 못하다니, 내 불찰이로다! 아아, 우리 의군들이⋯⋯."

휘하의 군사들이 여진 기병들에게 마치 사냥감처럼 몰려서 쓰러지는 광경을 본 배설의 눈에선 피눈물이 흐르는 듯했다. 대열 후미에 있던 일부 군사들은 여진군의 말발굽을 피해 진영 안으로 도주하는 데 성공했지만 그 수는 전체 병력의 4분의 1도 되지 않았고, 나머지 군사들은 모두 배설과 함께 포위되었다.

"아버님, 몸을 피하십시오! 포위되었다고 하나 우리 진영이 멀지 않습니다. 아군 화포가 지원하는 틈을 이용해서 난관을 빠져나가면 됩니다!"

아들 배상충이 급히 달려와 재촉했다. 지금 본진에서는 통제사가 급히 파견한 표하군이 적에게 한발 앞서서 방책을 점거하고 배설이 남겨 놓고 온 수군 소속 포수들과 함께 철환과 화살을 퍼부어 여진군의 접근을 막고 있었다. 하지만 아군이 맞을 위험을 무릅쓸 수는 없어 양군이 뒤엉켜 싸우고 있는 쪽에다가 대고 쏘지는 못했다.

여진군 역시 방비된 울타리에 정면으로 부딪치기보다는 혼란에 빠진 좌군을 섬멸하는 데 더 목적을 두고 있어 방책 가까이로 접근하지 않았다. 그들의 얇은 포위망을 뚫고 나가 진영에 도달하기만 하면 살아날 수 있었지만, 배설은 아들의 재촉에 따라 곧바로 그렇게 하는 대신 하늘을 우러러보며 피를 토하는 탄식의 말을 내뱉었다.

"오오! 진정 여기까지인가. 하늘이 나에게 허락한 길은 여기까지란 말인가!"

여진족 기병이 쏜 한 발의 화살이 배설의 어깨를 스쳐 호위하던 기병의 가슴에 꽂혔다. 말에서 굴러 떨어지는 부하를 본 배설이 마음을 굳혔다.

"상충아, 너는 가능한 한 많은 군사를 거느리고 통제사에게 돌아가거라! 나는 남겠다.”

“남으시다니요! 아버님도 어서 몸을 피하셨다가 후일을 도모하셔야 하지 않겠습니까!”

“나를 믿고 따라온 이들이다. 그런 이들이 나를 믿고 싸우다가 적의 함정에 빠졌다. 어찌 그들을 버릴 수 있느냐? 나는 최후의 순간을 이들과 함께하려 한다. 그것이 부끄럽지 않은 장수로서의 최후다! 떠나거라! 우리 당과 함께 우리가 원하는 미래를 만들어라!”

“아버지!”

선뜻 떠나지 않고 아버지와 같이 죽겠다고 매달리는 배상충에게 배설의 호령이 떨어졌다.

“너는 살아서 새로운 세상을 만들어야 한다! 썩어빠진 임금과 조정을 통째로 들어엎고, 백성들을 위해 일할 수 있는 진정한 위정자를 찾아 임금으로 세워야 한다. 통제사는 우리가 생각하는 이상적인 임금감은 아니지만 지옥에 떨어져도 싼 임금을 쓰러뜨리는 데는 큰 도움을 얻을 수 있겠기에 그의 세력과 손을 잡았고 이제까지 함께 싸웠다. 우리 당으로서는 섭섭한 일도 없지 않았으나, 통제사와 힘을 합치지 않았으면 여기까지도 오지 못했을 것이다. 앞으로도 힘을 합쳐 세상을 바꾸도록 해라!”

“알겠습니다.”

힘없이 대답한 배상충은 배설의 곁을 떠나 달려갔다. 잠시 그 뒷모습을 바라보던 배설은 곧 시선을 돌려 악착같이 싸우고 있는 휘하 군사들을 바라보며 잠시 호흡을 가다듬었다. 우렁찬 배설의 목소리가 군사들을 격려했다.

"우리 당의 용맹한 군사들이여! 너희는 최선을 다해 장하게 싸웠다. 지금 우리는 관군과 오랑캐 들에게 포위당하였지만 이것이 이번에 거병한 우리 당의 최후인 것은 아니다. 이것이 우리가 가진 뜻의 마지막인 것도 아닐 것이다! 저들의 포위에서 빠져나가 통제사가 있는 본영으로 돌아가라! 그리고 조선 각지에 퍼져 있는 우리 당의 남은 동지들과 함께 새 세상을 만들기 위해 최선을 다하라! 살아남은 이들이 자신의 뜻을 이어 나간다면 우리 당은 영원히 죽지 않을 것이다!"

"우와아아!"

후미의 군사들은 화살 세례를 받으면서도 여진족들에게 짐승 몰리듯 사냥당하지 않기 위해서 한 덩어리로 단단히 뭉쳐 창칼을 들고 눈앞에 있는 여진 기병들의 포위망을 향해 맹렬히 돌격했다. 역시 여진 기병들은 접전을 회피하고 물러서서 화살만 쏘아 댈 뿐이었다.

이에 반해 관군과 맞붙은 선두의 군사들은 물러나기를 스스로 포기하고 칼을 휘두르며 적에게 달려들었다. 자신들이 후미의 동료들과 함께 물러난다면 관군이 달려들 것이고, 이들이 패주하는 아군과 뒤섞여 진영으로 들이닥친다면 총통이고 뭐고 쏘지도 못하고 방책이 무너질지도 몰랐기에 이들이 몸을 던진 것이다. 배설 역시 이들과 함께 있었다.

"함경도 군사들아! 너희도 백성이라면 누구를 위해 칼을 들어야 할지 생각해 보아라! 백성을 위해 일어선 이의 편에 서겠느냐, 오랑캐를 이용해 자기 백성을 죽이려는 임금의 개가 되겠느냐! 망설이지 말고 의를 행하라!"

관군을 향한 호령을 마친 배설은 뒤꿈치를 들어 자기가 탄 말의 옆구리를 내질렀다. 배설의 말이 관군의 대열을 향해 질주를 시작하자 남아 있던 기병들이 그의 뒤를 따랐고, 몰려든 관군이 그들을 포위했다. 치열한 칼 부딪는 소리와 비명이 전장을 채웠다.

*

"영감! 통상께서 시급히 좌군을 구원하라 하십니다!"

"아직 우리 싸움이 안 끝났지 않느냐!"

오응태의 후군은 우군을 공격하던 관군 기병을 쳐서 몰아내는 데 성공했다. 안위가 거느린 총통화차와 조총병들의 총탄 세례를 뒤집어쓰고 병력이 대폭 줄어든 관군은 임승조의 장창진에 막혀 저지되었다가 간신히 방책을 부수고 진입하고 있던 참에, 오응태가 측면을 찌르자 아슬아슬하게 유지되던 대열이 그대로 붕괴되었다. 이미 방책을 넘어간 고언백을 비롯한 일부 병력은 도로 빠져나오지도 못하고 항왜병들과 경군 조총병들의 포위 공격을 받았고, 방책 밖에서 버티던 군사들은 정충신의 지휘를 받으며 성천강 쪽으로 필사적으로 도주했다.

"계속 몰아쳐라! 재집결하여 반격할 엄두를 내지 못하도록 흩어 버려야 한다!"

죽고 다친 자 외에 반정군의 거센 공격과 과거 상관으로 모셨던 오응태의 위명에 싸울 의욕을 잃고 항복한 이도 많아서 도주한 관군 기병은 기껏해야 원래 병력의 3분의 1 정도였다. 하지만 그 정도 숫자의 적이라도 태세를 정비하여 다시 쳐들어온다면 상당한 위협이기에 오응태로서는 그들을 완전히 흩어 버리거나 강으로 몰아 하나도 남기지 않고 항복을 받고 싶었다. 하지만 부장이 이순신의 명령을 상기시켰다.

"영감! 통상께서 어서 좌군을 구원하라는 명령을 계속 내리고 계십니다. 그만 군사를 왼쪽으로 모시지요!"

"으음, 안타깝다. 모조리 잡아 우리 편으로 만들어야 하는데."

오응태는 일단 군사들에게 멈춰 재집결하라는 명을 내린 뒤 안타까운 표정으로 저 멀리 달아나는 관군 기병들을 바라보았다. 마침 뒤쪽에 있는 우군 진영에서는 관군 패잔병들의 저항도 거의 종식되고, 포로로 잡은 관군 기병들을 항왜병들이 한쪽으로 모아 세우고 있었다.

"하지만 지금은 배 수사의 좌군을 구원하는 것이 더 급합니다. 어쩔 수 없지 않습니까."

오응태는 말없이 고개를 끄덕거리고 잠시 숨을 돌리며 대열을 재정비한 군사들에게 즉시 진격하여 좌군을 구원하라는 명령을 내리려 했다. 그런데 전신에 피를 뒤집어쓴 이괄이 급히 달려오더니 숨 가쁜 소리로 외쳤다.

"영감! 좌군을 구원하라는 명은 들었습니다. 한데 지금 그보다 더 큰 공을 세울 수 있는 길이 있습니다! 우리가 관군의 좌익을 쳐부수자 저기 오랑캐 놈들의 수뇌부가 급히 퇴각하고 있는데, 거기에 관군의 수자기帥字旗*도 같이 있습니다. 필히 도순변사가 저기 있을 것입니다! 지금 저들의 수는 고작해야 관군과 오랑캐 기병을 섞어서 200에서 300이니, 우리가 당장 쫓아가면 쉽게 깨뜨리고 오랑캐 추장 놈과 도순변사를 붙잡아 목을 벨 수 있을 것입니다! 어서 명을 내려 주소서!"

이괄의 칼끝이 가리키는 곳에는 관군 좌익의 패퇴를 보고 놀라 후퇴하는 추잉과 정원군의 본진이 있었다. 하지만 오응태는 거기에 누가 있는지 확실히 알지도 못했고, 이미 한참 멀리서 도망치고 있는 자들을 따라가 잡을 필요성도 느끼지 못했다.

"그보다는 좌군 구원이 더 급하다! 전군에 명령을 내려 북쪽으로 급히 달리도록 하라!"

잠시 숨은 돌렸지만 여전히 흥분이 가라앉지 않은 기병들이 급히 배설을 구하기 위해 달려갔다. 이괄은 아쉬운 듯 입맛을 다시며 오응태의 뒤를 따랐다.

*

허허리 휘하의 여진군은 이순신의 군사들이 방책 안에서 쏘아 대는 총통의 사정거리 밖에서 신나게 활을 쏘아 대며 진지

---

* 총대장의 깃발

안으로 후퇴하는 길에 뒤처진 배설의 군사들을 사냥하고 있었다. 허허리는 반정군의 좌익이 괴멸적인 타격을 입은 데다 진지 후방은 사실상 비어 있다시피 한 것을 알고, 잔병 소탕은 조선 관군에게 맡긴 뒤 자신은 이순신의 본진에 돌입할 시점을 노리고 있는 참이었다.

"동악액부! 후방에 적 기병입니다!"

"뭣? 조선 왕의 기병들은?"

"모조리 돌파된 모양입니다! 1000여 명의 조선 반란군이 우리 후방으로 질주하고 있습니다!"

부하의 시급한 보고에 허허리는 혀를 찼다.

"이런, 돼지 한 마리 각을 뜰 시간만 더 있었어도 이순신의 본진에 돌입하여 놈의 목을 딸 수 있었을 텐데……. 할 수 없다. 북쪽으로 우회하여 패륵의 본진으로 철수한다!"

허허리는 미련 없이 철퇴 명령을 내렸다. 지금 상황에서 이순신의 본진으로 뛰어들어 봐야 진지를 수비하는 군사들과 배후의 기병 사이에 끼어 협격을 당할 뿐이고, 기병에 대한 반격을 가한다면 본진을 수비하던 군사들이 재정비를 마치고 뛰쳐나와 공격을 가할 가능성이 크다. 이미 추잉이 있는 본진도 후퇴하고 있는 것이 저만치 보이는데다, 기습의 요소가 사라진 이상 더 이상의 싸움은 의미가 없었다.

"액부, 조선 왕의 보병들은 어떻게 합니까?"

"버려! 놈들이 싸우다 전멸하든, 후퇴하든, 반란군에게 항복하든 우리가 알 바 아니다. 우리에겐 우리가 물러갈 동안 뒤에 남아 적의 추격을 늦추어 줄 미끼만 있으면 되니까 말이야!"

혼란스러운 전장에서 자기 군사들만 빼서 도망가려는 허허리의 의도는 분명했다. 그의 교활한 표정을 본 부하들도 히죽웃었다.

"알겠습니다!"

오응태의 군사들이 도달하기도 전에 여진 기병들은 잽싸게 전장을 벗어났다. 그리고 이들이 북쪽을 향해 달리기 시작하자 관군 보병들은 그제야 반정군 기병대가 달려오고 있음을 알았다. 기세등등하게 배설 군 잔여 병력을 포위하고 있던 관군의 진영이 흔들렸고, 관군 장졸들도 무기를 버리고 도망치기 시작했다.

*

배설은 주변 상황이 어떻게 흘러가는지 알지 못한 채 눈앞에 나타나는 적을 베고 또 베었다. 말은 이미 쓰러졌고 눈앞의 적과 싸우기도 벅차 주변 정세는 살필 수 없었다. 쏟아지는 화살이 비를 이루고 관군의 창칼이 주변에 숲을 이루며 따르던 군사들도 하나둘 쓰러져 홀로였지만, 임금과 조정에 대한 분노가 그의 힘을 북돋워 주었다.

"저놈이 역적의 괴수 배설이다! 목을 쳐라!"

"오냐, 덤벼라!"

세 명의 관군 병사가 군관의 구령에 따라 창을 들고 일제히 달려들었다. 한 명의 창을 걷어 내면서 다음 놈의 가슴을 찌른 순간 세 번째 병사의 창이 왼쪽 옆구리를 파고들었다. 세 명을 동시에 상대하기에 배설은 너무 지쳐 있었다.

"크윽!"

왼손으로 창 자루를 잡고 칼을 휘둘렀지만 찌른 병사는 이미 뒤로 물러나 칼이 닿지 않았다. 도리어 첫 번째 병사가 그 틈을 노리고 뒤로 돌아 등을 찔렀다. 배설이 비틀거리며 무릎을 꿇자 군관이 칼을 뽑아 들고 다가왔다.

"수고했다. 이놈은 이순신보다 더한 반적이니 너희 모두에게 큰 상급이 내릴 것이다!"

배설은 칼을 짚고 간신히 고개를 들어 군관을 노려보았다. 그런데 주변 싸움터에 있던 관군 병사들이 황급히 달아나는 것 아닌가. 갑작스러운 변화에 군관도 당황한 듯 주변을 둘러보다가 경악하여 입을 벌린 채 말을 잇지 못했다. 저 멀리, 수백의 기병들이 반정군의 깃발을 들고 달려오고 있는 것이 아닌가! 저도 모르게 배설의 입에서 탄성이 흘러나왔다.

"오오, 저것은 오 병사가 아닌가! 통상께서 원군을 보내 주셨구나! 이겼다!"

"닥쳐라, 역적 놈! 네놈 따위가 이기도록 놔둘쏘냐."

군관은 이를 악물고 칼을 들어 배설을 내려쳤다. 흐뭇한 표정으로 기병들을 바라보고 있던 배설은 그 칼을 피할 수 없었고, 배설을 베어 쓰러뜨린 군관은 벌써 도망친 휘하 병사들을 따라 급히 달려갔다. 관군 우익 전체가 완전히 붕괴하고 있었다.

*

오응태가 관군 기병에 이어 보병들까지 박살을 내고 있을 무렵, 안위는 자기 진영에서 임승조와 함께 병력을 추스르고 있었다.

"포로로 잡은 관군 기병이 대략 500명 정도고 노획한 군마가 400필가량, 병기는 아직 다 헤아리지 못했습니다. 아군의 손실은 자세히 세어 보긴 해야겠지만 항왜병의 손실은 200명 정도입니다. 수사 도노의 군사들은 얼마나 상했습니까?"

"총통화차를 다루던 군사들 중에는 화살에 맞은 자가 세 명. 조총병 중에는 대략 50명쯤 손해가 난 것 같네. 난입한 몇몇 관군 기병들이 날뛸 때 미처 제대로 대응하지 못한 자들이 당했지. 임 별장 자네와 자네의 군사들이 힘써 준 덕분에 조총병들의 손해가 적었어."

"별것 아닙니다. 이런 난전이야말로 저희한테 이골이 난 싸움 방식이니까요. 그리고 도노께서 거느리신 총통화차의 지원 사격 덕분에 쉽게 이긴 것 아니겠습니까."

임승조는 정말 별것 아니라는 듯 겸양하는 대답을 했지만 사실 그의 목소리와 표정은 누가 봐도 으쓱거리는 것이었다. 총통화차의 탄환 세례를 받고 약화되어 있었다고는 해두 적 주력의 측면 공격을 멋지게 막아 내었으니, 이번엔 정말 제대로 공을 세운 것이다.

"그보다, 저 보여 드릴 머리가 있습니다."

자랑스러운 목소리로 건네는 임승조의 말에 안위가 펄쩍 뛰면서 주변을 황급히 둘러보았다. 아무도 자기들을 주목하고 있지 않음을 깨닫고서야 안위가 급히 속삭였다.

"머, 머리라니! 관군의 수급을 베면 참한다고 통상께서 그리 엄하게 말씀하셨건만 그대는 옛 버릇을 잊지 못하고 수급을 베었단 말인가? 들키면 우린 다 통상에게 죽은 목숨일세! 당장 갖다 버리고, 누가 벤 건지 모른다고 해!"

"수사 도노! 제가 잘못 말씀드렸습니다. 관군 장수를 죽여서 목을 잘라낸 것이 아닙니다. 그냥 장수를 하나 죽였는데 그 사람이 상당히 특별한 사람이라 수사 도노께 얼굴을 보여 드리고 확인을 받겠다는 의미로 말한 것입니다. 왜 땅에서는 머리를 보여 준다는 말을 워낙 자연스럽게 쓰다 보니 말실수를 하였습니다."

임승조가 도리어 당황하여 안위에게 해명했다. 그제야 안심한 안위는 신경질을 부렸다.

"자네 아직 조선말 공부를 더 해야 되겠네! 이해하지 못할 바는 아니지만 이렇게 사람 심장을 들었다 놨다 하다니, 충청도에서는 충청수사의 투구를 칼에 꽂고 다니는 바람에 나를 놀라 죽을 뻔하게 하더니, 이번엔 날 혀로 죽일 셈인가!"

"아무려면 제가 도노께 그런 흉계를 꾸미겠습니까? 마침 그 장수가 있는 곳에 다 왔으니 보시지요."

안위는 임승조가 가리키는 진지 한쪽 바닥을 보았다. 누워 있는 시신은 아직 눈을 부릅뜨고 있었고, 입고 있는 두정갑은 날카로운 일본도에 베여 가슴이 길게 벌어져 있었으며, 그 상처에서 흘러나온 피가 아직 굳지 않고 있었다. 안위는 무릎을 꿇고 시신을 살폈다.

"빠르게 움직이려고 갑옷 안쪽의 철편*을 떼어 냈군. 규정대로 철편을 다 부착했다면 왜도에 맞더라도 견뎌 낼 수 있었을 텐데, 무거운 것을 싫어하여 철편을 달지 않고 다니는 군사들이 많은 것은 참으로 고쳐야 할 악습일세. 한데 이자가 누구이기에 그러는가?"

다소 의아해하는 안위를 보고 임승조가 웃으며 말했다.

"아, 수사 도노께서는 이 장수를 모르시는군요. 이 사람, 양주목사입니다."

"뭐라고? 임 별장 자네가 이 사람이 양주목사인지 어찌 아는가?"

흠칫하며 일어선 안위는 크게 놀랐다. 임금 편에서 싸움을 포기하지 않은 관군의 주요 장수로 양주목사 고언백이 있다는 것은 그 역시 알고 있었지만 만나 본 적이 없어서 얼굴은 몰랐기 때문이다. 임승조가 웃으며 의기양양하게 대답했다.

"평양성과 그 이후 싸움에서 제가 속해 있던 고니시 군이 이 사람과 자주 싸웠기 때문에 얼굴을 압니다. 이번에도 관군의

---

* 쇳조각

선두에 서서 목숨을 버릴 듯한 기세로 돌격해 와서 우리 군사들을 짓밟기에, 먼저 말의 목을 베어 땅에 쓰러뜨린 다음 낙마의 충격으로 정신을 차리지 못하고 있는 저자의 칼을 쳐서 날려 버리고 당황하는 사이 단칼에 가슴을 베었지요. 양주목사라면 지난 전쟁 때 조선군 편에서 이름을 날리던 용장 중 하나! 이 정도면 통상께 드릴 훌륭한 선물이 되지 않겠습니까."

"그렇겠지……."

이순신이 이 보고를 받는다면 임승조의 분투를 칭찬하기는 하겠지만 내심 크게 아쉽게 여길 것이다. 고언백은 살려서 정말 크게 써야 할 사람인데, 나라를 지키기 위해 왜적과 그토록 용맹하게 싸웠던 장수가 내란에서 죽었으니 말이다. 안위 자신도 임금의 개가 아닌 이러한 충신이자 용장을 죽게 한 것은 안타까웠다. 안위는 경건하게 고언백의 옆에 무릎을 꿇고 아직도 부릅뜨고 있는 고인의 눈을 조용히 감겨 주었다.

*

"오 병사! 그대가 반적들과 한패가 되었다는 말을 도순변사 대감에게 듣기는 하였으나 진실로 이럴 줄은 몰랐소. 어찌 상감의 크디큰 은혜를 배반할 수가 있다는 말이오!"

"이 병사, 그대도 내 처지가 되었다면 계속 충성하고픈 생각이 들지 않았을 것이오."

난전의 와중에 날아든 화살에 말을 잃은 현 함경북병사 이수일은 거느린 군사들과 함께 도보로 탈출을 시도하다가 자신의 전임 함경북병사 오응태와 그가 거느린 군사들에게 따라잡혀 포위당하고 말았다. 이수일이 충신의 도리를 들어 자신을 공박하자 오응태가 날카롭게 쏘아붙이며 분노했다.

"도순변사가 본관에게 무슨 일을 시켰는지 그 이야기도 하더이까? 흥, 할 리가 없지! 그 개 같은 놈은 나와 내 군사들에게 반군의 진로를 차단하기 위해서라는 명목으로 경강 일대의 민가에 방화하라는 명령을 내리고 실행하지 않으면 군령을 어긴 죄로 군율에 따라 처단하겠다고 했소! 그렇게 해서 경강 나루와 그 일대는 불바다가 되었소. 본관은 상감께서 그 사실을 알면 필시 본관과 더불어 도순변사를 처벌, 아니, 최소한 그 자리에서 질책을 하시리라 생각했지만, 분명 조정에 그런 짓을 했다고 보고를 넣었는데도 아무 말씀도 내려오지 않았소. 자고로 군주와 조정은 만백성을 위하여 존재하는 것이거늘, 나보고 백성을 불구덩이에 처넣는 조정과 임금에 충성을 하라고? 단연코 거절하겠소! 지금 내 휘하의 군사들도 모두 마찬가지 생각이오. 게다가 임금이라는 작자는 함경도에 와서는 그토록 우리를 괴롭히던 오랑캐들과도 손을 잡고 자기편으로 받아들여 우리 백성들을 약탈하도록 부추기지 않았소!"

이일이 한양에서 무슨 짓을 했는지 알 턱이 없는데다, 원병이랍시고 온 여진족들이 무슨 일을 벌였는지 뻔히 알고 있는 이수일로서는 답이 궁할 수밖에 없었다 이수일이 답을 하지 못하자 오응태가 거칠게 일갈했다.

"이 병사께서 동참하지 않으시겠다면 억지로 우리 편에 서라고 할 생각은 없소. 하지만 내 자식과 같은 함경도 군사들은, 아무것도 모르고 그저 조정의 명에 따라 출정한 군사들은 더 이상 쓸데없이 죽이고 싶지 않소. 우리 의군에 동참할 생각이 있는 이들은 받아들일 것이고 그렇지 않은 자는 귀가시켜 가족을 돌보게 하겠소. 이 병사께서도 이 조치에 대해서 딱히 반발하시지는 않을 것이라 생각하오."

이수일은 오응태의 매서운 눈길을 받고 움찔하며 물러섰다. 이수일에게서 군사들에게로 눈길을 돌린 오응태는 담담하게 호소했다.

"지금 내가 이 병사와 나누는 이야기를 다들 들었을 것이다. 지금까지 우리가 모시던 상감은 도저히 만백성의 어버이로서 존중할 만한 사람이 아니다. 이에 본관은 통제사 이순신 대감이 백성을 위해 더 나은 길을 걷고 있다고 보고 그와 같은 편에 서기로 하였다. 너희는 어찌하겠느냐? 나 역시 병사로서 너희를 한때 이끌었던 사람으로서 약속하건대, 어떤 선택을 하건 너희에게 위해는 없을 것이다. 나와 함께하거나 집으로 돌아가거나 원하는 것을 택하라."

잠시 눈치를 보던 군사들 사이에서 외침이 터져 나왔다.

"병사 영감을 따르겠습니다!"

"저도 따르겠습니다!"

"오랑캐 놈들과 손을 잡다니, 그런 상감은 저도 싫습니다!"

"통제사와 함께하겠습니다!"

군사들은 전원 그 자리에 무릎을 꿇고 반정군에 가담할 것을 맹세했다. 거느리고 있던 비장과 군관 들까지 군사들의 눈치를 보다가 슬며시 무릎을 꿇는 바람에 혼자 일어서 있게 된 이수일은 주변을 둘러보다가 처량한 목소리로 호소했다.

  "오 병사, 나는 도저히 통제사 편에 설 수가 없소. 주상 전하께로 돌아가게 해 주시겠소?"

  "가시오. 동참을 원하지 않는 이를 붙잡아 둘 만큼 여유가 있지는 않소."

  선뜻 고개를 끄덕인 오응태는 말 한 필을 가져오게 하여 이수일에게 내주었다. 감사의 인사도 하지 않은 채 이수일이 내빼자 옆에서 보고 있던 이괄이 불만을 토했다.

  "쳇, 어차피 투항하지 않을 자라면 이리 보내느니 목을 베어 공을 세우는 편이 낫지 않습니까? 다시 다른 고을의 군사를 이끌고 돌아올지도 모르지 않습니까."

  "이 병사는 적당이 아니네. 임금 때문에 어쩌다 싸우게 되었을 뿐, 진정한 우리 적이라고 할 수 없으니 꼭 베어야 하는 상황이 아니라면 베지 않는 것이 옳네. 통제사는 관군의 수급을 베는 자는 참형에 처하겠다는 명령을 내리셨던데 나 역시 매우 옳은 방침이라고 생각하네. 그런 방침 덕분에 우리가 싸울 때마다 군사가 늘어나는 것 아니겠는가."

  오응태는 이제부터 자기를 따르기로 결의한 500여 명의 관군 보병들을 가리키며 다소 씁쓸하게 웃었다.

  "이들 외에도, 여기서 도망친 관군 병사들이 함경도 각지에 소식을 전할 것이네. 함흥에서 관군이 또 패했고 많은 장졸들이 반정군에 합류하고 있다는 이야기는 소문의 씨앗이 되어 각지에 퍼지겠지. 그러면 임금은 더 이상 갈 곳이 없을 것이고, 그것이 저들을 전부 죽여 우리가 악명을 떨치는 것보다는 훨씬 낫지 않은가."

오응태가 진영을 향하자 이괄은 투구 밑으로 손을 넣어 머리를 긁으며 상관의 뒤를 따랐다. 그냥 싹 다 죽여 버리면 겁을 먹고 다들 항복할 것 같은데 왜 그리 복잡한 길을 가야 하는지 선뜻 이해가 가지 않았지만, 나이가 네 배가 넘는 상관의 지시를 따르지 않을 수는 없었다.

*

일단 싸움이 마무리되었다. 해가 뜰 때부터 시작된 싸움은 오시가 되기 전에 완전히 끝났다. 관군도 여진군도 모두 진영으로 돌아가 더 이상 움직이지 않는 것을 확인한 이순신이 장수들을 불러 모아 치하했다.

"참패한 관군과 여진군은 모두 자기들 진영으로 물러갔소. 지금 우리 군사들을 몰아 당장 관군의 진영을 공격하여 쳐부수기에는 준비가 부족하니, 일단 병력을 수습하고 양군의 죽거나 다친 이들을 모두 수습하여 구호하도록 하시오."

관군과 싸웠던 안위와 오응태 등의 장수들은 선뜻 고개를 끄덕거렸으나 오랑캐와 싸운 우치적은 다소 머뭇거렸다.

"통상, 오랑캐 놈들의 시체도 수습해 주어야 합니까? 분격한 우리 군사들이 숨이 붙어 있는 오랑캐를 붙잡기만 하면 다 쳐 죽여 버리는 바람에 치료해 줄 만큼 몸이 성한 오랑캐 놈은 하나도 없습니다만, 시신도 수습해 주어야 할는지요…….."

"오랑캐 시체? 그런 건 그냥 진영 바깥 들판 구석에 모아 놓기나 하지요. 싸움이 끝난 뒤에 구덩이를 파서 묻어 버리거나, 성천강에 던져 버리면 될 것 같습니다만. 강에 던지는 것이 꺼림칙하다면 바다가 멀지 않으니 바다에 던져도 될 겁니다."

"거 좋은 방안입니다."

안위가 끼어들어 던진 말에 장수들 대다수가 공감을 표했다. 안 그래도 평소 혐오하던 오랑캐들, 그것도 고심 끝에 일으킨 반정을 뒤엎고자 임금의 편에 서서 끼어들어 이 땅의 백성들을 괴롭힌 못된 놈들이었다. 씨알머리도 없이 싹 죽여 씨를 말려 버리는 것이 당연했다.

"오랑캐 시신 같은 건 나중에 생각하기로 하고, 일단은 부상자의 구호를 우선하도록 하게. 그리고 각 군영의 손실은 어떠하며 관군 쪽의 손실은 어떠한가?"

우치적이 먼저 입을 열었다.

"전군은 죽거나 다친 이가 200여 명입니다. 여진족들이 근접하지 않고 원거리에서만 활을 쏘아 댔을 뿐이라 피해가 크지 않았습니다. 대략 500명의 오랑캐를 쏘아 죽였고 붙잡은 적은 없습니다."

"우군은 항왜병 200, 조총병 50 정도의 피해가 났습니다. 화살 사거리쯤에서부터 총통화차로 먼저 제압사격을 가한 덕분에 피해가 적었습니다. 관군 기병 500여 명을 포로로 잡았고 700여 명을 쓰러뜨렸으며 나머지는 도주했습니다."

안위가 우쭐대며 보고하자 오응태가 준엄한 표정으로 안위를 나무랐다.

"안 수사, 그 우군 정면에서 쓰러뜨린 관군 병사 중 절반은 후군이 했다는 사실은 왜 빼놓으시오? 그리고 그 관군도 임금에게 끌려 나왔을 뿐 다 우리 반정군 군사들과 같은 조선의 군사들이오. 너무 대놓고 자랑스러워하지 마시오."

관군을 이긴 것을 단순히 공으로 여기는 듯한 안위의 태도를 질책한 오응태는 후군의 손실에 대한 보고를 올렸다.

"통상, 우리 후군은 약 200여 기의 손실을 입었으며 관군 기병과 보병 700여를 참했고 보병 1000여 명을 포로로 잡았습니다. 우군에서 잡은 기병과 이들 보병 모두 심문해 보니 대부분이 정예인 함경도 병사들이었고, 소관이 설득하자 모두가 우리의 의에 동참하여 따르겠다고 맹세했습니다. 무엇보다도, 임금이 이제까지 이들의 원수였던 여진의 군사를 끌어들였다는 사실이 임금에 대한 충성을 버리게 만든 듯합니다."

얼굴이 붉어진 안위가 고개를 긁적이는 가운데 오응태가 보고를 마쳤다. 오응태가 설득시킨 군사들을 합류시킨다면, 이순신은 이번 전투에서 잃은 자신의 병력을 모두 보충하고도 남는 셈이었다. 이에 반해 관군은 도망에 성공한 기병 약간을 제외하면 모든 병력을 잃은 셈으로 여진의 잔여 병력을 합하더라도 그 수가 극히 미약하니, 도원수 이일로서는 함흥성으로 후퇴하여 추가로 올 근왕병을 기다리는 것밖에 대안이 없을 것이다.

"좌군은…… 좌군은……."

이수일의 군사와 싸우다 쓰러진 부친을 대신해 군의에 참석한 배상충이 더듬거리며 말을 꺼냈다. 이순신 이하 장수들은 그의 심경을 헤아려 말을 재촉하지 않았다.

"좌군은 진지를 고수하라는 명을 듣지 않고 무리하게 출격하여 적을 치려다가 관군의 우군을 맡은 보병과 전군을 맡은 여진 기병에게 협격을 당해 1000명 이상의 군사를 잃었습니다. 전과도 거의 올리지 못하고 피해만 깊게 입었사오니 뭐라 드릴 말씀이 없습니다. 감히 통제사께 청하오니 죄를 벌로써 다스려 주시옵소서!"

고개를 푹 숙이고 잔뜩 목이 메어 진행한 배상충의 보고를 받은 이순신은 청년을 위로했다. 자신을 잘 아는 배설이 왜 명령을 지키지 않았는지, 그 사정이 빤히 짐작이 갔기 때문이다.

"배 수사의 의병은 의기가 넘치다 보니 멈출 때를 알지 못해 그렇게 된 것이다. 본관은 그대가 이번 일을 교훈으로 삼아 전장에서 군령의 중요성을 깨닫는 데 쓰기 바란다. 그리고 배 수사가 군령을 어긴 것은 사실이나 어떤 이유에서건 잘못된 용병에 대한 처벌을 내린다면 좌군의 본래 책임자로서 최종적인 명령을 내린 배 수사를 대상으로 해야지 중간에 지휘를 승계한 그대를 벌할 수는 없나. 그대와 휘하의 군사들에게는 죄를 묻지 않겠다. 또한 배 수사에게도…… 벌은 내리지 않겠다. 이미 군막에 누워 죽어 가고 있는 이에게 줄 벌도 없지 않은가."

군막 안에서 숨이 가늘어져 가고 있는 부친을 생각했음인지 푹 숙인 배상충의 얼굴을 가로질러 두 줄기 눈물이 흘렀다. 이순신의 말을 들은 안위가 두 눈이 휘둥그레져서 우치적에게 속삭였다.

"조방장 영감, 이게 무슨 일이오? 배 수사가 죽어 가고 있다고?"

"적의 유인에 걸려들어 함정에 빠진 좌군을 구해 내고자 군사들에게는 본진으로 철수하라는 명을 내리고 자기는 뒤에 남아서 수많은 관군 군사들에게 둘러싸여 싸우다가 창과 칼에 맞아 중상을 입었다 합니다. 다행히 오 병사 영감이 관군을 쫓아 버린 덕에 구원을 받아 의원이 치료해 보기는 했는데, 도저히 글렀답니다. 군사도 거의 다 죽고 우두머리도 죽었으니 배 수사 군은 앞으로 쓸모가 없다고 봐도 될 것 같습니다."

"거참."

우치적도 속삭여 대답하자 안위는 배설의 부상에 대해 가타부타 언급하지 않고 그저 쓸쓸하게 입맛을 다셨다. 배설은 나라를 아예 뒤엎고 싶어 한다는 점에서 자신과 의견이 같았다. 배설이 수군에 있을 때는 수사와 현감이라는 두 사람의 지위상 직급의 차이가 크다 보니 마주 앉아 이야기를 나누거나 할 기회가 없었지만, 반정을 일으킨 시점에서는 안위도 수사를 역임하였으므로 대등하게 이야기를 주고받을 수가 있었다. 임금을 추격하여 북상하는 중에도 두 사람은 종종 이순신 몰래 모여 어떻게 하면 이순신이 모르게 한발 먼저 임금을 처치할 수 있을지 계획을 꾸미곤 했다. 그 모든 생각들을 이순신이 듣는 앞에서 우치적에게 털어놓을 수는 없었기에 딱 한마디만 하고 만 것이다.

"그럼 여러 장수들은 잠시 각자의 위치로 돌아가 태세를 확실히 정비하고 싸울 준비를 하기 바라오. 신시에 다시 모여 여세를 몰아 관군의 본진을 칠지, 아니면 저들을 포위하고 항복을 요구할지 결정하겠소."

"예, 통상!"

이순신의 지시가 떨어지자 장수들은 일제히 허리를 굽혀 군례를 올렸다. 이순신은 다른 일은 잠시 젖혀 두고 배상충을 앞세워 배설의 군막으로 향했다.

*

군막 안의 배설은 침상에 누워 이불을 덮은 채 눈을 감고 있었다. 이순신은 조용히 옆에 놓인 의자에 앉아 잠시 배설의 얼굴을 들여다보다가 조용히 상대를 불렀다.

"배 수사."

이순신의 목소리를 들은 배설의 눈꺼풀이 미세하게 떨리더니 힘겹게 눈을 떴다. 군막 안에는 오직 그와 이순신 두 사람만이 있었다.

"정신이 드시오? 본관이 왔소."

"통상……."

배설이 입을 열려다가 고통에 이를 악물었다. 관군의 창에 찔린 등과 옆구리, 칼에 맞은 어깨에서 오는 고통은 홀로 참아내기에는 너무 컸다. 이순신이 조용히 손을 들어 배설의 상처를 싸맨 피 묻은 천을 어루만졌다.

"왜 군령을 지키지 않았소? 그랬다면 수사도 이리 상하지 않았을 거고 수사의 군사들도 떼죽음을 당하지 않았을 거요. 만약 수사가 옛날처럼 본관의 부하였거나, 몸을 상하지 않고 무사히 돌아왔더라면 본관은 군령을 어긴 죄를 물어 곧바로 그대를 참했을 거요. 하나 지금 수사는 본관의 부하도 아니고 이미 죽어 가고 있으니 참할 수도 없구려."

이순신은 억지로 웃음을 지었다. 배설도 고통을 참으며 키득대고 웃었다.

"통상께서는 저를 처형할 수 없어서 참으로 안타까우신 듯합니다. 하하!"

"안타깝고말고. 배 수사는 명량에서 날 버리고 도망하지 않았소. 적전 도망은 마땅히 목을 베어야 하는 중죄임을 잊지 않았을 게요. 2년 만에 배 수사의 죄를 다스릴 수 있게 되었나 했더니 물거품이 되었구려."

이순신의 얼굴에는 서글픈 웃음이 떠올랐다. 전란 중에 자신은 삼도수군통제사로, 배설은 경상우수사로 있으면서 함께했던 수많은 기억들이 뇌리를 스쳐 갔다. 배설이 원균이 엉망으로 망쳐 놓고 간 경상우수영을 제대로 복구하기 위해 얼마나 열심히 뛰어다니며 고생을 했는지, 아비규환이 펼쳐진 칠천량에서 한 줌의 전선을 빼내기 위해 추격하는 왜군과 앞서거니 뒤서거니 하며 어떻게 필사의 도주를 했는지, 한산도에 쌓여 있던 막대한 물자를 왜군에게 넘기지 않기 위해 불태우고 주민들을 탈출시키기 위해 얼마나 노력했는지, 그리고 일신의 욕심으로 원균을 보내 그 참극을 초래한 임금을 얼마나 원망했는지 이순신은 다 알고 있었다. 그렇기에, 배설이 이 조선 땅의 백성과 군사들을 위해 얼마나 노력하는 사람인지를 알기에 2년 전 그가 도망쳤을 때도 쫓지 않았다.

"토, 통상! 드릴 말씀이 있습니다."

배설은 말을 하다 말고 울컥 피를 토했다. 폐에 출혈이 있어 고인 피가 숨통을 막았다가 호흡을 할 때 흘러나오는 것이다.

수많은 전투를 겪은 이순신은 이것이 가슴에 깊은 상처를 입은 사람이 보이는 전형적인 상태임을 알았기에 당황하지 않고 입가에 흐르는 피를 닦아 주었다. 배설은 자신의 피를 닦아 주는 이순신의 손을 맞잡았다.

"통상께선 필히 승리하실 것입니다. 그때, 그때 부디 백성들을 잊지 말아 주옵소서. 전란 중에 통상을 어버이처럼 따르던 남해의 백성들, 전선을 이끌고 북상하실 때 통상을 찾아와 좋은 세상을 만들어 달라고 간청하던 서해의 백성들, 도순변사의 군사를 물리치고 입성했을 때 통상을 환영하던 도성의 백성들, 이곗밤 찾아와 오랑캐들을 내쫓아 달라고 울며 빌던 북도의 백성들…… 그 모두를 잊으셔서는 아니 됩니다. 그들은 지금의 나라가 뒤집히기를, 적어도 권력을 탐내며 자신의 욕심만 챙기는 임금 대신 정말 백성들을 위하는 그런 임금이 나타나 자신들의 삶을 평안하게 해 주기를 바랍니다. 그들이 바라는 것은 오직 자기 땅에 농사를 지어 적당히 세금을 바치고 남은 것으로 가족들과 안분지족하는 것밖에 없습니다. 부디 백성들의 소망을 잊지 마시고 그들을 어루만져 살펴 주십시오. 통상, 이 배설 마지막 가는 길의 간절한 소원이옵니다."

피를 많이 흘리면 몸의 온기가 빠져나가 사람이 추위를 느끼고 몸을 떨게 된다. 부들부들 떨리는 배설의 손을 잡은 이순신은 배설의 마지막 순간이 다가옴을 알 수 있었다. 이순신은 배설의 손을 마주 잡은 채 차분하게 다짐했다.

"걱정 마시오, 배 수사. 본관은 언제나 백성들의 삶을 지키기 위해 싸워 왔소. 앞으로도 이 조선 땅에서 살아가는 백성들의 평안을 위해서라면 물불을 가리지 않을 것이오. 내 앞에 놓인 길을 막고 있는 것이 지옥의 겁화라고 해도 뛰어들리다."

이순신의 다짐을 받은 배설이 살짝 웃었다. 하지만 곧이어 고통이 또다시 엄습하는지 입가를 잔뜩 찌푸렸다가 좀 나아졌는지 표정을 펴면서 눈을 감았다.

"감사합니다, 통상. 통상께서 그리 언약을 해 주시니 저도 한결 살 것 같습니다. 그런데 피를 많이 흘려서 그런지 몸에 영기운이 없는데, 외람되지만 통상께서 보시는 앞에서 잠시 수면을 취해도 될는지요?"

이순신은 선선히 고개를 끄덕였다.

"그렇게 하시오. 본관도 여기서 잠깐 쉬다가 돌아가겠소."

"감사합니다. 그럼 잠시 눈을 붙이겠습니다. 그런데 통상, 저는 자꾸 걱정이 됩니다. 통상께서 쓸데없는 사대부의 버릇을 포기하지 못하셔서 임금에게는 손을 대지 않고 주변 신하들만 몰아내어 문제를 해결하려고 하실까봐서요. 그러시면 안 됩니다. 임금과 왕실을 송두리째 갈아 치우지 않으면 얼마 안 가서 모든 것이 반정을 일으키기 전으로 돌아갈 것이고 아무것도 바뀌지 않을 겁니다……."

이순신의 손을 꼭 잡은 채 혼잣말처럼 이어지던 배설의 중얼거림은 차츰 작아지다가 알아들을 수 없는 소리로 웅얼거리는 것으로 바뀌더니 얼마 안 가서 멈추었다. 배설이 숨을 쉬지 않는 것을 확인한 이순신은 조용히 배설이 덮고 있던 홑이불을 끌어당겨 배설의 얼굴을 덮어 주었다. 어느새 들어온 배상충이 침상의 발밑에 엎드려 통곡하고 있었다.

*

"멍청이들, 멍청이들! 이게 다 네놈들 탓이야!"

"드릴 말씀이 없습니다."

이순신이 배설의 군막을 나와 장대로 돌아오고 있을 무렵, 도순변사 이일은 미쳐 날뛰는 정원군 앞에서 이를 악문 채 고개를 숙이고 있었다. 그 뒤에 선 정충신과 이수일 역시 고개를 들지도 못하고 푹 숙인 채 정원군이 퍼부어 대는 모욕의 말을 참아 내고 있었다.

"어찌, 어찌 한 나라의 장수란 자들이 이토록 무능하게 패할 수가 있다는 말인가. 내 다 보았다. 좌군은 적의 빈약한 목책 하나 뚫지 못하고 쩔쩔매다가 기습을 당해 괴멸했으며, 우군은 적의 공격을 받아 모래성처럼 쓸려 나갔으니 어찌 장수들이 자신의 책무를 다했다 할 수 있을 것인가?"

정원군은 당장이라도 이순신이 군사를 몰아 자기를 붙잡으러 올지 모른다는 공포감에 휩싸여 자리에 앉지도 못하고 부들부들 떨었다. 지금 세 사람만 놓고 이렇게 화를 내고 있는 것도 다른 주요 장수들은 죄다 반정군에게 죽거나 사로잡히지 않았으면 도망가 버렸기 때문이었다.

"장수라는 것은 전군의 진두에 서서 적을 쓸어 내고 승리를 거두거나 아니면 적을 맞아 죽을 때까지 싸워 군주에게 충성해야 할 것인데, 도순변사라는 자는 뒷전에 앉아 싸움을 구경이나 하고 있고, 종사관이라는 자는 상관들이 싸우다 죽는 동안 뒷전에 있다가 패잔병을 몰아 왔으며, 병마절도사라는 자는 부하들이 몽땅 반적에게 투항하는 동안 손도 못 쓰고 있다가 혼자 터덜터덜 상갓집 개처럼 돌아오니 어찌 관군이 반적을 물리칠 수 있겠는가!"

"말씀이 과하십니다!"

그동안 참고 참았던 이일이 마침내 폭발했다. 고개를 번쩍들고 정면으로 정원군을 노려보는 그의 눈 속에서 불길이 일렁였다.

"정원군마마께서 군사에 대해 아는 것이 도대체 무엇입니까? 그럼에도 마마께서는 소장들에게 자문을 구하시기는커녕 오랑캐 놈들의 말만 들으시고 저희에게 이래라저래라 명령만 내리셨습니다. 그 결과가 이 상황입니다. 소장들은 패장인 이상 만 번 죽어도 할 말이 없는 죄를 지은 것은 맞사오나, 그 패전을 만들어 낸 장본인인 마마께 그런 말을 들을 이유가 없단말입니다!"

이일은 정원군의 부친인 임금보다도 나이가 열네 살이나 많은 역전의 노장이다. 거의 할아버지뻘인 이일이 정말로 분노하자 스무 살밖에 되지 않은 정원군은 주춤하여 물러섰다. 이일의 성토가 이어졌다.

"마마께서는 일단 총대장이라 하나 실제 직책을 수행할 능력이 없는 만큼 군사는 소장들에게 맡기시고 그냥 뒷전에서 구경이나 하셨어야 했습니다! 그런데 상감마마의 위세를 빌려 저희에게 이것저것 마구 명령을 내리셨고 그 결과 우리 관군이 참패했습니다. 이 일의 책임이 어찌 저희에게만 있습니까? 정원군마마 스스로는 잘못이 없다 이 말입니까?"

"이, 이 무엄한 놈이!"

주춤거리던 정원군이 소리를 지르며 반격하려 했지만 자기편을 들어주는 사람이 없었다. 이일 뒤의 장수들은 묵묵히 이일에게 동조하고 있었고, 막사 저편에 있는 추잉을 비롯한 여진족들은 이쪽의 대화를 알아듣지 못한 척 자기들끼리만 왁자지껄하게 웃으며 이야기를 주고받고 있었다. 분이 뻗친 정원군

은 자기 투구를 벗어 들어 그대로 이일에게 집어 던졌다. 날아
간 투구가 설마 이런 짓을 하리라고는 예상도 못한 이일의 가
슴을 때렸다.

*

"패륵, 저 못난 놈이 건주위 도독 어르신 앞에서 장차 명나
라까지 정복하겠다면서 허세를 부리던 그놈이 맞습니까?"

"말만 앞서는 껍데기뿐인 놈인 줄은 진즉에 알았지만 저 정
도일 줄은……. 뭐, 허수아비로 쓰기에는 너무 유능해도 곤란
하니 만족하도록 합시다."

투구를 집어 던진 정원군이 수하 장수들에게 욕지거리를 퍼
붓기 시작하는 꼴을 바라보며 허허리가 코웃음을 치자 추잉이
피식거리며 그 말을 받았다. 방금 500의 원군을 이끌고 도착하
여 싸움에 끼지는 못한 대신 페이잉둥도 혀를 차며 그들을 비
웃었다.

여진군은 오늘 싸움에서 상당한 전과를 올렸다. 이순신 군
의 정면에서 공격을 가해 화살로 상당한 손실을 입혔고, 진지
바깥으로 뛰쳐나온 적의 좌익 보병 부대를 측면에서 기습하여
궤멸시켰다. 그 뒤에는 조선군 보병대를 미끼로 하기는 했어도
하여튼 적의 추격에서도 벗어나 유유히 돌아왔다. 손실은 약
700기. 전과를 감안하면 감수할 만한 수준이었다.

"조선 왕의 군대가 너무 쉽게 괴멸해 버렸으니 더 이상의 싸

움은 힘들 것 같습니다. 우리 전사들은 아직 사기가 왕성하지만, 적의 수가 근 두 배가 넘으니 감당하기가 아무래도 힘들군요. 이대로 귀환하는 게 낫지 않겠습니까? 공연히 병사들을 잃을 필요는 없다고 생각합니다."

"저 역시 동감합니다. 제가 무용을 뽐내지 못한 것은 아쉽지만, 여기서는 물러날 때입니다."

"하지만 액부, 그것이……."

허허리는 애초에 출병에 찬성하지 않았던 입장이다. 그런 그가 철수를 주장하는 것은 당연한 일이었고 역시 출병에 별로 동조하지 않았던 페이잉둥이 동참할 것도 당연했다. 하지만 추잉으로서는 선뜻 그 의견에 동의하기가 곤란했다. 허허리는 그 이유를 알고 있었다.

"패륵, 싸움에 이기지 못하고 이대로 돌아가면 애초 참전에 반대했던 다이샨님의 공박을 받아 아버님 옆에서의 입지가 위태로워질 것을 걱정하고 계십니까?"

"……사실 그렇소."

허허리가 빙그레 미소를 지었다.

"이해합니다. 만약 지금 싸움을 포기하고 물러난다면, 무사히 돌아간다고 해도 도독께서 기대하신 바에 걸맞은 성과를 거두지 못하였으니 다소 신뢰를 잃게 될 것이고, 동생이신 다이샨님의 입지가 보다 강화될 것입니다. 하지만 지금 그 미련 때문에 싸움을 계속한다면, 남아 있는 우리 군사를 다 잃을 가능성이 클뿐더러 우리 자신의 목숨도 부지하지 못할지도 모릅니다. 그렇지 않습니까?"

추잉이 마지못해 고개를 끄덕이자 허허리가 설득을 계속했다.

"또한 지금 여유 있게 물러난다면 지난 며칠간 조선 땅에서 긁어모은 노획품도 챙겨 가면서 적의 추격을 맞받아칠 여력을 보존한 채 돌아갈 수 있지만, 한 번 더 싸워서 패배한다면 그때는 패잔병이 되어 무질서하게 도망쳐야 할 것이니, 어찌 금붙이 하나인들 더 챙겨서 돌아갈 수가 있겠습니까? 또한 그렇게 될 경우 지금 철수하는 것보다 패륵의 명성은 더 떨어질 것이고 아버님 앞에서 얼굴조차 들 수 없을 것입니다. 잠시 체면이 깎이는 것을 참고 목숨을 건지고 병력을 보존한다면 나중에 또다시 조선 땅을 도모할 기회는 얼마든지 올 것입니다. 그날을 위해 저 머저리 왕자를 우리 손에 쥐어 두기로 하지 않았습니까. 저 자를 앞세워 돌아오면 훗날에도 출병의 명분은 충분합니다."

"흐음……."

추잉은 잠시 생각에 잠겼다. 미간에 주름이 잡혔다.

"지금 우리가 북방으로 돌아간다고 하면 저 얼간이가 순순히 따라오겠습니까?"

"따라오게 만들어야지요. 이곳으로 달려오는 조선군과 합류할 수 있는 곳까지 물러난다고 하고 데려가면 어찌 따라오지 않겠습니까. 마침 페이잉둥 장군이 미리 약조한 대로 군사를 데려왔고, 패륵께서 계획하신 대로 혜산으로 가는 길에 매복조도 잘 투입시켜 두었으니 이곳 일만 정리하고 돌아가면 됩니다."

"맞습니다. 패륵께서 출발 전에 지시하신 바에 따라, 함흥에서 혜산으로 가는 길에 좋은 매복지를 골라 500의 군사를 매복시켜 두고 왔습니다. 말씀하신 날에 조선 왕의 일가가 혜산을 향했다면, 아마 지금쯤이면 일이 다 끝나 있을 겁니다. 그것도 우리의 중요한 목표가 아니었습니까. 그래야 저 얼간이 왕자가 확실한 후계자가 될 테니까요."

페이잉둥의 호언장담을 들은 추잉은 마땅치 않다는 듯 입술을 삐죽거렸다.

"아니, 가장 중요한 두 명은 그 길에서 빠졌소. 무슨 생각인지 왕과 세자는 북쪽으로 피난을 가지 않고 강 건너 본궁에 남아 있단 말입니다. 우리가 북방으로 돌아간다면 그자들을 처리해야만 합니다. 그래야 얼간이 정원 왕자가 확실히 왕이 됩니다."

"그거야 처리하면 되는 일 아닙니까. 패륵, 제게 맡겨 두십시오."

페이잉둥이 씩 웃으며 칼자루를 잡아 보였다. 추잉이 믿음직하다는 미소를 지었다. 사실 페이잉둥 역시 아직 풋내기에 불과한 자신에 비하면 훨씬 노련한 장수가 아닌가.

"그러면 패륵께서도 철수에 동의하시지요? 그러면 오늘 밤, 강을 다시 건너 곧바로 북방으로 달리는 것으로 하겠습니다. 패륵께서는 남아 있는 조선군으로 하여금 후미에서 적의 추격을 막으라는 말씀을 전해 주시면 될 것 같습니다. 왕자가 우리와 함께 있는데 그놈들이 설마 배신하지는 못하겠지요."

"좋소. 나도 군사를 남겨서 아버님께 돌아가는 것이 낫다는데 동의하오."

고개를 끄덕인 추잉은 아직도 휘하 장수들에게 소리를 지르며 발을 구르고 있는 정원군을 소리쳐 불렀다.

"정원 왕자! 수하 장수들을 너무 다그치는 것은 좋지 않네. 그보다 앞으로의 일을 처리해야 하지 않겠나?"

"앞으로의 일? 반적들이 당장 쳐들어올 텐데 무슨 수가 있나? 고작 500기의 원병이 적을 짓밟을 수라도 있나? 반적 놈들이 화포를 쏘아 대면 500 따위는 그대로 사라질 텐데!"

추잉이 잠시 대답할 말을 찾지 못하자 얼굴 한편에 교활한 웃음을 띤 허허리가 뭔가 대책을 속삭였다. 그 말을 들은 추잉은 잠시 아깝다는 표정을 지었지만, 허허리가 한 번 더 속삭이자 폭소를 터뜨리고는 그 제안을 받아들였다.

"좋아, 좋소! 동악액부께서는 지금 바로 밖으로 나가 방금말한 대로 방책을 만들도록 하시오. 다행히 적군이 아직 공세를 취하지 않았으니 방책을 만들 시간은 있을 것 같소."

"패륵의 명령대로 하겠습니다."

허허리가 키득거리며 밖으로 나가자 이때까지 오간 대화를 알아듣지 못한 정원군이 의아한 표정을 지었다. 추잉이 급히 정원군을 안심시켰다.

"아버님을 제외하면 우리 건주위 최고의 숙장인 동악액부가 나섰으니 그 실력은 의심하실 필요가 없네. 이제 반란군은 우리 진지를 공격하지 못할 것이니, 잠시 밤을 기다렸다가 군사를 몰아 강을 건넌 뒤 철수하세. 그러니 아직 해가 있는 동안 강변에 있는 배를 모으고 진지 내의 목재를 모아 뗏목을 만들어야 할 것이네."

"철수라니! 어찌 그런 약한 말을 하시는 것인가? 반적들을 쳐부수고 이순신의 목을 베어야 하지 않나!"

예상대로 정원군은 반발했다. 하지만 스스로 그럴 실력을 갖추지도 못했으면서 하는 반발은 추잉에게 비웃음을 살 뿐이었다.

"정원 왕자, 우리가 철수해야 하는 이유는 그대가 거느리고 온 조선군이 박살 났기 때문일세. 우리 여진의 기병이 정예라고는 하나, 이렇게 수가 적어서야 어찌 이길 수가 있겠는가. 그러니 일단 철수하여 아버님의 군사를 더 받고 귀국의 군사도 더 모아서 다시 적과 맞서야 할 것일세. 지금 여기서 반란군과 다시 싸운다면 배수진을 친 형국이 되어 그대로 화포의 세례를 받고 섬멸당할 것이니, 여기서 최후까지 싸우는 것이 무슨 의미가 있겠는가."

이번에는 정원군이 꿀 먹은 벙어리가 되었다. 이일 이하 장수들이 바닥에 무릎을 꿇고 엎드려 아무 말도 하지 못하는 상황에서, 정원군은 딱히 조언을 얻을 사람도 없이 그저 추잉의 의견을 따르는 수밖에 없었다.

"아, 알겠네. 그럼 지금 당장 군사를 물릴 생각인가?"

"아니, 철수는 해기 진 뒤에 할 거네. ㄱ 이야기를 좀 더 자세히 하세나."

추잉은 회심의 미소를 지었다. 보조 전력으로 여기던 조선 군이 너무 빨리 이순신에게 박살 나는 바람에 조선을 한 방에 먹어 보겠다는 욕심은 깨졌지만, 이 머저리를 틀어쥐고만 있으면 기회는 또 올 테니까. 일단은 여기서 빠져나가는 수단으로 먼저 써먹어야 했다.

*

싸울 태세를 갖춘 이순신과 휘하 장수들은 오늘 해가 떨어지기 전에 관군과 여진군의 진영을 공격하여 그들을 섬멸하기로 결정했다.

"겨울의 해는 짧으니 얼마 안 가서 해가 질 것이고, 우리가 싸움을 망설인다면 그사이에 저들은 모두 도망칠 것이다. 이를 막으려면 우리가 먼저 석양을 등지고 공세를 가해야 한다."

이순신의 훈시에 장수들은 굳은 표정으로 고개를 끄덕였다. 이미 군사들은 휴식과 보급을 마쳤고, 오전에 투항한 관군 군사들도 반정군의 일원으로서 함께 싸울 결의를 다진 상태였다.

"이제 나가자! 수레에 총통을 실어 총통거를 다시 만들고, 탄환을 장전한 총통화차를 끌어 저들의 반격을 쓸어버릴 준비를 하라. 지금 관군의 진에 제대로 남은 병력은 조금 전에 온 원군을 합쳐도 우리의 절반도 안 되는 오랑캐 기병 약간뿐이니 쉽게 쓸어버릴 수 있을 것이다. 관군이 일부 남아 있기는 하나, 아까 그리 쫓겨 간 터에 싸울 배짱이 있을 리 없다. 오랑캐들을 섬멸한 뒤 관군의 잔졸들을 설득하여 우리의 뜻을 따라 귀순하게 한다! 그리고 함흥본궁에 남아 있는 주상 전하를 찾을 것이다."

"예, 통상!"

일제히 군례를 올린 장수들이 막사를 나가려는 참이었다. 얼굴이 새파래진 탐망군관 임중형이 군막으로 뛰어 들어왔다.

"토, 통상! 오, 오랑캐 놈들이 우리 공격을 막으려고 자기들 진영 앞에 우리 백성들을 사람방패로 내세우고 있습니다!"

"뭐라고?"

반정군 장수들은 아연실색했다. 여진군이 인근 마을의 부녀자들을 납치해서는 겁간하고 종처럼 부리고 있다는 사실은 그들도 이미 알고 있었다. 하지만 사람방패라니? 장수들은 너 나 할 것 없이 밖으로 뛰쳐나갔다. 정말 백성들이 방패가 되어 있다면 지금 당장 공격할 수는 없었다.

*

송재석은 눈을 감고 이를 악물었다. 오랑캐들은 함흥 일대에서 납치한 1000여 명의 부녀자들을 며칠 동안 노리개로 삼고 전장에까지 끌고 나와 농락한 것으로 부족했는지, 반정군의 화포 사격을 막는 방패로 활용하기 위해서 모조리 끌어내어 진영을 둘러싼 울타리 기둥에 비끄러맸다. 몇몇 처녀들은 태어나서 처음 당한 지독한 난행 탓에 아지도 정신을 차리지 못하고 있었고, 그녀들의 아랫도리에서 그치지 않고 흘러내리는 피는 발

밑에 붉은 연못을 만들고 있었다. 송재석은 그 옆을 지나쳐 오며 그녀들의 살려 달라는 호소에 억지로 눈을 감았다.

"반적의 수괴, 전 삼도수군통제사 이순신은 들으라!"

눈앞의 이순신 진영은 고요했다. 지금 관군 진영에서 오랑 캐들이 무슨 짓을 벌이고 있는지는 반군 진영에서도 뻔히 알 수 있을 터. 저들이 이토록 조용한 것은 상황을 파악하기 위하여 일단 자신이 하는 말을 경청하고자 하기 때문일 터였다.

"반적들에게 알린다! 지금 너희를 토멸하기 위해 상감의 명을 받아 출진하신 정원군마마께서는 일시 싸움의 불리함을 인정하시고 성천강을 넘어 철군하기로 결심하셨다. 내일 아침 해가 뜨기 전에 네놈들이 공격을 개시한다면, 우리는 최후까지 맞서 싸워 상감께 충성을 다할 것이다!"

목이 찢어져라 외친 송재석은 상대편의 대답을 기다리지도 않고 그대로 말 머리를 돌려 관군 진영으로 돌아왔다. 아무리 지금 군사가 부족하여 오랑캐 놈들의 전력에 의존하고 있다지만, 놈들에게 이따위 미친 짓거리를 허락하는 정원군과 그런 정원군을 지휘자로 보낸 임금에 대한 환멸은 커져 갔다. 차라리 아까 반정군과 싸우다 죽었으면 이런 꼴을 안 봐도 되었을 것을.

*

"당장 저놈부터 쏘아 죽이겠습니다!"

"참으시오, 안 수사!"

등을 돌린 채 멀어져 가는 관군 장수를 쏘아 죽이겠다고 활을 들고 날뛰는 안위를 뜯어말리느라 네 사람이 달라붙어야 했다. 안위의 분노를 이해하지 못하는 바는 아니었지만, 지금 공격을 하면 울타리에 묶여 있는 여인들이 포환과 화살에 맞아 죽으리라는 것은 빤한 이야기였다.

"통상, 어찌하면 좋겠습니까! 수백 명의 조선 여인들을 방패로 내세우다니, 왜놈들도 하지 않던 짓이 아닙니까. 어찌 관군이라는 이름을 걸고 저런 짓을 할 수 있단 말입니까?"

우치적이 애타게 불렀지만 이순신 역시 상상도 하지 못한 일에 침묵하고 있기는 마찬가지였다. 누구도 입을 열지 못하는 가운데 차분한 목소리 하나가 흘러나왔다.

"통상, 일단 공격을 멈추심이 가한 줄로 압니다."

이 충격적인 사태에서 유일하게 침착한 상태를 유지하고 있던 정 참봉이 입을 열었다.

"방금 그자는 정원군이 관군의 지휘를 맡고 있다고 했는데, 개망나니로 유명한 그자라면 백성들, 그것도 무고한 아녀자들을 충분히 방패로 삼고도 남습니다. 한두 명도 아니고 1000여 명이나 되는 여인네들을 피해서 관군의 진을 공격한다는 것은 아예 불가능한 일입니다. 지금 저 관군 장수가 말하기를 관군이 오늘 밤을 기해 강을 건너 철수할 것이라 했으니, 강변에 있는 저들의 진을 일단 포위하고 저들이 강을 건넌 뒤에 저 불쌍한 아녀자들을 구출하시지요. 남은 관군과 여진군을 여기서 섬멸하지 못하는 것은 아쉽지만, 다음 기회가 있을 것입니다."

정 참봉의 말이 아니라도 선택의 여지는 없었다. 이를 악문 이순신의 입에서 결단의 말이 흘러나왔다.

"그 말이 맞소. 각 장수들은 군사들에게 영을 내려 관군의 진영을 포위하기만 하고 다가가지 말라 이르시오. 그리고 우리, 저들이 어떤 일을 벌였는지 절대로 잊지 말도록 합시다."

"이를 말씀입니까! 기필코, 기필코 저놈들을 모두 찢어 죽이고 말겠습니다!"

안위가 내뱉은 분노의 외침이 허공으로 퍼져 나갔다. 그 누구도 안위를 말리지 않았다.

*

이순신과 휘하 군사들이 관군과 여진군이 도강 준비를 하는 것을 지는 해와 함께 속수무책으로 바라만 보고 있을 무렵, 당은군과 영제군을 비롯한 왕실의 피난 행렬은 혜산으로 가는 고갯길을 걷고 있었다.

"형님, 힘들어 죽겠습니다. 이건 뭐 말에서 내려도 편히 쉴 곳도 없으니."

"중전마마께서도 참고 계신다. 목소리를 낮추어라!"

"중전마마께서는 죽어 가시니 아무 말도 못 하시는 것 아닙니까. 우리가 쉬어야 중전께서도 몸을 회복하신다고요!"

당은군은 불평이 끊이지 않는 동생 영제군을 향해 버럭 소리를 질렀다.

"그만하래도! 혜산에만 도착하면 편안한 침소도 있을 것이고 어의를 시켜 차분하게 치료도 할 수 있을 것이야. 그러니 그만 지껄여!"

당은군은 나이를 충분히 먹었으면서도 투덜거리기나 하는 동생이 한심해 보이는 한편으로 그 자신 역시 이 행로가 심히 고달팠기 때문에 한층 더 목소리를 높여 꾸짖었다. 영제군이 입을 다물자 당은군은 행렬을 돌아보며 깊은 한숨을 쉬었다. 밤마다 가마꾼들이 도망치는 바람에 이젠 가마를 타고 가는 사람은 병을 앓고 있는 중전과 갓난아이를 데리고 있는 몇몇 부인들뿐이었다. 임금의 후궁이라 해도 어린아이가 없는 사람은 말을 타야 했고, 그나마 말이 부족해서 남아 있는 내시와 궁녀들은 모두 두 발로 걸었다. 호위병들조차 말이 부족하여 셋 중 하나만이 말을 타고 있었다. 도성을 출발할 때와는 비교도 되지 않고, 함흥을 출발할 때에 비해서도 반 이하로 줄어든 행렬을 보자 당은군은 자기도 모르게 눈물을 흘렸다.

"어쩌다 우리 왕실이 이런 치욕을 겪는단 말인가……. 태조 대왕께서 바로 이 땅에서 대업을 이루셨거늘, 우리가 여기서 이런 꼴을……."

"쳇. 형님, 형님이 우는 건 되고 내가 불평하는 건 안 된단 말이오?"

"닥쳐라!"

감회에 빠지려는데 딴죽을 거는 동생에게 일갈한 당은군은 다시 기운을 차렸다. 임금의 장자인 임해군이 여전히 술병을 끌어안고 고래고래 고함이나 지르고 있는데, 자신이 감상에 빠져 버리면 누가 이 처량한 행렬을 이끌겠는가. 눈을 한번 질끈 감았다 뜬 당은군이 화제를 돌렸다.

"얼른 군사와 마부 들을 재촉하라. 길잡이가 저 고개만 넘으면 마을이 나온다 했으니 오늘은 거기서 쉬자. 해도 곧 질 것이다."

"알겠습니다, 형님. 그런데 동리에 닭이나 돼지가 좀 있었으면 좋겠네요. 다들 너무 지치고 허기졌으니 말입니다."

"글쎄, 그건 가 보아야 알겠지."

길을 너무 급하게 서두르느라 양식을 전혀 가져오지 못해 노상에서 급하게 구할 수 있는 것으로 연명하다 보니, 비빈들이 조밥에 소금국으로 끼니를 에우는 상황이 몇 끼씩 이어지곤 했다. 소금조차 없었던 날도 있었다.

"백성들에게 민폐가 되긴 하겠지만 돼지 두어 마리, 아니, 한 마리만 있어도 다들 기운을 좀 차릴 것 같기는 하다. 한번 기대를 걸고 가 보자꾸나."

"예. 그런데 저기 산꼭대기에서 연기가 솟는데요?"

이제까지 땅만 보고 걷던 당은군은 영제군이 가리키는 손가락 끝을 따라 산 위를 보았다. 정말 고갯마루 근처에서 한 줄기 연기가 솟고 있었다. 당은군의 얼굴에 화색이 돌았다.

"저기가 민가인가 보다! 연기가 한 줄기뿐인 걸 보면 마을은 아닌 것 같지만 외딴 소옥小屋이라 해도 물은 있을 것이니, 잠시 물이라도 얻어 마시며 숨을 좀 돌리고 힘을 내어 얼른 고개를 넘도록 하자!"

"예, 형님."

영제군도 힘을 내어 마부와 가마꾼 들을 독려했다. 조금만, 조금만 더 가면 잠시 쉬었다가 혜산으로 가는 길을 계속 갈 수 있을 테니까.

*

"죽을 자리인 줄도 모르고 잘도 기어 올라오는구나, 흐흐."

"길주 쪽으로 갔으면 어떡하나 했지. 우리가 정 참봉 어르신의 상급을 받아야 하는데, 길주 쪽 길에 있는 판돌이 패거리만 떡을 먹게 할 수는 없지 않나."

연기를 피운 것은 여진족들이 입는 두툼한 가죽옷으로 무장하고 활과 창을 옆에 둔 험상궂은 사내 두 명이었다. 그들은 고갯마루 바로 너머에 매복한 동료들에게 표적이 다가왔음을 연기 신호로 알리는 중이었다.

"누가 누가 왔을까? 상감도 왔을까? 세자도?"

"누가 누군지 몰라도 다 죽여 놓고 보면 알 수 있겠지."

두 사내는 낄낄거리면서 고개 아래에 있는 왕실 일행을 살폈다. 하지만 평소 저런 귀인들을 접할 일이 없었던 신분들이네다가, 왕실 일행도 추운 날씨에 험로를 오느라 궁궐에서 입는 장식이 화려한 복장이 아닌 평복을 입은 이들이 대부분이라

언뜻 봐서는 누가 누군지 알 수 없었다.

"어이, 근데 말야, 꼭 다 죽여야 하나?"

"뭐 다 죽일 필요는 없긴 하지. 정 참봉께서는 왕실의 사내놈들은 다 죽여야 한다고 하셨지만 나머지에 대해서는 별말씀 없으셨어. 근데 왜?"

"응, 저, 거시기, 인물 좀 반반한 한창 나이 계집들은 죽이지말고 그냥 우리가 데리고 살면 어떨까 해서 말이지."

말을 꺼낸 사내는 헤벌쭉거리며 웃었다. 누렇게 변색된 이사이로 나온 혀가 갈라진 입술을 탐욕스럽게 핥는 모습을 보며동료가 핀잔을 던졌다.

"이 오라질 놈이 평생 장가 한번 못 들더니 정신이 제대로나갔구먼. 무슨 무슨 군부인입네 후궁 뭐시개입네 하던 마나님들이 네놈의 그 오막살이에서 제대로 살 성싶으냐? 게다가 서방과 자식이 다 네놈 손에 죽어 나갔는데 잘도 말을 듣겠다. 관가에 갈 수만 있으면 곧바로 고변할걸?"

"아니, 빨래도 할 줄 모르는 그런 마님네들은 나도 필요 없다. 그보다는 시녀나 궁녀 들 중에 맘에 드는 떡이 있으면 하나골라서 일단 이 자리에서 재미 좀 보고 집으로 데려가겠다는거지. 흐흐, 그쪽은 수작질 좀 잘하면 붙어 있지 않을까나?"

"난 계집이 아니라 모르겠다. 근데 8년 전에 도망간 내 마누라를 생각하면 궁녀라고 느이 집에 끝까지 붙어 있을 것 같지는 않다. 도망가기 전에 재미야 실컷 볼 수 있겠지만."

능글맞은 웃음을 지으며 어떻게든 여자 하나 챙겨 팔자 고칠 궁리를 하는 동료를 보며 두 번째 사내는 고개를 내저었다. 그리고 시선을 다시 길 아래쪽의 왕실 행렬로 돌려 먹잇감들이 미끄러지지 않고 잘 올라오는지 살피려는 찰나, 이제까지 아무런 기척도 느끼지 못했던 한참 아래쪽 산중턱 덤불에서 느닷없이 수많은 흔들림이 나타나는 것이 눈에 띄었다.

"아니! 저놈들은 누구야?"

여자 생각에 넋이 나가 있던 첫 번째 사내도 동료의 심상치 않은 분위기에 급히 고개를 내밀었다. 그 순간 왕실 행렬에 수백 발의 화살이 쏟아지기 시작했다. 무장을 갖춘 채 말을 타고 대열의 좌우를 경계하던 기병들이 제일 먼저 화살 세례를 받고 말에서 굴러 떨어졌고, 보병들이 그다음이었다. 짐꾼과 가마꾼들, 힘겹게 헉헉거리며 가마의 좌우를 따라 걷던 내관과 궁녀들도 연달아 화살에 맞아 쓰러졌다.

"저, 저, 저!"

두 사람은 너무도 놀라 말을 잇지 못했다. 도대체 어떤 놈들이기에 그들이 하려던 일을 이렇게 가로채어 감행한다는 말인가. 분명 정 참봉이 혜산 가는 길에 매복시킨 것은 우리뿐일 텐데. 다음 순간 두 번째 사내의 눈에 활을 든 습격자들 중 하나가 확연히 들어왔다. 그 순간 두 번째 사내는 동료의 뒷덜미를 잡아 덤불 속에 처박으면서 자신도 그 옆에 엎드렸다.

"뭐야, 이 미친놈아!"

"쉿! 저놈틀, 오링캐디! 잡히면 주어!"

"뭐라고?"

동료가 흠칫 놀라는 것에는 신경도 쓰지 않고 두 번째 사내는 아래쪽 현장을 누비는 습격자들의 얼굴을 살피며 빠르게 답했다.

"저기 저놈, 옷은 우리 전복을 입었지만 분명 오랑캐야. 지난번에 삼 캐러 강 건너갔다가 숲에서 만난 놈이라고! 그때 내가 저놈들이 캐서 자기네 소굴에다 모아 놓은 산삼 서른 근을 파내서는 들고튀었거든. 쫓아오다가 내가 강 건너니까 포기했었는데, 지금 건너온 걸 보니 잡히면 우린 죽는다. 아무 소리 내지 말고 있어야 해."

"네놈은 삼도둑이니까 죽는다 치고, 나는 왜 죽는데?"

"그야 짝패니까. 자꾸 떠들지 말고 조용히 해. 들킨다!"

두 사람은 입을 다물고 아래를 내려다보았다. 수백의 오랑캐들에게 습격당한 왕실 일행은 이제 몇 명 남지 않았다.

*

험로에 지쳐 있던 군사들은 대부분 쏟아지는 화살에 맞아 무기를 잡지도 못하고 죽었다. 여자가 많고 무기 다루는 법 따위는 모르는 이들이 대다수이다 보니 이쪽에서 적에게 맞서 대항할 수 있었던 사람의 수는 정말 얼마 되지 않았다.

"이, 이 무도한 놈들! 이순신의 일당이냐? 모두 싸워라! 중전 마마를 지켜야 한다!"

대열을 이끌고 있던 당은군은 급히 옆에 쓰러져 있는 군사의 검을 빼앗아 들고 휘두르며 다가서는 갑주 차림의 적들에게서 종실의 부녀자들을 지키려고 했다. 계속 함께 다니던 영제군은 이미 화살에 맞아 쓰러진 뒤였다.

"당은군마마, 적이 너무 많습니다!"

서너 발 떨어진 곳에서 칼을 휘두르던 마지막 군사가 적들의 칼에 맞아 비명을 올리고 그 자리에서 절명했다. 당은군은 달려가 그 군사를 도우려 했으나 지친 데다 평소 무예를 닦지 않은 몸은 그리 기민하게 움직여 주지 않았다. 그 군사가 있는 곳에 도착하기도 전에 장딴지에 화살을 맞은 당은군은 그대로 넘어지고 말았다.

"으윽! 분하도다!"

땅바닥에 쓰러져 몸부림을 치는 당은군에게 너저분한 누비옷을 입은 비렁뱅이 행색의 무지렁이가 짐승 잡을 때나 쓸 것 같은 창을 들고 다가왔다. 그 비릿한 웃음을 본 당은군은 뒷덜미가 쭈뼛거리는 공포감과 함께 온몸에 소름이 돋았다. 문득 치솟아 오르는 삶에 대한 욕구로 황급히 누운 채로 기어서 도망하려 했지만 몸은 마음대로 움직이지 않았다. 놈은 실실거리고 웃으면서 점점 더 다가오고 있었다. 급기야 당은군은 입을 열어 호소했다.

"사, 살려 주게! 살려만 주면 내 뭐든 줌세! 싸, 쌀이든 포목이든 비단이든 계집이든, 뭐든지 구해 주겠네! 제, 제발 살려 주게!"

간절한 호소에도 불구하고 상대는 들은 척도 하지 않았다.

저놈이 귀머거리가 아닌가 생각하는 순간 누군가 분명 조선말이 아닌 다른 말로 고함을 질러 그자를 제지했다. 당은군이 조마조마한 심정으로 누워 있는데 허름한 두정갑을 입은 장수 같아 보이는 인물 하나가 다가와 어딘가 약간 어색한 조선말로 말을 건넸다.

"너 누구냐?"

"뭐, 뭣이?"

"너 누구냐고!"

"나는 주상 전하의 생질이자 덕흥대원군의 적손. 당은군이다! 네놈은 누구냐? 이순신의 패거리냐? 감히 이런 무도한 짓을 저지르다니!"

상대는 답하지 않고 그저 웃을 뿐이었다. 상처의 아픔으로 신음하던 당은군은 문득 상대의 옷차림과 어조에서 어색함을 느꼈다. 무엇인가 자연스럽지 않았다.

"네놈은…… 말하는 투를 보니 오랑캐로구나! 이순신 그놈이 오랑캐까지 끌어들였을 줄이야!"

여진족 장수는 당은군의 비난에 대해서 반응하지 않았다. 그저 웃으며 자기가 하고 싶은 말을 했을 뿐이다.

"그러니까 조선 왕의 조카? 잘됐다!"

여진족 장수가 자기네 말로 날카롭게 소리치자 우르르 달려온, 역시 조선군 옷을 입은 여진족 병사들이 당은군을 붙잡아 끌고 가마들이 있는 곳으로 갔다. 거기에는 어떤 의도인지는 몰라도 왕실 일가의 어린 사내아이들이 죄다 모여 있었다.

젖먹이를 돌보던 유모와 궁녀 들이 아기를 안고 부들부들 떨고 있었다.

"아버지!"

정신을 차릴 틈도 없이 당은군의 어린 두 아들, 다섯 살배기인 다섯째 이권과 세 살배기인 여섯째 이유가 달려와서 다리에 매달렸다. 그 위의 네 아들은 어디에도 보이지 않았다.

"그 둘은 네 아들? 됐다. 그러면 나머지 애들이 다 누구 아들인지 말해라. 안 하면 네 아들부터 죽이겠다. 그다음에 너를 죽일 거다."

여진족 장수는 칼끝으로 옆에 있는 목이 베인 나인의 시체를 가리켰다. 놈들이 무슨 일을 꾸미는지 알 수 없었던 당은군은 그들의 요구를 들어주고 싶지 않았지만, 일단 자기 아들들을 살려야만 했다. 떨리는 소리가 그의 입에서 새어 나왔다.

"저…… 저기 나인들이 안고 있는 저 두 아이는 내 큰동생 익성군의 아들이고, 그 옆에 있는 아이는 작은동생 영제군의 아들이오. 그 옆에 유모가 안고 있는 갓난아이는 내 서제인 연성수의 아들이고, 그 옆에 상궁이 안고 있는 아기가 세자 저하의 아들이오. 그 옆에 무리지어 있는 세 아이들은 내 종제 정원군의 아들이오."

다 듣고 난 뒤 고개를 끄덕인 여진족 장수가 느닷없이 고함을 질러 명령을 내리자 옆에 서 있던 여진족 병사들이 달려들어 정원군의 셋째 아들을 인고 있는 상궁에게서 아기를 빼앗더니 정원군의 세 아들만 냉큼 집어 올려 말에 태웠다. 그리고는 말을 달려 떠나 버리는 것이 아닌가. 당은군을 비롯한 일행들이 어리둥절해하고 있는데, 느닷없이 주위를 둘러싼 여진족들 중 하나가 칼을 들어 방금 아기를 빼앗긴 상궁을 내리쳤다.

"무, 무슨 짓이냐!"

궁녀들이 찢어지는 비명을 질렀고 아이들은 울음을 터뜨렸다. 잔인한 행동에 경악한 당은군이 고함을 지르자 여진족 장수가 음흉하게 웃으며 굵고 짧게 대답했다.

"정원군 왕 만들어야 해."

말뜻을 깨닫고 말고 할 것도 없었다. 저놈들은 당은군이 처음 생각했던 것처럼 이순신과 손을 잡은 것이 아니라 정원군과 결탁하고 있었고, 정원군은 보위에 오르려고 이 모든 일을 꾸민 것이다. 하늘이 노래졌지만 당은군은 사력을 다해 버텨 보았다.

"내, 내가 말하면 내 아이들은 살려 준다고 하지 않았느냐! 그러니 보내 달라!"

"말 안 하면 '먼저' 죽인다고 했지 말하면 살려 주겠다고 하지 않았다."

당은군은 가슴이 턱 막혀 아무 말도 할 수가 없었다. 여진족 장수는 유들거리며 놀리듯이 말했다.

"그래도 특별히 맨 나중에 죽여 주지."

당은군은 두 아들을 품에 꼭 끌어안고 눈과 귀를 가려 아무것도 보이지 않게, 아무것도 들리지 않게 했다. 단 한순간일지라도 아이들이 무서움을 느끼지 않게 하고 싶었다. 끝이 오는 순간은 별로 오래 걸리지 않았다. 마침내 그의 머리 위로 칼날이 떨어졌다.

"햐…… 저놈들 지독하네. 정말 사내는 어린애 하나 안 남기고 다 죽였어……. 우리도 저래야 하긴 했지만 난 차마 손 못 댔을 것 같은데……."

고갯마루에 숨어 있던 사내들은 혀를 내둘렀다.

"우린 저렇게는 못 했을 것 같은데……. 잠깐, 중간에 오랑캐 놈이 데려간 애새끼들이 누구 자식 놈이라고 했지? 정원군을 왕 만든다고 한 거 맞나?"

"나도 그렇게 들었어. 얼른 가서 두목한테 알리자! 정 참봉 나리께 얼른 알려야지!"

사내들은 아직 산 밑에 버티고 있으면서 살려 둔 몇몇 여자들을 끌어내면서 패물을 뒤적이고 있는 여진족들에게 들키지 않도록 잽싸게 산길을 치달렸다. 이미 어두워지고 있는 산길이라 들키지 않고 가는 데 도움이 되었다.

*

저녁 해가 질 때까지만 해도 관군의 영채 주변은 여인들의 비명과 통곡 소리로 가득했지만 지금은 그저 한숨과 탄식, 나직히게 흐느끼는 소리만 들을 수 있을 뿐이었다. 목책에 묶인 여자들은 기갈飢渴과 공포로 인해 너무 지친 나머지 이제 울부

짖지도 않았다. 이미 숨이 넘어간 듯, 축 늘어진 채 미동도 하지 않는 이들도 적잖게 섞여 있었다.

"짐승 같은 놈들! 저 가련한 여인네들에게 물도 주지 못하게 하다니!"

관군 병사들은 핏발이 선 눈으로 여진족들을 노려보았다. 여진족들은 이 참상을 빚어 놓고도 히죽거리며 주변을 오갈 뿐 단 한 조각의 자비도 보여 주지 않았다. 관군 병사들이 물을 떠다 주려고 하는 것도 못 하게 했다.

정원군도 사람은 사람인지라, 추잉의 막사에서 나와 여인네들이 기둥과 울타리에 묶여 있는 것을 보자 처음에는 크게 놀랐다. 그리고 곧바로 추잉에게 돌아섰다.

"저게 무슨 짓인가? 말뚝에 여인네들을 묶다니!"

"약속대로 우리가 돌아가는 길에 저들을 집으로 돌려보내고자 놓아두고 가는 걸세. 천막 속에 처박아 놓고 가는 것보다, 저렇게 얼굴이 다 보이게 세워 놓아야 가족들이 자기 식구를 찾아서 데려가기 편할 것이 아닌가."

"따, 딴은 그렇겠네그려. 알겠네."

정원군의 항의는 그것으로 끝이었다. 일말의 기대를 안고 그들을 주시하고 있던 관군 장졸들은 어처구니가 없었기에, 그들은 정원군의 뒤를 따라 추잉의 군막에서 나온 정충신의 주변으로 몰려들어 호소했다.

"나리! 저놈들을 그냥 보내야 합니까? 당장이라도 저 오랑캐들을 쳐 죽이고 묶여 있는 아낙과 처자들을 구하게 해 주소서!

우리 아내와 딸들이 저기 묶여 있단 말입니다!"

진영 안에 남아 있는 관군 장졸들은 당장이라도 저 잔악무도한 오랑캐 놈들을 모조리 쳐 죽이고 싶었지만 정충신은 자신에게 가해진 치욕에 대한 분노로 이를 갈면서도 한껏 목소리를 낮추어 군사들을 말렸다.

"참아라! 놈들이 훨씬 많은 지금 일을 벌여 봐야 개죽음을 당할 뿐이다. 게다가 정원군마마께서 저들의 우두머리 바로 옆에 계시는 것이 보이지 않느냐! 마마의 귀하신 몸에 해라도 미치면 어쩌려고 그러느냐!"

정충신이 나지막하게 호통을 치자 주변의 군사들은 침묵했지만 분노가 사라진 것은 아니었다. 정충신이 말했듯이 여진군의 수가 조선군의 네 배나 되고, 정원군이 항시 추잉과 같이 다니고 있어서 인질이 되어 있는 것이나 마찬가지였으므로 행동할 수는 없었지만 그래도 지금의 분노를 억누를 수는 없었다. 정충신이 다시 한 번 군사들을 붙잡았다.

"참아라! 마마께서 저놈들 손에서 빠져나오시기만 하면, 그리고 강을 건너 반적들에게서 빠져나가기만 하면 곧바로 주상 전하께 가서 이곳에서 벌어진 일들을 알리겠다. 그리하면 복수의 기회도 생길 것이다!"

관군 장졸들이 참는 사이 해시*가 되면서 여진군들이 먼저 강을 건너 철수하기 시작했다. 진영에 남은 여진군의 수가 줄

---

* 21시~23시

자 기회가 생기나 싶었지만, 정원군은 여전히 추잉의 바로 옆에 있으면서 강변에서 도강 상황을 살피고 있었다. 여기에 한 술 더 떠서 이일까지 자기 곁으로 불러 떠나지 못하게 했다. 무슨 낌새를 챈 것인지 아닌지는 알 수 없었으나, 군사들로서는 그만큼 행동의 제약이 더 커진 셈이었다.

배와 뗏목들이 분주히 양 강기슭을 오가면서 마침내 여진군들이 거의 다 강을 건너자 정원군은 추잉과 같이 배에 오르면서 이일에게 호통을 쳤다

"도순변사도 이 배에 같이 오르라!"

"……예, 마마."

불길한 일을 예감했는지 이일은 선뜻 배에 타지 않고 망설였지만 어차피 선택의 여지는 없었다. 군관과 군사 몇이 따라서 타려는 것을 손을 흔들어 말린 이일은 혼자서 마지막 여진군들과 함께 정원군의 배에 탔다. 모든 여진군들이 진영을 떠나면서 감시가 사라지자 함경도 출신의 관군 대다수는 독단적으로 대열을 이탈하여 방책에 묶인 여인네들을 풀어주기 시작했다. 하지만 정충신을 비롯하여 도성 등 타 지역에서 온 군사들은 혹시나 하는 마음에 강변에 서서 멀어져 가는 배들을 바라보고 있었다.

"관군 들어라!"

느닷없이 강 한복판에서 추잉과 정원군과 이일 등이 탄 배가 멈췄다. 그러더니 여진족 우두머리의 조선말 통변이 뱃전으로 나와 고함을 치는 것이 아닌가. 놀랍게도 그 옆에는 이일이

결박당한 채 무릎을 꿇고 있었다.

"너희 반란군에 지고 도망쳐서 싸우려고 안 하니 죄가 크다! 도순변사, 너희 두목, 왕자 모욕하고 반항했으니 반란군과 같다! 두목 반란이니 너희도 반란이다! 두목, 그 죄로 죽이고 너희 버린다!"

"뭐라고?"

어처구니없어할 틈도 없었다. 고함지르기를 마친 여진 병사들은 그 자리에서 칼을 뽑아 이일을 난도질한 다음 발로 차서 강물에 밀어 넣어 버렸다. 잠시 뒤 저편 강변에서 일제히 불길이 올랐다. 먼저 강을 건넌 오랑캐들이 타고 건넌 배와 뗏목에 일제히 불을 놓은 것이다. 잔여 관군과 이순신의 반정군, 양자 모두의 도강을 차단할 속셈임이 분명했다.

"나, 나리! 어쩌면 좋습니까?"

강 건너에서 불길이 오르자 그것을 신호로 여겼는지 이순신의 군사들도 함성을 지르며 이쪽 진영으로 밀려들었다. 군사도 무기도 넉넉하지 않은 상황에서 정충신이 선택할 수 있는 길은 하나뿐이었다.

"모두 말에 올라라! 바다 쪽으로 후퇴한다. 해변에서 배를 구하여 강을 건넌 뒤 전하께서 계신 곳으로 가 합류한다!"

"알겠습니다!"

정충신을 둘러싸고 있던 타 지역 출신의 군사들은 기꺼이 정충신을 따랐지만, 진영 내에 흩어져 여인네들을 품어주며 통곡하거나 이를 갈고 있던 군사들은 아무도 이들을 따라나서

지 않았다. 정충신을 따라 해변으로 달린 군사는 200기도 채
되지 않았다.

*

"패륵, 도순변사를 그렇게 처단한 것은 좀 심하지 않았는가?
처형하더라도 아바마마께 보고하여 승인을 받은 뒤에 처형했
어야 할 것 같은데…….."

"정원 왕자, 그대는 전선에 나온 장수일세! 전선에 나온 장
수가 이런 소소한 일 하나 본국의 승인 없이 마음대로 결정할
수 없다면 어찌 싸움을 해 나갈 수 있겠는가? 그대의 권한을 명
백히 인식하기 바라네!"

일개 군관도 아니고 도순변사를 처형한 것이 과연 명목상의
총대장인 정원군이 임의로 할 수 있을 정도의 작은 일인지는
생각해 봐야 할 문제일 것이다. 여진족 병사들이 배에 가득 타
고 있지 않았다면 시도할 수도 없었을 일 아닌가. 자기도 그 모
순을 아는지 추잉은 곧 말을 돌렸다.

"그보다는, 다음 일을 생각해야 하네. 강을 건너면 곧바로
혜산으로 가도록 하세."

"혜산? 그건 내 마음대로 결정할 일이 아니야. 함흥본궁에
계시는 아바마마께 다음 행선지에 대한 지시를 먼저 받아야 하
지 않나!"

예상하지 못한 제안에 정원군이 깜짝 놀라자 추잉은 회령으

로 가야 하는 이유를 설명했다.

"지금 우리는 병사의 숫자가 모자라고, 그대의 부왕은 아마 길주 쪽으로 가서 병사를 더 모으자 하실 것이네. 그런데 그대도 오늘 보았다시피 조선군은 반란군과 제대로 싸우지 않으니 아무 쓸모가 없네. 그러니 길주 쪽으로 가지 말고 지금 곧바로 혜산으로 가세. 혜산에는 조선군은 별로 없지만 바로 강 건너에 있는 우리 건주위의 군사들을 불러들일 수 있으니, 그리하면 반란군을 쉽게 진압하고 한양으로 다시 돌아갈 수 있을 것이네. 자네가 나와 함께 먼저 혜산에 가면, 여기 페이잉둥 장군을 보내 그대의 부왕과 형님을 모시고 뒤따르도록 하겠네."

페이잉둥이 결연한 표정으로 고개를 숙여 보였다. 정원군은 떨떠름한 표정을 지었지만 고개를 마주 주억거려 동의를 표하기는 했다.

"아, 알겠네. 그리하세."

정원군이 감정의 동요가 있는 듯 휘청거리며 뱃전 반대편으로 걸어가려 하다가 생각난 것이 있는지 발걸음을 멈추었다.

"아 참, 아까 그 피에 젖은 편지, 그거 좀 보세. 그만 잊고 있었네그려."

"알겠네. 닝꾸!"

추잉의 뒤를 그림자처럼 따라다니던 시종은 품속에 있던 봉투를 꺼내 공손하게 바쳤다. 봉투를 적신 피가 굳어서 딱딱해져 있었는데, 인상을 찌푸린 정원군이 봉투 입구를 개봉하자 마른 피 부스러기가 갑판에 떨어졌다. 횃불의 빛에 의지하여 조심스레 편지를 읽어 나가던 정원군의 찡그린 얼굴이 차츰 밝아지더니 느닷없이 쾌재를 불렀다.

"이런 반역이 있나! 세자가 적도들과 내통을 하려 하다니! 내 혜산에서 아바마마를 뵙는 즉시 이 사실을 고하고 즉시 세자를 폐위하시라 진언하겠네. 그리고 이 편지를 가져온 그대의 군사들에게 큰 포상을 내리겠네! 이거면 다음 세자는 내가 된 거나 마찬가지야!"

"이런, 세자가 반역을 하다니 마땅히 처단해야 할 일이로군. 알겠네. 그럼 어서 혜산으로 갈 준비를 하게. 그래야 다시 일을 도모할 수 있을 테니까."

정원군이 어깨춤이라도 출 듯 경쾌한 발걸음으로 멀어지자 페이잉둥이 추잉의 옆으로 다가서서 귀엣말을 건넸다.

"패륵, 정말 혜산에 가서 도독께 응원하는 군사를 청하여 조선 반란군과 다시 한 번 붙으실 생각입니까?"

"그럴 리가 있나! 그때가 되면 둘러댈 핑계는 얼마든지 있어. 후룬부의 위협, 식량 부족, 명나라의 지시 등등 우리가 군사를 내지 못할 이유가 넘치는데 무엇하러 출병을 한단 말인가. 사실 이번 출정은 내가 너무 조급했어. 정원 왕자의 호언장담을 믿은 것은 아니지만, 설마 이렇게까지 싸움이 잘 안 풀릴 줄은 몰랐네. 그래도 돌아가는 것이 맞겠지?"

페이잉둥의 질문에 코웃음을 치던 추잉은 끝에 가서 가벼운 탄식을 쏟았다. 페이잉둥이 마치 손자의 재롱을 보는 할아버지 같은 미소를 지었다.

"물론입니다, 패륵. 물러서야 할 때 물러설 줄 모르면 패멸할 뿐입니다. 다음 기회가 또 있을 거라고 동악액부께서도 말씀하시지 않았습니까. 조선 왕의 뒤처리는 제가 잘할 것이니, 저 머저리를 끌고 건주위로 돌아가는 데만 집중하십시오. 마침 조선 세자가 이순신과 연락을 주고받았다니 명분도 생겼군요."

"알겠네."

추잉은 고개를 끄덕였다. 북쪽 강변이 이제 코앞에 있었다.

＊

광해군은 오늘 밤도 잠을 이루지 못하고 이이첨과 문향식을 벗 삼아 촛불을 켜 놓고 이야기를 나누는 중이었다. 문향식은 수하의 군사들과 함께 함흥본궁의 호위 임무를 맡았기에 정원군과 이일을 따라 싸움에 나가지 않고 남아 있었다.

"정원군이 이끄는 관군이 이순신의 반군과 오늘 접전을 벌였다면서?"

"예, 마마. 여진군이 선공을 하고 양익을 우리 관군이 맡아 들이쳤사오나, 이순신이 많은 화포를 가지고 있고 이순신의 편에 선 항왜병들의 싸움 솜씨가 워낙 날래고 흉포하여 모두 패하고 관군은 거의 전멸했다 합니다."

"전멸? 4000의 군사가?"

문향식의 말을 들은 광해군이 움찔거리며 놀라자 이이첨이 씁쓸하게 웃으며 광해군을 진정시켰다.

"마마께서도 다 알면서 그러십니까. 우리 조선의 군대가 전멸했다 함은 다 죽었다는 뜻이 아니고 다 도망갔다는 뜻입니다. 아마 많이 죽었으면 넷에 하나쯤 죽었겠지요."

"아, 알고는 있네만 마음은 아프네그려."

광해군은 한숨을 쉬었다. 잠시 말이 없던 광해군이 쓸쓸히 입을 열었다.

"우리 왕실이 무슨 죄를 지어 왜적의 침입에 이어 반란이라는 횡액이 이리 이어지는 것인지. 태조께서 대업을 이루신 지도 어언 200년. 어쩌면 하늘이 주신 기한이 다된 것 아닌가 하는 생각이 드네."

"마마, 망측하신 말씀이시옵니다!"

"아니야. 대국의 역사를 보아도 대업을 이룬 이가 그 후손에게 누대를 넘겨 가면서 이어지는 영속된 나라를 남겨 준 경우는 많지 않네. 작금의 명나라만 해도 나라를 세운 지 200년 만에 북로남왜의 변과 각지의 반란으로 흔들리고 있고, 누구도 간 적이 없는 저 서쪽 천하까지 손에 넣었던 원나라도 100년을 가지 못하고 무너졌지. 200년. 생각하면 그것도 꽤 긴 시간이 아닌가."

광해군은 허망하게 웃었다.

"반정이 일어났다는 소식을 들었을 때만 해도 다스려서 충분히 효유할 수 있다고 생각했네. 사태가 도저히 주저앉기 힘들게 된 뒤에도 진압한 후에 저들을 거두어들이는 것은 할 수 있을 거라고 여겼지. 한데 지금 상황이 어떠한가? 나는 무엇을 하고 있고? 아바마마께서는 내가 아무것도 하지 못하게 하셨고, 내 말은 무엇 하나 듣지 않으시네. 나는 지금 이 본궁 밖으로 나갈 수도 없어. 아바마마께서 나를 회령으로 보내지 않으신 건 회령으로 가는 길에 도망쳐서 이순신과 결탁할 것이 두려워서였다는 사실을 자네들은 아는가? 심지어 비변사의 신하들이 모두 함흥성 안으로 숨는 것을 허락하셨으면서도 내가 성을 들어 항복할까 봐 함흥부로 들어가지도 못하게 하셨지."

광해군은 마치 광증 발작을 일으킨 사람처럼 신경질적으로 웃어 댔다. 이이첨과 문향식은 묵묵히 듣고만 있었다. 허공을 보며 내뱉는 광해군의 독백이 이어졌다.

"전란 중에도 이러지는 않았네. 하지만 아바마마께서는 당신이 늙어 갈수록 나를 경계하고 계셔. 자네들은 아는가? 권력은 혈육이라 할지라도 갈라놓는다는 것을. 아바마마께서 양위하겠다고 선포하실 때마다 나는 제발 그 명을 거두어 달라고 머리를 조아리며 빌어야 했지. 왜냐고? 그래야만 하니까! 그러지 않고 빈말이라도 넙죽 받아들이겠다고 하면 그 자리에서 목이 달아날 것 아닌가!"

"저하, 그렇게 괴로우시다면 아예 함흥부윤 영감의 말대로 정말로 통제사와 손을 잡으시는 것은 어떻겠습니까?"

예상치 못한 제안에 광해군이 고개를 돌려 이이첨을 보았다. 이이첨의 얼굴에는 이제까지 볼 수 없었던 결단의 빛이 나타나 있었다.

"세자 저하께서 정녕 그 울분을 풀고 싶으시다면, 나라를 올

바르게 이끌고 싶으시다면 통제사와 손을 잡고 새 나라를 만드시는 것은 어떻겠습니까. 오늘 새벽에 보내신 서한에서처럼 이순신에게 반란을 그치고 충성을 다하라고 타이르시기만 할 것이 아니라, 아예 이순신과 손을 잡고 저하께서 지금 바로 왕의 자리에 오르시는 것입니다. 주상 전하께는 상왕으로 물러나시기를 부탁드리고, 저하께서 통제사와 손을 잡고 새롭고 부강한 나라를 만들어 가면 백성들도 환영할 것이고 통제사의 거병도 주저앉힐 수 있으니 어찌 선택할 만한 길이 아니겠습니까."

광해군은 잠시 아무 말 없이 이이첨을 바라보았다. 광해군이 선뜻 대답하지 않자 문향식이 옆에서 거들었다.

"저하, 이조좌랑의 권유대로 하시지요. 통제사는 저하께서 결정하신다면 기꺼이 따를 것입니다. 저하께서 결단만 내리신다면, 지금 당장 이곳에 있는 제 군사들을 동원하여 본궁과 함흥부를 장악하고 저하께서 새 임금이 되셨다고 선포하겠습니다. 그리고 통제사에게 저하께서 즉위하셨음을 알리면 통제사는 기꺼이 저하를 임금으로 받들 것입니다. 그리고 저하께서 반역의 죄를 물어 문책하신다 해도 기꺼이 죄를 받을 것입니다."

현재 가장 가까운 신하인 두 사람으로부터 같은 권유를 받은 광해군은 쓸쓸한 표정으로 미소를 지었다.

"그대들의 주장은 모두 그럴듯하다. 하나 내가 지금 나가서 이순신의 손을 잡는다면 아예 처음부터 그와 작당하고 난을 일으킨 것보다 더 나쁘다. 처음부터 함께 일을 꾸몄다면 내 발언권도 있을 것이고 이순신의 부하들을 말 한마디로 억누를 수도 있을 것이나, 지금 내가 이순신의 편에 가는 것은 승자의 진영에 귀부하는 패자의 몰골일 뿐이다. 이순신 본인은 그대가 말했듯이 나를 '임금으로 받들' 의사가 있을지도 모르겠으나, 그의 부하 장수들은 절대 그렇게 하지 않을 것이다. 기껏 피를 흘리며 임금을 이곳 북쪽까지 몰았는데 보위를 그대로 세자 손에 남겨 두겠느냐? 어떤 후환이 있을지도 모르는데 말이다."

광해군의 허탈한 웃음소리가 문향식의 폐부를 찔렀다. 그는 말없이 고개를 조아렸다.

"게다가 초기에 결탁했으면 권력욕으로 부왕을 배반하였다는 소리만 듣겠지만, 지금 반역하면 곤란한 처지에 처한 부왕을 비열하게도 버렸다는 이야기를 듣게 될 것이 아니냐. 나는 반역자가 될 생각도 없었지만, 비열한 자가 되고 싶은 생각은 더더욱 없다. 관군의 힘으로 반란을 진압할 수 없다면, 차라리 보위를 이순신에게 내어 주고 초야로 내려가 산과 물을 벗 삼아 살아가는 것이 나을 것이다."

광해군의 한탄을 들은 문향식은 차마 고개를 들지 못했다. 하지만 이이첨은 포기하지 않고 한 번 더 일어설 것을 권유했다.

"저하, 이대로 만사를 접으시면 금상 다음으로 보위에 앉는 것은 정원군이 될 것입니다. 야인들을 이 땅에 끌어들인 장본인인 정원군이 왕이 되어도 무방하십니까? 어떻게든 저하께서 다음 보위에 올라 이 나라를 이끄셔야 합니다. 부디 통촉하시옵소서! 부윤에게 병을 일으키라는 한마디 말씀만 하시면 되옵니다!"

이이첨의 탄원에도 불구하고 광해군은 반응하지 않았다. 그의 간청을 조용히 듣고만 있던 광해군은 두 사람을 그대로 놓아두고 몸을 돌리더니 붓을 들어 종이에 뭔가 글을 쓰기 시작했다. 1각 정도 지난 뒤, 다 쓴 종이에 수결을 한 광해군은 옆에 있는 봉투에 편지를 넣고 봉한 다음 문향식에게 내밀었다.

"자, 이건 네가 가지고 있다가 이순신이 강을 건너 이곳에 오거든 주어라. 네가 뜯어 볼 것은 없고 그냥 주기만 하면 된다. 혹시 가능하다면 만인이 보는 앞에서 제대로 의식을 갖추어 내가 직접 주고 싶은데 그럴 수는 없을 것 같구나."

문향식은 아무 말도 하지 못하고 두 손을 내밀어 광해군이 내민 봉투를 받았다. 광해군은 그의 떨리는 두 손을 보더니 피식 웃었다.

"너 역시 바라던 바가 아니냐. 새 세상이 오면 너는 이 일로 아마 크게 출세할 수 있을 것이다. 잘 넣어 두었다가 이순신에게 전하도록 하여라."

"저하! 제발!"

흥분한 이이첨이 문향식의 손에 들린 봉투를 향해 손을 내밀면서 광해군을 향해 다시 한 번 항의하려는 참에 갑자기 밖에서 무수한 말발굽 소리와 고함 소리, 비명 소리가 들려왔다. 세 사람 모두 깜짝 놀라 동작을 멈췄고, 광해군이 씁쓸한 표정으로 문향식을 바라보았다.

"이순신이 온 것인가? 싸울 필요 없다. 그대의 군사들이나 저들이나 다 같은 편 아닌가. 어서 나가 싸움을 멈추라. 쓸데없이 사람을 죽일 것은 없지 않은가."

"예, 저하."

급히 고개를 조아려 인사를 한 문향식이 손에 들고 있던 편지를 얼른 품에 쑤셔 넣고 밖으로 나가려는데 비장 한 사람이 허겁지겁 달려 들어왔다. 비장은 문향식을 보자마자 외쳤다.

"사또, 오랑캐입니다! 정원군마마가 데려온 오랑캐 기병 수백 기가 지금 이곳 본궁을 공격하고 있습니다!"

"무, 무엇이? 오랑캐들이 통상 편에 붙었단 말인가?"

"그건 아닌 듯합니다. 딱히 어느 편이라고 외치지도 않고 사람이란 사람은 모두 죽여 대고 있습니다. 어서 세자 저하를 모시고 피하소서! 전하께서 계신 침전에도 이미 전갈이 갔사오나 피하셨는지는 모르겠습니다."

이 판국에 오랑캐의 공격이라니 엎친 데 덮친 격이었다. 하지만 광해군은 문향식처럼 당황하지 않았다. 사태가 점점 커지자 광해군은 도리어 차분한 모습을 되찾고 있었다.

"정원군이 한시바삐 보위에 오르고 싶은 모양이군. 지금 아바마마와 나를 없애면 이순신의 군사가 저지른 소행이라고 숨길 수 있으니 그 얼마나 좋겠는가? 하지만 나는 절대 그렇게 둘 수 없네! 함흥부윤! 그대는 어서 빠른 말을 타고 이순신에게 가서 오랑캐가 함흥본궁을 공격하고 있으니 어서 이곳을 구원하라 이르라! 어둠 속을 가면 서들의 눈에 띄지 않고 이순신에게 갈 수 있을 것이다. 어서 가라!"

"하지만 저하, 저하를 저들 손아귀에 두고 갈 수는……."

"그대 한 명이 여기서 버티는 것보다 이순신의 군사를 원병으로 끌고 오는 편이 더 낫지 않은가!"

"아, 알겠습니다. 기필코 구원병을 이끌고 오겠습니다!"

호령하여 문향식을 내보낸 광해군은 태연히 방문을 닫고 자리에 앉았다. 앞으로 무슨 일이 일어나든 그저 지켜보기만 할 참이었다. 칼 부딪는 소리와 비명이 점점 더 가까워지자 옆에 앉아 있던 이이첨의 얼굴이 새파래졌다.

*

성천강은 폭이 상당히 넓다. 갈수기라 물이 많이 줄었지만, 그래도 사람 키를 넘는 깊이에 폭도 150보*는 충분히 되었다. 무기나 식량과 같은 치중을 건네거나 보병을 건네려면 뗏목과 배가 있어야 했지만, 지금 당장 수천의 군사를 건널 만한 양을 준비할 수는 없었다. 게다가 여진군이 사용한 배를 다시 사용할 수도 없으니 더 곤란했다.

"에잇, 그냥 말을 타고 뛰어들어라! 한 놈의 오랑캐라도 잡아야 할 것이 아니냐!"

조바심을 내던 안위가 안 되겠다 싶었는지 호통을 한번 치고는 이순신의 허락도 받지 않은 채 그대로 말을 몰아 강에 뛰

---

* 약 180미터

어들었다. 그에 질세라 방금 투항한 300여 기의 함경도 병사들이 그 뒤를 따랐고, 한양에서 온 오응태의 기병들도 조금 뒤미처 그들의 뒤를 따랐다.

"허허, 통상께 허락은 받고 가지…… 이 어둠 속에 저리 무모하게 강물 속에 뛰어들다니. 안 수사가 무사해야 할 텐데."

우치적은 밤중에 바닥이 제대로 보이지도 않는 강물 속으로 뛰어든 안위와 군사들이 걱정되었다. 그나마 저편 강기슭에서 불타고 있는 배와 뗏목이 있어 완전히 칠흑 같은 암흑은 아니지만, 강물의 흐름이 꽤 거센데다 저편 기슭에 복병이 있을지도 모르는 것이다.

"안 수사가 먼저 건너가고 있는 겐가?"

"예, 통상. 오 병사도 뒤따라 건넜습니다. 다른 군사들은 항왜병과 더불어 남아 있습니다."

잡혀 있던 부녀자들을 위무하고 온 이순신이 어느새 나타나자 우치적은 고개를 숙였다. 이순신은 강물 위를 한참 헤엄치고 있는 말들을 보면서 잘되었다는 듯 고개를 끄덕였다.

"지금 귀부한 관군 장수들에 의하면 상감께서는 아직 함흥 본궁에 계신다 하였네. 저 오랑캐들은 분명히 전하와 함께 철수하려고 할 것인 바, 안 수사가 어서 추격해야 상감께서 또다시 북행하시기 전에 그 발을 멈추게 할 수 있을 것이야. 상감께서 더 북쪽으로 가신다면 우리도 또 따라가야 할 것이니, 조방상은 어서 본대와 치중이 어서 강을 건널 수 있도록 준비를 서두르게. 그러지 않기를 바라지만, 경우에 따라서는 함흥부를 공성해야 할 수도 있으니까."

"예, 통상."

*

여진군의 추격을 피해 필사적으로 말을 달린 문향식은 안위가 강을 건넌 직후에 간신히 나루터에 도착할 수 있었다. 어둠 속에서 혼자 달려오는 그를 발견한 안위 휘하의 군사들은 잠시 경계했지만 그가 누구인지 알아보자 기뻐하며 맞이했다. 문향식도 그들이 이미 통제사에게 투항했다는 것을 알고 안도의 한숨을 내쉬었다.

"함흥부윤께서도 오셨군요! 오늘 낮에 보인 오랑캐 놈들의 만행이 어찌나 지독했는지 필설로 형용할 수가 없습니다! 이젠 임금이고 왕자고, 그놈들을 끌어들인 놈들부터 다 쳐 죽일 참입니다!"

후창군수 송재석이 나서서 문향식을 환영했다. 하지만 문향식은 답사를 하고 있을 겨를이 없었다.

"어서 군사를 이끌고 오시오! 함흥본궁으로 가야 합니다!"

"아, 물론 그래야죠! 가서 정원군 그놈부터 족쳐야 하니 말입니다!"

"그게 아니고 세자 저하를 구출해야 하오! 지금 오랑캐 놈들이 주상 전하와 세자 저하, 두 분을 해치려고 함흥본궁을 공격하고 있단 말입니다. 내 군사들이 막고 있지만 중과부적이라,

나도 간신히 빠져나왔소. 어서 갑시다. 지금 여기 있는 군사가 1000여 기는 되어 보이니 서둘러 가면 저하를 구출할 수 있을 거요!"

"세, 세자 저하를요?"

문향식의 재촉을 받은 송재석이 잠시 당황하는 사이 돌아다니며 군사들을 정렬시키고 진군 준비를 시키던 안위가 끼어들었다. 혼란스러운 표정의 문향식이 주춤했다.

"뭣이? 오랑캐들이 금상과 세자를 노리고 함흥본궁을 공격하고 있다 하였는가? 나는 의군의 우군장 전라우수영 가수사 안위로다!"

"그, 그러하옵니다, 수사 영감. 어서 구해 주시옵소서! 통상께서도 세자 저하를 죽일 생각은 없지 않으십니까."

"음, 그렇지. 확실히 통상께서는 금상도 세자도 죽이고 싶어 하지 않으시오. 그러니 내 얼른 달려가서 결착을 지어야겠구려! 얘들아, 다들 나를 따르라! 함흥본궁으로 가서 거기 남아 있다는 오랑캐들을 쳐 죽이고 상감과 정원군을 찾아 오랑캐를 불러들여 화를 자초한 데 대한 책임을 묻도록 하자!"

군사들의 폭풍과 같은 함성이 안위에게 호응했다. 잽싸게 전마에 올라 전군의 선두에 선 안위는 어느새 나타난 임승조가 자신의 옆에서 말을 달리는 것을 알아채고 깜짝 놀랐다.

"아니, 임 별장! 그런데 언제 나타났는가? 자네는 말도 없었지 않은기."

"관군 진영에 남는 말이 많기에 한 마리 빌렸습니다. 그보다

수사 도노는 혼자서 임금 도노의 목을 차지하실 생각이십니까?
제게도 몫을 나눠 주셔야지요."

임승조에게 속내를 들킨 안위는 씩 웃었다.

"하하! 자네 생각에도 오랑캐 놈들 따위에게 임금의 목을 넘
긴다는 것은 말이 안 되지? 그러니 얼른 가서 놈들 손에서 되찾
아야 할 게 아닌가! 시간에 늦지 않는다면 내 세자의 목은 그대
의 몫으로 넘겨줌세."

"좋습니다!"

두 사람은 달리는 말에 채찍을 가해 속도를 더했다. 오랑캐
가 먼저 임금을 저승으로 보내기 전에 막아야 했다.

*

"윽! 으아악!"

문밖에서 들리던 싸움 소리가 완전히 그쳤다. 원군을 불러
올 때까지 버티라며 문향식이 남겨 두고 간 군사들이 마침내
전멸한 것이다. 광해군은 혜산으로 떠난 세자빈과 두 살배기
아들 이지를 생각하며 그들이 이 자리를 벗어날 수 있어 다행
이라고 생각했다. 아들은 임금은 될 수 없겠지만, 이순신의 성
격으로 보아 목숨을 유지하는 데는 무리가 없으리라.

"너, 세자?"

문을 박차고 들어온 오랑캐들 중 조선말을 구사하는 자가
있었다. 광해군은 아무 대답도 하지 않고 조용히 그자의 얼굴

을 노려보았다. 잠시 움찔하는 듯하던 오랑캐는 양자의 처지를 다시 생각했는지 피식 웃더니 주변의 동료들에게 여진 말로 뭐라고 고함을 질렀다. 범강장달이 같은 난폭한 오랑캐 둘이 달려들더니 광해군을 붙잡아 밖으로 끌어냈다. 그들이 광해군을 끌어내는 것을 맨몸으로라도 막아 보려던 이이첨은 어깨에 칼을 맞고 그 자리에 쓰러져 버르적거렸다.

"그대가 조선의 세자인가?"

"그렇다. 네놈은 누구냐?"

오랑캐들의 손에 끌려 광해군이 도착한 뒤 무릎을 꿇은 곳은 부왕의 침전 앞마당이었다. 여기저기 내관과 궁녀, 군사 들의 시체가 흩어져 있는 것은 여기도 자신의 방 앞과 마찬가지였다. 광해군이 무릎을 꿇으려 하지 않았기 때문에 광해군을 끌고 온 두 오랑캐가 그의 어깨를 꽉 잡아 누르고 있었고, 눈앞에 선 대장의 풍모를 한 여진족이 통변을 통해 광해군의 질문에 답했다.

"나는 건주위 도독 누르하치 대인의 중신 페이잉둥이라 한다. 안됐지만 그대도 부친의 뒤를 따라야 할 것 같다."

"정원군의 뜻인가?"

"알고 싶은가?"

광해군의 질문에 페이잉둥은 곧바로 대답하지 않고 히죽 웃으며 반문하는 것으로 응했다. 그 교활한 표정을 본 광해군은 쓴웃음을 지으며 고개를 가로저었다.

"아니, 됐다. 지금 그것을 알아서 무엇하겠느냐. 그보다, 나를 그저 내 방에서 죽이면 될 것을 왜 여기로 끌고 왔는가?"

페이잉둥이 기묘한 미소를 지었다.

"그대들 부자에게 작은 자비를 베풀고자 함이다. 저기 방에 그대 부친이 있으니, 가서 마지막 문안이나 올리도록 하라."

페이잉둥이 손짓하자 양 어깨를 짓누르고 있던 오랑캐들이 손을 놓고 뒤로 물러섰다. 휘청거리며 일어선 광해군은 어둠침침한 부왕의 침전으로 들어갔다. 침전 안의 모든 불이 꺼져 있어 손으로 더듬으면서 안으로 들어가야 했다. 광해군은 어둠 속에서 병풍에 기대어 앉아 꼼짝도 하지 않고 있는 부왕을 발견하고 조심스러운 목소리로 불렀다. 자기도 모르게 눈물이 흘러 울먹이는 목소리가 되었다.

"아바마마, 아바마마. 옥체는 무탈하시옵니까? 불초 소자가 왔습니다. 이런 망극한 일을 당하시게 한 막심한 불효자식을 용서하시옵소서. 아바마마, 어이하여 대답이 없으십니까? 혹시 봉변에 놀라 혼절하신 것이옵니까?"

무릎을 꿇은 채 바닥을 더듬던 광해군은 부왕의 금침 위가 축축하게 젖어 있는 것을 깨달았다. 불길한 예감에 몸이 굳어 버린 광해군은 그 자리에 멈춰 섰다. 어둠에 차츰 눈이 익숙해지자, 익선관과 곤룡포를 갖춰 입은 부왕이 두 눈을 뜬 채 금침 위에 앉아 피를 토하고 죽어 있는 것을 확인할 수 있었다. 부왕의 가슴에는 네 대의 화살이 꽂혀 있었다. 급히 손목을 잡아 보았지만 맥은 이미 뛰지 않았다.

"네 아비는 자신이 조선의 왕이며 죽어도 그 자리를 벗어날 수 없다고 했다. 그래서 그 말대로 해 주었지. 그것이 내 첫 번째 자비다."

어느새 나타난 페이잉둥이 뒤에 선 채 말했다.

"그리고 너를 이곳에 데려와 아비의 죽음을 알게 해 주고 아비 곁에서 죽게 해 주는 것이 내 두 번째 자비다. 감사히 여겨라!"

"이 무도한 오랑캐 놈아! 으윽!"

분노한 광해군이 그 자리에서 벌떡 일어서려는데 두 대의 화살이 등과 허리에 박혔다. 바닥에 쓰러져 꿈틀거리는 광해군을 향해 페이잉둥이 싸늘하게 내뱉었다.

"네가 운이 없는 탓이다. 정원 왕자보다 네가 먼저 우리와 손을 잡았으면 네가 승자가 되었을 것 아니냐. 기민하지 못했던 너 자신을 원망해라."

"이, 이, 오랑캐가……."

두 대나 되는 화살을 맞았으면서도 안간힘을 다해 일어나는 광해군을 보자 페이잉둥은 감탄하는 표정을 지었다.

"확실히 네가 머저리 정원 왕자보다는 국왕의 자질이 있다. 하지만 우리 건주위 입장에서는 이웃 나라 임금이 멍청할수록 좋은 일이니 어쩌겠느냐. 너무 유감스러워하지 말도록 해라."

하지만 상처의 고통과 출혈로 흐려진 광해군의 귀는 언제부턴가 들려오기 시작한 천둥소리에 가려 페이잉둥의 말을 반도 알아듣지 못하고 있었다. 이때 오랑캐 한 놈이 뛰어 들어오더니 저들의 말로 급히 보고를 했다. 보고를 받은 페이잉둥은 깜짝 놀라 급히 지시를 내리고는 고개를 들어 광해군을 바라보더니 활을 들어 그대로 한 대의 화살을 직접 날렸다. 왼쪽 옆에서 날아든 또 한 대의 화살이 옆구리에 박히자 간신히 버티던 광해군도 마침내 쓰러지고 말았다. 흐려지는 의식 속에서 오랑캐 통변의 무심한 한마디가 들려왔다.

"잘 가라, 조선의 왕자여."

그 말 한마디를 던진 뒤 페이잉둥은 부하들을 거느리고 급히 뛰어나갔다. 놈들이 뛰어나가는 소리를 아스라이 들으며 광해군의 의식도 함께 사라졌다.

*

안위가 이끄는 기병들이 본궁에 들이닥쳤을 때, 여진족 병사들은 달아나기 위해 황급히 말에 오르는 참이었다. 안위의 호통 소리가 울려 퍼졌다.

"저놈들을 모조리 죽여라!"

안위의 명령에, 지난 며칠간 벌어졌던 여진족들의 난동을 참고 참아야 했던 함경도 군사들은 호랑이처럼 달려들었다. 달아날 생각만 하고 있던 여진족 병사들은 자기들보다 수가 많은 조선군에 맞서 싸울 생각도 하지 못하고 뿔뿔이 흩어져 도망치기에만 바빴다.

"오 병사, 지휘를 부탁하오! 나는 상감과 세자께서 무사하신지 들어가 보리다!"

"알겠소!"

대부분의 군사들이 여진족들을 추격하자 안위는 뒤따라온 오응태에게 전체 병력의 지휘를 맡겼다. 어차피 모두 함경도 군사들이니 오응태가 지휘하는 것이 자연스럽기도 했다.

"자, 우리는 본궁으로 들어가자! 문 부윤, 세자께서 계시는 곳이 어디요!"

"저를 따라오십시오!"

안위와 임승조는 문향식을 따라 뛰었다. 문을 네 개인가 지났을 즈음 난데없이 여진족 네 명이 눈앞에 나타났다. 뭔가가 잔뜩 든 보따리를 하나씩 메고 있는 것을 보아 약탈에 정신이 팔려 있다가 패거리를 놓친 것이 분명했다.

"이놈들!"

고함 소리와 함께 두 대의 화살이 시위를 떠났고 한 개의 검 광이 번뜩였다. 안위와 문향식의 화살에 가슴을 맞은 여진족 두 명이 그대로 자빠졌고, 임승조가 크게 휘두른 검에 맞은 두 명은 그 자리에서 고꾸라졌다.

"이놈들이 나온 문으로 들어가면 바로 세자 저하의 처소입 니다! 아아, 저하!"

일행은 문향식을 선두로 하여 세자의 방으로 뛰어들었다. 하지만 방 안에는 난폭하게 어지럽혀진 흔적 위에서 이이첨이 신음하고 있을 뿐 세자의 자취는 어디에도 없었다.

"좌랑, 좌랑! 저하께서는 어디로 가셨소?"

"모, 모르겠습니다. 어, 어깨가……."

문향식이 마구 흔들자 이이첨은 잠시 정신을 차렸지만 출혈이 너무 심했던 탓으로 곧 다시 혼절했다. 마당으로 내려서서 허탈해하는 세 사람의 귀에 희미하게 다른 사람의 목소리가 들려왔다.

"부, 부윤 나리? 부윤 나리십니까?"

일행이 황급히 주변을 둘러보니 마루 밑에서 기어 나오는 함흥부 군사 하나가 눈에 띄었다. 문향식이 황급히 달려가 팔을 잡아 끌어냈다.

"이놈! 저하께서는! 세자 저하께서는 어찌 되셨느냐!"

"오, 오랑캐들이 끌어갔습니다. 수가 너무 많아서 도저히 맞설 수가 없어……."

군사는 사시나무 떨듯 몸을 떨었다. 문향식이 그의 양 어깨를 잡아 흔들었다.

"그놈들이 어디로 저하를 끌고 간 거냐? 넌 오랑캐 놈들 말을 할 줄 알지 않느냐!"

"화, 확실히 듣지는 못하였으나 얼핏 듣기로는 니 애비 앞으로 간다고……."

문향식은 끝까지 듣지도 않고 병사를 밀어낸 뒤 그대로 방금 들어온 문으로 뛰쳐나갔다. 깜짝 놀란 안위와 임승조가 따라나서며 외쳤다.

"문 부윤, 어디로 가는 거요!"

"전하의 침전입니다! 이쪽으로 가야 합니다!"

문향식은 여섯 단이나 되는 계단을 단숨에 뛰어내렸다. 지체할 시간이 없었다.

이미 늦었다. 어슴푸레하게 밝아 오는 여명 아래에서, 화살을 맞고 보료 위에 주저앉아 있는 임금과 그 발치에 쓰러진 세자의 모습을 본 문향식은 힘없이 무릎을 꿇고 눈물을 흘렸다. 임금의 목을 벤다는 목표를 달성할 수 없게 된 안위는 아쉬웠지만 소리를 내지 않고 입 모양으로만 투덜거렸으므로 문향식을 방해하지는 않았다. 그런데 임승조가 이상한 느낌이 들었는지 쓰러져 있는 세자의 옆에 한쪽 무릎을 꿇고 목덜미를 짚더니 옆에서 멀뚱히 서 있는 안위를 올려다보았다.

"수사 도노, 이 사람 아직 살아 있습니다."

"뭣이?"

문향식은 눈을 번쩍 떴고, 안위는 자기도 모르게 칼자루를 잡았지만 옆에 있는 문향식을 의식하고 이를 악물고 칼을 다시 칼집에 꽂았다. 그런데 임승조가 그런 안위를 본 척도 않고 두정갑 허리에 띠를 두르고 거기에 끼워서 차고 있던 소도小刀를 태연히 뽑는 것이 아닌가. 눈이 휘둥그레진 안위가 화급히 말렸다.

"이, 이봐, 임 별장! 문 부윤이 보고 있네!"

"네? 그런데요?"

임승조는 안위를 별뚱히 올려다보더니 광해군의 등에 박힌 화살대를 잡고 소도로 화살대를 자르기 시작했다. 화살대가 움

직이며 상처를 헤집자 무의식중에도 고통을 느꼈는지 죽은 듯
이 늘어져 있던 광해군이 신음 소리를 냈다. 서로 다른 의미이
기는 해도 예상치 못한 광경에 입을 딱 벌린 두 일행은 본체만
체, 세 개의 화살대를 모두 가능한 한 짧게 자른 임승조는 자리
에서 일어섰다.

"지금 화살을 뽑으면 출혈로 즉사합니다. 이 사람이 세자 도
노라면, 얼른 통제사 도노를 모셔다가 만나게 하는 게 좋겠습
니다. 이자를 제 몫으로 수사 도노께서 약속하시긴 했지만 이
런 상태라면 목을 베어 봐야 무엇을 하겠습니까. 통제사 도노
께서도 칭찬하지 않으실 겁니다."

문향식은 무슨 영문인지 알 수 없어 얼떨떨한 표정으로 안
위의 얼굴만 쳐다보았다. 안위는 괜히 헛기침을 한 다음 문향
식에게 역정을 냈다.

"무엇을 하는가! 어서 밖에 있는 군사들을 시켜 통상을 모셔
오라고 하지 않고!"

"아…… 예!"

문향식은 대답도 제대로 하지 못하고 뛰쳐나갔다. 안위가
못마땅한 얼굴로 창밖을 내다보는 사이 임승조는 조심스레 광
해군을 돌려 눕혀 숨을 쉬게 했다. 안색과 숨소리를 살핀 임승
조는 냉정하게 말했다.

"길면 한 시진 정도 가겠군요. 등에 맞은 화살은 폐를 뚫었
고, 허리에 맞은 화살은 신장을, 옆구리에 맞은 화살은 창자를
상하게 했습니다. 이 정도 상처는 천하제일의 명의가 와도 낫

게 할 수 없습니다. 그냥 고이 죽도록 해 주는 것이 자비일 겁니다."

안위는 만감이 교차하는 착잡한 표정으로 혈색이라곤 없는 광해군의 얼굴을 내려다보았다. 이순신의 본대가 도착하고 있는지 바깥이 소란스러워지고 있었다.

*

임금은 옥좌 위에 높이 앉아 있었다. 이순신은 옥좌 위의 임금을 올려다보며 질문했다.

"전하께서는 소장을 왜 그리 핍박하셨습니까?"

"경이 과인을 위협했기 때문이다."

"그런 막연한 말 말고 소장을 괴롭힌 진짜 이유를 말해 보시옵소서! 관직에 오른 지 수십 년, 게다가 지난 7년간의 전란 동안에는 오직 외적을 무찌르는 것 말고 어떤 욕심도 갖지 않았던 저를 죽이려 한 이유가 무엇이옵니까?"

몇 번을 꾸었는지 모르는 꿈이다. 하지만 단 한 번도 임금의 대답을 들은 적이 없었다. 매번 중도에 급보를 받고 깨어나게 되거나 머릿속이 흐릿하여 무슨 말을 들었는지 기억이 나지 않았다. 그래서 임금을 정말로 따라잡게 되면 기필코 물으리라 생각했었다. 하지만 그 의문에 대한 답은 이제 영원히 들을 수 없게 되었다. 그 답을 해 주어야 할 장본인이 저쪽 문 너머에 영원히 잠들어 누워 있는 것이다.

"왜 그러셨사옵니까? 도대체 왜?"

본궁 마당을 맴돌던 이순신은 하늘을 올려다보며 혼잣말로 뇌까렸다. 대답 없는 하늘을 올려다보는 그의 곁에 송희립이 다가왔다.

"통상, 의관이 말하길 세자께서 깨어나실 것 같다 하니 안으로 들어가 보시지요. 영의정 윤두수 대감은 이미 들어가 있습니다."

"알겠다. 장수들에게 뒤를 따르라 이르라."

몸을 돌린 이순신은 광해군이 누워 있는 곳을 향했다. 중상을 입은 광해군을 멀리 옮길 수 없어 죽은 임금이 누워 있는 바로 건넌방에 눕혀 놓았기에 멀리 갈 필요는 없었다. 안위와 임승조를 비롯한 장수들이 그 뒤를 따랐다.

*

방 가운데 누워 있는 광해군을 사이에 두고 냉랭한 공기가 흘렀다. 이순신은 세자의 얼굴만 바라보고 있었지만 그의 부하 장수들은 윤두수를 필두로 하는 조정의 중신들을 혐오의 빛을 담아 노려보았고, 조정 중신들은 역당인 이순신과 그 부하들을 아예 외면하고 허공을 바라보거나 자기들끼리 이야기를 주고받았다. 방 가운데서 광해군의 상처를 돌보는 어의 허준만이 열심히 움직이고 있을 뿐이었다.

"저 빌어먹을 것들은 뭐하러 불러오셨소? 세자가 죽으면 우리는 그대로 개선하여 도성으로 돌아가면 되는 것 아니오! 관군은 연패했고 임금과 세자도 죽었는데 저 늙다리들이 무엇을 할 수 있다고."

안위가 정 참봉을 향해 나지막한 목소리로 투덜거렸다. 정 참봉이 조용히 대답했다.

"우수사 영감, 세자께서 문 부윤에게 서한을 주셨습니다. 그 내용을 함께 확인할 증인이 필요합니다. 우리 반정군 장수들만으론 부족해요."

정 참봉의 목소리는 담담했지만 그 이야기를 들은 안위는 흠칫 놀랐다.

"무슨 서한 말이오? 문 부윤은 그런 이야기는 한 적이 없었는데!"

"아까는 워낙 상황이 급박하여 그럴 겨를이 없었으니까요. 조금 전에야 제게 이야기하기에, 절대 봉을 뜯지 말고 그대로 가지고 있다가 세자 저하께서 잠시라도 의식을 차렸을 때 조정 중신들 앞에서 개봉해야 한다고 제가 일렀습니다. 그래서 함흥부 안에 사자를 보내 '전하께서 오랑캐의 흉수에 승하하셨고 저하께서도 목숨이 경각에 달하셨는데, 대신들에게 마지막 교지를 남기고자 찾고 계신다.'는 전갈을 비변사에 보내게 하여 대신들을 불러 모았습니다. 저하께서 남기신 글에 어떤 내용이 적혀 있는지 대신들도 듣고 증인이 되어야 하니까 말입니다."

정 참봉의 설명을 들은 안위는 다소 못마땅한 표정을 지었다.

"의도는 알겠지만, 그 서한에 통상을 저주하며 반역자라고 비난하는 문구라도 적혀 있으면 어쩌시려오? 그러면 그런 서한은 없느니만 못한 게 될 텐데."

"그럴 리도 없고, 혹여 그런 글이었다고 하면 우수사 영감께서 잘 해결하면 될 것이 아닙니까. 허허."

정 참봉의 설명을 들은 안위는 결의에 찬 표정을 지었다.

"그렇지! 그렇게 되면 저 조정 중신이라는 것들을 몽땅 베어 버리면 그만이지. 애초에 목적이 그거였으니까!"

"통상께서는 별로 그럴 생각이 없으신 것 같았습니다만."

"그거야 통제사 어르신 혼자만의 생각일 거요."

두 사람이 이야기를 나누는 동안 옆에 앉아 묵묵히 듣고만 있던 임승조는 안위의 말에 씩 웃으며 차고 있던 일본도의 손잡이를 저쪽에 있는 중신들의 눈에 띄지 않게 힘차게 잡아 보였다. 안위의 지시만 있으면 눈앞에 있는 10여 명 정도는 단숨에 베어 버리겠다는 기세였다.

"눈을 뜨셨습니다!"

허준의 외침에 방 안에서 오가던 모든 이야기가 멈췄다. 조정과 반정군 쪽의 모든 인사들이 광해군의 곁에 가려고 몸을 움직였으나 약속이나 한 듯 동시에 이순신이 한 손을 들고 윤두수가 헛기침을 하자 모두 자기 자리에 도로 주저앉았다. 양측의 우두머리인 두 사람이 윤두수는 좌측에서 이순신은 우측에서 무릎걸음으로 조용히 다가갔다. 침묵 속에서 허준의 속삭임이 방 안을 채웠다.

"숨을 거두시기 전 잠깐 정신이 돌아오신 것으로 회생하실 가망은 없습니다. 의식을 차리실 수 있는 시간은 길어야 1각 정도⋯⋯."

"세자 저하, 이 역당들 때문에⋯⋯."

이제까지 말이 없던 윤두수의 입에서 떨리는 목소리로 탄식이 흘러나왔다. 그는 동생 윤근수와 함께 전란 전부터 적극적으로 광해군을 세자로 밀었던 사람이었고, 그 문제로 신성군을 총애하던 임금의 눈 밖에 나서 형제가 함께 귀양을 다녀오기까지 했었다. 환갑이 한참 넘은 주름진 얼굴에 닭똥 같은 눈물이 주르르 흘렀다. 흐려진 눈으로 윤두수의 얼굴을 힘없이 바라보던 광해군의 입이 실낱같이 열렸다.

"영상⋯⋯ 그리고 통상⋯⋯."

"예, 마마!"

윤두수는 크게 대답했지만 이순신은 그저 머리를 조아릴 뿐이었다. 광해군의 말은 가늘게나마 끊어지지 않고 이어졌다.

"지금 일은 다 아바마마와 내가 부덕한 탓이오⋯⋯. 하고 싶은 말이 많으나 기력이 없어 할 수가 없소. 부윤, 함흥부윤은 어디 있는가?"

"여기 있습니다."

장수들 사이에 끼어 앉아 있던 문향식이 일어서서 앞으로 나갔다. 광해군의 흐려진 시선이 문향식을 향했다.

"서한을 아식 가시고 있는기?"

"예, 저하. 가지고 있습니다."

"꺼내 보라."

문향식은 갑옷 앞섶을 열어 봉해진 편지 봉투를 꺼냈다. 앞뒤를 돌려 가며 보여 주자 광해군은 만족스러운 듯 고개를 끄덕였다.

"내가 봉한 그대로로구나. 그대가 지금 만인 앞에서 읽도록 하라."

"소, 소관이 말입니까?"

"승지도 선전관도 없으니 그대가 읽도록 하라. 내 명이다."

"무엄한 일인 것 같지만…… 어명이시니 읽겠습니다."

어명. 그렇다. 임금이 오랑캐의 화살에 승하했으니 세자가 곧 다음 임금인 것이다. 그 말 한마디의 위력에 방 안은 침묵에 잠겼고, 고요 속에서 문향식이 봉투를 뜯어 이순신에게 보내는 광해군의 서한을 꺼내 읽기 시작했다.

"세자 광해가 전 삼도수군통제사 이순신에게 글월을 내리노라. 작금의 나라 사정이 매우 불우한 것은 덕이 있는 이가 보위에 올라 백성을 이끌지 않음에 대한 하늘의 분노가 나타난 것이 틀림없도다. 태조대왕 이래 200년. 그동안 이어 온 조선의 명운은 여기서 다한 듯싶다. 종묘에 모신 선조들을 뵐 낯이 없으나 물러날 때는 물러나는 것이 천하의 도리를 지키는 것일 터. 덕이 부족한 나 광해는 요가 순에게 왕위를 넘긴 선양의 고사에 따라 장차 이을 보위를 전 삼도수군통제사 이순신에게 물려주고자……."

"머, 멈추라! 마마, 이게 무슨 말씀이시옵니까!"

터져 나온 것은 윤두수의 고함 소리였다. 양쪽 무리가 모두 술렁거리는 속에서 윤두수는 광해군 옆에 엎드려 그대로 통곡했다.

"마마, 앞으로 천 년을 더 이어 가야 할 사직이옵니다. 어찌 이리 쉽게 포기하신다는 말입니까. 지금 듣기로 성천강 너머에서 관군이 패했다 하나, 이곳 함흥 외에 회령과 길주 등 북도의 군사가 남아 있고 평안도의 군사가 있습니다. 그리고 삼남의 군사가 그대로 남아 있는데 왜 저 반적에게 보위를 주려 하십니까."

"……계속 읽으라. 그것이 내 뜻이다."

광해군은 윤두수의 반응과 상관없이 문향식에게 계속 읽을 것을 지시했다. 가늘지만 거역할 수 없는 힘이 있는 그 소리에 문향식은 이를 악물고 선양 문서를 다시 읽기 시작했다.

"……한다. 이는 이미 왜적과 싸우느라 7년간의 전란에 지친 백성들이 또 다른 전란을 치르지 않도록 하고자 하는 마음과 이순신을 덕 있는 이로 보아 천명을 받을 만한 재목이라 인정하는 데서 나온 것이니, 지난 전란에서 이순신이 왜적과 싸워 연전연승한 것은 태조대왕께서 올린 무훈에 비할 만하고, 관할 아래 있는 백성을 위무하여 전란 중에도 평안히 생업에 종사하게 한 것은 세종대왕께서 세운 치적에 비할 만하다 할 것이다. 나는 그에 비할 만한 덕도 재주도 없으니 보위를 그대에게 양보하고 물러나 야인으로 살아가려 한다. 청컨대 그대가 나와 처자에게 일신을 유지하기에 족한 의식衣食을 지급하여 간소하

게 살아갈 수 있도록 하여 주기만을 원할 뿐이다. 옛 제왕의 전
례에 따라 제대로 된 의식을 갖추어 행해야 하겠으나, 시간이
없고 예법에 어두워 법도에 맞지 않는 한 장의 글월로 대신함
을 안타깝게 여기노라.”

문향식이 읽기를 마치자 광해군은 만족스럽다는 듯 미소를
짓더니 천천히 눈을 감았다. 그의 표정을 주시하던 윤두수가
흠칫했지만 차마 세자, 아니, 임금의 몸에 함부로 손을 대지는
못하고 애타게 소리쳐 부르기만 했다.

“마마! 눈을 뜨시옵소서! 그리고 철회해 주시옵소서! 마마,
이대로 가시면 아니 되옵니다!”

“세자마마!”

“저 간악한 도적놈들 때문에!”

윤두수의 뒤에 있던 조정 중신들이 일제히 엎드려 통곡했지
만 광해군의 눈은 떠지지 않았다. 이순신 역시 광해군의 유체
를 향해 고개를 조아리며 두 줄기 눈물을 흘렸다. 반정군 장수
들은 다들 속으로는 쾌재를 불렀지만 겉으로 드러내는 것을 삼
갔다.

*

임금과 세자가 나란히 시신이 되어 누워 있는 본궁은 초상
집이 되어 있어야 마땅하겠으나 전혀 그렇지가 않았다. 울음소
리는 나지 않고 군사들의 발소리와 병장기가 부딪는 소리, 거

센 다툼 소리만 들릴 뿐이었다. 반정군으로서는 국상을 당한 상황에도 불구하고 함흥 일대의 관군이 공격해 올 가능성을 완전히 배제할 수 없었기 때문이다.

게다가 본궁 안에서는 또 다른 다툼이 벌어지고 있었다. 사실상 이것이 진영 안에서 다툼 소리가 나게 하는 주범이었다.

"영상 대감, 대감께서도 함께 도성으로 돌아가십시다. 두 분 마마의 시신을 어서 모셔다가 장례를 치러야 하지 않겠습니까."

"닥쳐라, 이 역적 놈아! 내 기필코 네놈의 간을 씹으리라!"

욕설을 들은 이순신의 얼굴에 핏기가 올랐지만 이순신은 윤두수의 공박에 맞서 아무 말도 하지 않았다. 이순신이 잠자코 분노를 억누르자 윤두수는 기세가 올랐는지 삿대질을 하며 욕설을 퍼부었다.

"정유년에 네놈을 장살시켜 버렸으면 이런 일이 없었을 것을, 공연히 선왕께서 은덕을 베푸신 덕에 이런 일이 생긴 것이다! 세자께서 오랑캐의 침입으로 목숨이 경각에 달하시는 바람에 잠시 정신이 혼미해지시어 쓴 서찰 하나가 네놈을 임금으로 만들어 줄 것 같거나 하냐? 옥새도 안 찍힌 편지 하나를 가지고 임금은 무슨 임금! 꺼져라, 이 역적 놈!"

"뭣이 어쩌고 어째!"

이순신이 제지할 틈도 없었다. 안위가 달려들어 윤두수의 멱살을 잡고 번쩍 들어 올렸다. 두 주먹이 부들부들 떨렸다.

"정유년에 네놈이 말한 대로 통상께서 돌아가셨다면, 지금 네놈이 그런 헛소리나 지껄일 수 있을 성싶으냐! 임진년부터 정유년까지, 왜적이 한산도 이서의 바다를 넘보지 못하게 만든 장본인이 누군데 네까짓 것이 그런 소리를 하느냐? 네놈들이 통상을 음해하여 투옥하고 원균 그 돼지새끼를 통제사로 앉힌 결과 어떤 일이 일어났는지 똑똑히 보고서도 그런 소리가 입에서 나오느냐 말이다! 네놈이야말로 원균을 통제사로 내려보내 수군을 박살 내 버린 원흉이 아니었느냐!"

윤두수는 목이 졸려 캑캑거리기만 할 뿐 아무 대답도 하지 못했다. 이순신이 급히 안위의 어깨를 잡았다.

"놓아주어라! 어쨌거나 아직은 이 나라의 영의정이다!"

"통상! 이자야말로 우리 수군의 원수가 아닙니까!"

"놓아주라는데도!"

"……에이익!"

안위는 윤두수를 바닥에 집어 던지고 밖으로 나가 버렸다. 원균을 통제사로 보낸 자, 그것 하나만으로도 모든 수군에게 윤두수는 원수였다. 그가 얼마나 유능하고 얼마나 임금에게 충성하는 신하이건 그런 것은 보이지 않았다. 이순신의 옆을 따르던 송희립이 마지못해 윤두수를 일으켜 주었다. 이순신이 조용히 말을 건넸다.

"영상께서 소장을 싫어하시는 것은 알고 있소. 하나 두 분 마마의 시신을 저리 모셔만 놓을 수는 없지 않소. 운구하여 예에 따라 장례를 치르고 그 뒤에 뒷일을 생각해야 할 것이라 여기오만, 영상께서는 그리 생각하지 않으시오?"

"너희 역적 놈들의 손을 빌려 국상을 치르다니 어림 반 푼

어치도 없는 일이다!"

기침을 하면서도 윤두수는 이순신에 대한 비난을 멈추지 않았다.

"혜산으로 가신 임해군마마가 함흥 이북의 모든 군사를 동원하여 다시 내려오실 것이다! 그리고 평안도 군사들도 올 것이니 너희는 동서로 협공을 받아 패멸할 것이고 모두 대역죄를 저지른 벌로 처형되리라. 너희가 지금 이 자리에서 나를 죽인다고 해도 내 말은 바뀌지 않을 것이다!"

"영상께서 말씀하신 대로 된다면 그럴지도 모르지요. 하지만 과연 그렇게 되는지요?"

이번에 윤두수의 앞에 나선 것은 뒷전에 조용히 서 있던 정 참봉이었다. 그가 누구인지 모르는 윤두수는 건방진 젊은 서생을 깔보는 눈으로 쳐다보았다.

"영상 대감, 중전마마 이하 내전 전부와 종친부 인사들이 혜산으로 갔다고 말씀하셨지요? 그분들 중에 누군가가 혜산에 자리를 잡고 군사를 내려보내면 그에 합류하실 생각입니까?"

"물론이다, 이 역적 놈아!"

윤두수의 우렁찬 호통에 정 참봉이 살짝 입가를 일그러뜨렸다.

"영상 대감, 과연 그분들께서 무사히 혜산에 도착하셨으리라 믿으십니까?"

"그, 그게 무슨 소리냐?"

윤두수의 목소리에 일말의 두려움이 서렸다. 정 참봉은 차가운 미소를 지었다.

"영상 대감, 두 분 마마를 시해한 것이 오랑캐들의 의도적인 만행임은 대감께서도 눈치채셨을 것입니다. 저들이 만약 싸움에 패한 후 그저 자기들 땅으로 도주하는 것만을 목표로 했다면 얼른 북쪽으로 달렸어야 마땅할 터인데, 왜 일부 병력이긴 해도 북행길을 미루고 이곳 본궁을 치게 하였겠습니까? 그것은 두 분 마마를 노렸다고밖에 볼 수 없지 않습니까. 그러면서 정원군마마는 손끝 하나 대지 않고 북으로 데리고 갔지요."

"무, 무슨 말을 하는 거냐?"

정 참봉의 얼굴에 서린 미소는 배고픈 호랑이가 사슴을 보고 지을 법한 미소였다. 윤두수는 엉거주춤 뒷걸음질 쳤다. 폐부를 찌르는 듯한 정 참봉의 싸늘한 말이 이어졌다.

"오랑캐 놈들은 정원군을 용상에 올리기 위하여 두 분 마마를 모두 해치워 주었다는 이야기입니다. 정원군마마는 사실상 부왕의 셋째 아들이었으며, 위의 두 형님이 어떤 이유에서건 돌아가시게 된다면 다음 임금이 될 수 있는 권리를 갖습니다. 그래서 오랑캐와 짜고 이런 참람한 짓을 저지른 뒤 통상께 덮어씌울 속셈이었던 것이 분명합니다."

방 안에는 적막이 흘렀다. 이순신은 물론 윤두수조차 아무 말도 하지 않았다. 윤두수의 침 넘기는 소리가 방 안을 울리자 정 참봉이 이야기를 계속했다.

"정원군마마가 임금이 되기 위해서는 임해군마마도 해치워야 합니다. 그리고 만에 하나라도 이 사실이 새어 나간다면 그때는 정원군마마의 패륜을 징벌하고자 다른 종친을 받들고 군사를 일으키는 이들이 분명히 나올 것입니다. 이를 막으려면 왕위를 주장하고 나설 가능성이 있는 모든 종친을 제거하는 것이 가장 확실한 바. 필시 정원군은 혜산으로 가는 길 도중에 오랑캐들을 매복시켜 두었다가 임해군마마 이하 종친 전원을 제거했을 것이 분명합니다. 그렇게 해야 자기가 부왕의 유일한 계승자가 되어 확실히 보위를 손에 넣을 수 있을 테니까요. 그리고 입막음을 위해 비빈과 궁녀, 내관, 호위병 등등도 모두 제거했겠지요, 아마도."

"마, 말도 안 되는 소리 하지 마라, 이놈! 정원군마마께서 그런 일을 저지르실 리가 없지 않느냐!"

윤두수는 발작적으로 고함을 질렀다. 하지만 온몸을 분노로 부들부들 떨고 있는 노인을 보면서도 정 참봉은 태연했다.

"아, 그렇지요. 어쩌면 자신의 생모인 인빈마마와 의창군마마 이하 동복동생들은 살려 주었을지도 모릅니다. 한번 혜산으로 찾아가 보시거나, 여기서 다른 왕자마마의 지휘를 받는 관군이 다시 내려오기를 기다려 보시지 않겠습니까? 저희는 상감을 뫼시러 동북으로 왔던 만큼, 두 분 마마를 이제 뵈셨으니 다시 도성으로 돌아가겠습니다. 이미 날씨가 제법 추워졌다 하나 시신이 혹 썩기라도 하면 이 어찌 엄청난 불충이 아니겠습니까."

"이, 이놈들이 멋대로 주상 전하의 시신에 손을 대려 하다니! 네놈들은 한 발짝도 두 분 마마의 시신을 옮기지 못할 것이다! 내 죽음으로 막으리라!"

윤두수는 분노로 몸을 떨었지만 정 참봉은 콧방귀를 뀔 뿐
이었다.

"영상 대감, 착각하지 마십시오. 통상께서는 대감께 함께 도
성에 가지 않겠느냐는 초대의 제안을 하신 것이지 상감의 시
신을 운구하여 도성으로 가는 것을 허락해 달라고 청하신 것이
아닙니다. 영상 대감께서 도성으로 가지 않고 동북에서 군사를
모아 계속 통상께 대항하고 싶다면 원하는 대로 하십시오. 다
만 저희 의군은 전투를 치를 때마다 귀순하는 군사들로 병력이
늘고 있다는 것, 그리고 정원군마마를 기다려 봐야 별로 기대
할 게 없을 거라는 말씀만 드리겠습니다. 자, 영상 대감께서는
혜산으로 가시겠습니까, 아니면 홀로 여기 남아 계시렵니까?"

정 참봉의 얼굴을 멍하니 쳐다보던 윤두수는 마침내 힘없이
고개를 떨어뜨렸다.

*

다음 날 아침, 급하게 만든 두 개의 상여가 각각 하나의 관
을 싣고 도성으로 출발했다. 수천의 군사들이 대열을 이루고
상여의 앞뒤를 엄중하게 호위하고 있었다.

"대감, 저하의 뜻을 받아들이시겠습니까?"

자기 말을 채찍질하여 앞서 가는 이순신의 말 옆으로 다가
간 정 참봉은 속삭이듯 이순신에게 질문을 던졌다. 마상의 이

순신은 아무 말 없이 고삐를 잡은 손에 힘을 줄 뿐이었다. 정 참봉은 자기가 탄 말의 발걸음을 이순신의 말에 맞춰 느리게 했다.

"상감을 폐서인하고 세자 저하를 새 임금으로 받들어 모신 다는 우리의 이전 계획은 더 이상 성립할 수 없습니다. 임해군 을 비롯한 다른 왕자들은 지금 생사가 불명이나, 만약 통상께 서 그분들 중 하나를 임금으로 모신 뒤 보필하려고 하신다면 가능할 것입니다. 혹시 그리하실 의향이십니까?"

"그럴 생각이 있었다면, 내 혜산으로 갔겠지."

이순신이 드디어 입을 열었다. 이순신의 옆에는 안위, 우치 적, 오응태 등 핵심 지휘부가 있었다.

"정원군이 야인들과 결탁하여 임금의 자리를 노렸음은 분명 하네. 그렇지 않고서야, 자신이 도주하면서 주상과 세자 저하 를 모셔 가는 것이 아니라 야인들을 시켜 시해할 이유가 없네. 이런 짓을 했다면 필시 임해군마마 이하 다른 왕손들도 정원군 에게 이미 해를 입었을 가능성이 크네. 자신을 주상의 유일한 후손으로 남겨 확실히 보위에 오르고자 하는 의도겠지."

"그리고 고려조 때 기철 일파가 그랬듯이 필시 여진의 군사 를 몰아 조선으로 들어와서 왕의 자리에 오르고자 하겠지요."

정 참봉이 앞질러서 자신의 의도를 이야기하자 이순신은 고 요히 고개를 끄덕였다. 그리고 한마디 한마디에 힘을 주어 답 했다.

"야인의 힘으로 부형을 살해하고 자기가 그 자리를 차지하려는 그런 비열한 자에게 보위를 내줄 수는 없네! 이제 우리 조선은 언제 재침할지 모르는 왜적들을 대비하면서 나라를 재건해야 하고, 분명히 정원군을 앞세워서 쳐들어올 야인들도 경계해야 하는 상황일세. 말 그대로 전문거호 후문진랑前門据虎 後門進狼의 위기에 빠졌으니 어찌 무장으로서 나라와 백성을 위해 일어서지 않고 일신의 평안만을 찾을 수 있겠는가."

이순신의 얼굴에는 이제까지 없었던 결의가 흘렀다. 얼굴이 붉게 상기된 안위가 조심스레 말을 건넸다.

"통상, 그 말씀은, 즉 세자 저하의 유교를 받들어 보위에 오르는 것을 받아들이시겠다는 말씀이십니까?"

"그러하네. 나라의 살림을 넉넉히 하고 군사를 양성하여 이 위기를 헤쳐 나가려면 지금의 조정을 그대로 두어서는 이룰 수 없어. 내가, 그리고 그대들이 힘써 나서고 유능한 인재들을 발탁하여 모든 것을 쇄신할 때만 그것이 가능할 것이네. 최선을 다해 주기를 부탁하네."

이순신은 엄숙하게 고개를 끄덕였다. 주변에 있던 장수들은 일제히 말 위에서 이순신을 향해 군례를 올렸다.

"명을 받들겠습니다!"

"통상의 명이라면 불 속이라도 뛰어들겠습니다!"

정 참봉은 예를 올리는 장수들을 보며 미소를 짓고는 이순신을 향했다.

"도성에서는, 그리고 각 지방에서는 이리 쉽게 호응을 얻으실 수 없을 것입니다. 각오는 되셨는지요?"

"물론일세. 이 길은 내가 가야 하는 길이니 난관이 있더라도 헤쳐 나가야겠지. 그것이 백성들을 위한 길이니까."

이순신은 저 남쪽 고갯길을 바라보았다. 그쪽에 도성이 있었다.

제14장
국새의 주인

임금과 세자의 상여를 받든 이순신의 군사들은 함흥을 출발한 지 보름 만에 드디어 도성에 도착했다. 한 달 전 임금을 쫓아 출정했던 때에 비하면 군사의 수는 도리어 늘었고 사기도 왕성했다. 그러다 보니 임금의 장례 행렬이 의당 갖추어야 할 장중하고 엄숙하여야 할 분위기 같은 것은 이순신을 비롯한 일부 수뇌부만 가지고 있고, 대부분의 일반 병사들은 만사가 다 정리된 뒤 있을 논공행상을 기대하고 있을 뿐이었다.

"제일 큰 공은 역시 우리 함경도 기병이지! 도성에서는 전세를 완전히 뒤바꿔서 도순변사를 도망치게 만들었고, 마지막 결전에서 두 갈래 관군과 오랑캐 군을 모두 쳐부순 게 우리니까!"

"헛소리 말게. 우리 전라좌수군이 제일 처음 통상을 따라 일어서지 않았으면 이런 날이 왔을 것 같아? 가장 공이 큰 것은 우리라고!"

조선말이 서툰 항왜병들을 제외하면 사실상 전군이 서로 자기가 더 공이 크다고 다투고 있는, 아니, 항왜병들도 자기들끼리 서로 누가 공이 더 큰지 따지고 있는 상황이었다. 이들은 세자가 이순신에게 양위하겠다는 글을 내렸고, 이순신이 이를 받아들이기로 결심했다는 사실도 이미 장수들의 입을 통해 알고 있었으니 당연히 기대가 더 커질 수밖에 없었다.

"통상 대감이 이제 조선 땅을 다스리신다 이거지?"

"어허, 통상 대감이라니! 이 사람 보게나. 이젠 엄연히 나라님일세, 나라님!"

"아 참, 그렇지. 하도 입에 배어서 말이야. '통상, 통상.' 하고 부르는 게."

"통상도 맞는 거 아닌가? '통제사 상감'이시니까, 그냥 통상 대감이라고 부르던 거 통상마마라고만 하면 되잖아!"

"거 좋다! 통상마마! 통상마마께서 우리에게 어떤 상을 주실지 몰라도 가슴이 막 뛰네!"

국상도 치르기 전에 너무 소란스러운 분위기가 조성되는 것을 바라지 않은 이순신은 군사들 사이의 이런 움직임을 가능한 한 가라앉히려고 했으나 도저히 불가능했다. 안위를 비롯한 장수들이 군사들의 기대를 은밀하게 계속 자극하여 이들이 이순신이 용상에 오르는 것에 대해 반대하는 자들을 적대하도록 분위기를 조장하고 있었기 때문이다. 노골적으로 군령을 어긴 것도 아니고, 이순신이 보지 않는 사적인 자리에서 그저 자기들끼리 입으로만 떠드는 것을 일일이 잡아 엄히 다스릴 수도 없었다.

*

함흥에서 돌아온 반정군이 동대문 앞에 다다랐을 때, 문 앞에는 이순신이 도성을 맡아 달라고 당부하고 떠났던 세 정승과 유형이 상복을 입고 수하의 관리와 장수들을 이끌고 나와 기다리고 있었다. 자신도 역시 상복 차림으로 대열의 선두에서 말을 타고 있던 이순신은 말에서 내려 세 정승 앞에서 고개를 숙였다.

"소장이 불민하여 상감마마도 세자 저하도 제대로 모셔 오지 못했습니다. 뿐만 아니라 중전마마 이하 나라의 큰 어른들께서 모조리 말하기조차 부끄러운 횡액을 당하셨으니 이 죄를 어찌 씻을까 걱정입니다."

"통상께서 보내신 전갈은 이미 다 받았으니 그리 자책하지 않으셔도 되오. 일이 이렇게 되리라고 누가 생각할 수 있었겠소. 고금에 유례가 없고 상상도 하지 못한 일이오."

이순신은 함흥을 출발하면서 먼저 도성으로 파발을 띄워 임금과 세자를 다시 도성으로 데려가는 일이 실패했을 뿐 아니라 이들이 모두 오랑캐에게 살해당한 데 대한 자초지종을 알렸다. 또한 함흥을 출발한 지 며칠 안 되어 함경도사 강홍립의 보고로 혜산으로 가는 길에서 벌어진 참극을 알았을 때도 그 사실을 곧바로 도성에 알렸다. 보고를 받은 세 정승은 임금과 세자의 시신을 먼저 수습해야 하니 이순신은 가급적이면 빨리 도성으로 돌아오고, 혜산으로 가는 길에서 학살당한 왕실 인사들의 시신은 함흥부에서 수습하여 운구하라는 답신을 보냈다.

"주상 전하! 어찌 이런 일이⋯⋯. 으흐흑!"

이항복이 이순신을 치하하는 사이 이원익과 이덕형이 땅바닥에 엎드려 상여를 바라보며 통곡을 시작했다. 그 뒤에 있던 많은 관리들이 곡성을 내뱉으며 엎드렸지만 구름같이 몰려온 백성들 중에는 동참하는 이가 거의 없었다. 이들 사이에서는 그렇게 큰 슬픔의 기색을 보이기는커녕 도리어 비웃고 즐기는 이들이 더 많았다.

"도망꾼 임금이 죽었네!"

"왜란 때는 평안도 가서 살다 오더니 이번에는 함경도까지 도망가서 못 살고 죽었나?"

"안타깝구먼! 오랑캐가 먼저 쳐들어올 때까지 살아 계셨으면 바다 건너 제주도에도 피난을 가 보셨을 텐데!"

"두만강 건너 오랑캐 땅까지 가지 왜 함경도까지만 갔나?"

백성들의 야유는 동대문을 지난 상여가 도성 한가운데를 가로지르는 동안 계속되었지만, 자기들 역시 임금과 싸우느라 죽을 고생을 한 반정군 병사들은 그런 백성들을 굳이 제지하려 들지 않았다. 두 대의 상여는 욕설과 비아냥 속에서 천천히 도성을 가로질러 정릉동 행궁에 급히 미련해 둔 빈전殯殿으로 들어가 찬궁攢宮에 자리를 잡았다. 백성들의 비난은 전적으로 임금을 향한 것이었으니, 광해군은 억울하게도 아버지 몫의 욕 절반을 먹은 셈이었다.

함흥에서 돌아온 반정군 군사들은 성내에 적당히 진을 칠 곳이 없다 하여 이항복의 지시에 따라 도성에 남아 있던 유형 휘하의 군사들과 함께 폐허가 된 경복궁 터에 천막을 치고 잠시 머물게 되었다. 도성 내에 이와 같이 수천의 군사들이 진을 치는 것은 유례가 없는 일이었다.

*

"그동안 도성을 맡아 다스려 주신 것에 감사를 드립니다."

"뭘, 나보다는 좌의정께서 일을 많이 했소. 나는 그저 자리를 지켰을 뿐이오."

정릉동 행궁의 한 방에서 이순신이 사의를 표하자 이원익이 손사래를 쳤다. 하지만 그 말과 달리 그는 지난 한 달 남짓한 기간 동안 조정의 우두머리로서 중심을 잡는 데 큰 역할을 해 왔다. 판중추부사이자 전 영의정이었던 그가 좌의정 이덕형 및 우의정 이항복과 함께 도성을 떠나지 않고 나랏일을 돌보고 있었다는 것, 그것 하나만으로도 도성의 백성과 관리들은 안정을 유지하면서 난리가 끝날 날을 기다릴 수가 있었다.

"그보다 묻고 싶소. 오랑캐들이 그리 무도한 일을 저질렀다는 것이 정녕 사실이오?"

"그러합니다."

이순신은 담담하게 함흥에서 있었던 일을 자신이 파악한 대로 일점일획도 추가하지 않고 그대로 보고했다. 정원군이 불러오고 임금이 승인한 수천의 오랑캐 병사들과 맞붙어야 했던 일, 그리고 그들이 함흥 일대에서 저지른 노략질과 그에 대한 함경도 백성 및 군사 들의 원한, 꼬박 하루 동안 벌어진 전투와 그 이후 또다시 이어진 참상에 대해서.

"……그리고 회령으로 떠나신 중전마마 이하 내전 및 종친부의 어르신 들을 다시 모시러 사자를 보낸 뒤에 도성으로 출발했는데, 사흘 뒤에 사냥꾼이라고 하는 백성 둘이 고했다면서 알려 옴에 따라 오랑캐 무리에게 중전마마를 포함한 왕실의 사람들 모두가 피습당해 몰살을 당했음을 알게 되었습니다. 시신을 수습하러 간 함흥부 군사들이 도착했을 때는 이미 산짐승들이 시신을 마구 훼손하여 사망한 이의 확실한 수와 신원을 파악할 수는 없었으나 거의 모든 일행이 해를 입었음은 분명합니다. 국상이 끝나면 기필코 군사를 몰아 저들을 쳐서 이 일에 대한 원한을 갚고 나라의 치욕을 씻어야 할 것입니다."

세 정승들은 무겁게 고개를 끄덕였다. 왕실 일가의 몰살은 너무나 참람한 일이라 아직 다른 이들에게는 알리지 않고 조정에서는 이들 세 사람만 알고 있었다. 변방의 고을이 습격당한 것 같은 사소한 일이라 할지라도 필시 복수를 해야 할 터인데, 이번에는 왕실이 송두리째 전멸을 당했다. 지금 당장 국상을 치러야 하는 상황만 아니라면 오랑캐의 씨알머리 하나도 남기지 않고 다 찾아내어 죽여야 할 일이었다.

"그런데 통상, 정녕 세자께서 그대에게 양위하겠다는 교서를 내리셨소? 나는 아직 믿을 수가 없소. 어떻게 그런 일이 생긴 것인지."

이덕형이 조심스레 물었다. 이원익 역시 무거운 눈길로 이순신을 바라보았다. 이덕형이 눈짓을 하자 이순신은 고개를 끄덕인 뒤 품 속에서 광해군의 교서를 꺼냈다.

"세자 저하께서 오랑캐의 화살에 맞아 임종하시는 자리에서 스스로의 덕과 재주가 모자라 임금의 자리를 소장에게 넘기겠다 말씀하신 선양의 교서입니다. 읽어 보시지요."

세 사람의 정승들은 종이를 눈으로 뚫기라도 할 것처럼 머리를 맞대고 읽고 또 읽었다. 마침내 신음을 토하며 이덕형이 고개를 뒤로 젖혔다.

"정녕 세자 저하의 친필이로다! 통제사, 이것이 정녕 세자께서 직접 쓰신 것이오?"

"좌상 대감, 소장이 직접 저하께서 교서를 쓰시는 장면을 보지는 못했습니다. 하나 함흥부윤 문향식과 이조좌랑 이이첨이 그 현장에 있었고, 저하께서 아직 의식이 또렷하실 때 함흥부윤에게 그 교서를 낭독하게 하신 후 그 내용이 맞음을 승인하셨습니다. 이때 자리에 있었던 사람으로는 저희 반정군 장수들뿐 아니라 영상 대감 이하 다수의 대신들이 있으니, 이것이 가짜일지 모른다는 의심은 안 하셔도 됩니다."

"하지만 국새를 안 찍지 않았소. 그런데 어찌 교서로서의 효력이 있겠소?"

이덕형의 추궁에 대해 이순신은 차분히 답했다.

"세자께서 그 교서를 쓰셨을 때, 세자께서는 아직 임금이 아니셨으므로 국새를 가지고 계시지 않았는데 어찌 날인하실 수 있겠습니까? 만약 그 뒤에 주상께서 세자를 폐하셨다면 그 교서는 당연히 휴지가 되었을 것이나, 폐하지 않고 전하께서 먼저 승하하셨기 때문에 보위는 세자 저하께 넘어간 것입니다. 그리고 그 상황에서 세자 저하께서 조정 신하들 앞에서 그 교서를 읽어 스스로의 뜻을 선포하게 하신 이상, 세자 저하께서 소장에게 양위할 뜻을 품으셨음은 틀림없는 것 아닙니까. 쇳덩어리에 불과한 도장보다 교서를 쓰신 세자 저하, 아니, 새로 등극하셨던 상감마마의 실질적인 뜻이 더 중요하지 않겠습니까."

"으음, 하지만……."

이덕형은 망설이며 말을 잇지 못했다. 그러자 침묵하고 있던 이원익이 입을 열었다.

"통제사께서는 동북으로 떠나기 전 이 늙은이가 했던 말을 기억하실 것이오. 통제사가 상감과 세자 저하를 모두 시해하고 자신이 왕위에 오를 심산이 아니냐고. 만약 통제사의 의도가 그런 것이라면 결단코 협력할 수 없다고 말이오."

"기억합니다."

이순신이 고개를 끄덕였다. 이원익이 다소 격정적인 태도로 이야기를 계속했다.

"이 늙은이가 걱정했던 일이 그대로, 아니, 더 끔찍하게 벌어졌소. 주상 전하와 세자마마뿐만 아니라, 중전마마를 포함한 내전 전부, 덕흥부원군의 혈통을 이은 종친 전부가 정원군마마를 제외하고는 이 세상에서 사라져 완전히 대가 끊겼소. 어쩌면 정원군마마도 이미 세상을 뜨셨는지 모르오. 이것이 통제사의 의도로, 아니, 통제사는 의도하지 않았다고 해도 통제사의 책사인 그 정 참봉이라는 이의 뜻으로 이루어진 일이 아니라고 장담할 수 있소? 정원군은 실은 정 참봉의 마수를 피해 간신히 도망친 왕실의 유일한 생존자인데 통제사를 왕으로 받들어 모시려는 정 참봉에 의해 반역자의 오명을 쓴 것일 수도 있소. 만약 그렇다면, 우리 모두가 통제사라는 혹은 정 참봉이라는 부처님 손바닥 위에서 놀아나는 손오공이었던 것 아니오."

이원익은 사실상 이순신을 시역의 주동자로 간주하고 힐난하고 있었다. 그럼에도 이순신은 화를 내지 않았다.

"대감께서 그리 의심하시는 것도 무리가 아닙니다. 하지만 저는 분명 야인과 결탁하지 않았습니다. 야인을 끌어들인 것은 전적으로 정원군의 망상에서 비롯되었으며, 심지어 상감의 뜻도 아니었습니다. 정원군이 노을가적과 회견하는 장소에 입회하였던 후창군수 송재석이 발고하기를, 정원군은 노을가적에게 보위에 대한 욕심을 말했을 뿐 아니라 장차 자신이 보위에 오른 뒤 명나라를 함께 도모하자는 제안까지 했다합니다."

"뭐, 뭐라고? 며, 명나라를 어떻게 해?"

세 대신 모두 경악하여 눈알이 튀어나오고 말을 제대로 잇지 못할 정도였다. 하지만 이순신은 차분하게 말을 이었다.

"소장의 추측으로는, 원래 전하께서는 그저 원병이나 좀 얻을 생각이셨던 듯합니다. 한데 정원군마마께서는 이를 기화로 하여 오랑캐를 등에 업고 자신이 보위에 오르고자 하는 계획을 세웠고, 자신 외에 보위를 넘볼 이를 모두 죽인 것입니다. 그런 짓을 저지른 자를 용서한다는 것은 말도 안 되고, 하물며 보위를 넘길 수는 없는 일입니다."

"……."

아무도 말을 잇지 못했다. 잠시 침묵이 흐르다가 이원익이 입을 열었다.

"알겠소. 하지만 통제사께서 보위에 오른다면, 저들은 역시 통제사가 역심이 있어 상감을 시해하는 대역죄를 저지르고 그 자리에 앉았다는 비방을 할 것이오. 그리고 정원군이야말로 진정한 왕좌의 주인이라고 하면서 계속 국경에서 소요를 일으키겠지. 뿐만 아니라 이 조선 땅에서도 통제사가 선양을 받았음을 인정하지 못하고 반발하는 이가 적지 않을 것이오."

"각오하고 있습니다."

이순신은 단호하게 자기 의사를 밝혔다. 뭔가 말을 꺼내려던 이원익이 주춤하자 이덕형이 대신 나서서 입을 열었다.

"하지만 통제사, 그대가 꼭 직접 왕이 되어야겠소? 왕실이 바뀌는 역성혁명은 쉽게 할 수 있는 것이 아니오. 조야에서의 반발도 감안해야 하고 명나라의 승인을 얻는 문제도 있소. 비록 주상과 가까운 종친은 모두 유명을 달리했다 하나, 덕흥부원군의 후손이 아닌 다른 종친은 아직도 여러 사람이 도성 안에 있단 말이오. 그들 중 한 분을 골라 임금으로 모시고, 그 밑에서 그대가 군권을 쥐고 왜적에 대한 방비와 노을가적에 대한 복수를 한다면 그것으로 충분하지 않겠소."

"대감, 소장도 그런 생각을 해 보지 않은 것은 아닙니다. 하지만 이 나라를 다시 일으켜 세우자면 고쳐야 할 것이 너무도 많습니다. 말씀하신 두 가지를 달성하기 위해서는 군사를 양성하고 군비를 갖추어야 하는데, 그러자면 군역을 공정하게 부과하고 세금을 충분히 거두어야 합니다. 그런데 다른 종친을 허수아비일지언정 임금으로 내세운다면, 그러한 조치에 불만을 품은 이들이 임금 주변에 몰려들어 당을 형성하고 소장을 찍어 내려 들 것이 분명하지 않습니까. 모두가 하나 되어 힘을 합쳐도 부족할 판에 그리되면 이 조선에서는 또다시 내란이 일어나게 될 것입니다. 그렇게 할 수는 없습니다."

*

"그간 도성을 지키느라 고생이 많으셨습니다. 통상께서 동북에 가 계시는 동안 도성을 비롯, 팔도 각지의 동향은 어떠했습니까?"

이순신이 정승들과 담판을 짓고 있을 무렵, 정 참봉은 안위, 우치적과 함께 유형을 만나 그간 도성에서 있었던 일과 들어온 소식들에 대해서 듣고 있었다. 자신이 파악한 바와는 별개로 각 지역의 책임자 격인 감사, 병사 들의 공식적인 반응에 대한 확인이 필요했다.

"고생은 무슨. 아무려면 직접 군사를 이끌고 상감과 싸운 통상만큼 고생한 이가 있겠소."

유형은 겸양의 말로 서두를 시작한 다음 도성 내의 경계해야 할 흐름에 대해 이야기했다.

"일단 도성에선 세 정승께서 민심을 잘 다스려 주셔서 백성들의 노골적인 반발은 일어나지 않았소. 다만 정 참봉 그대가 정승들에게 제출했던 개혁안 때문에 사대부와 종친들 간에 불온한 공기가 다소 돌고 있소이다."

"불온한 공기라면?"

우치적이 심각한 표정으로 묻자 유형은 씁쓸한 표정으로 이야기했다.

"그야 당연히 통상의 개혁을 저지해야 한다는 움직임 아니겠소. 일단 군역을 개정하여 국초에 그랬듯이 모든 양민에게 군역을 지운다면 현임 관리가 아닌 양반 사대부가의 사내들이 모조리 군역을 져야 할 것이며, 호구별로 매겨지던 기존의 공납을 공물 작미를 통해 토지 결당 매겨지는 세금으로 바꿔 쌀로 내도록 하면 토지를 많이 가진 사대부, 유력자 들의 부담이 크게 오를 것이 당연하지 않소. 때문에 그 내용을 알게 된 도성의 사대부들 간에는 부단히 서로 연락이 오가면서 뭔가를 획책하는 분위기가 있었소."

"이런 죽일 놈들!"

안위가 주먹을 불끈 쥐었다.

"유 수사께서는 그놈들을 모조리 잡아들여 물고를 내지 않고 무엇을 하셨소? 이런 대역무도한 놈들을 보았나!"

"안 수사, 아직까지는 통상께서 보위에 오르지 않으신 이상 저들이 통상의 뜻을 따르지 않았다 해서 우리가 저들을 역적이라 부를 수는 없지 않소. 게다가 저들은 이제까지 노골적으로 우리에게 반발하는 그런 움직임은 보이지 않았소. 하기야, 그건 상감이 통제사를 격파한 뒤 동북면의 군사를 거느리고 의기양양하게 개선하실 거라고 믿은 탓이긴 하지만."

"하지만 그 기대는 깨어졌습니다. 그러니 자기들이 가진 힘으로 뭔가를 획책하려 하겠지요. 오늘 밤만 해도 종친들은 다음 왕으로 누구를 올려야 할 것인가에 대해 의논하고 있고, 사대부들은 말씀하셨듯이 개혁을 저지할 방도를 논의하고 있으니 말입니다."

세 장수들이 의아한 표정으로 정 참봉을 바라보았지만 정 참봉은 그저 가볍게 웃을 뿐 그 문제에 대해서 자신이 알고 있는 바에 대하여 상세한 이야기를 하지는 않았다. 단지 유형을 향해 고개를 돌리고 새로운 질문을 하여 화제를 바꾸었을 뿐이다.

"팔도의 병권을 쥔 병사, 감사 들의 동향은 어떠합니까? 세 정승들께서 그들이 일단은 우리에게 반하는 편에 서지 않고 사태를 관망하는 쪽에 서도록 설득해 보겠다고 하셨는데 잘 진행이 되었는지요. 지금 가장 중요한 건 황해도와 평안도 군사일 듯합니다만."

"평안병사 이경준은 그 사람됨이 매우 올곧고 몇 년째 평안 도에서 야인에 대한 방어에만 신경을 쓰고 있던 사람인지라, 국경의 방어를 비우는 것을 매우 꺼림칙하게 여겨 지금도 평안 감사 박홍로와 함께 평양에 머무르며 군사를 움직이는 데 신중을 기하고 있습니다. 게다가 대행대왕*이 야인들을 끌어들였 다는 소식을 접한 뒤로는 아예 꼼짝할 움직임을 보이지 않습니다. 평안도 군사가 평양에서 움직이지 않으니 개성까지 내려온 황해도 군도 우리 전선들의 방어를 뚫고 임진강을 건널 엄두를 내지 못하고 있어 북방은 걱정할 것이 없습니다."

"경기도와 충청도 군사들은? 도성과 인접한 그 두 도의 동향 도 매우 중요합니다."

충청도 이야기가 나오자 유형은 얼굴에 화색을 띠었다.

"경기감사 김신원이 이끌고 있던 군사들이 용산에서 흩어지 고 감사는 수원부로 탈출해서 수원부사 최산립의 군사들을 거 느리고 도성으로 올라왔습니다만, 경기방어사 권준 영감이 몸 을 추스르고 광주부로 가서 자기 군사들을 모아 돌아와서 시흥 에 진을 치자 그에 밀려 별다른 움직임을 보이지 못하고 다시 수원으로 내려갔습니다. 그리고 충청수군의 패전 사실을 알고 급거 상경하여 근왕할 준비를 하던 충청감사 김늑은 이번 거병

---

* 승하한 국왕을 부르는 호칭

의 연유와 의도에 대해 설명하며 일단 조정의 뜻을 따라 줄 것을 당부하는 좌상 대감의 서한을 받고 일단 그대로 물러나 있기로 하였습니다. 충청감사는 원래 우리 통상 대감을 지지하여 지난 옥사 때도 구명을 위해 목숨을 걸고 힘썼던 사람이기도 하고, 또 좌상 대감과 같은 남인이라 비교적 설득이 잘되었습니다. 충청병사 구사직 영감은 우리 뜻에 쉽게 따르려 하지 않았지만, 상급자인 병사 영감이 상경을 포기하자 어쩔 수 없이 주저앉은 모양입니다."

유형의 말을 들은 안위가 길게 한숨을 쉬었다.

"다행이구려. 나는 지난 싸움에서 나를 잡아먹을 것 같던 당진포만호의 눈빛이 아직도 잊히지 않소. 그 완강한 충청도 군사들과 다시 만나지 않아도 된다니 다행일 뿐이오."

"전라도와 경상도는?"

우치적이 조급하게 물었다. 유형은 다소 묘한 표정을 지었다.

"전라감사 한효순은 애초에 세자 저하의 사람 중 하나라 우리가 세자 저하를 등극시키려는 것으로 알고 비교적 협조적인 태도를 보이고 있습니다만, 전라병사 이광악은 체념하지 않고 여전히 고금도를 노리고 있다 합니다. 남겨 놓고 온 우리 전선들에 가로막혀 별다른 활동을 하지 못하고 있었고 도성에서의 소식도 들었으나, 이제 와서 우리 편에 설 수도 없고 하여 이러지도 저러지도 못하고 있는 모양입니다. 경상도에서는 좌병사 김응서가 가능한 한 병사를 모두 소집하여 근왕병을 이끌고 한양으로 가야 한다고 강력하게 주장하였으나, 우병사 정기

롱이 근왕도 중요하지만 언제 다시 쳐들어올지 모르는 왜적의 위협을 그대로 두고 상경할 수 없다는 입장을 견지하고 있는 데다가 정여립의 난 때 억울하게 투옥된 경험이 있는 경상감사 한준겸이 배 수사 당의 잔당이 아직 경상도 관내에서 준동하고 있음을 핑계 삼아 군사를 동원하려 하지 않고 있습니다. 게다가 낙향한 상태였던 홍의장군 곽재우가 김응서에게 편지를 내어 군사를 내지 말라고 위협하였다 합니다."

"그 사람이 어찌하여?"

안위와 우치적은 영문을 모르겠다는 표정을 지었지만 정 참봉이 미소를 지으며 입을 열었다.

"홍의장군은 조선에서 처음으로 군사를 일으킨 의병장으로서 왜적으로부터 강토를 지키기 위해 천신만고를 거쳤으나 상감께선 이몽학의 난에 연루하여 홍의장군을 투옥하고 겁박하셨습니다. 그럼에도 홍의장군은 왜적과 최선을 다해서 싸웠고 통상 대감과도 협조하였으나, 백성을 방기하고 어진 선비를 핍박하는 상감이 계속 자리를 지키는 것을 옳다고 보지는 않았을 것입니다. 곽재우는 과거 임진년에 경상도 일대에 방을 내걸어 다른 사람도 아닌 경상감사 김수 영감의 목을 도망췄다는 이유로 잘라 오라고 군민에게 선포한 적도 있는, 배짱이 강한 사람입니다. 그런 사람인만큼 상감의 폭정에 맞서기 위한 봉기라면 이해해 주리라 믿었기에, 우리가 기의할 당시 따로 서한을 보내 거병의 당위성에 대해 설명을 한 비 있습니다. 어쩌면 같이 거병해 줄지도 모른다고 생각하였습니다만 그렇게까지는 해 주지 않더군요. 그때 비록 협조를 약조하는 답서를 받지는 않았으나, 사자의 말에 의하면 통상의 거병에 대하여 그다지 나무라지 않았다고 하였습니다. 그러던 차에 이런 식으로 협력을 해 준 셈이니 만족할 만한 결과입니다."

우치적과 안위가 벌린 입을 다물지 못하자 유형이 고개를 끄덕이며 옆에 있던 한 장의 종이를 내밀었다.

"정 참봉의 말씀이 얼추 다 맞습니다. 이것이 곽재우가 경상도 일대에 뿌린 격문입니다. 이번에는 과거와 달리 경상좌병사를 겨냥하고 있습니다."

세 사람은 머리를 맞대고 그 격문을 읽었다. 격문은 짧았지만 곽재우의 결의가 잘 드러나 있었다.

경상좌병사 보아라. 그대는 지난 난리에서 용명을 떨친 장수로서, 무인이란 일개인의 권력이 아닌 나라와 백성을 위해 싸워야 한다는 사실을 잘 알고 있을 것이다. 그러나 지금 주상은 자신의 권력을 유지하는 것만을 목표로 하여 전란 중에 나라를 지키기 위해 일어난 많은 장수와 용사 들을 핍박하고 억울하게 죽게 하였다. 그 흉수가 의병장뿐만 아니라 수군의 수장 통제사 이순신에게까지 이르게 되니 어찌 통제사가 이대로 죽을 수 있겠는가? 통제사가 한신이 되어 죽고 나면 그다음에는 누가 팽월이 되고 경포가 될 것인가? 장수들이 죽지 않기 위해 일어선 것은 부당하다 할 수 없을 것이다.

그대는 통제사가 스스로 권력에 대한 욕심을 가지고 상감을 시해하고 임금의 자리에 오를 욕심으로 군사를 일으켰다고 생각하는가? 천지신명께서 보고 계시지만, 통제사는 절대 그럴 탐욕한 인물이 아님을 내 분명히 밝히고자 한다. 통제사는 그저 그른 것을 바르게 하고자 거병하였고 이는 천하의 도리를 지키는 일이다.

너 좌병사는 이미 정유년에 왜적의 꼬임에 넘어가 충직한 통제사를 모함함으로써 왜적이 재침하여 삼남을 피바다로 만드는 데 지대한 공을 세운 바 있다. 비록 네가 왜적을 상대로 용명을 떨쳤고 지금 금상의 총애를 받고 있다고 하나, 통제사를 흔들어 나라를 망하게 할 뻔한 것만 해도 하늘이 용서하지 못할 대죄를 지었다 할 수 있다. 네 죄를 알거든 경거망동하여 군사를 이끌고 나서지 말고 움직임을 조심하라! 네가 감히 나선다면 사방에 널린 천하의 의사들이 네 목을 베어 그른 것을 바로잡고 천하의 의를 바로 세우고자 할 것이다.

"이 격문 덕분에 경상좌병사는 좌병영 밖으로 마음대로 나오지도 못하고 있다 합니다. 병영 안으로도 화살이 이미 몇 번 날아들었다지요. 때문에 자객이 타고 오를 것을 우려하였는지 최근에는 병영 주변의 나무를 모조리 베어 버렸다고 합니다."

네 사람은 웃음을 터뜨렸다. 유쾌하게 웃고 난 정 참봉이 조용히 덧붙였다.

"아마 그 화살 중에는 진짜 그 격문에 분격하여 좌병사를 쏘려고 한 자도 있을 겁니다. 물론 배 수사의 무리나 불만을 가진 다른 이들도 있겠지만요."

"정 참봉, 그대가 보낸 자객은 없고 말이오?"

"허허, 아무려면 제가 그런 일까지 하겠습니까? 저는 서생일 뿐인 것을요."

정 참봉은 너털웃음을 터뜨렸다. 안위는 정 참봉에게 의심의 눈길을 보냈지만 드러내 말하지는 않았다. 잠시 같이 미소를 짓던 유형이 지방 상황을 정리했다.

"하여튼 그로 인해서 지금 팔도 각 지방에서 도성으로 올라올 군세는 없다고 보셔도 됩니다. 비록 대행대왕께서 파천하시기 전에 팔도의 수령과 병사 들에게 군사를 이끌고 상경하라는 명을 내려 두기는 하시었으나, 각 지역의 사정으로 인해 늦어진 것이 도성이 함락되고 경군이 격파되면서 눈치를 보게 되었다가, 파천하셨던 대행대왕께서 아예 저세상으로 가셨으니 지방의 군사가 움직일 가능성은 더더욱 낮아졌습니다. 이제 우리는 도성 내에서 벌어질 움직임만 신경을 쓰면 될 듯합니다."

"공물이나 군역 개혁에 대한 지방 양반들의 반발은 무시해도 될 거라고 보시는 거요?"

안위의 질문을 받은 유형은 간단히 답했다.

"우리에게 우호적인 감사나 병사가 있는 지역들은 그들이 적당히 무마하면서 시간을 끌어 줄 것입니다. 게다가 배 수사 당의 난리가 아직 진정되지 않은 곳이 많아서 지방 사대부들도 개혁까지 신경을 쓸 여유들이 없습니다. 당장 난리를 겪지 않은 도성 쪽이 문제입니다. 여기 있는 이들이 아무래도 개혁으로 피해를 볼 것들도 많고 또 비어 있는 임금의 자리에도 이해관계가 크니까요."

"하지만 임금의 자리를 다른 종친에게 넘겨준다면 군역이나 세금 제도를 고치는 것은 힘들어질 것입니다. 결국 그것은 이 나라, 전주 이씨가 지배하는 조선의 열여섯 번째 왕이 될 뿐이니까요. 우리에게 필요한 것은 이 나라를 완전히 새롭게 만들 새 왕실의 첫 번째 임금입니다. 그래야만 나라의 체제를 대대적으로 뜯어고쳐 왜적의 재침을 막고, 여진을 등에 업고 쳐들어올 정원군의 침략도 막을 수 있을 것입니다."

"지당하신 말씀입니다. 조방장의 말씀이 옳습니다."

유형의 이야기를 들은 우치적이 한마디 한마디에 힘을 주어 말하자 정 참봉이 간단히 찬동의 뜻을 표했다. 이들 모두, 본래 이순신을 임금으로 받드는 것까지는 찬성하지 않았던 유형도 일이 이렇게 된 이상 세자의 유조를 받들어 이순신을 임금으로 모시는 데 뜻을 같이하고 있었다.

"대행대왕께서 승하하신 것을 알고부터 도성 내의 종친과 사대부들이 부쩍 분주하게 서로 오간다 하였지요? 아직 별다른 행동은 없다고 해도 그에 대한 감시를 강화해야 합니다. 분명히 뭔가를 꾸미고들 있을 테니까요."

정 참봉의 제안에 장수들은 고개를 끄덕였다. 이미 도성을 순시하고 있는 포도청 군사들 외에, 동북면에 다녀온 북정군 군사들도 시내 요소요소에 배치하여 만약의 경우를 대비하자

는 데 모두가 동의했다. 주요 조정 대신 및 종친 들의 집에는
즉시 감시를 붙인다는 데 대해서도 반대는 없었다.

*

"우상 대감, 그간 평안하셨습니까?"
"자네가 무사해서 정말 다행일세."

이덕형의 집 사랑방. 이항복은 이순신과의 긴 이야기를 일
단 끝내고 이덕형의 집으로 돌아왔다. 집주인인 이덕형은 무슨
일 때문인지 몰라도 그를 먼저 보내고 자신은 궁에 남았다.

"자네가 관군에서 용전분투했다는 이야기는 들었네. 하지만
도순변사가 자네 말을 잘 듣지 않았다지? 게다가 막판에는 정
원군의 정신 나간 짓 때문에……. 참, 자네가 겪은 고초를 위로
해 주어야 하는데 뭐라 할 말이 없군그래."

"아닙니다. 임금을 모시는 장수로서 싸워 살아남은 제가 부
끄러울 뿐입니다."

정충신은 말없이 머리를 조아렸다. 본래 관비의 아들로 태
어난 천민 출신이었던 그를 지금의 지위에 올라올 수 있도록
가장 힘을 써 주었던 스승이자 아버지와 같은 사람이 바로 이
항복이었다. 자기 장인인 권율의 밑에 들어가게 해 주어서 공
을 쌓게 한 것도 이항복이었는지라 세간에는 두 사람이 동서지
간이라는, 즉 신립과 더불어 정충신도 권율의 사위가 되었다는
이야기가 돌기도 했다. 하지만 진짜 권율의 사위는 이항복 하

나쁜이다.

"싸움 이야기는 통제사에게 대략적으로 들었네만, 오랑캐 놈들과 싸울 때 외의 이야기는 별로 하지 않더군. 그대는 어쩌다가 통제사와 함께 돌아오게 되었는가?"

"오랑캐 놈들이 정원군마마만 데리고 먼저 강을 건너 도망친 다음 배와 뗏목을 모조리 불태우자 저희는 퇴로가 막혔지요. 정원군마마와 오랑캐들의 잔악무도한 행위에 분격한 대부분의 잔여 군사가 통제사에게 투항한 가운데, 소장은 근왕을 수행코자 저를 따르는 군사 100여 기만 거느리고 성천강 하류로 내려갔습니다. 어민들의 고깃배를 징발하여 가까스로 강을 건넌 뒤 함흥본궁으로 달려가니, 이미 전하께서는 오랑캐들에게 변을 당하신 뒤였습니다."

정충신은 잠시 이야기를 멈추고 씁쓸한 표정을 지었다. 이항복은 굳이 뒷말을 재촉하지 않았고, 잠시 이야기를 멈췄던 정충신의 입은 곧 다시 열렸다.

"그때는 그것을 모르고 통제사가 본궁을 손에 넣었고 전하께서는 미리 피하신 것이라고만 여겨 다시 군사를 물린 뒤 전하를 찾아 합류할 생각만 하였습니다. 하지만 어느새 통제사의 군사가 뛰쳐나와 주위를 둘러싸니 지친 군사들로서는 포위를 뚫고 탈출할 수가 없었습니다. 이에 최후까지 죽기로 싸우리라고 결심하는 참에 통제사의 휘하에 있던 명천현감 이괄이 단신으로 제 앞으로 나와서는 싱감과 세자께서 모두 변을 당하셨다는 것을 알리고, 세자 저하께서 통제사에게 선양의 교서를 남기셨다는 사실도 전해 주었습니다. 전하께서 오랑캐들에게 변을 당하셨다는 소식에 일단 그 자리에서 말에서 내려 통곡하고 있으려니 명천현감이 세자 저하의 뜻을 따르는 것이 좋지 않겠느냐며, 오랑캐를 끌어들여 백성들을 해하고 결국 전하까지 시해하게 만든 반역무도한 정원군을 징벌하는 일을 함께하지 않겠느냐고 권하였습니다. 더불어 대감께서도 이미 통제사와 뜻을 함께하고 계시니 소장이 한편이 되었음을 아신다면 매우 기꺼워하시며 반기실 것이라 하여, 그만 저 역시 통제사의 편에 서서 세자 저하의 뜻을 받들기로 결심을 하게 되었습니다."

"명천현감의 공이 크구먼. 그래, 그대가 보기에는 명천현감이 어떤 인물 같은가? 쓸 만한 장수가 될 사람 같던가?"

이항복이 짓궂은 표정으로 묻자 정충신은 다소 난처한 표정을 짓다가 이괄의 인상에 대해 생각한 바를 털어놓았다.

"한양으로 오는 길에 많은 대화를 나누어 보니, 이제 겨우 열세 살의 소년 장수라고는 믿을 수 없을 만큼 용력이 있고 머리 쓰는 것도 비상했습니다. 다만 아직 경험이 부족하여 생각이 섣불리 앞서 가는 경향이 있고, 당장 눈앞의 일에 대해 성과를 내려고 하다 보니 전체적인 밑그림을 그리지는 못합니다. 넓은 시야를 가질 수 있도록 하는 스승의 가르침을 더 받고, 스스로 더 침착하게 생각하는 능력을 기른다면 조선 최고의 장수가 될 수 있는 자질이 있어 보입니다."

"음, 그럼 자네가 한번 좋은 재목이 잘 자라도록 길러 보게. 나이도 열셋이라 하니 자네보다 열한 살 아래 아닌가. 막냇동생이라 여기고 잘 가르쳐서 지용이 균형을 이룬 명장을 만들어 보게나, 허허."

이항복이 웃자 정충신은 쑥스러운 표정을 지었다. 비록 이 괄을 적으로 처음 만나긴 했지만 서로간에 적대감 같은 것은 애초에 없었으니 친하게 지내지 못할 것도 없었다.

＊

"이순신, 그 역적 놈을 그대로 둘 수는 없소!"

이항복이 정충신을 만나고 있을 무렵, 영의정 윤두수는 빈 전에서 집으로 돌아오자마자 동생 윤근수는 물론이고 연락이 닿는 조정 중신들을 모조리 자기 집으로 불러 모았다. 영의정 윤두수가 부르는데 오지 않을 이들은 없었고, 몰려든 이들로 인해 윤두수의 집 사랑방은 앉을 자리가 없을 정도로 빼곡하게 사람들이 들어차게 되었다.

대궐에 들어가 있는 몇몇 이들과 이순신과 협조하고 있는 세 정승들을 제외한 사실상 모든 조정 중신들이 윤두수의 집에 모인 것이다. 눈에 핏발이 선 윤두수는 원래는 자신의 정적 중 한 사람인 영돈녕부사 이산해를 향해 시선을 돌렸다.

"영돈녕부사 대감! 대감께서도 마땅히 이순신을 쳐 내야 한 다고 여기시겠지요?"

"그야 당연한 일 아니오!"

이산해는 전란이 한창 벌어지고 있을 때부터 이순신을 싫어

했다. 자신은 북인의 영수인데 이순신이 자신과 적대하는 남인의 영수 유성룡의 친구였기 때문이다. 그래서 서인인 윤두수, 윤근수와 함께 수군통제사로 이순신 대신 원균을 지지했고 그 선택이 파멸적인 결과를 부른 뒤에도 이순신을 좋게 평가하지 않았다.

"그러하다면 지금 좌상이 이순신의 편을 들어 조정을 운영하고 있는데 어찌 그 꼴을 그대로 두고 볼 수가 있소? 당장 좌상에게 이순신의 편을 떠나 바른길로 돌아오라 이르시오!"

"좌상이 사사로이는 내 사위라 하나, 그 자신의 선택에 따라 행동하고 있으니 내가 이래라저래라 간섭할 수 없소. 좌상은 당파가 남인이고 나는 북인이니, 어찌 모든 면에서 의사가 일치하겠소. 영상께서는 사위를 마음대로 움직일 수 있으신 모양이오."

이산해가 비꼬자 윤두수는 입을 다물었다. 그에게는 적자와 서자를 합쳐 아들이 여섯 명 있을 뿐 딸은 하나도 없고, 당연히 사위도 없었다.

"지금 그런 말다툼을 할 때가 아닙니다! 대감들께서는 선후 관계를 따져 주십시오!"

이이첨이 간절한 목소리로 외쳤다. 광해군을 지키려다 칼에 맞은 어깨는 아직 제대로 움직이지 않았고 몸에서는 열이 끓었지만 임금의 자리를 이순신에게 내줄 수는 없었다. 그가 어지럼증을 느껴 주저앉자 윤근수가 나섰다.

"이조좌랑의 말이 맞습니다. 지금 우리가 여기 모인 것은 역적 도배 이순신이 보위를 넘보는 이 망령된 상황을 바로잡고자 해서가 아닙니까. 지금 이순신이 보위를 주장하는 첫 번째 배경은 세자께서 자신에게 선양하겠다는 교서를 내리셨다는 것인데, 이 사람이 보건대 그 교서는 확실히 효력을 가진 것이라 말하기 힘듭니다. 국새도 찍지 않은 문서가 어찌 효력이 있겠습니까? 게다가 여기 계신 분들 중 절반이 함흥에서 그 자리에 있었지만 그때 세자 저하의 용태가 사리를 분별하실 수 있는 것 같아 보이던가요? 그리고 그 교서의 내용은 어땠습니까? 싸움에 패하여 비루하게 목숨을 구걸하고자 하는 글이지, 진정 마음으로 감복하여 임금의 자리를 넘겨주고자 하는 글은 아니었다고 이 머리를 걸고 말할 수 있습니다!"

윤근수의 부리부리한 눈빛을 받은 대신들은 일제히 고개를 끄덕이며 동의를 표했다.

"옳습니다!"

"저하께서 오랑캐의 화살에 맞아 혼이 나가신 듯했습니다."

"그러지 않고서야 어찌 이순신 따위에게 양위를 하시겠습니까?"

중신들은 하나같이 세자의 양위를 인정하려 하지 않았다. 기운을 얻은 윤근수는 이이첨을 향해 고개를 돌렸다. 이이첨은 아직 눈앞이 흔들렸지만 대답할 준비를 했다.

"자, 이조좌랑은 세자 저하께서 그 교서를 쓰시는 장면을 직접 보았을 것이오! 어떠하였소? 그 자리에서 세자 저하께서 사리 판단을 바로 하시어 그 글을 쓰시었소, 아니면 이제 곧 반적

들에게 해를 입을 것이라는 공포 속에서 목숨이라도 부지하고
자 간신히 쓰시었소?"

　겨우 좌랑밖에 안 되는 이이첨이 이 자리에 올 수 있었던 이
유가 바로 이것이었다. 조정 중신들 앞에서 광해군이 어떤 의
도로 선양의 교서를 썼는지 밝히는 것 말이다. 그리고 그는 윤
두수 측이 원하는 발언을 완벽하게 내놓았다.

　"세자 저하께서 그 교서를 쓰셨을 때, 그 자리에는 저 말고
도 함흥부윤 문향식이 함께 있었습니다. 소인도 처음에는 몰
랐지만 함흥부윤은 애초에 이순신 일당과 내통하고 있는 역도
였으며, 그날도 세자 저하께 순순히 양위하면 목숨은 살려 주
겠지만 반항한다면 곱게 죽지 못할 것이고 왕실의 대도 완전히
끊어져 버릴 것이라는 둥 협박을 내놓았습니다. 게다가 이미
혜산으로 떠난 내전을 특별히 언급하면서, 자신 외에도 관군에
속한 장수들 중 이미 이순신의 손이 닿은 자들이 많기 때문에
내전은 혜산에 도착할 수 없을 것이며 오랑캐의 도움을 받아도
관군은 분명 패할 것이라고 하였습니다. 대행대왕마마는 도저
히 그동안의 죄과를 용서할 수 없으니 저자거리에 끌어내어 참
하고 폐주로 만들 것이지만, 세자 저하는 순순히 양위하면 가
족과 평안히 여생을 보내게 해 주겠다며 어서 양위 교서를 쓰
라고 저하를 겁박하였습니다. 이에 저하께서는 눈물을 머금고
그 교서를 쓰신 바, 가까스로 붓을 놓으셨을 때 오랑캐들의 암
습이 있었습니다. 함흥부윤은 오랑캐들이 덮치자마자 다 적은
교서를 들고 그대로 사라졌고, 달려든 오랑캐들은 그 자리에서

제 어깨를 칼로 치고 세자 저하를 끌어가 대행대왕마마와 함께 활로 쏘는 대죄를 지었습니다."

이이첨은 어느새 울먹이고 있었다. 그의 절규가 방 안에 메아리쳤다.

"오랑캐들은 비록 무도하게 굴기는 하였으나 대행대왕마마께서 원병으로 청해 온 자들입니다! 그런 자들이 어찌 자의로 대행대왕마마와 세자 저하를 먼저 해하려 들겠습니까? 이는 필시 이순신이 저들과 결탁하여 재물로 매수함으로써 자기편으로 만들고, 자신을 왕으로 만들어 줄 교서만 남긴 채 대행대왕마마와 세자 저하를 모두 죽여 없애려 한 것이 분명합니다. 그리고 자신의 걸림돌이 될 다른 왕자들 및 가까운 종친들도 모두 제거하고 중전마마를 비롯한 내전도 모두 없애 증인을 남기지 않았습니다. 이 어찌 무도하지 않겠습니까? 마땅히 남아 있는 종친 중 어진 이를 찾아 보위에 오르시게 하고, 저들의 대역무도한 시도를 저지해야 합니다!"

방 안에 있는 대신들 사이에 공분이 휘몰아쳤다. 행 훈련도감 제조 황신이 앞서 나서 분격하여 외쳤다.

"역적을 침에 있어 망설임이 있어서는 안 될 것입니다! 여기서 이러고 있을 것이 아니라, 당장 의기 있는 이들을 모아 저들을 쳐 냅시다!"

"마땅히 해야 할 일입니다!"

방 여기저기에서 웅성거림이 일어났다. 이이첨의 증언에 힘을 얻은 중신들은 서로서로 얼굴에 핏대를 세우며 이순신을 내

몰아야 할 이유를 주고받았다. 한데 예조판서 심희수가 주위의
신하들을 가라앉히려는 듯 제동을 걸었다.

"좋습니다, 다 좋습니다! 한데 이순신을 축출한 뒤에는 어찌
들 하실 생각이십니까? 단 한 가지, 누구를 다음 보위에 추대
할 것인지에 대해서 우리는 미리 확실히 결정해 놓고 세력을
모아야 할 것입니다. 이순신을 물리치고 나서 그 문제로 우리
끼리 다시 쟁투를 벌일 수는 없지 않겠습니까. 어느 분을 추대
할 것인지 지금 이 자리에서 결정을 지읍시다. 그리고 일을 도
모하도록 하지요."

임금과 가까운 종친들은 모두 함경도로 떠났다가 죽거나 소
식이 끊겼다. 이미 혼인을 치른 옹주들은 도성에 남아 있었지
만 이들은 왕좌를 물려받을 자격이 없으니 애초에 논외다. 이
산해가 먼저 나섰다.

"이순신이 보고하기를, 전하를 따라간 모든 종친들이 해를
입어 돌아가셨다 하기는 하였으나 그 말을 쉽게 믿을 수는 없
소. 그러니 마땅히 전하께서 낳으신 왕자들 중 하나를 모심이
가할 것이오. 신성군께서 과거 세자의 자리에 오를 뻔하셨던
것도 있으니, 그 동복동생이신 정원군마마를 추대함이 어떠하
오? 비록 정원군마마께서 나이는 임해군마마보다 어리시나,
임해군마마는 그 성정이 너무도 광포함을 우리가 다 잘 알고
있지 않소. 다른 군들은 모두가 다 너무 어리니, 정원군마마가
다음 임금으로 즉위하시어 전하의 뒤를 잇는 것이 가장 적절할
듯싶소. 게다가 다른 왕자들은 생존 여부가 확실하지 않으나

정원군마마께서는 살아 계시는 것이 확실하니 말이오."

이산해는 애초에 신성군을 세자로 지지했던 사람이다. 그가 이와 같은 주장을 내세우는 것은 이상할 것이 없었다. 다만 그 주장에 문제가 좀 있었을 뿐이다.

"대감께서 주장하시는 바는 틀리지 않소. 하나 지금 정원군마마께서는 살아 계시기는 하되 야인들의 땅에 건너가 계시지 않소. 마마께서 이순신의 손으로부터 벗어나려 스스로 도피의 길을 가셨든, 이순신의 손에 매수된 야인들에게 붙들려 가셨든 지금 보위에 오르시는 것이 불가능한데 정원군마마를 임금으로 추대한다면 실제로는 비어 있는 옥좌를 마주하게 될 터. 수렴청정할 대비도 아니 계시는 마당에 그것이 말이 되오? 나는 마땅히 지금 도성에 있는 다른 종친들 중에서 다음 임금을 골라 모셔야 한다고 생각하오."

"다른 종친들은 모두 촌수가 멀어 그 근원의 우열을 따지기 쉽지 않은데 어찌 후보자를 고른단 말씀이오? 그리고 다른 이를 보위에 올린 뒤에 정원군께서 풀려나 돌아오신다면 어찌실 생각이오?"

"임금의 자리는 나라의 근본. 그 근본이 비어 있는 것보다는 다소 원친이라 하더라도 임금으로 모시는 것이 그래도 낫소. 또한 정원군마마께서는 그 귀환 가능성이 확실히 있다 할 수 없으니, 후에 돌아오신다 하더라도 일단 다른 임금을 모셔야 하오. 대국에서도 토목보의 변으로 정통제가 오랑캐의 포로가 되자 나라가 흔들리는 것을 막고자 신하들이 힘을 합쳐 이

복동생인 경태제를 보위에 올린 전례가 있지 않소. 만약 정원 군마마를 임금으로 추대했다가 노을가적이 정원군마마를 내세워 우리 조선의 국권을 노린다면 어떻게 대응하려고 하시오? 내 생각에는 그것이 훨씬 더 큰 문제요."

이산해의 반박에 대한 윤두수의 주장은 확실히 현실적이었다. 정원군이 당장 돌아올 수 없는 이상, 임금 자리는 빌 수밖에 없으니 말이다. 자리에 있던 대부분의 신하들도 윤두수의 의견에 동조했다. 더 이상 자기 의견을 고집할 수 없게 된 이산해가 퉁명스레 말했다.

"그렇다 하면, 도대체 누구를 모시려 하시오?"

"기왕지사 새 임금을 모시는 것이라면 아직 젊은 종친들 중 적당한 이를 골라 모시는 것이 가할 듯하오. 지금 상주가 되어 국상을 치르고 있는 문성군의 차남 영창정을 모시는 것이 적당할 듯하오만. 남은 종친들 중 혈통도 가장 주상과 가깝고 영특하시니 말이오."

영창정靈昌正 이격李格은 죽은 임금의 오촌 조카가 된다. 형인 시림부정始林副正 이세준李世俊과 더불어 영특한 젊은이로 소문이 자자했고, 어린 나이에 모친을 여의고 조모의 손에서 성장했지만 행동에 어긋남이 없고 학식이 높은 것으로 인해 주변의 평판이 높았다.

"영상 대감, 당사자의 의견은 들어 보지 않아도 되겠습니까?"

"나라를 위해 마땅히 나서야 할 일인데 당사자가 거부할 리가 있소. 우리가 모두 찾아가 모시면 두말할 것 없이 나서실 것이오. 마침 상주까지 맡고 계시니, 대행대왕마마의 뒤를 이을 후계자로서 조건은 다 갖추신 셈이오."

"영상 대감의 말씀대로 영창정을 모시는 것이 좋을 듯합니다."

"아니, 그보다는 해안군의 아들 중 오강군을 모시는 것이 어떻겠습니까? 이제 마흔이니 한창 나이고, 약관의 어린 영창정보다는 어느 정도 연륜이 있는 이를 옥좌에 올리는 것이 이 나라를 안정시키기 위해서도 더 좋을 것입니다. 국가의 근본이라 하면 신료들에게 안정감을 주어야 하지 않겠습니까."

"하지만 연륜이 있는 이는 제왕으로서 자신의 책무를 다할 수 있는 교육을 받지 못했다는 점이 문제입니다. 아예 나이가 적은 이를 보위에 올려 우리 중신들의 보필을 받으며 보위에 어울리는 능력을 배양하도록 함이 옳습니다."

임금의 자리를 누구에게 넘기느냐 하는 것은 쉽게 결정할 수 없는 문제였다. 영창정을 지지하는 윤두수의 주장에 동조하는 이들이 많았지만 그러지 않는 이들도 있었으므로 방 안은 곧 시끄러워졌다. 여러 중신들이 다들 자신과의 연분이나 호오에 따라 종친 중 하나를 제각기 내세우려 하자 도무지 의견이 일치되지 않았다.

"이거 원, 이러다간 올해가 다 가도 이순신을 제거할 모의를 시작하지도 못하겠소. 차라리 종친부에서 적당한 후보자를 알아서 고르게 하는 게 낫겠구려!"

임금 후보를 결정하는 데 대한 중신들의 의견이 일치되지 않자 지중추부사 홍진이 혀를 차며 탄식했다. 과거 이순신을 옹호한 죄 때문에 이런 자리에서는 그저 침묵하고 있는 행 판중추부사 정탁도 그의 앞자리에서 조용히 한숨만 쉬었다.

"대감들께서는 무슨 이야기를 그리 열심히들 하고 계십니까?"

"오, 병판! 어서 오시오. 역도 이순신을 하루빨리 토벌하고 어진 임금을 옹립하고자 하는 이 자리에 병판께서 늦다니 될 말이오. 혹시 병조에 들렀다 오시는 길이오?"

"그렇습니다, 영상 대감."

병조판서 김명원이 뒤늦게 문을 열고 들어오자 윤두수는 반색을 하면서 자리를 만들어 그를 앉혔다. 곧 주변에 앉아 있던 이들이 김명원에게 누가 임금으로 적당하다고 생각하는지 질문하기 시작했고, 들어올 때부터 표정이 밝지 않던 김명원은 잔뜩 침통한 표정을 짓더니 통곡하기 시작했다.

"지금 여기서 그런 소리나 하고 있을 때입니까!"

뜻밖의 고성에 방 안에 있던 중신들이 놀라 웅성거리자 눈물을 글썽이던 김명원이 우뚝 일어섰다. 그의 표정에는 지금 오가는 논의에 동참할 수 없는 데서 오는 고뇌와 불안이 확연히 드러나 있었다.

"대감들께서는 지금 쉽게 이순신을 친다고 하십니다. 심지어 다음 임금의 인선을 어찌할 것인가를 놓고 서로 다투고 있습니다. 소인도 역시 이순신을 임금으로 받들고 싶지는 않습니다. 그런데 지금 우리에게 무슨 힘이 있어 이순신을 칠 수 있다는 말입니까? 지금 도성은 이순신이 이끄는 군사가 완전히 장악하였고, 지방에서 근왕병이 올라오는 것도 바랄 수 없습니다. 소인은 여기 오기 전에 병조에 들러 각도의 군사들이 어떻게 움직이고 있는지 파악하여 보았습니다. 가장 가까운 경기감영군은 용산에서 흩어진 뒤 수원으로 도망간 경기감사가 수원부 군사를 중심으로 다시 모으기는 했으나 반적 권준이 이끄는 광주부 군사들의 견제로 인해 한강을 건너지 못하고 있고, 북도 군사들은 죄다 반적들의 회유에 넘어가 평안도 군사들은 평양에서, 황해도 군사들은 개성에서 움직이지 않고 있습니다."

"그럼 남도 군사들은? 배설 그 무도한 놈이 죽었으니 삼남 지방에서 발호하던 배설의 역당들도 그 기세가 수그러들었을 것인데, 삼남의 군사들은 여유가 생겼을 것 아니오."

깜짝 놀란 윤근수가 흠칫하며 물었지만 김명원은 이를 악문 채 고개를 가로저었다.

"삼남 지방의 군사들도 전혀 올라올 가망이 없습니다. 전라도 군사들은 여전히 고금도 공략에 목을 매고 있고, 충청도 군사들은 충청감사 김늑이 좌상 대감의 편지를 받고 저편으로 돌아서 버리는 바람에 올라오지 않고 있습니다. 최후까지 믿었던 경상좌병사를 비롯한 경상도의 군사도 곽재우를 비롯한 경상도 일대의 옛 의병장들이 조정에 대한 불만 때문에 이순신에게 동조할 움직임을 보이는데다 왜적의 준동을 우려해 움직이지 못하고 있습니다. 자헌대부인 항왜장 김충선이 좌병사의 전갈을 가져온 것을 방금 전에 받았습니다."

경악한 중신들은 입을 다물었다. 군사 없이 이순신을 몰아 낸다? 말도 안 되는 일이다. 이들은 분명 근왕군이 팔도에서 올라올 것이라고 확신하고 있었던 것이다.

"하, 하지만 도성의 백성들도 있지 않소! 도성 백성들 중에 서 군사를 다시 모으고, 여기 있는 중신들이 각자 집에서 거느 린 이들을 인솔하여 나온다면 능히 군사 수천은 만들어 낼 수 있을 것이오! 역적을 침에 있어 망설임이 있어서는 안 될 것이 니, 당장 의기 있는 이들을 모아 저들을 쳐 내도록 합시다!"

폭탄을 터뜨린 듯한 김명원의 보고에 모여 있던 이들이 동 요하는 움직임을 보이자 이산해가 급히 두 팔을 내저어 일동을 진정시켰다. 혹시라도 이들이 이순신의 편으로 넘어가 오늘 일 을 고발한다면 자신을 비롯하여 윤두수, 윤근수 등은 모두 끝 장인 것이다.

"영돈녕부사 대감의 말씀이 옳소! 우리가 옳은 임금을 내세 워 궁궐로 나아간다면 분명 도성의 뜻 깊은 선비와 사대부들 이 나서 함께할 것이고 도성의 백성들도 따를 것이오. 여러분 은 생각해 보시오. 지금 이순신과 그 일파는 왕위를 넘보고 있 을뿐더러, 양반 사대부를 끌어다가 천것들과 함께 군역을 치르 게 하고 별 탈 없이 잘 운영되어 오던 공납 제도를 개혁하여 천 한 것들이 부담하던 조세를 토지를 가진 사대부들에게 물려 우 리에게 과중한 세금을 치르게 하려고 하고 있소. 이런 부당한 일을 계획하고 있는 자들을 지금 막아서지 않는다면 이 나라가 어찌 되겠소? 사대부가 주도하는 질서가 완전히 무너지고 이 조선 땅은 막돼먹은 천한 것들의 세상이 되고 말 것이오. 그러니 당장의 어려움 같은 것에 굴하지 말고 힘을 합칩시다. 새 주상의 인선 문제도 말이오."

"대감의 말씀이 옳습니다. 지금 우리는 자중지란을 벌일 때가 아닙니다. 누구를 왕위에 올리느냐 하는 따위 문제로 인한 다툼은 그만둡시다. 시간 낭비가 너무 심합니다."

윤근수가 이산해의 뒤를 이어 나서서 모여 있는 신하들에게 권유 반 협박 반의 회유를 펼쳤다. 여기에 공조판서 이광정이 다시 윤근수를 돕고 나서자 좌중의 분위기는 다시 안정되었다. 일단 이순신을 쳐 내야 새 임금도 앉힐 수 있다.

대놓고 말하지는 않았지만 윤근수의 꿍꿍이는 자리에 있는 이들 모두가 알아챌 수 있었다. 누가 즉위하건, 어차피 자신의 권위와 힘이 아닌 신하들의 추대에 의해 보위에 오르는 것은 마찬가지다. 당연히 새 임금의 권력 기반은 극도로 취약할 터. 신하들에게 맞서서 자기 권력을 지키는 일 따위는 할 수 없다. 신하들의 주도에 따라 정책을 승인하는 것밖에는 할 일이 없을 것이다. 여럿의 고개가 끄덕여졌다.

"알겠습니다. 그럼 은밀히 주변에 알려 사람을 모으고 의기 있는 선비들에게 떨쳐 일어나도록 설득을 하겠습니다. 경기 지역에서만 근왕을 위한 의병이 일어나도 적당들을 축출하기에는 충분할 것입니다."

"그렇게들 합시다. 적당들이 눈치채지 못하도록 주의하시오. 나는 종친들과 연락해서 과연 누가 적당들에게 해를 당할 수도 있는 일신의 위험을 무릅쓰고 기꺼이 보위에 오르려 할지 그 여부를 파악하고, 함께 일어날 수 있을지 확인하도록 하겠소."

윤두수의 다짐을 끝으로 모임은 끝났다. 모였던 신하들은 급히 흩어져 자기 집으로 향하면서 이순신 축출을 위해 자기가 맡을 역할과 받을 수 있는 보상에 대해 궁리하기 시작했다. 대문 밖 골목 어둠 속에 숨어 있던 그림자 서넛이 그들 중 몇몇의 뒤로 따라붙어 은밀히 뒤를 따랐다.

*

"통상 대감, 뵙고 싶다며 은밀히 찾아온 이가 있습니다."

"이 야심한 밤중에 누가 찾아왔다는 말이냐?"

"뵙고 말씀드리겠다고 합니다. 몸뒤짐을 해 보니 무기를 가지고 있지는 않습니다만, 단단히 봉한 서찰을 한 통 가지고 있습니다. 들여보낼까요?"

"이 야심한 밤에 홀로 은밀히 찾아왔다면 범상한 용무는 아닐 터. 들여보내 보도록 하라."

"예, 통상."

고개를 숙여 정중히 예를 표한 송희립은 군막 바깥으로 나가더니 중년 사내 하나를 거느리고 들어왔다가 다시 나갔다. 안동에 있던 유성룡이 지금 막 도성에 도착했다는 연락을 받고 아들 이회 및 조카 이분, 이완을 거느리고 앞으로의 일에 대하여 정 참봉과 이야기를 나누고 있던 이순신은 중년 사내를 향해 고개를 돌렸다.

"그대는 누구인가? 무슨 일로 나를 만나고자 했는가?"

사내는 두 손을 맞잡고 고개를 숙여 예를 표하는 자세를 취한 채 잠시 대답을 하지 않았다. 약간의 불안감을 느낀 이분과 이완이 칼자루를 잡고 사내와 이순신 사이에 섰을 때 사내의 입이 조심스레 열렸다.

"소인의 성은 조가이며 홍산군洪山君께서 보내신 사람입니다. 통상께 긴히 전할 말씀이 있어 왔습니다."

"홍산군? 해구군의 아들이신 그분 말인가?"

"그러합니다."

깜짝 놀란 이순신의 눈이 휘둥그레졌다가 곧 경계하는 빛을 띠었다.

"홍산군께서 본관에게 무슨 분부할 일이 있으시기에 그대를 보내셨는가? 지금 국상은 진행되는 중이고, 딱히 볼일은 없으실 듯하네만."

홍산군 이득李得의 부친인 해구군은 세종대왕의 4남 임영대군의 6남인 영양군의 4남이다. 즉 홍산군은 세종의 4대손으로, 항렬로 따지면 죽은 임금의 조부인 중종과 같다.

"홍산군께서는 통상께서 하고자 하는 개혁에 크게 공감하시어 함께하고 싶어 하십니다. 지금 종친들 대다수는 통상의 뜻을 이해하지 못하고 그저 공론으로민 도리가 어떠니, 국가의 근본이 어떠니 하면서 분개하고 있습니다. 아시겠지만, 홍산군께서는 지난 전란에서 실제로 수차 싸움에 나서시어 지금 이 나라가 겪고 있는 문제에 대하여 실감하신 바 있습니다."

"홍산군께서 신립 대감과 함께 탄금대싸움에 나가셨고 그 뒤 병판 대감 휘하에서 계속 싸워 공을 세우셨음은 알고 있소."

이순신이 고개를 끄덕여 동조를 표하자 기운을 얻은 사자는 한결 더 힘을 주어 열변을 토하기 시작했다.

"지금 통상께서 이루고자 하시는 바는 홍산군께서도 일찍이 깨닫고 고치고자 했던 것들입니다. 군사를 제대로 뽑아야 외적과 맞설 수 있고, 그 군사를 유지하자면 조세제도를 개혁하여 충분한 세금을 거두어야 하지 않습니까. 한데 대다수의 사대부들과 종친들은 지금 당장 자신의 수입이 줄어들고, 군역에 나가야 하는 것이 싫어 이를 반대하고 있습니다. 홍산군께서는 이를 개탄한 나머지 갈 길을 모색하시다가 통상께서 기의하심을 보고 새로운 길을 보셨습니다. 이에 뜻을 합치고자 하십니다."

"뜻을 합친다라……. 보다 명확하게 말해 보시오. 홍산군께서 어찌하고자 하신다는 거요? 세자 저하의 유교를 받들어 이 사람이 보위에 오르는 것을 인정하고 돕겠다는 것이오?"

이순신은 날카로운 눈으로 앞에 있는 조가라는 자의 표정을 살폈다. 상대는 이순신의 매서운 눈길을 받자 조금 움찔하는 기색을 보이기는 했으나 자기가 할 일을 잊지는 않았다.

"아닙니다. 홍산군께서도 비록 멀기는 하나 종친이신데 어찌 임금의 자리가 다른 이에게 넘어가는 것을 바라시겠습니까?"

"그렇다면?"

잠시 눈치를 본 조가의 얼굴에 교활한 결의의 빛이 피어올랐다. 아직 칼자루를 놓지 않고 있던 이완은 그것을 보고 얼굴을 찌푸렸다. 마침내 조가의 입이 열렸다.

"홍산군께서 보위에 오르도록 통상께서 힘을 써 주신다면 모두에게 이득이 될 수 있습니다. 말이야 바른말이지, 세자 저하의 유교가 있었다고 하나 왕실의 후예가 아닌 통제사께서 보위에 오르시는 데 대해서는 종친들뿐 아니라 사대부들 사이에도 반발이 심하다고 보셔야 합니다. 무지렁이 백성들이야 누가 임금 자리에 오르건 상관없이 배만 불려 주면 좋아하겠으나, 나랏일이라는 것이 명분을 버리면 어디 되는 것이 있습니까? 사대부들의 시끄러운 입을 진정시키기 위해서라도 종친이신 홍산군께서 보위에 앉으시고, 통상께서는 도원수 겸 병조판서에 비변사 당상 정도의 직책을 맡아 군권을 모두 쥐신다면 서로 힘을 합쳐 이 나라의 군대를 강병으로 만드는 데 충분하지 않겠습니까."

"흠…… 그럴듯한 제안이시군."

이순신은 말없이 손가락으로 탁자를 가볍게 두들겼다. 조가라는 홍산군의 사자는 상대가 별로 흥미 있어 하는 태도를 보이지 않자 몸이 달아오르는지 태도가 조급해졌다.

"그럴듯한 정도가 아닙니다! 만약 통상께서 직접 보위에 오르신다면, 사대부들의 노골적인 반발에 직면할 뿐 아니라 수많은 잡다한 국사에 시달리셔야 할 것입니다. 바로 그것을 홍산군께서 맡으시겠다는 겁니다. 통상께서는 그저 군사에 관련된 업무만 처리하십시오. 홍산군께서는 임금으로서 위세를 차리는 일, 그리고 백성들을 돌보며 내정을 살피는 일과 명나라를 상대하는 일 같은 골치 아프고 복잡한 일만을 맡겠습니다. 통상, 홍산군처럼 통상께 손을 내밀 종친은 다시없을 것이니 잘 생각하시옵소서."

잠시 생각하던 이순신은 홍산군의 사자를 향해 살짝 미소를 지어 보였다.

"홍산군께서 보여 주신 호의에 감사드리오. 그런 중대한 일에 대해서는 나 역시 이 자리에서 선뜻 결정할 수가 없으니 홍산군께 좀 기다려 달라 전해 주시겠소? 부하 장수들과 의논을 해 보고 결정하여야 할 일이오. 아시겠지만, 우리 장수들은 내가 보위에 오르기를 기대하고 있소."

"그 점이라면 걱정하지 마십시오! 통상과 통상의 장수들은 왜적과 북적으로부터 이 나라를 구한 영웅들입니다. 홍산군께서도 그 점을 매우 높게 평가하고 계시며, 장차 보위에 오르시면 통상은 물론 통상의 부하 장수들에게도 많은 은상을 내리실 것입니다. 모두 벼슬이 오르고 곡식과 전답을 내리실 것이니 그 점은 염려치 마시지요."

이순신은 아들과 조카들의 얼굴에 핏대가 오르는 것을 눈치챘지만 별다른 말을 더 하지는 않았다. 그저 조가를 타일러 돌려보냈을 뿐이다.

"알겠으니 일단 오늘은 돌아가 주시오. 내 다시 홍산군께 연락을 드리리다."

*

"통상, 받아들이실 생각이십니까?"

"정 참봉이라면 받아들이시겠소? 받아들일 수 없소, 저런 제안은."

사자가 송희립의 안내를 받아 밖으로 나가자 정 참봉이 은근한 미소를 지으며 이순신에게 말을 건넸다. 이순신이 조용히 고개를 내젓자 이회, 이완과 이분 모두가 안도하는 표정을 지었다. 이순신의 이야기가 이어졌다.

"배 수사가 죽기 전에 한 말이 있소. 자칫하면 모든 것이 반정을 일으키기 전이나 마찬가지가 된다는 말이었지. 만약 홍산군이 보위에 오른다면 정말로 그렇게 될 거요. 물론 처음에는 우리가 권신이 되어 뜻대로 국정을 조정할 수 있겠지만, 얼마 안 가서 불만을 품은 이들이 사방에서 일어날 것이고 홍산군은 이를 이용해서 우리를 쳐 내고 자신의 힘을 키우려 할 것이오. 수군 장수들 중에도 분열이 일어나 홍산군의 편에 붙거나 또 다른 왕을 세우려 하는 자가 나올지도 모르지. 결국 우리는 고려조 때 정권을 잡았던 무신들의 전철을 그대로 밟게 될 터. 이 나라를 통째로 뜯어고치기로 결심한 우리에게 그런 타협은 필요 없지 않겠는가."

이순신의 해명을 들은 정 참봉은 흡족한 표정을 지었다.

"지당하신 말씀입니다. 하지만 저자를 대면한 자리에서 곧바로 거절하지 않으신 것은 잘하셨습니다."

"그런가? 나는 그저 일단 저자가 진짜 홍산군의 사자인지도 확신할 수 없을뿐더러, 호의적으로 접근한 자를 매몰차게 대할 필요는 없을 것 같아 그리 대답한 것뿐이네만."

"진짜 홍산군의 사자는 맞는 듯합니다. 제가 듣기로도 홍산군은 지난 전란에 직접 출전했을 때의 경험 때문에 현실을 알고, 다른 종친들과 거리를 좀 두고 있었으니까요. 그보다 중요한 것은 이겁니다. 우리에게 접근하는 다른 종친들이 없을 거라던 그자의 말을 들으셨겠지요? 그것인즉슨, 지금 다른 종친들은 죄다 우리 반대편에서 다른 이를 왕으로 내세울 준비를 하고 있다는 이야기가 됩니다. 한데 홍산군이 우리에게 접근했다는 것은 종친들 중에도 파가 갈려 있고 그들 중 일부는 우리와 선을 대려 하고 있다는 이야기가 되지요."

정 참봉이 잠시 말을 멈추자 이회가 그다음 말을 받았다.

"하지만 그들의 목적은 정녕 우리와 뜻을 함께하려는 것이 아니라, 우리를 이용해서 허수아비일지언정 자신이 옥좌에 오르는 것일 테니 손을 잡을 필요는 없다. 하지만 종친들을 서로 이간질하여 서로를 의심하고 경계하게 만들어 저들의 힘을 분산시키고 단결하지 못하게 만드는 데는 유용할 것이라는 이야기인 겁니까, 정 참봉?"

"그렇습니다. 정확히 보셨군요."

정 참봉이 고개를 끄덕이자 이순신이 한숨을 쉬었다.

"나는 그런 것까지는 들여다보지 못했다. 회 네가 나보다 낫구나."

"아닙니다. 정 참봉이 잘 알려 주었을 뿐입니다."

이회는 아버지의 칭찬을 정중히 사양했다. 정 참봉이 이순신의 주의를 환기시켰다.

"자, 통상. 국상이 끝나기 전에 분명히 우리에게 반하는 조정과 종친 들 쪽에서 뭔가 사태를 뒤집어 보려는 시도를 하긴 할 것입니다. 저들에게 군사를 동원해 싸울 능력은 없으니 분명 명분을 들고 나오거나 자객을 동원해 암습을 하고자 할 터. 신변의 보호에 한층 더 유념하셔야 합니다."

"그렇게 하리다. 일단 내일 아침에 서애를 만나 향후 계획에 대한 논의를 좀 해야겠소."

*

국상이 진행되는 동안 도성 하늘에는 심상찮은 기운이 깔려 있었다. 그런 가운데 도성의 여기저기에서는 백성들, 그리고 사대부들의 동요가 계속되고 있었다. 죽은 임금의 장례는 얼마 안 가서 끝난다. 국상이 끝난 뒤 임금의 자리에 오르는 이는 과연 누가 될 것인가?

"임금의 자리는 하늘이 내리는 것! 어찌 이순신과 같은 반역도배가 임금의 자리에 오른다는 말인가? 내행대앙까마의 후사가 모두 끊겼다면, 마땅히 왕실의 피를 이은 종친들 중에서 어진 이를 골라 보위에 오르게 하는 것이 사대부의 도리일 것이다! 게다가 이순신이 하려는 일들은 죄다 옛 법도를 따르지 않으며 사대부를 핍박하려는 걸주와 같은 행동들이 아닌가.”

"네미, 임금이고 양반이고 지들이나 살겠다고 도망이나 치고, 해 준 것도 없으면서 세금이나 내라는 작자들은 이제 질렸다. 그런데 통제사 대감은 우리 세금도 줄여 주고 군역도 양반이나 상것이나 다 똑같이 치르게 할 거라지? 나라 다스릴 분이 그러면 됐지 굳이 돼진 임금이랑 같은 집안이어야 하나? 예전 태조대왕 그 작자도 고려 임금이랑 신하들 칼로 쳐 죽이고 임금 자리 뺏었는데, 거저 주겠다는 임금 자리 좀 받으면 어때?”

도성 안 사대부들과 백성들의 여론은 물과 기름처럼 나뉘었다. 여기에 반정군 군사들이 도성 내의 요소요소에 배치되어 훈련도감 등 군사시설의 보호를 강화하고 주요 종친과 조정 중신 들의 움직임을 제약했다. 게다가 이순신 편에서 풀어놓은 것이 분명한 수상한 행색의 사내들이 주변을 맴돌면서 의도적으로 자신을 노출하여 압박을 가해 오자 윤두수를 비롯해 백성들을 선동하여 이순신의 군사들을 몰아내면 된다고 생각하던 이들은 당황할 수밖에 없었다.

"이래서는 아무것도 할 수가 없습니다.”
영중추부사 최흥원이 신음을 토했다.
"반군을 도성에서 몰아내려면 수천의 군사가 필요한데 도성의 민심이 저 간적들의 감언이설에 속아 완전히 흔들려 버렸습니다. 이래서는 아무것도 할 수가 없습니다. 기껏해야 우리 각자가 거느린 집안의 하인배들과 가문 내의 젊은이들, 성균관의 유생들 정도나 끌어낼 수 있을 뿐입니다. 게다가 군기고軍器庫가 죄다 저들의 손에 있으니 기껏 동원한 인원들도 몽둥이나 들려야 할 판입니다."

윤두수의 집 사랑채에 모여 앉은 중신들은 무거운 한숨을 토했다. 지금 이 자리에 모인 사람의 수도 닷새 전 윤두수가 처음 모았을 때에 비하면 절반밖에 되지 않았다. 죄다 몸이 좋지 않다느니 집안에 일이 있다느니 하면서 나오지 않는 것이다.

"영상 대감, 지금 상황에서는 저들을 물리칠 군사도 군기도 조달할 수가 없습니다. 결국 이순신과 담판을 짓고 도리로서 설득하는 수밖에 없는 것일까요."

예조판서 심희수의 한탄에 몇몇 대신들은 한숨을 토하고 고개를 수그렸다. 아직 이순신을 타도할 생각을 가지고 있던 이들도 포기하려는 기색이 보이자 윤두수가 불호령을 터뜨렸다.

"그대들은 지금 무슨 약한 생각을 하는 것이오! 문성군께서 영창정을 다음 임금으로 세우자는 계획에 찬성하셨고, 역도들의 칼을 두려워하여 몸을 빼던 다른 종친들도 대부분 동의하여 모처럼 의견의 일치를 이룬 지금에 와서 그 무슨 약한 소리란 말이오? 역도를 토벌하는데 있어서, 사대부라면 옳은 일을 한다는 데 가치를 두고 궐기를 할 수 있어야지 일순간의 세가 불리함을 두고 물러나면 어찌 옳은 이름을 떨칠 수 있겠소! 그대들은 홍산군이 근일 반적들의 진영과 서신을 주고받으며 저들과 가까워지려 획책하고 있다는 소식도 듣지 못하였소? 이대로 머뭇거리고 있다가는 이순신과 결탁한 홍산군이 보위에 오르겠다고 먼저 나설지도 모른단 말이오!"

윤두수의 일갈에 대신들이 찔끔하는 모습을 보이자 조용히 앉아 있던 김명원이 이를 악물고 고개를 들더니 조심스럽게 말했다.

"영상 대감, 옳은 일을 하는 것은 사대부의 본분이긴 하나, 약한 군사를 거느리고 적과 정면으로 대전하면 패하는 것은 당연한 일입니다. 군사가 약할 때는 다른 방식을 사용해야 하는 것이 당연한데, 어찌 다른 신료들을 나무라기만 하십니까."

"그럼 병판께서는 다른 방도가 있다는 말이시오?"

윤두수가 김명원을 향해 뭐라고 하기 전에 이산해가 끼어들었다. 그 역시 이순신을 어떻게 쳐야 할지에 대해서 고민은 되지만 별다른 방법이 없던 차, 김명원이 방법이 있다는 듯 말하자 구미가 당길 수밖에 없었다. 그리고 그 질문을 받은 김명원은 고개를 끄덕였다.

"이순신에게 자객을 보내는 것입니다."

"자객? 자객이라고?"

뜻밖의 뻔한 대답에 이산해가 실망한 듯 어깨를 늘어뜨렸다. 윤근수는 비꼬는 듯 인상을 찌푸린 채 김명원에게 핀잔을 주었다.

"지난 닷새 동안 우리도 10여 명의 무사들을 동원하여 경복궁 터에 들어가 반도들의 진영에 불이라도 질러 보려 하였으나 단 한 번도 성공하지 못했소. 반적들이 경복궁 주변을 삼엄하게 지키고 있고, 이순신의 군막이 어디쯤 위치하고 있는지도 모르는데 누가 들어가 이순신을 척살한단 말이오?"

"아닙니다, 가능합니다. 지금 제 집에 머무르고 있는 가헌대부 김충선을 보내는 것입니다."

"김충선? 경상좌병사의 편지를 가져온 그 항왜장 말이오?"

윤근수뿐 아니라 다른 대신들도 눈이 휘둥그레졌다. 김명원은 천천히 고개를 끄덕였다.

*

"병조판서 대감, 통제사를 치신다더니 군사의 준비는 잘되고 계십니까? 제가 올라오면서 들었지만 팔도의 군사들 중 근왕하러 상경하는 군사는 지금 하나도 없습니다. 통제사의 군사는 함경도 군사까지 흡수하여 지금 한창 사기가 올라 있고, 도성 내의 민심도 통제사를 향해 기울고 있는데 도성에서 군사를 준비한다는 영의정 대감의 계획은 소장의 생각으로는 현실성이 떨어진다고 봅니다만."

김명원이 집을 막 나서려는 참이었다. 사랑채에 기거하던 김충선이 김명원을 붙들더니 조용히 말을 건넸다.

"근왕할 군사를 일으켜 통제사를 몰아내겠다는 영의정 대감의 계획은 실행이 불가능합니다. 대감께서도 아실 것입니다.

그러니 통제사도 대감들께서 이리 바쁘게 오가시는 것을 뻔히 알면서도 그냥 내버려두고 있는 게 아니겠습니까? 통제사가 대감들의 활동이 정녕 자신의 일당에게 위협이 된다고 판단했다면 국상 중이건 말건 모두 붙잡아 처형하거나 감옥에 가두었을 것입니다. 하시는 일이 통제사에게 별 위협이 안 되니 지금처럼 대감께서 자유로이 영의정 대감 댁을 방문하실 수 있는 것입니다."

"……."

무익한 일을 하고 있음을 스스로 알고 있는 김명원으로서는 반박을 할 수가 없었다. 김충선이 차분하게 말을 계속했다.

"현실성 없는 거병 계획보다는 한 사람이 칼을 품고 들어가 통제사를 찌르고 그 자신도 죽는 것이 훨씬 가능성이 높습니다. 통제사가 이끌고 있는 반란군은 통제사 한 사람을 중심으로 하여 뭉쳐 있는 바, 통제사의 목을 벨 수만 있다면 그대로 와해될 것입니다. 우두머리를 잃은 군사들이 난병으로 화할 가능성이 없는 것은 아니나, 적절한 시점에 영의정 대감께서 새 임금이 되실 분을 모시고 대궐로 들어가 반란군의 잔병들을 위압하고 귀순하는 자에게는 은전을 베풀겠다고 위무하시면 필시 다들 무기를 던지고 구명을 청할 것입니다. 그리하면 어찌 이 난이 진정되지 않겠습니까."

"확실히 그대의 제안은 채택할 만하다. 하나 이순신의 진에 잠입할 자는 필시 분노한 저들에게 살해당할 것인데 그런 운명을 알고도 뛰어들 담대한 이가 누가 있어 그 계획을 실행하겠는가? 또한 이순신이 진영 안 어디에 있는 줄 알고 찾아 죽이겠는가? 경복궁 터를 하염없이 헤매며 이순신을 찾다가는 그 전에 저들에게 정체가 탄로 나 잡혀 죽을 뿐, 값없는 죽음이 될 것이 아닌가."

확실히 가능성이 높은 김충선의 제안에 김명원은 침을 삼키며 간신히 대답했다. 하지만 이것 역시 모험임에는 틀림없었다. 지금 당장 그만큼 용기 있고 무예가 뛰어난 자객을 어디서 찾겠으며, 확실한 소재조차 모르는 이순신을 어떻게 찾아가 암살한다는 말인가.

"이순신을 찌르는 일은 제가 직접 맡을 것이니 자객을 따로 구할 필요는 없습니다. 그리고 통제사를 찾는 것도 어렵지 않습니다. 백주대낮에 저들의 영문으로 당당히 걸어 들어가 경상도로부터 전할 서신을 가져왔다고 하면 자연스럽게 통제사 앞으로 안내될 것이 아닙니까. 그 자리에서 그대로 베면 되는 것입니다."

너무도 대담한 계획에 김명원은 미처 대답할 말을 찾지 못했다. 그의 얼굴을 마주 보면서 김충선은 침착하게 이렇게 말할 뿐이었다.

"제가 왜국을 버리고 조선을 택한 것은 관백의 조선 침략이 옳지 않은 일이라고 생각했으므로 이에 맞서고자 했기 때문입니다. 스스로 선택한 결정에 대해 목숨을 걸고 책임을 지는 것이야말로 무사의 자세. 조선에 귀부하여 내텡대왕마마를 섬기기로 결심한 이상 대행대왕마마께서 돌아가셨다 해서 그 충성을 취소할 수는 없습니다. 허락해 주시기 바랍니다."

김명원은 김충선의 계획을 윤두수 이하 이순신에게 맞서기
위해 뭉친 이들에게 간략히 설명했다. 좌중의 분위기는 환호
그 자체였다.

"좋소! 김충선은 비록 왜인이나 그 충심은 어느 사대부에게
도 뒤지지 않는다 할 수 있겠소. 병판은 어서 그에게 가서 내일
아침 일찍 이순신을 찾아가 처단하라 이르시오. 나는 오늘 저
녁 문성군의 집으로 가서 기다리고 있다가 내일 아침을 기다려
궁궐로 들어가서는 이순신 놈의 목이 떨어졌다는 소식을 듣는
즉시 영창정께서 새 임금이 되실 것임을 선포하도록 하겠소.
하늘이 우리의 의기를 돌보아 주실 것이오."

"알겠습니다, 영상 대감. 그럼 소관이 가서 김충선과 함께
상세한 계획을 짜 실행하도록 하겠습니다."

"맡기리다. 부디 완벽한 계획으로 대업을 이루어 주시오. 그
대들 두 사람은 새 임금을 모시는 일등 공신이 될 것이오."

윤두수의 치하 섞인 당부를 받으며 김명원이 나가자 수염을
잡은 채 그의 이야기를 듣고 있던 윤근수가 문득 입을 열었다.

"그러고 보니 그대로 둘 수 없는 자가 또 있습니다. 감히 역
적과 결탁하려고 했던 홍산군을 처단해야 하지 않겠습니까? 이
제까지 이순신을 몰아낼 방도만 생각하다 보니 그자를 미루어
놓고 있었는데, 오늘 밤 당장 처단해 버립시다! 지금 우리가 동
원할 수 있는 무사 열댓 명 정도만 해도 충분히 홍산군을 처단

할 수 있습니다."

윤근수의 얼굴에는 복수의 희열이 피어올랐다. 하지만 다른 대신들은 머뭇거리며 대체로 동조하지 않았다.

"홍산군이 다음 대에는 평민으로 떨어질 매우 먼 종친이긴 하나 종친임은 분명한데 어찌 신하인 우리들이 임의로 처단할 수 있단 말입니까? 영창정께서 즉위하신 뒤에 어명으로 처벌해도 충분할 것인데 무리해서 지금 손을 댈 필요는 없다고 생각됩니다만."

예조판서 심희수가 조심스럽게 윤근수를 말렸다. 하지만 지금 홍산군을 이순신만큼이나 증오하게 된 사람은 윤근수 외에도 더 있었다.

"영돈녕부사 대감의 말씀이 옳습니다! 오늘 밤을 기해 가능한 한 떠들썩하게 홍산군을 징치한다면, 내일 아침까지 도성 안이 어수선해져서 이순신의 진영도 더 혼란스러워지고 김충선이 일을 도모하기도 한층 쉬워질 것입니다. 이것이 바로 성동격서聲東擊西의 계책 아니겠습니까. 또한 반적들의 편에 붙으려고 내심 움직이고 있던 자들을 겁먹게 하여 적극적으로 동조하지 못하게 하는 것도 가능할 것이니, 우리가 먼저 손을 쓰도록 하지요."

모여 앉은 이들 중 가장 직급이 낮은 이이첨이었다. 아직 거동이 조금 불편하기는 하지만 상처는 많이 회복되어서 열을 내어 나서고 있었다.

"지금 영돈녕부사 대감 댁에 보여 있는 무시들로 홍산군의 집에 불을 지르고, 놀라 뛰쳐나오는 홍산군을 화살로 저격하면 능히 쉽게 해치울 수 있습니다. 우리가 알아본 바로는 지금 홍산군의 집에 있는 하인배의 수가 고작 기십여 명이고, 이순신의 반군이 주변을 숙위해 주고 있지도 않습니다. 야간에 순라를 도는 반군들의 눈길만 피한다면 홍산군을 징치하는 것은 여반장입니다."

이이첨의 적극 지지로 좌중의 의견은 홍산군을 오늘 밤 해치우는 것으로 기울어졌다. 당장 홍산군을 치자는 윤근수의 의견에 자기도 동조하기로 결심한 이산해가 대신들을 둘러보며 못을 박았다.

"대감들께서도 명심하시오. 반적을 쓰러뜨리고 나면 저들의 패에 가담한 도당들은 모조리 남대문에 효수되고 가산은 적몰하며 집터에는 못을 팔 것이오. 설사 만인지상의 재상이라 해도, 역도의 일당이 된 죄에 대해서는 준엄한 심판을 피하지 못할 것이니 행여라도 다른 마음을 먹지 마시오! 만약 지금이라도 이순신의 편에 붙어 부귀영화를 누리겠다는 삿된 마음을 먹는 이가 있다면, 천벌을 받을 것이오!"

"이를 말씀입니까."

*

"불이야! 홍산군 댁 쪽에서 불이 났습니다!"

"이런, 근무도 다 끝나 가는데 웬 횡액이람? 어서 금화군 군사들을 그쪽으로 보내라! 도성 지리에도 가장 익숙하고 원래 그 직무를 하던 이들이니까!"

오경이 다 되어 가는 새벽녘에 홍산군의 집에 화재가 일어나자 지난밤도 무사히 보냈다고 안심하던 반정군 지휘부에서는 소동이 벌어졌다. 숙직 근무를 서고 있던 안위는 급히 군사들을 파견하여 불을 끄도록 했다. 자칫하면 도성이 홀랑 타 버릴지도 모르는 일이었다.

"제기랄, 이제 통상께서 보위에 올라 고매하신 양반님네들을 싹 쓸어 내야 할 참에 재수 없게 불이라니. 잠이 다 깨 버렸네."

밤샘의 말동무를 해 주고 있던 임승조를 향해 투덜거린 안위는 우수영 소속 장수인 회령포만호 위대기에게 금화군을 이끌고 불을 끄러 가도록 하고 잠시 한숨을 내쉰 다음 전립을 벗고 수건으로 이마의 땀을 닦았다. 그런데 안위의 불평을 웃어 넘긴 임승조가 뭐라고 마주 답하려는 참에 역시 우수영 소속인 진도군수 선의문이 급히 군막으로 뛰어 들어왔다.

"수사 영감! 저기 김충선이라고 혹시 기억하십니까?"

"가선대부를 받고 경상좌병사 밑에 있는 항왜장 김충선이라면 아네만, 무슨 일인가?"

"그 김충선이 지금 군사 두 사람을 거느리고 영문 앞에 찾아와 통상을 뵙겠다고 하고 있습니다. 경상도의 각 병사와 수사들이 왜적의 동정에 대해서 통상께 보내는 서한을 가져왔다고 합니다만, 들여보낼까요?"

"왜적의 동향이라면 매우 급한 소식이 아닌가! 당장 들여보내도록 하라. 급한 소식이 있을 수 있으니 나도 금방 따라가도록 하겠다. 참, 경상도 소식이니 경상우수사도 어서 깨워 통상의 군막으로 보내도록 하라."

"예, 영감!"

놀란 안위가 급히 명령을 내리자 선의문은 군례를 올리고는 바로 빠져나갔다. 잠시 주변을 둘러보며 챙길 것을 살피던 안위는 임승조를 돌아보며 지시를 내렸다.

"임 별장, 자네는 좀 먼저 가서 통상과 함께 있도록 하게. 그 김충선이란 자는 우리말에 익숙하니 통변 노릇을 할 필요는 없을 것 같지만, 혹시 왜적의 동정에 대해 통상께서 자네 의견을 필요로 하실지도 모르지 않는가. 그자는 귀순한 지 벌써 여러 해가 되어 왜적들 사이의 내부 동향 같은 것에 대해서는 자네보다 잘 모를 것이 아닌가."

하릴없이 안위의 채비가 다 되기를 기다리던 임승조는 고개를 끄덕이며 순순히 자리에서 일어섰다.

"수사 도노의 말씀이 맞습니다. 스즈키님, 아니, 김충선님은 이미 8년 전에 일본을 떠난 사람. 최근의 일본 소식은 잘 모르겠지요. 분부하신 대로 제가 먼저 가서 통제사 도노께 현재 일본의 상황과 맞춰 말씀을 드리도록 하겠습니다."

"부탁하네. 1각 이내에 따라가도록 노력하겠네."

*

김충선은 선의문의 안내를 받아 거침없이 이순신이 머무르고 있는 근정전 자리의 군막까지 들어갈 수 있었다. 모두가 잠에서 깰 때쯤 일어난 홍산군 저택의 화재로 인해 반정군 진영 전체가 떠들썩한지라 그가 지나가는 것에 관심을 갖는 이는 거의 없었다. 선의문조차 허둥대느라 김충선이 가지고 있는 서찰의 진위 여부를 확인하거나 그와 부하들이 허리에 차고 있는 환도를 빼앗을 생각도 하지 않고 있었다. 군막 입구에 선 선의문이 허리를 굽히고 다급하게 안쪽을 향해 외쳤다.

"통상! 항왜장 김충선이 경상도 병사들과 수사들이 보내는 왜적들의 최근 동향에 대한 급한 장계를 가지고 왔기에 우수사 영감께 통과를 청한 후 데려왔습니다."

"왜적들의 동태가 수상한가? 급보라니 어서 들어오라!"

선의문은 김충선을 들여보낸 뒤 곧바로 안위에게 임무 완수를 보고하러 돌아갔다. 군막 안에서는 홍산군 저택의 화재 소식을 들은 이순신이 갑옷을 갖춰 입으려는 참이었다. 조카인 이분과 이완의 시중을 받아 갑옷을 입으려던 이순신은 김충선을 보자 급히 물었다.

"그대가 가선대부 품계를 받은 항왜장 김충선인가? 왜적들이 어떠한 상황이기에 경상도에서 그리 급히 급보를 보낸 것인가?"

역시 항왜병 출신인 두 부하들을 밖에 남겨 두고 들어온 김충선은 이순신의 질문에 얼른 대답하지 않고 눈을 돌려 날카롭게 주변을 살폈다. 군막 안에는 이순신 이외에는 이분과 이완 두 사람뿐이고, 세 사람 모두 아직 갑옷을 입지 않은 채였다.

이분과 이완은 허리에 환도를 찬 구군복 차림이고, 역시 구군복 차림인 이순신은 갑옷으로 갈아입기 위해 환도를 풀어 놓고 전립을 막 벗으려는 참이었다. 평소라면 절대 남을 들이지 않을 상황이지만 왜적에 대한 급보라는 말이 경계심을 잠시 흐트러뜨린 것이다. 안위와 선의문이 이미 확인했으리라는 믿음 또한 방심을 재촉했다. 김충선이 입을 열었다.

"통제사 대감, 죄송하나 급보는 없습니다."

이제 위장은 필요 없었다. 김명원이 만들어 준 가짜 장계를 땅바닥에 던진 김충선은 번개같이 환도를 뽑았다. 너무 급작스러운 상황 전개에 당황한 세 사람은 미처 대응하지 못했다. 김충선은 그들이 고함을 지르지 않는 것을 다행으로 여기며 조용히 이순신을 향해 감탄의 뜻을 표했다.

"통제사 대감, 무장으로서 대감의 능력에는 언제나 감탄해 왔습니다. 당신은 정말 하늘이 내린 사람이고, 이 조선 땅에 머무르기 아까운 사람입니다. 제가 만약 부처님의 힘을 받아 세상만사를 마음대로 할 권한이 있다면 조선의 수군과 일본의 육군, 그리고 몽골의 기병을 합쳐 대감의 휘하에 두어 천하를 정복하게 하고 저 자신은 일개 부장으로서 종군하고 싶을 정도입니다. 하지만 지금의 저는 대행대왕마마께 충성을 맹세한 몸. 따라서 대감을 이 자리에서 베어야만 합니다. 용서하시오!"

말이 끝나기도 전에 김충선의 두 발이 땅바닥을 박찼다. 은빛을 발하는 환도의 날이 이순신의 목을 향하려는 순간 한 사람의 그림자가 이순신의 앞으로 뛰어들었다.

캉!

"나는 통상의 조카 이완이다! 더러운 항왜놈, 꺼져 버려!"

정말 아슬아슬했다. 이완은 허리에 찬 환도를 뽑을 겨를도 없자 탁자 위의 벼루를 들고 뛰어들어 김충선이 내리치는 칼의 옆면을 쳐 내렸던 것이다. 의도가 어긋난 것에 김충선이 흠칫하는 사이 이완의 칼도 칼집 밖으로 나왔고, 곧바로 김충선의 머리를 향해 내리쳐졌다. 김충선도 칼을 들어 이완의 공격을 막았다. 김충선은 펄쩍 뛰어 뒤로 물러섰다.

칼이 맞부딪친 상태에서의 힘겨룸은 혼자인 김충선이 절대적으로 불리했다. 이미 기습에 실패한 이상 이제 셋 다 베어야만 했다. 이순신을 먼저 베었다면 나머지 둘은 베지 못해도 상관없었는데.

"숙부님, 뒤로 물러서십시오! 여봐라, 밖에 누구 없느냐? 자객이다!"

뒤늦게 칼을 뽑은 이분도 바깥에 외쳐 도움을 구하며 김충선에게 달려들었다. 하지만 바깥에서 군막을 지키고 있던 군사들은 이미 다 피를 흘리며 바닥에 누워 있었다. 안에서 칼 부딪는 소리가 나자마자 김충선이 거느리고 온 두 명의 항왜들이 환도를 빼 들고 그들을 모조리 베어 버렸던 것이다. 완벽한 기습이라 군막 밖에서는 칼 부딪는 소리 한번 나지 않았다.

"아무도 오지 않을 거요. 통제사 대감, 죄송하지만 어서 죽어 주십시오!"

김충신의 칼이 번개처럼 허공을 갈랐다. 이분과 이완은 둘

이서 한 사람을 상대하면서도 힘이 부쳐 막는 데만 급급했다. 자신들이 물러나면 숙부인 이순신이 죽는다. 그리고 이 나라가 망한다. 필사적으로 버티느라 얼굴에 핏기가 올랐다.

"제법 잘 막으시는군요. 하지만 이젠 끝내겠습니다!"

"으윽!"

기합 소리와 함께 푹 찔러 들어오는 칼을 미처 막지 못했다. 이분의 왼쪽 어깨에 환도가 꽂혔고, 이분은 오른손에 든 칼을 떨어뜨리고 어깨를 움켜쥔 채 바닥에 그대로 쓰러졌다.

"형님!"

친형인 이분이 쓰러지는 모습에 이완의 주의가 잠시 흐트러졌다. 김충선은 그 작은 틈을 놓치지 않았다.

"아아악!"

김충선이 휘두른 은빛 날이 이완의 오른팔을 베었다. 칼을 떨어뜨린 이완이 왼팔로 상처를 잡자 다시 찌른 칼날이 왼편 허벅지에 박혔다. 두 곳에 칼을 맞은 이완도 버티지 못하고 바닥에 쓰러졌다.

✻

"새 상감께서 이제 임금의 자리에 오르실 것이다! 어서 대전으로 모셔라!"

준비하고 있던 윤두수 이하 정승과 종친 들은 계획한 시간에 홍산군의 집에서 불길이 오르고, 병조판서 김명원에게서 김충선이 통제사의 진영에 무사히 들어갔다는 보고를 받자 일시에 정릉동 행궁으로 밀려가 빈전 안에서 상주 역할을 맡고 있던 영창정 이격을 대전으로 모셨다. 궁궐 문을 지키던 반정군 군사들은 몰려오는 상대가 종친과 대신들이라 다소 분위기가 심상치 않음에도 막지 않고 들여보냈는데, 이들이 궁 안으로 들어가자마자 우격다짐으로 궁문을 닫아 버리면서 안에서 벌어지는 일에 손을 쓸 수가 없게 되어 버렸다. 이순신의 지시로 궁궐 안에는 반정군 군사가 없었고, 이순신이 즉위하는 것에 큰 불만이 없던 신하들도 윤두수 일당의 기세에 눌려 그 뒤를 따르면서 윤두수 측의 역정변은 순조롭게 진행되었다.

"아니, 이게 무슨 일입니까? 문성군께서는 지금 무엇을 하고 계시는 것입니까?"

"닥쳐라! 다들 모여서 이 역적들을 당장 끌어내도록 하라!"

죽은 임금의 사촌이자 영창정의 부친 문성군은 이제 문성대원군이 된다는 꿈에 부푼 상태였다. 궁문을 쉽게 통과하기 위해서 하인들은 데려오지 않았지만 수십 명의 종친들만으로도 이원익, 이항복, 이덕형, 유성룡 등의 이순신과 정승들을 끌어내기에는 충분했다. 이들은 분노한 종친들에게 끌려 나와 문성군의 지시에 따라 대전 마당에 내동댕이쳐졌다. 함부로 던져져 다친 팔을 움켜잡은 유성룡이 정면에 있는 윤두수를 향해 항의했다.

"영상 대감! 이 무슨 무도한 짓이오?"

"닥쳐라! 대역무도한 반적 이순신과 합세하여 보위를 찬탈하려던 네놈들의 욕심도 이제 끝이 났으니 각오하는 것이 좋을 게다. 이제 영창정께서 왕위에 오르실 것이고, 옥새도 지금 우리 손에 있느니라!"

승정원에 있던 옥새는 윤두수 편에 선 도승지 최천건이 들고 있었다. 다른 세 정승들이 당황하는 옆에서 유독 이항복은 난데없는 상황에도 놀라 당황하지 않고 이죽거렸다.

"허, 영상께서 '일인지하'라는 꼬리가 마음에 들지 않으셨던 모양이지요? 그저 만인지상의 지위만 갖고 싶으신 모양입니다."

"네 이 역도 놈! 어디 내가 왕이 된다고 하더냐. 지금 여기 계시는 영창정께서 보위에 오르시기로 했다고 하지 않았느냐! 오늘 당장 새 임금께서 즉위하실 터이니, 네놈들은 대역 죄인으로 효수되리라!"

윤두수는 의기양양하게 고함을 질렀다. 이항복이 뭔가 더 기발한 재담을 떠올린 듯 입을 막 벌리려고 했지만 침착하게 상황을 파악한 이덕형이 더 빨랐다.

"영상 대감, 대감께서 통제사가 왕위에 오르는 것과 통제사가 내놓은 여러 개혁안들을 따를 수 없다고 여기시는 것은 압니다만 그렇다고 해서 이런 행동들이 정당화되지는 않습니다. 통제사는 분명히 세자 저하께서 남기신 유교에 따라 선양을 받았으며, 세자 저하께서는 대행대왕마마께서 돌아가셔서 즉위가 확실해진 뒤에 그 교서의 내용을 여러 증인 앞에서 읽게 하시어 확인하시지 않았습니까. 영상 스스로가 바로 그 자리에 계시면서 저하의 말씀을 직접 듣지 않으셨습니까. 고작 옥새 하나 찍지 않으셨다고 해서 이리 나오셔도 되는 것입니까?"

"옥새가 문제가 아니니라! 저하께서 그런 교서를 쓰신 것부터가 이순신 그 역도의 협박에 의해서가 아니었느냐. 그 자리에 임석하고 있던 이조좌랑 이이첨이 모든 것을 상세히 털어놓았다. 이순신이 중전마마 이하 모든 내전의 목숨을 볼모로 하여 세자께 선양을 강요하였다고 말이다! 게다가 이순신이 매수한 오랑캐들에게 화살까지 맞으셨는데 어찌 바른 정신으로 유언을 남기실 수 있겠느냐? 마땅히 이 선양은 인정할 수 없고, 종친 중에서 덕이 높은 이를 모심이 가하다. 영창정께서는 영명하기로 이름나시고, 남은 종친들 중에서는 대행대왕마마와 가장 가까운 근친이기도 하니 능히 보위를 이으실 만하다. 영창정께서 보위에 오르시면 반적 이순신의 역모에 동참하여 나라의 법도를 무너뜨리려고 한 네놈들은 삼족을 멸할 것이다!"

"옳소!"

"이 역당의 수괴들!"

윤근수가 앞에 나서서 삿대질을 하며 꾸짖자 그들에게 동조하는 신하들이 이순신 편의 네 정승에게 몰려들어 욕설을 퍼부었다. 윤두수는 그들을 진정시키려 하기는커녕 아예 신경도 쓰지 않았다.

"잠시만, 잠시만 내 말을 좀 들어 주시오!"

주변에서 쏟아지는 손가락질과 모욕을 견디던 유성룡이 벌떡 일어서며 외쳤다.

"통제사는 세자 저하께 선양의 문서를 받았소. 하지만 영창 정께는 그런 것도 없고, 중전마마께서 승인하신 것도 아닌데 어찌 다음 임금이 되실 수가 있소?"

이산해가 코웃음을 쳤다.

"흥! 이순신 그 역도는 중전께서 오랑캐들에게 살해당하셨다 하였으나 그 말을 어찌 믿을 수가 있느냐? 일단 영창정께서 보위에 오르시고 나면 사람을 다시 보내어 내전께서 어디에 머무르고 계신지 찾을 것이다. 여진 땅에 계신 정원군께서 중전마마를 모시고 계실 것이 분명하니, 다시 모셔 와 우리의 불충으로 그런 고초를 겪게 되셨음을 사죄하고 평안히 모시면 영창정께서 보위에 오르심을 마땅히 추인하실 것이다."

"하이고, 참으로 성공하시겠소."

이 상황에서도 이항복은 입을 가만히 두지 못하고 나서고 있었다.

"대감, 중전마마께서 살아 계신다고 쳐도, 분명히 오랑캐들의 산채에 포로로 붙잡혀 계실 것인데 어찌 되찾아 오시겠다는 말씀이시오? 어느 세월에? 그리고 그놈들이 맨입으로 중전마마를 내줄 거라 믿으시오?"

"어떻게든 모시고야 말 것이니 그 경망스런 입을 닥쳐라!"

"내가 노을가적이라고 해도 쉽게 내주지 않을 것 같지만, 그건 뭐 나중 일이니 일단 넘어갑시다. 대감들은 지금 이 난리가 통제사의 귀에 들어가지 않으리라 여기시오? 통제사가 당장에 수천의 군사를 몰아 여기로 쳐들어올 텐데 그건 무슨 수로 막으시겠소? 여기 있는 종친과 대신 들이 모두 나가 몽둥이질로 막으시려오?"

이항복의 비아냥 섞인 질문을 받은 이산해는 이항복이 예상한 것처럼 당황하지 않았다. 당황은커녕 그는 만족스럽게 웃더니 일갈했다.

"곧 이순신의 목이 이리로 올 것이다! 네놈들을 효수하기 전에 그 목은 직접 확인할 수 있게 해 주마!"

"뭐, 뭐? 여해가 죽었단 말이오?"

소스라치게 놀란 유성룡이 눈을 크게 뜨자 이덕형이 조용히 그의 손을 잡아 바닥에 앉혔다.

"여해가, 여해가……."

유성룡은 땅바닥에 주저앉아 기운 없이 중얼거렸다. 이원익이 조용히 생각을 표현했다.

"정말로 통제사가 죽었단 말인가? 통제사가 죽었다면 영상 대감의 말대로 될 것이오. 중전마마께서 돌아오시는 것은 힘들다 할지라도, 영창정이 임금의 자리에 오르는 것은 가능하니……. 게다가 통제사의 군사는 통제사 이외에는 누구도 거느릴 수가 없는 집단. 통제사가 죽는다면 그대로 와해될 것이고, 영상 대감 이하 대신들이 영창정을 받들어 모신다고 하면 모두 흩어져 달아날 것이오. 설마 이리될까 했는데."

이원익은 말하다 말고 쓴웃음을 지었다. 이들은 틀린 편에 줄을 댄 셈이었다.

"영상 대감, 너무 놀라지 마십시오. 영상 대감의 말대로 된다고 해도 우리가 처음 예상했던 대로 되는 것밖에 무슨 일이 더 있겠습니까. 우리가 애초에 생각한 결말이 통상의 군사가 함경도에서 패하고 전하께서 돌아오시어 우리를 처형하시는 것이었으니, 별 차이도 없는 결말입니다. 마음 편히 드시고 계시지요."

이항복도 웃으며 말했다. 사방에서 쏟아지는 비난을 받으며 네 사람은 모두 마음을 편하게 먹기로 했다. 이제 와서 봉변을 면하려 한들 뭐가 달라지겠는가. 윤두수 등은 자기들끼리 박장대소하며 이순신이 확실히 죽었다는 소식이 전해지기를 기다려 약식으로나마 즉위식을 치를 준비를 하고 있었다.

*

김충선은 조용히 발을 옮겼다. 바닥에 쓰러져 신음하고 있던 이완이 눈앞에 온 그의 발목을 붙잡자 조용히 떨어내고는 이순신에게 말을 건넸다.

"이 두 젊은이, 제법 용감하군요. 하지만 소인의 목적은 오직 통제사 대감의 목. 불필요하게 더 죽이고 싶지는 않습니다. 통제사를 구할 이는 이제 없습니다. 고통 없도록 단칼에 보내드리지요."

이순신과 눈을 마주친 김충선은 조용히 칼을 휘둘러 칼날에 묻은 피를 바닥에 털었다. 이순신은 무섭도록 조용한 눈으로 김충선을 마주 볼 뿐 그의 말에 대답하지 않았다.

"수, 숙부님! 어서 피신을……. 크흑!"

"저 항왜가 너희는 죽이지 않겠다고 하니 그대로 누워 있어라."

보통 사람이라면 능히 혼란을 느낄 바닥에 쓰러진 두 조카의 신음 소리에도 불구하고 이순신은 여전히 침착했다. 김충선은 그러한 이순신의 모습에 탄복한 듯 두 눈에 찬탄하는 빛을 띠며 칼을 들어 올렸고, 이순신도 환도를 들어 마주 겨누면서 조용히 상대가 달려들기를 기다렸다. 이순신의 태도에서 자신이 선제공격을 할 수밖에 없다는 사실을 떠올린 김충선의 발이 움직이려는 순간 막사 입구가 젖혀지면서 일본말로 지르는 고함 소리가 들려왔다.

"스즈키 요시유키님! 이게 무슨 짓입니까?"

분명 일본말이지만 자신의 부하는 아니었다. 급히 고개를 돌린 김충선의 코앞으로 일본도의 날카로운 칼날이 날아들었다. 잽싸게 칼을 들어 막았지만 튕겨났던 칼날은 그의 어깨, 옆구리, 다리, 손목을 향해 연거푸 다시 돌아왔다. 기습을 당해 상대에게 공격의 주도권을 완전히 빼앗긴 김충선으로서는 방어에 전념할 수밖에 없었고, 조심스럽게 물러선 이순신이 자신의 칼이 닿지 않는 한편으로 물러서는 것을 보고 있을 수밖에 없었다. 이순신을 벨 기회가 이제 사라졌음을 깨달은 김충선은 작게 한숨을 쉰 뒤 상대가 보인 잠깐의 틈을 이용하여 크게 한 걸음 물러선 다음 높게 외쳤다.

"고니시 군 소속이었던 하야시 카츠스케님, 훌륭한 솜씨요!

과연 무명 높은 하야시 가의 후예구려."

"사이가 패거리의 후계자로 가토 군의 철포대장이셨던 스즈키 요시유키님! 그대는 일본에서도 상당히 높은 지위에 있으셨고 조선으로 와서도 조선 임금에게 매우 좋은 대접을 받으셨소. 그런 분께서 어찌 천한 시노비들이나 맡을 자객이 되셨다는 말이오? 가토 군에서는 유능한 무사에게 험한 일을 시키는 관습이라도 있는 모양이지요?"

바깥에 있던 김충선의 부하 항왜병들을 해치우느라 선혈에 젖은 일본도를 든 임승조는 비꼬듯 상대의 칭찬을 받았다. 그를 따라 몰려 들어온 반정군 군사들이 한 갈래는 이순신을 지키고 한 갈래는 두 사람을 둘러싸자 임승조는 그들에게 방해가 되지 않도록 물러나라는 손짓을 보냈다. 주위를 둘러싼 군사들이 서너 발씩 물러나자 김충선이 조용히 대답했다.

"하야시님, 나를 굳이 가토 군과 엮지 말았으면 좋겠소. 나역시 그대와 마찬가지로 원래 몸담고 있던 진영에 머물 수 없게 되어 잠시 가토님의 밑에 있었을 뿐이오. 그대가 고니시님 휘하에 좀 오래 있었다 하여 별다른 원한이 없는데도 나를 적대하지는 않았으면 좋겠소. 아무 의미 없는 일이잖소."

김충선의 말을 들은 임승조는 씁쓸하게 웃었다.

"맞소. 우리가 옛날 인연을 논한다면 서로가 가토 군과 고니시 군에 있었다는 것보다는 우리 가문이 아직 오다 군에 있었을 때의 이야기를 하는 것이 더 낫겠지요. 사이가 패거리의 철포는 참으로 정확했소. 사이가 패거리가 적진에 있다는 것이 그렇게 두려울 수가 없었소. 지금도 스즈키님과 다른 편에 있다는 것이 심히 유감이오."

철포*의 제작과 사용에 관한 전문가로 유명했던 용병 집단 사이가 패거리는 오다와 한때 동맹을 맺기도 했으나 그 뒤로는 꾸준한 적대 관계였다. 옛날 하야시가가 오다 노부나가 밑에 있던 시절에 양자는 전장에서 몇 번 마주친 적이 있었고, 아직 어렸던 임승조도 사이가 패거리의 조총 솜씨를 톡톡히 구경한 적이 있었다.

"스즈키님, 조선의 임금은 형편없는 인간이오. 통제사 덕분에 전쟁에서 지지 않고 살아남았다는 것을 뻔히 알면서도 권력을 위한 견제 때문에 통제사를 죽이려고 하니, 이게 사람의 탈을 쓴 돼지가 아니고 뭐요? 내가 통제사에게 귀순한 것은 고니시님이 나를 버리고 간 것도 있지만 통제사와 직접 싸워 보기도 하면서 그 무용에 탄복한 것이 크오. 스즈키님도 그따위 임금은 버리고 통제사 편에 서시오."

임승조의 설득에 대해 김충선은 고개를 가로저었다.

"하야시님, 통제사가 훌륭한 무장이고 대행대왕마마께서 통제사에게 부당한 대우를 했다는 것은 인정하오. 그러나 나는 대행대왕마마께 충성하기로 서약했소. 만약 대행대왕마마께서 먼저 나를 버렸다면 나 역시 대행대왕마마에게 맞섰을지도 모르나, 대행대왕마마께서는 내게 과분한 은상과 벼슬을 내려 치

---

* 조총

하해 주셨소. 그러한 은혜를 받고서도 내가 먼저 대행대왕마마
를 배반할 수는 없으니 이해해 주시기 바라오."

"알겠소. 그럼 결국 방법은 이것뿐이군요."

임승조는 김충선을 향해 간단히 목례를 한 뒤 조용히 두 손
으로 검을 잡아 싸울 자세를 취했다. 김충선 역시 마주 고개를
숙인 뒤 자신의 검을 들어 올렸다.

"토, 통상! 지금이라도 어서 밖으로 피하시지요!"

"아니, 나는 되었다. 분이와 완이만 어서 데려다 의관에게
보이도록 하라."

송희립을 비롯한 군사들이 이 틈을 타 급히 이순신을 군막
밖으로 끌어내려 했으나 이순신은 그들의 손을 거부했다. 이순
신은 아까 떨어뜨린 전립을 다시 집어 머리 위에 쓰고는 의자
위에 앉아 두 사람의 대결을 묵묵히 지켜보았다. 누가 먼저랄
것도 없이 손이 앞으로 나가며 검광이 번쩍이기 시작했다.

챙! 채챙!

머리를 노리고 날아드는 칼날을 고개 숙여 피한다. 아슬아
슬하게 몸을 베어 들어오는 칼날은 상체를 젖혀 피하고, 몸놀
림으로 빗겨가게 할 수 없는 공격은 자신의 칼날이 상하지 않
도록 옆면으로 막아 걷어낸다. 아직 해가 다 뜨지 않은 여명의
어둠 속, 그것도 촛불 몇 개밖에 없는 군막 안이건만 두 사람의
현란한 몸놀림과 칼놀림은 지켜보고 있는 군사들의 눈이 따라
갈 수 없을 정도로 빨랐다. 송희립이 신음을 토했다.

"칼날에 반사된 촛불의 빛이 아니었다면 아예 보이지도 않

앗겠군……."

두 검사의 실력은 마치 용과 호랑이가 싸우듯 엇비슷했지만, 두정갑을 챙겨 입고 있던 임승조보다 의심을 덜 받기 위한 전복 차림이었던 김충선이 조금 더 몸이 가벼웠기에 몸놀림의 차이가 있었다. 몸이 가벼운 김충선이 더 많은 공격을 가했지만 그것을 다 막아 내는 임승조의 솜씨도 범상치 않았고, 틈틈이 뻗어 나가는 임승조의 반격을 모조리 피해 낸 김충선의 재주도 경탄할 만했다. 한참의 칼싸움이 이어지던 중 크게 한번 칼을 부딪친 두 사람이 약속이나 한 듯 뒤로 펄쩍 뛰더니 잠시 싸움을 멈췄다.

"역시 철포대장, 검술은 그보다는 안 되시는군!"

"하야시 가의 후예치고는 다소 미흡하신 듯하오!"

주변에서 뭐라고 입을 열 틈도 없이 두 사람은 다시 맞붙었다. 서로의 실력을 알아보기 위해 살피며 싸우던 전반과 달리, 이번에는 서로의 목을 노리고 날카로움이 서린 공격이 치열하게 이어졌다. 어느새 해가 뜨고 있었고, 벽을 드리운 천 사이로 흘러 들어오는 햇살에 두 자루의 검은 한결 더 화려하게 빛났다. 관전하는 이들이 침 한 방울 삼키기도 힘들 만큼 치열하게 이어지던 싸움이 끝난 것은 정말 찰나 같은 한순간이었다.

챙! 챙그르르.

쑥!

김충선의 손에 들려 있던 환도가 튕겨 올라 허공을 날았다. 바깥이었다면 저 멀리 날아갔겠지만 여기는 군막 안. 김충선의 손을 떠난 칼은 그들을 둘러싸고 있던 반정군 군사의 머리 위를 지나 기둥에 박혔다. 망연자실한 표정을 짓는 김충선의 턱 밑으로 임승조의 검이 찔러 들어오더니 목젖 바로 앞에서 멈췄다. 김충선이 체념한 듯 크게 웃었다.

"멋진 한판이었소! 자, 하야시님! 어서 찌르시오!"

"아니, 스즈키님에게 개인적인 원한은 없소. 실로 오랜만에 좋은 승부를 겨루었으니 그것으로 충분히 만족하오."

임승조는 숨을 몰아쉬며 칼을 거두었다. 일본 무사와의 혼신을 다한 결투는 실로 오랜만이었기에, 힘겨웠지만 그만큼 만족스러웠다. 잠시 호흡을 진정시킨 그는 이순신을 향해 고개를 돌렸다.

"통제사 도노! 스즈키 요시유키님, 아니, 김충선님은 나이도 젊고 충분히 능력이 있는 무장입니다. 비록 통제사 도노의 암살을 시도한 적이기는 하나, 기회를 주어 도노의 휘하에 받아 주시면 안 되겠습니까?"

방금 전 이순신을 죽이려 한 자를 받아들인다? 군막 안에 있던 이들은 모두 당황했다. 뒤늦게 도착하여 두 사람의 검투를 입 벌린 채 구경만 하던 안위가 벌컥 화를 내며 호통을 쳤다.

"임 별장! 감히 통상에게 해를 입히려 한 자를 용서하자니 그게 무슨 소리인가, 자네! 저런 놈은 당장 목을 베어 진중에 매달아야 하네!"

"아니. 잠시 기다리게, 안 수사."

분노하는 안위를 단 한마디로 가라앉힌 이순신은 다친 조카들을 치료하게 지시한 후 천천히 김충선의 앞으로 갔다. 임승조가 공손히 뒤로 물러서자 이순신은 맨손의 김충선과 정면으로 대면하게 되었다. 숨 막히는 침묵 속에서 이순신이 먼저 입을 열었다.

"그대가 대행대왕마마께 충성을 다하고자 함은 알고 있다. 하나 본관에게 양위하겠다고 하신 것은 세자 저하이며, 본관이 이를 받아들이기로 결심한 것은 대행대왕마마와 세자 저하 두 분께서 모두 오랑캐들에게 해를 입으신 것을 알았기 때문에 이를 복수하고자 함에서였다. 지금 종친 중에서 나 이외의 어떤 이가 임금의 자리에 오르더라도 오랑캐들에게 제대로 된 복수를 하고 나라의 치욕을 씻을 수 있는 이는 없다. 그대가 대행대왕마마께 충성을 다하고자 한다면, 본관과 함께 서서 오랑캐를 토벌하고 그 원한을 갚음이 어떠하겠는가."

김충선은 잠시 이순신의 얼굴을 뚫어지게 바라보았다. 이순신 역시 김충선의 얼굴을 마주 보았다. 주변의 누구도 끼어들지 않는 시간이 한참 지나고 나자 김충선이 고개를 수그리며 한쪽 무릎을 꿇었다.

"소장은 대감을 베어 상감께 충성을 다하려 하였습니다만 대행대왕마마께 해를 가한 오랑캐들을 베어 한을 갚는 것은 더욱더 미룰 수 없는 일인 것이 사실입니다. 통상 대감의 눈에는 거짓이 없으니, 저 역시 미력이나마 동참하여 돕겠습니다."

김충선의 대답을 들은 이순신은 쓴웃음을 지으며 그의 어깨를 서너 번 두드렸다. 안위는 나지막하게 툴툴거렸지만 임승조는 대놓고 크게 웃으며 달려 나와 김충선을 안아 일으켰고, 주변을 둘러싸고 있던 군사들은 대부분 남모르게 안도의 한숨을 내쉬었다.

이순신을 암살하려는 자객이 잡혔다는 소식에 허겁지겁 뛰어온 장수들은 그 자객이 태연하게 이순신의 군막 한편에 서 있는 것을 보고는 또 놀랐다. 다들 어리둥절해 있는데 정 참봉이 고개 숙여 이순신에게 사죄했다.

"죄송합니다, 통상. 저이가 병조판서 대감 댁에 머무르고 있음은 수일 전부터 파악하고 있었는데 이런 사태가 발생할 수 있음을 미처 예측하지 못한 것은 제 불찰입니다."

"아닐세. 임 별장이 때맞춰 도달하여 상황을 수습하였으니 그걸로 된 일이 아닌가. 임 별장더러 미리 이쪽으로 오라고 지시한 안 수사가 정말 잘하였네."

김충선을 받아들인 일로 뿌루퉁해 있던 안위는 이순신의 이 칭찬 한마디에 그대로 기분이 풀어졌다. 미소를 지은 정 참봉이 다음 말을 이어 갔다.

"이런 일은 김충선 개인이 임의로 할 수 있는 일은 아닙니다. 분명 병조판서 대감을 포함하여 영상 대감과 여타 다른 중신들이 합심했을 것입니다. 아마 홍산군 저택의 화재도 김충선이 우리 진영에 잠입하기 쉽게 하려는 의도적인 방화였을 것입니다."

정 참봉의 말이 있자 위대기가 나서서 보고했다.

"정 참봉의 말이 맞습니다. 저희가 도착하여 불을 끄고 보니 홍산군께서 가슴에 비수가 꽂힌 채 방 안에 죽어 있었습니다. 게다가 홍산군께서 기거하시는 사랑채에만 화재가 난 것도 수상쩍습니다. 분명 의도적인 방화입니다."

심각한 표정을 지은 유형이 입을 열었다.

"도성 안에서 순라를 돌던 우리 군사들에게서는 밤 동안 수상한 무리를 보았다는 보고가 전혀 없었습니다. 분명 몇 명 안 되는 소수의 무사를 동원하여 홍산군을 암습하고 집에 불을 지른 뒤 도망친 것이 분명합니다."

"그리고 성동격서로 우리의 주의가 그쪽으로 쏠린 틈을 타 여기 항왜장 김충선을 우리 진영에 진입시키고……."

우치적이 뒷말을 잇자 자신의 부주의로 김충선을 이순신 앞까지 아무 방해 없이 도달하게 한 안위의 얼굴이 새빨개졌다. 안위가 더 자괴감을 느끼기 전에 정 참봉이 나서서 화제를 전환시켰다.

"필시 영상대감 쪽에서는 암살이 성공하리라고 확신하였을 것입니다. 여기에 우리 진영에서 자객이 나타났다고 소동이 일어난 것까지 보았을 터이니, 아마도 지금쯤 쾌재를 부르면서 대궐로 달려가고 있겠지요. 누군지는 모르겠지만 종친 중 자기들이 적당히 움직일 수 있는 인물 하나를 임금으로 내세워서 말입니다."

바로 그때였다. 정 참봉의 예견을 증명이라도 하듯 송여종이 뛰어 들어왔다. 송여종의 숨 가쁜 외침 소리에 그 자리에 있던 모든 장수들은 벌떡 일어나 칼자루를 움켜쥐었다.

"영의정 윤두수 대감을 비롯한 주요 대신들이 모조리 궁궐로 들어갔습니다! 게다가 수십 명의 종친들도 합세하였습니다. 어찌할지 명을 내려 주소서!"

정 참봉이 고개를 끄덕거리며 자리에서 일어났다.

"통상, 아무래도 세자 저하의 유교를 따르기를 거부하는 이들과 마지막 담판을 지으실 때가 된 것 같습니다. 장수들과 함께 대궐로 가시는 게 어떨까요."

이순신이 조용히 고개를 끄덕였다.

"그렇게 하세."

*

"궁궐 담을 넘어 문을 열어라!"

나대용의 호령에 곧바로 주변에서 모아 온 10여 개의 사다리가 정릉동 행궁 담장에 걸쳐졌다. 궁궐 안에 있던 몇몇 내관들이 범궐에 놀라 막대기로 사다리를 밀어내려 했으나 워낙 숫자가 적고 힘에 밀렸다. 군사들이 넘어가자 곧바로 문이 열렸다.

"반항하는 자가 있으면 잡아 묶어라! 살상은 하지 마라!"

"예!"

장수들을 거느린 이순신이 궐문을 들어섰다. 모든 것을 끝내기 위하여 대전으로 향하는 이순신의 발걸음은 거침이 없었다.

"이, 이 역도 놈이!"

"소인이 살아 있어 죄송하게 되었습니다, 영상 대감."

이순신은 정중히 고개를 숙여 처마 아래에 있는 윤두수에게 유감의 뜻을 표했다. 그 옆에서 할 말을 찾지 못하던 윤근수는 이순신의 장수들 사이에 섞여 있는 김충선을 보자 미친 듯이 분노를 터뜨리며 손가락질을 했다.

"그, 그럼 그렇지! 더러운 왜놈, 네놈이 배반을 하였구나! 그러지 않고서야 어찌 이런 일이 생길 수 있다는 말이냐!"

"경리당상 대감께는 죄송하오나 소인은 최선을 다했습니다. 최선을 다해 도전했으나 패했고, 패한 이상 그 뒤의 상황에 충실할 수밖에 없습니다. 소인은 지금 포로가 되어 있습니다."

"왜놈 자식이 뭘 잘했다고 말대꾸를!"

윤근수의 폭언에도 김충선은 태연한 표정을 지었다. 도리어 옆에 있던 임승조가 칼을 뽑아 들었다.

"여기도 왜놈 하나 있소. 어디 한번 더 떠들어 보시오."

"이, 이놈이……."

얼굴이 시뻘게진 윤근수는 더듬거리기만 할 뿐 말을 잇지 못했다. 그사이 유성룡이 벌떡 일어서서 비척비척 걸어 나왔다.

"괜찮은 건가?"

"물론이지. 판중추부사 대감, 좌상 대감! 거기 앉아 있지 말고 어서 이쪽으로 오십시오. 우상 대감, 판중추부사 대감을 좀 일으켜 주셔야 할 듯합니다. 송 군관, 가서 부축해 드리게."

송희립은 수하의 군사들을 거느리고 달려가 세 정승들을 모두 부축해 왔다. 자기들이 오기 전에 네 정승들이 무슨 꼴을 당하고 있었는지 그 광경을 보고 뻔히 알 수 있었지만, 이순신의 부하들은 그것을 소리 내어 말하지는 않았다. 단지 이를 악물면서 칼자루를 움켜쥐었을 뿐이다. 윤두수 편의 신하들은 그것을 보고 슬금슬금 발을 빼기 시작했다. 잠시 한숨을 쉰 이항복이 몸을 돌리더니 진지한 표정으로 윤두수에게 질문을 던졌다.

"영상 대감, 다시 한 번 묻겠습니다. 엄연히 세자 저하께서 통제사에게 선위하겠다 하셨고, 그 자리에 계셨던 분이 바로 영상이 아닙니까. 그런데 왜 임금의 명을 따르려 하지 않으십니까?"

"세자 저하께서 그리 명하신 것은 이순신의 반란과 오랑캐 군사들 때문에 정신이 혼미하셨던 탓이다! 그러니 세자 저하께서 내리신 유교는 당연히 무효이고, 덕 있는 이를 대신 보위에 올림이 마땅하다. 차라리 보위를 그대로 비워 두더라도 역도가 등극하게 하는 것보다는 나을 것이다."

"나라에 중심이 없으면 그 기틀이 흔들림은 당연한 것인데, 옥좌를 비워 두시겠다고요?"

"잘못된 이가 오르는 것보다는 낫다! 그것도 대역무도한 역적 놈이 아니냐!"

"허허."

이순신에 대한 분노로 이성을 잃은 윤두수는 도저히 설득이 되는 상황이 아니었다. 허탈하게 웃은 이항복은 이순신 쪽을 돌아보았다.

"어쩌시겠습니까, 통상?"

잠시 한숨을 쉰 이순신은 조용히 앞으로 걸어갔다. 기둥처럼 버티고 선 윤두수를 향해 천천히 다가오는 이순신과 그 뒤를 따르는 송희립, 안위, 임승조 등의 장수들을 보자 윤두수 편의 신하들은 슬슬 물러났고 이순신은 거침없이 윤두수를 향해 갈 수가 있었다. 윤두수로부터 열 자 정도 떨어진 거리에 선 이순신은 조용히 물었다.

　"그래서 영상께서는 어떤 이를 임금으로 세우고자 하십니까?"

　"여기 계신 영창정께서는 승하하신 주상 전하의 당질이 되시며, 그 인품이 높고 문재가 뛰어나시니 충분히 왕재라 할 수 있다. 너 따위 역도와는 비할 수 있는 분이 아니니라!"

　이순신은 잠시 시선을 돌려 영창정 이격의 얼굴을 바라보았다. 영창정은 떨면서도 이순신의 눈을 지지 않고 마주 보았다. 잠시 시선이 오가고 난 뒤 이순신은 고개를 돌려 윤두수를 정면으로 쏘아보았다.

　"연소한 종친을 골라 임금으로 세우고 영상께서 권신이 되실 작정이구려. 하지만 좋소! 만약 영창정께서 진실로 이 나라를 구할 수 있는 명군의 자질을 가지고 계신다면 내가 역적으로 죽게 되더라도 주상 전하로 모실 수 있소."

　"뭐, 뭐라고?"

　"토, 통상! 그게 무슨 말씀이십니까!"

　뜻밖의 한마디에 주위를 둘러싸고 있던 모든 이가 놀랐다. 이순신의 부하들은 경악으로 입을 크게 벌렸고 조정 대신들은 눈을 크게 뜨고 아무 말도 하지 못했다. 윤근수와 이산해조차 입을 떡 벌리고 할 말을 잃었다.

"다만 한 가지 질문을 해야겠소. 영창정께서는 꼭 답해 주시기 바랍니다."

단 한 사람도 입을 열지 않았다. 바짝 긴장하고 있던 영창정이 미세하게 고개를 끄덕이자 이순신의 굵은 목소리가 천천히 흘러나왔다.

"작금에 있어서 우리 조선의 당면 과제는 왜적들의 재침을 방지하는 한편으로 북방의 오랑캐를 토벌하여 감히 대행대왕마마와 세자 저하를 해쳤을 뿐 아니라 내전을 몰살시킨 데 대한 복수를 하는 데 있습니다. 그러자면 마땅히 막대한 군비가 필요하며, 이를 위해서는 충분한 조세를 징수하고 균등한 군역을 통해 군사를 확보해야 합니다. 영창정께서는 이를 위하여 서애 대감이 제시한 대로 공물에 대한 수미법을 시행하고 사대부가의 자제들을 군사로 뽑으실 수 있겠습니까?"

영창정이 입을 열기도 전에 윤두수가 얼굴이 시뻘게진 채 앞으로 나섰다.

"네 이놈! 역도라고는 하나 이순신 네놈도 사대부이거늘, 어찌 사대부로서 지켜야 할 옛 법도를 깡그리 무시하는 그따위 말을 할 수가 있느냐? 이 나라를 수백 년간 운영해 오신 선조들께서 쌓아 온 법도니라! 네놈 따위가 짧은 생각으로 무너뜨릴 수 있는 것이 아니다!"

"소인은 영창정께 질문을 하였소, 영상 대감."

냉정하게 대꾸한 이순신은 윤두수가 다시 끼어들 틈을 주지 않고 영창정에게 다시 질문을 던졌다.

"영창정께서는 어찌하시겠습니까? 제가 말씀 올렸듯이 많은 것을 바꿈으로써 군비를 확충하여 저들을 토벌하시겠습니까, 아니면 영상께서 말씀하시듯 옛 법도를 그대로 지키면서 어떻게든 길을 모색해 보시겠습니까?"

잠시 시선을 마주치지 못한 채 망설이던 영창정 이격은 결의를 굳힌 듯 허리를 뻣뻣이 세우더니 이순신을 정면으로 노려보며 호령했다.

"네 이놈, 역적 놈아! 이 나라는 태조대왕께서 세우신 이래 수많은 충신과 열사 들이 지켜 온 나라다. 일개 무장에 불과한 네놈이 전란 중에 공이 좀 있다 하여 함부로 넘볼 수 있는 그런 나라가 아니다! 발칙한 소리는 그만두고 당장 무릎을 꿇고 벌을 청하라!"

이것 역시 누구도 예상하지 못한 행동이었다. 기가 차서 잠시 아무 말도 못 하던 안위가 벌컥 화를 내며 앞으로 달려 나갔다.

"아니, 저런 건방진 놈이! 야, 이 어린놈의 새끼가!"

"안 수사!"

이순신의 강한 호령에 두 주먹을 불끈 쥐고 달려 나가려던 안위는 그 자리에서 못이 박힌 듯 발을 멈췄다. 불만스러운 그 표정을 보면서 이순신은 단호하게 명령을 내렸다.

"그 무슨 추태인가! 뒤로 물러나게."

안위가 물러나자 이순신은 다시 고개를 돌려 영창정 이격을 바라보았다. 영창정은 지지 않고 이순신을 마주 보았지만 몸은 떨고 있었다.

"해치진 않을 것이니 영창정께서는 두려워하지 마시기 바라오. 하나 임금의 자리에 오르게 해 드릴 수는 없겠소. 영창정께서 보위에 오르면 이 나라는 지금까지 굴러 왔던 대로 그대로 굴러갈 것이 빤하기 때문이오. 많은 것을 바꾸려면, 그리고 지난 전란과 같은 치욕을 당하지 않으려면 세자 저하의 뜻을 받들어 모시는 수밖에 없소. 소인은 많은 것이 부족한 사람이지만 이 나라를 바꾸어 나가야만 한다는 사실을 알고 있고, 이를 위해 노력할 것이오."

영창정을 향한 말을 마친 이순신은 장승처럼 서 있는 윤두수 등 중신들을 향해 고개를 돌렸다. 그들은 이순신의 날카로운 시선이 자신들을 향하자 움찔하며 몸을 떨었다.

"이쯤에서 대감들께서도 세자 저하의 뜻을 거부하지 마셨으면 하오. 내심을 밝히자면, 그대들이 세자 저하의 유교를 따르기를 거부하는 이유는 자신의 부와 권력을 백성들에게 나누어 주고 공평하게 군역을 수행하는 것이 싫어서가 아니오? 이제까지는 그게 가능했을지 모르나 이제는 더 이상 아니 되오. 이 조선이 살아남자면, 양반 사대부들만을 위해 움직이던 많은 것이 백성들을 위하도록 바뀌어야 할 것이오."

이순신의 말은 길었다. 하지만 그 말이 끝나기가 무섭게 이산해가 삿대질을 하며 나섰다.

"이순신 네 이놈! 이 조선은 세상의 도리를 지키는 사대부가 이끌었던 나라다. 네놈이, 그렇게 찬탈한 왕위에 올라 천것들을 우대하고 사대부를 무시하는 정책으로 일관한다면 어느 사대부도 네놈에게 협조하지 않을 것이다. 참여하는 사대부 하나 없이 네놈의 조정이 제대로 굴러갈 성싶으냐? 필시 네놈의 권좌는 누가 손댈 것도 없이 흔들려 무너지고 네놈은 속절없이 비참하게 죽을 것이다. 그리고 모든 것이 바른길을 찾으리라!"

"그리되리라 믿으신다면 영돈녕부사께서는 아무 일도 하지 않고 통상이 망해 나가기만 기다리시면 되겠구려. 가만히 계신다면 대감께도 아무 일이 없을 것이니 한번 기다려 보시오."

끼어든 이항복의 한마디를 들은 이순신의 부하들 사이에서 키득대는 비웃음이 터져 나왔다. 국상이 진행되고 있는 궁궐 안인지라 꽤 자제하기는 했지만 확실히 웃음소리가 들렸다. 이순신은 그쪽을 보며 눈살을 한번 찌푸리고는 자신의 대답을 했다.

"명문가의 사대부가 동참을 원하지 않는다면 초야에 묻힌 재야의 선비가, 재야의 선비도 동참을 원치 않는다면 서얼과 중인이, 서얼과 중인도 동참을 원치 않는다면 향리와 상민이 있소. 만약 재능 있는 향리와 상민조차 소인과 힘을 합쳐 새 나라를 만들려 하지 않는다면 그 나라는 대감께서 기다릴 필요도 없이 망할 것이오. 하나 소인은 그러지 않으리라 확신하고 있소. 그렇기에 앞으로 발걸음을 내딛을 것이오. 대감들께서는 조용히 보고 계신다면 그것으로 족할 것이오."

이산해는 뿌드득거리며 이를 갈았고 윤두수는 두 주먹을 부들부들 떨었다. 이순신은 그런 그들의 모습을 보면서도 딱히 목소리를 높이거나 하지는 않았다.

"다만, 오늘 새벽 같은 일이 또 생겨서는 곤란하니 모든 것이 확실히 안정될 때까지는 대감들의 자택에 군사를 상주시켜 만약의 사태가 일어나는 경우가 없도록 하겠소. 누가 죽었는지 모르는 채 죽은 홍산군 같은 사람이 또 생기는 것은 바람직하지 않은 일 아니오."

홍산군 이야기가 나오자 윤근수와 이산해의 얼굴이 새파래졌다. 이순신은 그것을 분명히 보았으나 별말은 하지 않았다.

*

왕조가 바뀌기로 한 지 석 달 반. 어느덧 겨울도 반 이상이 지나갔다. 이항복은 정 참봉과 함께 정릉동 행궁 한구석을 바삐 걷고 있었다. 아직 먼 봄소식이 언제나 오려는지, 오한이 끼치자 이항복은 저도 모르게 몸을 떨었다.

"어허, 아직 좀 춥군."

"봄이 오려면 아직 멀지 않았습니까, 우상 대감. 참, 내일부터는 어떤 관직을 받게 되실지 모르겠습니다만."

"정 참봉, 괜히 모르는 척하지 말게나. 관제는 지금의 것을 그대로 유지하기로 한 이상, 이 사람은 내일도 내주도 내달도 우의정일 거네. 혹시 오리 대감이 영의정 자리를 내놓으신다면

한 단계 올라갈지도 모르겠지만. 조선이라는 나라를 뒤엎은 것이 아니라 물려받았으니 다소는 안고 가면서 예전의 방식을 유지해야 하지 않겠나."

이순신과 부하들이 여름에 일으킨 반정은 결국 가을이 끝나기 전에 선양이라는 형태로 다소 모양새가 바뀌어 이루어졌다. 반정이 일어나고 이제 겨우 첫 겨울을 맞았을 뿐이다.

"윤두수 대감 같은 사람이야 그대로 있으라고 해도 영의정 자리에 남아 있지 않았겠지만, 그 밑의 관료들 중에는 그래도 생각보다 남은 사람들이 많습니다. 차마 두 임금을 섬길 수 없다면서 자리를 버리고 고향으로 내려갈 사람들이 많을 줄 알았는데 말이지요."

"고려가 망할 때는 안 그랬나? 그때도 대부분의 고려 조정 신료들은 태조께 충성하여 새 세상에서 출세하는 편을 택했네. 지금 세상도 마찬가지야. 고작 200년 가지고 뭐 크게 바뀌는 게 있을 것 같나? 뭐, 고려 때 사람들보다는 지금 사람들이 좀 더 명분이나 도리 같은 것에 목을 매긴 하지만 말이지. 하긴 그만두지 않고 조정에 남은 사람들에게는 세자 저하의 명을 따른다는 명분이 있긴 하구먼."

이항복이 피식 웃었다. 조정에 지금 이원익, 이덕형, 이항복의 세 정승이 사직하지 않고 굳건하게 자리를 지키고 있음에도 불구하고 상당수의 관료들이 사직한 것은 사실이었다. 하지만 걱정했던 것보다는 그 수가 훨씬 적었고, 여기에는 세지가 이순신에게 힘을 실어 준 것이 크게 작용했다.

"게다가 조정의 관직 수에 비하면 관직에 오르고자 하는 이는 언제나 남아돌지 않나. 그러니 정 참봉께서 크게 걱정하지 않아도 지금 조정에 있는 빈자리들은 곧 메워질 걸세. 그동안 이런저런 이유로 관로에 나서지를 못하다가, 세상이 뒤집혔으니 이참에 자신의 뜻을 새롭게 펼쳐 보겠다는 이들도 적잖다는 것은 정 참봉도 잘 아실 테니까."

"그렇지요. 게다가 우리 조선의 관직 체계는 특정 인물에게 한 업무만 전담하게 하는 것이 아니라 여러 자리를 두루 거치게 하니까 다른 사람에게 대리로 업무를 맡기기도 좋고, 또 각 부서에서 실질적인 실무를 전담하는 것은 서리와 아전들이니까 말입니다. 저도 사복시참봉이라는 낮은 자리에 있어 보아서 알지만, 그런 낮은 자리에 있는 이들은 막말로 말해서 임금이 누구건 간에 자기들 자리만 지킬 수 있다면 자신의 임무를 열심히 수행합니다. 관리를 맡은 고위 관료가 없다 해서 관청의 업무가 중단되는 일은 일어나지 않지요."

앞부분은 이항복도 끄덕거려 동의를 하며 들었다. 그런데 그 태도가 점점 달라지더니 정 참봉의 나중 항변에 대해서는 빈정대며 콧방귀를 뀌었을 뿐이다.

"국고가 축나는 건 더 빨라지겠지."

"하하!"

정 참봉과 이항복이 동시에 웃음을 터뜨렸다. 아전과 같은 하급 관리에게는 정해진 급료가 없고, 각자가 국고를 적당히 털어먹는 것이 관례였기 때문이다. 위에서 감시하는 사람이 없으면 전보다 더 털어먹을 것이 빤한 일 아닌가. 어쨌거나 이는 즐거운 화제가 아니었으므로 정 참봉이 말머리를 돌렸다.

"참, 마지막까지 대행대왕의 편을 들 것 같던 경상좌병사의 소식 혹시 들으셨습니까?"

윤두수 등이 마침내 저항을 끝낸 뒤, 이순신이 세자의 뜻으로 왕위를 물려받았다는 소식이 각 지방으로 전해지고 곧 이를 뒷받침하는 정식 파발이 팔도로 내려갔다. 대부분의 관찰사와 병사, 수사 들은 자신들이 이순신보다 군사적으로 불리하다는 것을 인지하고 있었던 데다가 진즉에 눈치를 보고 있었으므로 세자의 정식 양위라는 명분까지 있자 그 앞에서 더 이상 버티지 못하고 무릎을 꿇었다. 다만 유일한 예외가 김응서였다.

"경상좌병사 김응서 영감이야 원체 상감의 총애를 받았던 데다가, 통제사 대감을 의금부에 처넣은 장본인이나 다름없으니 선뜻 귀부하지 못한 것도 이해가 갑니다."

"좌병사 혼자 무엇을 하겠는가. 이미 대세가 바뀌었음을 좌병사 휘하의 군사들인들 깨닫지 못하겠는가? 설사 군사를 몰아 상경하려 한다 해도 수하의 군사들이 대세를 알고 따르지 않으면 무슨 소용이 있겠는가. 결국 좌병사는 분격하여 칼을 꺾고 산속으로 들어가 버리고 말았다고 하네."

잠시 말을 멈추고 생각에 잠겼던 이항복은 자기가 생각하기에도 말이 안 된다는 듯 다시 피식 웃었다. 그러고는 정 참봉을 보며 말했다.

"나는 그대가 정말 정여립이 꿈꿨던 정 진인이 아닌가 하는 생각이 가끔 드네. 통제사의 거병을 부추긴 것부터 하여 조선 팔도 각지에 연통을 넣고 수족처럼 사람을 심어 움직인 그 솜씨를 보면 어찌 의심하지 않을 수 있겠는가. 그대, 정말 그저 정 참봉일 뿐인가?"

이항복의 반쯤 웃는 듯, 반쯤 마음을 후벼 파는 듯한 시선을 받은 정 참봉은 그저 고개를 살짝 숙여 갓으로 자신의 얼굴을 살짝 가렸을 뿐이다.

"설마요. 통상, 아니, 전하께서도 물으신 적이 있지만 저는 그저 보잘것없는 관직을 잠시 가졌던 서생 정가일 뿐입니다. 굳이 사족을 달자면 삼봉 어르신과 같은 봉화 정씨 집안이기는 합니다. 직손은 아닙니다만."

정 참봉의 대답을 들은 이항복은 묘한 표정을 지었다.

"묘한 일이란 말이야. 이 이씨의 나라를 세울 때도 삼봉 정도전이 큰 역할을 했는데, 같은 집안 후손 중에서 그 나라를 쓰러뜨리고 또 다른 이씨의 나라를 만드는 데 공헌하는 사람이 나오다니 말일세. 그러고 보니 그대의 이름자는 어이 되는가?"

조선 사회에서 개인적 친분이 없는 이가 본래 이름을 묻는 것은 다소 실례지만 정 참봉은 별로 괘념치 않고 자기 이름을 알려 주었다.

"호걸 호豪 자에 기릴 찬讚 자입니다. 아버님께서 남자라면 선비라 해도 호걸을 찾아 기릴 줄 알아야 한다고 그리 지어 주셨습니다."

"흠, 알겠네. 그나저나 시간이 이리되었으니 어서 대전으로 가도록 하세나. 통상, 아니, 이젠 나도 말버릇을 고쳐야지. 전하의 치세가 정식으로 시작하는 첫날이니 늦으면 아니 되지 않겠나."

"예, 대감."

두 사람은 발걸음을 빨리했다. 이순신의 즉위식이 곧 시작될 참인 것이다. 조선의 기존 임금들은 대부분 친부건 양부건 부왕의 상중에 즉위를 했기 때문에 즉위식을 별도로 거창하게 하지 않았으나, 이순신의 경우는 부자 관계는 둘째 치고 아예 왕족도 아닌 이가 새 왕조를 만드는 것이었으므로 제대로 된 즉위식을 하는 것으로 결국 결정이 되었다. 지난 며칠간 정릉동 행궁은 그것 때문에 매우 부산스러웠고 이제 마지막 과정, 즉위식 행사만을 남겨 두고 있었다.

*

"오늘이…… 1월 25일인가?"

"그러합니다, 통상. 고금도에서 거병을 결의한 지 정확히 반년 하고 보름이 지났습니다."

안위가 정중히 고개를 숙이며 대답하자 이순신은 조용히 한숨을 쉬었다. 지금 그의 머리에는 아홉 줄의 구슬이 드리워진 면류관이 얹혀 있고, 몸에는 임금이 즉위식에서 입는 구장복이 걸쳐져 있었다. 둘 다 이순신의 즉위를 승인한 명나라 조정에서 특별히 보내 온 것이었다.

"좌상께서 수고가 많으셨습니다."

"아닙니다. 통…… 아니, 전하께서 이제부터 하실 일에 비하면 비교도 되지 않습니다."

이덕형이 조용히 머리를 조아렸다. 그는 왜란 때 명나라의 원병을 얻기 위한 청원사로 명에 간 경험이 있었으므로, 이때의 인맥을 살려 이순신의 즉위에 대한 승인을 얻고자 책봉주청사冊封奏請使로 명나라에 다녀왔던 것이다. 정상적인 경우에도 5개월은 족히 걸리는 사행길을, 그것도 전혀 엉뚱한 이의 왕위계승 승인이라는 대과업을 3개월 만에 마치고 돌아왔으니 이덕형이 현지에서 얼마나 고생했는지 알 수 있을 것이다.

"좌의정께서 고생하신 것은 인정합니다만 굳이 그렇게 해야 합니까? 명나라가 통상, 아니, 전하를 승인하지 못하겠다고 하면 그러라고 내버려두고 우리끼리 알아서 잘살면 그만 아닙니까. 지난 200년 동안 명나라가 해 준 건 조공을 뜯어 가고 공녀를 잡아간 것밖에 없지 않습니까. 명나라가 간섭하지 않았으면 요동의 오랑캐도 확실히 때려잡고 우리 땅도 넓힐 수 있었을 텐데 그것도 못 하게 하고 말입니다. 게다가 전란 때 명나라 수군은 밥벌레, 아니, 우리 백성들에게 민폐만 끼치는 개쓰레기였습니다. 지금이라도 놈들이 제 눈앞에 나타난다면 모조리 쳐죽이고 싶을 정도입니다."

안위가 되살아난 분노를 삭이지 못하고 투덜거리자 옆에 있던 유형이 차분하게 타일렀다.

"전라우수사, 우리 수군은 명나라 군대를 밥벌레 취급할 수 있지만 육군은 절대 그렇지 않소. 임진년에 경상도 수군이 왜적들의 상륙을 확실히 막아 냈다면 모르겠지만 그러지 못했고, 덕분에 명나라 군대 없이는 육전을 치르기 힘들었던 것도 사실이오. 왜군만 보면 도망을 쳤건 어쨌건 명군이 있으니 왜군도 병력을 갈라야 했고, 제대로 조련되지 않은 우리 조선 군사들이 잘 싸우지 못한 때가 있는 것도 분명하니 말이오. 200년 동안 직접적으로 해 준 것이 없다고 해도, 지난 난리에서 원병을 보내 준 것으로 그간의 조공에 대한 갚음은 한 셈이오."

"결국 원 수사 그놈이 문제로군. 그놈이 자기 손으로 경상우수군을 박살 내지만 않았어도 명나라 도적놈들이 올 일도 없었으니, 그저 그놈을 잡아서 주리를 틀었어야 했는데 말이오. 한산에서 죽었다고 하여 그 뒤에 그냥 잊혀 버렸으니, 에잉!"

유형의 대답에 혼자 툴툴거리던 안위가 이덕형에게 다시 질문을 던졌다.

"하여튼 지난 200년 동안 조공을 바쳤고, 저들이 파병을 한번 해서 서로 되먹였으니 그러면 된 것 아닙니까. 왜 굳이 통상께서 우리 임금이 되시는 데 명나라 놈들의 승인을 받아야 하는지 모르겠습니다."

안위의 질문을 받은 이덕형은 차분히 대답해 주었다.

"그것이 천하를 유지하는 질서이기 때문이오. 우리 조선이 천하를 주도할 수 있는 국력을 가지고 새 세상을 만든다면 모르겠지만, 천조天朝는 어디까지나 천조요. 저들은 천하의 질서를 유지한다는 자부심과 명분을 가지고 있소. 그런 저들이 자신들의 제후국으로 여기고 있는 조선 땅에서 찬탈이 일어났다고 규정하고 토벌군을 보내기라도 한다면 어찌 될 것이라 여기시오? 왜구들이 전에 실제로 했었고 전하께서 예전에 만 경리를 위협했듯이 수군을 보내 저들의 해안을 쑥대밭으로 만드는 것은 어렵지 않지만, 우리 조선은 왜국과 같은 바다 한가운데의 섬나라가 아니오. 명나라는 요동을 통해 조선에 직접 군대를 보낼 수 있고, 정원군을 앞세운 여진의 오랑캐들도 필시 그 일익을 맡아 쳐들어올 것인데, 어찌 수군만으로 그것을 다 막을 수가 있겠소? 지금 지난 전란으로 국력이 심히 저하된 우리 조선의 위치를 생각하면 명나라와 새로운 분쟁을 일으킨다는 것은 생각할 수도 없는 일이므로, 나라 살림이 회복되고 충분한 군비를 갖출 때까지는 저들의 눈치를 보고 인정을 받을 필요가 있소. 안 그래도 거병 과정에서 도성에 주둔한 명나라 군대를 쫓아내다시피 하여 돌려보낸 전과가 있는데, 저들이 뭔가 트집을 잡기 전에 우리가 먼저 가서 승인을 얻어 내야만 했단 말이오. 설사 명나라 군대가 바로 쳐들어오지는 않는다고 해도, 정원군을 후원하여 왕위를 탈환하게 한다거나 하면 우리에게는 매우 큰 고난이 될 것이오."

이덕형의 말이 끝나기가 무섭게 유형이 차분한 태도로 추가 설명을 했다.

"좌상께서도 말씀하셨지만, 지금 시점에서 우리와 명나라가 싸우게 된다면 좋아할 것은 노을가적 하나뿐입니다. 가뜩이나 왜군과 싸우느라 약해진 우리들이 서로 싸운다면 필시 앞을 다투어 건주위의 지원을 얻으려 할 것이고, 저들은 그에 따른 이익을 한껏 누릴 것입니다. 그 꼴을 보느니 명나라에 조금 숙이고 마는 게 낫지 않겠습니까. 명나라 쪽에서도 통상의 능력을 높이 평가하고 있었으므로, 통상께서 왜적의 재침을 확실히 방지하고 여진족과 거리를 두며 조선을 안정되게 유지해 주기만 한다면 딱히 쫓아낼 이유는 없습니다. 그래서 통상께서 세자 저하의 유교를 받들어 왕위를 선양받는 것을 쉽게 승인해 준 것입니다. 그저 세자 저하의 교지 한 장만으로 그리 빨리 승인이 떨어질 리는 없습니다."

"게다가 종친 중 하나를 왕으로 세워야 한다거나, 여진 땅에 '끌려간' 정원군을 하루 빨리 되찾아다가 임금의 자리에 올려야 한다고 주장하는 인사들이 아직도 많이 있음을 그대도 알고 있을 것 아닌가. 그 시끄러운 작자들의 입을 한 번에 다물게 만들려면 명나라 황제의 인정이라는 큰 한 방이 필요하단 말이오! 아셨소, 전라우수사?"

유들유들한 태도로 대화에 끼어든 것은 언제 도착했는지 모를 이항복이었다. 정 참봉이 그 뒤에서 알 듯 말 듯 한 미소를 지으며 고개를 조아렸다.

"전하, 위용이 넘치시옵니다. 소신은 눈이 부시어 차마 바라보지 못하겠군요."

"허허, 농담은……. 그리고 난 아직까지는 그대들의 임금이 아닐세."

"곧 되실 것이니 괜찮습니다. 이제 잠시 후면 통상…… 아직 임금으로 불리시기를 원하지 않으니 통상으로 불러 드려야겠지요?"

정 참봉이 웃으며 말하자 가만히 듣고만 있던 이원익이 조용히 입을 열었다.

"아직 익숙하지 않으시더라도, 이제 임금이 되셨으니 전하께서는 만백성의 어버이로서 나라를 보살피셔야 합니다. 전하께서는 전하의 거병을 원하는 남해 백성들의 소리를 들으셨고, 싸움이 빨리 끝나기를 기원하는 호서 백성들의 소리를 들으셨고, 입성을 환영하는 도성 백성들의 소리를 들으셨으며, 구해 달라고 청하는 동북면 백성들의 소리를 들으셨습니다. 그 모든 목소리를 잊지 마시고, 재위하시는 동안 내내 마음에 새겨 주시기 바랍니다. 백성들은 그래 주시리라 믿고 전하께 새 나라를 열어 달라 청한 것이니까요."

"내 잊지 않으리다."

이순신이 낮지만 확고한 목소리로 답했다. 그 대답을 들은 안위가 한마디 첨언했다.

"지당하신 말씀입니다! 이제 통상께서는 조선의 장수가 아니라 한韓이라는 새로운 나라의 왕이 되시니 말입니다. 마땅히 조선이라는 이름을 쓸 때와는 다른 나라가 될 것입니다. 한, 저는 참 마음에 듭니다."

이덕형이 고개를 끄덕였다.

"우리 조선은 옛 삼한의 후예이며 그 땅에 자리를 잡았으니,

새 나라를 여는 김에 어차피 바꾸어야 할 국명이라면 한을 사용하는 것이 좋겠다는 생각은 저를 비롯해 많은 이가 하고 있었습니다. 명에서도 한이라는 국명을 인정하여 그에 맞춰 한왕지인韓王之印이라 새긴 인수까지 보내 주었으니, 그에 대한 반발은 없는 셈입니다."

"저, 전하…… 시간이 되었습니다."

이순신과 신하들 — 그렇다, 이제 신하이다 — 사이의 대화를 끊은 것은 쭈뼛거리며 다가온 내관의 한마디였다. 화들짝 놀란 네 사람은 이순신의 안색을 살폈다. 이순신은 표정을 가다듬으며 고개를 끄덕였다.

"그래, 시간이 되었으니 나가야겠지. 그대들도 그만 자리로 가 있도록 하게."

"예, 전하. 그럼 소인들은 이만……."

*

아직 임금으로 이순신을 대하는 것이 조금 어색한 '신하'들이 조용히 대전을 물러나자 이순신은 고요히 한숨을 쉬었다. 반년 하고 보름 전, 거병을 결심했던 그 순간에도 이와 같은 미래는 전혀 꿈꾸지 않았었다. 오직 억울함을 풀고 다시 본래 자리로 돌아갈 수 있기만 해도 다행일 것이라고 여겼었다. 혼자 죽었으면 편할 것을 공연히 수친 강졸을 끌고 같이 죽게 되어 미안하다고 여길 뿐이었는데, 그것이 이렇게 마무리되고 말았다.

"전하, 이쪽으로……."

조선 왕실의 대를 끊지는 않았다. 문성군의 둘째 아들 영창
정 이격은 항렬상으로는 세자인 광해군과 같았으므로 선종宣
宗이라는 묘호를 받은 선왕의 양자로 입적되어 양부와 양형의
제사를 이어 가게 되었다. 세자는 사실상 왕으로 즉위하지 못
했기에 묘호를 부여해야 하는지 논의가 있었으나, 후계자인
이순신에게 선양을 하는 왕권을 행사하였으므로 결국 애종哀宗
이라는 묘호를 바치기로 했다. 헌종獻宗으로 하자는 이들도 있
었으나, 재위가 불과 몇 시간에 불과할 만큼 지극히 짧았던 것
을 가련히 여겨 애종으로 하자는 이들이 많아서 그것으로 결
정되었다.

"주상 전하 납시오!"

선왕이 승하한 뒤 세자에 의해 진행되는 통상적인 즉위식이
라면, 다음 임금을 인정하고 국새를 내주는 것은 왕실의 최고
어른인 대비의 권한이다. 빈전 옆에서 상주로서의 의무를 다하
던 세자는 빈전 옆에 있는 여막에서 상복 대신 최고의 예복인
면복冕服, 즉 지금 이순신이 입고 있는 구장복으로 갈아입은 뒤
의식에 임하게 된다. 빈전 앞에서 대비로부터 선왕의 유교와

국새를 넘겨받고, 가장 지위가 높은 신하들인 영의정과 우의정에게 선왕의 유교와 국새를 각각 맡긴다. 그리고 가마에 탄 채 정전으로 가서 나머지 절차를 마치고 즉위 교서를 반포하면 마침내 모든 절차가 끝나게 되는 것이다.

"전하, 마음을 편안히 하시고 미리 알려 드린 예법대로만 하시옵소서."

"알겠노라."

하지만 지금은 왕조가 아예 바뀌는 판이고, 국새를 물려줄 대비도 없으므로 몇몇 부분이 바뀌었다. 국새와 유교는 모두 옥좌 위에 놓여 있었고, 예복을 입고 계단을 걸어 올라간 이순신이 그것들을 스스로 집어 들고 자리에 앉는 식으로 진행이 되었다. 곧이어 도승지가 즉위 교서를 읽자 품계석 옆에 도열해 있던 문무백관들이 일제히 바닥에 엎드려 절을 올렸다. 새 임금의 즉위를 하늘에 고하는 향이 피어오르자 대소 신료들은 일제히 두 손을 이마에 얹으면서 입을 모아 외쳤다.

"천세! 천세! 천천세!"

사방에 휘날리는 수많은 깃발 아래에서 울려 퍼지는 신하들의 함성을 들으며 이순신은 말할 수 없는 부담감을 느꼈다. 지금의 저 함성과 환호 하나하나가 다 이 조선 땅, 아니, 이제 한의 땅에 사는 백성들을 위해 그가 바쳐야 할 피와 땀을 요구하는 것이었기 때문이다. 남은 생이 얼마나 길지는 모르겠지만 이제 그 모든 시간 하나하나를 백성들을 위해 써야 했다.

"대…… 대감, 정말 이래도 괜찮은 것이옵니까?"

문득 옆에서 떨고 있는 세 살 아래의 아내 방씨가 이순신의 눈에 들어왔다. 고향인 아산의 집에 있던 아내는 그가 거병했다는 소식이 알려지자마자 의금부로 끌려갈 뻔했지만 배설의 부하들이 때맞춰 구출해 준 덕분에 무사할 수 있었다. 그리고 잠시 도피 생활을 하다가 전혀 생각지도 않았던 국모의 자리에 오르게 된 것이다. 당찬 여장부인 방씨도 지금의 상황은 선뜻 받아들일 수가 없는지 바들바들 떨고 있었다.

"조금만 참으시오. 곧 끝날 거요."

이순신은 자신을 대감이라고 부르는 아내의 습관을 지적하지는 않았다. 자신도 상감이라고 불리는 것이 어색한데 아내에게는 편하랴 싶었기 때문이다. 아내를 위로한 이순신은 다시 고개를 들어 신하들 머리 위, 저편 하늘을 바라보았다. 저 하늘 아래 이 나라의 천만 백성들이 살고 있다. 오늘부터, 지금 이 순간부터 나 이순신은 저 하늘을 두 어깨로 버티고 살아가야 하리라. 그 아래에 내 모든 것이, 나를 믿고 기대는 모든 이들이 있기 때문이다.

《이순신의 나라》끝